HEYNE <

W0239916

Das Buch

Helena steckt seit zwei Jahren in ihrer langweiligen Beziehung mit Rainer fest. Sie lebt in Berlin mit ihrer Landschildkröte Pirmin, die nicht nur Helenas guter Freund, sondern auch ihr Berater ist, denn sie benutzt Pirmin als Orakel, um all die kleineren und größeren Fragen ihres Lebens zu beantworten. Alles geht beschaulich seiner Wege, und Helena steckt in einer handfesten »Quarterlife-Crisis« fest. Bis Jeffrey kommt! Mit dem Halbamerikaner verbringt sie eine aufregende Nacht, doch er steigt am nächsten Morgen in den Flieger nach New York. Unmittelbar nach Jeffreys Abreise wird Helena unter ihrem PAX-Kleiderschrank begraben – eine (im wahrsten Sinne) erdrückende Situation, die einen Wendepunkt in ihrem Leben markiert – und sie beschließt, ihrem Alltag einen Ruck zu geben und reist in das Land der unbegrenzten Möglichkeiten, um Jeffrey zu finden. Mit im Gepäck jede Menge Respekt vor dieser riesengroßen Stadt, die leise Hoffnung, ihren Traummann bald wieder in die Arme schließen zu können, und natürlich Schildkröte Pirmin. Eine aufregende Suche beginnt, die sie schließlich in ein Restaurant nach China Town führt. Zum Nachtisch wird ihr dort ein Glückskeks serviert, der jedoch merkwürdigerweise gar keine kluge Lebensweisheit, sondern eine geheimnisvolle Adresse in New York enthält …

Die Autorin

Victoria-Louise Seifried wurde 1987 in Berlin geboren. Seit 2007 schreibt sie Gedichte und Kurzgeschichten, die sie auf Poetry Slams, Stand-up-Comedy-Bühnen und bei unterschiedlichen Kulturprojekten vorträgt. Sie hat Psychologie studiert und Psychologische Diagnostik an der Universität Potsdam unterrichtet. Am Street College, einem sozialen Projekt des Gangway e.V. in Berlin, ist sie außerdem als Lehrerin tätig und unterstützt Jugendliche beim Erlangen ihres Hauptschulabschlusses. *Liebe zum Nachtisch* ist ihr erster Roman.

Victoria Seifried

Liebe zum Nachtisch

Roman

WILHELM HEYNE VERLAG
MÜNCHEN

MIX
Papier aus verantwortungsvollen Quellen
FSC® C014496

Verlagsgruppe Random House FSC® N001967
Das für dieses Buch verwendete FSC®-zertifizierte Papier
Holmen Book Cream für Taschenbücher liefert
Holmen Paper, Hallstavik, Schweden.

Originalausgabe 09/2015

Printed in Germany
Umschlaggestaltung: Eisele Grafik Design, München,
unter Verwendung von Sot/GettyImages
Gestaltung U2/U3 © Canicula, Bildnummer: 36498586
Satz: Uhl + Massopust, Aalen
Druck und Bindung: GGP Media GmbH, Pößneck
ISBN 978-3-453-41822-6

www.heyne.de

Don’t put the key to your happiness
in someone else’s pocket.

Prolog

Status: Jo-Jo

Ist eigentlich jemandem schon mal aufgefallen, dass Mary Poppins ein ziemliches Arschloch ist? Säuft Rumpunsch, gibt keine verbindlichen Antworten, sondern trällert »Superkalifragilistikexpialigetisch«, und dann verpisst sie sich.

Darum nenne ich es das Mary-Poppins-Phänomen, wenn Männer vom einen auf den anderen Tag die Biege machen: »Tut mir leid, Baby, der Wind dreht sich, und ich muss weg.«

Frauen hingegen leiden eher unter dem Cinderella-Komplex. Wir wünschen uns einen Mann, der uns im ganzen Lande sucht, weil nur wir ihn glücklich machen können, und wenn er uns gefunden hat, bringt er uns auch noch Schuhe mit. Frauen wollen mit ein bisschen »Bibidi-Babidi-Boo« die Kutsche aus dem Kürbis gezaubert bekommen, ein rauschendes Hochzeitsfest feiern und glücklich bis an das Ende ihrer Tage leben. Walt Disney hat da ganz schön was angerichtet, indem er uns Frauen zauberhafte Flausen in den Kopf gesetzt hat, die für märchenhafte Erwartungen sorgen – die leider nur immer wieder enttäuscht werden.

Ich schalte den Fernseher an, um mich, wie so oft, von der Frage abzulenken, was ich eigentlich von den Männern im Allgemeinen und meinem Freund Rainer im Besonderen noch will. Gott sei Dank ist »Galileo« gleich vorbei und das Finale von »The Voice of Germany« beginnt, das wird mich bestimmt auf andere Gedanken bringen. Doch schon nach den ersten Minuten der Show beginnt mein Kopfkarussell sich weiterzudrehen. Ach, dieser Tag ist mal wieder so typisch Helena: Morgens bin ich noch quietschfidel aus dem Bett gehopst, und jetzt – zehn Stunden später – bin ich wegen dieser ergebnislosen Warterei auf den herbeigesehnten Anruf in so grübelnde Stimmung geraten, dass meine Laune in den Keller gesunken ist. Das passiert mir andauernd. Ich führe keinen Jo-Jo-Gewichtskampf, ich führe ein ganzes Jo-Jo-Leben! Bin ich an einem Tag eine selbstbewusste, lebenslustige Frau, benehme ich mich wahrscheinlich noch in derselben Nacht wie eine beleidigte Heulsuse. Bin ich gerade glücklich und zufrieden, kann ich innerhalb von Sekunden irgendein Problem finden, das es sich dann in meinem Kopf gemütlich macht und mir die Laune wieder verdirbt. Esse ich etwas Scharfes, brauche ich danach was Süßes. Entweder ich habe Hunger, oder mir ist schlecht. Ist mir gerade noch eiskalt, überkommt mich im nächsten Moment garantiert eine Hitzewelle, und wenn ich gerade aufgeräumt, Staub gesaugt und meinen Kleiderschrank sortiert habe, liegt spätestens binnen vierundzwanzig Stunden wieder alles in Trümmern.

Würde ich mit meinem Wechselhaftigkeitsproblem zu einer Selbsthilfegruppe gehen, müsste ich mich in etwa so vorstellen: »Hallo, ich bin Helena Carras, sechsundzwanzig Jahre alt, Vollzeitstudentin, und ich weiß nicht, was ich will!«

Dann würde ich wahlweise von meinem nicht anrufenden Freund Rainer erzählen, oder von meinem Zahnmedizinstudium, das ich dauernd an den Nagel hängen will, was ich dann doch nie tue, oder von meinem fatalen Umgang mit Geld: Kaum ist es da, ist es quasi schon wieder weg. Wohin? Das weiß ich auch nicht so genau. Ich würde wegen meiner Zwiespältigkeit natürlich nie eine Selbsthilfegruppe aufsuchen, weil ich mindestens genauso oft der Meinung bin, vollkommen normal wie hochgradig gestört zu sein. Ich bin ja schon dreigeteilt auf die Welt gekommen: Ich bin in Berlin geboren, mein Vater, dem ich meinen ungewöhnlichen Nachnamen verdanke, ist Grieche, und meine Mutter kommt, genau wie meine Oma Hedda, aus Görlitz. Ich habe also das Temperament, die Haare und die Nase eines Griechen, die rundlichen Proportionen einer sächsischen Bäuerin und den gewöhnungsbedürftigen Humor einer Berlinerin. Nein, als wohlgeordnet könnte man mich wirklich nicht bezeichnen. Ob Rainer mich deswegen nicht anruft?

Seit zwei Jahren sind wir nun schon zusammen, und jetzt habe ich ihn seit einer Woche weder gesehen noch gesprochen. Dreimal habe ich ihn in dieser Zeit angerufen, aber er ist nicht ans Telefon gegangen, und zurückgerufen hat er mich auch nicht. Wäre ich so mutig wie Friederike, meine beste Freundin, würde ich wahrscheinlich einfach vor seiner Tür stehen und ihn zur Rede stellen. Aber ich denke mir: Rainer sieht doch, dass ich versucht habe ihn zu erreichen! Warum sollte ich mich jetzt zum Löffel machen, indem ich ihm hinterhertelefoniere oder sogar zu ihm fahre? Außerdem weiß ich inzwischen schon, wie das bei Rainer läuft. Wenn er, so wie jetzt, Besuch von seiner

Zwillingsschwester hat, die eigentlich irgendwo in Brandenburg wohnt, bin ich für diese Zeit eben abgeschrieben. Die Verbindung zwischen einem Mann und seiner Zwillingsschwester ist einfach fatal. Zumindest, wenn eine Frau an der Seite dieses Mannes die Familienidylle stört. Rainer und seine Schwester gemeinsam zu ertragen ist für mich in etwa so schlimm, wie zu Schulzeiten zur Teilnahme an den Bundesjugendspielen gezwungen zu werden. Neulich sind die beiden sogar im Partnerlook zusammen shoppen gegangen. Im Partnerlook! Warum steht in den meisten Beziehungen eigentlich die Schwiegermutter-Problematik im Vordergrund, obwohl die Schwester des Partners viel unterschwelliger, und damit hinterhältiger, um Zuneigung und Bevorzugung konkurriert? Ganz zu schweigen von einer Zwillingsschwester, die zusätzlich den Bonus ausspielen kann, meinen Freund nicht nur sein ganzes Leben lang zu kennen, sondern auch den Mutterleib mit ihm geteilt zu haben. Was kann ich da noch entgegensetzen? Dass ich mit ihm in Waren an der Müritz war?

Rainers Schwester nervt mich einfach tierisch. Selbst wenn sie nicht zu Besuch ist, ruft sie Rainer fast jeden Abend zu Hause an, obwohl sie weiß, dass er seine Abende mit mir verbringt. Wenn Rainer Urlaub hat, schlägt sie außerdem gerne Aktivitäten vor, von denen sie weiß, dass ich sie niemals mitmachen würde. Letztes Mal überzeugte sie ihn doch glatt, eine zweiwöchige Fahrradtour durchs Ruhrgebiet zu machen. Obwohl ich mich genau daran erinnere, in ihrer Gegenwart Fahrradtouren einmal mit dem Leidensweg Christi verglichen zu haben. Anders ausgedrückt: Wäre meine zukünftige Schwägerin eine Fernsehsendung, wäre sie das Dschungelcamp. Wäre sie ein Getränk, wäre sie Jägermeister, und wäre sie ein Gemüse, dann sicherlich eine Brechbohne.

Ich frage mich, was die beiden wohl gerade machen. Wahrscheinlich sitzen sie in Partner-Schlafanzügen auf Rainers Bett, gucken Heimatfilme und schlürfen Fanta aus demselben Strohhalm. Und was mache ich jetzt? Eine quasi verlassene Frau an einem einsamen Abend wie diesem?

Meine Oma Hedda würde sich über meine Tatenlosigkeit bestimmt furchtbar aufregen. Schließlich hält sie mir sowieso schon dauernd Vorträge über meine mangelnde Entschlusskraft und erzählt mir jedes Mal, wenn ich sie sehe, wie sie damals ihre Sachen gepackt hat und alleine in den Westen geflüchtet ist. Hedda heißt mit Nachnamen Engel, aber wegen ihrer nachdrücklichen Belehrungen und aufbrausenden Art müsste sie eigentlich »Kampfzwerg« heißen. Sie ist ziemlich klein, trägt immer mindestens zwei Hornbrillen auf der Nase, um ihre nacktmullgleiche Sehfähigkeit zu kompensieren, und ihr Kopf ist meistens so rot wie eine reife Tomate. Um ihre übermäßige Erregung unter Kontrolle zu bekommen, nimmt sie seit etwa fünfzig Jahren Betablocker, und wenn sie wüsste, dass ich wegen eines Mannes so handlungsunfähig und antriebslos zu Hause rumhänge, müsste sie vor Wut garantiert gleich eine Extradosis einschmeißen. Aber was soll ich bloß machen, um mich besser zu fühlen?

Nach anfänglichen Anfällen von Selbstmitleid und Unverständnis wegen der Schwester-Freund-Problematik, tue ich schließlich das, was jede normale Frau in meiner Lage tun sollte, um ihr Selbstbewusstsein aufzubessern: Ich verkleide mich so, wie ich gerne wäre. Dazu setze ich mir zunächst meine Nerdbrille auf, deren Gläser zwar überhaupt keine Stärke haben, die mir aber das Gefühl verleiht, trendy und intelligent zu sein. Ich finde, Frauen mit Brille strahlen nämlich eine gewisse Distanziertheit, eine sympathische Ich-weiß-ich-bin-super-und-schäme-mich-nicht-meiner-körperlichen-Schwächen-Mentalität aus. Dann nehme ich einen weißen Blazer aus dem Schrank, ziehe ihn über und knöpfe ihn zu, um mein Lisa-Simpson-T-Shirt zu verdecken, und tausche meine Jogginghose gegen eine dunkle High-Waist-Jeans. Zur Krönung schnappe ich mir meinen beigen Hut, der eine breite Krempe hat und so aussieht, als würde er nur von Frauen getragen werden, die sich Pferderennen ansehen oder in der Raffaello-Werbung mitspielen. Und um mein neues Lebensgefühl wirklich perfekt zu machen, hole ich mir aus der Küche noch ein Glas Weißweinschorle und schalte von ProSieben auf Arte um. Meine Schildkröte Pirmin guckt mich so ungläubig durch die Scheibe ihres Terrariums an, als hätte ich nicht mehr alle Tassen im Schrank.

Ich habe mir mein niedliches Panzertier vor fünf Jahren, kurz vor meinem Einzug in meine erste eigene Wohnung, gekauft. Als ich Pirmin das erste Mal sah, befand er sich in einem kleinen Außengehege bei Pflanzen-Kölle, und ich habe mich sofort in ihn verliebt. Er strahlt solche Weisheit und Ruhe aus, außerdem ist er wahnsinnig süß. Besonders putzig sind seine winzigen Nasenlöcher, die aussehen wie eine Steckdose für Däumlinge. Pirmin ist männlich und frisst gerne Bananen. Er hat ein großes Terrarium mit einer Heizmatte, einer Wärmelampe und einer Badeschüssel. Ich erzähle ihm mindestens einmal am Tag, was mich gerade bewegt, und er quittiert das mit herzhaftem Gähnen, vielsagendem Zwinkern oder gleichgültigem

In-die-Gegend-Gucken. Je nachdem, ob ihn mein inneres Chaos gerade interessiert oder nicht. *Ziemlich wählerisch für jemanden, dem ein Tomatenrest an der Schnute klebt*, denke ich, gehe zu ihm rüber, hebe den kleinen Kerl aus seinem Terrarium und setze mich gemeinsam mit ihm auf die Couch. Pirmin scheint mit dem Ortswechsel zufrieden zu sein, denn er beginnt das neue Terrain zu erkunden und versucht die Sofalehne hochzuklettern. Mittlerweile kann ich die Körpersprache meines Haustiers ziemlich gut deuten. Bewegung lässt im Allgemeinen auf Freude schließen, wenn Pirmin die Augen zumacht, ist er zufrieden, und während Lamas Menschen anspucken, die ihnen auf die Nerven gehen, hat Pirmin seine ganz eigene Art, seine Abneigung zu zeigen: Er präsentiert sein Hinterteil. Das erste Mal ist mir das aufgefallen, als mein Vermieter bei der Wohnungsübergabe das Halten einer Schildkröte bemängelte. Ich hatte Pirmin gleich zum Termin mitgenommen, um ihm unser neues Heim zu zeigen und als der Hauseigentümer sagte: »Stinken Schildkrötengehege nicht furchtbar?«, hat Pirmin sofort in seinem Transport-Schuhkarton eine Kehrtwendung gemacht und ihm seinen Schildkrötenpo gezeigt. Das zweite Mal war es der Fall, als der Mann von der GEZ vor meiner Wohnungstür aufgekreuzt ist und etwas von Rundfunkgebühren erzählt hat. Pirmin lief gerade frei in der Wohnung rum, erblickte den unsympathischen Typen und *schwupp!* drehte er sich einmal um die eigene Achse. Und wenn mein Freund Rainer mich zu Hause besucht, bewegt Pirmin sich quasi gar nicht mehr aus dieser Position weg. Kein freudiges Kopfstrecken, das er bei Friederike oder Oma Hedda an den Tag legt, kein aufgeregtes Drauf-los-Krabbeln, wie bei mir. Pirmin hat eine ganz klare Meinung, was Rainer anbelangt: Er kann ihn nicht leiden.

Dennoch beuge ich meinen Kopf nun zu Pirmin hinunter und sage: »Hey, kleiner Mann. Kannst du mir vielleicht verraten, ob Rainer mich heute endlich zurückruft?«

Ich benutze meine Schildkröte gern als Orakel für die kleineren und größeren Fragen meines Lebens. Seine Antworten sind folgendermaßen kodiert: jedwede Bewegung bedeutet »Nein«, still verharren bedeutet »Ja«. Ich habe diese Deutungstheorie gemeinsam mit Friederike entwickelt, und ich muss zugeben, dass Pirmin mein Leben schon ein paarmal in die richtige Richtung gelenkt hat. Die Schildkröte läuft, so schnell sie auf dem weichen Sofa eben kann, auf mich zu und guckt an meinem Oberschenkel hoch, als wäre er der Mount Everest. *Also ruft er nicht an*, denke ich enttäuscht. Ich lasse mich aber nicht von meinem Vorhaben abbringen, diesem Abend doch noch etwas Positives abzugewinnen, und versuche, mich wie eine stolze, kulturinteressierte Frau zu fühlen. Immerhin gucke ich jetzt Arte und trage einen Hut. Ich muss allerdings gestehen, dass ich tief in meinem Herzen den Wunsch hege, dass vielleicht doch einfach ein Brief aus Hogwarts kommt, der mich von all meinen Problemen erlöst und mich auf der Schule für Hexerei und Zauberei willkommen heißt. Aber leider bin ich ja schon zu alt dafür. Ob es in Hogwarts so etwas wie den zweiten Bildungsweg gibt? Mannomann, man könnte glatt annehmen, ich leide unter Realitätsverlust. Doch das Gegenteil ist der Fall. Ich betrachte die Dinge häufig viel zu realistisch, vor allem die negativen Seiten meines Freundes. Aber er hat auch so verdammt viele. Manchmal frage ich mich selbst, wie ich zu so einem ignoranten Freund wie Rainer gekommen bin. Wenn ich neuen Bekanntschaften von dem Beginn meiner Beziehung erzähle, höre ich mich an, als würde ich von den Anfängen einer exzessiven Drogensucht berichten. Ich sage dann: »Ich bin da plötzlich reingeraten«, oder: »Es ging alles viel schneller, als ich dachte, und auf einmal war ich mittendrin«. Als ich Rainer vor ziemlich exakt zwei Jahren über einen Kumpel meines besten Freundes Paul kennengelernt habe, fand ich ihn nämlich erst mal etwas merkwürdig. Gut, ich gebe zu, dass er gut aussieht. Rainer hat dunkle Haare, braune Augen, ist größer als ich und hat markante Gesichtszüge. Aber, was mich schon bei unserer ersten Begegnung abschreckte, war seine penetrante Art zu lachen. Wenn Rainer lacht, hört er sich an wie ein kastrierter Hahn mit Angina. Er gackert mit hoher Stimme, und gegen Ende eines Lachanfalls krächzt er nur noch Kehllaute. Mittlerweile fällt mir das gar nicht mehr auf, aber als ich ihn kennenlernte, habe ich mich ernsthaft gefragt, ob ich es auf Dauer mit ihm aushalten würde. Andererseits ist Rainer sehr zielstrebig, und das macht ihn attraktiv. Nichts ist doch schlimmer als ein Mann, der ständig über seinen Job meckert, aber nichts ändert. Unter diesem Problem leide ich schließlich selbst schon genug. Rainer hingegen ist ein Macher, er arbeitet für ein großes Pharmaunternehmen und ist, seitdem ich ihn kenne, schon zweimal befördert worden. Ich mache mir zwar nicht sonderlich viel aus irgendwelchen Karriereleitern, aber im Gegensatz zu meinen Ex-Freunden, die entweder am liebsten zu Hause saßen und kifften oder unzufrieden im zehnten Semester auf Lehramt studierten – oder beides –, war Rainer eine willkommene Abwechslung. Als ich ihn das erste Mal traf, wusste ich aber von alldem noch nichts. Die erste Information, die ich von ihm bekam, war sein Name. Und mein erster Gedanke dazu war: *Alle stehen bis zum Hals in der Scheiße, außer Rainer, der ist kleiner.*

Eine Assoziation, die sich zunächst recht negativ auf seine sexuelle Attraktivität mir gegenüber auswirkte. Aber mir schmeichelte es, dass er sich mächtig ins Zeug legte, mich für sich zu gewinnen. Rainer bekochte mich, meldete sich täglich und guckte mit mir romantische Komödien im Kino, obwohl ich wusste, dass er lieber den neuesten Bruce-Willis-Film gesehen hätte. So wurden wir schließlich ein Paar. Glücklich vereint sozusagen. Aber eigentlich hat Rainer schon nach einigen Monaten mit seinen liebevollen Gesten aufgehört, und ich habe irgendwie den Zeitpunkt verpasst, ihm den Laufpass zu geben. Ich bin auch nicht so der Typ fürs Laufpass-Geben. Ehrlich gesagt, habe ich noch nie mit jemandem Schluss gemacht, denn ich bin nicht gerne alleine und traue mich nicht ohne bessere Option die schlechtere zu verlassen. Deshalb bin ich seit meinem fünfzehnten Lebensjahr immer von einer Beziehung in die nächste geschlittert, nur waren die eben alle nicht so dolle. Friederike sagt immer, bei mir geht's »von einem Arschloch ins nächste«, und deshalb denke ich mir: Wenn ein potentieller neuer Freund im Grunde genommen genauso blöde ist, wie der alte, dann kann ich doch auch gleich bei Rainer bleiben. Bis er vielleicht irgendwann mit mir Schluss macht und ich mir den nächsten Wolf im Schafspelz suche. Im Prinzip schwanke ich also seit nunmehr zwei Jahren zwischen alltäglicher Beziehungsroutine und mental durchgesprochenen Trennungsversuchen. Ab und an starte ich dann verzweifelte Beziehungswiederbelebungsversuche durch erotische Dessous, die ich wagemutig mit Beratung von Friederike bei dildoking.de bestelle. Aber die Idee, mit Reizunterwäsche und Sexspielzeug meine Beziehung wieder in Schwung zu bringen, war bisher nur mäßig erfolgreich, im Durchschnitt ungefähr einen halben Abend lang. Dann haben wir uns entweder dermaßen gestritten, dass von romantischer Stimmung keine Rede mehr sein konnte, oder wir sahen gemeinsam fern, und die feurige Erotik verpuffte schneller als der erregende Effekt eines Klitorisstimulators ohne Batterien.

Dabei sollte man doch mit sechsundzwanzig Jahren ein Höchstmaß an sexueller Energie und partnerschaftlicher Leidenschaft erleben. Stattdessen ruft Rainer nun noch nicht mal mehr an! Ich starre auf mein Handy, das vor mir auf dem Couchtisch liegt. Es will einfach nicht klingeln. Ich fange an zu verzweifeln. Wenn ich eines Tages in den Spiegel sehe und die ersten Marionettenfalten entdecke, ist die Partnersuche gelaufen, dann kann ich es vergessen, noch einen Mann zu finden, der eventuell besser ist als Rainer. Ich meine, natürlich wünsch ich mir einen Freund, der sich mehr um mich bemüht! Aber wo ist der? Hätte ich damals, als ich im Vorschulalter nichts ahnend »Mutter, Vater, Kind« gespielt habe, gewusst, dass die bittere Wahrheit zwanzig Jahre später »Tiefkühlpizza, Masturbation und Wochenendalkoholismus« heißt, ich wäre vom Klettergerüst gesprungen. Eigentlich war ich doch bisher diejenige, die schon mit vierzehn Jahren von Familie und Kindern geschwärmt hat, und irgendwann bin ich fünfzig und sitze immer noch in der Uni.

Zugegeben, ich bin nicht fünfzig, und es handelt sich um mein Zweitstudium. Nach dem Abitur habe ich mich kurzerhand dazu entschlossen, Philosophie zu studieren, allerdings nur um drei Jahre später festzustellen, dass ein abgeschlossener Bachelor in Philosophie in die gleiche Kategorie wie das menschliche Steißbein fällt. Schön zu haben, aber vollkommen nutzlos. Es ist ja nicht so, dass ich mich nicht für irgendwelche Stellen beworben hätte, ich versuchte es bei Zeitungen, Museen, Buchhandlungen und sogar als Ethiklehrerin, aber wenn du jung bist und eine Hochschulausbildung hast, ist es ja fast wahrscheinlicher, durch das Gewinnen einer Castingshow einen Job zu kriegen als durch erfolgreiche Vermittlung beim Arbeitsamt. Statt tatenlos zu Hause rumzusitzen, habe ich mich dann dafür entschieden, dem Bitten und Betteln meines Vaters nachzugeben und in seine nicht vorhandenen Fußstapfen zu treten und Zahnmedizin zu studieren. Nun quäle ich mich mit oraler Strukturbiologie und mikroskopischer Anatomie rum. Mein Vater ist Gebäudetechnikplaner und hatte nie die Möglichkeit zu studieren, weil sein griechischer Abschluss in Deutschland nicht anerkannt wurde. Er hätte das Abitur in Berlin wiederholen müssen, aber kurz nachdem er damit begann, wurde meine Mutter mit mir schwanger, und er musste möglichst schnell damit beginnen, Geld zu verdienen, und wurde in der Gebäudetechnikfirma eines Bekannten, weit weg von seinem Traumberuf Zahnarzt, ausgebildet und eingestellt. In gewisser Weise bin ich also daran schuld, dass mein Vater jetzt den Einbau von Heizungen plant und nicht den von Zahnprothesen, und mangels einer besseren Idee, was ich mit meinem Leben anfangen soll, mache ich nun wenigstens meinen Vater glücklich. Ehrlich gesagt, weiß ich aber nicht, ob ich den Mist bis zum Ende durchhalte. Die medizinische Theorie kann zwar ganz interessant sein, aber alten Omas dann in ihrem Zahnzwischenraum-Karies rumzupopeln war eigentlich nie mein Wunsch. Ich bin auch nicht besonders gut in der Feinarbeit am menschlichen Körper. Im Präparationskurs im zweiten Semester habe ich einmal bei der Freilegung des inneren Flügelmuskels des Kiefers die Ersatzklinge meines Skalpells im Rachen einer Übungsleiche versenkt. Sämtliche Kommilitonen wollten mir helfen, das Ding wieder hervorzufummeln, aber die Klinge saß zu tief. Die Sache löste schließlich einen solchen Tumult aus, dass der Professor Teile des Kieferknochens entfernen musste, um an mein verschollenes Schneidewerkzeug ranzukommen.

Das Zahnmedizinstudium hat aber auch positive Seiten. Die soziale Anerkennung, die einem entgegengebracht wird, ist beispielsweise ein angenehmer Nebeneffekt, denn als angehende Medizinerin wird man für kompetent, intelligent und fleißig gehalten. Wenn ich mich jetzt allerdings anschaue, könnte ich ein ganz anderes Bild vermitteln: Verkleidete Frau mit beginnender Quarterlife Crisis sitzt einsam auf der Couch und befragt ihre Schildkröte nach Lösungen. Doch ist es wirklich das, was ich verdiene? Nicht angerufen zu werden? Sitzen gelassen zu werden wegen einer Schwester? Von einem Rainer? Oder spielt mir meine Wahrnehmung mal wieder einen Streich, und ich fühle mich zu Unrecht vernachlässigt? Bin ich überhaupt jemals zufrieden? Ich kann nämlich kaum eine Phase in meinem Leben beschreiben, in der ich mich von meinem Partner ausreichend geschätzt und geliebt gefühlt habe. Egal welche Situation. Egal welcher Partner. Das liegt daran, dass ich nie genug Aufmerksamkeit in Form von Komplimenten, leidenschaftlichen Nachrichten und Vorschlägen für gemeinsame Unternehmungen bekommen kann.

»Du willst einen Mann, der dauernd Karten schreibt!«, hatte mein zweiter Freund Joshua bei unserem Trennungsgespräch zu mir gesagt.

»Stimmt gar nicht!«, hatte ich mich einfallsreich verteidigt.

Im Grunde genommen wusste ich aber, dass er recht hat. Eigentlich will ich einen Mann, der mich überrascht, der mir mindestens einmal im Monat bei Fleurop einen Strauß Rosen bestellt und am Wochenende spontan mit einer Flasche Rotwein vor meiner Tür steht. Wichtig sind natürlich auch geschmackvolle Geburtstagsgeschenke. Wobei mein letzter Geburtstag dahingehend eine mittelmäßige Katastrophe war. Rainer hat mir eine potthässliche Brosche geschenkt. Mein Blick fällt auf meinen Schmuckkasten, der auf dem Frisiertisch steht. Eigentlich handelt es sich eher um einen kleinen Eimer, in den ich alle Ohrringe, Ketten und Armbänder geworfen habe, die sich über die Zeit angesammelt haben und die ich nie trage. Die Brosche des Grauens ist tief darin verborgen. Ich stehe auf, um noch mal einen Blick auf dieses potthässliche Ding zu werfen. Beim Kramen im Schmuckeimer pikt mich das Teil auch noch in den Finger, und ich bin kurz davor, es im Klo runterzuspülen, entscheide mich dann aber doch dagegen, denn diese Brosche ist ein Mahnmal. Sie erinnert mich an Rainers Mangelhaftigkeit im Allgemeinen und sein fehlendes Einfühlungsvermögen im Besonderen. Sie gibt mir zu denken, ob ich tatsächlich eine Beziehung mit dem richtigen Mann führe. Wie kommt er nur darauf, dass mir dieses metallene Gebilde in Form eines Schmetterlings gefallen könnte? Natürlich habe ich diese Frage an besagtem Geburtstag offen diskutiert und meiner Enttäuschung Luft gemacht. Frauen mit Broschen sehen doch aus wie naturverbundene Heilpraktikerinnen, die selbst gestrickte Pulswärmer tragen und sich jeden Abend vor dem Einschlafen noch zwei in heißem Wasser aufgelöste Ferrum phosphoricum hinter die Binde kippen. Wenn ich es mir recht überlege, würde das Ding aber auch ganz gut zu meiner derzeitigen Verkleidung passen. Ich stecke mir die Brosche an die linke Brusttasche meines Blazers und setze mich mit übereinandergeschlagenen Beinen zurück auf die Couch. Ich fühle mich sofort dreißig Jahre älter. Ein komisches Gefühl. Als hätte ich schlagartig die Wechseljahre hinter mir und keine Periode mehr. Ich hatte damals schon recht, als ich Rainer wegen dieses Geschenks Paroli geboten habe.

»Aber du hast doch gesagt, du willst Schmuck haben!«, rief er wütend.

»SCHMUCK! Keine antike Brustnadel aus dem ersten Weltkrieg!«

Mann, war ich sauer.

Aber jetzt habe ich wirklich keine Lust mehr, mich in Gedanken über Rainers Geburtstagsgeschenke aufzuregen und diese sterbenslangweilige Arte-Dokumentation über ostasiatische Raubvögel zu gucken. Vielleicht kann sich der Herr Dahlewitz auch mal nach meinem Wohlbefinden erkundigen, nachdem seit einer Woche Funkstille herrscht?

Ich sehe zu Pirmin auf seinem Couchplatz neben mir rüber, der die Dokumentation auf Arte, im Gegensatz zu mir, ziemlich spannend zu finden scheint. Er guckt sich mit seinen kleinen schwarzen Schildkrötenaugen, die nicht größer sind als ein Stecknadelkopf, aufmerksam die großen Raubvögel auf dem Bildschirm an.

»Ach Pirmin, was soll ich nur tun?«, frage ich ihn verzweifelt. Ich drehe noch durch, wenn ich weiter hier rumsitze und grübele. Herrgott, es ist erst Viertel vor neun! In letzter Zeit gehe ich früher ins Bett als Oma Hedda!

»Soll ich den ganzen Abend lang zu Hause bleiben?«, frage ich konkreter.

Ich habe mal irgendwo gehört, dass man Fragen an Pendel, Tarotkarten oder Kristallkugeln ganz klar formulieren muss. Ich nehme an, das gilt auch für Schildkrötenorakel.

Pirmin hält einen Moment lang inne. Verdammt. Das ist nicht die Antwort, die ich mir erhofft habe. Gerade will ich mich zurücklehnen, um mein einsames Schicksal anzunehmen, doch dann bewegt er sich ganz leicht, fast unmerklich, aber doch so, dass ich es ganz eindeutig sehe: Pirmin blinzelt.

Und das ist mein Zeichen, mir ein vorzeigbares Make-Up zu verpassen, mein neues Blümchenkleid anzuziehen, den Fernseher auszuschalten und die Warterei auf der Couch zu beenden.

Zeit für Plan B!

1

Plan B

»Bonsoir, madame!«

Friederikes Stimme quietscht fröhlich durch den Hörer. Was ist denn mit der los? Ich finde es irgendwie ungerecht, wenn andere Menschen glücklich sind und ich nicht. Aber vielleicht schaffe ich es ja, das jetzt zu ändern. Plan B besteht nämlich darin, schnellstmöglich rauszugehen und irgendwas zu unternehmen. Ich gebe zu, dass das noch kein ausgereiftes Abendprogramm ist, aber vielleicht ist Friederike unterwegs, und ich kann mich ihr anschließen.

»Hey, ich bin's. Du hörst dich ja so happy an. Wo bist du?«, frage ich.

»Ich bin auf dem Klo«, sagt Friederike.

»Okay, soll ich dich später noch mal anrufen?«

»Nein, ich bin nicht auf dem Klo, sondern im Klo«, antwortet sie und lacht.

»Spinnst du?«

Sie lacht erneut. Jetzt höre ich ihrer Stimme einen erhöhten Alkoholpegel an. Deshalb also die gute Laune. Dafür, dass sie sich angeblich auf der Toilette befindet, ist es aber ganz schön laut im Hintergrund. Und warum säuft sie eigentlich auf dem Lokus?

»Das ist eine Bar, Mann! Die heißt KLO. Erzähl mir jetzt nicht, dass du immer noch auf Rainers Anruf wartest. Los, zieh deine Schuhe an und komm her!«

»Das will ich ja. Aber wo ist denn dieses beschissene KLO?«, frage ich gereizt.

Es folgt ein Knistern und Nuscheln. Im Gespräch mit Betrunkenen hat man es nicht immer leicht, Informationen zu bekommen. Man kriegt sie meistens erst, wenn man akzeptiert, dass das Gegenüber vorübergehend nicht mehr alle Latten am Zaun hat, und man mit ihm spricht, als wäre es aus der Geschlossenen geflohen.

Friederike ist inzwischen einunddreißig und damit, neben Rainer und meinen Verwandten, die älteste Person, mit der ich regelmäßig zu tun habe. Sie ist wie eine große Schwester für mich, die versucht, mich aus jedem Stimmungstief zu holen. Wenn sie betrunken ist, kann sie jedoch ganz schön anstrengend sein.

»Hallo? Friederike? Reiß dich mal bitte zehn Sekunden lang zusammen, und sag mir, wo du bist. Ich hab keine Lust, noch mal im Internet zu gucken, wo diese Bar ist«, sage ich erneut und versuche dabei, wie die maskuline Oberschwester Karla zu klingen, die ich während meines Krankenhauspraktikums in der Oralchirurgie kennengelernt habe. Wir haben sie hinter ihrem Rücken immer nur Karl genannt. Karl hatte Oberarme wie Arnold Schwarzenegger und eine Stimme wie ein tätowierter Bauarbeiter. Ich beneide sie noch heute um ihre Durchsetzungskraft und versuche gerne, sie in Situationen wie dieser zu imitieren.

Mit Erfolg, denn Friederike antwortet schließlich: »Das ist direkt am Olivaer Platz. Kommst du jetzt endlich her?«

»Bin in einer Stunde da.«

Vierzig Minuten später bin ich fertig gestylt. Gerade habe ich eine SMS bekommen, dass mein Taxi in zehn Minuten vor der Haustür steht. Das klappt ja wie am Schnürchen! Bis dahin versuche ich, mich noch einmal wohlwollend in meinem riesigen Spiegel, der im Flur steht, zu betrachten. Ich habe gehört, so etwas ist gut für das Selbstbewusstsein. Ich sehe eine eins fünfundsechzig große Frau mit braunen Augen und schwarzen Locken. So weit, so gut. Dann fällt mein Blick auf meine Kleopatra-Nase. Meine Nase ist ein Körperteil, mit dem ich erst mal Frieden schließen musste. Dass die Nase sich mitten im Gesicht befindet, hat die Sache nicht einfacher gemacht. Ich kann Frauen, die sich dauernd über ihr schlechtes Bindegewebe beschweren, deshalb nicht annähernd verstehen, denn immerhin tragen die das nicht für jeden sichtbar zwischen Augen und Mund spazieren. Würde auch ziemlich komisch aussehen. Meine Nase ist jedoch nicht nur groß, zu allem Übel hat sie auch noch auf halber Höhe eine leichte Krümmung. Tja, das hat man dann von seinen griechischen Wurzeln väterlicherseits. Statt südländischer Anmut habe ich natürlich den genmutierten Rümpfer abgekriegt! Aber ich hab mich inzwischen damit abgefunden und mir eingeredet, dass dieses auffällige Merkmal meinem Gesicht total viel Charakter verleiht. Mittlerweile glaub ich das sogar.

Ich sehe auf meine Garfield-Uhr, die über der Garderobe hängt, und stelle fest, dass ich immer noch fünf Minuten Zeit habe, bis das Taxi kommt. Also drehe ich mich zur Seite und betrachte meinen Po. Bis vor drei Jahren hätte mich dieser Anblick verzweifeln lassen, aber seitdem Tante Sibylle, die Schwester meiner Mutter, gestorben ist, hat sich mein Blick auf meine Figur komplett geändert. Durch den

Tod meiner Tante habe ich plötzlich gemerkt, wie schön es ist, überhaupt einen Körper *zu haben*. Und dann auch noch ein funktionierendes Exemplar, das seinen Job wirklich ganz fabelhaft macht. Warum soll man ständig an seiner Figur rumdoktern? Mein Gott, wie ich mich früher dauernd ins Fitnessstudio zu irgendwelchen Kursen gequält habe, die absolut keinen Spaß gemacht haben! Bodypump, Bodycombat, Bauch-Express – wenn man mich fragt, sollte man lieber ein gutes Buch lesen, anstatt irgendwelche Hanteln zu stemmen. Ich weiß noch, dass ich mich sogar einmal wagemutig in die Zumba-Klasse begeben habe. »Ein Tanz-Fitnessprogramm zu heißer lateinamerikanischer Musik«, hieß es in der Beschreibung des Kurses. Die Teilnehmerinnen sahen allerdings eher aus wie pummelige Hausfrauen, die nachmittags die Unterhosen ihrer Männer in die Waschmaschine stopften, während sie gleichzeitig für drittklassige Sexhotlines in den Hörer stöhnten. Das war nichts für mich. Außerdem habe ich mir beim etwas zu stürmischen Schütteln meines Brustkorbs die Schulter gezerrt. Seitdem bin ich nie wieder hingegangen. Ich erinnere mich auch noch daran, dass der Bodystep-Kurs ein regelrecht traumatisches Erlebnis für mich war. Ein kleiner Mensch, der mich an Rumpelstilzchen erinnerte, hopste vorne auf der Bühne im Affenzahn auf seinem Stepper auf und ab, während er Fitnessparolen ins Mikro brüllte. Ich war heilfroh, dass ich einen Kreislaufzusammenbruch herauszögern konnte, bis das Training vorbei war. Empfehlenswert fand ich hingegen immer den Po-pur-Express. Nicht zuletzt, weil ein schnuckeliger Afrikaner ihn geleitet hat, der sein Gesäß zur Veranschaulichung in verschiedenen Stellungen präsentiert hat. Aber den Kurs haben sie abgeschafft und durch irgendein schweißtreibendes Kardiotraining ersetzt, das Super-Bang-Boom-Extrem-Workout oder so hieß. Nein, den ganzen Fitnesswahn mache ich heute nicht mehr mit. Stattdessen habe ich beschlossen, mit meinem Körper zufrieden zu sein. So wie er ist. In meinen Augen sollten wir Frauen einfach aufhören, uns so krass verrückt zu machen. Produkte mit der Aufschrift »Weniger süß« gehörten zwangsweise aus jedem weiblichen Haushalt verbannt und Fernsehformate, die Fünfzehnjährigen eintrichtern, dass sie zu dick sind, wenn sie nicht in Größe zweiunddreißig passen, komplett verboten. Mal ehrlich: Wenn die Mädels bei Germany's Next Topmodel im Halbkreis vor der Jury stehen, sieht das doch aus, als würde gerade eine Selbsthilfegruppe für somatoforme Störungen stattfinden.

Ich beweg mich nur noch, wenn es mir Spaß macht. Mittlerweile gehe ich zum Beispiel jeden Freitag zum Pilates, obwohl mein erster Besuch im »Schnupperkurs für Neugierige« einen recht befremdlichen Eindruck auf mich gemacht hat. »Anus anspannen!«, »Powerhaus aktivieren!«, »Vagina einziehen!«, waren Anweisungen, denen ich anfangs misstraute. Zumal ich bei den meisten Übungen aussah wie ein Kranich beim Pinkeln. Aber nach dem Training fühlte ich mich, als sei mein ganzer Körper einmal durchgeknetet worden, und das war echt super.

Ein lautes Hupen holt mich in die Gegenwart zurück. Wahrscheinlich ist mein Taxi da. Juhu! Yes! Ich werde diesen Abend nicht mehr alleine zu Hause verbringen! Ich werde Spaß haben und Rainer so gut es geht vergessen. Wenn er nur wüsste, dass ich ohne ihn abends etwas unternehme. Ob ich schnell eine Facebook-Statusnachricht posten soll, die »Ich geh jetzt feiern« oder so lautet? Aber das kommt mir irgendwie kindisch und albern vor. Außerdem muss ich mich jetzt beeilen. Vielleicht mache ich das später noch, wenn ich was getrunken habe. Schnell ziehe ich mir meine Schuhe an, schnappe mir meine Handtasche, laufe noch mal ins Schlafzimmer und rufe ein möglichst liebevolles: »Tschüss Pirmin!«, in Richtung des Terrariums. Schließlich habe ich es meiner Schildkröte zu verdanken, dass dieser Abend eine glückliche Wendung genommen hat.

»Wohin soll denn die Reise gehen?«, fragt der Taxifahrer, nachdem ich eingestiegen bin.

»Einmal zum Olivaer Platz, bitte!«, dirigiere ich.

»Ist da eine Party?«, will er wissen, und ich befürchte, dass er versucht, mir ein Gespräch an die Backe zu kleben. Normalerweise habe ich nichts gegen ein kleines Schwätzchen, aber der Typ ist mir unsympathisch. Das Taxi müffelt, und auf dem Handschuhfach befindet sich ein Aufkleber mit dem Spruch: »Mann mit Grill sucht Frau mit Kohle«.

»Nee, da ist eine Bar«, sage ich und gucke aus dem Fenster. Hoffentlich lässt der Kerl mich jetzt in Ruhe. Der Taxifahrer scheint meine Körpersprache richtig zu deuten und dreht das Radio ein bisschen lauter.

Auf der Fahrt holen mich meine Grübeleien wieder ein. Rainer ist so ein Arschloch. Vielleicht sollte ich mich glücklich schätzen, dass er nicht anruft. So erlebe ich wenigstens keine negativen Überraschungen mehr. Ich erinnere mich nämlich daran, dass er mich tatsächlich einmal angerufen hat, um mir mitzuteilen, dass er sich tags darauf mit seiner Ex-Freundin treffen wird. Zu zweit, im Park, zum

Picknick. Ich bin geplatzt vor Eifersucht und war kurz davor, sämtlichen Proviant, den er für diesen Tag eingekauft hat, einfach aufzuessen. Sollte er doch sehen, was er seiner blöden Lara auf seiner blöden Picknickdecke zum Knabbern anbietet. Da er sich aber wahrscheinlich trotzdem mit ihr getroffen hätte, habe ich es gelassen und stattdessen einige Regentänze aufgeführt (es gibt da einige Choreografien zum Mitmachen auf YouTube), um den beiden wenigstens das Wetter zu vermiesen. Aber irgendetwas scheine ich dabei falsch gemacht zu haben, denn es wurde ein schöner Sommertag, zumindest für Rainer und Lara, mir ging es beschissen.

Das Taxi hält an einer Ampel, und ich sehe ein verliebtes Pärchen knutschend an einer Laterne stehen. Die beiden sind vielleicht gerade mal achtzehn. Ich beobachte, wie er seine Hand langsam und unauffällig unter ihr T-Shirt schiebt. Sie hält seinen Arm behutsam fest, als würde sie ihm zu verstehen geben wollen: »Nicht hier. Nicht jetzt.« Ob sie weiß, worauf sie sich da einlässt? Ob er der Richtige für sie ist? Am liebsten würde ich aussteigen und sie darüber aufklären, dass Männer nur hinterlistige Aufschneider sind und ihr wahres Gesicht erst nach und nach zeigen. Ich würde mich sicher anhören wie eine verbitterte alte Schachtel, aber: Alle Männer, mit denen ich eine Beziehung hatte, haben am Anfang zumindest Dinge gesagt wie: »Der Mann, der dich zur Freundin hat, muss ein echter Glückspilz sein!« Doch sobald sie dieser Glückspilz waren, wurden sie selbst zum giftigen Fliegenpilz oder zur einfältigen Morchel.

»Wo soll ich dich denn genau rauslassen am Olivaer Platz?«, fragt der Taxifahrer und dreht das Radio wieder leiser.

»Ähm, am besten da an der Ecke bei Starbucks«, antworte ich.

»In welche Bar geht's denn genau?«

Der Typ lässt wohl nicht locker.

»Ins KLO.«

»Ach, das kenne ich. Ist so ein Touristenschuppen. Toilettenkneipe nennen die sich, weil man da auf Klodeckeln sitzt oder so. Na meins wär's ja nicht. Hab gehört, da gibt's Bier in Urinflaschen.«

Ich schüttele innerlich den Kopf über die Sensationsgeilheit der Berlin-Besucher. Eigentlich schafft man es hier ganz gut, sich von dem ganzen Touristenzirkus fernzuhalten, und deshalb liebe ich diese Stadt, auch wenn sie dämliche Erlebnisbars hat.

Während andere in meinem Alter schon längst ein Jahr nach Australien gegangen sind, um Koalas großzuziehen oder um in Südamerika Kindern Englisch beizubringen, habe ich Berlin immer die Treue gehalten. Ich habe die milden Sommer und die arschkalten Winter durchgehalten, mich nicht über die zahlreichen Baustellen beschwert oder über die BVG. Ich habe das Chaos der S-Bahn milde lächelnd mitgemacht und die Eröffnungsverschiebung des internationalen Flughafens mit Stärke verkraftet. Ich akzeptiere stoisch die zugezogenen Dorftrottel, die Jacken tragen, auf denen »Hauptstadtrocker« steht, und ich atme die Luft in Berliner U-Bahnhöfen ein, als handele es sich um eine erfrischende Ostseebrise. Ich bleibe in Berlin, weil ich diese Stadt liebe. Zumindest rede ich mir das gerne ein. Eigentlich habe ich nur richtig großen Schiss, mal rauszukommen. Ich hab solche Angst, es könnte dann etwas Schlimmes passieren, sich in der Zwischenzeit in Berlin etwas verändern. Deshalb habe ich ein ziemlich peinliches Geheimnis, das nur meine Familie, Friederike und Paul kennen: Ich war noch niemals im Ausland. Wirklich *noch nie*. Und ich bin sechsundzwanzig, ja, das ist die bittere Wahrheit. Einmal bin ich mit Friederike zu ihren Eltern nach München geflogen, weil sie mich dazu überredet hat. Sie hat darauf bestanden, dass ich wenigstens mal ein Flugzeug von innen sehe. Ich fand den Flug einfach schrecklich. Mir doch egal, was irgendwelche Unfallstatistiken sagen, ich fahre trotzdem lieber mit dem Zug oder dem Auto. Nach dem Abi hatte ich mal geplant, mit ein paar Freundinnen für zehn Tage nach Tunesien zu reisen. Ich hatte das Ticket schon gebucht und mir einen Reisepass ausstellen lassen, aber als ich dabei war, meinen Koffer zu packen, ist mir ganz schlecht geworden, und ich habe den Trip abgesagt.

Ach, in meiner Vorstellung wäre es schön, mal woanders zu wohnen, aber ich traue mich einfach nicht umzuziehen, noch nicht mal in eine andere deutsche Stadt. Was wäre mit meinen Freunden? Was wäre mit meiner Familie? Was wäre mit einem guten Döner bei Mustafas Gemüsekebab? Den Gedanken, alleine in der Fremde zu sein, finde ich schon irgendwie spannend, aber den Schritt zu machen und mein Leben umzukrempeln, daran scheitere ich.

»Nesthocker«, sagt Oma Hedda zu mir, wenn ich ihr von diesem Problem erzähle, und betont mal wieder, dass sie ganz allein in den Westen gekommen ist. Friederike, die sich für wahnsinnig frankophil hält, weil ihr Urgroßvater aus Frankreich kam, hat mich aufgrund meiner Sesshaftigkeit »Chouette« getauft. Da mein Französisch sich auf den Satz: »C'est bon, c'est bon, Géramont, Géramont!«, beschränkt, musste Friederike mir erklären, dass »Chouette« auf Französisch Eule heißt, und sie meint, dass dieser Name einwandfrei zu mir passt. Das Eulenküken sitzt zuerst ewig im Nest und hockt danach auf dem Ast, bis es sich endlich traut zu fliegen. Zumindest wünscht Friederike sich das so sehr für mich.

»Ehrlich Chouette, du verpasst etwas, wenn du nicht mal woanders lebst«, sagt sie oft zu mir, und ich weiß, dass sie damit darauf anspielt, dass sie selbst in Paris und San Francisco gewohnt hat. Ich weiß auch, dass sie recht hat und es gut mit mir meint, aber ich kann das einfach nicht. Mein Vater hat mir auch schon vorgeschlagen, dass wir mal zusammen Griechenland besuchen könnten, aber da er selbst nicht sonderlich heimatverbunden ist und wir keine Verwandten mehr dort haben, ist aus dieser Idee nie etwas geworden. Letztendlich bin ich froh, dass die Auswahl meines Spitznamens so glimpflich verlaufen ist, nachdem ich neulich gelesen habe, dass auch die Seescheide kein großer Freund von Ortswechseln ist.

»Das macht acht achtzig«, sagt der Taxifahrer und hält vor Starbucks an.

Ich drücke ihm einen Zehn-Euro-Schein in die Hand.

»Stimmt so«.

Dann bedanke ich mich bei ihm und steige aus. Wenig später betrete ich das KLO, und das Schicksal nimmt seinen Lauf…

Empörend, würde Oma Hedda das Ambiente wohl nennen. Von der Decke baumeln Klobürsten, und an den Wänden hängen Karten mit Sprüchen darauf wie »Auf Klos geht's los«.

Ich entdecke Friederike in der Mitte des Ladens. Sie sitzt mit ihrem Freund Sven in einer größeren Gruppe um einen runden Tisch herum. Vor ihr stehen zwei leere Cocktailgläser, und ein volles Glas hält sie in der Hand.

»Hallöchen«, flöte ich in die Tischrunde.

Ich bin immer wieder erstaunt, wie schamlos ich meine schlechte Laune überspielen kann. Ich mache hier den Eindruck, als sei ich eine richtige Frohnatur, und lächle, als wäre ich bester Stimmung. Meine schlimmste Befürchtung ist jedoch, dass jeden Augenblick einer von den Anwesenden aufsteht, sein Glas auf den Tisch knallt, mir fest in die Augen sieht und ruft: »Jetzt hör doch auf mit dem Quatsch!« Aber alle scheinen mir mein Lächeln abzukaufen. Nur von Sven kassiere ich einen skeptischen Blick, wahrscheinlich hat Friederike ihn über die Rainer-Anruf-Problematik aufgeklärt.

»Ich kann nicht glauben, dass du dir dieses schreckliche Kleid wirklich gekauft hast«, sagt Friederike, als ich mich neben sie setze.

»Ich finde es schön!«, verteidige ich mich und sehe noch einmal an meinem in hellen Brauntönen gehaltenen Blümchenkleid hinunter. Ich bin es schon gewohnt, dass Friederike immer raushängen lassen muss, dass sie einen besseren Modegeschmack als ich hat. Oder – im Gegensatz zu mir – überhaupt einen.

»Meine Oma hat eine Tapete mit dem Muster«, stellt Sven fest, sieht dabei aber so aus, als würde er seinen Kommentar gar nicht böse meinen.

Dann ist das Thema zum Glück gegessen, und Friederike stellt mich den anderen Leuten am Tisch vor, die alle Arbeitskollegen von Sven sind und von denen einer einen

Groupon-Deal für diese Kneipe gekauft hat und deshalb unbedingt hierherwollte. Alle sind schon ziemlich blau, und weil es nichts Schlimmeres gibt, als ein nüchternes Dasein unter Betrunkenen zu fristen, bestelle ich mir zügig mein erstes Getränk.

Es ist widerlich, was im KLO alles serviert wird. Neben den Urinflaschen, die mit Bier gefüllt sind, gibt es roten Apfellikör aus Spritzen und kleine Snacks in Nachttöpfen. Das Konzept dieser Bar ist wirklich nicht nach meinem Geschmack – Guacamole aus dem Kackpott? Ich bin eher mäßig begeistert. Wenigstens entpuppt sich unsere Tischrunde als ganz lustiger Haufen. Thomas, Svens Schreibtischnachbar im Büro, unterhält die Runde mit Anekdoten aus seiner Zeit als Aushilfskraft bei H&M. Er beschreibt eindrücklich die Unfähigkeit der Kunden, das Wort »Sale« englisch auszusprechen und Kleidungsstücke zu beschreiben, die sie im Onlineshop gesehen haben. Den Vogel schoss eine Kundin ab, die eines Tages in den Laden marschierte und sagte: »Ich suche ein Kleid, das sieht aus wie ein See.« Thomas weiß bis heute nicht, was die Kundin da im Internet gesehen hat.

Ich fühle mich schon etwas besser als vorhin und danke Pirmin im Geiste, dass er so ein gutes Orakel war. Bald lache ich so ausgelassen, als säße ich auf der Dachterrasse eines Fünf-Sterne-Hotels und nicht in einer Erlebnisbar in Wilmersdorf.

Dann sehe ich ihn. Er steht neben einer antiken Toilettenschüssel an der Bar, unter dekorativ an der Decke befestigten Saugglocken, mit denen man normalerweise den WC-Abfluss reinigt. Die Kluft zwischen meiner Walt-Disney-Fantasie und der Realität hätte nicht größer sein können. Er ist groß und hat breite Schultern. Sein Teint ist etwas dunkler, und wenn er mit dem Barkeeper redet, zeigt er ab und zu sein Lächeln. Seine zwei kleinen Grübchen kann ich dabei selbst von unserem Tisch aus erkennen. Lässig sieht er aus. Er trägt eine Jeans, ein T-Shirt und dunkelblaue Segelschuhe. Plötzlich habe ich ein hoffnungsvolles Gefühl in mir. Friederike bemerkt meinen Blick, der regungslos auf dem gut aussehenden Typen liegt, und sagt: »Na los, Chouette! Stell dich doch neben ihn an die Bar!«

Ich überlege. Genug Mut habe ich mir bereits angetrunken, mein Selbstbewusstsein kann am heutigen Abend definitiv eine Stärkung vertragen, und dieser Kerl ist wirklich verdammt süß. Ich stehe auf, falle fast auf die Fresse, weil mein Fuß sich unglücklich im Stuhl verfängt, und stolziere, so gut es geht, weiter auf die Bar zu. Ich stelle mich in etwa einem Meter Entfernung neben mein Zielobjekt und bestelle einen Rum mit Apfelsaft. Es gibt etliche Menschen, die diese Kombination recht pervers finden, aber diese Leute haben keine Ahnung. Rum mit Apfelsaft ist wie Sex auf der Waschmaschine, Käse mit Marmelade oder ein Stück Kuchen aus der Mikrowelle: ausgefallen, aber irgendwie gut. Dann warte ich darauf, dass der Typ mich anspricht. Ich zupfe an meinem Kleid herum, sehe verstohlen zu ihm hinüber. Er lächelt. Ich gucke schnell wieder weg und versuche ein erfreutes Grinsen zu unterdrücken. Der Barkeeper bringt mein Getränk, ich stecke betont langsam mein Geld ins Portemonnaie, um meinem Auserwählten noch zehn Sekunden länger zu geben. Doch nichts geschieht. Ich greife nach meinem Glas und setze mich enttäuscht in Bewegung, um wieder an den Tisch zu den anderen zu gehen. Der Traumprinz hatte seine Chance vertan. Schade eigentlich.

»Hi, ich bin Torben«, höre ich da eine Stimme hinter mir sagen.

Ich bleibe stehen und drehe mich mit einem stolzen Lächeln auf den Lippen um. Siegesgewiss, dass sich der Typ nun doch noch dazu entschlossen hat, mich in ein Gespräch zu verwickeln.

»Hi, ich bin Helena«, sage ich.

Erschrocken blicke ich in die Augen eines Mannes, der eben noch *links* von mir am Tresen gestanden hatte. Sein Gesicht sieht ein bisschen aus wie das von Graf Zahl aus der Sesamstraße. Jesus, Maria und Joseph! Warum sind es immer die Freaks, die sich für mich interessieren? Torben trägt einen kleinen runden Ohrring, und aus dem Augenwinkel nehme ich alarmierend wahr, dass er sich sein Handy in einer kleinen Tasche an den Gürtel geschnallt hat. Oh Gott! Aus meinem siegessicheren Lächeln wird ein verkrampftes Grinsen, das wahrscheinlich mehr an ein Zähnefletschen erinnert.

»Darf ich dir ein Kompliment machen? Du hast wirklich wunderschöne Augen.« Torben sieht mich erwartungsvoll an.

Aber was erwartet er? Will er mir als Nächstes sagen, dass meine Eltern Diebe sein müssen, weil sie den Glanz der Sterne geklaut und in meine Augen gelegt haben? Platter geht's ja wohl nicht! Wie soll ich denn jetzt reagieren? Soll ich ihn anlügen und ihm sagen, dass ich die weißen Nähte an seiner schwarzen Mustang Jeans für hocherotisch halte?

»Danke«, presse ich hervor. »Ich bin mit ein paar Freunden hier, und die warten bestimmt schon auf mich. Ich wünsch dir einen schönen Abend.« Schonender hätte ich die Abfuhr nicht formulieren können.

»Hier ist meine Karte, falls du Lust hast, mal einen Kaffee trinken zu gehen«, mutig streckt mir Torben seine Visitenkarte entgegen, und seine Hand zittert dabei leicht. Irgendwie tut er mir leid, und ich nehme die Karte aus seiner Hand.

»Ok, bis dann«, sage ich, nicke und gehe.

Als ich zurück zu unserem Tisch schlendere, drehe ich mich noch einmal suchend um. Doch der süße Typ, der rechts von mir an der Bar gestanden hat, ist längst verschwunden.

Friederike krallt sich lachend die Visitenkarte, die ich mit an den Tisch bringe. Natürlich hatte sie meine Begegnung amüsiert beobachtet.

»Torben Harz, Projektmanager, Digital Identification Solutions«, liest sie vor und rümpft fragend die Nase.

»Scheint ja keine schlechte Partie zu sein«, wirft Sven ein. »Glaube die stellen VISA, ID-Karten, Ausweise und so Zeug her«, erklärt er uns, als er meinen ratlosen Blick sieht.

Ich zucke mit den Schultern und stecke die Karte in mein Portemonnaie, denn ich bringe es nicht übers Herz, sie vor Torbens Augen zu entsorgen. Wir trinken noch etwas weiter, aber der Alkohol zeigt irgendwie keine richtige Wirkung, und meine Stimmung wird nach dem kurzen Hoch langsam wieder schlechter. Ich bin enttäuscht, dass mich der attraktive Kerl an der Bar nicht angesprochen hat. Das bestätigt meine Theorie, dass ich eben keinen besseren Mann abkriegen werde. Ich muss wieder an Rainer, seine

Schwester und meine miserable Position zwischen den beiden denken. Es ist mittlerweile schon spät geworden, und ich befrage mein iPhone, wann mein Nachtbus abfahren würde. Weil es so laut ist und Friederike neben mir pausenlos »Prost!« ruft, funktioniert die Spracherkennung aber nicht und antwortet mehrere Male: »Ich sehe Mikro nicht in deinem Adressbuch«. Irgendwann klappt es doch, und ich beschließe, mich auf den Weg zu machen.

»Ich gehe jetzt«, sage ich zu Friederike, die sich gerade ihren sechsten Cocktail gönnt.

»Bleib doch noch«, sagt Sven zu mir.

»Chouette is müd«, nuschelt Friederike.

»Genau, meine Liebe. Wir telefonieren morgen!«

Ich drücke beiden einen Kuss auf die Wange, verabschiede mich von der inzwischen kleiner gewordenen Tischrunde und verlasse das KLO.

Es ist noch warm draußen, schließlich ist es schon Ende Juni, aber ich ziehe trotzdem mein rotes Bolerojäckchen über, denn es passt so gut zu meinem Kleid. Zumindest sehe ich das so, Friederike hätte da sicherlich eine andere Meinung. Dann latsche ich zur Bushaltestelle. Eigentlich hätte ich noch zehn Minuten länger im KLO bleiben können, weil mein Bus erst später fährt, aber mir war nicht mehr danach. Ich setze mich auf einen der weißen Plastiksitze, auf den jemand mit schwarzem Edding »Möse« geschrieben hat. Es scheint also Menschen zu geben, denen tatsächlich noch langweiliger ist als mir. Kaum zu glauben. Ich bin wirklich deprimiert von meinem öden Leben. Es passiert weder etwas Beschissenes, noch etwas Schönes, es ist weder richtig leicht noch wirklich schwer. Wäre mein

Leben eine Farbe, wäre es mittelbraun. Und wäre meine Beziehung mit Rainer eine Kneipe, wäre sie das KLO.

Plötzlich erspähe ich den gut aussehenden Typen aus der Bar. Er kommt direkt auf die Bushaltestelle zugelaufen, und ich tue so, als hätte ich ihn nicht bemerkt, bis er sich neben mich setzt. Es ist mitten in der Nacht, die Straßen sind mucksmäuschenstill. Schüchtern versuche ich, mich zu ihm zu drehen, um zu sehen, ob er mich anguckt.

»Weißt du, wann der Bus kommt?«, fragt er mich, und mir gefällt seine tiefe Stimme. Ich finde es süß, dass er mich das fragt, denn es ist offensichtlich, dass er diese Information leicht selbst herausbekommen könnte. Ich kann sein Parfüm riechen. Ein angenehm männlicher Duft, bisschen herb, aber auch ganz leicht süßlich.

»Zwei Uhr dreiundvierzig«, entgegne ich.

»Danke. Ich bin übrigens Jeffrey«, redet er einfach weiter und streckt mir seine Hand entgegen. Jeffrey! Das ist doch mal ein Name. Nicht Torben. Nicht Rainer. Oder Eckbert.

»Schöner Name«, sage ich.

»Ja, mein Vater ist Amerikaner. Ich bin auch froh, dass ich nicht Winfried heiße.« Jeffrey lacht. Seine Grübchen formen sich, und ich könnte dahinschmelzen, wenn ich nicht zu aufgeregt wäre. Dieser Mann sieht nicht nur blendend aus, er ist auch noch halbwegs witzig!

»Ich bin Helena«, antworte ich und schüttele seine Hand.

Ich muss kurz schwärmen. Solche Hände sieht man sonst nur auf Postkarten von Anne Geddes, wenn sie kleine Babys in Schmetterlingskostümen in den Händen halten.

Oder auf Plakaten von United Colors of Benetton oder auf Flyern für den Weltfrieden, auf denen zwei Hände die Weltkugel tragen. Seine Hände sehen so groß, so erfahren aus. Rede ich wirr? Erfahrene Hände? Flyer für den Weltfrieden? Auf jeden Fall will ich, dass diese Hände meinen Kopf streicheln, bevor ich zu Bett gehe, und dass sie sich um meine Schultern legen, wenn ich durch die Straßen laufe. Es gibt jetzt keinen Zweifel mehr. Seine Statur, seine Grübchen, sein Humor, sein Kleidungsstil: Amors Pfeil hat mich getroffen – mitten ins Herz.

»Kommst du aus Berlin?«, erkundigt er sich grinsend.

»Ja, wieso?«, antworte ich irritiert.

»Weil du im KLO warst«, sagt er. »Da gehen sonst nur Touristen rein.«

»Dann hast du mich also an der Bar gesehen?«, frage ich gewagt und bin heilfroh, dass meine Stimme sich nicht vor Nervosität überschlägt.

»Natürlich habe ich dich gesehen. Man kann dich schwer übersehen...«, schmeichelt er mir, und mein Herz macht einen Sprung. War ich tatsächlich bis eben noch schlecht gelaunt? Gerade könnte ich zu »Cotton Eye Joe« den Ententanz hinlegen.

»Danke schön«, sage ich etwas unsicher und werde rot.

»Ich wollte dich vorhin schon ansprechen, aber du saßt mit so vielen Leuten an einem Tisch, und da wollte ich nicht stören«, erklärt er und sieht mich verstohlen von der Seite mit seinen hübschen hellbraunen Augen an, in denen seine großen schwarzen Pupillen so vertrauenserweckend strahlen, dass ich am liebsten in ihnen versinken würde.

»Und, kommst du aus Berlin?«, frage ich schnell, um durch mein dämliches Starren nicht vollkommen geistig umnachtet zu wirken. »Oder bist du ein Tourist, der mal eine Erlebniskneipe in der Großstadt auskundschaften wollte?« Meine Witze sind auch schon mal besser gewesen.

»Nein, ich war nur im KLO, um auf die Toilette zu gehen. Ich weiß, wie sich das jetzt anhört – aber so war's. Danach hab ich beschlossen, noch kurz ein Bier zu trinken, ich fand die Bar eigentlich ganz lustig. Also kein Tourist. Ich bin in Berlin geboren, aber mir gefällt die Stadt nicht mehr«, sagt er.

»Wieso?«, frage ich und versuche einen verführerischen Blick aufzulegen.

»Ich weiß nicht. Ich glaube, viele Menschen kommen inzwischen hierher, weil sie etwas erwarten. Sie wollen einen Job, einen Studienplatz, einen Tapetenwechsel, die große Liebe oder die große Stadt. Die Menschen laufen durch die Straßen und wollen irgendetwas. Ich glaube, die Leute, die nach Berlin kommen, sind nicht zufrieden, sondern sie wollen es werden.«

Ich muss ein bisschen grinsen. Habe so etwas noch nie jemanden sagen hören und schon gar nicht einen Mann, der dermaßen attraktiv ist. Ob er ein verkappter Philosoph ist? Die sexy Version von Immanuel Kant? Das wär doch genau das Richtige für mich.

»Und Jeffrey, bist du zufrieden?«

Als Jeffrey mir antwortet, rückt er ein Stück näher an mich heran, sodass uns nur noch ein winziger Spalt trennt. Es ist unglaublich. Dieser Mann riecht so gut. Ich kann seine Körperwärme spüren und merke, wie ich eine Gänsehaut kriege. Und das ist nicht nur irgendeine Übertreibung, um zu verdeutlichen, was dieser Mann für eine prickelnde Wirkung auf mich hat. Ich bekomme *tatsächlich* eine Gänsehaut.

»Ja, ich bin zufrieden. Aber ich ziehe auch nicht nach Berlin, um mein Glück zu finden. Ich werde aus Berlin wegziehen«, sagt er und sieht dabei etwas traurig aus. »Wohin wirst du ziehen?«, frage ich ein wenig enttäuscht.

»Nach New York, ich werde dort für meinen Onkel arbeiten«, antwortet er.

»Aber du willst eigentlich gar nicht aus Berlin weg?«, frage ich zaghaft.

Total albern. Irgendwie trifft es mich, dass dieser Mann die Stadt verlässt, obwohl ich ihn kaum zehn Minuten lang kenne. Außerdem bin ich beeindruckt. Wer kann schon von sich behaupten, nach New York zu ziehen? Ich bestimmt nicht.

»Ich weiß es nicht«, sagt er achselzuckend. »Ich mag New York. Ich mag Berlin. Es tut gut, mal alles hinter sich zu lassen. Meistens merkt man ja erst, was man an seiner Heimatstadt hat, wenn man mal woanders ist. Außerdem bin ich jetzt zweiunddreißig, irgendwie will ich noch mal was erleben, bevor ich mich wirklich niederlasse, eine Familie gründe und so Zeug.«

Ich brumme zustimmend und rücke mein Bolerojäckchen zurecht.

»Helena?«, fragt Jeffrey.

»Ja?«

Ich schaue ihn erwartungsvoll und ein wenig ehrfürchtig von der Seite an und versuche, meine Brüste durch Heben meines Brustkorbes in Szene zu setzen.

»Du bist mir gleich im KLO aufgefallen.«

Ich kichere blöde, doch Jeffrey fährt unbeirrt fort: »Ich

weiß, wir kennen uns nicht, aber es passiert mir nicht oft, dass mich eine Frau so fasziniert. Ich würde dich echt gern wiedersehen.«

In meinem Kopf beginnt die Anfangsmelodie der Kinderserie »Alfred Jodocus Kwak« zu spielen: »Warum bin ich so fröhlich, so fröhlich, so fröhlich? Bin ausgesprochen fröhlich, so fröhlich war ich niiiiiie!« Meine Gedanken überschlagen sich vor Freude. Passiert das hier wirklich gerade?

»Wie gesagt, ich fliege übermorgen nach New York, aber vielleicht hast du ja morgen oder genau genommen heute noch ein paar Stunden Zeit für mich.«

Ich bin sprachlos. Dann stammele ich etwas von meinem Studium und der Implantatprophylaxe, vom Pilateskurs, der in einigen Stunden beginnt, und meiner Pilates-Lehrerin. Ich bin so durch den Wind, dass ich von Glück sagen kann, dass ich ihm nicht »Anus anspannen!« ins Gesicht brülle. Es ist zum Mäusemelken. Ich kann einfach nicht normal reagieren.

Wenn ich, wie in diesem Moment, eigentlich laut »Ja!« schreien möchte, zähle ich Dinge auf, die dagegensprechen, aber wenn meine Nachbarin mich fragt, ob ich spontan auf ihren kleinen Max aufpassen könnte, willige ich sofort ein, obwohl ich weder Lust noch Zeit habe. Deshalb bin ich selbst etwas überrascht, als nach langen Ausführungen plötzlich ein »Natürlich habe ich Zeit« aus meinem Mund kommt.

Jeffrey freut sich. Das ist niedlich. Ich sehe die Erleichterung in seinen Augen. Wie süß. Hat er tatsächlich damit gerechnet, ich würde ablehnen?

Der Bus lässt auf sich warten, und Jeffrey schlägt vor,

zu zweit durch die Stadt zu spazieren. Ich finde diese Idee total romantisch und schaffe es dieses Mal sogar, sofort zuzustimmen.

»Und was machst du so, wenn du nicht gerade in Bars rumhängst?«, fragt er mich, als wir in eine Seitenstraße abbiegen. Ein einsamer alter Mann mit Hund kommt uns entgegen, ansonsten scheint die Stadt tief und fest zu schlafen.

»Ich studiere Zahnmedizin.«

Jeffrey pfeift anerkennend.

»Hübsch und klug. Das ist ja selten.«

»Warum sagen Männer das immer? Ich kenne einen Haufen Frauen, die intelligent sind und gut aussehen.«

»Dann solltest du mich mal deinem Freundeskreis vorstellen.«

Jeffrey grinst und zwinkert mir zu.

Ich frage mich, was er damit meint. Will er jetzt meine Freundinnen kennenlernen, oder will er mir näherkommen, indem er meine Freunde trifft? Doch noch bevor ich genauer darüber nachdenken kann, nimmt er meine Hand und zieht mich in Richtung eines Spielplatzes auf der gegenüberliegenden Straßenseite.

»Hey! Was willst du denn da?«, frage ich ihn, als er das niedrige Eisentor öffnet. Dann nimmt er mich mit zur Schaukel.

Ich finde das alles total aufregend. Plötzlich muss ich jedoch an Rainer denken und ob das, was ich gerade hier veranstalte, schon als Betrügen gelten würde. Wahrscheinlich nicht. Es ist ja nichts. Ich bin nur nachts mit einem fremden Mann auf einem Spielplatz. Alles vollkommen im Rahmen.

Ich setze mich auf eine Schaukel, Jeffrey macht ein paar Klimmzüge am Gerüst über mir. Dabei rutscht sein T-Shirt nach oben, und ich erhasche einen Blick auf seinen Bauch. Ich erahne in der Dunkelheit Haare, die eine breite Linie in Richtung seines Schambereichs bilden, und ich merke, dass mir das Denken immer schwerer fällt. Ob er das mit Absicht macht? Von sich selbst überzeugt scheint er ja zu sein, sonst hätte er mich nicht so einfach angesprochen. Doch dann muss ich wieder an sein erleichtertes Gesicht denken, als ich zugestimmt habe, ihn morgen zu treffen. Jeffreys Art ist wirklich eine interessante Mischung aus selbstbewusst und goldig.

Dann hört er mit seinen Klimmzügen auf und setzt sich auf die Schaukel neben meiner.

»Ich beneide dich, ich würde auch gerne mal nach New York«, sage ich verträumt.

»Ich freu mich auch schon. Ich werde zwar viel arbeiten müssen, aber hey, ich bin in New York! Am Wochenende kann ich dann ja machen, was ich will.«

»Und das wäre?«

»Leute kennenlernen, gut essen, in der Gegend rumfahren – vielleicht an dich denken?«

Ich sehe Jeffreys Zähne in der Dunkelheit leuchten, er scheint bis über beide Ohren zu grinsen. Ob er mich auf den Arm nehmen will?

»Ach komm, du kennst mich doch erst seit 'ner Stunde!«, protestiere ich, aber eigentlich nur, um noch mehr so schöne Sätze aus ihm rauszuquetschen.

»Trotzdem. Man merkt doch, ob es zwischen zwei Menschen funkt oder nicht.«

Ich finde, da hat er irgendwie recht.

»Willst du rutschen?«, fragt er mich dann, steht auf und läuft rüber zu der langen Röhre, die von einem Klettergerüst nach unten führt.

»Klar«, sage ich und hoffe, dass mein Kleid das mitmacht. Der Stoff ist ziemlich dünn, aber ich will nicht zimperlich erscheinen.

Jeffrey klettert flink wie ein Eichhörnchen die Leiter des Klettergerüsts hoch, und ich versuche möglichst schnell hinterherzukommen. Der Übergang zwischen der Leiter und der Plattform, von der die Rutsche abgeht, ist eng, aber ich quetsche mich durch und komme schließlich oben an. Es ist ganz ungewohnt, die Hände voller Sand zu haben. Außerdem schmerzt mein Knie, weil ich es mir an einer Stufe gestoßen habe. Ich komme mir so unbeschwert vor, als wäre ich wieder im Kindergarten – total großartig!

Jeffrey sitzt schon am Anfang der Rutsche.

»Komm, setz dich hinter mich«, sagt er und bewegt neckisch seine Augenbrauen.

Jetzt verstehe ich, warum er diese Idee hatte. Oh Gott, ist das hier alles albern, aber auch so spannend!

Ich grätsche meine Beine und nehme hinter ihm Platz. Mein Kleid rutscht dabei hoch, aber weil es so dunkel ist, fällt das nicht weiter auf. Ich lege meine Arme um Jeffreys Bauch herum und spüre, wie meine Brüste seinen Rücken berühren.

Ich hätte nie gedacht, dass ich diesen Satz einmal denken würde, aber: So eine Rutsche ist doch was Erotisches.

Jeffrey stößt uns von der Plattform weg, und wir rutschen den ganzen Weg eng umschlungen nach unten. Er hält sich an meinen Beinen fest, und als wir unten ankommen, kullern wir in den Sand und landen dicht nebeneinander.

Jeffrey lacht. Ich kichere, und in diesem Moment hätte ich ihn nur zu gerne geküsst. Aber ich muss an Rainer denken.

Rainer ist zwar echt ein blöder Sack, und dass er sich nicht meldet, finde ich zum Kotzen, aber ich muss mich irgendwie innerlich sammeln, bevor ich jetzt etwas mache, was ich später vielleicht bereue.

»Wollen wir langsam weitergehen?«, frage ich deshalb, löse mich schweren Herzens von Jeffreys Körper und stehe auf. Soll ich ihm jetzt sagen, dass ich einen Freund habe? Quasi als Begründung, warum ich nicht will, dass etwas zwischen uns läuft? Aber wozu brauche ich bitte eine Begründung? Vielleicht hat Jeffrey ja auch gar kein Interesse, mich zu küssen. Außerdem kommt das irgendwie scheiße, weil ich momentan ja gar nicht mehr viel Wert darauf lege, einen Freund zu haben. Nur weiß mein Freund eben noch nichts davon.

»Ok«, sagt Jeffrey schlicht und steht ebenfalls auf.

Wir laufen weiter ziellos durch die Straßen. Zwei Stunden lang. Wir gehen einfach dort entlang, wohin unsere Beine uns tragen. Nach ein paar Minuten ist die prickelnde Kuss-Stimmung, die ich auf dem Spielplatz empfunden habe, schon etwas verflogen, und wir unterhalten uns einfach extrem gut. Jeffrey plaudert querbeet über allerlei Dinge aus seinem Leben, erzählt, dass er Grafik an einer Fachhochschule studiert hat, er genau wie ich in Schöneberg wohnt und seine Eltern sich getrennt haben, als er fünf war. Als wir auf das Thema Essen kommen, stellen wir beide fest, dass wir die italienische Küche lieben und eine Schwäche für Ziegenkäse haben. Jeffrey erzählt mir außerdem, dass er als Kind an der Ostsee eine Qualle gegessen hat, weil er dachte, es handelte sich um Wackelpudding. Ich beichte im Gegenzug, dass ich im Alter von vier Jahren aus der Kollekte unserer Kirche Geld geklaut habe, um mir eine Baby-Born-Puppe zu kaufen, die ins Töpfchen machen konnte. Ich bin dermaßen aufgedreht, dass ich Jeffrey Geschichten von mir offenbare, die ich keinem anderen je verraten habe. Zum Beispiel, dass ich die Zahnspange meiner Freundin Antonia einmal im Spülkasten ihrer Toilette versteckt habe und sie wohl bis heute noch dort ist. Ich hatte damals partout nicht mit der Information herausrücken wollen, wohin das Ding plötzlich verschwunden war, und fand es höchst amüsant, wie die ganze Familie Walther das Haus durchsuchte. Im Nachhinein erfuhr ich jedoch, dass es Antonias Eltern mehrere Tausend Mark gekostet hatte, die Spange zu ersetzen. Ich gestehe außerdem, dass mein heimlicher Berufswunsch als Kind darin bestand, Müllmann zu werden, weil die Müllmänner immer so cool hinten auf dem Müllauto mitfahren konnten. Ich rede und rede und höre mich an, als würde ich den nächsten Satz beginnen mit: »Und einmal, im Ferienlager …«, aber dazu kommt es Gott sei Dank nicht. Jeffrey erzählt mir stattdessen, dass er als kleiner Junge gerne Sailormoon geguckt hat, bis einer seiner Freunde es herausbekam und ihn auf dem Schulhof mit dem Spruch »Macht des Mondes, flieg und sieg!« begrüßte. Was natürlich eigentlich bewies, dass er nicht der einzige Junge war, der dem Fantasy-Manga verfallen war.

Jeffrey wechselt ständig das Thema, als würde es viel zu viel geben, was er mich fragen will, und so quetscht er mich über meine Lieblingsfilme, Lieblingsbücher, meine Familie, mein Studium, meine Hobbys aus. Und es tut mir so gut, zu merken, dass sich tatsächlich ein Mann für mich interessiert. Es fühlt sich toll an – als würde mir gleichzeitig heiß und kalt sein. Und so komisch es klingt: als wär mein Herz endlich aus einem langen Schlaf aufgewacht.

Irgendwann beschließen wir, bis zu mir nach Hause zu laufen, und als wir angekommen sind, ist die Sonne längst aufgegangen.

»Also, wir sehen uns dann morgen beziehungsweise heute Abend um acht?«, fragt Jeffrey, denn unser Date ist bereits beschlossene Sache. Bevor ich jetzt wieder drauflosquatsche und ihm lauter Dinge erzähle, die nichts zur Sache tun, lächle ich und nicke vielsagend. Ich gebe Jeffrey einen Kuss auf die Wange und will gerade die Eingangstür aufschließen, als er mich noch einmal an sich heranzieht und küsst. Auf den Mund. Dann dreht er sich um und geht. Ich seufze schmachtend und stolpere benommen in meinen Hausflur.

2

Menno, das ist alles so kompliziert!

»Beziehungen sind wie Wireless-Verbindungen, manchmal ist es besser, sie zu trennen«,

stellt Friederike resigniert fest. Während wir telefonieren und gemeinsam erörtern, ob ich mit Rainer Schluss machen soll, versucht sie nämlich ihren Router zum Laufen zu bringen – anscheinend ist das ähnlich erfolglos wie meine Beziehung. Ich stehe mit dem Hörer am Ohr vor dem geöffneten Kühlschrank in meiner Küche, die nicht wesentlich größer ist als ein Dixi-Klo, und mein Herz schlägt von meiner gestrigen Begegnung mit Jeffrey noch immer in einem Rhythmus, den eine hyperaktive Frühfördergruppe mit Klanghölzern regelmäßiger erzeugen könnte. Als ich nach dem Aufstehen in den Spiegel gesehen habe, war ich direkt überrascht, dass ich nicht plötzlich aussehe wie meine ehemalige Chemielehrerin Frau Bockmann, die es geschafft hat, den halben Chemiesaal in die Luft zu jagen. Obschon ich heute schon tausendfach implodiert bin. Vor Neugier. Vor Freude.

So eine Aufregung macht ganz schön Hunger, aber leider herrscht in meinem Kühlschrank, abgesehen von einem Glas Senf und einer Flasche Weißweinessig, gähnende Leere, und so beschließe ich, mir nur einen Kaffee zu machen.

»Ehrlich gesagt, frage ich mich seit zwei Jahren, was du eigentlich an Rainer findest. Für einen Trennungsgrund brauchst du meiner Meinung nach auch keinen Jeffrey. Rainer behandelt dich doch inzwischen wie einen Wischmopp, den man nur hervorkramt, wenn was ausgekippt ist«, seufzt Friederike.

»Ich weiß, dass du recht hast, aber ich will einfach nicht alleine sein. Es ist schließlich nicht gesagt, dass die Sache mit Jeffrey wirklich etwas wird. Er ist immerhin ab morgen in New York.«

»Du könntest mit ihm gehen«, schlägt Friederike vor. »Zumindest solange du Semesterferien hast, in der Zeit könntest du herausfinden, ob das mit euch beiden wirklich passt.«

»Und danach? Semesterferien sind schließlich irgendwann vorbei. Wie soll denn das langfristig gehen? Außerdem bin ich schon so lange Zeit mit Rainer zusammen, und auch wenn er oft ein kompletter Idiot ist, würde er mir fehlen, wenn ich mich von ihm trenne. Glaube ich. Auf so ein blödes Trennungsgespräch habe ich auch keine Lust«, nörgele ich leise.

»Chouette, ich weiß, dass es schwer ist. Aber du bist sechsundzwanzig und stellst die Weichen für dein Leben, nicht nur in Sachen Liebe. Du bist im ersten Drittel deines zweiten Studiums und beschwerst dich jetzt schon ständig darüber. Nimms mir nicht übel, aber für das Zahnmedizinstudium bist du meiner Meinung nach auch etwas zu, äh, grob.«

»Was willst du denn damit sagen?«, frage ich empört. Hört sich ja an, als hätte ich fleischige Finger, würde im Blaumann Fußball gucken und dabei brüllen: »Mach se rin die Pille!«

»Na ja, weißt du noch, als dir eine Woche vor deiner Mikrobiologie-Klausur dein Apfelsaftglas übers Buch gekippt ist? Und sämtliche Seiten zusammenklebten und du den Wälzer für sechzig Euro neu kaufen musstest?«

Ich brumme unzufrieden.

»Oder als du deiner Referats-Arbeitsgruppe deine Notizen kopiert und erst hinterher gemerkt hast, dass du aus Langeweile die Karos auf deinem Block in der rechten Ecke in Form eines kleinen Penis nachgezeichnet hast?«

»Erinner mich nicht daran!«, stöhne ich und kneife die Augen vor Scham zusammen. Ich hatte es bisher gut geschafft, diesen Vorfall zu verdrängen.

»Oder mit deinem Skalpell, als …«

»Stopp! Es reicht. Ich hab's verstanden«, falle ich Friederike ins Wort, die scheinbar eine mentale Liste meiner Uni-Patzer führt.

»Sorry. Ich wollte dich nicht fertigmachen, was ich eigentlich sagen wollte, ist nur, dass du aufhören solltest, deinen Vater glücklich zu machen, und anfangen solltest, dich selbst ernst zu nehmen. Warum versuchst du nicht, wirklich deine Kunst voranzutreiben und deine Bilder auszustellen? Du hast solches Potenzial!«

Friederike appelliert gerne an meine Träume, wenn sie mich überzeugen will, etwas zu wagen. Als meine beste Freundin weiß sie schließlich, dass ich es liebe zu malen. Wenn ich mit Farben auf einer weißen Fläche etwas ausdrücken kann, bin ich glücklich, und das Leben ergibt

Sinn. Ich fühle mich dann so leidenschaftlich wie Frida Kahlo. Nur ohne die schrecklichen Augenbrauen. Mit dem Malen angefangen habe ich, als Oma Hedda mir zum fünfzehnten Geburtstag eine Staffelei, Ölfarben und eine Leinwand geschenkt hat. Mein erstes Gemälde sollte ein Selbstporträt werden und ist total missglückt – ich sah aus wie eine Mischung aus einer menschgewordenen Biene Maja und einem schwarzhaarigen Pumuckl. Das Bild landete auf dem Dachboden meiner Eltern, und seitdem male ich nur noch abstrakt. Reale Perspektiven, originalgetreue Abbildungen sind nicht meine Welt, das können Fotos besser festhalten. Ich male als Ausgleich zur Rationalität und Logik, die ich für die Uni brauche, deshalb sind meine Bilder oft chaotisch und bunt. Oma Hedda sagt, meine Bilder sind genau wie ich, und ich nehme das als Kompliment. Aber Künstlerin zu sein, ist ein unsicherer Beruf, und mir fehlt der Mut, meine Bilder zu präsentieren. Als Zahnärztin bin ich mir sicher, eines Tages gebraucht zu werden, denn Karies und Kieferfehlstellungen wird es immer geben. Aber wer braucht schon ganz dringend ein Bild an seiner Wand?

»Du hast gut reden, weil du schon so viel erreicht hast, in deinem Leben. Aber wenn alles so ungewiss und unsicher ist, dann ist es fast unmöglich, eine Entscheidung zu treffen«, sage ich trotzig.

Friederike ist schließlich seit Jahren in ihrem Beruf erfolgreich. Sie hat sich selbstständig gemacht und bietet Coachings, Workshops und Seminare für Führungskräfte an.

»So ein Quatsch. Du musst nur zu dem stehen, was du willst. Sonst kriegst du es auch nicht. Was ist denn jetzt dein Plan, willst du Rainer mal eben bescheißen?«, redet Friederike mir weiter ins Gewissen.

»Na ja, so würde ich es nicht ausdrücken. Ich balbiere ihn ein wenig über den Löffel«, erkläre ich.

»Ist das wieder so ein beschönigender Spruch von deiner Oma?«

»Ja, und ich finde, er passt. Rainer lässt mich doch mindestens genauso hängen wie ich ihn! Außerdem habe ich Pirmin vorhin gefragt, und er findet mein Date mit Jeffrey moralisch nicht verwerflich. Er hat eindeutig seinen Kopf nach oben gestreckt.«

»Na, wenn deine Schildkröte das findet. Weißt du, Chouette, Rainer ist mir eigentlich vollkommen egal. Ich denke dabei an dich. Warum lässt du dir alles von ihm gefallen und wirst am Ende zu jemandem, der du niemals sein wolltest?« Friederike klingt wirklich besorgt.

»Ich kann nicht anders.«

»Ich glaube, du willst nicht anders.«

Ach, es ist furchtbar, dass Friederike dauernd so unverschämt recht hat. Ich bin eigentlich kein Mensch, der leichtfertig Seitensprünge begeht, ich habe noch nie jemanden betrogen, und ich will auch nicht so jemand werden. Ich bin im Allgemeinen ehrlich und verlässlich. Aber vielleicht bringe ich es genau deshalb nicht fertig, Rainer zu verlassen! Jetzt weiß ich, was Friederike meint, wenn sie mir mit ihrem Coaching-Kram und Begriffen wie »innere Konflikte« kommt. Ich habe mindestens vier Vorsätze, die sich im Prinzip alle widersprechen:

A) Ich will Rainer nicht verlassen.

B) Ich will nicht mehr mit Rainer zusammen sein.

C) Ich will mich mit Jeffrey treffen.

D) Ich will Rainer nicht betrügen.

Wundervoll! Ich bin ja mal wieder richtig ausgeglichen und mit mir im Reinen. Aber angenommen, ich würde mit Rainer Schluss machen: was, wenn er dann sofort eine andere findet? Und es doch nichts mit Jeffrey wird, er das Treffen absagt und ich nie wieder jemanden finde? Das halte ich nicht aus. Kurz spiele ich tatsächlich mit dem Gedanken, mit Jeffrey in New York zu leben, und dabei überkommt mich eine seltsame Euphorie.

Ich stelle mir vor, durch das geschäftige Treiben der Fifth Avenue zu schlendern, Kunstausstellungen zu besuchen und eine Familie mit Jeff zu gründen. *Stop, Helena, das sind nur Träume. So etwas passiert nicht in der Realität, zumindest nicht in deiner.* Herrgott, ich kenne diesen Typen erst seit zwölf Stunden!

Während ich, an meinen Herd gelehnt, den letzten Schluck meines Kaffees trinke und Friederike dabei zuhöre, wie sie über ihren Router schimpft, fällt mein Blick auf meine Heizkostenabrechnung, die ich mit einem »Born to shop«-Magneten an meinen Kühlschrank gehängt habe. Allein der Anblick dieses Schreibens verdeutlicht mir doch meine Unfähigkeit, selbstständig zu leben: Ich bin ja noch nicht mal dazu in der Lage, diesen Brief zu durchblicken, geschweige denn meine Steuererklärung zu machen, wie sollte ich es dann schaffen, alleine in einer anderen Stadt klarzukommen und Verantwortung zu übernehmen? Stattdessen bin ich Meisterin darin, auf meiner Matratze eine Tasse Kakao zu balancieren, weil ich zu faul bin, sie auf meinen Nachttisch zu stellen, und außerdem kann ich fabelhaft meine Zahnbürste als Mikrofonattrappe verwenden. Aber solche Qualitäten sind in dieser Gesellschaft viel zu wenig gefragt.

»Mann, Friederike, meinst du echt, ich würde in einer anderen Stadt zurechtkommen?«, frage ich, als sie eine kurze Fluchpause einlegt. Irgendwie habe ich den Eindruck, sie hat für einen Moment vergessen, dass ich noch am Telefon bin, denn sie murmelt gerade irgendwelche Zahlen vor sich hin. Vielleicht ein WLAN-Passwort oder so. »Ich fühle mich nicht genug gewappnet, mein Leben neu zu ordnen. Ich lasse mir viel zu viel von anderen reinquatschen, bin leichtgläubig und schnell zu verunsichern«, füge ich deshalb hinzu, um ihre Aufmerksamkeit wieder für mich zu gewinnen.

Stille.

»Bist du noch dran?«, frage ich misstrauisch.

»Ja, warte mal ganz kurz. Ich muss hier schnell was eintippen, dann bin ich wieder für dich da.«

Resigniert stelle ich meine leere Kaffeetasse ins Spülbecken und denke daran, dass es beispielsweise ewig gedauert hat, bis ich tatsächlich kapiert habe, dass man vom Fernsehen keine viereckigen Augen bekommt und dass es durchaus keine meteorologischen Auswirkungen hat, wenn ich abends nicht aufesse. Auch in Sachen Politik bin ich eine Niete, habe jedes Mal keinen Plan, wen ich wählen soll, und gebe meine Wahlstimme einfach nach Bauchgefühl ab. Um wenigstens irgendetwas vom aktuellen Weltgeschehen zu kapieren, gucke ich auf ZDF die Kindernachrichten. Wenn die Moderation mit »Hallo bei Logo« beginnt, fühle ich mich gut aufgehoben, denn ich weiß, hier werden Begriffe nicht nur genannt, sondern auch erklärt. Farbenfrohe Animationen mit kleinen Männchen helfen mir dabei, Zusammenhänge zu verstehen, und das erhöht die Chance, dass wenigstens ein paar Informationen hängen bleiben. Wenn es um Politik geht, habe ich nämlich ein extrem schlechtes Gedächtnis. Ich habe durchaus schon versucht, mir aktuelle Politiker mit Namen einzuprägen, aber wer merkt sich schon so merkwürdige Namen wie Leutheusser-Schnarrenberger? Ich will damit ausdrücken, dass ich stark an meiner Lebenskompetenz zweifle, und wenn man an sich zweifelt, kann man nur sehr schwer seinen eigenen Weg gehen.

Am anderen Ende der Leitung höre ich jetzt einen dumpfen Knall, als hätte Friederike den Router einfach gegen die Wand geworfen. Dann antwortet sie mir endlich: »Ach Chouette, natürlich kannst du das. Du kannst alles, was andere Leute auch können, du musst es nur einfach *machen*. Das kriegen wir schon noch gebacken mit deiner Zukunft. Ich muss jetzt leider los, habe um drei einen Termin mit einem Klienten. Wir quatschen später noch mal in Ruhe, ja? Lass dir die Sache mit Jeffrey noch mal durch den Kopf gehen, aber meine Meinung zu Rainer steht fest. Der Typ ist keine Sekunde Warten mehr wert. Trenn dich endlich von ihm.«

»Ich werde drüber nachdenken.«

»Mach das. Bis nachher!«

»Hey, nicht so schnell! Hast du es jetzt eigentlich geschafft, den Router zu installieren?«

»Da will ich jetzt nicht drüber reden.«

Nach meinem Telefonat mit Friederike setze ich mich vor den Fernseher und esse eine Schale Erdbeeren, die ich zu meiner Überraschung auf meinem Nachttisch gefunden habe. Ich gehöre nämlich nicht zu den Menschen, die eine Obstschale besitzen, die dekorativ in der Küche steht. Eigentlich liegen meine Nahrungsmittel überall in der Wohnung herum. »Schludrig und verwöhnt«, nennt Oma Hedda das. Ich finde es sehr angenehm, denn ich kann mich öfter über eine Tafel Milka-Daim-Schokolade in meinem Schmuckeimer, eine Packung Salzbrezeln in der Couchtischschublade oder eben eine Schale Erdbeeren auf dem Nachttisch freuen. Pirmin fängt an, in seinem Terrarium auf und ab zu kriechen, und ich lege ihm eine Erdbeere in seine Fressschale. Sofort beginnt er mit seinem niedlichen Mäulchen in die rote Frucht zu beißen. Doch auch sein Anblick kann mich nicht von meinen Trennungsgedanken ablenken. So ein Mist! Eigentlich würde ich mich gerne auf mein Date mit Jeff am Abend freuen, aber die Situation mit Rainer macht mir zu schaffen. Warum ist er auch so ein Idiot? Ich muss mir ja noch nicht mal eine Ausrede überlegen, um mich mit Jeff zu treffen, denn Rainer interessiert sowieso nicht, was ich mache. Er hat ja immer noch nicht angerufen. Bestimmt spielt er gerade mit seiner Schwester Halma und genießt die Zweisamkeit. Bäh! Allein die Tatsache, dass seine Schwester einen Schlüssel für die Vordertür seiner Wohnung hat, obwohl sie noch nicht mal in Berlin wohnt, während ich jedes Mal durch die Hintertür an den Mülltonnen vorbei in seine Wohnung gehen muss, macht seine Prioritäten doch ganz klar. Ich komme mir jedes Mal vor wie ein Einbrecher und habe mir schon mindestens zehnmal den Kopf am Türrahmen gestoßen, weil die Hintertür scheinbar für Hobbits gebaut wurde. Manchmal hab ich mich da sogar mit vollgepackten Tüten von Kaiser's durchgequetscht, wenn ich mal wieder Rainers Lebensmitteleinkauf gemacht habe. Warum sorge ich eigentlich so gut für Rainer und kümmere mich so wenig um mich selbst? Das muss sich ändern. Ich werde sofort in den Supermarkt gehen und mir was Leckeres kaufen!

Rainer findet es natürlich vollkommen in Ordnung, dass ich seine Einkäufe erledige, und er weigert sich partout, mir einen Schlüssel für die Vordertür nachmachen zu lassen. Er sei noch nicht so weit.

»Was muss denn passieren, damit du so weit bist?«, habe ich ihn neulich kleinlaut gefragt.

»Irgendwann werde ich das schon machen«, hat er gesagt und dann dieses nervöse Zucken im linken unteren Augenlid bekommen.

Wäre ich doch einfach nur mutiger und würde Rainer in den Wind schießen. Ich bräuchte jemanden, mit dem ich die ganze Situation mal durchgehen könnte, vielleicht würde mir so eine Art Rollenspiel helfen. Friederike macht das dauernd mit ihren Klienten, als Selbstsicherheitstraining. Aber die muss ja jetzt arbeiten.

Ich gehe zu Pirmins Terrarium rüber, hebe ihn hoch und setze ihn auf den Couchtisch. Dann nehme ich ihm gegenüber auf dem Sofa Platz. Pirmin guckt mich aufmerksam an, blinzelt unschuldig, und ich räuspere mich unsicher.

»Ich mach Schluss mit dir«, krächze ich. Die Worte bleiben mir regelrecht im Hals stecken.

Pirmin senkt betroffen den Kopf.

»Ich weiß, das kommt jetzt plötzlich, aber ich trage diesen Gedanken schon eine ganze Weile mit mir herum.«

Pirmin macht einen Schritt auf mich zu, als würde er fragen wollen: »Können wir es nicht noch einmal gemeinsam versuchen?«

Jetzt musst du hart sein, Helena. Bleib stark! Du willst das nicht mehr!

»Nein, Rainer, es ist aus«, sage ich entschieden zu ihm.

Ich seufze. Selbst dieses Übungsgespräch mit meiner Schildkröte berührt mich. Wie soll ich das nur jemals mit Rainer schaffen?

»Ach, ich kann das einfach nicht«, sage ich zu Pirmin, der sich inzwischen abgewandt hat und entschlossen auf die Fernbedienung zukrabbelt.

Ich stecke mir die letzte Erdbeere in den Mund, setze Pirmin wieder in sein Terrarium und beschließe, Rainer zu betrügen.

3

Ein Penis steht im Walde

Ich habe in der letzten Stunde ungefähr dreihundert verschiedene Tweets auf Twitter gepostet.

Die Sache mit dem Betrügen ist doch schwieriger, als ich dachte. Ich habe panische Angst aufzufliegen und verhalte mich deshalb viel unnatürlicher, als ich es normalerweise tun würde. Ich bin auffällig unauffällig. Wollte mir über Twitter ein Alibi verschaffen und habe zunächst »Ich bleibe heute Abend nur zu Hause« gepostet, wobei ich dann Angst bekommen habe, dass Rainer mich spontan besuchen könnte. Deshalb habe ich es geändert in: »Bleibe heute in gar keinem Fall zu Hause, gehe ins Theater«, was extrem auffällig ist, da ich nie ins Theater gehen würde. Habe dann stattdessen geschrieben »Gehe doch lieber ins Kino«, was aber dazu führen könnte, dass Rainer mich fragt, welchen Film ich mir angesehen habe, und dann müsste ich das Lügennetz weiterspinnen. Meine letzte Meldung via Twitter lautete deshalb: »Ich mache heute Abend etwas Normales«, was natürlich extrem Verdacht erweckend ist, weil es äußerst unnormal ist, so etwas zu schreiben. Herrje, ich habe das Gefühl, jeder weiß bereits, dass ich Rainer heute Abend betrügen werde.

Soziale Netzwerke tragen sowieso nicht zur Beziehungszufriedenheit bei. Ich habe etliche Freundinnen, die ihren Verflossenen über Facebook nachstellen und Pinnwände lesen, als handele es sich um den neuesten Roman von Paulo Coelho. Und mit Freundinnen meine ich letztendlich auch mich selbst. Warum sollte Rainer also nicht auch mal einen Blick auf meine Internetaktivitäten werfen? Und begründeten Verdacht schöpfen? Es ist jetzt sieben Uhr, und mit jeder Minute, die vergeht, kriege ich einerseits immer mehr Bammel, dass Rainer herausfindet, dass ich ihn hintergehe. Andererseits fühle ich mich begehrt und sexy, ich meine, ich habe zwei Männer an der Angel! Zumindest mehr oder weniger. Das gab's bei mir noch nie!

Eine Affäre. Das Wort beinhaltet doch schon Spannung, Geheimnis, Risiko und Leidenschaft. Und die habe ich wirklich bitter nötig, denn die einzige Leidenschaft, die ich in den letzten Wochen verspürt habe, galt einem Hot Brownie mit Eis bei Burger King. Aber ob mit Jeff überhaupt mehr laufen wird? Irgendwie traue ich mir gar nicht zu, so verführerisch zu sein. Einmal habe ich versucht, im Bus, auf dem Weg zu einer Party, einem süßen Typen zuzuzwinkern. Nach etwa einer Minute kam er zu mir rüber, um mich zu fragen, ob ich Probleme mit den Augen habe, er habe gute Erfahrungen mit »Opticalm« gemacht. In gewisser Weise sind wir dann sogar ins Gespräch gekommen, aber statt mir seine Telefonnummer zu geben, gipfelte unsere Unterhaltung darin, dass er mir die praktische Taschenverpackung für seine Kontaktlinsen zeigte. Mit Erotik hatte das nicht im Entferntesten etwas zu tun. Doch heute Abend wird alles anders sein, das nehme ich mir fest vor. Ich tausche die langweilige Studentin gegen die Femme fatale, wechsle die scheue Chouette gegen einen selbstbewussten Vamp aus. Aber zuerst muss ich meine Aufregung in den Griff bekommen, indem ich mir eine heiße Milch mit Honig koche. Hätte ich nicht vergessen Milch zu kaufen, könnte ich diesen Plan sogar in die Tat umsetzen.

»Hallo Schönheit. Bist du bereit für unseren Abend?«, fragt Jeffrey, als er endlich um acht vor meiner Haustür steht.

Die letzte halbe Stunde war der blanke Horror. Ich war dermaßen zappelig, dass ich sogar eine Johanniskrautpille von Oma Hedda gegen nervöse Unruhezustände eingeschmissen habe. Um mich auszupowern, habe ich zu »Gangnam Style« von PSY durch die Wohnung getanzt, und ich wage kaum es zuzugeben, aber ich habe mir dabei selbst ein paar Mal beschwingt auf den Po geklopft und so getan, als wäre Holmö, meine Stehlampe von Ikea, mein Tanzpartner. Pirmin hat mich in Sachen Outfit beraten und sich für das klassische kleine Schwarze und schlichte Ballerinas entschieden. Die Kombination sieht tatsächlich dezent und trotzdem aufreizend aus. Es ist traurig, aber wahr: der Modegeschmack meiner Schildkröte ist besser als mein eigener.

Ich begrüße Jeffrey mit einem Kuss auf die Wange. Mann, wie ich diese Begrüßungsproblematik hasse! Bei Menschen, die ich noch nicht lange kenne, weiß ich einfach nicht, wie ich ihnen »Hallo« sagen soll. Die Hand geben? Eine kurze Umarmung? Zwei Küsschen auf die Wange? Ein wohlwollender Blick oder einen inoffiziellen Code befolgend ganze drei Küsschen, links, rechts, links? Und auf welche Seite küsst man überhaupt zuerst? Nichts ist schlimmer als ein übler Nasenzusammenstoß beim ersten

Date. Und küsst man wirklich, oder haucht man bloß eine leichte geräuschvolle Lippenöffnung an der Seite vorbei? Wenn es nach mir ginge, sollte man das Problem einfach lösen, indem man eine Begrüßung für alle Länder und alle Menschen festlegt, dann kann ich nichts mehr falsch machen. Jeffrey scheint sich nicht mit solchen Gedanken zu plagen, denn nach meinem Kuss auf die Wange, nimmt er entschlossen meine Hand, und wir gehen los. Ins Planetarium. »Die Entdeckung des Weltalls« ist der Titel der Veranstaltung, und ich gebe zu, es ist ein ungewöhnlicher Ort für das erste Treffen. Aber als wir am Abend zuvor, bei unserem stundenlangen Spaziergang unter freiem Himmel, die Sterne betrachtet haben, fiel uns beiden auf, dass man ihnen viel zu wenig Beachtung schenkt.

»Als Kind hatte ich ein Teleskop«, hatte Jeffrey stolz erzählt.

»Ich auch!«, hatte ich fröhlich eingestimmt.

Wir unterhielten uns über Sternenbilder und Sternzeichen, Horoskope und über fragwürdige Astrologiesendungen auf noch fragwürdigeren Sendern. Die Menschen, die da anrufen, fragen meistens solche Sachen wie: »Komme ich mit Claudia wieder zusammen?«

Oder: »Wann finde ich meinen Traumpartner?«

Die Ratschläge der Sternenwahrsager sind dann wahnsinnig qualifiziert. Standardantworten lauten meistens: »Geben Sie Claudia noch ein wenig Zeit, dann wird sie merken, wie sehr sie Sie vermisst:«

Oder: »Die Sterne stehen günstig. Gehen Sie etwas mehr unter Menschen, dann werden Sie bald ihren Traumpartner finden.«

Ach nee. Dass man Single bleibt, wenn man den ganzen Tag lang nur vor dem Fernseher hockt und Astro TV glotzt, das hätte ich auch noch gewusst.

Jeffrey und ich wollen uns also ansehen, was das Universum wirklich zu bieten hat.

Das Planetarium ist an diesem Abend nicht gut besucht. Außer uns sind nur eine Familie mit zwei Kindern, ein älteres Ehepaar und ein seltsamer Typ mit braunem Pferdeschwanz und Motörhead-T-Shirt dort.

»Wahrscheinlich so ein Physik-Freak«, flüstert Jeffrey mir zu und deutet auf den Nerd, während wir den verdunkelten Raum betreten. Ich bin froh, dass das Planetarium heute nicht viele Besucher hat, denn so können Jeff und ich ganz ungestört in einer leeren Reihe im hinteren Teil des Raumes sitzen. Vorfreude macht sich in mir breit.

»Gleich geht's los!«, hauche ich Jeffrey ins Ohr und komme ihm dabei etwas näher.

Doch bald stellt sich heraus, dass die Vorstellung ein kompletter Reinfall ist. Zuerst fängt die Veranstaltung viel zu spät an. Als es dann endlich losgeht und der schöne Sternenhimmel zu sehen ist, versucht ein Sprecher die Geschichte des Universums synchron zu den Projektionen am Sternenhimmel zu erläutern. Der Sprecher kommt aber pausenlos mit seinen Zetteln, von denen er abliest, durcheinander, und so knistert und knackst es, während er eifrig sortiert.

»Im Mittelalter hegten die Menschen noch die Vorstellung, dass die Erde eine Scheibe auf dem Rücken einer riesigen Schildkröte ist«, referiert der Vortragende, als er es scheinbar endlich geschafft hat, das richtige Blatt zu finden. Ich muss an Pirmin denken und freue mich, dass schon im Mittelalter erkannt wurde, dass die Schildkröte ein bedeutsames Tier ist. Da spüre ich Jeffreys Hand auf meinem Oberschenkel. Mir wird heiß und kalt. Ich habe meinen Körper vor Aufregung nicht mehr richtig unter Kontrolle und das Gefühl, Muskelzuckungen in den Beinen zu bekommen, wenn dieser Mann seine Hand auch nur einen Zentimeter weiter hochschiebt.

Jetzt wird's langsam ernst, denke ich. Vorhin hatte ich ja noch meine Zweifel, ob es überhaupt zu mehr als vielleicht einem Abschiedskuss kommt. Muss ich vielleicht gar nicht so verführerisch auftreten? Findet Jeffrey mich auch *einfach so* sexy? Oder hatte ich die ganze Zeit eine erotische Ausstrahlung und habe sie nicht bemerkt? Während ich das alles denke, streichelt Jeffrey die Innenseite meines Schenkels, und da ich nur eine dünne Strumpfhose unter meinem Kleid trage, spüre ich jede Feinheit seiner Berührungen. Seine rauen, männlichen Finger, seinen sanften und doch leidenschaftlichen Druck, während sein Streicheln zu leichtem Massieren wird. Plötzlich bin ich mehr denn je der Überzeugung, dass Jeffrey ein grandioser Liebhaber ist, wobei man sich da nie ganz sicher sein kann. Ich hatte mal eine Liaison mit einem attraktiven Jurastudenten, den ich schon für einen Sexgott hielt, bevor wir überhaupt Sex hatten. Ich fand ihn wegen seiner Brustbehaarung, seiner großen Hände und seiner beachtlichen Statur unglaublich sexy, bis ich seinen Penis sah. Er hatte die Form und Größe eines Mini-Dickmann's. Der Sex war dann auch eine Katastrophe. Besonders peinlich war, dass ich zuerst versehentlich am Hüftknochen des Typs gerubbelt habe, als der noch seine Hose anhatte und seitlich neben mir lag, weil ich dachte, das sei seine Erektion! Ich konnte schließlich keine andere harte Erhabenheit spüren.

Dieses Erlebnis hat mein Misstrauen gegenüber Männern definitiv geschürt, denn ich habe gemerkt, dass kein Körpermerkmal die Penisgröße zuverlässig vorhersagen kann. Wer sich auf den Spruch: »Wie die Nase eines Mannes, so auch sein Johannes«, verlässt, holt sich mitunter statt einem Riesenglied nur einen Sexualpartner mit mutiertem Riechkolben ins Bett.

Ich habe keine Ahnung, wie lange ich nervös und zuckend in dem roten Sessel unter dem Sternenhimmel saß. Ich erwache wie aus einer Trance, als der Sprecher des Planetariums sich entschuldigt und vorschlägt, dass wir uns nun auf den Weg zur Sternwarte machen sollen, die sich ganz oben auf dem Berg befindet, der neben dem Planetarium liegt.

Mitten in der Dunkelheit gehen wir schließlich mit den anderen Besuchern durch einen kleinen Wald, den Hügel hinauf, um zu dem großen Fernrohr zu gelangen.

Doch Jeffrey und ich kommen nie dort an.

Auf halber Streckte fängt Jeff an, meinen Hals zu küssen. Es kitzelt. Ich streichele seine Arme, während Jeffrey beginnt, meinen Po anzufassen. Meine Beine fangen an zu kribbeln. Ich schiebe meine rechte Hand unter sein T-Shirt und taste mich langsam von seiner Brust runter zu seinem Bauchnabel, und dann nimmt er meine Hand und legt sie auf seine Hose, wo ich zu meiner Beruhigung eine große Wölbung feststellen kann.

Die Luft ist heute Nacht etwas kühl, doch es ist zu spüren, dass der Sommer inzwischen da ist, und ich finde, es ist definitiv schon warm genug, um dieses Abenteuer im Freien zu wagen. Wir befinden uns inzwischen tiefer im Wäldchen, es riecht nach Erde und Holz, und ich kann den

Weg, auf dem wir den Berg hinaufgestiegen sind, kaum noch sehen. Jede Berührung von Jeffrey löst ein wohliges Gefühl in meinem Bauch aus. Ich spüre, dass meine mintgrüne Spitzen-Panty schon feucht ist, und genieße das Gefühl, unglaubliche Lust auf Sex zu haben. Rainer hat es schon lange nicht mehr geschafft, mich mit seinen Berührungen zu erregen. Doch Jeffreys Fingerkuppen auf meiner Haut zu spüren versetzt mich in einen hemmungslosen Ausnahmezustand.

Ehe ich mich's versehe, liegt mein schwarzes Kleid auf der Erde, mein BH ist offen, und die Träger baumeln verloren an meinen Oberarmen herum. Ich ziehe ihn aus und werfe ihn über einen Baumstumpf. Dann beginnt Jeffrey, sich am Bund meiner Panty zu schaffen zu machen, und die Situation hätte absolut perfekt sein können, hätte er in diesem Moment nicht gesagt: »Sag mal, hast du deine Unterhose falsch rum an?«

Verwirrung.

»Nein, wieso?«

»Das Schild ist vorne.«

Scham. Weltuntergang. Ahhhhh! Das kann doch nicht sein. Warum sehen diese dämlichen Pantys auch von hinten genauso aus wie von vorne?

»Na ja, die ziehen wir jetzt sowieso aus«, sagt Jeffrey, und ich bin erleichtert, dass er so einen gelassenen Spruch bringt.

»Die müssen wohl das Schild falsch angenäht haben«, murmele ich noch, weil mir meine Schusseligkeit trotzdem endlos peinlich ist. Kurz darauf werde ich aber auch ein bisschen sauer, warum musste er das denn überhaupt bemerken? Hätte er nicht höflich schweigen können?

Doch Gott sei Dank scheint für Jeffrey das Thema wirklich gegessen zu sein, denn kaum hat er mir den Slip ausgezogen, küsst er mich und macht sich mit diesen unglaublichen Händen an meinem Intimbereich zu schaffen. Schon bald habe auch ich den Vorfall verdrängt und fühle mich wie in einem erotischen Fantasyroman. Der Wald übt eine verbotene, fast magische Stimmung auf mich aus. Friederike hat mir oft von Büchern jenseits der harmlosen Twilight Saga erzählt, in denen es ganz schön zur Sache geht, und das meistens in der Wildnis, auf Felsen und Bäumen. Ich habe mich vor Lachen nicht mehr eingekriegt, als sie mir begeistert von Vampiren, Nymphen und Elfen erzählt hat, die es unter freiem Himmel miteinander treiben.

»Liest du jetzt nur noch Literatur mit Werwolf-Penissen?«, hatte ich sie gefragt, nachdem ich den Eindruck gewonnen hatte, sie interessierte sich für kein anderes Thema mehr in Büchern. Jetzt verstehe ich warum.

Jeffrey öffnet seinen Gürtel, und ich beginne seine Hose aufzuknöpfen.

»Hast du ein Kondom?«, frage ich.

»Äh, ja«, antwortet er, nestelt kurz in seiner Jeans und zieht ein Kondom aus seiner Hosentasche. Etwas umständlich steigt er dann aus seiner Hose, und ich spüre einen Hauch von Schadenfreude, als auch ihm ein minikleiner Patzer passiert und er für einen Moment mit seinem Fuß im Hosenbein hängen bleibt.

Dann drückt er mich behutsam, aber bestimmt gegen einen Baum. Als ich seinen Penis, der eher die Größe eines kleinen Baguettes als eines Mini-Dickmann's hat, in mir spüre, beschließe ich, dass Sex im Wald eine grandiose Erfahrung ist.

Der Wind pustet über meinen Körper, als wir wenig später unsere Stellung wechseln und nun auf der kühlen Erde liegen. Ich kralle meine Nägel im Gras fest und versuche das Atmen nicht zu vergessen. Als ich hochsehe und an Jeffreys Gesicht vorbeischaue, funkeln die Sterne zwischen den Baumkronen, und es scheint mir, als sei ich in dieser Nacht nicht mehr weit von ihnen entfernt. Ich bin ganz nah am siebten Himmel.

»Ich bin so froh, dass ich dich gestern getroffen habe, Helena«, sagt Jeffrey, als wir in der Dunkelheit unsere Kleidung wieder zusammensuchen.

»Ich auch. Schade, dass du morgen schon wegfliegst«, antworte ich und versuche nicht ganz so traurig und enttäuscht zu klingen, wie ich es eigentlich bin. »Sag mal, was sagen deine Freunde eigentlich dazu, dass du deinen letzten Abend mit einer Frau verbringst, die du erst seit gestern kennst?«, frage ich dann interessiert.

»Ach, weißt du, von den meisten habe ich mich schon verabschiedet, und einige werden mich sowieso bald besuchen kommen. Ich bin kein Mann großer Abschiede.« Ich nicke. Also wenn ich auswandern würde, könnte ich nicht so sang- und klanglos verschwinden, ich wäre eine Frau großer Abschiede und wahrscheinlich auch ziemlich tränenreicher.

Es ist kurz vor Mitternacht, als wir den bewaldeten Berg wieder hinunterstaksen und in ein Taxi steigen. Wir fahren in die Victoria Bar, um uns noch einen Drink zu gönnen. Kurz zögere ich, mir schon wieder etwas Alkoholisches zu bestellen, beschließe dann aber, dass ich jung bin, gesund, nicht rauche und folglich ruhig mal ein paar Nächte über die Stränge schlagen darf. Zum Teufel mit meiner Unsicherheit!

Jeffrey und ich amüsieren uns über unsere missglückte Veranstaltung im Planetarium. Ich trinke Rum mit Apfelsaft, und mit jedem Glas werde ich redseliger. Ich singe ihm meinen Lieblingssong »Dog days are over« von Florence + the Machine vor, zeige ihm die Narbe meines Bauchnabelpiercings, das ich mir mit vierzehn Jahren heimlich stechen ließ, und versuche mich in einer Imitation von Otto Waalkes' »English for runaways«, Englisch für Fortgelaufene, um Jeff auf seine Amerikareise vorzubereiten. Außerdem erzähle ich ihm eine kleine Anekdote aus der Zeit, in der ich noch kein Englisch konnte, aber bereits des Lesens mächtig war und einen großen Aufstand zu Hause gemacht habe, weil ich mich weigerte, die Kekse, die meine Mutter auftischte, zu essen, weil auf der Packung Soft Cake stand. Ich dachte, es müsste sich um eine eklige Absonderlichkeit handeln, Kekse mit softer Kacke zu essen. Ich amüsiere mich großartig und hoffe, dass auch Jeff seinen Spaß hat.

Meine Bedenken schwinden schlagartig, als er zu weit fortgeschrittener Stunde, als wir schließlich die einzigen Gäste der Bar sind, von seinem Barhocker aufsteht und anfängt, Luftgitarre zu »Sweet Home Alabama« zu spielen. Er verzieht dabei richtig angestrengt das Gesicht, als wäre er Gitarrist einer Rockband, wirbelt seine nicht vorhandene Gitarre hin und her, einmal dreht er sich sogar um seine eigene Achse und verliert für einen kurzen Augenblick das Gleichgewicht. Ich pinkele mir fast in die Hose vor Lachen und beginne nach einem Gläschen Tequila mitzumachen und mit Strohhalmen auf ein imaginäres Schlagzeug zu hauen. Der Barkeeper hat sichtlich Spaß an unserer Show und spendiert uns noch einen Caipirinha aufs Haus, bevor auch wir die Bar verlassen müssen. Die Vögel beginnen bereits zu singen, und da Jeffreys Flug um neun Uhr geht, muss er nun nach Hause, seine Koffer holen und dann zum Flughafen.

Ich schluchze ein bisschen vor mich hin.

»Sei nicht traurig«, sagt Jeff und küsst mich fest. »Ich rufe dich aus New York an, das verspreche ich dir. Du hast mir die besten letzten Stunden in Berlin geschenkt, die ich mir nur wünschen konnte. Pass auf dich auf.«

Wir steigen jeder in ein Taxi ein, und ich weine ein bisschen. Hoffe, dass der Taxifahrer davon nichts merkt. Es ist ein älterer Asiate, der sehr zufrieden aussieht, er trägt ein leichtes Lächeln auf den Lippen und schaut hin und wieder in den Rückspiegel, wo sich unsere Blicke treffen. Es ist so peinlich, betrunken zu sein, wenn du ganz genau weißt, dass dein Gegenüber vollkommen nüchtern ist. Zumindest hoffe ich das sehr stark.

»War das Ihr Freund?«, fragt der Taxifahrer. Er hat wohl doch mitgekriegt, dass ich heule.

»Nein. Nur ein Bekannter, der heute noch nach New York fliegt, und ich werde ihn wahrscheinlich nicht wiedersehen.« Mir wird das selbst erst jetzt richtig klar, als ich diese Worte ausspreche.

»Warum weinen Sie dann, wenn es nur ein Bekannter ist?«, bohrt der Fahrer nach.

Taxifahrer sind eine sehr weise Berufsgruppe. Einer hat mir mal geradeheraus gesagt, dass er findet, Rainer passe nicht zu mir. Ich konnte es ihm nicht verübeln, Rainer hatte sich im Taxi wie ein Idiot benommen und mich vor dem Fahrer dafür angeschnauzt, dass wir zu Hause nichts mehr zu essen hätten.

»Ich glaube, ich habe mich verliebt«, sage ich leise und verteufele meinen Alkoholpegel, der mich selbst Fremden gegenüber so offenherzig macht.

»Warum bleibt Ihr Bekannter dann nicht in Berlin?«, fragt der Mann unschuldig.

»Ich weiß es nicht«, sage ich zögerlich und stelle fest, dass wir schon vor meiner Haustür angekommen sind.

»Das macht dann fünf Euro vierzig, bitte«, sagt der Fahrer und knipst das Licht im Auto an.

»Hier, behalten Sie den Rest«, sage ich resigniert und drücke ihm einen Zehner in die Hand.

»Oh, danke«, freut er sich und fragt: »Wollen Sie wissen, was ich denke?«

Überrascht sehe ich ihn an. Dann nicke ich langsam und bin gespannt darauf, welche weisen Worte der Mann für mich hat.

»Sie haben da etwas zwischen den Zähnen«, sagt er und deutet mit seinem Zeigefinger auf meine Schneidezähne.

Dieser Zahnfetischist! Da erwarte ich einen weisen Rat und werde nur auf eine Äußerlichkeit hingewiesen – was denkt der Mann sich? Dass ich trotz wildem Sex im Wald und durchgezechter Nacht in einer Bar noch perfekt gestylt durch die Gegend gurke? Enttäuscht fange ich an, meinen Mund mit meiner Zunge nach den Resten der Limette vom letzten Caipirinha abzutasten.

»Aber das ist eigentlich nicht das, was ich sagen wollte«, fährt der Taxifahrer dann fort. »Ich wollte sagen, dass ich finde, Sie sollten vielleicht mit diesem Mann mitgehen, wenn er Ihnen so viel bedeutet. Manchmal ist es gut, einen unbekannten Weg einzuschlagen, wenn man sonst sehr viel verlieren würde. Aber das ist nur meine Erfahrung.«

Ich senke die Augen und nicke.

»Aber, dann wüsste ich nicht, wie es für mich weitergeht«, wende ich schüchtern ein und habe keine Ahnung, warum ich mit einem Wildfremden meine Zukunft bespreche. Aber es fällt mir erstaunlicherweise leichter, als mit Friederike oder Paul darüber zu reden. Denen hängt mein Rumgenörgel sowieso schon zum Hals raus, und raten tun sie mir immer dasselbe.

»In Korea gibt es ein Sprichwort, das lautet: Die Unwissenheit ist eine Nacht ohne Mond und ohne Sterne. Verstehen Sie? Es ist doch besser, etwas auszuprobieren, um Klarheit zu gewinnen, als im Dunkeln zu tappen.«

»Danke«, sage ich verwundert zu meinem geheimnisvollen Ratgeber und öffne die Autotür.

»Und ich habe tatsächlich darüber nachgedacht, nach New York zu gehen«, gestehe ich, um ihm zu zeigen, dass er mit seinem Rat nicht ganz falschlag.

»Alles Gute«, sagt er dann und nickt verständnisvoll.

»Ihnen auch«, erwidere ich und gehe hoch in meine Wohnung.

Dort setze ich mich mitten auf den Boden im Flur und heule gute zehn Minuten lang wie ein Schlosshund, bevor ich benommen ins Bett torkele. Nach einiger Zeit stehe ich wieder auf, wandere schwankend vor den Kühlschrank und schiebe mir noch einen Toast mit Hüttenkäse in den Mund. Gott, bin ich besoffen. Der Hüttenkäse tropft aus meinem Mundwinkel auf den Fußboden, und ich schmeiße die Rinde des Brotes kurzerhand ins Waschbecken, bevor ich mich schlafen lege.

Als ich mich unter meine Bettdecke gekuschelt habe, denke ich an Rainer. Ich habe ihn tatsächlich betrogen. So fühlt sich das also an. Es ist ein gemischtes Gefühl, einerseits fühle ich mich schuldig und rücksichtslos, andererseits mächtig und stark, und ich muss gestehen, dass auch ein Funken Rache mitschwingt. Es ist einfach unglaublich, dass dieser Scheißkerl weder eine Zukunft mit mir planen will noch sonst irgendeine Anstrengung für unsere Beziehung aufbringt, geschweige denn mich mal anruft. Dass es besser wäre, ihm das einfach zu sagen, anstatt ihn zu betrügen, ist mir zwar klar, aber wer bin ich denn, immer alles richtig machen zu müssen?

4

Mein Killer-Kleiderschrank

Egal wie die Frage lautet, die Antwort heißt: Camouflage-Make-up.

Wie bekomme ich einen Mann dazu, mich unwiderstehlich zu finden? Wie kann ich mein Selbstbewusstsein steigern? Was bringt mich dazu, mich abends auf den nächsten Morgen zu freuen? Wie kann auch ich etwas zum Weltfrieden beitragen?

Die Antwort lautet: Camouflage-Make-Up. Okay, das mit dem Weltfrieden ist jetzt ein bisschen übertrieben, aber ich bin wirklich begeistert von diesem Zeug. Eigentlich deckt man damit Narben und Adern ab, aber wenn man es sich auf das ganze Gesicht schmiert und schön im Dämmerlicht bleibt, sieht man aus, als hätte man wunderschöne, glatte Babyhaut. Und das habe ich heute wirklich nötig.

Ich fühle mich nämlich miserabel. Und das nicht nur, weil ich einen mordsmäßigen Kater habe, ich fühl mich auch extrem beschissen, weil Jeffrey nicht mehr in Berlin ist, sondern irgendwo über dem Atlantischen Ozean schwebt. Mein kleiner Ausflug ins Leben einer glücklichen Frau mit klugem, witzigem und wahnsinnig attraktivem

Liebhaber ist nun vorbei. Zurück zu Rainer. Zurück auf meine Couch. Zurück in mein altes Leben.

Ich stehe an meinen Fensterrahmen gelehnt, versuche einen Fruchtzwerg mit einer Gabel zu essen, weil ich zu faul bin, mir einen Löffel abzuwaschen, und schaue in den Innenhof. Es regnet. Vorhin habe ich mit Friederike telefoniert und ihr jedes Detail meiner berauschenden Nacht erzählt. Meinen Panty-Patzer habe ich allerdings verschwiegen, denn ich versinke ja schon vor mir selbst vor Scham im Boden, wenn ich mich daran erinnere. Friederike war begeistert von meinem Date und versteht nun noch weniger, warum ich mich nicht von Rainer trenne und nach New York gehe. Ich beneide Friederike um ihre spontane und unbeschwerte Art. Ich stecke vor jeder Entscheidung in einem Gedankenchaos fest, das mich total handlungsunfähig macht. Die Kluft zwischen dem, was ich will, und dem, was ich mir zutraue, ist einfach zu groß.

Meine Stimmung ist im Keller. Zum Glück habe ich einen Notfallplan für Tage wie diesen. Aber wo habe ich ihn hingelegt? Ich krame auf meinem Schreibtisch herum und finde das rosa Blatt Papier schließlich platt gedrückt unter meinem Kieferheilkunde-Buch.

Sieben Regeln gegen schlechte Laune

So lautet die Überschrift. Friederike hat mir diese Tipps zusammengestellt, als ich meinen ersten ernsthaften Streit mit Rainer hatte. Meine Laune war damals, milde ausgedrückt, ziemlich mies.

1. *Zieh deinen ältesten und bequemsten Kapuzenpullover an und setz dich auf die Couch.*

Ich suche in meinem Schrank und zerre einen Reebok-Pullover aus den Achtzigern hervor, der mal meinem Vater gehört hat. Ich stülpe mir die XL-Klamotte über und lege mich aufs Sofa.

2. *Überlege dir fünf Probleme, die du gerade NICHT hast.*

Krieg. Armut. Krankheit. Unfreiwillige Arbeitslosigkeit. Haarausfall.

3. *Schalte deinen Laptop ein und gib bei YouTube »Panda niest« ein.*

Es ist Wahnsinn. Ich lache jedes Mal wieder über dieses kleine Tierbaby, das so laut niest, dass seine Mutter, die gerade zufrieden Bambus frisst, total erschrocken zusammenzuckt. Nachdem ich mir das Video zehnmal angesehen habe und meine Laune langsam vom Keller ins Erdgeschoss klettert, beschließe ich, mit Punkt vier weiterzumachen.

4. *Geh zu deinem DVD-Player und sieh dir die erste Folge von »New Girl« an.*

Das ist leicht. Ich gucke sogar drei Folgen hintereinander und freue mich über Zooey Deschanel, die die Rolle der Jessica Day so fabelhaft spielt. Es hebt die Laune, wenn man sieht, dass es auch andere Frauen gibt, denen es wegen Männern schlecht geht. Dass Jess in der ersten Folge von ihrem Freund betrogen wird und ich in der Realität eigentlich Rainer betrogen habe, tut nichts zur Sache. Ich sehe mich trotzdem in der Opferrolle, schließlich ist Rainer im Allgemeinen in viel höherer Quantität ein Arschloch, als ich es bin.

5. ***Denk dir Spitznamen für Rainers Zwillingsschwester aus.***

Gevatter Tod. Runkelrübengesicht. Brandenburgfresse. Stinknudel. Grützbeutel. Lord Voldemort.

6. ***Geh duschen, Haare waschen und zieh dir etwas (möglichst) Hübsches an. Dann schmink dich und lege eine knallige Lippenstiftfarbe auf.***

Dieser Punkt ist schon schwieriger, weil ich gerade extrem faul bin. Ich liege doch so schön im alten Reebok-Pullover auf der Couch! Mein Camouflage-Make-up hab ich zwar schon drauf – aber Haare waschen? Jetzt? Das ist so aufwendig. Das Einzige, was mich dazu motiviert, diesen Punkt zu erfüllen, ist die letzte Regel auf der Liste.

7. ***Geh shoppen.***

Das kann ich unmöglich in meinem derzeitigen Aufzug tun. Ich stehe also auf und gehe ins Bad. Meine schlechte Laune lasse ich auf dem Sofa liegen. Ich finde es irgendwie erstaunlich, dass Friederike »shoppen« auf die Sieben-Regeln-Liste geschrieben hat, weil sie ja immer zu mir sagt, dass ich mir nur Sachen kaufe, die aussehen, als hätte man einen Blinden darum gebeten, in einem Secondhandshop eine passende Abendgarderobe zusammenzustellen.

»Ich weiß auch gar nicht, wie du das schaffst. Einige der Kleidungsstücke, die du dir kaufst, sind ja ganz schön, aber die Kombination der Teile misslingt dir einfach.« Als Friederike mir das das erste Mal gesagt hat, war ich wirklich beleidigt. Aber mittlerweile ist mein Mode-Unbewusstsein ja schon fast zum Running Gag zwischen uns geworden.

»Und du kochst so, wie ich mich kleide!«, schmettere ich oft zurück, wenn sie mich aufzieht, denn Friederike kann keinen Topf Nudelwasser aufsetzen, ohne dass irgendetwas in der Küche Feuer fängt, anbrennt oder überkocht.

Nichtsdestotrotz liebe ich es zu shoppen. Es gibt ja auch Menschen, die gerne stricken, ohne gleich eine perfekte Laufsteg-Kollektion zu entwerfen, oder Leute, die gerne Filme gucken, ohne die stilistischen Mittel und Kameraperspektiven zu kennen. Ich kaufe eben gerne ein, ohne danach auszusehen wie eine Stilikone.

Wenn meine Oma wüsste, wie oft ich shoppen gehe, würde sie sagen: »Du hast so viele Klamotten, es passt doch gar nichts mehr in deinen Schrank!«

»Ich habe nicht zu viele Klamotten, mein Schrank ist zu klein!«, würde ich dann überzeugt entgegnen.

Mein Schranksystem Pax, das Friederike wegen meiner Modesünden immer »das Gruselkabinett« nennt, ist brechend voll und zu allem Übel noch nicht mal richtig an der Wand montiert. Mein Vater hat mich zwar eindringlich angewiesen das noch zu machen, nachdem er mir das

Ding aufgebaut hat, aber ich bin einfach nicht dazu gekommen. Zumindest erzähle ich ihm das, wenn er mich danach fragt. Eigentlich hab ich nur keinen Bock.

»Es wird sonst früher oder später ein Unglück geschehen!«, hatte er theatralisch prophezeit, aber die pessimistische Ader meines Vaters nehme ich grundsätzlich nicht mehr ernst. Wenn es nach meinem Vater ginge, dürfte man nicht mal mehr pupsen, weil das zur Erderwärmung und damit zum Weltuntergang beiträgt.

Ich öffne meine Schranktüren und quetsche ein paar Kleider in die hinterste Ecke. Na bitte, es geht doch. Genug Platz für Neues. Gut gelaunt mache ich mich auf den Weg ins Shoppingcenter.

Ich liebe dieses Gefühl, in einen Kaufrausch zu geraten. Ich genieße den Endorphinschub, den ich verspüre, während ich die ersten mit »Sale« gekennzeichneten Bereiche durchstöbere, und atme die Kaufhausluft genüsslich ein, so wie ich als Kind den Geruch an Tankstellen eingesogen habe.

Es gibt allerdings Bedingungen, unter denen Shopping wirklich keinen Spaß macht: Erstens, wenn man eigentlich keine Zeit hat, weil in zwanzig Minuten die nächste Vorlesung beginnt, man gerade aber noch in der Umkleidekabine in einer Jeans ohne Stretchanteil feststeckt. Zweitens, wenn die Leute dämlich im Weg rumstehen, die Kassenschlangen sich bis zum Ausgang winden und lahme Trantüten erst dann, wenn sie an der Reihe sind, merken, dass es nun langsam an der Zeit wäre, den Geldbeutel hervorzukramen. Und drittens, wenn man unter einer Shoppingblockade leidet. Shoppingblockaden stellen sich meistens dann ein, wenn man der festen Überzeugung ist, ganz bestimmte Dinge bekommen zu müssen. Das klappt nicht, und dann findet man gar nichts. Man sollte deshalb nur Kleidung kaufen, die man eigentlich nicht braucht, das sind die besten Einkäufe. Aus diesem Grund fällt es mir auch extrem schwer, überflüssige Sachen in die Altkleidersammlung zu geben, denn nicht selten hat sich ein für überflüssig gehaltenes Kleidungsstück noch als Lieblingsklamotte entpuppt.

Ich kaufe mir bei Zara ein gelbes Kleid und grüne Sandaletten. Als Nächstes gehe ich zu Mango. Dort verliebe ich mich sofort in eine gestreifte Hose, die ich jedoch zunächst einer Shopping-Konkurrentin abluchsen muss. Ich kämpfe dabei mit nicht ganz fairen Mitteln, denn als das braunhaarige Mädel die Hose meiner Träume kurz zur Seite legt, um sich ein neckisches Mickey-Mouse-T-Shirt anzugucken, schnappe ich ihr die gestreifte Hose einfach unbemerkt vor der Nase weg. Ich sollte über eine Karriere als Ninja nachdenken. Es ist ganz außerordentlich, wie lautlos und unauffällig ich sein kann, wenn ich will. Die Braunhaarige dreht sich suchend nach dem Teil um, flüstert leise »Hä?«, und ich verschwinde zur Kasse. Ich sage immer: In Sachen Make-up und Shopping ist alles erlaubt. Zufrieden verlasse ich Mango und schlendere weiter zu H&M.

Nach einer halben Stunde schleppe ich in etwa zwanzig Kleidungsstücke aus dem Sale-Bereich mit in die Kabine, von denen im Endeffekt drei passen. Das ist vollkommen in Ordnung in Anbetracht der Tatsache, dass es meistens einen Grund gibt, weshalb bestimmte Kleidungsstücke überhaupt reduziert werden. Schon oft habe ich in heruntergesetzten Hosen ausgesehen, als würde ich in einem Heißluftballon feststecken. Heute konnte ich immerhin zwei Trägeroberteile und ein T-Shirt erstehen, die, meiner Meinung nach, sehr gut passen.

Als ich durch die Schiebetür nach draußen trete und in Richtung Ausgang des Einkaufszentrums laufe, schlendert mein bester Freund Paul an mir vorbei. Ungläubig starren wir uns an. Ich finde es immer verwunderlich, jemandem, der mir so vertraut ist, zufällig zu begegnen. Einmal habe ich Friederikes Mutter Doris in der Sauna getroffen. Ich mag Doris ohne Zweifel – aber als sie dann so nackt vor mir stand, wäre es mir doch lieber gewesen, sie an diesem Tag nicht zu sehen. Das Bild ihrer üppigen Schambehaarung geht mir heute noch nach. Aber bei Paul ist das anders, außerdem sind wir nicht in der Schwitzstube, sondern stehen vor einem orthopädischen Schuhfachgeschäft.

»Chouette! Was machst du denn hier?«, fragt er belustigt, denn er weiß ja ganz gut, was ich hier mache, schließlich kennt er meine Liebe zum Shopping. Dann umarmt er mich.

»Ach, Frustshoppen. Habe inzwischen aber genug gekauft, um die größte Unzufriedenheit zu beseitigen. Hast du Lust, irgendwo einen Kaffee trinken zu gehen? Dann kann ich dir alles in Ruhe erzählen.«

Wenig später quetsche ich meine Tüten auf einen Stuhl bei Balzac Coffee. Paul bestellt uns zwei White Mocca, und ich gucke gedankenverloren auf mein iPhone. Keine Nachricht von Jeffrey. Aber wie auch? Er sitzt schließlich noch im Flieger. Ich seufze. Rainer hat sich auch nicht gemeldet, aber keine Nachricht ist auch eine Nachricht. Ich bin ihm vollkommen egal, das ist ja wohl mehr als klar.

»Also Prinzessin, wo drückt der Schuh?«, fragt Paul und stellt mir mein Getränk vor die Nase.

»Ich habe Rainer betrogen«, sage ich schuldbewusst. Paul schweigt.

»Und?«, fragt er dann irritiert, als ich nicht weiterspreche. »Ganz ehrlich Chouette, Rainer ist so ein dämliches Arschloch, mich würde es nicht wundern, wenn du ihm eine Blumenvase über den Schädel ziehst. Ihn zu betrügen ist doch nur ein Ventil, um deine Wut loszuwerden.«

Ich gucke Paul mit großen Augen an.

»Bist du jetzt unter die Hobby-Psychologen gegangen?«

»Nein, aber ich kann es nicht leiden zu sehen, wie dieser Typ dich behandelt«, sagt er besorgt. »Und mittlerweile macht es mich auch echt sauer, dass du dich so behandeln lässt.«

»Ich weiß«, gebe ich kleinlaut zu. »Aber ich trau mich nicht, mich zu trennen. Glaub mir, das geht mir selbst inzwischen am meisten auf den Sack.«

»Hat er sich denn endlich mal gemeldet?«

Ich schüttele traurig den Kopf. Paul guckt mir mitleidig in die Augen.

»Wer ist denn dieser Kerl, mit dem du ihn betrogen hast?«, fragt er dann hoffnungsvoll.

Ein Lächeln huscht über meinen Mund und bleibt als verschämtes Grinsen in meinem Gesicht hängen.

»Er heißt Jeffrey. Er ist vom Aussehen her total mein Typ, und außerdem ist er witzig, charmant, klug, er ist einfach ein Traum«, schwärme ich über mein letztes Date.

»Klingt gut. Und wo ist der Haken?«

»Er ist seit heute in New York. Auf unbestimmte Zeit.«

Paul macht ein nachdenkliches Gesicht. »Willst du nicht sowieso endlich mal aus Berlin rauskommen? Ich meine, du hast bald drei Monate Semesterferien! Also, wenn ich drei Monate freihätte, würde ich ganz bestimmt nicht in Berlin versauern. Und jetzt hast du ja sogar einen guten Grund, um wegzufahren.«

»Na ja, ich hab ja nicht nur frei. In ein paar Wochen beginnen schließlich die Klausuren.«

Paul überlegt einen Moment, als hätte er meinen Einwand gar nicht gehört, dann spricht er weiter: »Ich glaube, je älter du wirst, desto schwieriger wird es für dich, diese Auslandssache endlich mal in Angriff zu nehmen. Und New York ist großartig. Würde eins a zu dir passen. Ich sage nur: Fifth Avenue!« Er spricht diese Worte aus, als würde er es mir schmackhaft machen wollen.

»Ja, vielleicht«, sage ich und schmunzele. »Und was ist in deinem Leben gerade los?«, frage ich, um das Thema zu wechseln. Ich werde noch irre, wenn ich die ganze Zeit meine Probleme hin und her wälze.

»In Sachen Liebe, meinst du? Da bin ich noch immer glücklicher Single, und das wird hoffentlich auch erst mal so bleiben. Wenn ich höre, was Paare so für Probleme haben, und sehe, wie Friederike mit Sven darüber diskutiert, wer die Küche aufräumt und wer die Kartoffeln schält, dann wird mir wieder klar, dass ich auf eine Beziehung zurzeit gut verzichten kann.«

Paul und ich saßen noch ein Stündchen bei Balzac, und er erzählte mir von einem neuen Hotelprojekt, das ihm angeboten worden war. Er würde dort nicht mehr in der Gästebetreuung, sondern in irgendeiner Managerposition arbeiten, und das fände er total gut. Allerdings würde das natürlich bedeuten, seinen alten Job aufzugeben, in dem er eigentlich ganz zufrieden ist, und jetzt ist er sich unschlüssig, wie er sich entscheiden soll. Wenigstens ein anderer Mensch auf dieser Welt, der auch mal nicht weiß, was er machen soll! Wir philosophierten ein wenig über die viel zu vielen Optionen im Leben, ohne zu irgendeinem Schluss zu kommen, und machten uns dann beide auf den Nachhauseweg.

Jetzt stehe ich vor meinem Kleiderschrank und stelle fest, dass die kleine Lücke, die ich vorhin freigeschaufelt habe, nicht ganz ausreicht, um meine neuen Errungenschaften zu verstauen. Das Kleid und die Oberteile passen noch rein, aber die Hose kriege ich nicht mehr unter. Ganz oben, im Fach über der Kleiderstange wäre noch Platz, aber da komme ich nur schwer ran. Ich springe hoch und versuche das Teil auf das Schrankbrett zu schmeißen. Klappt nicht, bin zu klein. Meine beiden Klappstühle habe ich Friederike für ihre Geburtstagsparty geliehen und bisher noch nicht wiedergekriegt. Und mein Ecksofa alleine zu verrücken, schaffe ich nie. Unzufrieden lege ich die Hose auf den Couchtisch, hole mir ein Glas und eine Flasche Cola aus dem Kühlschrank und setze ich mich vor den Fernseher. Als ich gerade dabei bin, die Flasche aufzudrehen, erinnere ich mich daran, dass mir das blöde Ding vorhin an der Rewe-Kasse runtergefallen ist, weil meine Einkaufstasche mal wieder viel zu vollgestopft war. Aber es ist schon zu spät – die Kohlensäure sprudelt über den Tisch, die Fernbedienung, auf den Boden und haarscharf an meiner schönen, neuen Hose vorbei. Mir wird klar, dass ich unmöglich damit beginnen kann, meine Sachen jetzt auf dem Couchtisch zu stapeln. Nachdem ich also den Boden gewischt und die Fernbedienung abgetrocknet habe, nehme ich die

Hose, gehe wieder zu meinem Kleiderschrank rüber, zögere einen Augenblick und stelle mich schließlich vorsichtig auf das unterste Brett des Schrankes. Es ächzt unter meinem Gewicht. Ich strecke meinen Arm nach oben, um das mühsam ergatterte Kleidungsstück ins oberste Fach zu bugsieren.

Und dann passieren mehrere Dinge gleichzeitig: Es kracht, ich zucke vor Schreck zusammen, verliere das Gleichgewicht und kralle mich an den erstbesten Klamotten fest, die mir entgegenfallen. Das Kleideraufbewahrungssystem Pax wankt, wie ein Würfel, der auf der Kante steht und sich nicht entscheiden kann, wie rum er fallen soll, und kippt dann nach vorne, haarscharf an Pirmins Terrarium vorbei! Direkt auf mich zu! Ich kann mich nicht mehr gerade halten, knalle mit dem oberen Rücken zuerst auf den Boden und werde von Spanplatten, die sich schwer wie eine Lawine auf mich legen, und dem Gewicht meiner eigenen Kleidung begraben.

Panik. Mein Kleiderschrank liegt auf mir, und ich kann nicht atmen. Ich kann nicht schreien. Ich habe keine Stimme mehr! Ich versuche noch mal einzuatmen, aber es geht nicht. Ich muss sterben. Meine Lunge fühlt sich an wie ein Blasebalg, der sich nicht mehr aufpumpen lässt. Tränen laufen mir über mein Gesicht. Das war's. In jungen Jahren verstorben, dahingerafft von einem Kleiderschrank mit Schiebetüren. Ob Rainer es jetzt wenigstens bereut, dass er mich nicht angerufen hat? Mein Rücken tut weh, mein ganzer Körper ist erstarrt und zittert. Ganz ruhig… Was hat die Trainerin im Pilates uns geraten? Kraft einatmen, Belastung ausatmen. Kraft einatmen, Belastung ausatmen.

Langsam geht es. Ich versuche meine Gliedmaßen zu bewegen, doch es gelingt mir unter dem Gewicht des Schrankes nicht. Scheiße.

Ich höre, wie Pirmin aufgeregt in seinem Terrarium herumkriecht. Der arme Kerl hat bestimmt einen großen Schreck gekriegt. Wenn er doch nur ein Hund wäre. Dann könnte er mich aus den Trümmern bergen. Ich habe mal eine Sendung gesehen, in der ein Hund sogar die Feuerwehr alarmieren konnte. Doch Pirmin ist kein Hund. Er ist eine Vierzehenschildkröte.

»Dieses Möbelstück unbedingt mit dem beigepackten Beschlag an der Wand befestigen«, hieß es in der Aufbauanleitung. Ich habe das gelesen und beschlossen, es zu ignorieren. Ich habe auch die Ermahnungen meines Vaters ignoriert. Ich bin so ein Dickkopf! Die Spanplatten drücken auf meine Brüste wie das Gewicht eines potenziellen Kindes von Ottfried Fischer und Rainer Calmund. Mit meinen Armen stemme ich mich dagegen, um weiterhin genug Luft zu kriegen, aber lange werde ich das hier nicht durchziehen können. Meine Stimme fehlt mir noch immer. Ich weine ein paar Tränen, dann höre ich damit auf, denn es kostet zu viel Kraft. Ich liege einfach nur da und warte darauf, das Bewusstsein zu verlieren. Früher oder später. Dann kommt mir ein Gedanke. Heißt es nicht, dass Menschen in Ausnahmesituationen immense Kräfte entwickeln können? Autos hochstemmen und so Zeug? Wo sind denn meine Superkräfte? Ich bin einfach nur platt, schwach und verzweifelt. Und dieser Zustand erinnert mich erschreckenderweise an mein Leben.

Als ich mit Jeffrey zusammen war, habe ich mich so frei gefühlt. Mit Rainer dagegen fühle ich mich immer wie in einem Kampf, den ich sowieso schon längst verloren habe. Die Beziehung mit ihm ist mindestens genauso erdrückend wie der Kleiderschrank, der auf mir liegt. Warum wird mir das jetzt erst so schmerzlich bewusst? Man sagt ja, dass Menschen in den letzten Zügen ihres Lebens ihre Fehler bereuen, und ich bedauere zutiefst, dass ich mich nicht längst von Rainer getrennt habe. Unsicherheit hin oder her, ich bin erst sechsundzwanzig! Soll mein Leben jetzt schon vorbei sein? Angenommen, ich sterbe unter diesem Kleiderschrank. Was habe ich erlebt? Was habe ich mich getraut? Ich habe nie ein anderes Land gesehen! Bei diesem Gedanken trifft mich ein unglaublich starkes Gefühl der Reue, als hätte ich meine Lebenszeit nicht richtig genutzt, sie einfach verschwendet. Ich denke an den Taxifahrer, der gesagt hat, dass ich Licht ins Dunkel bringen soll. Himmel noch mal, ich will nach New York!

Eine Stunde später liege ich immer noch unter dem Schrank und wimmere. Es fühlt sich an, als würde mein Brustkorb jede Sekunde zusammenkrachen, und dann wäre es aus mit mir. Es würde keine Folge von »Notruf« mit mir geben, weil meine Geschichte keinen Rettungserfolg erzählen könnte. Mein Schicksal würde stattdessen bei »Punkt 12« von der lispelnden Katja Burkhardt erzählt werden: »Ein jungef Mädchen schaufelte fich durch extremen Shoppingwahn ihr eigenef Grab. Fie wurde tot unter einem Berg aus Kleidung gefunden, und die Ärzte konnten nichtf mehr für fie tun.«

Schrecklich. Das darf auf keinen Fall passieren! Ich erinnere mich an Martin Luther. Hat er sich nicht aus irgendeinem schlimmen Unwetter gerettet, indem er Gott versprach, Mönch zu werden? Ein Hoch auf meine alte Religionslehrerin Frau Scheidereiter, die uns solche Geschichten erzählt hat. Frau Scheidereiter hatte selbst, aufgrund ihres Nachnamens, kein einfaches Schicksal. Sie war die einzige Lehrerin, für die wir uns keine Abänderung ihres Nachnamens ausdenken mussten, um sie zu ärgern.

Ich fange also an zu beten: »Lieber Gott, mach, dass ich gerettet werde. Wenn du mich rettest, werde ich zwar keine Nonne werden, aber ich werde dir versprechen, mein Leben nicht mehr zu verschwenden. Ich werde mich von Rainer trennen und mit Jeffrey nach New York gehen. Ich werde aus dem Nest springen und die Welt sehen. Lieber Gott, bitte lass meinen Brustkorb nicht zusammenkrachen!«

Ich teste vorsichtig, ob ich jetzt übersinnliche Jesus-Mega-Power bekommen habe, um den Schrank hochzustemmen. Habe ich nicht. Aber ich schaffe es, die Platten so weit hochzuhalten, dass ich genug Luft einatmen kann, um meiner Stimme Kraft zu verleihen.

»Hilfe!«, rufe ich, aber es klingt eher wie ein gedämpftes Piepsen, wie wenn man unter der Bettdecke schreit.

Für jeden meiner Hilferufe brauche ich ein paar Minuten Abstand, denn meine Armmuskeln müssen sich wieder erholen. Vielleicht hätte ich doch mehr von den Fitnesskursen mit Hanteln besuchen sollen, dann hätte ich jetzt so etwas wie einen Bizeps. So was kann ja auch mal nützlich sein. Ich schreibe diesen Vorsatz gleich auf meine imaginäre Liste von Dingen, die ich tun will, falls ich jemals lebend befreit werde. Nach meinem fünften Hilfeschrei klingelt es endlich an der Tür.

»Frau Carras?«, ruft eine Frauenstimme. Es ist Frau

Pappel, eine Mittvierzigerin, die sich mit insgesamt zehn Kaninchen ihre Wohnung teilt. Ich weiß das so genau, weil sie gerne lebhaft von jedem einzelnen erzählt. Ich stemme den Schrank wieder die paar nötigen Millimeter hoch, um genug Luft holen zu können.

»Brechen sie die Tür auf!«, schreie ich mit aller Kraft.

»Frau Carras, brauchen Sie Hilfe?«, fragt Frau Pappel.

Noch ein Vorsatz für meine imaginäre Liste: Wenn ich lebend hier rauskomme, werde ich Frau Pappel eins auf die Schnauze hauen. Was denkt sie denn, was einer braucht, wenn er »Hilfe« ruft? Ein Tässchen Tee?

»Holen Sie Hilfe! Brechen Sie die Tür auf!«, rufe ich und habe das Gefühl, in den letzten Atemzügen zu liegen. Jetzt nicht sterben, Chouette. Wehe du kratzt ab!

Es dauert ein paar weitere Minuten, und dann höre ich Männerstimmen vor der Tür.

»Wir kommen jetzt rein!«, schallt es durch die Tür, und ich glaube die Stimme von Herrn Kaiser, meinem Nachbarn unter mir, zu erkennen. Ich spare mir eine Antwort, denn ich brauche alle Kraft, um weiter zu atmen. Die Tür fällt krachend aus den Angeln, und einige Menschen kommen herein. Nun bin ich mir sicher, dass es tatsächlich Herr Kaiser ist, den Frau Pappel zu Hilfe geholt hat, denn ich höre seine Stimme klar und deutlich. Aber auch die anderen Stimmen sind mir vertraut, da unser Haus sehr dünne Wände hat und ich deshalb schon unfreiwilliger Zeuge der einen oder anderen Familienkrise geworden bin. Außer Herrn Kaiser befinden sich sein Sohn Hans und Herr Bertram, der über mir wohnt, in meinem Schlafzimmer. Ich hoffe inständig, dass nicht irgendwo ein getragener Tanga auf dem Boden liegt.

Ich höre, wie Frau Pappel erschrocken einatmet.

»Geht es Ihnen gut?«, fragt sie mich.

Aber ich kann nicht mehr antworten. Ich kann gar nichts mehr. Die Männer stemmen den Kleiderschrank nach oben, und mich trifft ein befreiender Schmerz, als Luft in meine Lunge strömt. Ich habe es geschafft.

»Ruf einen Krankenwagen«, sagt Herr Kaiser zu seinem Sohn. Dann beugt er sich zu mir herunter und sagt: »Frau Carras, da war wohl zu viel drin in Ihrem Schrank.«

Ich lächele müde und versuche mich zu bewegen, aber meine Muskeln spielen nicht mit, sie fühlen sich an, als hätte ich vierundzwanzig Stunden lang am Bodypump-Kurs teilgenommen.

»Bleiben Sie liegen, der Krankenwagen ist unterwegs«, redet Herr Bertram beruhigend auf mich ein. Ich nicke. Und schließe die Augen.

5

Der doppelte Laufpass

»Sie haben eine Geschlechtsumwandlung an dir vorgenommen.«

Paul macht ein todernstes Gesicht. Aber dann kann er sich ein Lachen nicht verkneifen.

Ich habe gerade die Augen aufgeschlagen und fühle mich, als hätte ich sehr lange geschlafen, ohne mich zu erholen.

»Hör auf, sie zu verarschen!«, meckert Friederike, die neben ihm an meinem Krankenhausbett sitzt.

»Wenn du dich traust, dich über mich lustig zu machen, ist mein Zustand wahrscheinlich nicht allzu schlimm«, entgegne ich Paul und stelle erleichtert fest, dass mir das Reden nicht mehr so schwerfällt.

»Der Arzt sagt, eine leichte Prellung der Lunge und eine Mini-Gehirnerschütterung, drei Tage sollst du hierbleiben«, stellt Paul fest. »Und er sagt, es wäre angebracht, eine Zeit lang keine Kleidung mehr zu kaufen«, fügt er hinzu.

»Stimmt gar nicht«, fällt Friederike beschwichtigend ein. Die beiden erinnern mich an Waldorf und Statler von der Muppet Show.

»Das sind doch gute Nachrichten, wenn man bedenkt,

dass ich vor Kurzem noch dachte, ich bin so gut wie tot«, sage ich erleichtert. »Aber was ist mit Pirmin? Der kann doch nicht drei Tage ohne mich sein!«

»Haustiere sind im Krankenhaus nicht erlaubt, wir haben schon gefragt. Aber ich kann für die paar Tage in deiner Wohnung pennen und mich um ihn kümmern«, bietet Paul an.

Das ist zwar nett, aber die Lösung stellt mich nicht zufrieden. Ich war die letzten fünf Jahre nie von meiner Schildkröte getrennt!

»Kannst du ihn dann wenigstens tagsüber mal mitbringen, wenn du mich besuchst?«

»Ja. Klar. Mach dir keine Sorgen, es sind doch nur drei Tage.«

»Es gibt da noch eine schlechte Nachricht«, fängt Friederike an rumzudrucksen. Schlechter als die Nachricht, drei Tage ohne Pirmin schlafen zu müssen, kann sie ja nicht sein. Trotzdem gefällt mir Friederikes besorgter Gesichtsausdruck überhaupt nicht. Sie kramt in ihrer Tasche, holt etwas hervor und legt es wortlos auf meine Bettdecke. Sieht aus wie Elektroschrott.

»Das hat mir Herr Kaiser vorhin im Flur in die Hand gedrückt. Er hat es aus deiner Wohnung mitgenommen, dachte, es ist dir vielleicht wichtig«, fügt Friederike hinzu und räuspert sich unbeholfen.

»Was ist das?«, frage ich verständnislos. Ich stehe hier offensichtlich auf dem Schlauch.

»Dein iPhone«, sagt Paul. »Der Schrank hat es zertrümmert. Wieso lässt du deine Sachen auch immer auf dem Boden rumliegen?«, fragt er oberlehrerhaft.

»Kann ich doch nicht ahnen, dass der blöde Schrank

einfach umkippt!«, verteidige ich mich. Dann betaste ich den Haufen, der mal mein iPhone war. Das Display ist zersprungen, das Gehäuse vollkommen aufgesprengt, die Mikro-SIM-Karte verbogen.

»Scheiße«, sage ich. »Wie soll Jeffrey mich jetzt erreichen?«

»Wieso? Sorry, aber denkst du, es geht noch weiter mit euch?«, fragt Friederike irritiert.

»Ich werde nach New York gehen«, verkünde ich und blicke zufrieden in ihr erstauntes Gesicht. »Ich mache noch heute mit Rainer Schluss, und dann hält mich nichts mehr hier.«

Bei meinen eigenen Worten läuft es mir kalt den Rücken runter. Es klingt nicht nach mir. Aber es klingt toll.

»Chouette, hat der Sturz auf den Hinterkopf irgendetwas bewirkt? Warum der Sinneswandel?« Friederike nimmt bestärkend meine Hand und drückt sie fest.

»Heute Nachmittag dachte ich, dass ich sterben muss. Da ist mir klar geworden, dass ich etwas ändern muss, sonst bin ich sowieso schon so gut wie tot. Eingefroren in meinem stinkschnöden Leben. Ich will nach New York!«, rufe ich und quietsche vor Freude wie Oma Heddas Ofenklappe.

Paul und Friederike sehen sich an und grinsen.

»Na dann, herzlichen Glückwunsch!«, gratuliert mir Paul zu meinem Entschluss.

»Boah, wie cool! Ich freu mich für dich!«, jubelt Friederike. »Und Jeffrey findest du doch bestimmt easy über Facebook!«

»Er ist nicht bei Facebook.«

»Wieso denn nicht?«, fragt Paul, als bräuchte man einen

guten Grund, um nicht Teil eines sozialen Netzwerks zu sein.

»Keine Ahnung, er hat zu mir gesagt, er findet Facebook idiotisch. Die Leute, die ihm wichtig sind, ruft er lieber an. Aber da hat er ja noch nicht geahnt, dass mein Kleiderschrank ihm einen Strich durch die Rechnung macht.«

»Na ja, dann musst du dir eben was anderes überlegen, um ihn zu finden! Hauptsache du bist erst mal in New York«, stellt Friederike fest.

»Und ich kann gerne mal meine Hotelbeziehungen spielen lassen und versuchen, dich irgendwo günstig einzuquartieren«, bietet Paul an. »Aber hast du dir schon Gedanken darüber gemacht, wie du den Flug bezahlen wirst?«, gibt er dann zu Bedenken.

»Na, ich würde ihr natürlich das Geld leihen«, sagt Friederike und guckt zu Paul rüber, als hätte ihm das doch klar sein müssen.

Die beiden sind so süß.

»Nee danke, meine Liebe. Da werde ich mal Oma Hedda fragen, schließlich motzt sie ja die ganze Zeit, dass ich so unentschlossen bin und mich nichts traue. Wenn ich ihr erzähle, dass ich jetzt tatsächlich beschlossen habe, eine so weite Reise zu machen, krieg ich sie schon dazu, mir den Flug zu bezahlen. Das größere Problem ist, dass ich erst mal mit Rainer reden muss. Darauf hab ich echt keinen Bock.«

»Mh«, brummt Paul zustimmend.

»Augen zu und durch«, schlägt Friederike vor.

Und mir wird klar, dass mir diese Aufgabe wohl keiner abnehmen wird.

Als Friederike und Paul gegangen sind, wird mir ganz übel. Es ist leichter, sich vorzustellen, mit jemandem Schluss zu machen, als es wirklich zu tun. Tatsächlich den Hörer in die Hand zu nehmen, zu wählen, die Stimme des anderen zu hören und dann zu sagen, dass es aus ist. Mir wird schwindelig bei diesem Gedanken. Ich atme einmal tief durch und erinnere mich an mein Trauma unter dem Kleiderschrank, an den Moment, in dem mir klar wurde, dass es so nicht weitergehen kann. Ich spüre sie immer noch, diese Reue, diese Ausweglosigkeit, die Gewissheit, nicht mehr mit Rainer zusammen sein zu können. Sich zu trennen ist scheiße. Zwar stelle ich es mir weniger schrecklich vor, als der Verlassene zu sein, aber trotzdem unangenehm. Und dann diese dämlichen Konventionen: nicht über das Telefon Schluss machen, nicht per SMS oder E-Mail, den unmissverständlichen Code »Wir müssen reden« aussprechen und dann ein bedrückendes Gespräch führen, das zu nichts führt, und dann den Abschied durchstehen. Wenn ich das alles hinter mir habe, mache ich drei Kreuze. Meine Motivation steigt bei dem Gedanken, dass ich zwar einerseits Rainer den Laufpass gebe, andererseits aber auch mir selbst: Nach diesem Gespräch bin ich tatsächlich frei. Ready to go. Rainers Nummer kenne ich auswendig, ich schnappe mir das Telefon, das neben meinem Krankenhausbett steht, und wähle, bevor ich noch weiter darüber nachdenken kann.

»Hallo?«

Ich höre Rainers Stimme, die für seine Verhältnisse recht freundlich klingt. Das macht mir die Sache umso schwerer, weil ich dachte, ich könnte ihm vorwerfen, sich nicht über meinen Anruf zu freuen, einen Streit vom Zaun brechen, um dann richtig wütend zu werden und mich von ihm zu trennen. Aber Rainer klingt so unvoreingenommen, und plötzlich tut er mir unendlich leid. All mein Hass, meine Wut, mein Ärger, meine Enttäuschung sind verflogen. Aber es geht nicht anders, ich ziehe das jetzt durch.

»Hallo Rainer, ich bin es, Helena«, sage ich leise.

»Wie geht's? Alles in Ordnung bei dir?«, fragt er gut gelaunt.

»Ich bin im Krankenhaus«, antworte ich.

»Was? Wieso das denn?«, hakt er nach, und ich merke, wie seine Stimmung umschlägt. Doch es ist weniger Besorgtheit, er klingt einfach nur völlig verständnislos. Als würde er fragen: »Muss das jetzt sein?«

Rainer ist mit einem Mal hörbar genervt, und das gibt mir den nötigen Schubs, den ich brauche, um wirklich Schluss zu machen.

»Mein Kleiderschrank ist auf mich gefallen. Ich lag ein paar Stunden darunter, mit einer geprellten Lunge und einer Gehirnerschütterung. Die Nachbarn haben mich irgendwann befreit und ins Krankenhaus gebracht«, erkläre ich sachlich.

»Tja, selbst schuld, würde ich mal sagen. Hättest du den Schrank mal an der Wand festgemacht«, entgegnet Rainer, das Arschloch.

Tief durchatmen.

»Rainer, ich muss mit dir reden. Da ich noch ein paar Tage im Krankenhaus bleiben muss, würde ich dich bitten herzukommen«, sage ich geradeheraus. Es ist vollbracht.

»Ist das wieder eines deiner Machtspielchen gegen meine Schwester? Du weißt doch genau, dass sie nur noch eine Woche in Berlin ist, und da soll ich extra zu dir ins

Krankenhaus kommen, weil du mal wieder irgendeinen Beziehungsscheiß mit mir bereden willst? Ganz ehrlich, das kannst du vergessen.« Rainer sagt das, als wäre es ihm vollkommen egal, um was es mir geht.

Wahrscheinlich *ist* es ihm auch vollkommen egal, wird mir schlagartig bewusst.

Es ist überhaupt nicht nötig, mit jemandem Mitleid zu haben, der so gar nicht leidet. Es ist ihm egal. Ich bin ihm egal. Die Beziehung ist ihm egal, und das bis zur letzten Konsequenz. Ich schlucke ein paar Tränen hinunter. Was ist denn hier los? *Ich* mache doch gerade mit *ihm* Schluss und nicht umgekehrt.

»Heulst du jetzt etwa schon wieder? Ich habe davon echt die Schnauze voll, dass du immer das Opfer spielst«, hört Rainer nicht auf zu motzen.

Ich reiße mich zusammen und bin gleichzeitig seltsam froh, dass ich in der Lage bin, Gefühle zu haben, im Gegensatz zu Rainer. Er ist wie ein Stein, an dem alles abprallt, er lässt nichts an sich ran und ist nicht in der Lage, mich für eine Sekunde zu verstehen.

»Gut, du willst nicht herkommen, um mit mir zu reden, dann kann ich es dir auch am Telefon sagen. Ich mach Schluss. Du bist nicht bereit, mit mir ein Gespräch zu führen, du willst nichts an der Beziehung ändern, und du interessierst dich weder für mich oder uns. Du bist einfach total ignorant! Ehrlich gesagt, frage ich mich, warum ich so viel Zeit meines Lebens mit dir verschwendet habe. Du bist doch sowieso lieber mit deiner Schwester zusammen. Ihr seid wie Hänsel und Gretel!« Meine Wut ist meiner Stimme anzuhören, und ich versuche Rainer zu provozieren.

»Okay«, sagt Rainer.

»Das ist alles, was du dazu zu sagen hast?«, frage ich ungläubig.

Das kann doch nicht wahr sein! Nach zwei Jahren Beziehung sagt er einfach nur »Okay«?

»Was soll ich denn sagen? Du hast deine Entscheidung getroffen, ich kann nichts dagegen machen, und diesen Blödsinn mit meiner Schwester muss ich mir ja wohl nicht weiter anhören«, entgegnet er schroff.

Ich kann seiner Stimme nicht anhören, ob er verletzt ist, erleichtert oder beleidigt. Wahrscheinlich ist er froh, weil er sowieso schon längst keinen Bock mehr auf die Beziehung hatte und nur zu bequem war, die Sache selbst zu beenden.

»Du machst es dir ganz schön einfach«, versuche ich noch, etwas aus ihm herauszukitzeln.

Ich kann nicht leugnen, dass er durchaus noch eine Chance hätte, wenn er sich mal ins Zeug legen würde, aber er ist offenbar durch und durch ein Vollidiot. So lange habe ich geglaubt, dass er mich im Grunde genommen liebt, auch wenn er das nie sagt. Dass er sich nichts mehr wünscht als mich. Und dass er sich irgendwann ändert und es mir zeigen wird. Wahrscheinlich war das alles vollkommener Bullshit.

»Wann holst du deine Sachen ab?«, fragt er mich.

Er klingt so nüchtern, als würde er fragen, ob ich heute Abend noch ein Teewurstbrot esse.

»Du kannst sie zu Friederike bringen, ich hole sie dann dort ab, ich werde nämlich die nächsten Wochen verreist sein«, sage ich und bin richtig glücklich darüber, dass ich wegfahren werde. Einfach nur raus hier!

Rainer fragt noch nicht einmal, wohin meine Reise

geht oder warum ich so plötzlich verschwinde. Ich kann es nicht glauben. Ob das ein Schutzmechanismus von ihm ist? Oder steht er vielleicht unter Schock? Nein, Stopp! Ich werde keine Entschuldigungen mehr für ihn erfinden.

»Gut, dann bring meine Sachen auch zu ihr, dann kann ich sie von dort gleich mitnehmen«, beschließt er.

»Okay«, sage ich und kann einfach nicht fassen, dass das alles gewesen sein soll. Keine Gefühlsregung. Keine Träne. Keine Wut. Keine Fragen. Keine Versuche oder Versprechungen. Nur Kälte.

»Bis dann«, sagt er.

»Bis dann«, sage ich.

Dann legen wir auf.

6

Ready, steady, go?

Acht Tage später

Bin ich eigentlich die einzige Person auf der Welt, die das Problem hat, eine Pupshose zu besitzen?

Aufgeregt, angespannt und voller Vorfreude ziehe ich mit der linken Hand meinen riesigen Koffer durch die Halle des Flughafens Tegel. In der rechten Hand halte ich einen pinken Schuhkarton, in dem ich Pirmin transportiere, denn ohne meine Schildkröte würde ich das Land nicht verlassen. Die drei Tage ohne ihn im Krankenhaus waren schon schlimm genug, und das, obwohl Paul ihn täglich zu mir gebracht hat. Als ich so durch das Gebäude laufe, meine ich, dass die anderen Reisenden mir argwöhnisch hinterherschauen. Und ich bin mir sicher, dass das nicht daran liegt, dass ich eine Schildkröte mit mir herumtrage, denn ich kenne den genauen Grund für die skeptischen Blicke: Die Leute denken, dass ich pupse. Das stimmt aber nicht, denn es ist lediglich meine Hose, die Geräusche von sich gibt, wenn meine Schenkel aneinanderreiben.

»Friederike, hörst du das auch?«, frage ich, während wir den langen Flur entlanggehen.

Friederike hat mich zum Flughafen gefahren und trägt nun ächzend mein schweres Handgepäck, in das ich alles gestopft habe, was nicht mehr in den Koffer passen wollte.

»Was?«, fragt sie irritiert.

»Dass es sich so anhört, als würde ich pupsen?«, hake ich nach.

»Chouette, du hast ein Rad ab. Kein Mensch hört hier irgendetwas, so laut wie es ist. Du solltest dein Pupshosen-Problem endlich mal mit einem Therapeuten besprechen.«

Friederike reagiert genauso, wie sie immer reagiert, wenn ich sie auf die merkwürdigen Geräusche aufmerksam mache. Sie hatte mich mal fast so weit, dass ich das Pupshosen-Problem tatsächlich ad acta legen wollte, wäre da nicht ein Zwischenfall in der Uni gewesen, bei dem ich genau gehört habe, dass Günther, der Techniker unseres Instituts, dasselbe Problem hat. Als er von seinem Stuhl aufstand und loslief, habe ich es genau gehört. Ich bin mir absolut sicher, dass Günther nicht tatsächlich gefurzt hat, sondern dass auch seine Hose beim Laufen die Pupsgeräusche erzeugt hat. Ich kann die feinen Klangnuancen da sehr gut unterscheiden. Aber mit Jeans ist es eine komplizierte Sache, man braucht wirklich lange, bis man herausfindet, welcher Schnitt der richtige ist. Man kommt schließlich nicht auf die Welt mit einem Schild um den Hals »Regular Waist, Straight Leg«. Mühevoll muss man selbst seine Erfahrungen machen und einsehen, dass »Low Waist Jeans« nur etwas für flachbauchige, abgemagerte Bohnenstangen sind und »Bootcut Jeans« mein Bein so wirken lassen, als hätte ich die Wassereinlagerungen von Oma Hedda im Unterschenkel. Das sehe selbst ich als Mode-Dummy!

Endlich verstummen die Pupslaute meiner Hose, denn

wir stehen am richtigen Gate. Friederike strahlt über das ganze Gesicht.

»Chouette fliegt nach New York, Chouette fliegt nach New York«, singt sie vor sich hin, als wir mit den anderen Passagieren in der Schlange stehen.

»Was ist, wenn ich ihn nicht finde?«, frage ich besorgt, denn über Facebook kann ich schließlich nicht suchen, und als ich einmal den Namen »Jeffrey« bei Google eingegeben habe, bekam ich siebenundvierzig Millionen achthunderttausend Einträge angezeigt – das hat mich nicht gerade motiviert. Mein einziger Anhaltspunkt sind die Werbeagenturen in New York, denn in einer von denen muss Jeff schließlich arbeiten. Ich habe mir eine Liste aller infrage kommenden Unternehmen ausgedruckt und bereits begonnen, mich durchzutelefonieren – aber es gibt in New York City ungefähr so viele Werbeagenturen wie Dorfstraßen auf dem Land. Es wäre purer Zufall gewesen, wenn ich die Agentur seines Onkels erwischt hätte. Vielleicht erreiche ich mehr, wenn ich mich in New York persönlich erkundige, und außerdem wäre da noch mein kindlich-romantischer Wunschtraum, dass Jeff und ich uns einfach über den Weg laufen.

»Wenn du ihn nicht findest, bist du immer noch in der geilsten Stadt der Welt«, meint Friederike unbekümmert, und ich finde, das ist ein gutes Argument, um den Kopf nicht gleich in den Sand zu stecken. Denn schließlich fliege ich nicht nur wegen Jeff nach Amerika, sondern für mich. Ich möchte endlich etwas von der Welt sehen!

Bisher hat eigentlich auch alles reibungslos geklappt. Ich habe eine Woche vor Semesterferienbeginn einen Super-Last-Minute-Flug für fünfhundert Euro ergattert, und Oma Hedda hat nach anfänglichen Diskussionen (»Mensch

Mädel, willst du nicht lieber mal deine Großtante Erna in Görlitz besuchen?«) schließlich doch das Geld von ihrem Sparkonto rausgerückt. Von Jeff habe ich ihr natürlich nichts erzählt, dann hätte sie mir einen Vogel gezeigt. Ich habe ihr stattdessen gesagt, dass ich mich vor allem von der New Yorker Kunstszene inspirieren lassen will und deshalb genau dieses Reiseziel ausgewählt habe, um aus Berlin rauszukommen. Mein Hobby möchte Oma Hedda nämlich immer gerne fördern, schließlich war sie es, die mir meine erste Staffelei geschenkt hat. Außerdem hat ihr Mann, Joseph Engel, der leider schon seit über dreißig Jahren tot ist, gerne gemalt, und ich habe das Gefühl, dass sie mein Talent mit ihm verbindet. Doch nicht nur die Flugbuchung hat super geklappt, auch die Hotelsuche war ein voller Erfolg. Paul hat seinen Kollegen Carlos, der im Crowne Plaza Hotel in New York arbeitet, überreden können, mir ein Hotelzimmer für einen Spottpreis zu vermitteln. Zu dieser Jahreszeit ist das Hotel nämlich ohnehin nicht voll ausgelastet, denn die Hochsaison hat noch nicht begonnen. Zu meinem Vorteil! Das Hotel kann ich dann bei meiner Abreise mit der Kreditkarte bezahlen, und der Betrag wird erst zum nächsten Monatsende abgebucht. Bis dahin werde ich mir schon irgendetwas einfallen lassen.

»Hallo, Ihren Pass bräuchte ich, bitte«, sagt die Frau am Schalter von Air Berlin mit einem aufgesetzten Lächeln, als wir endlich an der Reihe sind.

Ich zücke den bordeauxroten Ausweis, den ich mir damals für meine Tunesienreise ausstellen ließ, und lege ihn der Angestellten vor. Diese starrt für eine Weile in meinen Reisepass hinein, als hätte sie etwas Erschreckendes entdeckt.

»Ich weiß, das Foto ist wirklich unvorteilhaft«, scherze ich.

»Nein, das ist es nicht«, entgegnet die zurechtgemachte Dame. »Ihr Pass ist leider abgelaufen«, sagt sie dann und verzieht ihr Gesicht entschuldigend.

»Oh, ich habe auch meinen normalen Ausweis dabei«, sage ich beschwichtigend.

»Der bringt Ihnen nichts. In die USA dürfen Sie nur mit einem gültigen Reisepass reisen, tut mir leid. Haben Sie denn gar nicht das ESTA-Formular ausgefüllt? Dort wird doch nach der Reisepassnummer gefragt«, erkundigt sie sich mit einer Unschuldsmiene.

Ja, sind wir denn hier bei Asterix und Obelix? Brauche ich als Nächstes noch den Passierschein A 38?

Mein Mund bleibt offen stehen. Und was genau bedeutet *Es tut ihr leid*?

»Das ESTA-Formular ist ein Genehmigungsantrag zur Einreise in die USA«, erklärt die junge Frau, als sie meinen verstörten Blick sieht.

»Das heißt, sie darf jetzt gar nicht fliegen?«, schaltet sich Friederike von der Seite ein.

»Die Einreisebestimmungen sind leider sehr strikt. Sie können so nicht einreisen. Sie können einen Expresspass beantragen, aber der ist frühestens in drei Werktagen ausgestellt. Bitte treten sie jetzt aus der Reihe heraus, damit die anderen Passagiere ihre Bordkarte erhalten können.«

Mir steigen Tränen in die Augen. Warum passiert mir das? Warum jetzt? Kaum entschließe ich mich mal zu etwas, geht es schief. Ich habe ja selbst an Pirmins Artenschutzpapiere gedacht! Aber nicht einen Blick in meinen Pass geworfen. Großartig: Ich nehme mein Haustier also wichtiger als mich selbst. Gott sei Dank ist Pirmin nur eine Schildkröte und die Frage, ob er schon mal ohne mich fliegt, steht nicht im Raum. Friederike und ich stehen, wie vom Donner gerührt, vor dem Gate und starren in meinen Reisepass – der ist also schon seit drei Jahren nicht mehr gültig! Das kommt davon, wenn man sich nie weiter bewegt als bis zum äußeren Ring des Berliner Bahnnetzes.

»Meinst du, wir können den irgendwie fälschen?«, fragt Friederike und guckt verzweifelt.

»Wie willst du den denn fälschen?«, frage ich sauer. Die Tatsache, dass selbst Friederike, die sonst so realistisch und vernünftig ist, so einen Scheiß vorschlägt, macht mir meine aussichtslose Lage deutlich.

»Ich soll nicht nach New York, ich bin einfach nicht dazu fähig, etwas anderes auf die Reihe zu kriegen als meinen gewöhnlichen Trott. ESTA-Formular. Muss ich Obama erst den Arsch küssen, bevor ich einreisen darf?«

Mir laufen die Tränen übers Gesicht. Ich komme mir so dämlich vor. Da stehe ich mit gepackten Koffern, habe mich von allen verabschiedet und mit meiner tollen Reise geprahlt, und jetzt muss ich allen erzählen, dass ich nicht fliegen kann, weil ich zu blöd dafür bin.

Friederike nimmt mich kurz in den Arm, dann sagt sie entschlossen: »Ach komm, ist doch egal, dann fliegst du eben in drei Tagen nach New York. Deinen Flug können wir bestimmt umbuchen, und dann fahren wir jetzt gleich zum Bürgeramt und beantragen dieses Scheißding.«

»Heute ist aber Sonntag«, entgegne ich resigniert.

»Dann machen wir das eben morgen früh. Komm, wir gehen zum Flugschalter von Air Berlin und regeln schon mal die Umbuchung.«

Ich sehe mich schon bei Oma Hedda um die Umbuchungsgebühr betteln. Die wird sich bestimmt total aufregen!

Ich latsche Friederike hinterher. Meine Hose pupst wieder, und ich fühle mich wie ein Verlierer auf der ganzen Linie.

»Tut mir leid, die Umbuchung wäre teurer als ein neuer Flug. Nur für morgen Mittag hätte ich noch etwas, da müssten sie nur neunundvierzig Euro Umbuchungsgebühr bezahlen. Leider haben sie ja keine Reiserücktrittsversicherung abgeschlossen«, erklärt der Mann am Schalter.

Natürlich habe ich keine Reiserücktrittsversicherung abgeschlossen, du dämlicher Hirni! Kein normaler Mensch schließt so etwas ab, wenn man so kurzfristig bucht. Warum soll man auch dreißig Euro für den unwahrscheinlichen Fall blechen, dass einem vom einen auf den anderen Tag etwas passiert?

Friederike dreht sich nachdenklich zu mir um. »Und wenn du erst mal in ein anderes Land fliegst?«, fragt sie. »Ich meine, einen gültigen Personalausweis hast du ja, du könntest den Flug irgendwo nach Europa umbuchen, und wenn dein Expresspass fertig ist, fliegst du nach New York.«

»Und wie soll ich das bitte schön noch bezahlen? Dann bräuchte ich doch auch ein neues Hotel!«, nörgele ich.

Friederike erkundigt sich beim Servicemitarbeiter nach allen Möglichkeiten. »Könnte man nicht, um das Geld nicht zu verlieren, den Flug zum Beispiel nach Spanien oder Frankreich umbuchen?«, fragt sie geduldig.

Der Mann schüttelt den Kopf: »Man könnte ein anderes Reiseziel nur buchen, wenn es auch ein Langstreckenflug in dieselbe Richtung wäre«, entgegnet er, dann denkt er kurz nach. »Kuba ginge.«

Ich stoße ein hysterisches Lachen aus.

»Kuba ginge?«, wiederhole ich entsetzt. »Ich will nach New York, ich will nicht nach Kuba. Und ich will auch nicht nach Spanien oder Frankreich. Was ist denn daran so schwer?«, frage ich aufgebracht.

Der Angestellte zuckt mit den Schultern und schaut Friederike Hilfe suchend an. Wahrscheinlich denkt er, dass sie eine Art Betreuerin für mich ist, da ich offensichtlich leicht reizbar und insgesamt etwas gestört erscheine.

»Hören Sie«, fängt Friederike an zu sprechen. »Gibt es nicht noch irgendeine andere Möglichkeit, meiner Freundin die Einreise zu ermöglichen? Sie hat doch einen gültigen Personalausweis!«

Doch wieder folgt nur Kopfschütteln.

»Tut mir leid, wenn sie niemanden kennen, der ihnen bis morgen Mittag einen neuen Pass ausstellen kann, dann sieht es schwarz aus.«

Ich stutze.

»Friederike«, flüstere ich ihr zu und ziehe sie vom Serviceschalter weg. »Dieser Typ, der mir neulich seine Karte zugesteckt hat, wo arbeitet der noch mal? Was hat Sven gesagt?«

Friederikes Augen werden größer. »Irgendetwas mit Identifikationspapieren – meinst du, der macht dir einen Reisepass?«, fragt sie hoffnungsvoll.

»Keine Ahnung, wo hab ich seine Visitenkarte denn hingesteckt?«, überlege ich laut und hole mein Portemonnaie heraus.

Lose in meinem Kleingeldfach liegt die Visitenkarte von Torben Harz, Digital Identification Solutions.

»Meinst du, wenn ich den anrufe und um einen Gefallen bitte, dass der dann als Gegenleistung ein Date mit mir erwartet?«, frage ich zögerlich.

»Ach, sag doch einfach, ihr trefft euch dann auf einen Kaffee, wenn du aus New York zurück bist. Und dann meldest du dich nie wieder.«

Wir kichern diabolisch.

»Rufst du da für mich an Friederike? Bitte! Der erkennt meine Stimme doch sowieso nicht!«, bettele ich. »Ich hasse es, fremde Leute anzurufen, außerdem hab ich doch noch kein neues Handy, und wir müssen eh deins nehmen«, füge ich noch schnell hinzu, als ich Friederikes wenig begeisterte Miene sehe. Natürlich wollte ich mir sofort nach der Krankenhausentlassung ein neues iPhone zulegen, aber ich fand es dann doch zu unverschämt, Oma Hedda auch noch nach Geld für ein neues Telefon zu fragen, nachdem sie mir schon den Flug bezahlt hat. Wahrscheinlich hätte sie dann gesagt: »Mensch Mädel, ich bin nicht Krösus!«, wäre zu ihrem uralten Telefon mit Wählscheibe in die Küche gelatscht und hätte mir gezeigt, dass so ein neumodisches Mobiltelefon gar nicht nötig ist, weil auch so ein steinzeitlicher Fernsprecher einwandfrei funktioniert. Nach meiner New-York-Reise muss ich mir dann wohl einen Nebenjob suchen, um für ein neues Handy zu sparen, denn mit Ratenverträgen habe ich eher schlechte Erfahrungen gemacht. Irgendwie ist mir da das letzte Mal erst bei der zweiten Abbuchung so richtig klar geworden, dass das jetzt monatlich so weitergeht. Darauf war mein Kontostand nicht vorbereitet gewesen. Abgesehen davon, hab ich in meinem Hotel in New York sowieso WLAN, meinen Laptop, Skype und fürs Musikhören meinen iPod.

»Na gut. Ich mach's«, sagt Friederike, verdreht die Augen und nimmt mir Torbens Visitenkarte aus der Hand.

7

Take me to a higher plane!

Statt im Flieger nach New York, sitze ich im Polo nach Esslingen am Neckar.

Torben hat tatsächlich zugestimmt, mir dabei zu helfen, mir auf legalem Wege einen neuen Reisepass zu besorgen, er kenne hier und da ein paar Leute und habe die Möglichkeit, das Dokument sofort herzustellen. Nur abholen müsste ich es in Esslingen am Neckar, weil dort der Sitz seiner Firma ist, und die Zustellung würde bis morgen nicht funktionieren. Meinen Flug nach New York habe ich mit Friederikes finanzieller Unterstützung auf den nächsten Tag umgebucht, das ESTA-Formular werde ich von unterwegs über das Internet ausfüllen und hoffen, dass vierundzwanzig Stunden für die Ausstellung der Einreiseerlaubnis reichen. Friederike hat mich zuerst mit ihrem Auto nach Mitte gefahren, weil dort ein Fotoautomat ist, mit dem man biometrische Passbilder machen kann, und kutschiert mich nun nach Esslingen am Neckar, um meinen neuen Pass zu holen.

»Das scheint echt ein netter Kerl zu sein, dieser Torben«, murmelt Friederike gedankenversunken.

Seit ungefähr fünfzehn Minuten hat keiner von uns

mehr etwas gesagt, und ich habe das Gefühl, wir verarbeiten gerade den Schock, dass ich tatsächlich nicht im Flugzeug sitze.

»Was willst du mir denn damit sagen?«, frage ich erstaunt.

Am Ende schlägt sie mir diesen Typen noch als potenziellen Lebenspartner vor, wovon er wahrscheinlich hellauf begeistert wäre.

»Gar nichts. Aber mich freut es, dass es Menschen auf dieser Welt gibt, die einem einfach so helfen«, entgegnet sie.

»Ob Torben mir einfach so hilft, steht ja noch aus. Vielleicht ist seine Hilfe noch an sexuelle Bedingungen geknüpft«, gebe ich zu Bedenken.

»Ach, ich glaube, der ist total froh, dass er überhaupt Kontakt zu einer Frau hat. Ob die nun einen Reisepass von ihm will oder ein Candle-Light-Dinner, ist dem wahrscheinlich erst mal Wurst. Außerdem hat er gesagt, er beauftragt einen Bekannten, der das Ganze für uns vor Ort abwickelt, weil er selbst gerade gar nicht in Esslingen ist. Du begegnest ihm also überhaupt nicht.«

Beruhigt nicke ich. Die ganze Sache ist mir äußerst unangenehm. Aber was hätte ich für eine Wahl gehabt? Nicht zu fliegen?

Die Aufregung hat meine Gedanken an Jeffrey etwas verdrängt, aber ab und zu bekomme ich nun wieder kleine Hitzewallungen und Flashbacks von unserer Nacht im Wald. Wohlig versuche ich mich zurückzulehnen, doch die Anspannung bleibt, schließlich weiß ich immer noch nicht, ob dieser Notfallplan zur Passbeschaffung wirklich funktioniert.

Das Navigationsgerät zeigt an, dass wir noch fünf Stunden und zwölf Minuten brauchen werden, und ich bin Friederike unendlich dankbar dafür, dass sie mich fährt.

Ich lege eine beliebige CD aus dem Handschuhfach ein, und das Album *My best friend is you* von Kate Nash schallt aus den Lautsprechern.

»Jetzt guck doch nicht wie sieben Tage Regenwetter, morgen fliegst du nach New York, und dann kann dich nichts mehr halten.«

Friederike klopft mir ermutigend auf den Oberschenkel, so wie mein letzter Gynäkologe es immer nach der Routineuntersuchung getan hat. Ich habe mich dabei gefühlt wie eine gewinnbringende Milchkuh, der man nach der Inspektion des Euters abschließend einen zufriedenen Klaps gibt. Meine jetzige Frauenärztin macht das zum Glück nicht. Nachdem sie sich von meiner Gesundheit überzeugt hat, sagt sie jedes Mal nur fröhlich: »Frau Carras, die Scheide sieht sehr gut aus.«

Hört sich an, als wäre ich bei der Autoinspektion und meine Vagina der einwandfrei funktionierende Kreiskolben-Wankelmotor eines seltenen Oldtimers.

»Hab ich dir eigentlich erzählt, dass ich wieder in Svens Handy geschaut habe?«, fragt Friederike kleinlaut und lenkt mich damit von meiner Anspannung ab.

»Warum machst du das eigentlich? Du weißt doch, dass Sven nichts zu verbergen hat.«

Insgeheim weiß ich natürlich, dass genau das der Grund ist, warum Friederike in Svens Handy rumschnüffelt. Die zwei sind ein glückliches Paar, das schon seit Längerem keinen dramatischen Streit oder eine feurige Krise zu verkraften hatte. So paradox es klingt: Friederike versucht krampfhaft, irgendetwas zu entdecken, damit sie so richtig stinkig sein kann. Vorwürfe machen, Drohungen aussprechen, nicht ans Telefon gehen – so etwas vermisst man als Frau scheinbar, wenn die Beziehung zu sehr nach Plan läuft. Ich habe diese Erfahrung ja bisher noch nicht gemacht. Bei mir lief's immer auf natürlichem Wege kacke.

»Ich fürchte, dieses Mal habe ich tatsächlich etwas gefunden«, sagt sie melodramatisch.

»Ach komm, ist es wieder das gleiche Phänomen wie bei der Urlaubskarte?«

Vor einem halben Jahr war Friederike nämlich in heftiger Erregung, weil Sven eine Urlaubskarte bekommen hatte, die er ihr nicht gezeigt hat. Diese Karte lag dann eine gefühlte Ewigkeit lang auf seinem Schreibtisch, und Friederike fand keine Gelegenheit, sie zu inspizieren. Wer mochte dort schreiben? Die Ex-Freundin? Die Geliebte? Eine »Arbeitskollegin«, die ihm einen ganz lieben Gruß von den Kanaren senden wollte? Friederike kochte vor Wut und konnte eines Nachts kaum noch schlafen, weil sie sich ungeheuer bedroht fühlte von diesem Stück Papier. In dieser schlaflosen Nacht packte sie die Gelegenheit beim Schopf und schlich auf Zehenspitzen zur Post des Grauens. Sie drehte die Karte mit klopfendem Herzen um, und dann stand da:

»Hallo lieber Svenni,
hier ist schönes Wetter, und wir genießen die Sonne.
Außerdem unternehmen wir viel mit unserer Seniorengruppe.
Auch das Buffet im Hotel ist lecker, nur gestern hatte Opi Durchfall.
Viele Grüße aus Teneriffa, Oma und Opa«

Friederike war am Boden zerstört, denn sie fand es fast schlimmer, nichts mehr zu befürchten zu haben, als etwas zu entdecken.

»Ich glaube nicht, dass es dieses Mal so einfach ist. Ich habe mir seinen Browser-Verlauf angeschaut, und da bin ich auf so eine komische Chatseite gestoßen … kommrein-chat.de oder so«, sagt Friederike geknickt, und ich merke, dass es ihr wirklich ernst ist.

»Und was ist das für eine Seite?«, frage ich möglichst sachlich.

»Also in meinen Augen geht es schon darum, irgendwelche Singles zu treffen. Da kann man zwar über alle möglichen Themen reden, aber wenn es in einem Chat auch Kategorien wie »Singlebörse« gibt, hat das doch einiges zu sagen, oder?«

Ich zucke mit den Schultern. Eigentlich kann ich mir kaum vorstellen, dass Sven mit anderen Frauen chattet, aber sicher sein kann man sich nie.

»Und, wirst du ihn darauf ansprechen?«, hake ich nach.

»Ich denke schon. Ich habe versucht, mich in seinen Account einzuloggen, aber alle Passwörter, die ich von ihm kenne, funktionieren nicht. Glaubst du, Sven betrügt mich?«

»Wäre es denn Betrug für dich, wenn er mit jemandem chattet?«, will ich wissen.

»Ja.«

»Aber bei Facebook kann man doch genauso Nachrichten schreiben, und du würdest das doch auch nicht als Betrug bezeichnen.« Immerhin weiß ich, dass Friederike selbst ein paar männlichen Bekannten schreibt, von denen Sven nichts weiß.

»Aber es ist etwas anderes, aktiv zu suchen und sich in einem reinen Chatportal anzumelden, um Singles zu treffen!«, entgegnet sie empört.

»Jaja, ist ja gut. Sprich ihn darauf an, und du wirst sehen, wie er reagiert. Aber du weißt: Wer sucht, der findet. Vielleicht stößt du auf etwas, was eigentlich gar nicht bedrohlich für dich ist, womit du aber trotzdem nicht leben kannst.«

Friederike nickt.

»Das ist mir vollkommen bewusst. Aber ich bin nicht der Typ Frau, der die Augen verschließt.«

Ich gucke zu meiner besten Freundin rüber. Sie sitzt so aufrecht und selbstbewusst am Steuer, doch ihr Gesicht verrät, dass sie sich wirklich Sorgen um ihre Beziehung macht. Es ist doch faszinierend: Egal wie erfolgreich, emotional stabil und vernünftig ein Mensch ist – wenn's um die Liebe geht, ticken wir alle gleich. Wer liebt, ist verletzlich.

»Ich brauch einen Kaffee«, sage ich entschlossen.

Ich habe meinen Traummann in New York verloren und Friederike ihren Freund an ein Chatportal. Das ist ohne Koffein nicht länger zu ertragen.

»Hier war gerade ein Schild, dass demnächst ein McCafé kommt, da können wir halten«, sagt Friederike, und ich fühle mich wie ein kleines Kind auf seiner ersten Langstreckenautofahrt.

»Friederike, findest du, ich bin unselbstständig und nörgelig?«, erkundige ich mich vorsichtig.

»Ja.«

Friederike grinst, und ich muss lachen.

»Aber ab morgen bist du zwei Wochen weg, und da werde ich sogar dein Nörgeln vermissen.«

Ich lächele zufrieden und sehe auf das Navi.

Noch vier Stunden und neunundvierzig Minuten bis Esslingen am Neckar.

8

Schwarzmalerei und Farbenfreude

»Tut mir leid, heute geht da nichts mehr.«

Da heute Sonntag ist und das Büro von Digital Identification Solutions nicht besetzt ist, hat Torbens Arbeitskollege Olaf vorgeschlagen, dass wir uns bei der *Pommesschranke*, einem Imbiss unweit der Autobahn, treffen. Als Friederike und ich dort ankommen, guckt Olaf uns in etwa so begeistert an, als wären wir zwei Obdachlose, die Straßenmagazine verkaufen. Er hat eine schlaksige Statur, seine Schultern hängen nach unten, als würden Gewichte von seinen Händen baumeln, und sein Gesicht erinnert mich irgendwie an eine Krähe. Seine Nase läuft spitz zu, während sein Kinn und seine Stirn etwas zurückgesetzt sind. Er sieht so unmotiviert und blass aus, dass ich ihm am liebsten an Ort und Stelle zwei Eisentabletten reingestopft hätte. Gerade nimmt er zwei Currywürste und eine Portion Pommes rotweiß entgegen und beginnt schmatzend, sie zu verputzen. Ich gucke mir das Gemisch und die labbrigen Pommes an, die auf Olafs Pappschale liegen. Nicht für Geld würde ich an diesem schäbigen Imbiss etwas essen.

Torbens Kumpel scheint von der Idee, uns aus der Patsche zu helfen, nicht sehr begeistert zu sein.

»Aber Torben hat gesagt, du könntest das heute noch bewerkstelligen«, gibt Friederike freundlich zu bedenken.

Olaf steckt sich noch ein Stück Currywurst in den Schlund, kaut zweimal, schluckt runter und erklärt genervt: »Heute ist Sonntag. Keine Ahnung was Torben euch versprochen hat, aber heute kann ich nicht ins Büro. Morgen früh um acht könnte ich euch anbieten. Da fängt mein Kumpel von der Stadtverwaltung an zu arbeiten. Die Fotos habt ihr dabei?«

Ich komme mir vor, als ob ich mit Drogen handle, als ich Olaf verstohlen meine Bilder vor der schmuddeligen *Pommesschranke* überreiche.

»Aber um dreizehn Uhr dreißig geht mein Flug nach New York. Ich muss spätestens um halb zwölf in Berlin sein«, ich schaue Olaf Hilfe suchend an. Eine Rolle, die sich schrecklich anfühlt.

»Tja, das ist wohl nicht zu schaffen«, sagt Olaf und will mir die Fotos gleich zurückgeben.

»Ginge es nicht vielleicht ab sieben? Es ist wirklich ungeheuer wichtig, wir sind extra aus Berlin hierhergefahren«, Friederike setzt ihren Dackelblick auf.

Unglaublich, dass sie so ruhig bleiben kann. Ich wäre inzwischen so weit, ihm mein Lichtbild als Andenken in den Arsch zu schieben, nach Hause zu fahren und auf meiner Couch heulend Prinzessin Fantaghirò zu gucken.

»Punkt sieben. Vor dem Rathaus«, knurrt Olaf und steckt meine Fotos ein. »Habt sowieso Glück, dass ihr das Ding hier beantragen könnt. Würde mein Kumpel Manfred bei der Stadtverwaltung euer Dilemma nicht als wichtigen

Grund anerkennen, müsstet ihr die Beantragung in der Hauptstadt machen, so wie jeder andere Berliner auch.«

Er stopft sich den letzten Pommes in den Mund, wirft die leere Pappschale in den Müll und sagt: »Bis morgen, seid pünktlich.« Dann läuft er zum Parkplatz rüber, steigt in seinen Opel Corsa ein und fährt weg. Ich seufze schwerfällig.

»Selbst wenn wir morgen früh um sieben direkt losfahren, sind wir nicht vor halb eins in Berlin«, sage ich traurig zu Friederike.

»Warte es doch mal ab. Ich kann ganz schön was aus meiner Karre rausholen, wenn es schnell gehen muss.«

»Ist lieb, aber ich rechne lieber nicht mit Wundern.«

»Komm wir gehen irgendwo was essen. Ich hab totalen Hunger«, geht Friederike gar nicht weiter auf meinen Pessimismus ein und holt ihre Handtasche aus dem Auto. Ich überprüfe bei der Gelegenheit noch schnell, ob es Pirmin gut geht, aber der schläft seit geraumer Zeit tief und fest auf der Rückbank. Wir lassen die *Pommesschranke* hinter uns und laufen auf eine Eckkneipe zu. Hoffentlich ist das Essen dort ansprechender als dieser Imbissfraß.

»Gaststätte«, lese ich laut vor. »Gott, ist das altbacken. Bestimmt sagen die hier auch *Kaufhalle*.« Ich grinse.

»Garantiert«, lacht Friederike.

»*Fräulein*, rufen sie schnell den *Schutzmann*!«, spinne ich weiter.

»Ich komm gleich, muss nur noch mal schnell unter die *Brause*!«, stimmt Friederike prustend mit ein.

»Hast du meinen *Ratzefummel* gesehen?«, kichere ich.

»Vielleicht in deinem *Schlüpfer*«, brüllt Friederike los, und wir kugeln uns vor Lachen.

Die Nacht im Auto war ungemütlich, eng und stickig. Wir hatten natürlich keine Bettdecken dabei und haben deshalb meine Klamotten aus dem Koffer zum Zudecken benutzt. Ich habe Pirmin zum Frühstück ein paar Löwenzahnblätter von einer Wiese gepflückt. Zum Glück ist mein Haustier so pflegeleicht, was seine Nahrung betrifft. Natürlich mag er lieber Obst, aber das Grünzeug lässt er trotzdem nicht liegen. Es ist schwer zu beurteilen, ob Pirmin das viele Autofahren etwas ausmacht, aber solange er frisst und sich munter bewegt, scheint es ihm nicht schlecht zu gehen. Angespannt sitze ich auf dem Beifahrersitz, während Friederike uns bis vor das Rathaus kutschiert. Olaf steht schon davor und wartet. Provokativ schaut er auf die Uhr, obwohl wir sogar zehn Minuten zu früh ankommen.

»Na dann wollen wir mal«, sagt er, als wir aussteigen.

Jetzt geht es um alles oder nichts.

Manfred von der Stadtverwaltung scheint ein ganz freundlicher Typ zu sein, er fragt nicht weiter nach, warum ich den Reisepass nicht in Berlin beantrage, nimmt meine Fingerabdrücke und meine Fotos, überträgt die Informationen von meinem Personalausweis und drückt Olaf den ausgefüllten Vordruck in die Hand.

»Guten Flug«, sagt Manfred, als wir das Gebäude verlassen, und endlich stellt sich das Gefühl wieder ein, dass ich wirklich nach New York fliegen könnte. Goodbye Esslingen am Neckar! Hello Big Apple!

Nach einem Abstecher in die Firma, in der Olaf und Torben arbeiten und in der die ganzen Dokumente hergestellt werden, bei denen man sich nie fragt, woher sie eigentlich kommen, halte ich tatsächlich meinen frisch gedruckten Reisepass in der Hand. Ich starre den bordeauxroten

Ausweis an, als handele es sich um das schönste Objekt mit der hübschesten Farbe der Welt. Dankbar und voller Vorfreude, endlich nach Jeffrey suchen zu können, hauche ich Olaf beim Abschied sogar einen Kuss auf die Wange. Der weiß gar nicht, wie ihm geschieht, und auch ich bin nach dieser Aktion leicht verdattert.

»Bete dafür, dass die Straßen frei sind«, sagt Friederike, nachdem wir in ihren Polo eingestiegen sind, und saust auf die Autobahn.

»Ich bete, was das Zeug hält«, sage ich, kneife angestrengt die Augen zusammen und falte meine Hände mit einer Intensität, dass meine Fingerknöchel weiß hervortreten.

Keine Ahnung, ob es meine Gebete sind oder die Abwesenheit von Pendlern, die Abgeschiedenheit von Esslingen oder ein mir plötzlich wohlgesonnenes Schicksal, aber um zwölf Uhr und dreizehn Minuten stehe ich an Gate C40 im Flughafen Tegel. Viel zu spät für einen Transatlantikflug, aber beim besten Willen die früheste Ankunft, die ich mir erhoffen konnte.

»Ihren Reisepass, bitte«, sagt die hübsche Stewardess am Abfertigungsschalter.

Friederike und ich grinsen uns an.

»Ja, sehr gerne«, entgegne ich und lege ihr schmunzelnd meinen Pass vor die Nase.

»Frau Carras, ich sehe hier im Computer gerade, dass sie das ESTA-Formular gar nicht ausgefüllt haben«, sagt die Flugbegleiterin mit der Scheiden-Stimme meiner Gynäkologin.

»Doch«, beharre ich. Mein Herz fängt an zu rasen.

Wenn die mich jetzt nicht fliegen lassen, bringe ich sämtliches Flughafenpersonal um die Ecke, einschließlich ihrer Kinder und Kindeskinder!

»Zumindest wurde ihnen noch keine Einreisegenehmigung erteilt. Nun ja, diese Sicherheitsvorkehrung ist rechtlich gesehen optional. Aber es kann sein, dass der Einreisebeamte vor Ort Ihnen ein paar Fragen diesbezüglich stellt«, säuselt Frau Vogt, wie ich ihrem Namensschild entnehme, drückt mir meine Bordkarte in die Hand, stempelt Pirmins Dokumente ab und wünscht mir einen angenehmen Flug.

»Tust du mir noch einen Gefallen?«, frage ich Friederike, als wir uns zum Abschied umarmen.

»Was denn nun schon wieder, Chouette?«, fragt sie gespielt genervt zurück.

»Rufst du Torben noch mal an und bedankst dich in meinem Namen bei ihm? Und sag Paul, Oma Hedda und meinen Eltern, dass ich sie liebe, falls ich abstürze.«

»Natürlich. Aber du stürzt nicht ab«, versichert sie mir geduldig. »Jetzt freu dich, dass es losgeht! Egal wie deine Suche nach Jeff ausgeht, die New-York-Erfahrung wird dir immer bleiben.«

Lachend und zitternd vor langsam einsetzender Flugangst, verschwinde ich im Boardingbereich. Friederike winkt. Ich winke. Gemischte Gefühle sind gar kein Ausdruck für meinen Zustand.

»Los geht's«, sage ich leise zu Pirmin im Schuhkarton. Er sitzt ganz friedlich in seiner kleinen Kiste und strahlt eine Ruhe aus, als wäre er der Dalai-Lama. Wie macht diese Schildkröte das nur?

9

I believe I can fly

Mit Flugreisen verhält es sich genauso wie mit Haarentfernungen mittels Flüssigwachs.

Eigentlich fragt man sich die ganze Zeit: Warum zum Henker tu ich mir das bloß an? Natürlich wird meine Flugangst dadurch gemildert, dass ich wahnsinnig froh bin, überhaupt in dieser Maschine zu sitzen. Diese ganze Pass-Geschichte hätte auch anders ausgehen können. Trotzdem machen mich die Luftlöcher fertig. Am schlimmsten beim Fliegen ist allerdings der Moment, wenn es still wird. Wenn es sich plötzlich so anhört, als hätte der Pilot sämtliche Motoren ausgeschaltet. Die Geräusche verstummen mit einem Mal, und man hat den Eindruck, das Flugzeug müsste gleich senkrecht zu Boden krachen. Ich beobachte aufmerksam die Stewardessen, ob sie irgendwelche Anzeichen von beginnender Panik zeigen. Aber sie wuseln routiniert durch die Gänge.

Ich versuche, mir zu vergegenwärtigen, dass mir gar nichts anderes übrig bleibt, als diesen unangenehmen Flug in Kauf zu nehmen, denn es gibt Momente im Leben einer Frau, die erfordern Eigeninitiative und Entschlossenheit. Eigentlich nicht unbedingt meine Stärken, aber seien wir mal ehrlich: Wenn ich mich in meinen Zwanzigern nicht traue ins Ausland zu reisen, dann schaffe ich es nie. Da hat Paul schon recht. Dass es gleich New York sein muss, hat meine Eltern total verwundert, aber was soll ich denn in näher gelegenen Ländern, wie der Schweiz oder Österreich? Da fehlt mir einfach die Motivation. Das ist bei New York ja jetzt Gott sei Dank ganz anders.

Ich frage mich, wie es sein wird, wenn ich aus diesem Flugzeug aussteige. Keiner wird nach der Landung auf mich warten, wenn ich durch die automatische Tür schreite. Leute fallen sich in die Arme, Chauffeure halten Schilder in den Händen und erwarten Reisende, Familien werden vereint – ob es einen Ort auf der Welt gibt, an dem man sich noch einsamer fühlen kann? Keine Menschenseele interessiert sich für meine Ankunft, weil keiner weiß, dass ich in gut zwei Stunden meine nicht pedikürten Füße am John F. Kennedy Airport auf amerikanischen Boden setzen werde.

Ich habe zwei Wochen, um Jeffrey zu finden. Zwei Wochen in New York City, die ich damit verbringen werde, ja, mit was eigentlich? Werde ich durch die Straßen gehen und Ausschau nach ihm halten? Werde ich mich von einer Person zur nächsten durchfragen? Die New Yorker Werbeagenturen alle persönlich abklappern?

Während ich mir Salz und Pfeffer in meinen Tomatensaft rühre, male ich mir mein Leben wie eine romantische Komödie aus, in der die weibliche Hauptfigur, also ich, am Ende vor den Altar geführt wird. Wahrscheinlicher ist es jedoch, dass ich nach besagten zwei Wochen statt mit einem Mann und einem Ring schlichtweg mit einem Haufen Abercrombie-&-Fitch-Jäckchen zurückreisen werde. Wobei deren Filialen so penetrant nach Parfüm riechen, dass ich es wahrscheinlich nicht länger als fünf Minuten in diesen Läden aushalten werde. Ich habe sogar gehört, dass Anwohner in Hamburg nun prüfen lassen, ob der Geruch in der Umgebung des Geschäftes gesundheitsschädlich ist.

Worüber sich die Hamburger so aufregen. In Berlin stinkt es sowieso überall, und zwar nicht nach Parfüm, sondern nach Kotze, und da sagt keiner etwas.

Ich sehe aus dem Fenster und gucke mir die Wolken an. Es sieht aus, als könne man auf der Wolkendecke laufen, als wären die weißen Gebilde eine feste Masse. Der ungewöhnliche Anblick weckt in mir die Lust zu malen, und ich krame meinen Malordner aus meinem Handgepäck. Mein Malordner, auch ein Geschenk von Oma Hedda, ist eine in braunes Leder gebundene Mappe, in der ein Block, zwei Bleistifte und ein paar Buntstifte Platz haben. Ich habe sie mitgenommen, um meine Ideen wenigstens grob festhalten zu können. Zu Hause in Berlin kann ich sie dann in Großformat mit Ölfarben auf eine Leinwand übertragen. Ich skizziere die Struktur der Wolkendecke, den Übergang zum Himmel, die Schatten, die durch die Sonne entstehen. Dabei verliert sich mein Blick immer wieder in dieser blau-weißen Leere. Irgendwie stimmt mich der Ausblick aus dem Flugzeug nachdenklich. Plötzlich stehe ich zumindest räumlich gesehen über den Dingen, und meine spontane Entscheidung, diese Reise anzutreten, wird absolut bestätigt. Die Vorstellung, Jeffrey niemals wiederzusehen, ist unerträglich. Wirklich furchtbar. Es ist, wie wenn du dich entgegen deiner weiblichen Intuition gegen die perfekten Keilsandaletten entscheidest, um dann auf dem Nachhauseweg vom Shoppingcenter festzustellen, dass du den

Sommer unmöglich ohne diese Schuhe überstehen wirst. Natürlich fährst du wieder zurück, um sie doch noch zu kaufen, aber dann sind sie leider in sämtlichen Filialen vergriffen. Du suchst bei Zalando, Amazon, eBay, aber Fehlanzeige. Sie sind unauffindbar. Und an diesem Punkt bleibt dir nichts anderes übrig, außer nach ähnlichen Schuhen zu suchen, die dich aber ewig daran erinnern werden, dass du das Original niemals haben wirst. Oder auf ewig zu trauern. Und das ist nun wirklich das Schlimmste.

Ich betrachte meine Skizze und bin sehr zufrieden. Licht und Schatten sind mir gut gelungen, und ich packe mein Malzeug zurück ins Handgepäck. Neben mir sitzt ein älterer Herr, der soeben eingeschlafen ist. Sein Kopf sackt langsam auf seinen Brustkorb hinunter, und er beginnt zu schnarchen. Ich drehe die Musik in meinen Kopfhörern etwas lauter, um weiter in meinen Tagträumen zu versinken.

Ich bin so dermaßen verliebt, dass ich seit einer Stunde »Iris« von The Goo Goo Dolls auf Repeat höre.

»And I don't want the world to see me. Because I don't think that they'd understand. When everything is meant to be broken, I just want you to know who I am.«

Ja, wer bin ich eigentlich? Seit der letzten Woche weiß ich es selbst nicht mehr so genau. Ich schaue Pirmin an. Er hockt in seiner pinken Behausung neben mir.

»Pirmin, werde ich Jeffrey in New York finden?«, versuche ich ihn per Telepathie zu befragen.

Die Schildkröte glotzt mich interessiert an, bewegt sich aber nicht. Kein Blinzeln. Kein Kopfheben. Nur gucken. Das heißt also, laut Pirmin-Orakel wird meine Suche erfolgreich sein. Juhu! Ich glaube wirklich daran, dass mein Haustier alles versteht, was ich sage. Kann mir ja auch keiner das Gegenteil beweisen. Vielleicht ist Pirmin in Wahrheit ein verzauberter Prinz. Ich grinse ihn an, und jetzt krabbelt er in meine Richtung. Behutsam setze ich ihn auf meinen Schoß und hoffe, dass er seiner Verdauung nicht plötzlich freien Lauf lässt. Ob er sich wundert, was er in diesem Flugzeug macht? Ob er auch Druck auf den Ohren hat? Ob er überhaupt Ohren hat? Ich glaube, Pirmin ist mein Verhalten im Moment ein großes Rätsel. Aber er weiß eben nicht, wie schwierig es ist, den Anforderungen und Erwartungen der Gesellschaft an eine junge Frau wie mich gerecht zu werden. In dem Alter, in dem meine Mutter ein Kind bekommen hat, habe ich mir einen E-Book-Reader gekauft. Und sosehr ich mir auch irgendwann ein Baby wünsche, mir ist diese ganze Sache überhaupt nicht geheuer. Da wächst dann alienmäßig ein Wesen in meinem Bauch heran, das ich dann irgendwie rausquetschen soll? Wenn man einmal schwanger ist, gibt es schließlich kein Zurück mehr. Beängstigend! Was ist, wenn mich dieses kleine Ding pausenlos tritt und ich mir eigentlich nur denke: »Hinaus mit dir! Sofort!« Schreckliche Vorstellung. Vielleicht adoptiere ich lieber. Ist ja sowieso modern, die Stars machen das auch.

Warum denke ich denn jetzt über Kinder nach? Ach, mein Leben steht Kopf. Endlich traue ich mich mal raus, endlich nach New York, die Stadt, die ich sonst nur im Fernsehen bewundern darf. Ich werde meine verlorene Liebe wiederfinden! Werde Manhattan auf den Kopf stellen und Abenteuer erleben, die sich die in Berlin Gebliebenen nur wünschen können! Es ist so ein schönes Gefühl, keine Sehnsucht und kein Fernweh mehr verspüren zu müssen, weil ich tatsächlich dabei bin, *meine Träume zu leben*. Ich bin unglaublich aufgeregt und gebe wohlige Seufzer von mir, während ich in Erinnerungen an Jeffrey abdrifte. Diese großen, männlichen Hände, die mich schon bei unserer ersten Begegnung fasziniert haben. Seine lässige Art zu reden und sein verschmitztes Lächeln. Ich erinnere mich an unseren Abend im Planetarium und den atemberaubenden Sex im Wald. Ich bin noch einen halben Ozean von Jeffrey entfernt. Aktuelle Fluggeschwindigkeit: 800 km/h, steht auf dem kleinen Monitor über meinem Sitz. Das geht mir hier alles viel zu langsam!

10

Großstadtdschungel

*»Ich war noch niemals in New York,
ich war noch niemals richtig frei, einmal verrückt sein
und aus allen Zwängen flieh'n.«*

Ich steige summend die Flugzeugtreppe hinunter und mache von der letzten Stufe zum Boden vor Freude einen kleinen Hüpfer. Endlich bin ich da! Während ich mich äußerlich zusammenreißen muss, um mich nicht vor lauter Glück hopsend fortzubewegen, tanzt mein Herz in meinem Innern eine kleine Polka. Ich atme die amerikanische Luft genüsslich ein, als ich vom Flugzeug zu dem kleinen Bus laufe, der die Passagiere zum Flughafengebäude fährt. New York riecht nach Sommer! Es ist warm draußen, die Sonne lächelt mir zu, die Vögel singen, und ich sehe einen Regenbogen am Horizont, auf dem kleine Häschen »Freude schöner Götterfunken« singen – nein, Quatsch. Eigentlich sehe ich nur die Landebahn vom Flughafen und in einiger Ferne ein paar Bäume drum herum, aber ich fühle mich gerade als wäre ich mitten im Paradies gelandet. Warm ist es jedoch wirklich, als ich mit den anderen Passagieren zusammengepfercht im Bus stehe, sogar fast stickig. Aber das ist mir egal! Ich bin im Ausland! Das ist ein großartiges Gefühl.

Pirmin und ich steigen als Erste aus dem Bus aus und gehen zum Flughafengebäude. Es fühlt sich aber an, als würden wir noch fliegen. Getragen von dem schönen Gefühl, abenteuerlustig zu sein.

Es überkommt mich das Bedürfnis, die amerikanische Nationalhymne zu singen, als ich in der großen Empfangshalle stehe, in der die Passkontrolle stattfindet. Eine Flagge hängt über der automatischen Schiebetür, durch die meine Schildkröte und ich getreten sind, und es läuft leise Musik – Tracy Chapman »Fast car«.

»So remember we were driving, driving in your car
Speed so fast I felt like I was drunk
City lights lay out before us
And your arm felt nice wrapped, 'round my shoulder
I had a feeling that I belonged
I had a feeling I could be someone, be someone, be someone!«

Ich nicke im Takt und bewege meine Hüfte leicht im Rhythmus, während ich die Schilder in der Empfangshalle studiere, um zu gucken, wo ich mich anstellen muss. Dabei meldet sich meine Blase zu Wort. Ich beschließe also erst einmal die Sanitäranlagen aufzusuchen, bevor ich mich in die richtige Schlange zur Passkontrolle stelle.

Die amerikanische Flughafentoilette unterscheidet sich eigentlich nicht von einer deutschen Flughafentoilette, aber es ist einfach ein anderes Bewusstsein, mit dem man pinkelt. Ich denke mir dabei nämlich ununterbrochen: Ich uriniere in New York! In der Heimatstadt von Sarah Jessica Parker, Jennifer Lopez und Coca Cola! Ich bin in Amerika!

Dann nutze ich die Gelegenheit und säubere im WC-Vorraum Pirmins Schuhkarton, ich habe im Handgepäck zu diesem Zweck nämlich einen Frischhaltebeutel gefüllt mit Heu und eine neue saugfeste Filzunterlage dabei. Dann machen Pirmin und ich uns auf den Weg zur Passkontrolle.

Es gibt sieben offene Schalter, an denen jeweils ein Einreisebeamter sitzt, und wir Reisende stehen quasi wie vor einer Supermarktkasse an. Nur zwei der Schalter sind für Einheimische, aber die Schlangen der Ausländer sind trotzdem viel länger als die der amerikanischen Staatsbürger. Doch das macht mir nichts aus. Mein Happiness-Level ist so hoch, dass es gerade durch nichts getrübt werden kann.

Mein Udo-Jürgens-Ohrwurm schleicht sich, trotz Tracy-Chapman-Beschallung, wieder in mein Bewusstsein, und so summe ich leise wieder »Ich war noch niemals in New York« – obwohl das ja eigentlich schon gar nicht mehr stimmt. Egal was jetzt noch passiert, ich kann stolz sagen: Ich war schon mal in New York! Mann, bin ich mutig! Nahezu Frodo-Beutlin-gleich.

Ich finde es witzig, dass keiner der Umstehenden mein Summen bemerkt. Um mich herum sind so viele Geräusche und ständig neu eintreffende, hektische Reisende, dass ich wahrscheinlich auch laut »Klitoris« rufen könnte, ohne dass es jemandem auffallen würde. Und wenn, würde es sowieso keiner verstehen, weil keiner in meiner Schlange Deutsch spricht, eine völlig neue Erfahrung für mich. Vor mir befinden sich etwa dreißig Personen einer chinesischen Reisegruppe, hinter mir steht ein Typ mit riesigen Kopfhörern, dann folgt eine mexikanische Familie mit drei kleinen Kindern. Während ich warte, mache ich einige kleine Dehnübungen, wippe auf meinen Zehenspitzen auf und ab, strecke meinen Hals nach oben und wiege meinen Kopf nach rechts und links. Ich bin von dem Neun-Stunden-Flug etwas verspannt, aber auch das kann meiner Stimmung nichts anhaben. Ich gucke auf die große Uhr, die an der Wand über dem Schalter des Beamten hängt, in dessen Schlange ich stehe. Es ist halb fünf Uhr nachmittags. Das heißt, es ist in Berlin jetzt halb elf Uhr abends. Ich muss also noch mindestens fünf Stunden wach bleiben, um dem Jetlag gleich von Anfang an entgegenzuwirken, das hatte mir Paul geraten. Noch merke ich nichts von der Zeitumstellung, aber ob ich noch so lange durchhalte? Pirmin zeigt schon erste Müdigkeitserscheinungen, er gähnt ungeniert und zieht dann seinen Kopf zur Hälfte in seinen Panzer ein.

Normalerweise würde ich jetzt mein iPhone rausholen und meinen Freunden schreiben oder »Candy Crush« spielen, aber das geht ja dank meines Kleiderschranks nicht. Ich habe nur meinen iPod, aber nachdem ich schon fast den ganzen Flug über Musik gehört habe, ist mir die Lust daran vergangen. Ob die Warterei bald ein Ende hat? Ich bin so gespannt, wie es außerhalb dieses Flughafens aussieht.

Doch es braucht noch weitere neunzig Minuten, bis ich die Passkontrolle hinter mir habe. Der Einreisebeamte hat zum Glück keinen Pieps von einem ESTA-Formular gesagt, sondern nur gefragt, wie lange ich vorhabe, in New York zu bleiben, und wann mein Rückflugdatum ist. Anschließend hat er Pirmin belustigt beäugt, ich habe vielsagend seine Einreisepapiere hochgehalten und klargestellt: »He is my turtle!« Dann durften wir passieren. Jetzt habe ich es geschafft. Mein Gepäck liegt längst neben dem Gepäckband, das schon gestoppt wurde, und wartet auf mich. Nun gilt es, die nächste Hürde zu nehmen und vom Flughafen in die City zu kommen.

Ich ziehe meinen Koffer hinter mir her und schleppe mein Handgepäck mitsamt Pirmin in Richtung Ausgang. Friederike hat mich gezwungen, von Berlin aus einen Shuttle-Bus zu buchen, der direkt vom Flughafen zu einzelnen Hotels fährt.

»Wieso denn das? Kann ich nicht die U-Bahn nehmen?«, hatte ich sie noch dümmlich gefragt.

»Ich glaube, du weißt nicht, wie weit der JFK-Flughafen von der Innenstadt weg ist. Da fährt keine U-Bahn hin. Und ein Taxi ist mega teuer, außerdem fährt dich der Fahrer, wenn du Pech hast, noch zweimal im Kreis und berechnet den doppelten Preis.«

Daraufhin habe ich dann ein Online-Ticket auf einer Webseite gebucht, die Friederike für mich rausgesucht hat. Aber von wo fährt dieser Shuttlebus ab? Innerhalb des Flughafengebäudes hängen Schilder, die zum Taxistand, zur regulären Busstation und zu Parkplätzen führen. Ich folge den Angaben in Richtung Busstation und gehe eine Weile über Laufbänder, an Restaurants, Zeitungsläden und Imbissbuden vorbei. Mein Gepäck ist zwar schwer und ich bin etwas geplättet vom Flug, aber eines steht fest: Ich fühle mich so cool! Allein die Dollarzeichen auf den Werbeplakaten, die überall an den Wänden hängen, oder die Gesprächsfetzen in Kaugummi-Englisch, die ich um mich herum wahrnehme, geben mir das Gefühl, in einer anderen Welt zu sein.

Als ich einen Ausgang gefunden habe, stehe ich vor einer Reihe typischer gelber New Yorker Taxis und bin für einen

Moment verwirrt – bin ich nicht den Schildern in Richtung Busstation gefolgt? Dann beschließe ich, die Gelegenheit beim Schopf zu packen, und bitte einen Passanten, mit meiner Einwegkamera ein Foto von mir zu machen, während ich so tue, als würde ich in eines der Taxis einsteigen. Ganz amerikanisch! Der Taxifahrer findet es jedoch nicht so witzig, da er dachte, ich wollte mit ihm mitfahren, und er meinen Koffer schon halb eingeladen hat. »Ich wollte nur kurz ein Bild machen!«, sage ich auf Englisch zu ihm und nehme ihm den Koffer wieder aus der Hand.

»Not going?«, fragt er mich, und ich stelle erfreut fest, dass sein Englisch schlechter zu sein scheint als meins.

»No, I am sorry!«

Dann verdünnisiere ich mich schnell. Neben dem Taxistand entdecke ich nun mehrere Vans, von denen einer das Logo des Shuttle-Unternehmens trägt, das ich gebucht habe. Bingo! Läuft doch alles gut bisher. Die Luft riecht hier draußen nach Abgasen und Rasensprenger, und plötzlich fällt mir auf, wie grün es hier ist. Ich dachte immer, New York sei eine Betonwüste, aber überall stehen Bäume und sind kleine Verkehrsinseln mit Rasen und Blumen. Daher also der Rasensprengergeruch. Ich entdecke den Fahrer des Shuttle-Unternehmens vor dem Auto. Er trägt eine Uniform mit Schirmmütze, eine Sonnenbrille und hat einen Schnurrbart. In seiner Hand hält er eine Zigarette. Ich gehe auf ihn zu.

»Excuse me«, sage ich möglichst selbstbewusst, als würde ich so einen kleinen New-York-Trip alle paar Monate machen. »Are you going to the Crowne Plaza Hotel?«

Ich zeige ihm meine Buchungsbestätigung für die Fahrt, die ich aus meinem Handgepäck hervorkrame.

Der Fahrer guckt mich interessiert an, dann sieht er zu Pirmin runter, den ich im Schuhkarton auf meinen Koffer gelegt habe, und fragt: »Is that a turtle?«

»No, that is an elephant«, denke ich bei mir und antworte: »Yes.«

»Well ... hello ... hotel ... time ... stop ... okay?«

Das sind alle Wörter, die ich verstehe. Also entweder der Typ hat einen fiesen Dialekt, oder meine Englischkenntnisse sind bei Weitem nicht so gut, wie ich dachte. Ich hatte immerhin acht Jahre lang Englisch in der Schule und habe alle *Sex-and-the-City*-Staffeln mehrfach in Originalsprache gesehen. Da müsste doch ein bisschen mehr hängen geblieben sein.

»Sorry, could you say it again?«, bitte ich ihn, alles noch einmal zu wiederholen.

Er lächelt, spricht langsamer, und jetzt verstehe ich, dass wir in einiger Zeit losfahren werden, er an verschiedenen Hotels hält, je nachdem wo die anderen Mitfahrer hinmüssen, und mein Hotel wahrscheinlich der letzte Stopp ist. Dann lädt er mein Gepäck in den Kofferraum ein, und ich klettere mit Pirmin auf die Rückbank.

Mein Po tut weh. Ich habe so lange gesessen, und jetzt muss ich schon wieder Platz nehmen, obwohl ich eigentlich lieber vor Begeisterung ein Rad schlagen würde. Wobei ich mir gar nicht so sicher bin, ob ich das noch kann. Ein Purzelbaum würde es auch tun. Aber das kann ich wohl erst nachher auf meinem Hotelbett machen. Wenigstens gibt es auf der Autofahrt etwas mehr zu sehen als im Flugzeug. So ein Himmel ist für ein, zwei Stündchen zwar ganz interessant, aber nach neun Stunden sehnt man sich nach ein bisschen mehr Action.

Die Fahrt vom JFK-Flughafen nach Manhattan ist da weitaus unterhaltsamer. Die anderen Passagiere des Shuttlebusses sind innerhalb einer halben Stunde, nachdem ich eingestiegen bin, eingetrudelt, und im Moment fahren wir auf der Autobahn. Es sind sechs weitere Fahrgäste, mit denen ich mir den Van teile, eine dreiköpfige Familie aus Australien, ein französisches Pärchen und ein Japaner, der so um die vierzig ist und seinen Kopf seit Beginn der Fahrt gegen die Fensterscheibe gelehnt hat und pennt. Wahrscheinlich ist er routiniert im Reisen und interessiert sich nicht für die Umgebung. Oder er hat eine noch längere Anreise als ich hinter sich und ist seit Tagen wach.

Bald sehe ich links und rechts die Häuser der New Yorker Vorstädte. Wenn ich an New York gedacht habe, hatte ich immer Wolkenkratzer, Businessmänner und Starbucks vor Augen. Aber hier gibt es bisher nur flache, bungalowähnliche Häuser, Laternenmaste und Fast-Food-Ketten. Ich hole meine Einwegkamera aus meinem Handgepäck und fotografiere die grünen Schilder mit den Richtungsangaben, auf denen so coole Sachen stehen wie »Queens Boulevard« und »Liberty Avenue«. Als wir an einem Schild vorbeikommen, auf dem »Midtown–Manhattan« steht, gibt es für mich kein Halten mehr. Ich stoße einen kleinen Schrei aus, woraufhin der Japaner aus seinem Schlaf hochschreckt und unzufrieden grummelt, die anderen Passagiere zusammenzucken und der Fahrer mich fragt, ob alles in Ordnung sei, woraufhin ich nur entgegne: »I am in New York! I am so happy!« Der Fahrer schüttelt wenig verständnisvoll den Kopf, und die anderen Leute lächeln gequält, als würden sie vermuten, dass ich nicht mehr alle Tassen im Schrank habe. Draußen beginnt es langsam zu dämmern und zu nieseln. Es ist inzwischen acht Uhr, das heißt in Berlin drei Uhr nachts, und Pirmin schläft in seinem Schuhkarton. Er ist bestimmt ganz kaputt und durcheinander von der Autofahrt, vom Flug und der Zeitverschiebung.

Beim weiteren Aus-dem-Fenster-Gucken beschleicht mich das erste Mal seit meiner Ankunft auf ungute Art das Gefühl, in der Fremde zu sein. Vielleicht liegt es daran, dass es in Berlin jetzt Nacht ist und man zu dieser Stunde allgemein etwas anfälliger für Grübeleien ist. Ob sich alle Leute so fühlen, die alleine eine Reise antreten? Ich denke an Oma Heddas gemütliche Wohnung, an das letzte Telefonat mit meinen Eltern, an Friederikes Hilfe und Pauls Unterstützung und spüre einen Funken Heimweh. Ich komme mir vor wie bei meiner ersten Klassenfahrt, als ich das erste Mal alleine von zu Hause weg war. Wenigstens ist Pirmin bei mir, und ich tröste mich außerdem mit dem Gedanken, dass irgendwo in dieser Stadt, vielleicht ein paar Minuten von meinem Hotel entfernt, vielleicht aber auch hier, weiter draußen, in Queens oder Brooklyn, Jeffrey ist. Ich bin ihm auf gewisse Art und Weise nah, zumindest näher, als ich ihm in Berlin war.

Der Verkehr beginnt zu stocken. Ich gucke nach vorne durch die Frontscheibe, und da sehe ich sie: die Silhouette Manhattans! Das Lichtermeer der Skyscraper, die Scheinwerfer der Autos, die wie ein leuchtender Fluss die Stadt durchschweben, die hohen Gebäude, die wie dunkle Berge in den Himmel ragen. Diese Aussicht ist so toll, dass sie mir vorkommt, wie eine Fata Morgana in der Wüste. Ich kann meinen Blick nicht mehr abwenden, obwohl ich merke, dass meine Augenlider mit der Zeit immer schwerer werden. Der Fahrer flucht leise vor sich hin, wenn irgendwelche Idioten vor ihm rücksichtslos die Spur wechseln, und das Auto ruckelt bei jedem Bremsen. Ich fühle mich wie ein Baby, das in den Schlaf gewiegt wird. Ich kämpfe noch dagegen an, denn ich will wach bleiben, will sehen, wie die Umgebung aussieht, Ausschau nach Jeff halten, wenn wir die Straßen in Manhattan langfahren. Doch der Stau dauert immer länger an – zehn Minuten, zwanzig, eine Dreiviertelstunde, und irgendwann sackt mein Kopf in Richtung meiner Brust, und ich döse in einen unruhigen Halbschlaf.

»Hey! Turtle-Lady!«, höre ich jemanden rufen.

»Mh?«, frage ich, schrecke hoch, fahre mir durch die Haare und tue so, als wäre ich die ganze Zeit hellwach gewesen.

»We are in front of your hotel.«

Wie? Was? Habe ich den Rest der Autofahrt etwa verpasst?

Ich sehe den Fahrer grinsend vor der offenen Schiebetür des Vans stehen, mein Koffer befindet sich bereits neben ihm. Die anderen Passagiere sind schon weg, ich bin alleine im Auto.

Erschrocken sehe ich nach Pirmin. Der Schuhkarton steht immer noch auf meinem Schoß, und das kleine Panzertier guckt verschlafen aus der Wäsche. Ich klettere mit dem Schuhkarton in der Hand aus dem Van, der in der Einfahrt des Crowne Plaza Hotels, mitten am Times Square, parkt. Dann krame ich in meinem Handgepäck und ziehe fünf Dollar aus meinem Portemonnaie. Mein Vater hatte mir vor Abreise zur Sicherheit hundert Euro in kleine Dollarscheine umgetauscht und in die Hand gedrückt. Ich gebe dem Fahrer den Fünfer als Trinkgeld, denn in meinem Reiseführer steht, dass das ungeheuer wichtig ist in den USA. Mein Chauffeur freut sich und läuft in Richtung Fahrertür.

»Bye!«, ruft er, als er einsteigt.

»Bye«, sage ich müde.

Als der Van sich zurück in den dichten Verkehr schlängelt, drehe ich mich in Richtung Broadway um und murmele: »Ach du lieber Himmel.«

Die Lichtreklamen leuchten in meine noch schläfrigen Augen, die Touristenmassen wirbeln um mich und Pirmin herum, und die Geräusche sind eine Mischung aus Hupen, Motorbrummen, einer Art Jahrmarktbimmeln, Unterhaltungen in allen möglichen Sprachen und Musik aus Klamottenläden. Und hier stehe ich mit meiner Schildkröte. Ich komme mir vor wie Momo. Ein einsames Mädchen aus einer kleinen, ruhigen Straße in Schöneberg gegenüber einer hektischen und sich viel zu schnell bewegenden Masse. Außerdem drängt sich mir bei diesem ersten Eindruck eine bedrückende Frage auf: Wie werde ich Jeffrey nur jemals in diesem Gewimmel finden? Ich habe New York definitiv unterschätzt.

11

Der einundzwanzigste Himmel

Örtlich gesehen, hab ich's schon mal
bis ganz nach oben geschafft.

Mein Zimmer befindet sich auf der einundzwanzigsten Etage des Hotels und ist einfach nur grandios. Es ist vier Uhr morgens in New York, elf Uhr vormittags deutscher Zeit, und ich liege noch in den Federn. Nachdem ich gestern nach meiner Ankunft todmüde ins Bett gefallen bin, sehe ich mir mein neues Domizil jetzt zum ersten Mal ganz genau an. Wie ein Krokodil, das vorsichtig aus dem Wasser linst, gucke ich hinter meiner Decke hervor und nehme jedes Detail in Augenschein. Ich kann nicht mal sagen, dass ich in einem Bett bin, denn das ist eigentlich das falsche Wort, es ist eher eine Oase zum Liegen. Eine riesengroße, weiße Fläche aus Laken umgibt mich, Kingsize, nennt man diese Größe wohl. Die Bettdecke musste ich gestern erst mal aus der Ritze zwischen Bettgestell und Matratze rausfummeln, anscheinend steckt man die in Amerika dort fest. Zuerst habe ich versucht, einfach oben rein zu krabbeln und die Decke so zu lassen, wie sie ist, mich dann aber gefühlt, als wäre ich mit einem riesigen Klebeband ans Bett geschnallt. Erst als ich die Enden der Decke unter der Matratze vorgezogen und zerknautscht habe, wurde es so richtig gemütlich. Direkt gegenüber von mir steht ein schmaler Fernsehtisch mit einem riesigen Flachbildfernseher, rechts daneben ist ein kleiner Schreibtisch, auf dem ein Block, ein Kugelschreiber und Briefpapier des Hotels liegen. Neben meinem Bett befindet sich ein breiter Nachttisch, dessen oberste Schublade ich gestern herausgezogen und mit einem Handtuch ausgekleidet habe. Nein, ich habe nicht den Verstand verloren. Ich wollte Pirmin ganz nah bei mir haben, und mir erschien die Nachtkommode als provisorisches Terrarium gerade recht. Im Moment schläft der Kleine noch, er hat sich in die hinterste Ecke der Schublade verkrochen, und so steckt sein Kopf im Halbdunkel unter dem obersten Brett der Kommode. Neben Pirmin ist ungefähr zwei Meter Platz, und dann kommt eine Fensterfront, die von dunkelroten Vorhängen gesäumt wird. Ich habe sie gestern Abend nicht zugezogen, und wahrscheinlich werde ich das auch niemals tun, denn ich habe den schönsten Ausblick der Welt: die Aussicht auf den Times Square. Momentan bei Sonnenaufgang. Wie ein originalgetreues Bild der New Yorker Skyscraper-Landschaft, das andere Leute sich ins Wohnzimmer hängen, befinden sich die Hochhäuser tatsächlich direkt vor meiner Nase. Ich werde jetzt also jeden Morgen schon beim ersten Blinzeln daran erinnert werden, in welcher Stadt ich bin. Es sei denn, mein Kopf liegt andersherum, dann sehe ich das Klo.

Auf der anderen Seite meines Bettes beginnt nämlich in einigem Abstand das Badezimmer. Die Tür ist angelehnt, und ich stehe auf, um mir noch einmal genau anzusehen, wo ich die nächsten zwei Wochen meine Körperhygiene durchführen darf. Die Holztür quietscht ein bisschen, als ich sie aufmache, und dann strahlt mir das blitzeblank geputzte Marmorbad entgegen, ganz so, wie ich es vom gestrigen, schlaftrunkenen Zähneputzen in Erinnerung habe.

»Hallo New Yorker Badezimmer!«, sage ich und komme mir kurz darauf total bescheuert vor. Ich habe Oma Hedda insgeheim immer für ein bisschen schrullig gehalten, weil sie mit sich selbst spricht, wenn sie in der Küche ist und uns Tee macht, während ich in ihrem Wohnzimmer warte. Wird man womöglich ganz von selbst so verschroben, wenn man länger alleine ist?

Na ja, solange ich das Badezimmer nicht antworten höre, scheint ja in meinem Oberstübchen noch alles in Ordnung zu sein, denke ich, und laufe zurück ins Zimmer, um die Minibar zu suchen, die sich schließlich im Kleiderschrank versteckt. Mhhhh, Marshmallows. Leider gibt es erst ab sieben Uhr morgens Frühstück im Hotel, und ich muss noch drei Stunden bis dahin überbrücken. Ich greife mir die Packung Süßigkeiten und stolpere dann beim Versuch, zurück ins Bett zu schlurfen, über meinen Koffer. Ich lande auf meinem Hüftknochen und kann mich gerade noch abstützen, sodass ich nicht mit der Stirn auf den Boden knalle. Als ich mir mein schmerzendes Handgelenk reibe, mit dem ich meinen Sturz abgefangen habe, frage ich mich, wie ich es schaffen konnte, dass dieses Zimmer innerhalb von einer Nacht schon so chaotisch ist, dass man dermaßen auf die Schnauze fliegen kann. Im Grunde genommen bräuchte ich alltagstaugliche Knie- und Ellbogenschoner, einen Schutzhelm und eine Protektoren-Hose, wie Oma Heddas neunzigjährige Freundin Anneliese aus dem Seniorenheim.

Als ich wieder im Bett liege, stopfe ich mir einen Marshmallow nach dem anderen in den Mund, danach kuschle ich mich wieder in die Kissen, lasse mein Lieblingsalbum von Regina Spektor, »Begin to hope«, durch die Kopfhörer meines iPods schallen und denke an Jeffrey. Wenn er nur wüsste, dass ich hier bin. Dann könnte ich mit ihm zusammen in diesem Kingsize-Bett liegen. Frühstücken gehen in New York, ein romantisches Date im New York Yankees Stadium. Vielleicht ist Jeff gar nicht weit weg von mir. In meine morgendlichen Träumen versunken, drifte ich irgendwann noch einmal in einen erholsamen Schlaf ab.

Als ich das nächste Mal aufwache, ist es acht Uhr. Mein erster Gedanke: Frühstück! Das deckt sich wohl auch mit Pirmins Vostellung, denn er läuft in seiner geräumigen Schublade auf und ab. Sucht wahrscheinlich eine Tomate.

»Keine Sorge, ich bring dir gleich was vom Buffet mit«, versichere ich ihm, springe aus dem Bett, putze mir die Zähne und sitze wenig später im Jogginganzug im Frühstücksraum des Hotels. Ich beeile mich mit dem Essen, um Pirmin nicht so lange warten zu lassen. Es ist sowieso ein unangenehmes Gefühl, alleine an einem Tisch zu sitzen. Immer wieder ertappe ich mich dabei, wie ich mich umgucke, als würde ich noch auf jemanden warten.

Da kommt keiner mehr, denke ich. *Ich bin ganz alleine*. Ich beiße in meinen Käsetoast und trinke einen Schluck frisch gepressten Grapefruitsaft. Was der Tag mir wohl bringen wird? Ich darf definitiv keine Zeit verlieren und muss beginnen, nach Jeffrey zu suchen. Je schneller ich ihn finde, desto mehr Zeit haben wir zusammen in New York.

Ich klaue Pirmin einige Salatblätter und Tomatenstücke von der Buffetdekoration, die ich versuche, mit beiden

Händen zu verdecken, als ich am Frühstückspersonal vorbei in Richtung der Fahrstühle schleiche.

Die kleine Schildkröte reckt schon ihren Kopf nach oben, als ich zurück ins Zimmer komme. Ich hebe sie aus ihrer Schublade, lasse sie im Zimmer herumlaufen und lege ihr Frühstück auf eine kleine Untertasse, die mit einigem anderen Geschirr im Schrank auf der Minibar steht. Während Pirmin frühstückt, beginne ich im Internet nach Jeffrey zu suchen. Als Erstes durchforste ich alle möglichen Plattformen, auf denen Deutsche in New York sich austauschen, aber die meisten User benutzen Nicknames, und so bringt mich das nicht weiter. Als Nächstes greife ich mir das Telefon, das neben dem Fernseher steht, und beginne, weitere Werbeagenturen durchzutelefonieren. Ich behaupte jedes Mal, dass ich in einem Berliner Unternehmen namens Carras und Krüger arbeite und eine E-Mail-Antwort auf eine Projektanfrage bekommen habe, von einem Mitarbeiter namens Jeffrey. Zu seiner Antwort hätte ich noch einige Rückfragen, die ich gerne persönlich klären möchte, ob sie mich vielleicht mit ihm verbinden können, leider konnte nämlich nicht der gesamte Anhang der E-Mail mit Telefonnummer geladen werden, und deshalb habe ich auch seinen Nachnamen nicht griffbereit. Ich konnte seiner Nachricht aber entnehmen, dass er erst seit Kurzem in dieser Agentur tätig ist. Bisher hat sich noch keiner über meine etwas umständliche Anfrage gewundert – aber es konnte mir auch keiner helfen. Ständig wollten die Sekretärinnen mich mit anderen Mitarbeitern verbinden, woraufhin ich panisch antwortete, dass ich meine weiteren Fragen dann doch einfach lieber per E-Mail stellen würde.

Bei der sechsten Werbeagentur, die ich anrufe, passiert

endlich mal etwas anderes. Als ich bei der Firma Behavior Design meinen eingeübten Text aufsage, antwortet die nette Dame am anderen Ende der Leitung nämlich: »Leider ist unser Computersystem heute Morgen zusammengebrochen, und so habe ich keinen Zugriff auf unser Mitarbeiterverzeichnis. Dürfte ich Sie später noch einmal zurückrufen?«

»Wie lange würde das ungefähr dauern?«, erkundige ich mich und versuche, wie eine schwer beschäftigte Firmenangestellte zu klingen.

»Ich denke in etwa zwei Stunden dürfte das Problem behoben sein.«

»Könnte ich auch persönlich vorbeikommen? Dann könnte ich mir gleich einen, äh, Eindruck von Ihrer Agentur machen.«

»Selbstverständlich! Bis sechs ist unser Büro besetzt. Sie wissen, wo Sie uns finden? Leider kann ich Ihnen wegen unserem Technikproblem keine Wegbeschreibung per E-Mail senden.«

»Mh, ja, also ich entnehme das dem Internet.«

Wenig später stehe ich genau dort, wo mich der Shuttlebusfahrer gestern abgesetzt hat. Ich habe meinen Reiseführer und meinen Stadtplan und bin bereit, New York zu erkunden, bevor ich zur Werbeagentur Behavior Design gehe. Vielleicht bemüht die Sekretärin sich mehr, Jeff zu finden, wenn ich persönlich dort aufkreuze.

Heute fühle ich mich schon nicht mehr ganz so verloren wie gestern Abend. Aber es ist doch komisch, dass ich aus einer Hauptstadt komme und mich dieser Menschenauflauf trotzdem so beeindruckt. Die Vielzahl an Reisegruppen, Arbeitern, Restaurants, Geschäften, Medienkonzernen, Plakaten, Leuchtreklamen und der katastrophale New Yorker Verkehr – das gibt es in Berlin so extrem einfach nicht. Wenn Berlin eine Großstadt ist, ist New York eine Gigantenstadt. Mit diesem Gedanken stürze ich mich in die Masse und schwimme einfach mit. Ich komme mir wirklich vor, als wäre ich im Außenbecken eines Thermalbads und jemand hätte die künstliche Strömung eingeschaltet. Ich treibe mit dem Fluss der Leute, zunächst ohne konkretes Ziel, vorbei an Souvenirgeschäften, Straßenhändlern und Modeläden. Vor einem der Theater am Broadway bleibe ich kurz stehen und fotografiere die Leuchtreklame, die die nächsten Shows ankündigt. *Der König der Löwen*! *Matilda*! *Aladdin*! Ach, wie toll. Hätte ich doch bloß mehr Geld und könnte mir eine der Shows angucken. Aber nach einem Blick auf die Preisliste wird mir klar, dass das wohl erstens utopisch und zweitens garantiert für die nächsten zwei Wochen alles ausgebucht ist. Ich laufe weiter und bewege mich zwischen den Hochhäusern hindurch, die mir wie Riesen vorkommen. Die hohen Gebäude spenden Schatten und schützen ein wenig vor der Hitze, die Temperatur ist mittlerweile nämlich bestimmt auf dreißig Grad gestiegen. Ich kaufe eine Flasche kaltes Wasser von einem Straßenhändler und laufe weiter. Um die nächste Ecke hat ein Tierheim einen Adopt-a-pet-Stand aufgebaut und versucht, die Passanten auf die Hunde, Katzen, Kaninchen und Hamster aufmerksam zu machen, die ein Zuhause suchen. *Ein Zuhause*, denke ich, und mir wird bewusst, dass meine Heimat verdammt weit weg ist. Kurz verspüre ich Heimweh. Da ich kein Handy habe, kann ich nicht mal eben Friederike, Paul oder meiner Mutter schreiben, dass ich sie vermisse. Ich muss es einfach aushalten, alleine zu sein. »Dagegen ist kein Kraut gewachsen«, würde Oma Hedda wohl sagen.

Ein paar Blocks weiter verfliegt mein Einsamkeitsgefühl jedoch schon wieder, denn ich sehe den Grand Central Terminal, den riesigen New Yorker Bahnhof, der täglich Pendler, Touristen und andere Besucher in der City empfängt. Die Vorderseite des Gebäudes sieht aus wie eine Oper oder ein Museum, antike Säulen stehen neben riesigen Fenstern, in der Mitte des Daches prangt eine Figur, hinter der ein Adler hervorguckt, und zu den Füßen dieser Steinstatue befindet sich eine Uhr und der eingemeißelte Schriftzug »Grand Central Terminal«. Würde sich neben dem Eingang zu diesem geschichtsträchtigen Bahnhof kein Banana-Republic-Laden befinden, könnte man sich direkt fühlen, als lebe man Anfang des zwanzigsten Jahrhunderts und wäre Überlebender der Titanic. Oder so.

Ich laufe die Treppen zum Gebäude hoch und betrete die Eingangshalle. Plötzlich bin ich mir sicher, dass ich diesen Ort schon in etlichen Filmen gesehen habe. Eine große, amerikanische Flagge hängt an der petrolfarbenen Decke, auf die goldene Sternzeichen gemalt sind. Ich seufze, denn dieser Anblick erinnert mich an das Planetarium und damit an Jeffrey. Wäre es nicht romantisch, wenn er mir jetzt hier begegnen würde? Ich gucke mich um, sehe mir die Gesichter der Reisenden an, die zügig an mir vorbeilaufen. Aber Jeff ist nicht dabei.

Durch drei riesige Fenster, deren Größe und Form mich an Kirchenfenster erinnern, scheint das Tageslicht in die Halle. Die Leute im Bahnhof laufen kreuz und quer, kaum jemand steht wie ich in der Gegend herum und guckt sich die Decke, die Wände und Fenster an. Doch jetzt beginne auch ich rumzulaufen und tue so, als müsste ich ein Gleis suchen, um irgendwo hinzufahren. Angestrengt studiere ich dann sogar die Anzeigetafel für die »Departure«, und »Arrival«-Informationen, als würde ich einen bestimmten Zug erwarten. Unglaublich, dass all diese Menschen hier es so selbstverständlich finden, sich in New York zu befinden oder sogar hier zu leben. Ich habe die ganze Zeit das Gefühl, ein Passant müsste mich schief angucken und fragen: »Was machen Sie denn eigentlich hier?« Aber nichts dergleichen passiert. Nachdem ich genug New Yorkerin gespielt habe, lande ich schließlich im Food Court, wo ich mich sofort viel heimischer fühle.

»Einen Cheeseburger, bitte«, bestelle ich und setze mich dann damit auf einen Barhocker am Tisch von Burger City im Untergeschoss des Bahnhofs. Eine ganze Halle nur mit Fressbuden. Es ist eine witzige Atmosphäre hier unten. Wie bei den Gelagen im alten Rom, wahrscheinlich. Die Besucher rennen vom Pizzastand zum Eisverkäufer, zur Mini-Donut-Bar, dann zum Getränkestand im Zentrum der Etage und das Ganze wieder von vorn. Zumindest kommt es mir so vor. Die Gespräche hallen von den hohen Decken wider, und man hat nur zwei Möglichkeiten: dem Gebrabbel und der Geräuschkulisse zu folgen und nach zwei Minuten verrückt zu werden oder abzuschalten. Ich versuche den Lautstärkepegel zu ignorieren.

»Ist der Stuhl hier noch frei?«, fragt mich ein blonder Typ mit einem roten Cap. Ich nicke, und er schnappt sich den Barhocker neben mir, setzt sich dann aber an einen anderen Tisch zu seiner vollbusigen Freundin, die mich argwöhnisch beäugt.

Als ein etwas schäbiger Kerl mit dreckigem grauen Mantel und Wollmütze zu mir an den Tisch kommt und die Burgerkrümel neben meinem Pappteller auf der Plastikdecke isst, beschließe ich, dass es Zeit für mich ist zu gehen. Ich könnte jetzt langsam die Werbeagentur aufsuchen, um nach Jeff zu fragen.

Ich schlendere im Erdgeschoss noch ein wenig durch die Souvenirläden und dann wieder raus an die frische Luft. Wobei die Luft weniger frisch als stickig ist – ist es noch heißer geworden? Ich versuche meinem Stadtplan zu folgen, laufe vorbei an wunderschönen Kirchen, Bibliotheken, Kaufhäusern, kleineren Parks und Spielplätzen. Jede Straßenecke hat dieses typische New Yorker Flair, als könnte hier ohne Weiteres irgendein Modeshooting stattfinden. An jeder Kreuzung, die ich überquere, halte ich Ausschau nach Jeff. Vielleicht ist er hier irgendwo. Vielleicht gibt es so etwas wie Schicksal wirklich, und mein Besuch bei Behavior Design ist erfolgreich. Vielleicht wird doch alles einfacher, als ich gestern noch vermutet habe.

»Ja, Jeffrey Howard arbeitet seit ein paar Tagen bei uns«, sagt die Sekretärin, als ich endlich in der Werbeagentur angekommen bin und sie mit ein paar Klicks im Computer das Mitarbeiterverzeichnis der Firma durchsucht hat. In diesem Büro komme ich mir vor, wie die Bazille unter dem Mikroskop. Alles ist in Weiß gehalten, der Boden, der Schreibtisch der Sekretärin, die Türen zu den Büros, und an einer der Wände wird über einen Beamer das Video zweier Kontakttänzer gezeigt, die sich in weißer Kleidung wie zwei Schlangen über- und untereinander bewegen. Irgendwie hat das den beruhigenden Effekt einer Lavalampe. Ein

Strauß weißer Lilien steht direkt neben einer Schale hell verpackter Minzbonbons auf dem Empfangstisch, und ich verfluche meine heutige Kleiderwahl, denn mit meinem dunkelblauen Top mit roten Punkten, Jeans und orangen Turnschuhen passe ich hier ungefähr so gut rein wie ein Vegetarier ins Steakhaus.

»Jeffrey Howard?«, frage ich hoffnungsvoll.

Das hört sich so richtig an.

Jeffrey Howard. Helena Howard. Helena Howard-Carras.

»Ja, allerdings arbeitet er in unserer Außendienststelle in Vancouver, das heißt, Sie müssten dann doch per E-Mail oder Telefon zu ihm Kontakt aufnehmen.«

Die Sekretärin guckt entschuldigend, notiert dann etwas auf einen Block und überreicht mir das Papier. Name, Telefon und E-Mail-Adresse von Jeffrey Howard in Kanada. Toll.

Ich versuche mir meine Enttäuschung nicht anmerken zu lassen, verlasse die weiße Bürolandschaft, und damit verschwindet auch mein kurzer Hoffnungsschimmer, Jeff gefunden zu haben. Wäre ja auch zu schön gewesen.

Wenig später stehe ich vor dem Gemälde »Number 31« von Jackson Pollock im Museum of Modern Art. Nach meiner Pleite bei der Werbeagentur habe ich beschlossen, meinen ersten Tag mit einem Museumsbesuch ausklingen zu lassen und mich so über meine Enttäuschung hinwegzutrösten. Mit Kunst. Das Bild, das ich seit geraumer Zeit angucke, sieht ungefähr so vielversprechend aus wie meine Jeffrey-Suche. Auf braunem Hintergrund sind so viele weiße und schwarze Striche mit Ölfarbe über- und untereinandergemalt, dass der Eindruck entsteht, als hätte der Maler den berühmten Heuhaufen, in dem diese verdammte Nadel irgendwo steckt, künstlerisch darstellen wollen. Aber man *kann* nicht durchblicken, würde es aber so gerne, deshalb versucht man es angestrengt, wieder und wieder. Und alles ist so durcheinander, dass es fast schon wieder schön ist. Ob Jackson Pollock auch nicht gewusst hat, welchen Weg er nehmen soll, und deshalb hat er alle übereinandergemalt? Ob ich meine Fußwege in New York auch auf einer Leinwand festhalten sollte?

Ich gehe weiter durch die Ausstellung und bewundere die Bilder der berühmten Künstler. Claude Monet, Pablo Picasso, Andy Warhol, Vincent van Gogh und Frida Kahlo. Ich kann mir gar nicht vorstellen, dass diese berühmten Menschen im Grunde genommen auch ganz normale Leute waren. Die Vorstellung, dass Claude Monet auch mal irgendwann total dringend aufs Klo musste, ist einfach zu merkwürdig. Oder, ob Frida Kahlo ab und zu auch keinen Bock aufs Malen hatte und stattdessen lieber auf irgendeinem mexikanischen Markt ein paar Zopfspangen geshoppt hat?

Manchmal habe ich wirklich Angst, dass ich die Einzige bin, die so alltäglich und verplant durchs Leben stiefelt.

Ich richte meinen Blick wieder auf die wunderschönen Bilder vor mir, die Maltechniken und Farben, die die Berühmtheiten gewählt haben. Die meisten Gemälde beschäftigen sich mit Schmerz, Religion, Sex, Macht, Natur und Schönheit. Niemand malt ein Käsesandwich oder einen Wäscheständer. Vielleicht sollte ich meinem Leben auch irgendwie mehr Bedeutung geben. Ich sollte meinen Blick auf das Wichtige im Leben richten, ach ja, ich komme gerade so richtig in Nerdbrillen-Laune. Schade, dass ich die Brille gerade nicht dabeihabe, ich könnte den Abend sonst ganz intellektuell mit einem modernen Theaterstück in Brooklyn beschließen. Doch stattdessen bleibe ich über eine Stunde lang im Museumsshop hängen, kaufe Postkarten, Stifte, eine kleine Federtasche mit dem MoMA-Logo drauf und ein Poster von Bild »Number 31«. Dann laufe ich raus in den New Yorker Abend.

Der Strom der Passanten ist noch stärker als am Mittag, und ich versuche, in dem Gewusel meinen Stadtplan rauszukramen, um zum Hotel zu finden, das eigentlich gar nicht weit weg sein müsste. Ich bin müde. New York zu Fuß zu erkunden gleicht einem Fitnesstraining. Außerdem muss ich Pirmin sein Abendbrot geben. Er darf in der Zeit, in der ich weg bin, auf dem Hotelzimmerboden rumkriechen, und ich hoffe, dass er nichts kaputt macht. Er ist zwar kein Nagetier, aber mit seinem schnabelartigen Maul kann er bestimmt trotzdem in ein Kabel beißen. Ein ungutes Gefühl beschleicht mich. Vielleicht ist es die Dunkelheit, die mir plötzlich wieder bewusst werdende Entfernung von zu Hause, der Jetlag oder meine Enttäuschung über die misslungene Jeff-Suche am heutigen Tag – auf jeden Fall bin ich reif fürs Bett. Nachdem ich Pirmin und mir in einer Salatbar zwei Blocks von meinem Hotel entfernt noch Abendbrot gekauft habe, bin ich froh, wieder ins Hotelzimmer zu kommen. Pirmin krabbelt mir entgegen, er scheint also kein Kabel für einen Butterblumenstängel gehalten zu haben.

»Pirmin, unser erster Tag in New York ist fast vorbei«, sage ich zu ihm, hebe ihn vom Boden hoch und setze ihn mit mir aufs Bett.

»Ich finde, ich schlage mich doch bisher ganz gut«, lobe ich mich selbst, gähne und packe den mitgebrachten Salat aus. Jetzt ernähre ich mich sogar schon gesund, vielleicht werde ich ja doch noch erwachsen.

12

Ich shoppe, also bin ich

Für New York bin ich unsichtbar.

Das stelle ich fest, als ich mir meinen Weg durch Midtown, vom Times Square über den Theater District zum Central Park, bahne. Nachdem ich mir gestern so aufmerksam die Stadt angeguckt habe, bemerke ich heute, dass die Stadt *mich* aber gar nicht sieht. New York City guckt mich nicht mit dem Arsch an. Das liegt daran, dass es hier die größte Vielfalt an Menschen gibt, die ich je gesehen habe: Europäer, Afrikaner, Amerikaner, Südamerikaner, Afroamerikaner, Asiaten, Australier. Darunter schick gekleidete Millionäre, Geschäftsreisende, Straßenkünstler, Touristen, Studenten, Schauspieler (heute habe ich tatsächlich gesehen, wie ein Film mitten auf der Straße gedreht wird! Ein Film!) und Obdachlose. Manchmal rennt auch irgendein Verrückter, Bibelverse schreiend, über die Straße. Es gibt einfach nichts, was New York nicht schon gesehen hat. Wenn ich hier durch die Avenues laufe, werde ich deshalb von niemandem wahrgenommen. Eine Ausnahme bilden nur die zwielichtigen Handtaschenverkäufer, die an jeder Straßenecke versuchen, mir eine ihrer Pseudo-Louis-Vuitton-Taschen, anzudrehen. Wahrscheinlich sehe ich aus wie eine verzweifelte Touristin, die jeden Scheiß kaufen würde, solange er aus New York ist. Damit haben sie im Prinzip ja auch fast recht.

Bevor ich heute Morgen mein Hotelzimmer verlassen habe, habe ich nicht nur weitere Werbeagenturen angerufen, sondern auch bei Delta Airlines, Air France, Lufthansa und Air Berlin nachgefragt, ob ein Jeffrey letzte Woche Samstag um neun Uhr von Berlin in Richtung New York geflogen ist. Durch eingehende Recherche in den Datenbanken der Berliner Flughäfen hatte ich die Airlines schon so weit eingrenzen können. Es war mir total peinlich, nur einen Vornamen zu wissen, aber ich hatte mir erhofft, dadurch vielleicht seinen Nachnamen rauszukriegen. Doch aus Datenschutzgründen hatte mir keiner der Callcenter-Mitarbeiter Auskunft geben können. Hatte ich mir schon fast gedacht, aber einen Versuch war es Wert.

Danach konnte ich einfach nicht anders, als wieder raus in die City zu marschieren, es gibt noch so viel zu sehen, und während ich auf dem Weg zum Central Park bin, überlege ich ständig weiter, was ich als Nächstes tun könnte, um Jeff zu finden. Wo könnte ich hingehen? Wen könnte ich anrufen?

Es ist wieder richtig heiß – Juli in New York. Die Stadt kocht geradezu, und deshalb habe ich Pirmin auch wieder im Hotel gelassen. Er mag zwar die Sonne, aber die stehende Hitze muss ich ihm nicht antun. Ich kaufe mir einen Eiskaffee und setze mich auf eine Bank im Central Park. Ein ganzer Tag meiner Reise ist schon vergangen, und der zweite ist auch schon wieder fast zur Hälfte um. Und keine Spur von Jeff. Wie kam ich bloß auf die Idee, dass mein Leben sich ändern könnte?

Ich bin jetzt sechsundzwanzig Jahre alt. Ich kann mich noch gut daran erinnern, wie ich als Zwölfjährige die *Bravo* gelesen habe. Wenn es in der Sparte des Dr.-Sommer-Teams jemanden gab, der zwanzig Jahre alt war, dann war das ein hohes Alter für mich. Durchaus vergleichbar mit dem Papst. Nicht, dass der Papst jemals an Dr. Sommer schreiben würde, aber für mich waren das alte Leute, die sich an die Bravo gewandt hatten. Was soll ich jetzt bloß sagen? Alle meine Freundinnen ziehen mit ihrem Freund zusammen, planen Küchen oder wenigstens gemeinsame Urlaube. Und ich? Stapfe frisch getrennt, allein durch eine fremde Stadt und versuche, mich zu fühlen, als wäre ich jemand Besonderes. Eigentlich sehne ich mich nur nach dem Gefühl, am richtigen Ort zu sein, einen Platz in der Welt zu haben. Irgendwo habe ich mal eine Geschichte gehört, von einer Uhr, die stehen geblieben ist. Meistens zeigte diese Uhr also die falsche Zeit an, aber es gab diese eine Sekunde, in der sie genau richtig stand. In der Zeit, die ich mit Jeffrey verbracht habe, hatte ich dieses Gefühl. Das ganze Leben hat plötzlich Sinn ergeben, und es hat mich nicht interessiert, was als Nächstes passiert. Es war die perfekte Zeit, *meine* perfekte Zeit.

Es gibt viele Menschen, die sagen, dass es immer möglich ist, sein Leben zu verändern. Aber ich glaube das nicht. Irgendwann ist es zu spät, bestimmte Sachen nachzuholen. Dann guckt man zurück auf sein Leben und denkt: »Wäre ich damals nicht so feige gewesen, dann hätte ich einfach meine Sachen gepackt und wäre mit meinem Steuerberater nach Paris durchgebrannt!« Oder: »Hätte ich in jungen Jahren nicht gedacht, ich bräuchte etwas sinnlose Abwechslung, wäre ich jetzt mit dem einzigen Mann, den ich je wirklich geliebt habe, verheiratet.« Oder auch: »Hätte ich damals den Mut dazu gehabt, wäre ich meinem Traummann nach New York City nachgereist und hätte ihn gebeten, mich nicht mehr loszulassen.«

Deshalb bin ich hier. Ich habe Angst, mein Leben nicht richtig zu nutzen und es später zu bereuen.

Ich beobachte ein älteres Paar, das schräg gegenüber von mir auf einer Bank sitzt. Ich kann nicht verstehen, was sie sagen, aber sie unterhalten sich lebhaft. Er, ungefähr siebzig Jahre alt, grauhaarig, im blauen Polohemd, wirft vor Lachen seinen Kopf in den Nacken, als seine Frau, die ein beiges Baumwollkleid trägt und ungefähr im selben Alter ist, etwas Witziges sagt. Ob die zwei schon jahrzehntelang verheiratet sind? Sie wirken so ausgelassen, als hätten sie noch längst nicht genug voneinander. Es gibt ja Menschen, die sich erst im hohen Alter finden und dann noch einmal heiraten. Oh Mann, hoffentlich wird das bei mir nicht so lange dauern. Ich will doch niemanden kennenlernen, dessen Faltenfleisch bereits in den Kniekehlen schwabbelt. Und ich möchte nicht, dass mich jemand das erste Mal nackt sieht, wenn meine Brüste bereits in Schambeinhöhe ihr Unwesen treiben.

Aber was ist, wenn ich so lange brauche, um Jeffrey zu finden?

Ich stehe von der Parkbank auf und werfe meinen leeren Kaffeebecher in den Müll. Dann krame ich den Stadtplan aus meiner Tasche, um zu entscheiden, in welche Richtung ich gehe. Gibt es eigentlich irgendeinen Menschen auf dieser Welt, der in der Lage ist, Stadtpläne wieder ordentlich zusammenzufalten? Ich kriege dabei immer Wutanfälle. Deshalb versuche ich es gar nicht mehr. Nachdem ich mich entschieden habe, dass ich jetzt zur Fifth Avenue laufe, stopfe ich das Ding einfach zusammengeknüllt in meine Tasche zurück. Wenn es schon nicht auf Anhieb klappt, Jeff wiederzufinden, will ich mir wenigstens ein neues Kleidungsstück aus New York zulegen, auch wenn es Friederike mit Sicherheit nicht gefallen wird. Ich werde mir später eingehend überlegen, wie ich Jeffrey finde.

Als ich auf dem Weg zur Fifth Avenue die vierunddreißigste Straße entlanglaufe, werde ich auf ein riesiges Kaufhaus aufmerksam. »Macy's« steht mit roten Buchstaben über dem Eingang. Ach, das stand sogar in meinem Reiseführer! Ich betrete das Erdgeschoss des Warenhauses und als der Anblick der Accessoire-Abteilung mich über beide Ohren grinsen lässt, gehe ich so weit, sämtliche von der Menschheit erworbenen Erkenntnisse über Bord zu werfen und aus vollem Herzen zu sagen: Materieller Besitz macht glücklich. Ich meine, das ein oder andere Mal habe ich mich sogar dabei ertappt, wie ich den Satz: »Ich muss mal ganz dringend zur Bank!«, genauso überzeugend über die Lippen gebracht habe, wie andere Leute sagen: »Ich muss mal ganz dringend aufs Klo!« Shoppen ist zu einem Grundbedürfnis geworden. Ich shoppe, also bin ich. Warum also damit aufhören? Außerdem habe ich vorhin in meinem Reiseführer gelesen, dass es sich bei Macy's um das größte Warenhaus der Welt handelt – ich kombiniere mein Shopping also sogar mit Sightseeing. Klar ist hier alles sauteuer, und ich kann nicht so viel Geld ausgeben, wie die schicken New Yorker Frauen, die in Pumps und Bluse an mir vorbeilaufen. Aber ich kann mir wenigstens etwas Kleines kaufen, Ohrringe zum Beispiel, aus der Modeschmuckabteilung. Oder ein dunkelblaues T-Shirt mit lila Schleife aus dem Sale-Bereich.

Nach meinem Besuch bei Macy's setze ich meinen ursprünglichen Weg fort und gehe weiter zur Fifth Avenue. Die gelben New Yorker Taxis sausen an mir vorbei, rote Touristenbusse fahren die Avenue entlang, amerikanische Geschäftsmänner mit Handys am Ohr laufen energisch durch die Straßen, junge Frauen boxen ihre Einkaufstüten durch die Massen, und ein Victoria's-Secret-Engel lächelt von einem riesigen Werbeplakat auf einige junge Männer hinab, die gerade eine Breakdance-Vorführung auf dem Bürgersteig geben. Ein recht schöner Anblick, denn beim Auf-dem-Kopf-Herumdrehen rutscht einem von ihnen, einem braun gebrannten blonden Surfertypen, das T-Shirt in Richtung Kinn hinunter und gibt den Blick auf seinen durchtrainierten Bauch frei. Ich stelle mich kurzerhand zur Menschentraube dazu, um den Jungs weiter beim Tanzen zuzusehen. Ein Gettoblaster spielt dazu gerade das Lied »Danza Kuduro« von Lucenzo, und ich ertappe mich dabei, wie mein Kopf im Takt wippt. Doch als die Tänzer beginnen, Freiwillige aus der Menge zu ziehen, um irgendeinen Stunt vorzuführen, mache ich mich lieber vom Acker. Ich kann das nicht leiden. Schon früher, als der Zauberer in unsere Grundschule kam, habe ich mich immer in die letzte Reihe gesetzt. Sollte der doch jemand anderem die Uhr vom Handgelenk mogeln!

»Hey you! Come here!«, ruft der Typ mit dem Waschbrettbauch in meine Richtung, als ich gerade versuche, unbemerkt aus der ersten Reihe zu verschwinden. Ich ignoriere die Tatsache, dass der Kerl höchstwahrscheinlich mich meint, und gehe weiter. Aber der Surfertyp erwischt meine Hand und zieht mich mitten auf die Tanzfläche, wo schon zwei andere »Freiwillige« stehen, ein kleiner blonder

Junge mit Basecap und ein etwa Vierzigjähriger Inder im Jordan-Trikot. Die Menschentraube jubelt, und ich werde rot. Der Kerl, der immer noch meine Hand hält, zwinkert mir zu, dann lässt er mich los und erklärt der Menge, dass er nun über uns drei drüberspringen will. Ein Raunen geht durchs Publikum. Na toll. Warum musste er ausgerechnet mich auswählen? Jetzt vor allen Leuten die Biege zu machen ist total peinlich.

»Okay, Leute, seid ihr bereit für meinen Stunt?«, ruft der Auf-dem-Kopf-Rumdreher mit dem Waschbrettbauch in die Menge.

»Yes!«, grölen die Passanten.

Wir drei Versuchskaninchen werden von den anderen Tänzern aufgefordert, unsere Oberkörper zu beugen, damit der Surfertyp, der anscheinend John heißt, denn so wird er von den anderen gerufen, über uns drüberspringen kann. Uiuiui, wenn das mal gut geht. John scherzt, dass wir in gar keinem Fall mit dem Oberkörper hochkommen dürfen, während er springt, sonst kommt der Kopf ab. Die Menge lacht.

Ich finde das nicht sehr witzig.

Der kleine Junge, der Inder und ich stellen uns in einer Reihe auf, beugen uns vornüber, dann schallt aus dem Gettoblaster Trommelwirbel. Ich hoffe innerlich, dass dieser Stunt im Vorfeld ordentlich geprobt wurde. Und dann springt John.

»Einen riesigen Applaus für John!«, ruft ein etwas kräftigerer Tänzer der Gruppe, als ich meinen Oberkörper wieder hebe.

John ist tatsächlich über uns drei hinübergehüpft – Gott

sei Dank ist das gut gegangen. Die Leute klatschen wie wild in die Hände, und nun geht eine schwarze Mütze rum, in der die Straßenkünstler Geld sammeln.

»Wie heißt du?«, fragt John mich.

»Äh, Helena«, antworte ich.

»Macht mal Lärm für Helena!«, schreit er, und das Publikum klatscht, während John meinen Arm in Siegerpose nach oben streckt.

Das Gleiche macht er dann noch bei dem Inder, der Hari heißt, und zum Schluss bei dem kleinen Jungen namens François.

Dann löst sich die Menschentraube auf. Zum Glück ist es vorbei. Ich lerne daraus, dass ich um Straßenkünstler in New York in Zukunft einen großen Bogen machen sollte. Hoffentlich landet dieser peinliche Auftritt nicht bei YouTube.

Ich gucke auf meine kleine Macy's-Tüte hinunter, während ich mich vom Platz des Geschehens verkrümele. Auch wenn ich nur zwei Kleinigkeiten kaufen konnte, hat es sich doch gelohnt, shoppen zu gehen. Und das, obwohl es mich einige Kraft gekostet hat, mich durch das überfüllte Kaufhaus zu kämpfen. Shoppen sollte von der Krankenkasse bezahlt werden, schließlich trägt es zum allgemeinen Wohlbefinden und zur körperlichen Fitness bei. Warum können Krankenversicherungskarten nicht gleichzeitig als EC-Karten funktionieren, spinne ich den Gedanken weiter. Man bekäme von der Krankenkasse ein tägliches Budget, das man binnen einer Stunde ausgeben muss. Das fördert die Durchblutung, kurbelt den Kreislauf an, bringt den Stoffwechsel auf Touren und schüttet jede Menge Endorphine aus. Sollte ich jemals Bundeskanzlerin werden, werde ich mich auf jeden Fall dafür einsetzen. Aber bis dahin folge ich einem ausgeklügelten System, das auf zwei Konten mit zwei Dispositionskrediten und einer Kreditkarte basiert.

Irgendwann muss ich vernünftig werden und Geld verdienen, anstatt es auszugeben, das ist mir bewusst. Aber es ist wahnsinnig schwierig, so erwachsen zu handeln! Mit sechsundzwanzig ist man heutzutage nichts Halbes und nichts Ganzes. Dauernd stellen sich Fragen wie: Ziehe ich Sneakers oder Pumps an? Lese ich Sigmund Freud zum Einschlafen, oder höre ich lieber Bibi Blocksberg? Schau ich sonntags den Tatort, oder gucke ich lieber Spongebob Schwammkopf? Es ist alles nicht so einfach.

Ich setze mich in ein kleines Café. Nun gilt es, einen genauen Schlachtplan für meine weitere Suche zu entwickeln, auch wenn systematisches Vorgehen sonst nicht so mein Ding ist. Aber ich habe schließlich nur noch knapp zwei Wochen, und die muss ich nutzen. Meine Informationslage sieht folgendermaßen aus: Jeffrey ist zweiunddreißig Jahre alt. Er hat bisher in Berlin gelebt und ist seit letztem Samstag in New York City, um seine neue Stelle als Grafikdesigner in der Werbeagentur seines Onkels anzutreten. Die Google-Suche, das Werbeagenturen-Abklappern und das Airlines-Aushorchen haben mich nicht weitergebracht. Wenn ich wenigstens jemanden in dieser Stadt kennen würde. Gestern habe ich an der Rezeption des Hotels nach Pauls Freund Carlos gefragt, um mich bei ihm für das tolle Hotelzimmer zu bedanken, aber der hat die nächsten Tage Urlaub und ist nicht in der Stadt. Ich brauche also jemand anderen, der mir hilft – schließlich habe ich keine Zeit, bis zum Ende der Woche zu warten. Vielleicht sollte ich versuchen, mit jemandem ins Gespräch zu kommen. Ich brauche jemanden, der sich gut in dieser Stadt auskennt. Vielleicht gibt es bestimmte Orte, an denen deutsche Einwanderer sich gerne aufhalten, oder angesagte Stadtviertel, in die junge Leute aus dem Ausland ziehen würden. Ich sehe mich um. Eine Familie mit Kindern sitzt am Nachbartisch, da kann ich mich natürlich schlecht einklinken. Ein Pärchen unterhält sich, verliebt säuselnd, gegenüber von mir und trinkt dabei Cappuccino. Sie gibt ihm gerade das Gefühl ein Comedy-Gott zu sein, denn sie lacht laut und ausgiebig bei jedem zweiten Satz, den er von sich gibt. Ich habe nicht viel übrig für Frauen, die über restlos alles lachen und wahrscheinlich auch mit vorgehaltener Hand über die nervigen Witze von Joko und Klaas kichern würden. Desinteressiert drehe ich mich weiter. Und entdecke eine Frau. Etwa so alt wie ich. Vielleicht ein wenig älter. Vor ihr liegt irgendein Magazin. Ich lege meinen Kopf schief und neige mich nach vorn, um zu sehen, um welche Zeitschrift es sich handelt. Es ist eine deutsche Ausgabe der Cosmopolitan! Ich schäme mich sogleich ein wenig für meine überschwängliche Freude, denn ich komme mir vor wie eine schäbige Mallorca-Urlauberin, die akribisch darauf bedacht ist, mit keinen anderen Kulturen in Kontakt zu kommen. Aber so ist das bei mir nicht. Mit einer Deutschen kann ich einfach leichter ins Gespräch kommen. Außerdem hat sie wahrscheinlich, vorausgesetzt sie lebt hier, genau das Gleiche durchgemacht wie Jeffrey. Vielleicht weiß sie, wo man als Neuankömmling versucht, Leute kennenzulernen, welche Behörden man für das ganze Einbürgerungszeug aufsucht, wo man sich zu Anfang in dieser Stadt aufhält. Sie sieht nett aus. Blondes, schulterlanges Haar, Brille, eine Stupsnase mit Sommersprossen, rot lackierte Fingernägel und

Espadrilles. Ich nehme all meinen Mut zusammen, gehe hinüber zu ihrem Tisch und räuspere mich. Sie schaut mich an und fragt: »May I help you?«

Ich druckse herum.

»Äh, hallo, entschuldige, ich habe gesehen, dass du eine deutsche Zeitschrift liest, und da dachte ich, ich spreche dich an. Vielleicht kann ich mich zu dir setzen?«

Ach du liebe Güte, hoffentlich hält sie mich nicht für eine verzweifelte Lesbe.

Die Frau fängt an zu lächeln und zeigt dabei alle ihre Zähne. Sie hat dasselbe breite Grinsen wie Pipi Langstrumpf.

»Natürlich! Ach es tut so gut, mal wieder deutsch zu sprechen, ich bin jetzt seit zwei Jahren in New York und arbeite hier. Was treibt dich hierher?«

Ich setze mich erleichtert hin und stelle meine Kaffeetasse und meinen Teller ab. »Das ist eine lange Geschichte. Aber im Prinzip mache ich zwei Wochen Urlaub hier. Ich bin übrigens Helena.«

Ich strecke der Unbekannten meine Hand entgegen.

»Ich bin Rosi. Ziemlich behämmerter Name, ich weiß. Deswegen sag doch einfach Rachel, so nennen mich die Amis hier. Wohnst du in einem Hotel?«, fragt sie interessiert.

»Ja, im Crowne Plaza, direkt am Times Square. Und du? Wo arbeitest du in der Stadt der unbegrenzten Möglichkeiten?«

Rachel lacht schon wieder. Sie scheint ein sehr fröhliches Gemüt zu haben, genau das, was ich gerade brauche.

»Ich bin Radiomoderatorin. Kennst du den Sender *Z100 New York*?«

Ich schüttele den Kopf. Ich kenne überhaupt keinen New Yorker Radiosender. Bin aber mächtig beeindruckt. Radiomoderatorin – das macht ordentlich was her! Hätte ich das gewusst, hätte ich mich niemals getraut, sie anzusprechen. Sie ist ja dann quasi eine kleine Berühmtheit!

Doch Rachel sagt gelassen: »Ist ja auch nicht so wichtig. Aber sag mal, was treibt dich genau hierher? Du hast mich ein bisschen neugierig gemacht mit deiner *langen Geschichte*.«

Ich merke, wie meine Wangen anfangen zu glühen, als ich Rachel von Jeffrey erzähle. Ich hatte ja meine Zweifel, dass sie die Beweggründe für meine Reise verstehen würde, aber entgegen meiner Vermutungen ist sie total begeistert von meinen Plänen, Jeff wiederzufinden. Sie unterbricht mich sogar andauernd mit Fragen und will unsere Begegnung haarklein erzählt bekommen. Nachdem ich ihr alles, von den Anfängen meiner Liaison bis zur Gegenwart, berichtet habe, schweigen wir für einen Moment. Rachel sieht nachdenklich aus. Denkt sie vielleicht darüber nach, welche Tipps sie mir geben kann, um in New York mit meiner Suche voranzukommen?

»Sag mal, Helena, ich finde das alles total spannend. Ich arbeite momentan an einem Radiofeature über Singles und Verliebte in New York, quasi ein »Love and the City«-Projekt und denke, dass es eine ganz schöne Abwechslung für die Hörer wäre, wenn du deine Geschichte mit ihnen teilst – eine Deutsche, die extra nach New York gekommen ist, um ihre große Liebe wiederzutreffen, das ist so romantisch!«

Eine ganz schöne Abwechslung für die Hörer? Ich bin ein wenig beleidigt. Bin ich denn nur ein Objekt für sie?

Rachel bemerkt meinen irritierten Blick und berührt mich wohlwollend am Arm.

»Natürlich musst du das nicht machen. Aber vielleicht wäre es sogar eine gute Chance, um deinen Jeffrey zu finden? Vielleicht könnten wir eine Art Suchaufruf übers Radio starten? Und ich erkläre mich natürlich dazu bereit, dich mit New-York-Infos zu versorgen. Deal?«

Rachel streckt mir ihre Hand entgegen. Kurz überlege ich noch, ob es mir nicht zu viel abverlangen würde, mein Privatleben der Öffentlichkeit preiszugeben. Andererseits bin ich in einer fremden Stadt, keiner kennt mich, und es wäre in der Tat eine gute Möglichkeit, um Jeffrey zu erreichen.

»Deal«, sage ich, und wir schütteln uns die Hände.

Rachel holt ihren Terminkalender aus ihrer Tasche hervor, die neben ihr auf einem Stuhl steht.

»Also, pass auf. Bevor du in meine Radioshow kommst, würde ich vorab gerne noch ein Interview mit dir machen, um deine Geschichte besser in meine Moderation mit einbauen zu können. Hättest du Freitagabend Zeit? Wir könnten uns um acht im Spottet Pig treffen«, schlägt sie vor. »Da gibt es die besten Burger der Stadt, und es ist relativ ruhig, dort können wir uns gut unterhalten – und ich nehme unser Gespräch auf«, fügt sie mit einem Augenzwinkern hinzu.

»Alles klar, ich werde da sein«, sage ich und hoffe, dass ich es nicht bereuen werde, ein Interview über mein Liebesleben zu geben. Aber um Jeffrey zu finden, bin ich bereit, alles zu tun.

13

China Town

Mein E-Book-Reader durchkreuzt meine Morgenroutine.

Da will ich morgens in Ruhe im Bett liegen und mein Buch weiterlesen und dann – Akku leer. Fortschritt in allen Ehren, aber es kann doch nicht sein, dass die Technik bestimmt, wann ich das nächste Kapitel beginne. Bis das Ding wieder anspringt, vergeht mit Sicherheit eine halbe Stunde.

Wütend schmeiße ich mich zurück in die Kissen. Da fällt mir ein, ich habe geträumt, dass ich ohne Hose am Times Square stehe. Jeffrey kam auch in meinem Traum vor. Er hatte ein Clowns-Kostüm an und hat mich ausgelacht, weil ich nackt war. Verwirrt starre ich die Zimmerdecke an. Ich bin immer wieder verwundert, was mein Unbewusstes nachts fabriziert. Einmal habe ich geträumt, dass ich mir mit dem elektrischen Rasierer meines Vaters eine Glatze verpasse. Ein anderes Mal bin ich im Traum mit Queen Latifah nach Dubai geflogen und musste in diesem berühmten und sündhaft teuren Hotel, dessen Namen ich mir nie merken kann, eine Poolparty organisieren. Aber der merkwürdigste Traum, den ich je hatte, handelte davon, dass ich mit einem der drei Geister von Charles Dickens' Weihnachtsgeschichte Sex hatte. Vielleicht ist mir die Realität einfach zu langweilig, und deshalb fantasiere ich mir ein paar einschlägige Events.

Es ist Donnerstag. Tag drei in Manhattan. Pirmin liegt neben mir auf dem Bett, ich habe ihn gestern zum Schlafen zu mir hochgehoben, weil ich einsam war. Wenn er schläft, sieht Pirmin echt niedlich aus. Seine Beine und sein Kopf, die aus dem Panzer hervorgucken, pulsieren ganz leicht, wenn er atmet. Seine winzigen Augenlider sind geschlossen, und er sieht aus wie ein kleiner schlummernder Dinosaurier.

Ich schnappe mir meinen Malordner, der neben meinem Bett liegt, und beginne Pirmins Panzermuster zu zeichnen. Das mache ich manchmal, um mich zu beruhigen, ich benutze ihn quasi als lebendes Mandala.

Während ich die symmetrischen Rauten und die Maserung von Pirmins Panzer zu Papier bringe, lasse ich, wie in jeder freien Minute, die Abende mit Jeffrey Revue passieren. Ich erinnere mich an sein Lächeln, an seine Berührungen, an seinen lässigen Gang. Es ist fast so, als könnte ich sein Parfüm riechen, seine weichen Lippen fühlen und seine wunderschönen Augen sehen. Doch ich bin alleine mit Pirmin im Hotelzimmer, und alles, was mir bleibt, ist die Erinnerung an unser letztes Treffen.

Es ist noch nicht mal eine Woche her, aber es kommt mir schon wie eine halbe Ewigkeit vor. Ich würde alles darum geben, die Stunden mit Jeffrey noch einmal zu erleben. So viele Sätze, die er gesagt hat, hallen noch in meinen Ohren, und jeder Moment kommt mir in meiner Vorstellung so real vor. Dabei ist alles vorbei. Und wenn ich diesen Mann nicht finde in dieser riesigen Stadt mit gefühlt fünf Milliarden Menschen, dann werde ich ihn auch nie wiedersehen.

Also ist es Zeit aufzustehen, um einen weiteren Tag zu beginnen und die Chance zu nutzen, Jeff zu finden. Ich beschließe, mein Schildkrötenmuster später weiterzuzeichnen, klappe meine Mappe zu und ziehe mich an.

Ich frühstücke im Hotel, klaue Pirmin wie immer einige Tomatenscheiben von der Käsedekoration des Buffets und setze mich anschließend mit ihm und meinem Laptop auf die Terrasse im obersten Stock des Gebäudes. Ein hoher Zaun umgibt die Aussichtsplattform, weiße Plastikstühle und gelbe Sonnenschirme werden gerade von einem Hotelpagen aufgestellt. Es ist heiß. Keine Wolke ist am Himmel zu sehen, und die Sonne strahlt gnadenlos auf Pirmin und mich hinab. Ich setze mich auf einen der Stühle in den Schatten eines Schirms und lasse Pirmin auf dem Boden krabbeln. Hier ist sowieso kaum ein anderer Hotelgast, den das stören könnte, und dank des Zauns muss ich mir keine Sorgen machen, dass Pirmin einen Abgang in die Tiefe macht wie ein lebensmüder Lemming. Ich schalte meinen Laptop an und kneife die Augen zusammen, um die Schrift auf dem Bildschirm einigermaßen lesen zu können. Als Erstes checke ich meine E-Mails. Paul hat mir geschrieben:

»Hallo du verrücktes Huhn, wie ist es in der geilsten Stadt der Welt? Ich hoffe, dir gefällt dein Hotelzimmer (-;
Hast du schon was von Jeffrey gehört? Eine heiße Spur? Vielleicht sollten wir unseren Detektivklub, den wir als Kinder gegründet haben, wiederbeleben, dann könnten wir jetzt mit der Spurensuche beginnen. Wie haben wir uns genannt? »Die zwei Spuren im Sand.«

Was Besseres als dieser Drei-Fragezeichen-Abklatsch ist uns damals nicht eingefallen. (:
Also melde dich mal bei mir. Grüß die Freiheitsstatue, und gib nicht so viel Geld aus. Paul«

Ach, mein Paulchen. Wir kennen uns jetzt schon seit der Grundschule, das heißt seit zwanzig Jahren. Unglaublich. Natürlich erinnere ich mich auch noch an unseren Detektivclub. Wir sind damals sogar zur örtlichen Polizei gegangen und haben gefragt, ob die Polizisten Detektivausweise für uns hätten. Hatten sie nicht. Und unfreundlich waren sie noch dazu. Habe jetzt aber gerade keine Lust, Paul zurückzuschreiben, ich bin zu deprimiert, weil ich noch keine positiven Meldungen zu verkünden habe. Auch Friederike hat mir eine E-Mail geschrieben, wie schön, ich bin gespannt, was sie schreibt.

»Hey meine Süße, wie geht es dir? Wie läuft's mit deiner Suche? Und wie gefällt dir die Fifth Avenue? Hast du dir schon eins deiner legendären, anti-modischen Outfits zusammengestellt? (-;
Rainer ist gestern bei mir gewesen und hat seine Sachen abgeholt. Er wollte wissen, ob ich glaube, dass du das mit der Trennung wirklich ernst meinst. Ich habe ihn geradeheraus gefragt, wie du es nicht ernst meinen könntest. Niemand könnte es länger als zwei Jahre mit jemandem aushalten, der Rainer heißt.
Gerade wollte ich ihm die Tür vor der Nase zuschlagen, da wollte er unbedingt wissen, wo du bist und ob es einen anderen gibt. Ich hab ihm gesagt, dass du nach New York geflogen bist und dass ihn dein Liebesleben

einen feuchten Dreck angeht. Ein bisschen hat mir der Kerl ja schon leidgetan. Aber dann habe ich mich wieder daran erinnert, wie fies und gemein er immer zu dir gewesen ist.
Ich hoffe, wir können bald mal telefonieren, ich muss dir nämlich noch etwas erzählen … Vielleicht kannst du ja mal vom Hotel aus durchrufen. Viele Küsse von deiner Friederike«

Rainer hat sie gefragt, wo ich bin? Ist ja unglaublich. Aber auch so typisch. Er kann sich wirklich nicht vorstellen, dass ich mich tatsächlich von ihm trenne. Vielleicht war er deswegen so gleichgültig bei unserem Trennungsgespräch. Er hat mich einfach nicht richtig ernst genommen! Unverschämter Sack.

Und was will Friederike mir wohl erzählen? Hoffentlich nichts Schlimmes. Ob es etwas mit diesem Chat von Sven zu tun hat?

Doch es bringt mir momentan nichts, mich mit den Problemen in Berlin zu beschäftigen, ich muss dringend überlegen, wie ich mit meiner Suche nach Jeffrey weiterkomme. Wo könnte er sich aufhalten? Was braucht man als Neuankömmling in einer Stadt? Mit Rachel bin ich erst für den nächsten Abend verabredet, deshalb muss ich heute noch einmal alleine mit meiner Recherche weitermachen. Wie bisher jeden Tag fange ich an zu googeln und lese in einem Onlineblog, dass man als Einwanderer in New York City zunächst Folgendes braucht, um Fuß zu fassen: eine Wohnung, eine Telefonnummer, ein Konto, eine Arbeitsgenehmigung und eine Sozialversicherungsnummer. Ganz sicher hat Jeff schon viel von Berlin aus geregelt, ich kann mir kaum vorstellen, dass er wohnungslos nach New York gereist ist. Außerdem wohnt er eventuell die erste Zeit bei seinem Onkel. Verdammt, warum habe ich ihn nicht danach gefragt? Außerdem glaube ich, dass er die amerikanische Staatsbürgerschaft hat, da sein Vater Amerikaner ist, sonst könnte er womöglich gar nicht ohne Weiteres auswandern, oder er hat vor seiner Ausreise ein Arbeitsvisum bekommen. Aber kann er seine Sozialversicherungsnummer vielleicht erst vor Ort beantragen? Durch weitere Nachforschungen im Netz lande ich schließlich auf der Seite der U.S. Social Security Administration, der Behörde, die Sozialversicherungsnummern ausstellt. Ich entdecke eine Servicenummer, unter der man rund um die Uhr Auskünfte bekommen kann. Ob die mir weiterhelfen können? Ich schnappe mir Pirmin, der in den Schatten unter meinem Plastikstuhl gekrabbelt ist, und bringe ihn wieder ins Hotelzimmer zurück. Von dort aus will ich bei der Nummer anrufen.

Ich nehme den Hörer ab und atme tief durch. Ich bin zwar fest entschlossen, Jeffrey zu finden, doch es kostet mich einige Überwindung, bei dieser Behörde anzurufen. Bei den Airlines und den Werbeagenturen war es mir ja schon unangenehm, aber jetzt handelt es sich um eine offizielle amerikanische Einrichtung. Es ist mir peinlich, mich als unglücklich Verliebte auszugeben, die noch nicht mal den Nachnamen ihres Angehimmelten kennt! Warum sollte mir die U.S. Social Security Administration dabei behilflich sein, meinen One-Night-Stand zu finden? Ich komme mir lächerlich vor. Vielleicht sollte ich mir eine neue Coverstory überlegen, die Firmen-Geschichte, die ich bei den Werbeagenturen erzählt habe, ist hier ja eher unbrauchbar. Ich könnte behaupten, Jeffrey und ich seien Geschwister, die im Kleinkindalter voneinander getrennt worden sind, und ich bin nun auf der Suche nach ihm, sein neuer Nachname sei mir allerdings nicht bekannt, da er inzwischen aller Vermutung nach geheiratet hat. Oder ich tue so, als sei ich selbst in die Geschichte gar nicht involviert. Ich könnte Redakteurin für eine RTL-Sendung wie »Vermisst« sein und deshalb nach Jeff suchen.

Ich wähle die im Internet angegebene Nummer, und eine Ansage ertönt: »Welcome to the U.S. Social Security Administration. For English press one. For Arabic press two. For Armenian press three«, und so zählt die automatische Bandansage alle möglichen Sprachen auf, und ich drücke zweimal die Eins, um auf Deutsch Auskunft zu meiner Sozialversicherungsnummer zu erhalten.

»Social Security Administration, Sie sprechen mit Elias Huber, was kann ich für Sie tun?«

»Ja, äh… hallo. Mein Name ist Linda Lehmann, und ich bin Produktionsassistentin der Firma Endemol, wir betreuen derzeit das Fernsehformat »Bitte melde Dich« auf Sat1. Vielleicht kennen Sie die Sendung aus dem Fernsehen?«

»Mh, nein, kenne ich nicht. Können Sie mir bitte sagen, wie ich Ihnen weiterhelfen kann?«

Ich bin erleichtert, dass er nicht sofort sagt: »Sie spinnen! Ich glaube Ihnen kein Wort!« Schließlich hatte ich mir den Text komplett aus dem Hintern gezogen, und ich bin, wie bereits erwähnt, nicht besonders gut im Lügen. Meine Stimme hört sich brüchig und unsicher an – nicht gerade das professionelle Auftreten einer fernseherfahrenen Programmbetreuerin.

»Nun ja, es geht da um eine Familienzusammenführung, die im TV stattfinden soll, und wir sind da für unsere Sendung auf der Suche nach einer Person, die kürzlich in die USA ausgewandert ist. Wir haben nicht viele Anhaltspunkte, und ich wende mich an Sie, weil ich hoffe, dass Sie mir vielleicht Auskunft darüber geben könnten, ob ein Jeffrey in den letzten Tagen eine Sozialversicherungsnummer beantragt hat?«

Ein Jeffrey! Oh Gott, mir ist das so peinlich!

»Bei der Vielzahl an Anträgen nehme ich mal an, dass das der Fall sein wird. Jeffrey ist schließlich kein seltener Vorname. Können Sie mir bitte genauer sagen, was ich für Sie tun kann?«

»Es würde uns schon sehr weiterhelfen, wenn Sie mir wenigstens beim Herausfinden des Nachnamens behilflich sein könnten.« Am Ball bleiben, Helena.

»Sie meinen, ich soll Ihnen die Nachnamen aller Jeffreys preisgeben, die in den letzten Tagen eine Sozialversicherungsnummer beantragt haben?« Der Angestellte klingt skeptisch.

»Ja, das wäre sehr hilfreich. Sie würden damit eine Familie sehr glücklich machen.« Ich finde, meine Coverstory war tatsächlich nur halb gelogen, denn Elias Huber würde mich mit seiner Auskunft wirklich sehr glücklich machen, und sollte ich mit Jeff irgendwann eine Familie gründen, wäre der Begriff »Familienzusammenführung« gar nicht so falsch.

»Bleiben Sie bitte einen Moment am Apparat.«

Als Warteschleifenmusik ertönt das Lied »Baby« von Justin Bieber. Ich fasse plötzlich Mut, dass der Callcenter-Agent mir tatsächlich Jeffreys Nachnamen verrät. Warum sollte er mich sonst in der Leitung lassen? Er hätte auch gleich auflegen können. Von guter Stimmung gepackt, singe ich laut mit: »And I was like Baby, baby, baby ooh, like baby, baby, baby ooh, like baby, baby, baby ooh …«

Plötzlich höre ich ein Räuspern am anderen Ende der Leitung.

»Sind sie noch dran?«, ertönt Elias Hubers Stimme.

»Ja natürlich«, sage ich schnell und versuche sehr seriös zu klingen.

»Haben Sie gerade mitgesungen?«

»Ja, äh … nein, das war unser Soundcheck im Fernsehstudio für, na ja, ich will Sie nicht langweilen. Können Sie mir nun Auskunft geben? Das wäre wirklich entgegenkommend von Ihnen.«

»Also ich habe gerade mit meinem Kollegen Rücksprache gehalten, und aus Datenschutzgründen können wir Ihnen keine Nachnamen offenlegen. Da kann ich bedauerlicherweise nichts für Sie tun, tut mir leid. Probieren Sie es doch mal beim deutschen Generalkonsulat in New York. Vielleicht haben Sie da Glück.«

»Alles klar«, sage ich enttäuscht. »Vielen Dank für Ihre Mühe.«

»Keine Ursache. Auf Wiederhören.«

Ich lege den Hörer auf und beschließe, sofort zum deutschen Generalkonsulat zu gehen. Ich habe das Gefühl, dass so eine Anfrage übers Telefon zu unpersönlich wirkt, vielleicht gelingt es mir, mehr Informationen zu kriegen, wenn ich direkt mit einem Mitarbeiter spreche.

Auf dem Weg zu der Behörde bewundere ich wieder einmal New York. Ich laufe am Rockefeller Center vorbei, das beeindruckend hoch ist, und werfe danach einen Blick ins »NBC-News«-Schaufenster. Auf mehreren Bildschirmen sieht man Reporter berichten, und es werden Fanartikel von Fernsehsendungen und Serien angeboten. Ich versuche, mithilfe meines Stadtplans den richtigen Weg zum deutschen Generalkonsulat zu finden, doch werde ich immer wieder durch New Yorks Sehenswürdigkeiten abgelenkt. Zwischen den ganzen modernen Gebäuden steht die St. Patrick's Cathedral, die ich mir unbedingt noch ansehen will, deshalb notiere ich mir schnell die Öffnungszeiten und fotografiere die Kirche. Als ich die Madison Avenue hinunterlaufe, sehe ich schon von Weitem die Leuchtreklame der *Radio City Music Hall*, die selbst tagsüber ein Hingucker ist. Sofort knipse ich sie und kann nicht widerstehen nachzusehen, welche Konzerte dort in nächster Zeit stattfinden. Ich kenne allerdings keine der Bands, und so laufe ich weiter. An einem Kiosk kaufe ich einen Stapel Postkarten – eine ganz neue Erfahrung für mich. Endlich kann ich mal ein bisschen angeben mit einer Reise. Aus München hatte ich Oma Hedda und meinen Eltern zwar mal eine Ansichtskarte geschickt, auf der der Olympiaturm abgebildet war, aber die Freiheitsstatue macht da doch mehr her, finde ich.

Warum hat Berlin nicht so tolle Gegenden wie New York? Warum haben wir keine Avenues? Bei uns nennt sich das im besten Fall »Straße« oder noch schlimmer: »Pfad« oder »Zeile«. Oma Hedda sagt statt »über die Straße gehen« »über den Damm gehen«. Gott sei Dank ist Deutsch nicht zur Weltsprache erklärt worden. Diese Sprache hört sich wirklich uncool an. Doch nicht nur die Sprache, auch die Menschen sind in New York viel freundlicher als in Berlin. Wenn man in New York City ein Lokal betritt, kommt gleich ein netter Kellner angelaufen, fragt wie es einem geht und freut sich, dass man da ist. In Berlin heißt es dann, wenn man Glück hat: »Komm se rin, könn se roosguckn.« Ein Spruch, den ich noch nie ganz verstanden habe. Gestern Abend war ich in einem indischen Restaurant, in dem mich der Besitzer sogar mit Handschlag begrüßte und verabschiedete! Ich nahm zunächst an, er hätte mich verwechselt. Im Nachhinein bin ich froh, dass ich nicht meinem ersten Impuls nachging und ihm klipp und klar sagte: »I'm not famous!« Ich beobachtete nämlich mit der Zeit, dass in diesem Restaurant jedem freundlich die Hand geschüttelt wurde. Finde ich eine nette Geste. Es wäre so schön, eines Tages mit Jeffrey nach New York auszuwandern. Mittlerweile habe ich mir überlegt, dass ich ja mein Zahnmedizinstudium in den USA weitermachen und dann in einem amerikanischen Krankenhaus arbeiten könnte. Dort würde ich Sachen sagen wie: »Open your mouth and stay calm, you are in good hands.« Oder: »I am a professional dentist, let me see this.«

Das wäre cool!

Ich krame meinen zerknüllten Stadtplan aus meiner Tasche und starre auf die Karte. Irgendwie laufe ich in die falsche Richtung. Verwirrt gehe ich noch einmal zur letzten Kreuzung zurück. Ach du liebe Güte, hab ich mich jetzt verlaufen? Das ist mal wieder typisch. In Filmen wie *Eat, Pray, Love* wird einem suggeriert, man müsste einfach nur aus den alten Territorien ausbrechen und man wird seinen Weg finden. Von zerknitterten Stadtplänen und verwirrenden Kreuzungen ist natürlich nicht die Rede. Stattdessen soll man auf einsamen Reisen das Göttliche spüren. Liebe

Julia Roberts, willst du wissen, was ich spüre? Meinen knurrenden Magen! Meine Füße schmerzen, mein Kopf tut weh, mir ist schwindelig von der Hitze, und jetzt finde ich nicht mal den verdammten United Nations Plaza. Eine ältere Dame, die eine Einkaufstüte mit Lebensmitteln trägt, steht an der Ampel vor mir. Ich gehe auf sie zu und frage: »Excuse me, I think I am lost. Can you tell me how I can get to the United Nations Plaza?«

Sie fängt sehr laut an zu lachen. Ganz schlechtes Zeichen.

»Dear, you are very far away from the United Nations Plaza. You are near China Town. Maybe you should take a cab. It will take about thirty minutes to get there. It is rush hour!«

Dreißig Minuten mit dem Taxi bis zum Generalkonsulat? Wo in aller Welt bin ich denn hingelatscht? Ich sehe auf die Uhr. Das schaffe ich niemals. Das Konsulat schließt um fünf. Mir bleiben nur noch zwanzig Minuten.

»Ok. Thank you!«, sage ich zu der Dame.

»You're welcome«, antwortet sie freundlich. Die Ampel wird grün, und sie stapft mit ihren Einkäufen über die Straße.

Ich höre Oma Heddas mahnende Stimme in meinem Kopf, die sagt: »Du bist eine kleine Trödelelse.« Wieso habe ich mir nur so viel Zeit gelassen? Hätte ich noch mein iPhone, wäre das alles viel einfacher. Ich hätte meine Navi-App benutzen können und wäre ohne Umwege beim Generalkonsulat angekommen.

Mein Magen krampft sich schmerzhaft zusammen, ich habe seit dem Frühstück nichts mehr zu mir genommen. Ich beschließe, gleich morgen früh zum Konsulat zu gehen und meine Suche für heute einzustellen. Ich brauche eine Pause, will mich hinsetzen und essen. Es ist so frustrierend, mit schlechter Laune alleine zu sein, denn es gibt niemanden, an dem ich sie auslassen könnte. Ich brauche dringend Kohlenhydrate – aber bei wem soll ich mich beschweren?

Die Passantin hat gesagt, ich sei in der Nähe von China Town, das ist wenigstens Glück im Unglück, denn China Town wollte ich ohnehin gerne besuchen. Außerdem gibt es dort bestimmt viele Leckereien. Ich konsultiere erneut meinen Stadtplan, drehe ihn einige Male in verschiedene Richtungen, da ich scheinbar das räumliche Vorstellungsvermögen eines Kartoffelkäfers habe, bis ich ahne, in welche Richtung ich laufen muss. Ich folge einer Avenue, die von klotzigen Hochhäusern gesäumt ist, die Schatten über die Bürgersteige werfen. Ich setze meine Sonnenbrille ab und lese die Schilder an den Eingängen der Skyscraper. Anwaltskanzleien, Reiseunternehmen, Sprachinstitute. Leider keine Werbeagentur, bei der ich spontan klingeln könnte, um nach Jeffrey zu fragen. Die nächsten beiden Straßen, die ich entlanglaufe, sind ebenso von Bürogebäuden umgeben. Grau und menschenleer sieht es hier aus. Der Charme von New York, wie ich ihn aus Midtown kenne, ist verflogen. Erst als ich bei der übernächsten Kreuzung abbiege, kehrt die Lebendigkeit der Stadt zurück. Die Häuser sind flacher, und es sind mehr Touristen unterwegs. Einige Geschäfte haben ihre Waren draußen platziert, mehrere Autofahrer hupen, ein Feuerwehrwagen fährt mit heulender Sirene über eine rote Ampel, und in der Ferne entdecke ich eine Subway Station. Als ich bis dorthin gelaufen bin, sehe ich noch einmal auf dem Stadtplan nach, ob ich richtig bin. Bingo! U-Bahnhof Chinatown, Canal Street. Ich fotografiere das Subway-Schild, dann sehe ich mich um und entdecke die ersten chinesischen Schriftzeichen, und je weiter ich die Straße entlanglaufe, desto mehr asiatisches Flair macht sich breit. Ketten aus roten Lampions sind zwischen den Häuserwänden gespannt, Geschäfte mit roten und gelben Markisen, auf denen chinesische Zeichen stehen, befinden sich in den Häusern, ein riesiger goldener, dicker Buddha steht neben einem Gemüseladen, und ein grünes Tor im Pagodenstil überbrückt die Straße. Ich sehe mehr Chinesen mit Strohhüten als Touristen mit Fotoapparaten, und bald höre ich kaum noch Englisch, sondern die fremde Intonation fernöstlicher Sprachen, und es riecht verführerisch nach leckeren Gewürzen und gebratenen Köstlichkeiten. Mann, ich hab so Hunger! Ich kann mir nichts Schöneres vorstellen, als jetzt eine Ente zu verputzen. Da gibt es bloß ein Problem: Für welches der vielen Restaurants soll ich mich entscheiden? Ich laufe auf dem Bürgersteig hin und her, wie der Esel zwischen den zwei Heuhaufen, der am Ende verhungert, weil er sich nicht entscheiden kann. Nachdem ich ein paarmal die Straße auf und ab gelaufen bin, merke ich, dass mich jemand beobachtet. Ein Chinese steht vor einem Fischgeschäft und schaut mich interessiert an. Er ist klein und trägt lockere, helle Kleidung. Er hat eine Halbglatze, sein Haarkranz leuchtet schneeweiß, während seine Augenbrauen dunkelgrau sind. Unter seinem Ziegenbart meine ich ein leichtes Grinsen zu erkennen. Ich bin mir allerdings nicht sicher, ob dieser Ausdruck einfach in seinen Gesichtszügen verankert ist – ähnlich wie bei Pirmin, der sieht ja auch immer so zufrieden aus – oder ob er mich tatsächlich amüsiert betrachtet. Während die Menschen um ihn herum hektisch Ware kaufen und verkaufen, wirkt er ganz ruhig, und seltsamerweise starrt er mich immer noch unbeirrt an. Als mache er gerade eine Yogaübung fürs Gleichgewicht und hätte mich als Fixpunkt gewählt. Spätestens seit Mr. Miyagi in Karate Kid bewundere ich ältere Asiaten und halte sie für weise und geduldig. In einiger Entfernung bleibe ich stehen und gucke ihn fragend an. Der alte Mann winkt. Ich muss lachen und winke zurück. An irgendwen erinnert er mich. Dann läuft er los. Ich komme mir albern vor, gehe aber hinterher. Ich bin gespannt, wohin der alte Mann unterwegs ist. Zwischendurch habe ich ihn fast aus den Augen verloren, denn hier sind viele Menschen, die mir die Sicht nehmen oder den Weg versperren, weil sie vor einem der Läden stehen bleiben. Dann biegt der chinesische Greis rechts in eine Gasse ein. Als ich ihm in die Straße folge, ist er nicht mehr zu sehen. Wahrscheinlich wohnt er hier irgendwo und ist in einem Hauseingang verschwunden. Mein Magen knurrt laut.

Ich komme mir selten dämlich vor, dass ich dem Mann gefolgt bin. Mein Gott, Chouette, wie tief bist du gesunken? Jetzt läufst du schon asiatischen Rentnern hinterher, nur weil du dich selbst nicht für ein Restaurant entscheiden kannst!

Dann drehe ich mich um und sehe, dass ich direkt vor einem Lokal stehe. »Chinese Food« steht auf dem Schild über der Eingangstür. Na bitte, das ist kurz und knapp und alles, was ich im Moment brauche.

Als ich das Restaurant betrete, höre ich einen hellen Klang. Ich sehe nach oben und entdecke eine kleine Glocke, die über der Tür befestigt ist. Die Menschen, die gerade beim Essen sitzen, sehen kurz zu mir auf, widmen sich dann aber schnell wieder ihren Tellern. Kein Tourist weit und breit in diesem Raum. Ich setze mich an einen freien Tisch an der Wand mit Blick auf die Bar. Das Restaurant ist sehr schlicht eingerichtet. Die Tischdecken sind aus Plastik, die Gäste sitzen auf Holzklappstühlen, und hier und da hängen Bilder an der Wand, die Flüsse, Landschaften und buddhistische Tempel zeigen. Ich sehe mich um und warte ungeduldig darauf, dass mir jemand die Karte bringt.

»Ach nee«, sage ich leise zu mir selbst, als der Kellner auf mich zukommt.

Es ist der alte Mann, dem ich gefolgt bin. Aus der Nähe sehe ich, dass er kaum Falten hat, obwohl ich ihn auf mindestens siebzig Jahre schätzen würde. Seine roten Bäckchen lassen ihn lebhaft und frisch aussehen, seine verbliebenen Haare hingegen stehen von seinem Kopf ab, als wäre er gerade erst aus dem Bett aufgestanden. Alte Menschen sind doch manchmal irgendwie niedlich. Ich lächle den Mann an, er lächelt zurück. Drückt mir die Karte in die Hand und sagt kein Wort, noch nicht einmal eine Begrüßung. Er wartet neben meinem Tisch, bis ich ausgewählt habe. Ich fühle mich ein bisschen unter Druck gesetzt, also bestelle ich einfach eine Ente, kross mit chinesischem Gemüse. Der Chinese neigt seinen Kopf zum Zeichen, dass er mich verstanden hat. Ob er stumm ist? Nur Chinesisch spricht? Warum sagt er denn nichts? Ein rätselhafter Kerl. Wahrscheinlich ist er der Besitzer des Restaurants, denn ich kann mir kaum vorstellen, dass er in seinem Alter noch einem Job als Kellner nachgeht. Außerdem strahlt er Bestimmtheit aus und wirkt so gelassen, als hätte er jederzeit alles im Griff. Jetzt fällt mir auch endlich ein, an wen er mich erinnert: an den koreanischen Taxifahrer, der mich getröstet hat, als Jeff zum Flughafen gefahren ist.

Es dauert ungefähr zwanzig Minuten, bis mein Essen an den Tisch gebracht wird. Dieses Mal serviert es ein junger Mann mit einer weißen Schürze. Ich bedanke mich und haue rein, was das Zeug hält. Ich fühle mich richtig archaisch, wie ich das Fleisch in mich reinstopfe, aber ich kann mich vor Hunger kaum zügeln. Waren es nicht die Chinesen, die es ohnehin mit Tischmanieren nicht so genau nehmen? Die Haut der Ente, salzig und kross, zerfällt sofort in meinem Mund, wenn ich zubeiße, das Fleisch ist zart und heiß, das Gemüse knackig und frisch. Zufrieden verputze ich den ganzen Teller, es ist die beste Ente, die ich jemals gegessen habe. Anschließend sehe ich auf meinen kugeligen Bauch herab und komme mir vor wie ein kleiner Buddha. Ich seufze, selig und satt. Vollgefressen sehe ich aus wie im vierten Monat schwanger, und ich schäme mich, es zuzugeben, aber ich habe diesen Zustand schon das ein oder andere Mal ausgenutzt, um mir einen Sitzplatz in der U-Bahn zu ergaunern. Wahrscheinlich wäre es heute jedoch besser, ein Taxi zurück zum Hotel zu nehmen, denn ich sehe mich nicht in der Lage, noch einen Fuß vor den anderen zu setzen, und habe außerdem keinen Bock, mich wieder zu verlaufen. Doch ich will mir noch etwas Zeit lassen mit meinem Aufbruch, hole meine Postkarten und einen Kugelschreiber aus der Tasche, um meinen Lieben in Berlin einen Gruß aus Chinatown zu senden. Ich schreibe natürlich an Friederike, Paul, Hedda, meine Eltern, meine Pilates-Gruppe – dann überlege ich, Rainer eine Karte zu schicken, auf der steht: »Suck it loser! I am in New York!« Aber ich lasse es dann lieber, schließlich weiß er ja von

Friederike sowieso schon, dass ich hier bin. Ich hoffe, er beißt sich inzwischen ordentlich in den Arsch, dass er mich so kampflos gehen ließ! Aber bei Rainer weiß man ja nie. Vielleicht bucht er jetzt auch einfach einen Partnertrip für sich und seine Schwester ins romantische Venedig. Ob er jemals eine Frau finden wird, die es schafft, die Zwillingsbande zu durchbrechen? Wahrscheinlich nicht. Ich schreibe in Ruhe meine Postkarten zu Ende, dann beschließe ich zu zahlen.

Ich sehe mich suchend nach dem Kellner um und entdecke den alten Mann wieder, der auf einem Barhocker neben einem Aquarium sitzt. Er hält ein blaues, in chinesischer Seide gebundenes Buch in der linken Hand und schreibt mit der rechten etwas hinein. Was er wohl schreibt? Ein Gedicht? Ein geheimes Familienrezept? Seinen Einkaufszettel? Er sieht konzentriert aus, und ich warte bis er seinen Blick durchs Restaurant schweifen lässt. Dann deute ich ihm mit einer Geste an, dass ich zahlen möchte. Er nickt und verschwindet in einem Hinterzimmer. Kurz überlege ich, ob er mich jetzt richtig verstanden hat, doch da kommt er schon wieder nach vorne, mit einem kleinen Tablett, auf dem die Rechnung liegt. Es ist spottbillig, und ich gebe dem Mann ein ordentliches Trinkgeld. Er freut sich sichtlich und nimmt meine Hand. Bevor ich mich darüber wundern kann, drückt er etwas in meine Handinnenfläche und schließt dann meine Finger darum. Er lacht laut, als würde ihn etwas köstlich amüsieren, dann lässt er meine Hand los und marschiert wieder ins Hinterzimmer. Bei aller Sympathie, aber der Typ hat sie anscheinend nicht mehr alle beisammen. Vielleicht ist er auch so freundlich zu mir, weil ich hier in China Town, und speziell in diesem

Restaurant, so etwas wie eine Exotin bin. Verwirrt mache ich meine Hand auf, und da liegt ein Glückskeks. Wie nett, denke ich. Jedes herzhafte Essen verlangt doch nach einer Nachspeise, wenigstens nach einem Keks. Ich öffne die Verpackung, hole das Gebäck hervor und zerbreche es in der Mitte, um die winzige Botschaft zu entnehmen. Ich rechne mit einem Satz wie: »Dein Leben besteht aus dem, was du tief in deinem Inneren glaubst« oder: »Echte Armut ist nicht der Mangel an Geld und Besitz, sondern an fehlender Wärme des Herzens.« Stattdessen steht auf dem kleinen Papierstreifen: »107 Norfolk St., New York, NY 10002«.

Hä? Spinn ich jetzt oder was? Warum steht da denn keine chinesische Weisheit, sondern eine Anschrift? Merkwürdig. Ich sehe mich um und stelle fest, dass das Restaurant inzwischen ziemlich leer geworden ist. Ich verputze den Keks, schmeiße den kleinen Zettel in meine Tasche, stehe auf und verlasse das Lokal.

Draußen angekommen, winke ich ein Taxi zu mir heran und wuchte meinen aufgeblähten Entenbauch auf die Rückbank. Auf der Fahrt zum Hotel überlege ich, ob ich aus Spaß mal zu der Adresse fahren soll, die mein Glückskeks mir beschert hat. Dann schüttele ich innerlich den Kopf. Ich bin zwar bescheuert, aber so bescheuert nun auch wieder nicht.

14

Schildkrötenschlamassel

Der Affe schaut mich mitleidig an.

Zumindest bilde ich mir das ein. Ich bin im Central Park Zoo, es ist Mittag des nächsten Tages, und mein morgendlicher Besuch im deutschen Generalkonsulat hat mir folgende Informationen eingebracht: Es gibt etwa zwanzig Schuhplattler-Vereine im Großraum New York, sollte Jeffrey nicht Mitglied in einem dieser Klubs oder Angehöriger des Gebirgs-Trachtenvereins Edelweiß sein, könnte mir der Konsulatsangestellte leider keine weiteren Anhaltspunkte liefern. Es sei denn, Jeff sei regelmäßiger Kirchgänger und Mitglied einer deutschen Gemeinde in New York. Ich halte Jeff eigentlich nicht für einen gläubigen Christen, ließ mir jedoch mangels besserer Ergebnisse eine Liste der Gemeinden ausdrucken, außerdem empfahl mir der Mitarbeiter noch ein Webportal für Deutsche in New York. Nach dem Besuch im Generalkonsulat bin ich ins Hotel zurückgefahren und habe mich im Internet auf der empfohlenen Seite umgesehen. Es gab eine Rubrik »Ich suche in New York«, in der User meistens fragten, wo man bestimmte deutsche Lebensmittel kaufen oder einen besonders guten Sprachkurs besuchen kann. Ich habe dort meine Suchanfrage nach Jeffrey aufgegeben:

»Liebe Forumsmitglieder,
ich bin nach New York gekommen, um einen vermissten Freund wiederzufinden.
Er heißt Jeffrey, ist zweiunddreißig Jahre alt, arbeitet in der Werbeagentur seines Onkels und ist seit letztem Samstag in New York. Ich bin noch zehn Tage lang in der Stadt und würde mich freuen, wenn ihr mir Bescheid gebt, falls ihr jemanden kennt oder trefft, auf den diese Beschreibung passt.
Ich freue mich auf eure Antworten! Helena.«

Ich kopierte diesen Text und postete ihn noch in neun weiteren Foren, die ich per Google gefunden hatte. Doch auch nach dieser Aktion hatte ich nicht das Gefühl annähernd genug für meine Suche nach Jeff getan zu haben. Immerhin bin ich noch nicht weitergekommen, außer dass ich einige Anlaufstellen jetzt ausschließen kann. Doch Pirmin ist so nervös und rastlos im Hotelzimmer auf und ab gelaufen, nachdem er die letzten beiden Tage, abgesehen von unserem kurzen Dachterrassenausflug, nur drin war, dass ich mich dazu verpflichtet gefühlt habe, etwas mit ihm zu unternehmen. Heute ist es nämlich endlich nicht so drückend heiß, sondern ein wenig kühler. Und dass es Pirmin gut geht, liegt in meiner Verantwortung, er ist es nicht gewohnt, im Sommer für so lange Zeit nur im Zimmer zu bleiben. Pirmin braucht Rasen, Erde, Sonne und Auslauf. Ich ging also mit ihm im pinken Schuhkarton in den Central Park. Ich ließ ihn auf einer Wiese grasen, musste ihn gegen Hunde verteidigen, die ihn sehr gerne als Spielzeug benutzt hätten, und erlaubte neugierigen Kindern, ihn zu streicheln. Um mir etwas Abwechslung zu gönnen, ging ich danach in den New Yorker Zoo, der sich mitten in der weitläufigen Grünanlage befindet.

Seit einer Weile stehe ich nun vor dem Affengehege, in dem ein Orang-Utan in einem Autoreifen sitzt, der mit einem Seil an einem Baum befestigt ist. Der Affe fängt plötzlich an zu schreien und springt wild umher. Der sollte mal zum Anti-Aggressionstraining. Ich lache in mich hinein, wobei mir bewusst wird, dass ich ganz schön einsam bin. Mann, ich will endlich mal wieder mit jemandem Witze reißen und mich amüsieren. Deshalb freue ich mich sehr auf das Treffen mit Rachel heute Abend, vielleicht bleibt ja nach ihren Interviewfragen noch ein bisschen Zeit für Small Talk. Ich laufe weiter zu den roten Pandas. Das sind niedliche Tierchen.

»Guck mal Pirmin, ein kleiner roter Panda aus dem Himalaja!«

Ich lese diese Information von einer Tafel vor dem Gehege ab. Der Panda hängt lässig im Baum rum und pennt. Der hat es gut. Vielleicht sollte ich Tierpflegerin im Zoo werden, dann könnte ich den ganzen Tag hier verbringen. Allerdings wäre ich nicht scharf darauf, Elefantenkot einzusammeln oder den Gestank von Löwenurin im Raubtiergehege einatmen zu müssen. Pirmin hebt nicht mal seinen Kopf, um sich den Panda anzugucken. In einem Artikel habe ich mal gelesen, dass Schildkröten besser sehen können als Menschen, sie können Farben genauer differenzieren und sogar infrarote und ultraviolette Strahlung sehen. Pirmins ignorantes Verhalten kann daher nicht durch eine schlecht entwickelte Sinnesleistung zustande kommen.

»Du interessierst dich ja für gar nichts!«, sage ich vorwurfsvoll zu ihm und komme mir vor, als wären wir ein altes Ehepaar. Er lässt daraufhin seinen Kopf sinken, als würde er klein beigeben.

Ich beobachte die Leute um mich herum, die Kinder, die sich über den kleinen Panda freuen, und die Erwachsenen, die nicht müde werden, ihren Sprösslingen die Namen der vielen Tiere beizubringen. Ich wäre darin ja nicht besonders gut. Einen Tiger von einem Leoparden zu unterscheiden klappt gerade noch, aber einen Storch von einem Pelikan?

Ich schlendere weiter, um eventuell einige Bildungslücken, was Tiernamen betrifft, zu schließen. Schließlich will ich auch eines Tages Kinder haben und dann nicht auf interessierte Fragen wie: »Mama, was ist das für ein Tier?«, dauernd antworten: »Das weiß Mami leider auch nicht.«

Ich laufe zu den Kalifornischen Seelöwen, den Eisbären und den Pfeilgiftfröschen, gucke den Kaiserpinguinen beim Tauchen zu, stehe eine Weile vor dem Terrarium der Baumboa, in der Hoffnung, dass sie sich bewegt, aber meine Versuche mit ihr Parsel zu sprechen, zeigen keine Wirkung. Deshalb beobachte ich lieber die Robben während der Fütterung. Dann gehe ich weiter zu den Lamas, den Bibern und den Bergziegen.

Vor dem Papageiengehege greife ich in meine Tasche nach meinem Lippenpflegestift. Als ich ihn heraushole, fällt der kleine Zettel, der gestern in meinem Glückskeks gesteckt hat, auf den Boden. Kurz überlege ich, ihn liegen zu lassen, aber ich kann es irgendwie nicht. Ich bin kein Mensch, der an übersinnliche Kräfte glaubt, Aura-Tee aus dem Bioladen trinkt und sich mit Trommelmusik in Trance versetzt. Aber der Abend gestern war entweder wirklich geheimnisvoll, oder ich werde paranoid. Mir gefällt die geheimnisvolle Variante besser. Ich gucke mir noch einmal die Adresse an, die auf dem Zettel steht. 107 Norfolk St., New York, NY 10002.

Gestern Abend habe ich diese Adresse bei Google eingegeben, aber es war wie verhext. Jedes Mal, wenn ich auf »suchen« geklickt habe, stand da: *Die von Ihnen gewünschte Seite kann nicht angezeigt werden.* Es hat mich ganz verrückt gemacht, denn wenn ich einen anderen Suchbegriff eingegeben habe, hatte ich binnen fünf Sekunden zehn Seiten voller Ergebnisse. Auch als ich die Adresse vom Hotel-Computer aus gesucht habe, bekam ich kein Resultat. Die ganze Sache ist höchst merkwürdig. Muss ich tatsächlich selbst diesen Ort aufsuchen, um zu erfahren, was dort ist? Ganz alleine zu dieser Adresse zu fahren, ist mir aber zu gefährlich. Ich weiß erstens überhaupt nicht, wo das ist, vielleicht ist das eine ganz kriminelle Gegend in New York, und zweitens könnte es genauso gut ein Hinterhalt sein. Vielleicht fängt der alte Chinese junge Touristinnen mit seinem Glückskekstrick und verkauft sie nach Fernost. Macht einen auf weise lächelnd, dabei verbirgt sich ein gewieftes Schlitzohr hinter der buddhistischen Fassade und der göttlichen Ente. Die Theorie zum Keks, die mir am besten gefällt ist jedoch eine ganz andere: Durch eine schicksalhafte Fügung könnte mich der Keks vielleicht zu Jeffrey führen. Nachdem ich mir diesen Satz noch einmal auf der Zunge habe zergehen lassen, befürchte ich allerdings, doch paranoid zu sein. Ein Keks soll mich führen? Das kann doch nicht mein Ernst sein!

Nachdem ich noch ein paar Minuten erfolglos vor dem Papageienkäfig herumgestanden habe, in der Hoffnung, dass einer von ihnen etwas Witziges sagt, steuere ich nun dem Höhepunkt meines Zoobesuchs entgegen: dem Schildkrötengehege!

Die burmesischen Bergschildkröten und die Rotfuß-Schildkröten leben im Central Park Zoo auf einem Hügel, der in etwa den Durchmesser meines Schlafzimmers hat, und der höchste Punkt entspricht ungefähr meiner Körpergröße. Ich zähle zwanzig größere und kleinere Panzertiere, die sich ganz oben auf dem Hügel sonnen oder in etwas niedrigeren Gebieten in den Schatten einiger Steine gekrabbelt sind.

»Pirmin! Sieh nur! Da sind deine Artgenossen!«, ich nehme ihn aus dem Schuhkarton raus und zeige auf das Schildkrötenparadies.

Pirmin fängt an, wie wild zu strampeln, als würde er sofort zu seinen fernen Verwandten stürmen wollen.

»Nein, Pirmin, das geht nicht. Du kannst sie nur aus der Ferne sehen«, sage ich traurig. Ich finde das zwar total gemein, aber ich kann ihn ja nicht einfach zu den anderen setzen, damit er sich ein bisschen heimisch fühlt. Oder? Ich versuche mich in meine Schildkröte hineinzuversetzen. Wie würde es mir gehen, wenn ich seit Jahren kein menschliches Wesen mehr gesehen hätte, und dann erkenne ich ein paar Männer und Frauen in der Ferne, darf aber nicht zu ihnen gehen? Das wäre doch geradezu Quälerei! Verstohlen sehe ich mich um, ob noch viele andere Besucher in der Nähe sind. Geht eigentlich. Zwei junge Mädels stehen auf der anderen Seite des Schildkrötengeheges, beachten mich aber nicht, und dann kommt noch ein junger Mann mit Kinderwagen an mir vorbei. Ich warte, bis er weg ist, dann stelle ich mich auf die unterste Leiste des Zauns und lehne mich übers Geländer, um meine geliebte Schildkröte wenigstens für einen kleinen Moment zu ihren Artgenossen zu setzen. Wie aufregend! Sobald Pirmin beginnt, außer Reichweite zu kriechen, muss ich ihn natürlich schnell wieder einsammeln, aber erst mal guckt er sich nur interessiert um. Er sitzt neben einer hübschen Rotfuß-Schildkröte, die nur unwesentlich größer ist als er. Ich dachte, die würden sich jetzt beschnuppern oder so, aber stattdessen glotzen sie sich nur an. Dann kommt ein größeres Exemplar der burmesischen Bergschildkröten auf Pirmin zu, steuert aber nur den Haufen geraspelter Möhren an, der weiter oben auf dem Hügel liegt. Pirmin beäugt den Koloss ehrfürchtig, als er an ihm vorbeikriecht, dann reckt er seinen Kopf nach oben, schließt die Augen und genießt die Sonne. Die Rotfuß-Schildkröte pirscht sich mit der Zeit näher an ihn heran und gesellt sich ganz dicht zu ihm. Ach schön! Er hat es so richtig gut, ist in toller Gesellschaft. Zwischendurch kommen andere Zoobesucher zum Gehege, gucken sich die Tiere an, und ein kleines Mädchen deutet sogar auf Pirmin und ruft: »Der ist ja niedlich!«

Jetzt weiß ich, wie sich Mutterstolz anfühlt. Nach einer Viertelstunde macht Pirmin jedoch Anstalten, auch in Richtung des Möhrenbergs zu krabbeln, und ich lehne mich wieder wagemutig über die Umzäunung, um ihn mir zu schnappen. Kaum habe ich seinen Panzer zu fassen gekriegt, höre ich einen lauten Schrei hinter mir: »Hey! Was machen Sie da? Haben Sie das Schild nicht gelesen?«

Ich lasse Pirmin vor Schreck wieder ins Gehege plumpsen und drehe mich um. Da steht eine ziemlich kräftige und große Frau mit blondem, kurzem Pferdeschwanz hinter mir, neben ihr eine Schubkarre. Sie trägt kakifarbene Shorts und ein kurzärmliges Hemd, auf dessen linker Brust die Worte *Central Park Zoo* eingenäht sind, und deutet auf das Schild, auf dem: »Bitte nicht ins Gehege greifen! Bitte nicht füttern!«, steht. Ich versuche, unbeholfen auf Englisch zu erklären, dass Pirmin meine eigene Schildkröte ist und dass ich ihn nur kurz zu den anderen setzen wollte.

Ich zeige ihr noch den Schuhkarton als Beweis, aber wahrscheinlich denkt die Angestellte, dass ich Pirmin klauen und ihn in diesem Karton entführen wollte. Schließlich ist es lukrativ, Schildkröten zu verkaufen. Vor allem so hübsche Tiere wie Pirmin. Erbost reißt mir die Zooangestellte den Karton aus der Hand, als würde sie ihn aus Sicherheitsgründen konfiszieren wollen.

»Können Sie beweisen, dass das Tier Ihnen gehört? Haben Sie die Artenschutzdokumente, die Sie als Besitzerin ausweisen, dabei?«, fragt sie mich mit durchdringender Stimme, als wäre sie eine Türsteherin.

»Äh«, ich druckse herum, denn ich brauche eine Weile, bis ich verstehe, was sie mit »species protection documents« meint. Und dann frage ich mich, was diese Seekuh sich eigentlich denkt. Glaubt sie, dass ich Pirmins Papiere mit mir rumschleppe wie eine Packung Notfalltampons?

»Ich habe sie nicht hier, sie sind in meinem Hotel«, erkläre ich verzweifelt.

»Die Schildkröte bleibt hier, bis Sie beweisen können, dass sie Ihnen gehört. Seien Sie froh, dass ich Ihnen kein Hausverbot erteile.«

Damit dreht sie sich kopfschüttelnd um und läuft zu ihrer Schubkarre zurück, die sie abgestellt hatte, um mich davon abzuhalten, Pirmin aus dem Gehege zu heben.

Mein Mutterherz verlangt, dass ich warte, bis die Zoowärterin wieder weg ist, damit ich Pirmin doch noch holen und mit ihm verschwinden kann. Aber erstens klettert die Frau mit dem Pferdeschwanz jetzt selbst in das Gehege, um es zu säubern und einen Haufen geviertelte Tomaten reinzulegen, und zweitens wäre es taktisch unklug, mir doch noch ein Hausverbot einzuhandeln. Dann hätte ich wahrscheinlich kaum noch eine Chance, meine Schildkröte zu befreien. Die Wärterin guckt mich noch einmal streng an, ich werfe einen letzten Blick auf Pirmin, der jetzt unverschämt fröhlich Tomaten frisst, dann wende ich mich schweren Herzens und mit Tränen in den Augen ab und gehe in Richtung Ausgang. Kurz darauf drehe ich mich um, entschlossen, doch wieder zurück zu gehen, um Pirmin zu holen. Aber die Angestellte behält das Gehege jetzt bestimmt im Auge. Also folge ich erneut den Schildern mit dem Wort *Exit*. Eine Weile beschimpfe ich mich innerlich selbst, dass ich so blöd gewesen bin und ihn in das Gehege gesetzt habe, dann richtet sich meine Wut auf die Wärterin, die ausgerechnet in diesem Augenblick dort mit ihrer blöden Schubkarre entlangkommen musste.

Schließlich versuche ich, mich zu beruhigen.

Ich laufe jetzt einfach ganz schnell ins Hotel, hole die Papiere, und dann kann ich Pirmin gleich wieder aus der Untersuchungshaft mit den burmesischen Bergschildkröten befreien. *Alles wird gut werden*, rede ich mir ein, während ich merke, wie ein ungutes Gefühl in mir aufsteigt. Jetzt bin ich wirklich ganz alleine. Selbst Pirmin ist nicht mehr bei mir.

Ich finde die Papiere nicht. Scheiße, Scheiße, Scheiße. Das gibt es doch nicht. Ich kann Pirmin unmöglich noch länger im Central Park Zoo lassen. Er vermisst mich bestimmt schon. Den Gedanken, dass es ihm bei seinen Artgenossen vielleicht ganz gut gefallen könnte, verdränge ich sofort. Schließlich gebe ich ihm die Liebe und Zuwendung, die sonst nur wenige Menschen ihren Haustieren geben. Ich bade ihn regelmäßig, massiere seinen Panzer mit Baby-Öl, achte mit abwechslungsreicher Ernährung auf seine Gesundheit und lasse ihn, wann immer die Zeit es zulässt, auf saftigen Wiesen grasen. Na toll, jetzt heul ich auch noch.

Ich suche weiter wie eine Verrückte nach den Papieren, kippe meinen gesamten Kofferinhalt auf dem Hotelzimmerboden aus, aber außer einem Haufen Klamotten kommt nichts zum Vorschein. Ich durchsuche meinen Kulturbeutel, sehe mehrmals in den Schubladen des Hotelschreibtischs nach – obwohl ich da meines Wissens nach gar nichts deponiert habe – und durchstöbere alle Seiten meines Malordners. Dabei fällt mir die Zeichnung von Pirmins Panzer in die Hände, und es formt sich ein riesiger Kloß in meinem Hals, der sich in erneutem Schluchzen entlädt. Ich öffne alle Fächer und Reißverschlüsse meines Handgepäcks mindestens fünfmal, durchforste mein Bett, den Boden, den Hotelsafe im Kleiderschrank, das Badezimmer und gehe dann noch einmal auf die Dachterrasse, um zu gucken, ob ich aus irgendeinem Grund die Papiere mit nach oben genommen habe. Aber ich kann sie nicht finden. Zum Teufel mit meiner Unordnung. Wie soll ich jetzt Pirmin zurückbekommen? Ab heute werde ich eine Frau, die gut organisiert durchs Leben geht, beschließe ich. Die Ordner beschriftet und ihre Kontoauszüge darin einheftet. Ich werde eine von diesen gewissenhaften Frauen, die jeden Tag fünf Portionen Obst essen, weil das Bundesministerium für Ernährung es empfiehlt (sofern kandierte Äpfel auch dazu zählen), und die selbstverständlich Worte sagen wie »Heizperiode« und »Hausratsversicherung«. Ich werde meine Kleidung aufbügeln und nicht rumschmeißen, regelmäßig meine Fußbodenleisten absaugen und meine Pflanzen gießen, anstatt ihr Ableben zu verfolgen.

Aber all diese Vorsätze nützen mir jetzt gar nichts. Pirmin ist in den Händen der bescheuerten Zoofrau.

Ich mache eine kurze Suchpause und nehme mir eine Cola aus der Minibar – und bekomme sofort Schluckauf. Es ist einfach nicht mein Tag. Schluckauf ist für mich eine extrem beängstigende Sache, seit ich mal im Guinnessbuch der Rekorde gelesen habe, dass der längste Schluckauf neunundsechzig Jahre dauerte. Seitdem habe ich Angst, dass dieses lächerliche Hicksen nicht mehr weggeht. Leider kann man die Frequenz des Hicksens auch nur schwer kontrollieren, und mitunter höre ich mich an wie eine niesende Maus. Aber hier im Hotelzimmer ist das ja egal, peinlich ist das nur in der S-Bahn oder in Vorlesungssälen.

Als ich die Cola ausgetrunken habe, suche ich weiter, durchforste noch mal dieselben Orte, weil ich einfach keine Idee mehr habe, wo diese Papiere sein könnten, dann gehe ich nach unten zur Rezeption und sage Bescheid, dass ich die Artenschutzdokumente für meine Schildkröte vermisse, und frage, ob sie eventuell abgegeben worden sind. Sind sie natürlich nicht. Die Rezeptionistin verspricht mir aber, dem Reinigungspersonal Bescheid zu geben, dass sie mich sofort informieren sollen, wenn sie sie beim Aufräumen finden. Beim Verlassen der Lobby fällt mein Blick auf die große Standuhr. Erschrocken stelle ich fest, dass es schon halb sieben ist. Um acht bin ich mit Rachel verabredet.

Ich würde unser Treffen wegen der Pirmin-Geschichte am liebsten absagen, aber erstens habe ich gar keine Telefonnummer von ihr, und zweitens kann sie mir vielleicht aus meinem Schildkrötenschlamassel helfen. Ein Solidaritäts-Aufruf im Radio? Eine Free-Pirmin-Aktion? Irgendetwas muss man doch tun können!

Als ich im Fahrstuhl bin und zurück auf die einundzwanzigste Etage fahre, frage ich mich, was Pirmin gerade macht. Ob die hinterhältigen burmesischen Bergschildkröten ihn ausgrenzen? Oder ob sie ihn in die Gruppe integrieren? Ob Pirmin am Ende gar nicht mehr mit mir mitkommen will? Eine schreckliche Vorstellung.

Mein amerikanischer Traum entwickelt sich langsam aber sicher zu einem Albtraum.

15

Geheimniskrämerei

Die Internetverbindung ist der letzte Dreck.

Skype funktioniert ungefähr genauso gut wie eine Sprechrohrleitung aus dem neunzehnten Jahrhundert. Nach zehn Minuten bekomme ich endlich eine Verbindung.

»Friederike, ich muss mit dir reden«, sage ich, sobald meine Freundin auf dem Bildschirm erscheint. Verabredung mit Rachel hin oder her, ich will jetzt unbedingt mit einer vertrauten Person sprechen, sonst drehe ich noch durch. Ich erschrecke mich tierisch, als mein eigenes Bild unten rechts in der Ecke meines Laptops eingeblendet wird. Verheult, aufgebläht und in die Breite verzerrt, sieht mein Gesicht aus, als hätte ich Mumps.

Was würde ich darum geben, so beherrscht flennen zu können wie Barack Obama bei seiner letzten Wahlkampfrede? Da läuft dann eine einzelne kleine Träne die Wange runter. Mit meiner Tränenflüssigkeit hingegen könnte man problemlos ein ganzes Dorf in Afrika mit Wasser versorgen. Schluchzend erzähle ich Friederike von Pirmins Entführung.

»Das ist ja schrecklich! Aber du wirst ihn ganz sicher wiederkriegen, ich meine, er ist *deine* Schildkröte, das können alle möglichen Menschen bezeugen. Das kann ja nicht sein! Das ist Diebstahl und strafbar, wenn dir jemand dein Haustier wegnimmt!«

Friederike wird vor Aufregung ganz rot im Gesicht. Sie erinnert mich an Oma Hedda, und ich werde noch trauriger bei dem Gedanken an meine Familie, meine Freunde, Berlin. Wäre ich doch bloß zu Hause geblieben, dann wäre Pirmin jetzt noch bei mir. Ich hab es doch gewusst. Reisen bringt nur Unglück, Verlust, Veränderung.

»Aber nicht, wenn ich eben nicht beweisen kann, dass Pirmin überhaupt meine Schildkröte ist. Warum habe ich denn so viel Pech?«

»Ach Mensch, das tut mir total leid, dass du es gerade so schwer hast!«

»Mir auch. Warum bin ich überhaupt hergekommen? Jeff werde ich sowieso nie finden. Das heißt, ich werde ganz alleine bleiben. Für immer! Hätte ich dann nicht wenigstens bei Rainer bleiben sollen? Mit ihm wäre ich immerhin nicht so einsam …«

»Hey, jetzt beruhig dich mal ein bisschen. Ich weiß nicht, ob du Jeffrey finden wirst, aber ich *weiß,* dass du definitiv nicht mit einem wie Rainer zusammen sein solltest, aus Angst allein zu bleiben. Und wenn du ganz ehrlich bist, weißt du es auch. Du hast es doch selbst gesagt, kurz nachdem du mit ihm Schluss gemacht hast: Eure Beziehung ist wie Analverkehr, die Vorstellung ist super, aber die Umsetzung unangenehm und schmerzhaft. Mach doch etwas Schönes heute Abend. Pirmin wird es sicherlich eine Nacht ohne dich aushalten, vielleicht ist so ein Aufenthalt im Zoo für ihn wie Urlaub. Und morgen holst du dir das kleine Kerlchen zurück, zur Not mit Gewalt!«

Friederikes Stimme ist anzumerken, dass sie sich ernsthaft um mich sorgt. Der Kloß in meinem Hals verschwindet langsam. Der Analverkehr-Vergleich hat mich wieder auf den Boden geholt. Ich weiß einfach gar nicht mehr, wo mir der Kopf steht: die Trennung von Rainer, der Ortswechsel, das Alleinsein, die Angst, Jeff nicht zu finden, der plötzliche Verlust Pirmins an eine autoritäre Pute – und keine Zeit, mein Chaos zu verarbeiten.

»Ja, das mach ich. Mach dir keine Gedanken um mich.«

»Gut.« Ein erleichterter Seufzer tönt durch den Hörer.

»Sag mal Friederike, du wolltest mir doch noch was erzählen?«, frage ich, als ich mich an ihre letzte E-Mail erinnere.

»Ja, ach, weißt du, vielleicht erzähle ich dir das doch lieber, wenn du wieder hier bist«, sagt Friederike zögernd und räuspert sich.

Sie kommt mir erfreulicherweise gar nicht geknickt vor, vielleicht dreht sich die ganze Sache doch nicht um Sven.

»Ach komm, jetzt sag schon!«, bohre ich nach.

»Es ist mir irgendwie total peinlich«, druckst sie herum.

»Jetzt sei nicht so albern! Erzähl mir einfach, was los ist.«

Friederike ist doch sonst nicht so unsicher und zurückhaltend.

»Du, ich sehe gerade, ich bin spät dran, ich muss noch schnell, äh, was erledigen. Mach's gut, meine Liebe, wir sprechen dann bald. Hab einen schönen Abend, und das wird schon mit Pirmin. Halt mich auf dem Laufenden!«

»Aber ...« Ich will gerade einwenden, dass es in Deutschland kurz vor Mitternacht ist und dass ich mir kaum vorstellen kann, was man um diese Zeit noch dringend tun muss, es sei denn, man ist ein bluthungriger Vampir. Doch sie ist schon vom Bildschirm verschwunden.

16

Burger, Quatsch und Alkohol

Rachel wartet schon vor dem Spottet Pig auf mich.

»Hey, wie geht's dir?«, fragt sie mich mit ihrem sympathischen Pipi-Langstrumpf-Lächeln.

»Ach, frag nicht«, sage ich kopfschüttelnd. »Meine Schildkröte wurde heute von der Central-Park-Zoo-Stasi einbehalten.«

Ich sehe Rachel an, dass sie nicht ganz versteht, was ich gerade von mir gegeben habe.

»Du hast eine Schildkröte? Komm, wir organisieren uns jetzt erst mal einen Tisch, dann erzählst du mir alles in Ruhe.«

Rachel scheint mich trotz allem nicht für eine Verrückte zu halten, was ich ihr unter den gegebenen Umständen hoch anrechne, sonst würde sie sich meine Geschichte wohl nicht geduldig anhören wollen. Kaum haben wir uns hingesetzt, sieht sie mich erwartungsvoll an und sagt: »So, erzähl! Was ist passiert?«

»Ach, eigentlich bin ich selbst schuld. Ich habe Pirmin mit in den Central Park genommen, und dann hab ich gesehen, dass es dort einen Zoo gibt und hab ihn da einfach mit reingeschleppt. Und als ich so mit ihm vor dem

Schildkrötengehege stand, wollte ich ihn nur für einen minikleinen Moment zu seinen Artgenossen setzen. Das hat auch super geklappt! Aber als ich ihn wieder rausholen wollte, wurde ich erwischt. Dann sah es natürlich so aus, als würde ich ihn klauen wollen.«

»Pirmin?« Rachel zieht verblüfft eine Augenbraue hoch.

»Pirmin ist in der Schweiz ein vollkommen normaler Name«, verteidige ich mein Panzertier. »Ich finde aber die blöden Artenschutzpapiere nicht, die beweisen, dass er mir gehört.«

»Dann gehen wir da morgen zusammen hin. Das kann ja nicht angehen!«

Der Kellner, ein braun gebrannter Schönling mit weißem Hemd und schwarzer Hose, kommt an unseren Tisch: »Hi, my name is William. What would you like to order?«

Rachel und ich bestellen uns beide einen riesigen Trüffel-Burger, die Spezialität dieses Restaurants.

»Tut mir leid, dass ich so schlecht drauf bin. Irgendwie kann ich meiner New-York-Reise im Moment nichts Positives abgewinnen. Vielleicht bin ich deshalb heute auch nicht die richtige Interviewpartnerin für dich«, gebe ich zu Bedenken.

»Sieh es doch einmal so«, fängt Rachel an zu erklären. »Du bist jetzt an einem Tiefpunkt angelangt. Pirmin sitzt im Zoo fest, und die Liebe deines Lebens ist irgendwo in New York verschwunden. Du bist alleine. Es gibt nichts, was du jetzt dagegen tun kannst. Es ist einfach so. Aber du wirst sehen, es kommt immer anders, als man denkt. Du kannst das Leben nicht planen, aber eins ist sicher: Im Moment kann es nur bergauf gehen!«

Ich grummele etwas Widerwilliges.

Das sagt sich ja immer so leicht: Es ist, wie es ist. Aber wenn es nun einmal beschissen ist, dann lässt es sich verdammt schwer aushalten. Bestimmt wäre alles anders, wenn ich Klavier spielen könnte. Dann könnte ich einen Song schreiben über den Herzschmerz und das Alleinsein und dieses Lied dann in einer kleinen Jazzbar in New York vortragen, wie Norah Jones. Und dann würde Jeffrey plötzlich das Lokal betreten und mich auf der Bühne am Klavier sehen. Seine Liebe würde ihn übermannen, Tränen in seine Augen treten, und er käme zu mir auf die Bühne und würde mich von ihr hinuntertragen, während das Publikum uns ansieht, als wären wir Justin Timberlake und Jessica Biel. Einer im Publikum wäre natürlich Rainer, der voll Wut und Neid sehen müsste, wie mich ein anderer küsst und glücklicher macht, als er es je gekonnt hätte.

»Helena?« Rachel guckt mich mitleidig an. »Weißt du, was wir machen? Wir werden die Sache mit dem Interview verschieben und uns stattdessen einen netten Abend machen. Ich will dich nicht über dein Leben ausfragen, wenn dir gerade nicht danach ist. Abgesehen davon hat mein Programmchef den Beginn meiner Sendereihe auf nächste Woche verlegt, weil mein blöder Kollege spontan ein angeblich besseres Konzept vorgelegt hat. Lass uns das Interview einfach morgen oder übermorgen machen, und das sollte dann zeitlich auch für mich passen.«

Sie zwinkert mir zu, als wäre sie eine Kindergärtnerin, die einem unzufriedenem Zweijährigen zum Trost einen Hubba Bubba in die Latzhose steckt. Damit trifft sie bei mir gerade total ins Schwarze. Ich will getröstet werden. Ich will aber keinen Hubba Bubba. Ich will Hochprozentiges.

Kurze Zeit später weiß ich, dass Rachel und ich absolut auf einer Wellenlänge sind, was unser Leben und vor allen Dingen unsere Männergeschichten betrifft. Wir teilen das Schicksal, uns gezielt in extreme Arschlöcher zu verlieben, und den Segen, gute Freunde zu haben, die uns aus unserem Elend wieder rausholen. Außerdem lästert sie noch etwas über ihren Kollegen, der mit vollem Namen »Bart Wucks« heißt – worüber ich mich kindisch freue. »Bartwuchs!«, kreische ich immer wieder hysterisch und lache danach so laut, dass sich die anderen Restaurantgäste zu unserem Tisch umdrehen. Wie ich es vermisst habe, mit jemandem zu quatschen und rumzublödeln! Ihr Kollege checkt natürlich überhaupt nicht, was an seinem Namen lustig sein soll, schließlich kann er kein Wort Deutsch.

»Und das Witzigste ist, dass der Kerl wahrscheinlich noch nicht mal ein Haar am Sack, geschweige denn im Gesicht hat«, erzählt Rachel und grinst.

»Dann hätten ihn seine Eltern doch mit erstem Namen Kain nennen sollen«, schlage ich spaßeshalber vor.

»Hä? Wieso?«

»Na, Kain-Bart Wucks«, ich spreche die Wörter mit amerikanischem Akzent aus, und Rachel kichert schadenfroh.

Ich merke, dass sie wirklich sauer auf diesen Typen ist, der ihr schon nach sechs Monaten Praktikum die Show stiehlt, während sie zwei Jahre dafür gekämpft hat, ihre eigenen Ideen im Sender umzusetzen.

Es wird, ganz unverhofft, ein den Umständen entsprechend herrlicher Abend. Ich erzähle Rachel die Geschichte von meinem Kleiderschrank und dem abgelaufenen Pass, wir lachen über unsere eigenen Witze, ziehen über unsere

Ex-Freunde her und sind uns einig, dass wir zwei atemberaubende Frauen sind, die nichts anderes als Liebe, Glück und Reichtum verdient haben. Wir beschließen, gute Freundinnen zu werden, egal ob uns entfernungsmäßig bald ein Ozean trennt. Gegen null Uhr merke ich, dass ich mir nun genug Mut angetrunken habe, um Rachel von dem Zettel in meinem Glückskeks zu erzählen. Ich muss einfach wissen, wer oder was sich hinter dieser Adresse verbirgt, denn die Sache geht mir einfach nicht richtig aus dem Kopf.

»Rachel?«, frage ich vorsichtig, nachdem die Rechnung beglichen ist – auf Kosten von Rachels Sender.

»Helena?«, fragt sie zurück.

»Darf ich dir was erzählen, und du denkst danach nicht, dass ich nicht mehr alle Tassen im Schrank habe?«

Rachel lacht. »Das kommt ganz darauf an. Hast du neben einer Schildkröte namens Pirmin noch einen Affen namens Herr Nilsson und wohnst in der Villa Kunterbunt?«

»Nein«, sage ich und bin bemüht, meiner Stimme einen mystischen Klang zu verleihen.

Und dann erzähle ich ihr von dem Glückskeks.

17

Hiobsbotschaft aus Berlin

Der Zettel aus dem Glückskeks ist verschwunden.

Wahrscheinlich habe ich ihn genauso verbummelt wie Pirmins Artenschutzpapiere. Wo sind denn diese ganzen Gegenstände, Zettel und Schlüssel, die man verliert? Was ist mit den einzelnen Handschuhen und Regenschirmen, die spurlos verschwinden? Ganz zu schweigen von den Buchstaben, die man auf dem PC tippt und die aus unbekannten Gründen nicht auf dem Bildschirm erscheinen. Ich möchte jetzt nicht philosophisch werden, aber gibt es einen Ort, an dem sich all diese Sachen befinden?

Es ist wahrscheinlich Wunschdenken. Ich kann Pirmins Papiere nämlich immer noch nicht finden, und Rachel hat gestern offensichtlich gedacht, ich erzähle ihr einen vom Pferd, als ich von der geheimnisvollen Adresse berichtete.

»No way!«, hatte sie erfreut gerufen, als ich ihr von meinem mysteriösen Schicksal erzählt habe.

»Wenn du mir nicht glaubst, zeige ich dir eben den Beweis«, hatte ich meine Stimme erhoben, so wie ich es öfter bei *Law and Order* gesehen habe, wenn die Anwältin des unschuldigen Opfers in die Verteidigung geht.

Und dann das. Ich kramte in meiner Tasche, suchte in

meiner Jacke und war kurz davor, meine Hose auszuziehen, um sie auszuschütteln.

»Er muss doch hier sein«, flehte ich vor mich hin.

»Lass gut sein, Helena«, sagte Rachel beruhigend. »Du hattest ein bisschen viel Stress heute.«

Ich wusste, dass ich verloren habe, wenn ich weiterhin versuche, ihr klarzumachen, dass ich die Wahrheit erzähle. Enttäuscht hörte ich auf zu suchen und sah Rachel unzufrieden an.

»Ich glaube dir ja. Du musst mir den Zettel nicht zeigen«, versicherte sie mir.

»Aber ich will zu dieser Adresse hinfahren, und ich weiß sie nicht auswendig«, jammerte ich.

»Der wird schon wieder auftauchen. Und wenn du ihn findest, dann gehen wir den Ort zusammen auskundschaften, in Ordnung?«, fragte sie und lächelte.

»Ok.«

Ich gab mich geschlagen.

Wir verließen das Burger-Lokal, und ich musste Rachel versprechen, dass ich mich gut ausschlafe nach der ganzen Aufregung mit Pirmin und dem Keks.

Jetzt bin ich zwar selbstständig und unabhängig nach New York gereist, aber schon wenige Tage später brauche ich jemanden, der sich mamamäßig um mich sorgt und einen erholsamen Schlaf anordnet. Meine Unabhängigkeit hatte ich mir irgendwie anders vorgestellt.

Lang genug geschlafen habe ich inzwischen, besser fühle ich mich nicht. Rachel und ich wollen uns um drei Uhr nachmittags am Zoo treffen, um zu versuchen, Pirmin zurückzuholen. Ach, wenn nur Jeffrey hier wäre, der würde mir bestimmt helfen, Pirmin wiederzukriegen. Wenn ich ihn nur endlich finden würde. Mittlerweile glaube ich immer weniger daran, dass das passiert. Bisher hat kein einziger User auf meine Anfrage in den New York Foren geantwortet, und die Liste mit den deutschen Gemeinden kann ich im Prinzip auch vergessen. Ich glaube beim besten Willen nicht, dass Jeffrey dorthin geht. Meine ganze Hoffnung setze ich in das Radiointerview mit Rachel, falls das überhaupt noch stattfindet, schließlich bin ich nicht mehr lange in der Stadt, und noch eine Programmänderung des Senders könnte das Aus für meine Radiosuche bedeuten.

Ich melde mich bei Skype an und gebe zum wiederholten Male seinen Namen in der Kontaktsuche ein. Ich habe alle Treffer bereits durchgesehen, und keiner davon ist Jeff. Wenigstens ist Friederike online, und ich kann ihr mein Leid klagen.

Nachricht an Friederike: *Friederike, was machst du gerade?*

Nachricht an Chouette: *Ich versuche, eine Präsentation für nächste Woche vorzubereiten. Ich muss in so einer komischen Start-up-Firma über Work-Life-Balance referieren.*

Nachricht an Friederike: *Hört sich scheiße an.*

Nachricht an Chouette: *(-:*

Nachricht an Chouette: *Und du?*

Nachricht an Friederike: *Ich blase Trübsal … habe Pirmin immer noch nicht wieder und versuche alles Mögliche, um Jeffrey zu finden. Aber es ist so frustrierend! Ich kriege einfach keine neuen Anhaltspunkte. Außerdem denkt meine einzige Bekanntschaft in New York wahrscheinlich, dass ich nicht mehr alle Tassen im Schrank habe.*

Nachricht an Chouette: *Welche Bekanntschaft?*

Nachricht an Friederike: *Ach, so ein Mädel, das ich in einem Café kennengelernt hab.*

Nachricht an Chouette: *Reißt du wieder Frauen auf? (-:*

Friederike spielt auf einen Vorfall an Silvester vor drei Jahren an. Ich hatte mir geschworen, Lesbe zu werden. Nachdem Joshua sich das zweite Mal von mir getrennt hatte, war das Maß an Herzschmerz ein für alle Mal voll, und für einen kurzen Moment fand ich Erleichterung in dem Gedanken, nie, nie wieder wegen einem Mann zu trauern. Ich stürzte mich also in meine erste lesbische Erfahrung wie ein Kleinkind auf seine Schokoladentorte zum dritten Geburtstag. Sturzbetrunken und fest entschlossen, sprach ich auf einer Party einige Frauen an und staune bis heute darüber, dass ich bei der ein oder anderen Dame durchaus Erfolg hatte. Nur eine Sache hatte ich einfach nicht bedacht: Zur Homosexualität gehört nicht nur Entschlossenheit, sondern vor allen Dingen Homosexualität. Als eine der Frauen, die ich ansprach, schließlich einen Arm um mich legte und ihre Brüste mich dabei berührten, wich ich erschrocken zurück, als wäre ihre Oberweite eine ansteckende Krankheit. Ich sehnte mich innerlich nach einem behaarten Männeroberkörper! Und mit einer anderen hielt ich so viel Abstand beim Tanzen, als würde sie nach Gülle stinken und nicht nach »Daisy« von Marc Jacobs. Als Friederike das Trauerspiel nicht mehr länger mit ansehen konnte, setzte sie mich, ohne Widerspruch zu dulden, in ein Taxi. Drei Monate später traf ich dann Rainer.

Nachricht an Friederike: *Sehr witzig. Nein, es ist eine rein platonische Angelegenheit, aber sag mal, kannst du mir jetzt nicht endlich erzählen, was bei dir los ist? Erst schreibst du mir per E-Mail, dass du mit mir reden willst, und gestern wimmelst du mich total ab.*

Wenn Friederike jetzt gedacht hat, sie könnte mir ihr Geheimnis länger verschweigen, dann hat sie sich geschnitten. Ich erinnere mich lebhaft an unser letztes Skype-Gespräch und daran, wie schnell sie sich verabschiedet hat und mir eine Erklärung schuldig geblieben ist. Dieses Mal lasse ich mich nicht so einfach vertrösten.

Nachricht an Chouette: *Also gut. Aber du musst mir versprechen, dass du nicht lachst.*

Nachricht an Friederike: *Ok, ich lache nicht.*

Ich kichere.

Nachricht an Chouette: *Ich bin auf bestem Weg, mich mit Torben zu treffen.*

Nachricht an Friederike: *WAAAAAAAAAAAAAAAS? Warum?*

Nachricht an Chouette: *Siehst du, ich hab doch gewusst, dass du so reagierst.*

Nachricht an Friederike: *Ja, entschuldige mal. Torben? Graf-Zahl-Torben? Reisepass-Torben? Esslingen-am-Neckar-Torben?*

Nachricht an Chouette: *Mach dich nur lustig über mich. Ich hatte ihn angerufen, um mich in deinem Namen bei ihm zu bedanken. Und dann sind wir irgendwie ins Gespräch gekommen. Seitdem haben wir einige Male telefoniert. Sven kann ruhig in seinem Porno-Chat glücklich werden, aber er soll nicht denken, dass ich tatenlos dabei zusehen werde.*

Nachricht an Friederike: *Also ich muss jetzt erst mal tief durchatmen. Was heißt denn, du wirst dich mit ihm treffen? Habt ihr schon etwas ausgemacht?*

Nachricht an Chouette: *Ja, nächsten Samstag. Und du wirst mich nicht davon abhalten. Ich unterstütze dich in deinen Plänen, und du hast gefälligst mich zu unterstützen. Torben ist wirklich ein lieber Kerl.*

Nachricht an Friederike: *Das hat doch gar nichts mit unterstützen zu tun. Ich mache mir nur Sorgen, ich meine, willst du mit Torben wirklich etwas anfangen? Sexuell?*

Mir läuft ein kalter Schauer über den Rücken. Das passt doch alles gar nicht zu Friederike!

Nachricht an Chouette: *Ich weiß es nicht. Ich glaube, ich will Abstand von meiner Beziehung bekommen. Meine Gedanken drehen sich nur noch um Sven und diesen Chat – bevor ich wirklich wissen will, was da läuft, muss ich herausfinden, ob ich ihn selbst wirklich noch genug liebe, um ihm eventuell verzeihen zu können. Wir sind so lange zusammen, da ist es doch normal, sich solche Fragen zu stellen. Weißt du, ich kann es ihm ja noch nicht mal richtig verdenken, dass er sich in irgendwelchen Chatportalen rumtreibt. Unsere Beziehung war in der letzten Zeit ungefähr so spannend, wie eine Dauerwerbesendung für ein Keramikpfannenset.*

Nachricht an Friederike: *Mh, wenn du es sagst. Ich hoffe, ihr rauft euch wieder zusammen. Und das hat nichts damit zu tun, dass ich die Sache mit Torben absolut gar nicht nachvollziehen kann. Ich glaube, Sven und du, ihr macht einfach eine schwierige Phase durch.*

Nachricht an Chouette: *Kann schon sein. Was machst du denn heute noch Schönes?*

Nachricht an Friederike: *Ich gehe in den Zoo. Ich will Pirmin endlich wiederhaben.*

Nachricht an Chouette: *Ich drück dir die Daumen. Lass uns die nächsten Tage noch mal quatschen, ja?*

Nachricht an Friederike: *Alles klar. Ich drück dich aus der Ferne!*

Nachricht an Chouette: *Ich dich zurück!*

Nachricht an Friederike: *:*******

Nachricht an Chouette: *:***************

Ich atme erschüttert aus, diesen Schreck muss ich erst mal verdauen. Meine beste Freundin trifft sich mit Torben Harz, einem Typen, der in etwa so gut zu ihr passt wie eine heiße Milch mit Honig zu einer Currywurst. Als Nächstes fängt sie wahrscheinlich an, Sachen zu sagen wie: »Das Glück der Erde liegt auf dem Rücken der Pferde«, lässt ein kleines Kuscheltier von ihrem Rucksack baumeln und bezeichnet Undercut-Frisuren als »pfiffig«. Ich muss derartige Veränderungen verhindern! Ich überlege, Sven anzurufen. Aber was soll ich sagen? Soll ich Friederike verraten und ihm von dem Torben-Treffen erzählen? Soll ich ihn bezüglich seiner dämlichen Chatterei zur Rede stellen, um Friederike sagen zu können, dass sie sich keine Sorgen zu machen braucht? Meine innere Stimme rät mir, mich nicht einzumischen. Außerdem rät sie mir inständig, ein Stück Strawberry Cheesecake zu essen, bevor ich zum Central Park Zoo gehe, um mich dort mit Rachel zu treffen.

18

Glück im Unglück

»Wie geht's dir denn heute?«

Rachel sieht mich an, als hätte ich gerade eine Darmspiegelung hinter mir. Verständnisvoll, mitleidig und froh, dass sie selbst nicht in meiner Haut steckt.

»Ganz gut«, antworte ich tapfer, und wir betreten den Zoo.

Ich merke, dass mich die ganze Sache mit Pirmin schon wieder dermaßen aufregt, dass ich befürchte, kein vernünftiges Wort auf Englisch hervorzubringen, wenn ich jemandem vom Zoo die Situation erklären soll. Rachel scheint meine Stimmung zu bemerken und fragt: »Soll ich einfach mal versuchen, mit denen zu reden?«

Ich nicke stumm, und wir betreten das kleine Gebäude, das mit einem Schild *Administration* gekennzeichnet ist.

Zwei Frauen, die beide in etwa Mitte fünfzig sind, sitzen hinter schweren Holzschreibtischen. Die eine hat blondiertes, mittellanges Haar und trägt eine Brille, die wahrscheinlich noch aus den Siebzigern stammt und schon fast wieder modern sein könnte, die andere hat eine graustichige Kurzhaarfrisur und eine Holzperlenkette in Naturtönen um den Hals. Oh je, beide wirken sehr auf ihre Arbeit konzentriert und nicht erfreut über unseren Besuch. Ihre Mundwinkel hängen so tief wie die Brüste von Oma Hedda. Rachel packt ihr schönstes Lächeln aus und beschreibt mein Anliegen, erklärt, dass ich meine Schildkröte mit in den Zoo geschleppt habe, wie man sonst etwa mit einem Hund Gassi geht, und gesteht, dass ich leider die Artenschutzpapiere nicht mehr finde. Die beiden Frauen erklären ihr, dass sie bereits über den Vorfall informiert wurden, aber dass man auch einen Hund nicht mit in den Central Park Zoo nehmen darf, geschweige denn eine Schildkröte, und dass es ihnen ohne die Papiere leider unmöglich ist nachzuvollziehen, ob die Schildkröte tatsächlich mir gehört. Ich solle in Ruhe noch mal nach den Papieren suchen. Morgen Mittag sei ansonsten der Zooleiter vor Ort und er könne entscheiden, ob es auch eine andere Möglichkeit gibt, Pirmin freizugeben.

In Ruhe nach den Papieren suchen, dieser Spruch erinnert mich ziemlich an die Sache mit meiner Krankenversicherungskarte. Ich war letzten Monat nämlich bei meiner Gynäkologin und habe meine Krankenversicherungskarte der Sprechstundenhilfe ausgehändigt. Nach meiner Untersuchung habe ich die Karte überall gesucht, aber sie war spurlos verschwunden. Ich stellte die Sprechstundenhilfe also zur Rede und forderte sie auf, ihren unordentlichen Schreibtisch zu überprüfen. Sie suchte und suchte, aber sie fand meine Karte nicht. Innerlich kochte ich, denn es ist ja wohl eine Frechheit, *mit* Krankenversicherungskarte eine Arztpraxis zu betreten und sie *ohne* wieder zu verlassen.

»Schauen sie noch mal in Ruhe alles durch«, redete die Arztgehilfin mit Engelszungen auf mich ein.

»Ich habe alles zehntausendmal durchsucht!«, presste ich wütend hervor, denn es stimmte.

Ich hatte meine Hosentaschen, meine Jackentaschen, meine Tasche und mein Portemonnaie auf den Kopf gestellt. Nur in der Brusttasche meines gelb-grün gestreiften Polo-Shirts hatte ich nicht nachgesehen.

»Was steckt denn da in Ihrem T-Shirt?«, fragte mich beim Rausgehen die hinter mir wartende Patientin, eine alte Schachtel, die wahrscheinlich eklige Schrumpelgenitalien hat, und deutete auf meine Brust.

Mit hochrotem Kopf zog ich die Krankenversicherungskarte aus dem kleinen Täschchen hervor und verschwand wortlos.

Vielleicht tauchen Pirmins Papiere ja tatsächlich noch irgendwo auf.

Doch Rachel gibt sich noch nicht geschlagen. »Dokumentieren Sie denn nicht, wie viele Tiere sie haben? Sie müssten doch dann feststellen, dass es eins zu viel ist und dann auch noch eine Schildkröte einer vollkommen anderen Art!«

Ein gutes Argument. Auf diese Idee bin ich noch gar nicht gekommen. Sollten die Zoomitarbeiter doch ihre eigenen Artenschutzpapiere suchen und beweisen, dass Pirmin wirklich ihnen gehört!

»Ja, aber darum geht es nicht. Die zuständige Pflegerin hat uns zwar bestätigt, dass das Tier nicht zum ursprünglichen Bestand gehört, aber wir handeln hier im Sinne der Naturschutzbehörde und des Artenschutzes. Es ist gar kein Problem, Ihnen die Schildkröte wieder auszuhändigen«, dabei deutet sie auf mich, »aber wir müssen darauf bestehen, dass Sie sich als rechtmäßige Besitzerin ausweisen. Einfach im Sinne des Tieres. Aber Sie sollten ja eigentlich selbst wissen, wie streng der gesetzliche Artenschutz für Schildkröten ist.«

Ich nicke betroffen. Ich muss scheinbar echt diese Papiere finden, anders wird es kein Weiterkommen geben. Auch Rachel scheinen nun die Argumente auszugehen, denn sie guckt mitleidig und entschuldigend zu mir rüber.

Kurz bevor wir das Administrationsgebäude verlassen, sieht mich die blonde Verwaltungsangestellte über ihren Brillenrand hinweg an und drückt mir den pinkfarbenen Schuhkarton in die Hand, in dem ich Pirmin transportiert habe. Mir steigen Tränen in die Augen beim traurigen Anblick des leeren Behältnisses.

»Mach dir keine Sorgen«, sagt Rachel behutsam und streicht über meinen Rücken. »Morgen ist der Zooleiter da. Den werden wir schon um den Finger wickeln.«

Ich nicke betrübt. Eine kleine Stimme in mir fragt, was wohl passiert, wenn wir ihn nicht um den Finger wickeln können, aber daran will ich gar nicht denken. Gemeinsam gehen wir zum Schildkrötengehege, um Pirmin zu besuchen. Der Felsen, auf dem die vielen Panzertiere liegen, ist groß, und ich brauche eine Weile, bis ich mein kleines Haustier entdecke. Erleichtert stelle ich fest, dass es ihm gut zu gehen scheint. Er reckt seinen schrumpeligen Hals der Sonne entgegen und genießt das Wetter, vor ihm liegt ein grasgrüner Salatberg. Die hübsche Rotfuß-Schildkröte sitzt wieder neben ihm, und Pirmin beäugt sie interessiert, es scheint ihm zu gefallen, unter seinesgleichen zu sein. Jetzt guckt er noch einmal zufrieden umher, dann beginnt er den Salat zu verputzen. Doch plötzlich kommt eine der großen burmesischen Bergschildkröten zum Salatberg gekrochen und fängt an, ihm den Haufen vor der Nase wegzufressen. Pirmin ist sichtlich unbehaglich zumute. Er zieht sofort seinen Kopf ein und kommt erst einige Minuten später wieder heraus – als die Futterquelle schon im Magen der anderen Schildkröte verschwunden ist. Am liebsten würde ich der blöden burmesischen Bergschildkröte den Marsch blasen! Wie kann sie nur so egoistisch sein? Ich hoffe, dass Pirmin überhaupt genug Nahrung kriegt, wenn die größeren ihm weiterhin alles wegfressen, und dass er nicht gemobbt wird. Ob er nachts ein schönes Plätzchen zum Schlafen gefunden hat? Oder ob er immer wieder von den anderen vertrieben wurde? Ich mache mir Sorgen. Pirmin hat ja gar keine Übung darin, sich durchzusetzen. Bei mir kriegt er immer alles, was er braucht. Ob ihm das fehlt? Jetzt sieht er sogar zu mir rüber, und ich glaube etwas Wehmütiges in seinem Blick zu erkennen.

Rachel und ich setzen uns auf eine Bank, und ich betrachte verständnislos den kleinen Schuhkarton. Ich hatte ihn liebevoll mit Gras und Blättern ausgepolstert.

»Warum passiert mir das nur? Erst kracht dieser Kleiderschrank über mir zusammen, dann kommt die Trennung von Rainer, der abgelaufene Reisepass, die erfolglose Suche nach Jeffrey, Pirmins Entführung, dann verliere ich auch noch diesen dämlichen Glückskekszettel, und wahrscheinlich stürzt mein Flugzeug auf dem Rückflug ab. Wenn ich es nicht besser wüsste, würde ich sagen, dass es jemand auf mich abgesehen hat.«

»Jetzt mal nicht den Teufel an die Wand. Die Trennung von Rainer kannst du zumindest nicht zu den negativen Dingen zählen. So wie du ihn beschrieben hast, kannst du nur froh sein, dass du ihn los bist. Und das mit dem Reisepass hast du ja auch noch hingekriegt. Pirmin bekommen wir morgen auf jeden Fall wieder, und Jeffrey finden wir schon. Ich habe heute übrigens mit dem Programmchef gesprochen und wenn nichts dazwischenkommt, ist er einverstanden, dass meine Sendereihe am Montag beginnt. Ich werde dich dann gleich als Einstieg den Hörern vorstellen, und du kannst mit deinem Suchanliegen Tausende New Yorker erreichen. Heute ist ja schon Samstag. Du musst nur noch ein bisschen Geduld haben.«

»Danke«, wispere ich und spiele mit dem Gedanken, Pirmin einfach aus dem Gehege zu klauen. Wenn jetzt nur nicht so viele Leute um uns herum wären.

»Komm, ich lad dich auf ein Eis ein«, sagt Rachel und steht auf.

Bevor ich mich von der Bank erhebe, löse ich den Deckel vom Schuhkarton, der am Boden der Pappschachtel festgesteckt war. Ich will die kleine Kiste verschließen, denn ich kann den trostlosen Anblick nicht länger ertragen.

Da fällt etwas vor meine Füße.

Rachel bückt sich und hebt es auf.

»So ganz vom Pech verfolgt, scheinst du ja doch nicht zu sein.«

Ich strahle über das ganze Gesicht. Es ist der Zettel aus dem Glückskeks.

19

Ob ihr wirklich richtig steht

Ich gucke gespannt aus dem Taxifenster.

Rachel musste nach unserem Zoobesuch arbeiten, und so haben wir uns erst am späten Abend getroffen, um zur Glückskeksadresse zu fahren. Jetzt sitzen wir im Taxi und warten gespannt darauf, dass der Fahrer haltmacht – vor meinem Schicksal.

»Bist du aufgeregt?«, fragt Rachel und reibt sich die Hände.

»Ja«, antworte ich und grinse.

Aufgeregt ist gar kein Ausdruck. Mein Herz springt jedes Mal in die Höhe, wenn das Auto an einer Ampel stehen bleibt, weil ich befürchte, wir seien bereits angekommen. Rachel erkundigt sich beim Taxifahrer, wie lange wir noch fahren müssen. Drei Meilen lautet die Antwort, und ich bin mir nicht ganz sicher, wie viele Kilometer das sind, aber ich glaube, es ist nicht mehr weit. Gleich werde ich es wissen. Bringt mir der Keks wirklich Glück, oder führt er mich nur in die Irre? Wird in meinem Leben endlich etwas Magisches passieren, oder beschränkt sich der Zauber auf meinen Super-Magic-Filzstift, der die Farbe wechseln kann?

Vielleicht erwarte ich zu viel Romantik. Neulich las ich ein Buch, in dem die Protagonisten ständig erfüllenden Sex hatten, gleichzeitig zum Orgasmus kamen und sich dabei noch ein zartes »Ich begehre dich« ins Ohr hauchten. Von falsch herum angezogenen Unterhosen war da nicht die Rede. Außerdem bin ich noch nie mit jemandem gleichzeitig gekommen, denn ich muss leider gestehen, dass die Häufigkeit meiner vaginalen Orgasmen sehr zu wünschen übrig lässt. Herrgott, einige Männer denken wahrscheinlich, die Klitoris ist eine exotische Orchideenart im Gewächshaus des botanischen Gartens.

»Hast du eigentlich oft vaginale Orgasmen?«, frage ich Rachel, die genauso gespannt wie ich aus dem Fenster guckt.

»Wie kommst du denn jetzt darauf?« Sie prustet los.

»Ach nur so«, sage ich wie nebenbei und hoffe, dass ich mit dieser Frage nicht zu weit gegangen bin. Schließlich kennen wir uns erst seit ein paar Tagen.

»Nee. Sobald ich merke, der Mann will jetzt unbedingt, dass ich komme, geht bei mir gar nichts mehr. Da schaltet meine Vagina auf stur. Nur manchmal ergibt es sich, meistens bin ich dann aber so überrascht, dass es mich total davon abhält, den Moment zu genießen.«

Ich stimme nickend zu.

»Vielleicht ist es für uns in etwa genauso schwer, vaginale Orgasmen zu haben, wie für Männer zu sagen: *Ich liebe dich*.«

»Hör mir bloß damit auf! *Es ist für mich nicht leicht, das auszusprechen* – diese fadenscheinige Erklärung hat mein Ex immer gebracht. Eine absolute Frechheit. Denken Männer denn, für uns Frauen ist es leicht? Abgesehen davon nehme ich es als persönliche Beleidigung, nicht geliebt zu werden. Noch schlimmer, als die drei Worte gar nicht erwidert zu bekommen, ist allerdings ein: *Ich glaube, ich dich auch*.«

Ich gackere vor Freude wie ein Huhn. Es tut gut, dass Rachel den gleichen Typ Mann an ihrer Seite hatte wie ich. Ich kann mit Frauen, die sagen: »Mein Freund und ich wir streiten uns niiiiiee«, irgendwie nichts anfangen.

»Was heißt denn da, ich *glaube*?«, echauffiert Rachel sich weiter. »Entweder man liebt jemanden oder eben nicht.«

Im Eifer des Gefechts hätte ich fast vergessen, wohin wir unterwegs sind. Schlagartig wird mir wieder bewusst, wie freaky diese ganze Aktion ist. Ich gucke aus dem Fenster, doch es ist so dunkel, dass ich kaum etwas erkennen kann, außer den Umrissen von Häusern und ein paar Menschen. Die Gegend wirkt zumindest nicht ausgestorben.

Wie komme ich überhaupt auf die Idee, dass ein Glückskeks plötzlich die erhoffte Wendung in mein Leben bringt? Ich möchte die Macht von Keksen keineswegs unterschätzen, vor allen Dingen, wenn es um die Überwindung von Frust, Ärger und Trauer oder um die Steigerung von Freude und Wohlbefinden geht. Aber einem Keks mein Liebesleben anzuvertrauen? Geht das nicht zu weit? Auf der anderen Seite hat die Erfahrung gezeigt, dass es nicht sehr weit führt, mein Glück selbst in die Hand zu nehmen. Also vertraue ich dem Keks. Rachel packt meinen Arm, und wir halten beide den Atem an. Denn das Taxi kommt zum Stehen. Mein innigster, größter und sehnlichster Wunsch ist, dass wir soeben vor der Werbeagentur gehalten haben, in der Jeff arbeitet.

Doch die Enttäuschung, die ich erlebe, als ich aus dem Taxi aussteige, ist groß. Riesengroß. O2-World-Arena groß. Tsunamihaft. Ich habe mich erst ein einziges Mal in meinem Leben so deprimiert, machtlos und wütend gefühlt, und ich erinnere mich noch genau daran. Es war, als ich mein Kaninchen Samson geschenkt bekommen habe. Damals hatte ich mir, kurz vor meiner Einschulung, in den Kopf gesetzt, unbedingt ein Tier haben zu wollen. Meine Freundin Larissa hatte einen Hamster, Judith ein Meerschweinchen, Pierre einen Kanarienvogel, nur ich hatte niemanden zum Spielen.

»Aber Paula hat doch auch kein Tier!«, versuchte meine Mutter mich dauernd zu besänftigen.

Dieses Argument ließ ich aber nicht gelten. Meine beste Freundin Paula war nämlich gegen alles und jeden allergisch, hatte ständig blaue Flecke und rote Punkte am Unterarm, von den ständigen Allergietests, die ihre Eltern mit ihr veranstalteten, und musste selbst im Sommer einen Schneeanzug tragen, weil die Gefahr einer Sommergrippe ständig im Raum stand wie bei anderen Kindern die Nintendo-Konsole. Als aber selbst Paula ein Aquarium mit einigen Guppys zum Geburtstag bekam, war das Maß endgültig voll. Ich schrie. Und weinte. Und machte meinen Eltern unendliche Vorwürfe, bis sie mir schließlich versprachen, mir zur Einschulung ein Kaninchen zu schenken. Von da an ging ich jeden Tag in die Zoohandlung und beobachtete die kleinen Häschen. Am liebsten wollte ich so ein kleines schwarzes mit weißen Flecken haben, und ich wollte es Samson nennen. Ich schwärmte und träumte von gemeinsamen Parkbesuchen, Kuscheleinheiten und der Möglichkeit, die anderen Kinder neidisch zu machen.

Dann kam der Tag der Einschulung. Die Einführung ins Schulsystem, das mich die nächsten dreizehn Jahre verfolgen sollte, ging mir total am Hintern vorbei. Alles, was für mich zählte, war das kleine Kaninchen, das mir versprochen worden war, wenn ich wieder nach Hause käme und schön brav gewesen sei. Oma Hedda sollte es mir überreichen.

Ich ging voller Erwartungen ins Wohnzimmer. Meine Oma saß auf der Couch und winkte mich zu sich heran. Dann holte sie etwas aus ihrer beigen Lederhandtasche hervor, grinste in Vorfreude und übergab mir – ein Steifftier. In Kaninchenform. Schwarz mit weißen Punkten.

»Was ist das?«, fragte ich mit zeternder Stimme und bebenden Lippen meine Mutter.

»Dein kleines Kaninchen Samson«, flötete meine Mutter.

»Das ist nicht Samson!«, rief ich, und dann brachen alle Dämme.

Ich heulte, trat Oma Hedda gegen das Schienbein, schnappte mir das Steifftier und schmiss es in den Gartenteich.

»Ich hasse euch!«, schrie ich hysterisch vor Enttäuschung und stapfte in mein Zimmer.

Das war der Moment, in dem ich begriff, dass die Welt im Grunde genommen gegen mich ist. Es wird dir etwas versprochen, aber es wird nicht gehalten. Du willst ein lebendiges Tier, du kriegst nur ein Stofftier, du willst einen Mann und kriegst nur einen unreifen Jungen, du willst einen romantischen Ort, zu dem dich ein mysteriöser Glückskeks geführt hat, und bekommst – ein Obdachlosenheim!

Ich weiß nicht, ob ich lachen oder weinen soll.

»Holy Apostles Soup Kitchen«, lese ich laut vor. »Das kann doch nicht wahr sein!«, stammele ich. »Ein Obdachlosenheim?« Ich muss lachen. »Bei all den Häusern, Gebäuden und Orten, zu denen mich dieser kleine Keks hätte führen können, ist es natürlich eine Suppenküche«, fasse ich zusammen.

Dann drehe ich mich um, um ein Taxi heranzuwinken. Es gibt nur eine Möglichkeit, diesen Vorfall schnell zu vergessen: ein rascher Abgang.

»Ey, du blindes Huhn. Das ist die Nummer 105«, sagt Rachel und zeigt mir den Zettel. »Wir müssen doch zu Nummer 107, zwei Häuser weiter.«

»Echt?«, frage ich und schöpfe neue Hoffnung. Aber nur ein Fünkchen.

Wir laufen an einer langen Baustelle vorbei und suchen die richtige Hausnummer.

Vor einem Elektroclub bleiben wir stehen. Nummer 107.

20

Subtonic Lounge

»Vielleicht ist Jeffrey in dem Club!«

Rachel ist begeistert von dieser Idee. Mit ihrem breiten Lächeln steckt sie mich an, und ich werde wieder optimistischer, schließlich ist die Aussicht, Jeffrey in einem Club zu begegnen, tatsächlich größer als in einem Obdachlosenheim. Trotzdem bin ich noch enttäuscht, dass es nicht die Werbeagentur ist, vor der wir stehen.

Ich vergleiche nun zum wiederholten Male die Adresse auf dem Glückskeks mit dem Straßenschild und der Hausnummer. Wir sind goldrichtig. Wird das Schicksal mich nun doch zu Jeffrey führen? Mein Herz hüpft aufgeregt bei dem Gedanken.

Rachel findet es unglaublich witzig, dass der Glückskeks uns zu einem angesagten Elektroclub in der Lower East Side geführt hat. Sie albert herum und spricht davon, dass Gott uns auf diesem Weg mitteilen will, dass wir mehr Party machen sollen.

»Gehen wir jetzt rein?«, fragt sie aufgeregt. »Vielleicht triffst du da nicht nur Jeffrey, sondern auch deinen alten Chinesen wieder.«

In der Schlange vor dem Club male ich mir aus, wie

mein Wiedersehen mit Jeffrey verlaufen könnte. Ich stelle mir vor, wie unsere Blicke sich plötzlich in der Menge treffen, wie wir uns zueinander durchkämpfen, bis wir uns endlich berühren können. Dann nimmt er mein Gesicht in beide Hände und sagt freudestrahlend zu mir: »Helena, was machst du hier? Ich habe Tag und Nacht nur an dich gedacht! Es ist, als würde mein sehnlichster Traum wahr werden!«

Wer weiß? Vielleicht ist mein Ziel schon greifbar nah.

Als wir endlich in den Club hineingelassen werden, ist es rammelvoll, und ich habe alle Hände voll zu tun, meine Tasche an meinen Körper zu drücken, damit ich mich in der Masse überhaupt bewegen kann.

»Wollen wir tanzen?«, fragt Rachel und deutet auf die Tanzfläche.

Die Musik ist ganz gut, irgendein Elektrosound, zu dem sich meine Füße fast automatisch im Takt bewegen.

Wir drängeln uns bis zum DJ-Pult durch, das hinter der Tanzfläche aufgebaut ist.

Der DJ trägt lächerliche Kopfhörer, die im Schwarzlicht leuchten und von denen zwei Antennen abstehen, wie die Fühler eines Insekts. Na, solche Typen sind mir ja die Liebsten. Es sind wahrscheinlich die gleichen, die jedes Jahr zum Karneval gehen und besoffen schmutzige Sauflieder grölen.

Ich sehe mich zu allen Seiten um, ob ich Jeffrey irgendwo entdecke. Jeden, der sich an mir vorbeidrängelt, beäuge ich gespannt in der Hoffnung, Jeffs Gesicht zu entdecken. Doch bisher hatte ich kein Glück.

»Ich brauche unbedingt was zu trinken!«, sage ich zu Rachel.

»Bringst du mir ein Bier mit?«

»Klar.«

Ich steuere die Bar an und sehe mich dabei, so gut es in dem Gedränge geht, um. Vielleicht ist Jeff noch gar nicht da. Ich versuche, mich zu entspannen. Wenn der Keks mich tatsächlich wegen ihm in diesen Club geführt hat, dann werde ich ihm bestimmt auch begegnen.

Ich warte ewig an der Bar, bis der Barkeeper mich wahrnimmt. Dann bestelle ich mir einen Rum mit Apfelsaft, das Bier für Rachel und mache mich auf den Weg zurück zum DJ-Pult. Der alberne Typ hinter den Turntables mit seinen idiotischen Fühlern ist verschwunden, und stattdessen legt jetzt ein muskelbepackter dunkelhaariger Kerl Musik auf, der die obere Hälfte seines Holzfällerhemdes aufgeknöpft hat. Auch nicht so ganz mein Fall. Ich habe nichts gegen kräftige Oberarme und ein paar Bauchmuskeln, aber sobald Männer aussehen, als wären sie kurz nach der Muttermilch auf Eiweißshakes umgestiegen, ist das alles andere als erotisch. Es ist irgendwie zu gewollt. Rachel und ich tanzen ein wenig, ich schlürfe meinen Drink, der einen ordentlichen Anteil Rum enthält, und Rachel trinkt ihr Bier, als wäre es Mineralwasser. Wir schwingen unsere Hüften im Takt und beobachten eine Gruppe Mädels neben uns, von denen eine total witzige Bewegungen macht. Es sieht aus, als hätte sie ihren Ohrring verloren und würde ihn auf dem Boden suchen, so tief geht sie in die Knie. Ob Männer das sexy finden?

»Ich muss aufs Klo, kommst du mit?«, fragt Rachel, nachdem sie ihr Bier schon fast ausgetrunken hat, und ich nicke.

Der Grund, warum Frauen zusammen pinkeln gehen,

ist, dass wir einfach Sorge haben, die Toilette alleine nicht gleich zu finden und uns mit der Suche zum Deppen zu machen. In Clubs vielleicht weniger, denn da fällt es nicht so auf, da brauchen wir nur jemanden, der unsere Tasche hält. Aber in Restaurants ist es definitiv die Scham des potenziellen Nichtfindens der Sanitäranlagen, die uns dazu zwingt, zu zweit zu gehen. Allein die Vorstellung, wie peinlich es wäre, die vermeintliche Tür zu den Toiletten zu öffnen und plötzlich in der Küche zu stehen! Schrecklich!

Eigentlich muss ich jetzt gar nicht aufs Klo, und so warte ich vor dem Eingang zu den Toiletten mit unseren Getränken, als mich plötzlich jemand anrempelt.

»Hey!«, brülle ich wütend. »Pass doch auf!«

Ganz automatisch kommen diese Äußerungen auf Deutsch aus meinem Mund.

»Oh, sorry«, sagt der Typ hinter mir.

»Hast du gerade Deutsch gesprochen?«, fragt er dann.

Ich drehe mich um und blicke in das Gesicht des Mannes, der bis vor Kurzem noch hinter den Turntables stand. Seine Antennen hat er abgenommen, aber ich erkenne ihn an seinen verwuschelten dunklen Haaren und an seinem schwarzen T-Shirt mit den weißen Buchstaben »WTF«. Die sollen wahrscheinlich für »What The Fuck« stehen.

»Ich äh, ja!«, antworte ich und verfluche Rachel, die so ewig auf der Toilette braucht.

»Du bist also aus Deutschland?«, fragt er grinsend.

Na super, der Kerl ist in Plauderlaune. Wahrscheinlich denkt er, dass alle Mädels auf ihn fliegen, nur weil er DJ ist.

»Ja«, entgegne ich möglichst abweisend.

»Ich auch. Internationale DJs sind hier ziemlich gefragt. Ich bin übrigens Daniel«, schwatzt Daniel ungefragt weiter und will mir seine Hand entgegenstrecken, guckt dann jedoch belustigt auf meine beiden Hände, die mit einer Flasche Bier und einem Glas Rum-Apfelsaft vollkommen ausgelastet sind.

»Das ist nicht alles für mich. Meine Freundin ist gerade noch auf der Toilette, und wenn sie wiederkommt, werden wir wahrscheinlich gleich gehen«, erkläre ich schnell, damit er sich keine Hoffnung macht, ich würde weiter mit ihm sprechen. Was soll überhaupt dieses Gerede: »Internationale DJs sind sehr gefragt.« So ein Angeber!

»Und darf man fragen wie du heißt?«

»Helena«, antworte ich kurz angebunden.

Ich sehe Rachel kommen. Gott sei Dank.

»Da bin ich wieder«, sagt sie und nimmt sich ihr Bier aus meiner Hand.

Irritiert schaut sie Daniel an.

»Sag mal, dich kenne ich doch!«, ruft er, nachdem auch er Rachel kurz entgeistert angestarrt hat. »Du bist Rachel Meyer!«

»Wie bitte?«, fragt Rachel.

»Du bist Moderatorin bei *Z100 New York*, stimmt's?«

»Äh, ja, aber woher weißt du …«, Rachel kommt nicht dazu, ihre Frage zu beenden, weil Daniel sich ihr begeistert vorstellt.

»Ich bin Daniel, ich habe gerade bei euch im Sender als Trainee für Audio Engineering angefangen. Schön dich mal zu treffen, bisher hatte ich leider noch gar nicht die Gelegenheit, mit den Moderatoren zu sprechen. Das heißt einmal habe ich mit Bart Wucks und noch ein paar anderen zusammen Mittag gegessen, aber der Typ ist mir nicht so, äh, sympathisch.«

Rachel lacht erfreut und schiebt sich geschmeichelt eine Haarsträhne hinters Ohr. Als Radiomoderatorin ist sie es bestimmt nicht gewohnt, erkannt zu werden. Sie kichert mädchenhaft und steigt ohne Weiteres in das Gespräch ein, während Daniel sie bewundernd anguckt. Die beiden würden ein gutes Paar abgeben.

»Wem sagst du das, Bart Wucks ist bei keinem im Sender sonderlich beliebt, außer bei Mr. Albright, dem Programmchef.«

»Und nebenbei gesagt, was ist das für ein Name? Bartwuchs! Das ist doch wie Axel Schweiß!«

Die beiden beginnen sich immer angeregter zu unterhalten, über ihren Kollegen zu lästern, und Daniel quetscht Rachel über den Beruf des Moderators aus. Ich stehe daneben und sehe mich nach Jeffrey um, doch ich kann ihn nirgends entdecken. Ob es doch kein Schicksal war, dass der Keks mich hierher geführt hat? Oder hat er mich vielleicht nur als Medium benutzt, um Rachel zu Daniel zu bringen? Ich bin bei diesem Gedanken ein bisschen enttäuscht. Auch wenn es völlig bescheuert war, ich hatte mir so viel von diesem Abend erhofft.

Rachel merkt nach einer Weile, dass ich abseits von den beiden stehe und nicht sonderlich viel zu ihrem Gespräch beitrage.

»Wollen wir tanzen gehen?«, fragt sie mich, und ich bemerke, dass sie dabei auch Daniel ansieht.

»Klar«, sagt er und läuft voran in Richtung Tanzfläche.

»Ist das o.k. für dich?«, zischt Rachel in meine Richtung, während ich vor ihr an den feiernden Leuten vorbeilaufe.

»Jaja, schon in Ordnung«, stimme ich etwas genervt zu, reiße mich dann aber zusammen – schließlich bin ich

Rachel dankbar, dass sie mich überhaupt bei meiner Keksaktion begleitet hat.

Beim Tanzen finde ich es gar nicht mehr so schlimm, dass Daniel mit von der Partie ist. Einige Male muss ich sogar wirklich über ihn lachen, denn er ist nicht gerade ein begnadeter Tänzer. Er ruckelt mit den Hüften hin und her, schwingt seine Beine fast akrobatisch in die Höhe, und als in einem Stück ein Sample von Michael Jacksons »Billy Jean« auftaucht, legt er tatsächlich die Hände auf seinen Schambereich und ruft: »Shamona hee hee!«

Mag sein, dass ich dieses Verhalten im nüchternen Zustand nur halb so komisch gefunden hätte, aber Daniel wirkt dadurch auf mich nicht mehr so aufgesetzt cool, sondern eher, als wäre es ihm egal, was andere über ihn denken. Und das ist ansteckend. Irgendwann achte ich schließlich auch nicht mehr darauf, wie ich mich bewege, und hüpfe unkoordiniert von einem Bein aufs andere. Mein ganzes Leben kommt mir unwirklich vor. Von heute auf morgen bin ich nicht mehr mit Rainer zusammen, dann schlafe ich mit Jeffrey, und nun bin ich irgendwo in New York City in einem Club, in den mich ein Glückskeks geführt hat, mit zwei, mir bis vor Kurzem völlig unbekannten Leuten, während Pirmin sich mit burmesischen Bergschildkröten im Central Park rumschlagen muss. Ich erkenne mein Leben kaum wieder.

Daniel tanzt jetzt dicht neben Rachel, und die beiden reden schon wieder miteinander, ich kann aber nicht verstehen, worum es geht. Ich fühle mich erneut ein wenig wie das fünfte Rad am Wagen, aber kurze Zeit später erbarmt sich Daniel, mich zu fragen: »Willst du noch was trinken? Ich hole Rachel und mir noch ein Bier!«

»Klar!«, brülle ich zurück und deute auf mein leeres Glas.

»O.k., kommst du dann kurz mit? Drei Drinks kann ich nicht alleine tragen.«

Ich nicke, und wir gehen zusammen zur Bar. Rachel bewegt sich derweil wie in glücklicher Trance auf der Tanzfläche hin und her. Ihre Bewegungen erinnern mich unschön an eine Übung des Ausdruckstanzkurses an der Volkshochschule, in den Friederike mich mal geschleppt hat.

»Und was führt dich nach New York?«, fragt Daniel, als wir uns ein wenig von den Lautsprechern entfernt und drei Bier bestellt haben.

»Ich suche einen Mann«, sage ich. »Ich habe ihn in Berlin kennengelernt, dann ist er nach New York geflogen, und seitdem mein Handy von meinem Kleiderschrank zertrümmert wurde, habe ich seine Nummer nicht mehr.«

»Uiuiui, das klingt ja nach einer richtigen Lovestory«, witzelt Daniel lachend. »Und das ist ja mal was anderes. Traumprinzessin erobert Traumprinzen – könnte er sich nicht auch auf den Weg nach Berlin machen?«

Ich überlege. Komischerweise ist mir dieser Gedanke noch gar nicht gekommen. Theoretisch könnte Jeffrey einfach zurück nach Berlin fliegen, wenn er bemerkt, dass mein Handy nicht funktioniert, genauso wie ich nach New York geflogen bin.

»Mh, keine Ahnung. Ich weiß nur, dass ich ihn wiedersehen muss, und da mein Handy kaputt ist, kann er mich eben nicht erreichen.«

Keine Ahnung, ob meine Sätze noch Sinn ergeben. Der Barkeeper stellt drei Flaschen vor uns ab und grinst Daniel nickend an, da Getränke für ihn als DJ selbstverständlich aufs Haus gehen.

»Ich hab Hunger auf Pizza«, sage ich dann entschlossen, um nicht erneut von Daniel auf das Jeffrey-Thema angesprochen zu werden. Ich bin zu enttäuscht, dass dieser Clubbesuch bisher nicht so richtig erfolgreich war.

»Dann lass uns doch zurück zur Tanzfläche gehen und Rachel fragen, ob sie auch noch was essen will. Von mir aus können wir bald gehen und uns noch zusammen irgendwo hinsetzen. Ich könnt auch einen kleinen Snack vertragen.«

Es gibt doch nichts Besseres als eine schöne, fettige Mafiatorte, wenn man richtig Hunger hat. Kaum sitzen wir eine knappe Stunde später bei Via Tribunali, legt Rachel ihren Kopf auf Daniels Schulter ab und fängt an zu schlafen. Irgendwie niedlich. Ich hoffe inständig, dass sie morgen keine Radiosendung moderieren muss.

»Wie lange bist du noch in, äh, New York?«, fragt Daniel, als hätte er durch seinen Alkoholpegel kurzzeitig vergessen, in welcher Stadt wir uns befinden. Durch die frische Luft auf dem Weg vom Club zum Pizza-Imbiss hat der Alkohol noch mal ordentlich reingehauen.

»Neun, nein, elf, mhhh, zehn Tage?«, frage ich, weil das genaue Zählen mein Gehirn gerade überfordert. »Bis dahin muss ich Pirmin wiederkriegen«, füge ich leidend hinzu.

»Pirmin? Der Dreamboy, den du suchst?«, fragt Daniel, woraufhin ich einen etwas längeren Lachanfall bekomme.

»Nee, Pirmin ist meine Schildkröte. Ich hab sie in den Zoo mitgenommen und eine fiese Angestellte hat ihn konfisss…«, ich versuche das Wort richtig auszusprechen.

»Konfissstztiert«, probiert Daniel mir zu helfen.

Ich muss mich auf jeden einzelnen Buchstaben konzentrieren, um das Wort auf die Reihe zu kriegen: »K-o-n-f-i-s-z-i-e-r-t, genau. Sie dachte, ich wollte ihn klauen. Seine Papiere, um zu beweisen, dass er mir gehört, finde ich nicht mehr, und jetzt weiß ich nicht, was ich machen soll«, beschreibe ich geknickt und verzweifelt meine Situation.

Daniel zieht die Augenbrauen zusammen und lässt seine Mundwinkel nach unten sacken, als wäre er sauer. Hab ich etwas Falsches gesagt? Mag er keine Schildkröten?

»Zoos sind doch, also echt, krass das Letzte, geht gar nicht«, bricht es dann aus ihm heraus. Dann schweigt er, als würde er sich vor Wut kurz sammeln müssen. »Letztes Jahr, da bin ich in Queens in ein Tierversuchslabor eingebrochen und habe äh, ungefähr zweihundert Ratten befreit.«

Daniel hat sich beim Sprechen etwas zu schnell bewegt, und Rachel grunzt unzufrieden auf seiner Schulter.

»Bist du bei PETS oder wie das heißt?«, frage ich verwirrt, während Daniel versucht, mit beruhigenden Worten Rachel wieder in den Schlaf zu murmeln. Süß.

»PETA meinst du?«, fragt er dann belustigt. »Nee, ich mach das relativ unorganisiert mit ein paar Kumpels.«

Ich bin total baff. Daniel sieht nicht unbedingt aus wie der klassische Tierschützer. Hab mir die immer mit verfilzten Haaren, Jutebeutel und Gegen-Walfang-Buttons am Armeerucksack vorgestellt. Ich hab deshalb, ehrlich gesagt, auch gar nicht damit gerechnet, dass Daniel meine Pirmin-Geschichte jetzt so interessiert.

Doch er erzählt mir stolz von ein paar weiteren Einbrüchen in Tierheime mit unmenschlichen Bedingungen für die tierischen Bewohner und einer Boykottaktion eines Zirkus im Bundesstaat Massachusetts. Wobei er das Wort Massachusetts im betrunkenen Zustand kaum aussprechen kann und es so lange versucht, bis sich sogar Rachel schlaftrunken von seiner Schulter erhebt und ruft: »Masseejuschits! Is das denn so schwer?«

»Helena, du weißt nicht, was du machen sollst, aber ich kann's dir sagen: Das einzig Richtige ist, diesen fiesen Tierquälern im Zoo Paroli zu bieten! Wir werden deine Schschildkröte jetzt befreien!«

Den letzten Satz ruft Daniel so entschlossen, als handele es sich um einen Bundeswehrschlachtruf, dann steht er auf, und seine Gabel fällt dabei, wie als Zeichen zum Kampf, klirrend auf den Boden.

21

Schildkröterei

Ich komme mir vor wie ein Mitglied der Panzerknackerbande aus »Ducktales«.

Auf dem Weg zum Zoo habe ich Daniel die ganze Pirmin-Sache detailliert erzählt, und er hat mir beigepflichtet, dass sich das Nicht-Rausrücken von Pirmin einfach nach ungerechter Schikane anhört. Er betonte immer wieder, dass er gegen das Zur-Schau-Stellen von Tieren ist und die Vermarktung, die damit einhergeht. Das beruhigte mich ein bisschen, weil ich zwischendurch befürchtete, dass er vielleicht auch dagegen sei, dass ich Pirmin als Haustier halte. Aber da ich ihn nicht kommerziell verwerte, schien das nicht der Fall zu sein. Daniel vermutet, dass der Zoo vielleicht scharf darauf ist, die Vierzehenschildkröte als zusätzliches Tier zu behalten, und sich deshalb so anstellt. Bei einem Kaninchen aus dem Streichelzoo wäre das wahrscheinlich nicht der Fall.

Mittlerweile stehe ich mit einer Kapuze tief ins Gesicht gezogen vor dem Central Park Zoo. Daniel hat mir seine Jacke gegeben und Rachel seinen Pullover geliehen, die noch im Club lagen, damit wir ein wenig getarnt sind. Am liebsten hätte ich mir jedoch eine Strumpfmaske übergestülpt, um sicherzugehen, dass mich niemand erkennt, doch die Kapuze muss eben reichen. Rachel ist nicht mehr zurechnungsfähig, sie schwankt neben uns hin und her, aber sie wollte unbedingt mit uns mitkommen, und ich hatte auch den Eindruck, dass Daniel sie gerne weiterhin dabeihätte, und so ist sie mit von der Partie.

»Ich möchte auch Pirmin befreien«, nuschelt sie und guckt Daniel mit großen Augen an. Mit dieser Einstellung kann sie bestimmt bei ihm punkten.

»Ist ja gut«, murmele ich beruhigend auf sie ein. Seit wir im Park sind, ist mein Alkoholpegel schlagartig wieder gesunken und mein Adrenalinspiegel ziemlich gestiegen. Was wohl passieren würde, wenn wir erwischt werden? Gibt es im Bundesstaat New York die Todesstrafe?

Wir laufen eine Weile am Zaun des Zoos entlang, um die Lage auszukundschaften, dann bleibt Daniel in einer besonders entlegenen und dunklen Ecke stehen.

»Also«, setzt er sachlich an. »Es ist zu gefährlich, Rachel so betrunken alleine hier draußen zu lassen. Deshalb werden wir sie als Erstes über den Zaun bugsieren. Danach kletterst du, und dann ich. Weißt du genau, wo das Schildkrötengehege ist?«, fragt er.

»Ich denke schon. Was machen wir, wenn uns jemand erwischt?«

»Rennen«, entgegnet Daniel in eiskaltem Tonfall, der mich fast zum Lachen bringt.

»Uhrenvergleich?«, frage ich amüsiert.

Daniel grinst und nickt. Wir strecken uns unsere Handgelenke entgegen und vergleichen die Zeit, was in der Dunkelheit jedoch nur schwer möglich ist. Rachel hat gar keine Uhr, scheint sich dessen aber nicht wirklich bewusst zu sein. Keine Ahnung, wozu ein Uhrenvergleich eigentlich gut ist, ich kenne das nur aus Filmen, aber es fühlt sich ungeheuer professionell an.

»Wenn wir uns verlieren, treffen wir uns vor dem Plaza Hotel. Rachel, hast du das auch gehört?«, fragt Daniel einfühlsam.

»Ob du das verstanden hast?«, schmettere ich im Oberschwester-Karla-Tonfall, den ich ja oft genug bei Friederike anwenden musste, wenn sie zu betrunken war, um mir zu antworten.

Rachel nickt schuldbewusst. Besoffenen darf man eben nicht mit Verständnis begegnen, ich kann es nicht oft genug betonen. Daniel zieht sein T-Shirt über die Nase, um sein Gesicht ein wenig zu verbergen, Rachel kichert blöde, und mein Herz klopft bereits wie bei einem Marathon.

»Rachel, du kletterst zuerst!«, befehle ich mit unterdrückter Stimme.

Rachel versucht, den Zaun hochzukommen, und ich stemme ihren Po mit aller Kraft hoch. Auf der anderen Seite plumpst sie wie ein nasser Sack hinunter.

»Aua«, schimpft sie, und ich hoffe, sie hat sich nichts Ernsthaftes getan. Nun gibt es kein Zurück mehr.

»Jetzt du«, flüstert Daniel mir zu und formt seine Hände zu einer Räuberleiter. Ich stemme mich hoch und springe auf der anderen Seite wieder runter, als hätte ich mein Leben lang nichts anderes gemacht. Einbrecher ist eine Karriere, die ich vielleicht doch näher in Betracht ziehen sollte, wenn das mit der Zahnmedizin nicht klappt. Dann klettert auch Daniel rüber.

Wir sind also in den Zoo eingebrochen, das hätte ich mir nie träumen lassen, dass ich so etwas mal machen würde. Aber was habe ich für eine Wahl? Ich kann Pirmin nicht seinem Schicksal überlassen, und die Chancen, dass die Zooleitung ihn mir ohne die Papiere aushändigt, sind gering.

»Du musst uns jetzt zu den Schildkröten führen«, wispert Daniel, und ich nicke.

Ich nehme Rachel an die Hand, um sicherzugehen, dass wir sie nicht verlieren. Dann versuche ich mich zu orientieren. Wir sind vor dem Lama-Gehege, das heißt, wir müssen links in Richtung der Pinguine, um dann weiter geradeaus zu den Schildkröten zu kommen. Wir schleichen auf Zehenspitzen von Gehege zu Gehege und ducken uns, wenn wir hören, dass sich jemand oder etwas in unserer Nähe bewegt – bei jedem Rascheln oder dem Geräusch von Schritten bleiben wir stehen. Gerade als wir vor dem Haus der Rotschnabelpinguine stehen, flüstert Daniel: »Scheiße, da ist jemand! Alle runter!«

»Ich will Pirmin befreien«, murmelt Rachel verständnislos.

»Pssssst«, zischen Daniel und ich gleichzeitig und springen hinter eine Hecke, Rachel torkelt etwas zeitverzögert hinterher.

Ein Wachmann läuft mit einer Taschenlampe umher. Er leuchtet die Wege ab und bleibt zwischendurch stehen. Wahrscheinlich horcht er, ob er ungewöhnliche Geräusche wahrnimmt. Ich schließe die Augen in der alten Hoffnung, dass der Wärter mich nicht sieht, wenn ich ihn nicht sehe. Ich höre die Schritte des Mannes, während Daniel, Rachel und ich uns hinter der Hecke vor dem Gehege der Pinguine so klein wie möglich machen. Ich erschrecke fast zu Tode, als einer der Pinguine einen langen trötenden Laut von sich gibt. Wir halten alle drei den Atem an. Den Wachmann scheint das Geräusch jedoch zu beruhigen, denn er tritt den Rückzug in die Richtung an, aus der er gekommen ist. Hoffentlich läuft er jetzt nicht pausenlos durch den Zoo, sondern setzt sich wieder in irgendeinen Überwachungsraum und guckt fern. Kurz überlege ich, ob im Zoo vielleicht Kameras installiert sind, aber die wären mir tagsüber sicherlich aufgefallen. Wir bleiben zur Sicherheit noch eine Weile zusammengekauert sitzen.

Ich drehe meinen Kopf zu Daniel und Rachel und sage: »Danke, dass ihr das mit mir macht. Ich weiß es echt zu schätzen.«

»Wenn's um Tiere geht, mach ich so ziemlich alles. Aber bedank dich lieber später, wenn wir es geschafft haben«, antwortet Daniel.

Rachel höre ich nur die Melodie von »One moment in time« summen, und ich muss mir ein Lachen verkneifen.

Dann stehen wir langsam auf. Meine Beine sind eingeschlafen und kribbeln unangenehm. Geduckt laufen wir schnell an den Pinguinen, den Bibern und den Affen vorbei, wir lassen das Tropenhaus hinter uns, und dann sind wir endlich bei den Schildkröten. Erleichtert atme ich aus. Ich schwitze und bin außer Puste. Rachel lallt: »Nich' mehr renn.«

Ich teile ihre Meinung voll und ganz. Nur der Gedanke an Pirmin ließ mich so lange durchhalten.

»Du musst ins Gehege klettern«, sagt Daniel. »Ich weiß schließlich nicht, wie deine Schildkröte aussieht.«

Ich nicke entschlossen und drehe mich noch einmal um, um mich zu versichern, dass uns keiner beobachtet.

»Wir geben dir Rückendeckung«, versichert mir Daniel.

»Wenn jemand kommt, mache ich das Geräusch, das der Pinguin gerade gemacht hat. Dann versteckst du dich.«

Ich muss kichern. Ich hoffe einerseits, dass mich niemand erwischt, andererseits würde ich zu gerne hören, wie Daniel einen Pinguin nachmacht.

»Bis gleich«, flüstere ich Daniel zu, während Rachel sich erschöpft auf einen Stein setzt. Daniel läuft ihr hinterher, und ich sehe noch, wie er ihr den Arm um die Schultern legt, als er neben ihr Platz nimmt.

Ich klettere über den Zaun, dann laufe ich vorsichtig den Felsen hoch. Ich sehe mich nach Pirmin um. Da er kleiner als die gewaltigen burmesischen Bergschildkröten ist, macht es die Suche nicht unbedingt leichter. Gott sei Dank sind Schildkröten so friedvolle Tiere – die Sache hätte ganz anders aussehen können, hätten sie Pirmin auf den Raubtierhügel gesetzt. Einige der Schildkröten wachen zwar auf und bewegen sich irritiert, wenn ich über sie drübersteige oder wenig später auf allen vieren um sie herumkrieche, damit ich Pirmin besser erkennen kann, aber sie beruhigen sich schnell wieder und pennen weiter. Ein bisschen Angst, von den burmesischen Bergschildkröten gebissen zu werden, habe ich trotzdem. Könnte wehtun, wenn sich eines der Tiere ernsthaft erschreckt und glaubt, sich mit allen Mitteln verteidigen zu müssen.

»Pirmin«, zische ich verzweifelt. Ich fasse zwischen die Felsspalten, wo viele der Panzertiere liegen und friedlich schlafen. Ich fluche leise, aber heftig, als ich meine Hand in etwas abstütze, das sich anfühlt wie Schildkrötenkot. Und dann sehe ich weiter hinten, ganz alleine und verlassen meinen Pirmin liegen. Noch nicht einmal seine Freundin, die hübsche Rotfuß-Schildkröte ist noch bei ihm.

»Pirmin«, flüstere ich liebevoll und strecke meine Arme nach ihm aus. Müde reckt er mir seinen kleinen Kopf entgegen. Tränen steigen mir in die Augen. Gott sei Dank, ich habe ihn wieder. Ich laufe mit Pirmin in den Händen zurück, in Sichtweite von Daniel und Rachel. Übermannt von meinen mütterlichen Gefühlen, strecke ich ihn mit beiden Armen in die Luft, wie der Affe Rafiki den kleinen Simba in *Der König der Löwen*.

Daniel deutet mir mit einer nachdrücklichen Geste an, dass ich aus dem Gehege herausklettern soll. Glücklich und freudestrahlend, meine Schildkröte wiederzuhaben, steige ich über die Umzäunung.

Als ich es geschafft habe, mit allen Fingern an der Hand das Schildkrötengehege zu verlassen, fällt mir ein Stein vom Herzen. Daniel grinst und sagt: »Hallo Pirmin«, wobei die Schildkröte mit ihren Beinen in der Luft herumstrampelt und keinerlei Zeichen von Furcht zeigt, sie zieht ihren Kopf gar nicht ein, so wie sie es bei der bedrohlichen Bergschildkröte gemacht hat, die ihr das Futter geklaut hat.

»Wir haben ihn befreit!«, platzt es aus mir heraus. »Rachel wir haben ihn!«, versuche ich ihr klarzumachen und packe sie leise jubelnd an der Schulter.

Doch Rachel scheint schon halb eingeschlafen zu sein.

Und dann trifft uns der Schein einer Taschenlampe.

22

Survival of the fittest

Kacke.

Gerade in dem Moment, in dem wir vergessen haben, dass wir etwas Illegales tun, in dieser einen Minute der Unachtsamkeit werden wir erwischt. Hatte ich die Frage, ob es die Todesstrafe im Bundesstaat New York gibt, eigentlich hinreichend geklärt?

»Rennt!«, schreit Daniel, und wir rennen los.

»Stop!«, tönt eine männliche Stimme, die sich ziemlich nach kräftigem Securitymann anhört.

Ich ziehe Rachel von dem Stein, auf dem sie sitzt, und schreie sie an: »Jetzt lauf weg!«, bevor ich selbst die Beine in die Hand nehme und sprinte.

Ich sehe keinen Daniel mehr, keine Rachel, aber ich sehe irgendwo in der Dunkelheit noch den Lichtkegel der Taschenlampe leuchten. Sprinten war noch nie meine Stärke, und ich befürchte, diejenige zu sein, die vom Wachmann geschnappt wird. Ich bin das schwache Tier in der Herde der Gnus, das in Tierdokumentationen immer gefressen wird. Denn einer muss immer draufgehen, das ist das Gesetz der Natur. Pirmin strampelt mit seinen Beinen, als würde er selbst am liebsten davonrennen, er vermutet wahrscheinlich, alleine schneller zu sein. Größenwahnsinniges Panzertier. Da stolpere ich über einen Stein und lege mich der Länge nach auf die Nase. Aus einem Schutzinstinkt heraus halte ich Pirmin dabei in die Höhe, damit ihm nichts geschieht.

»Scheiße«, sage ich leise und weiß nicht recht, ob ich lachen oder weinen soll. Rein physisch bin ich lange nicht mehr so richtig auf die Fresse gefallen, aber als ich einen stechenden Schmerz im Bein bemerke, erinnere ich mich schlagartig wieder daran, wie es ist, mit aufgeschürften Knien und grasbefleckter Hose nach Hause zu kommen. »Freeze!«, höre ich den Wachmann hinter mir brüllen, doch das Licht der Taschenlampe befindet sich etwas weiter von mir entfernt. Meint er tatsächlich mich? Kann er mich sehen? Oder wurden Rachel und Daniel soeben von ihm gefasst? Alarmiert rappele ich mich wieder auf und humple so schnell wie möglich weiter. Endlich erreiche ich einen Zaun und versuche hinüberzuklettern. Mit Pirmin in der einen Hand gestaltet sich das etwas schwieriger, aber ich schaffe es. Ich keuche, lehne mich erschöpft gegen einen Baum und schaue mich suchend nach Rachel und Daniel um. Ich kann sie nirgends entdecken. Verdammter Bockmist. Der Park scheint ganz ruhig zu sein. Ein paar Grillen zirpen, und der Wind rauscht leise in den Bäumen, als wär nichts gewesen. Als sich mein Atem wieder beruhigt hat, mache ich mich auf den Weg zum Plaza Hotel, unserem vereinbarten Treffpunkt. Mein lieber Scholli, meine Oberschenkelmuskulatur brennt wie die Hölle, und mir ist kotzübel. Der Alkohol, die Anstrengung, die Aufregung – mir reicht's für heute Nacht.

Kaum bin ich aus dem Central Park herausgelaufen, ruft eine Stimme hinter mir: »Helena!«

Ich drehe mich um. Daniel winkt mir von Weitem zu, und mir fällt ein Stein vom Herzen. Nicht auszudenken, wenn er erwischt worden wäre – und das alles wegen mir. Er klopft mir auf die Schulter und fragt: »Alles in Ordnung?«

»Ich denke schon. Aber wo ist Rachel?«

»Keine Ahnung, ich habe sie aus den Augen verloren«, entgegnet er geknickt und guckt sich um.

»Meinst du, wir sollen sie im Park suchen oder gleich zum Plaza Hotel gehen?«, frage ich unentschlossen.

»Lass uns gleich zum Plaza gehen, so wie wir es verabredet haben, sonst gibt es nur Verwirrung. Hast du eine Telefonnummer von ihr?«

»Ja, die hab ich inzwischen, aber ich habe kein Handy. Hast du eins?«

»Nee, meins liegt noch im Club. Hat Pirmin alles gut überstanden?«

»Ja.«

Ich lächle und schaue auf meine Schildkröte hinunter, die ich fest mit beiden Händen umklammere. So schnell wird sie mir nicht mehr abhandenkommen. Da wird die doofe Tierpflegerin morgen Augen machen, wenn Pirmin fehlt. Falls es überhaupt jemand bemerkt. Aber meine Freude darüber, mein kleines Kerlchen wiederzuhaben, ist getrübt – wenn Rachel wegen mir jetzt eine Anzeige am Hals hat, werde ich mir das nie verzeihen. So besoffen, wie sie war, hätten wir sie nie in den Zoo mitnehmen dürfen.

Daniel und ich setzen uns auf die Stufen vor dem Plaza Hotel und warten. Alle fünf Minuten steht einer von uns beiden auf und läuft die Straße entlang, in der Hoffnung, Rachel zu entdecken. Doch mit jeder Minute, die vergeht, wird die Stimmung angespannter, und wir wechseln kaum noch ein Wort miteinander, jeder ist in seine eigenen Befürchtungen versunken. Mehrmals geht mir die Stimme des Mannes durch den Kopf, der »Freeze!«, gerufen hat, doch ich kann mich nicht dazu bringen, Daniel zu fragen, ob er tatsächlich glaubt, dass Rachel erwischt worden ist. Ich habe Angst vor seiner Antwort. Ob sie das schwache Gnu in der Herde ist? Oder vielleicht ist sie hingefallen, liegt jetzt in irgendeinem Gebüsch und kann sich nicht mehr bewegen. Mir schießen tausend Gedanken durch den Kopf, und nach einer Dreiviertelstunde kann ich die Ungewissheit kaum noch ertragen.

»Ob wir doch noch mal in den Park gehen sollten, um sie zu suchen?«, frage ich unsicher.

»Ja, wahrscheinlich hast du recht. Sie müsste längst hier sein, wenn alles glatt gelaufen wäre.«

Wir durchstreifen die Grünflächen und rufen Rachels Namen. Ich bin kaputt, müde, und es fühlt sich so an, als kämen die Nachwirkungen vom Jetlag jetzt noch mal richtig zum Tragen.

»Da sitzt jemand«, wispere ich schließlich zu Daniel und deute auf eine Parkbank, auf der eine Gestalt zu sehen ist. Wir laufen etwas näher heran und hören lautes Schnarchen. Zwischendurch ein Brabbeln: »Pirmin, Pirmin befrein …«

Es ist Rachel, die auf der Parkbank in einen unruhigen Schlaf gefallen ist.

»Wo bin ich?«, fragt sie erschrocken, als wir sie mit sanftem Rütteln an ihrer Schulter wecken.

»Im Central Park«, sage ich. »Zum Glück hast du es über den Zaun geschafft«, füge ich leise hinzu.

»Ich will nach Hause«, nörgelt Rachel sofort.

»Ich auch«, gebe ich zu.

»Ich auch«, sagt Daniel.

Und selbst Pirmin gähnt erschöpft von seinem Abenteuer.

23

Kater mit Schildkröte

Autsch!

Mein Körper schmerzt am nächsten Morgen, als wäre ich mit einem Schlag eine neunzigjährige Rheumapatientin. Ich liege noch im Bett, und langsam kehrt die Erinnerung an die letzte Nacht zurück, und ich muss trotz furchtbarer Schmerzen laut loslachen. Mein Gott, was haben wir da im Zoo veranstaltet?

Nur um mich zu versichern, dass ich die ganze Einbruchsaktion nicht geträumt habe, sehe ich zu Pirmin hinüber, der neben mir in der offenen Schublade meines Nachttischs liegt und pennt. Schlagartig macht sich ein Glücksgefühl in mir breit: Ich habe ihn tatsächlich zurück! Zumindest ist jetzt der Status quo seit meiner Ankunft wieder erreicht.

Dann kehrt der Gedanke an den Grund zurück, warum ich überhaupt nach New York gekommen bin. Und ich muss an Daniels Worte denken, die er in der Subtonic Lounge zu mir sagte. Jeffrey könnte doch genauso gut nach Deutschland fliegen und vor meiner Tür stehen. Aber warum sollte er das tun? Wahrscheinlich geht er davon aus, dass ich kein Interesse an ihm habe, weil mein Handy ausgeschaltet ist. Ja, bestimmt denkt er sogar, dass ich ihm eine falsche Nummer gegeben habe. Und dann kommt mir ein überaus schrecklicher Gedanke: Was ist, wenn Jeffrey gar nicht versucht hat, mich anzurufen? Aber das kann nicht sein. Die zwei Abende, die wir gemeinsam verbracht haben, müssen ihm einfach etwas bedeutet haben, sie waren etwas Besonderes. Und wenn nicht, müsste ich mich langsam ernsthaft fragen, ob ich bei der Partnerwahl etwas falsch mache.

Ich denke an meine frühsten amourösen Verwicklungen zurück. Der erste Junge, in den ich mich im Kindergarten verliebt habe, trug den Namen Hagen und sagte dauernd das Wort: »Kotzbrocken«. Viel mehr lässt sich über dieses Kerlchen eigentlich nicht erzählen, aber ich war geradezu hingerissen von ihm. Von meinem heutigen Standpunkt aus, kann ich es nicht mehr nachvollziehen – hielt ich seine Aufmüpfigkeit für mutig? Seine gleichgültige Art für cool? Auf jeden Fall habe ich meine Mutter so lange genervt, bis sie mit Hagens Mutter ein gemeinsames Treffen arrangierte. Hagen war davon nur mäßig begeistert und hat mich bei unserem so entstandenen ersten Date konsequent ignoriert. Leider habe ich aus dieser Erfahrung nichts gelernt, im Gegenteil: Ich sah es irgendwie als Ansporn an und verschenke mein Herz seitdem weiter an emotionale Volltrottel! In der Grundschule habe ich mich dann in Karsten verliebt (ich war vom Kindergarten bis zum Gymnasium eigentlich durchgehend in irgendwen verschossen), der am Faschingstag neu in unsere Klasse kam. Er war als Teufel verkleidet, und das fand ich sehr anziehend. Irgendetwas stimmt doch nicht mit mir – warum sind es immer die Rebellen, die unanständigen, bösen Kerle, die mich faszinieren? Aber wahrscheinlich ist das ein weit verbreitetes

Phänomen unter Frauen, denn schon die Backstreet Boys sangen: »If you want to be a good girl, get yourself a bad boy!« Ich singe die Zeile einmal laut, klatsche in die Hände und versuche mich, in plötzlicher Euphorie, an einer kleinen Krumping-Tanzeinlage im Liegen. Doch mein Muskelkater mahnt mich wieder, still im Bett zu verharren. Wo war ich gerade? Ach ja, Karsten. Als ich diesen Mitschüler näher kennenlernte, verlor ich schlagartig das Interesse an ihm, denn er war ganz und gar nicht gefährlich. Er heulte ständig, trug selbst gestrickte Pullover von seiner Mami, berlinerte und ging einmal bei unserer Religionslehrerin Frau Scheidereiter mit den Worten petzen: »Der Müschi hat mir mit seene Been eene jeprettert«, was wohl so viel heißen sollte wie: »Der Michael hat mich getreten.« Dabei spuckte er Frau Scheidereiter dermaßen ins Gesicht, dass sie ihre Brille abtrocknen musste, weil Karsten eine lose Zahnspange trug, die seinen Speichel beim Sprechen in alle Richtungen verteilte.

Spätestens da war der Moment gekommen, in dem ich mich schlagartig entliebte. Aber die ersten Erfahrungen in Sachen Liebe sind prägend, und eine gewisse Vorliebe für Vollpfosten hatte sich wohl festgesetzt. Wenigstens setzen sich die ersten Stadien der Sexualität nicht als Muster durch. Ich hatte als Kleinkind nämlich eine Phase, in der ich mein Geschlechtsorgan gegenüber jedem zur Schau stellte. Besonders peinlich war es für Oma Hedda, als sie eines Tages dem Postboten die Tür öffnete, ich begeistert angerannt kam und den armen Mann fröhlich fragte: »Soll ich dir mal meine Scheide zeigen?«

Es war einer der Schlüsselmomente, in denen Oma Hedda beschloss, strenger zu mir zu sein, und meine Eltern sich fragten, was sie um Himmels willen bei der Erziehung falsch gemacht haben.

Ja, die Sexualität reguliert sich, Gott sei Dank. Die Liebe bleibt jedoch genauso unergründlich und unverständlich wie eh und je. Als ich älter wurde, habe ich mir deshalb gedacht, dass ich mich nun mal näher damit beschäftigen will, was Liebe eigentlich wirklich ist und wie man das richtig macht, mit dem Lieben. Ich habe also begonnen, Erich Fromm zu lesen, aber ganz ehrlich: Ich scheiß auf Erich Fromm! Möchte mal wissen, wie der seine Beziehungen geführt hat. Bestimmt immer wohlbedacht und stets mit einem relativierenden intellektuellen Gedanken im Hinterkopf. Wie langweilig. Wenn ich liebe, dann mit Haut und Haaren, vollkommen irrational und zuweilen auch selbstzerstörend. Ich sage nicht, dass das gut ist, aber es ist so. Vielleicht sollte ich einfach mehr Alkohol trinken. Dann könnte ich meinen ganzen Liebeskummer endlich vergessen. Wenn man am nächsten Morgen keinen Kater hätte und die Sache mit der Abhängigkeit und den Leberschäden nicht wäre, könnte ich mir nichts Schöneres vorstellen. Bin aber leider zu problembewusst, um Alkoholikerin zu werden.

Schwerfällig stehe ich aus dem Bett auf, wirr von meinen eigenen Gedanken, und hebe Pirmin aus seiner Schublade, um ihn auf dem Boden krabbeln zu lassen.

Er fängt sofort an, den grauen Hotelteppich munter zu erkunden, als handele es sich um einen spannenden Savannen-Abenteuerspielplatz. Er läuft aufgeregt auf dem ungewohnten Untergrund umher, beschnuppert die Fasern, versucht mit seinen kleinen Beinen zu graben, dann setzt er sich ganz still in die Zimmerecke und – kackt. Es geht ihm offensichtlich blendend, Verdauung stabil.

»Pirmin, du Schlingel!«, rüge ich ihn und muss dabei lächeln.

Natürlich bin ich nicht gerade begeistert davon, den Teppich sauber machen zu müssen, aber ich bin einfach so froh, dass Pirmin überhaupt wieder bei mir ist. Ja, es mag für Nicht-Schildkrötenbesitzer verrückt klingen, aber sein Häufchen lässt mein Herz regelrecht höher schlagen vor Glück. Pirmin ist wieder bei mir! Ich nehme ihn hoch und drehe mich im Kreis, als wäre er mein geliebter Teddybär und ich ein fünfjähriges Mädchen im Faltenröckchen. Als ich anhalte, ist mir furchtbar schwindelig. Der Rausch von gestern Nacht macht sich noch deutlich bemerkbar. Mein Schädel brummt, als würden darin Bauarbeiten stattfinden, was kein Wunder ist, da bestimmt einige abgestorbene Gehirnzellen abgebaut werden müssen. Ich setze Pirmin in seine Schublade zurück, und dann kommt mir eine Idee.

»Pirmin, mein Orakel, verrate mir: Hat Jeffrey versucht, mich anzurufen?«

Die Schildkröte läuft aufgeregt in der Schublade umher. Also hat er bisher nicht versucht, mich zu erreichen? Das kann nicht sein!

Ich setze Pirmin auf den Boden und warte einen Augenblick. Vielleicht ist er noch etwas durcheinander von letzter Nacht und muss sich erst beruhigen, bevor er wieder orakeln kann. Man befragt schließlich auch kein Pendel, wenn man ihm erst kurz zuvor einen ordentlichen Stoß versetzt hat und es noch ganz unspirituell hin und her schwingt. Nach etwa einer Minute sitzt Pirmin ruhig vor der Fensterfront und guckt auf New York hinunter. Ich räuspere mich.

»Pirmin, liebster Ratgeber, hat Jeffrey versucht, mich seit unserer Nacht in Berlin anzurufen?«

Und schon wieder setzt sich das Tier in Bewegung, jetzt läuft es in Richtung Bett. Das gibt's doch nicht! Pirmin will mich wohl ärgern!

»Meinst du wirklich, dass er nicht mal probiert hat, mich zu erreichen?«

Pirmin krabbelt ungehemmt weiter.

»Was heißt das? *Nein*, du meinst nicht, dass er es nicht probiert hat? Also hat er es versucht?«

Ich weiß nicht, ob es möglich ist, mit einer Schildkröte zu diskutieren, aber ich bin kurz davor, Pirmin zu bitten, sich klarer auszudrücken.

»Ist ja auch egal«, beschließe ich und lasse Pirmin weiterkrabbeln. Orakel hin, Orakel her, auch Schildkröten können sich irren. Oder?

Ich versuche, Pirmins Antworten zu verdrängen, und gehe ins Bad. Interessiert werfe ich einen Blick in den Spiegel: Meine Haare stehen wirr vom Kopf ab, als würde ich in erster Generation von Tingeltangel-Bob abstammen, meine Tränensäcke sind so groß wie Turnbeutel, und mein Mund riecht so, als hätte ich mir das letzte Mal im Jahr 1990 die Zähne geputzt. Aber dieses Spiegelbild ist nichts gegen meinen Zustand nach meiner letzten Geburtstagsparty, da war mein Gesicht dermaßen entstellt, dass die VeriFace-Anmeldung meines damaligen Computers mich mehrere Male ablehnte.

Entschlossen greife ich zur Zahnbürste, um mich gesellschaftstauglich zu machen. Schließlich bin ich aus einem Grund nach New York gekommen, und ich kann es mir nicht leisten, den ganzen Tag lang nur im Bett rumzuliegen. Jetzt, wo ich Pirmin wiederhabe, wird mich nichts davon abhalten, Jeffrey zu finden. Da klopft es an meiner Tür.

Das Zimmermädchen? Rachel? Jeffrey? Die Schildkrötenkot-Polizei? »Who is it?«, frage ich zaghaft.

Ich finde es total cool, Englisch zu sprechen, und bilde mir ein, dass meine Aussprache in der kurzen Zeit in New York schon besser geworden ist. Gott sei Dank habe ich nicht Oma Heddas mangelnde Auffassungsgabe für Sprachen geerbt. Ich erinnere mich mit Grauen daran, was meine Mutter mir von ihrem Mutter-Tochter-Urlaub in England erzählt hat. Oma Hedda hatte wohl, ganz klassisch, ein Haar in ihrer Suppe gefunden und ihre Standpauke dem Kellner gegenüber mit dem Satz: »I think I spider!«, eröffnet.

»Daniel«, schallt es durch die Tür. »Ich dachte, du könntest eine kleine Stärkung vertragen.«

Na toll. Gegen eine Stärkung habe ich nichts einzuwenden, aber hätte mir die nicht von Jeff serviert werden können?

»Warte eine Sekunde!«, rufe ich und schmeiße mir einen Bademantel über.

Daniel steht mit zwei Tüten von Starbucks und zwei Kaffeebechern vor der Tür.

»Hab ich dich geweckt?«, fragt er schelmisch.

»Nicht direkt. Ich bin gerade aufgestanden.«

Ich gehe zurück ins Zimmer und deute ihm an mitzukommen. Ich setze mich aufs Bett und ziehe mir ein paar frische Socken an.

»Pirmin muss hier irgendwo rumkrabbeln, du musst also ein bisschen aufpassen, wo du hintrittst.«

Daniel setzt sich gegenüber von mir auf einen Stuhl. Dann schaut er sich suchend nach dem Kriechtier um.

»Er ist wahrscheinlich gerade unter dem Bett«, sage ich

entschuldigend und starre gierig auf die Starbucks-Tüten. Daniel bemerkt meinen Blick und legt eine der Tüten neben mich. Ich habe großen Hunger, und das Frühstücksbuffet im Hotel habe ich bereits verpasst.

»Für mich?«, frage ich dämlich.

»Für dich. Ich weiß, wie blöd man sich manchmal allein in einer fremden Stadt fühlen kann, deshalb dachte ich, ich mach mal einen auf Willkommen-in-der-Nachbarschaft und bring dir was zu essen vorbei.«

Daniel trinkt einen Schluck Kaffee, und ich öffne knisternd die Tüte.

»Strawberry Cheesecake«, murmele ich, als handele es sich bei dem Inhalt der Tüte um einen seltenen Schatz.

»Ich hoffe, du magst die Sorte«, sagt Daniel und reicht mir noch einen Kaffee rüber. »Machst du Witze? Ein Stück Strawberry Cheesecake ist eine religiöse Offenbarung und keine Kuchensorte.«

Ich nehme das schmale Dreieck in die Hand und beiße fröhlich in den süßen, klebrigen Teig.

»Na, da bin ich ja beruhigt. Ich will dich in deiner religiösen Offenbarung auch gar nicht weiter stören«, sagt Daniel zufrieden, knüllt seine leere Tüte zusammen, denn er hat seinen Donut schon verputzt, und schmeißt sie in den Mülleimer neben sich.

»Muss scho los?«, frage ich schmatzend.

»Yep. Ich muss in den Sender. Dein Hotel lag quasi auf dem Weg. Aber wir sehen uns ja bestimmt demnächst, Rachel hat mir von deinem Radioaufruf erzählt. Find ich eine total gute Idee.«

Ich nicke.

»Na ja, mal gucken, ob's was bringt. Danke dir noch

mal wegen gestern!«, sage ich und lache. »Wir haben es echt geschafft!« Ich strecke meine flache Hand nach oben, Daniel schlägt grinsend ein und reckt danach noch triumphierend die Faust in die Höhe, wie Boris Becker nach dem Sieg in Wimbledon.

»Seid ihr denn gestern noch gut nach Hause gekommen?«, frage ich neckisch, denn mich würde schon interessieren, ob zwischen Daniel und Rachel noch etwas gelaufen ist. Schließlich haben wir uns gestern zu dritt ein Taxi geteilt, und ich bin als Erste bei meinem Hotel ausgestiegen. Ob sie vielleicht zu einem der beiden nach Hause gefahren sind?

Daniel scheint sich über meine Frage zu freuen und antwortet zufrieden: »Ja, war alles bestens.«

»Das heißt?«, bohre ich weiter nach.

»Gar nichts, was meinst du?«

Jetzt lacht er sogar richtig, das ist so süß! Anscheinend ist er ganz schön schüchtern, wenn es um die liebe Rachel geht.

»Tschüss Pirmin!«, ruft er dann, um meinem Verhör zu entgehen, und läuft Richtung Tür. »Sag mal, was stinkt hier drin eigentlich so?«, fragt er und dreht sich noch mal um.

»Ach, Pirmin hat in die Ecke gekackt«, sage ich und winke ab. »Ich mach's gleich sauber«, füge ich hinzu, um nicht ganz so unhygienisch zu wirken, wie ich hin und wieder bin.

Daniel schüttelt belustigt den Kopf, dann verschwindet er aus der Tür.

Ich nehme einen großen Schluck Kaffee. Mein Kater ist so gut wie weggeblasen, aber ich sag's ja, so ein Strawberry Cheesecake ist mehr als nur ein Frühstück.

24

Miss Lonely

Als ich meine Tasche vom Vortag ausräume, fällt mir der Glückskekszettel entgegen.

Ein alter Chinese, der aussieht wie ein Berliner Taxifahrer und mich zu einem Elektroclub in der Lower East Side führt? Ich weiß nun zwar, welcher Ort sich hinter der Adresse verbirgt, habe aber immer noch keinen blassen Schimmer, welche Bedeutung die Begegnung in China Town hat. Ob sie überhaupt eine Bedeutung hat? Jeffrey habe ich dort zumindest nicht getroffen. Ich stopfe den Zettel vorsichtshalber in mein Portemonnaie. Wenn mir in Berlin keiner meine Geschichte glaubt, kann ich sie immerhin beweisen.

Was meine Suche nach Jeffrey angeht, habe ich heute einen Tiefpunkt. Die Hälfte meiner Zeit in New York ist schon fast vorbei, und ich komme mir vor, als würde ich in meinem Leben eher Schadensbegrenzung betreiben als Fortschritte machen. Mir fällt auch langsam nichts mehr ein, was ich tun könnte, um Jeff zu finden. Meine Suchanzeige in den Internetforen wird hartnäckiger ignoriert als die Flyer-Verteiler der Aktion Mensch. Zum Glück hat mich Rachel eben angerufen und gefragt, ob wir uns in einer halben Stunde bei Dunkin Donuts gegenüber von meinem Hotel treffen. Vielleicht weiß sie ja schon Näheres wegen dem Radiointerview, schließlich könnte ihre Show morgen schon auf Sendung gehen.

Rachel und ich amüsieren uns köstlich über die Geschehnisse der letzten Nacht. Ich erzähle ihr davon, wie sie im Central Park schnarchend auf einer Parkbank lag, und sie beteuert, dass sie keine Ahnung habe, wie sie es über den Zaun geschafft hat und auf die Idee kam, sich einfach auf eine Parkbank zu legen. Allerdings sind ihre Beine mit so vielen blauen Flecken übersät, dass sie problemlos die Hauptrolle in *Shades of Grey* spielen könnte.

Auf meine Frage, ob die Heimfahrt mit Daniel noch was ergeben hätte, sagt sie nur: »Nee, da war nichts mehr.«

Allerdings sind die beiden für heute Abend zum Sushiessen verabredet, und obwohl Rachel die Sache total runterspielt, klingt es für mich nach einem ersten Date. Wenigstens eine, die vielleicht bald ein Happy End verbuchen kann, denke ich wehmütig.

»Ich habe übrigens super Neuigkeiten!«, verkündet sie mir dann freudestrahlend, nachdem wir gerade unseren ersten Donut verdrückt haben. »Es klappt mit der Sendung! Ich habe den Programmleiter endlich überzeugt, er war ganz angetan von deiner Story. Morgen starten wir mit einer kleinen Einführung, da werde ich einen Paartherapeuten zum Thema »Verliebtsein« interviewen, und übermorgen wärst du dann dran!«

»Boah, wie geil!«, entfährt es mir, und ich umarme Rachel vor Dankbarkeit.

Irgendwie fühlt es sich fast wie meine letzte Chance an,

Jeff noch zu finden. Außerdem freue ich mich nicht nur für mich, sondern auch für Rachel, denn immerhin ist es ihr Konzept, das sie nun umsetzen kann.

»Das heißt allerdings, dass uns jetzt noch etwas Arbeit bevorsteht. Ich brauche noch einige Eckdaten und Infos von dir – hast du was dagegen, wenn wir das mit dem Interview einfach jetzt gleich hier machen? Oder sollen wir rüber zu dir ins Hotel gehen?«

»Ach nö, lass uns das doch hier machen«, willige ich ein, denn mir wird siedend heiß bewusst, dass ich die Schildkrötenkacke immer noch nicht entsorgt habe. Vor Daniel war mir das nicht wirklich peinlich, denn er ist ein Mann – die nehmen das nicht so genau. Die urinieren auch in Flaschen. Aber Rachel ist eine Frau, bei der es bestimmt ordentlich zu Hause ist. Und außerdem hab ich keine Lust, dass sie als erste Info im Radio preisgibt, dass es bei mir im Zimmer müffelt.

»In Ordnung«, sagt Rachel. Sie legt ein kleines, schwarzes Diktiergerät auf den Tisch und schaltet es ein.

»Wann hattest du deine erste Beziehung, und wer war der Glückliche?«, stellt sie ihre erste Frage.

»Wie viel Zeit hast du?«, frage ich lachend.

Rachel grinst, und ich bin mir plötzlich ganz sicher, dass das ein sehr lustiges Gespräch werden wird.

Es dämmert schon, als ich Dunkin Donuts verlasse und wieder in mein Hotel rübergehe. Das Interview hat stundenlang gedauert, weil wir uns nach jeder Frage verquatscht haben, und so saßen wir eine Ewigkeit bei Donuts und Kaffee zusammen. Zwischendurch hat Rachel dann doch begonnen, mir vorzuschwärmen, was für ein toller, witziger Typ Daniel sei und dass seine soziale Ader, seine Tierliebe und sein Gerechtigkeitssinn doch wirklich faszinierend seien. Ich stimmte ihr zu und freute mich für sie. Mit Daniel hatte sie bestimmt einen guten Fang gemacht.

Doch nachdem Rachel zu ihrem Date aufgebrochen ist, stehe ich alleine am Times Square und bin irgendwie traurig. Fühle mich einsam. Es sollte zum allgemeinen Gesetz werden, dass man einen Abend nach einer durchzechten Nacht nicht alleine verbringen darf. Wenn die Nachwirkungen des Suffs zu verkraften sind und man in einem dämmrigen Müdigkeitszustand vor sich hin vegetiert, braucht man jemanden zum Anlehnen. Ich vermisse Jeffrey. Ich vermisse Rainer. Ach, seien wir ehrlich: Ich vermisse es einfach, irgendwen an meiner Seite zu haben. Manchmal wünsche ich mir, wieder fünf zu sein und noch wohlbehütet in meinem Elternhaus zu leben, an anderen Tagen wünsche ich mir, fünfzig zu sein und den ganzen Kram der Partnerfindung und Familiengründung schon in der Tasche zu haben. Diese Ungewissheit ist schwer auszuhalten. Rachel hatte mir vorhin noch erzählt, dass es in einem tollen Kino, dem Beekman Theatre an der Second Avenue, einen Woody-Allen-Filmabend geben soll, zu dem sie gegangen wäre, wenn sich das mit Daniel nicht ergeben hätte. Das Beekman Theatre sei auch das Kino, das im Woody-Allen-Film *Der Stadtneurotiker* zu sehen ist. Als Rachel mich mit dieser Information versorgte, tat ich einfach so, als würde ich genau wissen, von welchem Film sie sprach, und war innerlich heilfroh, dass ich überhaupt eine vage Ahnung hatte, wer Woody Allen ist. Vielleicht sollte ich jetzt mal anfangen, mir auch solche Filme anzugucken, und anstatt alleine und deprimiert im Hotelzimmer zu hocken, unabhängig und erwachsen Kultfilmliebhaberin werden, ja, das klingt nach einem guten Plan. Ob ich meine Nerdbrille noch schnell aus dem Hotelzimmer hole?

Ich war noch nie alleine im Kino, vermute aber, dass das Positive an der Sache ist, dass ich meine Snacks nicht teilen muss. Ich habe nämlich große Lust auf Cola, Chips, Gummitiere und Popcorn – und wenig Lust irgendetwas davon abzugeben. Als ich im Beekman Theatre ankomme, muss ich jedoch feststellen, dass dieses bescheuerte Kult-Kino kein Popcorn hat. Stattdessen gibt es nur Erdnüsse oder Eiskonfekt. Aber kein normales Eiskonfekt, sondern eine eklige Abwandlung mit Gelee-Füllung. Igitt. Dabei hatte ich mich doch so auf Süßigkeiten gefreut! Stattdessen muss ich mich nun mit einer Flasche Saftschorle begnügen.

Als ich mich in die Mitte des überschaubaren Kinosaals gesetzt habe und feststelle, dass ich ganz alleine in einer Reihe sitze, wird mir bewusst: Ein Nachteil am Alleine-ins-Kino-Gehen ist, dass man sich irgendwie verloren vorkommt. Ich bilde mir ein, dass das Mädel am Einlass, das meine Kinokarte abgerissen hat, mich bereits mitfühlend angeguckt hat. Ich strecke mich wie ein Erdmännchen und halte Ausschau nach anderen Singles in den Sitzreihen um mich herum, um mein Gewissen zu beruhigen. Aber ich kann niemanden entdecken. Ein Pärchen sitzt genau hinter mir. Sie blond und schmallippig mit einer Diätlimonade, er braunhaarig, in enger Jeans mit Rollkragenpullover. Er hält das eklige Geleekonfekt in der Hand. Hab ich mir doch gedacht, dass sich solche spießigen Leute diese Filme angucken! Mich überrascht es deshalb umso mehr, dass Rachel mir diese Veranstaltung empfohlen hat. Ob ich sie falsch eingeschätzt habe? Oder ob sie vor mir cool dastehen wollte und deshalb so getan hat, als wär sie Woody-Allen-Fan? Aber auf so eine bescheuerte Idee würde wahrscheinlich nur ich kommen. Ich trinke einen Schluck aus meiner Flasche und schiebe mir meine Nerdbrille auf meine Stirn. So eine Brille drückt nach einer Weile ganz schön, wenn man sie nicht gewohnt ist.

Während des Werbeblocks vor dem ersten Film versuche ich mich auszutricksen und rede mir ein, unglaublich unabhängig und frei zu sein, aber eigentlich fühl ich mich nur blöd. Warum ist es eigentlich so, dass man immer genau das haben will, was man nicht hat? Menschen mit glatten Haaren hätten lieber Locken und umgekehrt. Wenn man gerade einen Partner hat, idealisiert man das Singlesein, und wenn man alleine ist, wünscht man sich wieder einen Partner. Wenn man im Urlaub ist, kriegt man Heimweh, und wenn man zu Hause ist, leidet man wieder unter Fernweh. Das ist doch bekloppt! Ich beschließe, ab jetzt zufrieden zu sein mit dem, was ich habe. Schließlich habe ich schon viele wundervolle, aufregende, überraschende und lustige Dinge in meinem Leben erlebt, für die ich dankbar bin. Ein grandioser Moment war zum Beispiel, als die Mutter von meinem ersten Freund Thomas mir eine SMS schrieb mit dem Inhalt: »Ich möchte deinen Körper spüren.«

Ich vermutete zunächst eine lesbische Annäherung. Es stellte sich allerdings heraus, dass ihr Handy kaputt war und die SMS versehentlich an mich geschickt wurde, obwohl sie an ihren neuen Freund gerichtet war. Ich habe mich kaputtgelacht, während Thomas die Sache weniger witzig fand. Aber wenn man mit der Sexualität der eigenen

Mutter konfrontiert wird, kann ich niemandem Zurückhaltung verdenken.

Ich kann mir kaum vorstellen, dass jeder Erwachsene schon einmal Sex hatte. Oma Hedda, meine Eltern, meine Professoren, Prominente und Obdachlose! Sex ist eine komische Sache. Sobald du ein Mensch bist, wirst du früher oder später mit jemandem den Geschlechtsakt vollziehen. Jeder weiß, dass es so ist, aber (fast) keiner sieht dich dabei. Das ist im Prinzip, wie wenn du eine Großpackung Klopapier nach Hause trägst. Da weiß jeder Bescheid. Eigentlich könnte man sich stattdessen auch gleich ein Schild mit der Aufschrift »Ich kacke!« um den Hals hängen.

Sobald es richtig dunkel ist und der Film beginnt, fühle ich mich wohler, so allein. Es sieht niemand mehr, ob man nun einsam oder mit einem ganzen Pfadfinderverein im Kino ist. Eigentlich ist es auch vollkommen egal, der Film ist derselbe. Genauso wie alleine essen gehen. Es schmeckt identisch, egal ob dir Brad Pitt oder das Sams gegenübersitzt. Nur ist das in meinem Fall leider nichts Gutes. Der Film ist nämlich absolut langweilig. Es ist tatsächlich *Der Stadtneurotiker*, und ich weiß nicht, ob es an meinem Englisch liegt, aber ich finde in der Story einfach keinen roten Faden. Es geht um einen Mann und eine Frau, und beide reden die ganze Zeit von ihrem Therapeuten, aber eigentlich passiert konstant gar nichts. Da könnte man auch meinen Tagesablauf auf die Leinwand bringen! Ist das jetzt Kunst? Die Menschen um mich herum lachen manchmal an Stellen, an denen ich fast eingeschlafen wäre. Ich wünschte, ich wäre in eines der Mainstream-Kinos in Midtown gegangen, hätte jetzt einen riesigen Becher Popcorn vor mir und würde mit 3D-Brille *Kung-Fu-Panda 3* gucken!

Als ich zwei Stunden später das Kino verlasse, ist das einzig Positive an diesem Abend, dass ich nicht schluchzend alleine im Hotelzimmer versauert bin. Der nächste Film wäre »Scenes from a mall« gewesen, aber schon der Titel ließ mich gähnen. Wahrscheinlich werden jetzt weitere neunzig Minuten lang irgendwelche vollkommen normalen Aktivitäten gezeigt. Nein danke, da suche ich lieber das Weite, bevor ich mir den Ablauf an der Supermarktkasse angucken muss. Oder das Einräumen des Gefrierfachs. Oder das Öffnen von Schranktüren.

Ich schlendere wieder zum Times Square zurück und kaufe Pirmin auf dem Weg einen gemischten Salat. Als ich in meinem Hotelzimmer angekommen bin, kommt die kleine Schildkröte mir gleich aufgeregt entgegengekrochen. Wahrscheinlich hat sie Hunger. Kein Wunder, die letzte Nacht wird auch sie mitgenommen haben. Ich setze Pirmin einfach in die Salatschüssel aus Plastik, damit er ordentlich zuschlagen kann. Dieses Mal ohne von einer burmesischen Bergschildkröte bedroht zu werden. Zuerst stürzt er sich auf die Tomaten, dann sind die Gurken dran. Ich öle ihn dabei mit Babyöl ein – sein Panzer ist ganz trocken und rissig. Wahrscheinlich sind die blöden Bergschildkröten einfach über ihn drübergelatscht, oder er hat sich beim Krabbeln über die Felsen verausgabt. Als ich gerade dabei bin, endlich den Schildkrötenkot zu entfernen (ich hatte insgeheim gehofft, dass eine der netten Putzfrauen das kommentarlos für mich übernimmt, schließlich zahle ich zehn Dollar pro Tag für das Mitführen eines Haustieres), klingelt das Hoteltelefon neben meinem Bett.

»Ja?«, überrascht nehme ich den Hörer ab.

»Hier ist Paul.«

»Hey, wie geht's dir? Schön, dass du anrufst!«

»Gut. Alles bestens. Und du, hast du schon Neuigkeiten von ihm?«, fragt er neugierig.

»Von Jeffrey? Nein, leider nicht. Du wirst es kaum glauben, aber ich werde übermorgen ein Radiointerview geben und dann ganz New York aufrufen, mir Hinweise zu Jeffrey zu liefern, oder, das wäre natürlich noch besser, Jeffrey dadurch sofort erreichen, als Hörer!« Trotz der widrigen Gründe bin ich ganz stolz, dass ich im New Yorker Radio zu hören sein werde.

»Echt? Cool. Wie kommt's denn dazu?«

»Na ja, war mehr oder minder Zufall. Ich hab hier im Café eine Frau getroffen, die Radiomoderatorin ist. Wir sind ins Gespräch gekommen, ich hab ihr von mir und Jeff erzählt, und sie hat mich eingeladen, quasi ihr Zugpferd für ihr neues Radioformat zu werden. Verliebte in New York – Love and the City! Paul, ist das nicht der Knaller? Was sagst du?«

Ich habe mich selbst in Rage geredet und werde plötzlich ganz aufgeregt.

»Ich gratuliere! Freut mich echt für dich. Ehrlich gesagt, bin ich jetzt auch ziemlich erleichtert, das zu hören. Hab mir Sorgen gemacht, du hast gar nicht auf meine E-Mail geantwortet. Friederike hat mir die Sache mit Pirmin erzählt, hast du ihn inzwischen wieder?«

»Ja, habe ich. Aber das war eine ganz schöne Nacht- und Nebelaktion. Muss ich dir in Berlin mal in Ruhe erzählen. Tut mir leid, dass ich noch nicht auf deine Mail geantwortet habe, aber ich habe hier eben diese Moderatorin kennengelernt, und einen Kollegen von ihr, mit denen habe ich gestern etwas unternommen, und die Sache mit Pirmin hat mich auch ganz schön auf Trab gehalten.«

»Schon okay, verstehe ich. Ist dir Carlos schon über den Weg gelaufen? An den kannst du dich auch auf jeden Fall wenden, wenn du mal was brauchst, der ist echt cool.«

»Nee, der war im Urlaub, aber ich frag morgen mal an der Rezeption nach ihm, wollt mich auch noch bedanken für das tolle Hotelzimmer mit Blick über den Times Square. Echt ein Traum, könnte ich mich dran gewöhnen.«

»Das freut mich. Ich wünsch dir auf jeden Fall viel Glück fürs Radio. Schreib mir, sobald es was Neues gibt.«

»Mach ich. Sag mal, apropos Neues, gibt es eigentlich Neuigkeiten von Friederike? Sie hat sich doch nicht ernsthaft mit diesem Torben getroffen, oder?«, frage ich und hätte mir am liebsten auf die Zunge gebissen, denn mir fällt schlagartig ein, dass sie Paul vielleicht noch gar nichts von ihren Plänen erzählt hat.

Paul druckst herum.

»Neuigkeiten, na ja, die gibt es schon. Aber das soll sie dir besser selbst erzählen.«

»Willst du mich jetzt auf den Arm nehmen? Sag mir bitte, was los ist. Sie wird es mir doch sowieso erzählen. Hat sie mit dem Neckar-Boy etwa schon geschlafen?«, versuche ich Paul auszuquetschen. Das gibt's doch nicht. Da ist man mal eine Woche weg, und schon ändern sich die Prioritäten. Ich hab's ja geahnt. Jetzt weiß Paul schon mehr über Friederike als ich.

»Frag sie selbst. Sorry, ich kann es dir echt nicht sagen.«

»Mh. Na gut«, lenke ich widerwillig ein. Was ist das

denn für eine blöde Geheimniskrämerei? »Dann melde ich mich demnächst noch mal.«

»O.k. Bis bald!«, sagt Paul und scheint froh zu sein, dass ich ihn nicht weiter ausfrage. »Bis denn!«, sage ich.

Dann legen wir auf. Ich logge mich bei Skype ein und will Friederike anrufen, aber sie ist nicht online. Anschließend versuche ich es vom Hoteltelefon aus auf ihrem Handy, aber sie geht nicht ran. Hoffentlich ruft sie mich bald zurück. Ich will diese Ahnungslosigkeit nicht weiter auf mir sitzen lassen.

Ich lege mich auf mein Bett und muss an die Radiosendung denken. Ich freue mich. Endlich mache ich Fortschritte mit meiner Suche. Das ist die Chance! Mein Herz zerspringt vor Glück bei dem Gedanken, Jeffrey noch einmal zu küssen. Bald. Ganz bald …

25

Miss Liberty

»Millionen Einwanderer ersehnten ihren Anblick: Symbol von Freiheit, Glück und Erfolg in der ›Schönen neuen Welt‹.«

Ich zitiere aus meinem Reiseführer, um, zumindest kurz, von meinen sich überschlagenden Gedanken loszukommen. Sollte ich dem heutigen Tag einen Titel geben, würde er »Krampfhafte Ablenkung« heißen. Gleich morgens hatte ich Rachel angerufen und gefragt, ob sie Lust hätte, etwas mit mir zu machen, aber ich hatte schon befürchtet, dass sie keine Zeit hat. Schließlich ist heute der Start ihrer Sendung und das Interview mit diesem Paartherapeuten. Sie hat mich mit der Info vertröstet, dass Daniel heute freihat und sich bestimmt dazu bereit erklären würde, etwas mit mir zu unternehmen. Wie sich das anhört. Als wäre ich eine erwerbslose Rentnerin bei Elitepartner, die sich nicht gut vermitteln lässt. Daniel sitzt nun tatsächlich neben mir und nuckelt zufrieden an seinem Eis, das ich ihm aus Dankbarkeit für seine Begleitung gekauft habe. Wir sind auf der Fähre, auf dem Weg, Liberty Island zu erkunden, die Insel der Freiheitsstatue. Während Daniel das New Yorker Wahrzeichen schon x-mal gesehen hat, wäre ich niemals alleine zur Freiheitsstatue gefahren, denn ich hasse Schiffe. Der Film *Life of Pi – Schiffbruch mit Tiger* hat mich, was das betrifft, nachhaltig geprägt. Es wäre undenkbar für mich, alleine auf dem Ozean zu überleben. Ich brauche eine funktionierende Wireless-Verbindung, meinen Sandwich-Maker und eine gute Hautcreme mit mindestens 5% Urea. Ich bin keine Frau, die über sich sagt: »Ich kann mit ganz wenig richtig gut auskommen.« Nein, ich sage über mich: »Ich brauche ganz viel und komme damit so einigermaßen über die Runden.«

Daniel hingegen trägt einen Pulli, auf dem »That's Life!« steht, und wirkt so, als wäre ihm alles scheißegal. Die hohen Wellen um uns herum, die aufziehenden Wolken, die ein Unwetter ankündigen könnten, die zwielichtig aussehenden anderen Menschen auf der Fähre, die ich ganz genau im Auge behalte, denn es könnte ja ein Terrorist darunter sein. Der eine da zum Beispiel. Der schaut so griesgrämig, außerdem trägt er einen verdächtigen Rucksack, der voll mit Sprengstoff sein könnte. Von alldem scheint Daniel keine Notiz zu nehmen, er widmet sich andächtig seinem Eis, als wäre er ein Dreijähriger. Irgendwie beruhigt mich das. Daniel tut einfach so, als sei die Welt nicht bedrohlich. Ich hingegen bin heilfroh, als wir die Überfahrt endlich hinter uns haben und von Bord gehen.

»Weißt du, wie man die Freiheitsstatue noch nennt?«, fragt Daniel, als wir wenig später am Sockel der Sehenswürdigkeit stehen.

»Nein«, sage ich geistesabwesend, weil ich einen neuen potenziellen Terroristen im Blick habe. Er trägt eine ziemlich ausgebeulte Jacke, unter der er problemlos eine Bombe verstecken könnte. Heute spielt mein Kopf wirklich verrückt. Diffuse Ängste, Ruhelosigkeit, überbordende Erwartungen wegen morgen, Furcht vor totaler Erfolglosigkeit, dann wieder überschwängliche Hoffnungen, Wiedersehenssexfantasien mit Jeffrey – geht's mir eigentlich gut oder schlecht? Ich weiß es nicht. Absoluter Ausnahmezustand.

»Miss Liberty«, sagt Daniel und fängt an, einen Teil des Gedichtes *The New Colossus* von Emma Lazarus zu übersetzen, das auf einer Bronzetafel, die wir nun gemeinsam mit etlichen anderen Besuchern betrachten, am Podest der Statue seit über einem Jahrhundert steht:

»Gebt mir eure Müden, eure
Armen, eure zusammengekauerten
Massen, die frei zu atmen begehren,
Den elenden Unrat eurer
gedrängten Küsten;
Schickt sie mir, die Heimatlosen,
vom Sturm Getriebenen,
Ich erhebe mein Licht neben dem goldenen Tore!«

Ich sehe hoch zur Miss Liberty. Da steht sie und hält ihr Licht in den Himmel. Zu meinen wechselnden Stimmungen gesellt sich nun noch eine kleine Portion Melancholie.

»Bist du eigentlich das erste Mal ganz allein verreist?«, fragt Daniel, als würde er meine Stimmung bemerken.

»Ja.«

»Und – eine gute oder eine schlechte Erfahrung bisher?«

»Mh… ach, eigentlich gut. Ich bin froh, dass ich's gemacht hab. Manchmal ist es natürlich auch komisch.«

Ich muss an das gestrige Telefongespräch mit Paul denken und das unangenehme Gefühl, irgendwie raus zu sein. Nicht mehr als Erste alles zu erfahren. Ich will Daniel aber nichts davon erzählen, und er fragt auch nicht weiter nach. Stattdessen versuche ich ihn über den gestrigen Abend mit Rachel auszuquetschen, aber bis auf Aussagen wie: »Das Sushi ist in dem Laden echt lecker« und »Wir sind danach noch was trinken gegangen«, habe ich nichts aus ihm rausgekriegt. Aber wenn man nach dem Restaurantbesuch noch in eine Bar weiterzieht, ist das doch ein gutes Zeichen.

»Rachel hat neulich total von dir geschwärmt«, rutscht es mir raus, als wir beginnen, um die Freiheitsstatue herumzulaufen.

»Echt?«, fragt er geschmeichelt. »Was hat sie denn gesagt?«

»Dass du witzig bist und dass sie deine soziale Seite bewundert.«

»Tja, ich bin halt was ganz Besonderes«, sagt er und grinst für den Rest des Weges, den wir schweigend fortsetzen.

Unerlaubt lauschen wir zwischendurch dem Reiseführer einer britischen Reisegruppe und erfahren einige geschichtliche Details über Liberty Island und die Statue of Liberty. *1886 eingeweiht … blablabla … UNESCO-Weltkulturerbe … blablabla.* Mir fällt auf, dass ich gar nichts weiß über die Wahrzeichen sämtlicher Städte. Warum steht ein Jesus in Rio? Wieso gibt es den Eiffelturm? Und warum ist dieser blöde Turm in Pisa eigentlich schief? Grundgütiger, hoffentlich fragt mich das nicht mal jemand, ich muss diese Bildungslücken unbedingt schließen. Von hier und da höre ich weiteres Gebrabbel der Stadtführer. *Julirevolution von 1830… blablabla… 151 Fuß und ein Zoll… blablablabla.* Mein Horrorszenario wäre, dass ich von einem Fernsehteam auf der Straße angesprochen werde und die mich Dinge über Politik fragen, um zu zeigen, wie viel oder wie wenig die deutsche Bevölkerung weiß. Bei *TV-Total* habe ich des Öfteren solche grauenerregenden Tests gesehen.

»Was sind die Aufgaben des Bundespräsidenten?« oder »Wie viele Abgeordnete sitzen im deutschen Bundestag?« Ich könnte das nicht beantworten. »*Gibt* es einen Bundespräsidenten?« oder »*Gibt* es einen Bundestag?« Das könnte ich fröhlich mit »Ja« beantworten, aber für alles andere bräuchte ich Wikipedia.

»Schade, dass die Freiheitsstatue so hoch ist, sonst könnten wir ihr einen Penis anmalen«, schlägt Daniel vor.

»Der Einbruch im New Yorker Zoo reicht dir also nicht. Meine Oma würde sagen, dass du wohl gerne Schabernack treibst.«

»Äußerst gerne sogar. Warum ist das Ding nur so riesig?«, bedauert er. »Man bräuchte einen Kran, um bis zum Schritt zu kommen.«

»Mhhh, oder ich mache eine Räuberleiter, und du guckst, wie hoch du kommst?«, schlage ich vor und muss lachen. Penisse in Hefte und Bücher zu malen, ist ja eigentlich eine *meiner* Lieblingsbeschäftigungen in der Uni. Unglaublich, dass jemand diese Leidenschaft teilt.

»Nee, lass mal. Ich will nicht, dass Obama sich auf den Slip getreten fühlt.«

»Auf den was?«, frage ich grinsend nach.

»Na, auf den Slip. Dass er verärgert ist, sonst schmeißt er mich noch von seinem Kontinent.«

Ich pruste los vor Lachen.

»Daniel, das heißt *Schlips*! Er soll sich nicht auf den Schlips getreten fühlen, nicht *Slip*!« Ich gackere so laut, dass sich die umstehenden Besucher zu mir umdrehen.

»Echt? Ich dachte immer, das heißt Slip. Na, da siehst du mal, dass ich schon so lange in New York bin, dass ich deutsche Redensarten nicht mehr draufhab. Slip ist doch aber auch passend, oder?«

Ich nicke und quietsche noch ein bisschen vor Freude bei der Vorstellung, Obama auf den Slip zu treten.

Dann schweigen wir wieder für eine Weile, und ich habe seit meinem Lachanfall richtig gute Laune.

»Ich mag die Freiheitsstatue«, stelle ich fest, nachdem ich eine Weile zur Miss Liberty hochgeguckt habe. »Sie wirkt so entschlossen und so – wie soll ich sagen – stark, irgendwie kraftvoll.«

Daniel sieht mich von der Seite her an, als hätte ich einen Dachschaden, der ihm bisher noch nicht aufgefallen ist.

»Was denn?«, frage ich ihn.

»Bist du unter die Kunstliebhaber gegangen? Was will uns der Erbauer mit diesem Werk sagen?«, scherzt er. »Wer hat das Ding überhaupt gebaut?«

»Frédéric-Auguste Bartholdi«, lese ich aus meinem Reiseführer vor. »Ein Franzose – das würde meine beste Freundin Friederike freuen, ihr Urgroßvater stammt aus Frankreich, und deshalb darf ich mir immer irgendwelche französischen Floskeln und Redewendungen anhören. Manchmal schleppt sie mich auch in französische Filme in Originalsprache mit Untertiteln, und sie hat mir sogar einen französischen Spitznamen verpasst.«

»Welchen denn?«, fragt Daniel überrascht.

»Chouette«, gebe ich zu und lache. »Das heißt Eule.«

»Wieso nennt sie dich denn Eule?« Daniel guckt irritiert.

Ich zucke betont unwissend mit den Schultern.

»Ich habe absolut keine Ahnung«, sage ich und schmunzle zur Freiheitsstatue hoch.

Als ich am Abend ins Hotel zurückkomme, begrüßt mich ein Mann an der Rezeption, auf dessen Namensschild Carlos Suarez steht. Eigentlich wollte ich gleich in mein Zimmer verschwinden, aber jetzt bleibe ich vor der Rezeption stehen und frage: »Carlos?«

Der Typ nickt belustigt und deutet vielsagend auf sein Namensschild.

»Ich bin Helena, die Freundin von Paul«, ich mache einen Schritt auf ihn zu und gebe ihm die Hand. Für einen kurzen Moment überlege ich, ob das überhaupt der richtige Carlos ist, oder ein anderer Angestellter. Aber der Name ist ja nicht allzu häufig.

»Ach, hallo, freut mich. Ja, ich war letzte Woche in Brasilien, deshalb konnte ich dich nicht persönlich begrüßen. Wie gefällt dir dein Zimmer?«

»Es ist spitze. Vielen Dank, wirklich. Ich hätte mir einen zweiwöchigen Aufenthalt hier sonst nie leisten können. Ich bin echt wunschlos glücklich.«

»Wirklich? Ich könnte dir noch ein Dinner aufs Haus in unserem Restaurant anbieten.«

Während Carlos mit mir spricht, fällt mir auf, wie attraktiv er ist. Auf den ersten Blick hat er auf mich einen eher reservierten Eindruck gemacht, aber wenn er mich jetzt so anlächelt, sieht er aus wie der Prinz von Ägypten aus dem Disney-Film.

»Äh, wie – umsonst?«

»Na, wir Mitarbeiter haben bestimmte Freibeträge für unsere hauseigenen Einrichtungen, wie das Restaurant, das Fitnesscenter, den Spa …«

»Spa?«, quietsche ich hellhörig.

Doch bevor Carlos mir Weiteres erzählen kann, steht ein anderer Hotelgast neben mir, und ich deute ihm an, dass er selbstverständlich gerne vorgehen kann. Während Carlos den Gast zufriedenstellt, setze ich mich auf einen der beigen Sessel, die in der Lobby stehen. Zum ersten Mal gucke ich mir diesen Vorraum richtig an. Kästen mit rosafarbenen Lichtinstallationen verzieren die Decke, eine viereckige Säule aus dunkelbraunem Holz verdeckt mir die direkte Sicht auf die Rezeption. Der helle Marmorfußboden wird gerade von einem Zimmermädchen mit einem breiten Wischmopp gereinigt, und ich höre die Fahrgeräusche der Rolltreppe, die neben der Rezeption nach oben zu den Fahrstühlen führt. Als ich den Gast, der eben noch mit Carlos gesprochen hat, die Rolltreppe hochfahren sehe, stehe ich auf und laufe wieder zur Rezeption.

»Also, wie jetzt Spa?«, hake ich nach.

»Mhhh, ich merke schon. Das wäre also was für dich, ja? Vielleicht statt dem Dinner lieber eine Massage?«, schlägt Carlos vor und tippt irgendetwas in seinen Computer ein.

»Also, na ja, wenn es keine Umstände macht. Du hast mir doch aber schon so viel ermöglicht«, gebe ich zu Bedenken, um nicht ganz so selbstverständlich und skrupellos zuzuschlagen.

»Ach Quatsch, du bist doch eine gute Freundin von Paul, da ist das doch Ehrensache. Ich bin ihm für meinen letzten Berlinaufenthalt definitiv noch etwas schuldig. Wie geht's ihm denn so?«

»Soviel ich weiß, echt gut. Er ist am Überlegen, seine Stelle zu wechseln, aber keine Ahnung, ob es da inzwischen Neues gibt.«

»Du musst ihn auf jeden Fall von mir grüßen. Wir kennen uns schon seit unserem Studium, aber sehen uns leider viel zu selten. Bei so einer Fern-Freundschaft ist das manchmal echt schwierig.«

»Das mach ich auf jeden Fall.«

Zwei Stunden später liege ich mit dem Gesicht nach unten auf einer Massageliege und gucke dem kleinen Springbrunnen, der sich unter meiner Liege befindet, dabei zu, wie er das Wasser fleißig über eine graue Kugel gleiten lässt, die sich dreht. Es läuft leise Hintergrundmusik, eine Frau singt zu einer entspannenden Klaviermelodie dauernd das Wort »Sexuality«. Ach du lieber Himmel, wird das jetzt hier so eine Sex-Massage? Als ich mich eine Weile eingehört habe, erkenne ich jedoch, dass nicht »Sexuality« sondern »Sanctuary« gesungen wird. Gott sei Dank habe ich das jetzt verstanden, sonst hätte ich Carlos später gefragt, warum bei der Massage so obszöne Musik gespielt wird.

Der braun gelockte, gepflegte Schönling, der nun beginnt, mich durchzukneten, fragt mich, ob die Stärke seines Zupackens in Ordnung ist, und ich brumme wohlig zurück. Das reicht ihm als Antwort. Carlos konnte mir noch für heute Abend die klassische Rückenmassage buchen, und ich freue mich riesig darüber, dass ich mich vor meinem aufregenden Interview morgen noch mal entspannen kann. Und das alles for free! Der Masseur streicht meine

Wirbelsäule entlang, benutzt seine Arme und Ellbogen, um alle Verspannungen aus meinem Rücken zu lösen, zieht und schüttelt meine Hände und lässt zum Schluss eine beheizte Decke auf mir ruhen. Herrlich! Das Wasserplätschern des Springbrunnens lässt mich eindösen, löst allerdings auch einen latenten Harndrang aus, und so finde ich es nicht weiter schlimm, als ich nach einer Weile mit einem beruhigenden Handauflegen in die Wirklichkeit zurückgeholt werde und die Behandlung vorbei ist.

Das Schöne an einer Massage im eigenen Hotel ist, dass man es nicht weit bis ins Bett hat.

Als ich mein Hotelzimmer betrete, steht ein kleiner Korb auf meinem Kopfkissen, in dem eine Piccoloflasche Champagner und eine Tafel Schokolade Platz haben. Womit habe ich das denn verdient? Bin ich im richtigen Zimmer? Ich vergewissere mich, in dem ich einen Blick zu Pirmin werfe, der sich zum Schlafen unter den Schreibtisch verkrochen hat. Ja, es ist eindeutig mein Raum.

Ich schenke mir ein Glas prickelnde Erfrischung ein und frage mich, ob das wohl eine kleine Aufmerksamkeit von Carlos alias dem Prinz von Ägypten war. Der ist ja wirklich auf sehr positive Art und Weise überengagiert. Was hat Paul ihm denn bloß für einen tollen Urlaub in Berlin geboten, dass er sich so intensiv revanchiert?

Als ich, Schokolade essend und Champagner trinkend, aus dem Fenster auf den Times Square runtergucke, stelle ich fest, dass es mir richtig gut geht. Und morgen, ja, morgen vielleicht noch viel besser.

26

Funkschwärmen

Am nächsten Nachmittag sitze ich im Studio des Radiosenders Z100 New York.

Endlich! Gestern Abend, als ich im Bett lag, bin ich plötzlich noch so aufgeregt geworden, dass ich gar nicht einschlafen konnte. Ich habe dann meinen Laptop angeschaltet und bin den sinnlosesten Fragen nachgegangen wie: »Wer designt eigentlich das Muster auf Klopapierrollen?« Und: »Wie funktionieren Spiegel?« Danach habe ich Solitär gespielt. Gegen elf war ich davon so dermaßen gelangweilt, dass ich tatsächlich eingeschlafen bin – jedoch nicht ohne vorher noch einmal nachzusehen, ob irgendjemand auf einen meiner Foreneinträge zur Suche nach Jeffrey geantwortet hat. Doch wieder, keine Reaktion. Kurz hatte ich überlegt, noch einen Eintrag zu posten, der sämtliche Forennutzer als faule, unromantische Säcke beschimpft, deren Hilfsbereitschaft weniger ausgeprägt ist als die Bauchmuskulatur eines Hängebauchschweins. Aber ich hab's dann doch gelassen und meine aufgestaute Wut runtergeschluckt. Schließlich würde ich bald wissen, ob meine letzte Chance, Jeffrey zu finden, Früchte tragen wird. Heute Morgen habe ich dann ausgiebig gefrühstückt, und vor lauter aufgestauter Warteenergie bin ich durch den Central Park *gejoggt*. Ein deutliches Zeichen dafür, dass ich geistig am Ende bin.

Doch jetzt ist er tatsächlich da. Der Moment der Wahrheit – mein Radioaufruf!

Mein Herz klopft wie verrückt. Ich beobachte Rachel von einem Nebenraum aus, in dem sich die Technik befindet und der durch ein großes Fenster mit dem Aufnahmestudio verbunden ist. Ihre Moderation kann ich über Lautsprecher hören. Sie macht ihre Sache wirklich fabelhaft. Kaum zu glauben, dass sie vor ein paar Tagen noch lallend im Central Park lag. Ihr Englisch ist perfekt, und ich beneide sie um die offene und freundliche Art, in der sie zu den Zuhörern spricht. Locker leitet sie meine Liebesgeschichte ein, indem sie ein paar Witzchen einbaut und erklärt, dass Deutsche neben dem ganzen Bratwurstessen und Bierbrauen tatsächlich noch genug Zeit haben, um sich zu verlieben. Dann macht sie mich ganz verlegen, als sie mich charmant bei der Hörerschaft ankündigt und bedauert, dass die Zuhörer mich nur über ihren Gehörgang erleben dürfen, da ich angeblich »very pretty« sei und ein »beautiful smile« hätte. Ob sie wohl weitere Pläne für mich verfolgt, falls das mit der Jeff-Suche nicht klappt? Hofft sie, dass sich dann wenigstens ein anderer männlicher Hörer für mich begeistert und sich im Sender meldet?

Während eines Blocks von drei Songs werde ich dann vom Nebenraum ins kleine Studio geholt. Die Mitarbeiter des Radiosenders lächeln mich freundlich und ermutigend an. Fast ein wenig zu freundlich. Wahrscheinlich haben sie Mitleid mit dem armen Ding, das keine andere Möglichkeit mehr sieht, als einen Mann übers Radio zu suchen.

Dann werden mir riesige Kopfhörer aufgesetzt, über die ich mich selbst höre, wenn ich spreche.

»Hello!«, sage ich, nachdem Rachel mich begrüßt hat. Meine Stimme klingt einfach selten dämlich. Selbst wenn Jeffrey dieser Radiobeitrag zu Ohren kommt, wird er wahrscheinlich den Teufel tun, sich bei der beknackten Tussi mit der Piepsstimme aus dem Radio zu melden. Ich höre mich an wie die Heidi-Klum-Parodie von Martina Hill bei *Switch Reloaded*. Worauf habe ich mich hier nur eingelassen?

»Helena, wie geht's dir?«

»Danke, ganz gut.«

»Bis auf den Liebeskummer natürlich«, hilft Rachel mir auf die Sprünge, denn wir hatten eigentlich vereinbart, dass ich auf ihre Frage gleich ins Thema einsteige und von Jeffrey erzähle.

»Äh, ja, genau. Ich bin verliebt in einen Mann, der vor zwei Wochen nach New York gezogen ist und den ich nun suche.«

Dann fasse ich etwa drei Minuten lang zusammen, wo ich Jeff zum ersten Mal gesehen habe, und gestehe, dass es bei mir Liebe auf den ersten Blick war.

»Was genau hat dich denn an diesem Mann so fasziniert? Habt ihr viele Gemeinsamkeiten, oder sind es eher die Unterschiede, die ihn für dich interessant gemacht haben?«, hakt Rachel nach, als ich ins Stocken gerate.

»Mh, es sind eher die Gemeinsamkeiten, würde ich sagen. Wir sind beide manchmal ein wenig albern – bei unserem Kennenlernen beispielsweise sind wir plötzlich auf einem Spielplatz gelandet –, wir sind in Berlin groß geworden, reden sehr viel, mögen gute Musik und italienisches Essen«, sauge ich mir aus den Fingern.

Das hätte ich damit eigentlich ganz gut zusammengefasst, wäre meine englische Aussprache nicht so miserabel.

»Italian *foot*?«

»Ja.«

»Ach, du meinst *food*?«

»Ja, genau.«

Ich sehe die Mitarbeiter im Nebenraum lachen, und auch Rachel grinst. Foot. Food. Ach, Mann, ich verwechsele das immer! Doch jetzt fällt es mir wieder ein, Football ist Fußball. Das heißt, ich habe gerade in etwa erzählt, dass Jeffrey und ich beide auf italienische *Füße* stehen?

Doch bevor ich mich ordentlich schämen kann, fordert Rachel mich auf, davon zu berichten, wie es dazu kam, dass ich jetzt hier im Studio sitze und nicht im Arm meines Traummanns liege. Daraufhin erzähle ich von meinem Kleiderschrankdrama, das schließlich zum Kontaktabbruch mit Jeff geführt hat, und Rachel unterstützt mich beim Erzählen mit weiteren Fragen und pflichtet mir bei, wie schwierig es ist, sich auch im Zeitalter der modernen Kommunikation nicht aus den Augen zu verlieren, und wie aufgeschmissen man sein kann, wenn man sein Handy oder eine Handynummer verliert. Bis auf meinen Fuß-Fetischismus-Patzer läuft es bisher ganz gut. Mein Englisch klingt flüssig (Rachel und ich hatten vorgestern bei Dunkin Donuts schon eine Interview-Generalprobe gemacht), ich verstehe alle Vokabeln, nur das mit der Stimme habe ich absolut nicht im Griff. Die Piepsstimme vom Anfang des Interviews kippte, als ich ruhiger wurde, eine Oktave tiefer, schnellt aber wieder hoch, sobald mir bewusst wird, wie viele Menschen mir wohl gerade zuhören. Nachdem Rachel und ich darüber gesprochen haben, dass Jeffrey und ich, wenn wir uns finden, ja auch vor dem Problem stünden, dass er in New York lebt und ich in Berlin, unterbrechen wir das Gespräch, und Rachel spielt den Song »Distance and Time« von Alicia Keys. Währenddessen können wir unsere Kopfhörer kurz abnehmen und uns unterhalten.

»Du machst das super«, sagt Rachel begeistert und strahlt.

»Wirklich?«

»Ganz ehrlich. Und ich muss ja gestehen, dass ich nicht ganz uneigennützig handle – wenn dem Programmleiter die Umsetzung des Formats nicht gefällt, kann ich es mir abschminken, dass der noch mal eine Idee von mir annimmt.«

»Na toll, das nimmt mir jetzt nicht unbedingt den Druck.«

Doch Rachel geht gar nicht darauf ein. Stattdessen ruft sie: »Guck mal, da ist Daniel!«, und zeigt in den Nebenraum, in dem ich zuvor noch schwitzend gesessen hatte, wie ein nervöser Häftling vor der Exekution. Daniel winkt, dann drückt er auf einen Knopf des Mischpults, das im Nebenraum steht, und wir hören seine Stimme im Aufnahmestudio.

»Du musst ins Schambein atmen«, sagt er, guckt mich an und grinst.

»Wie bitte?«, frage ich und spreche dabei ins Mikrofon, damit er mich hört.

»Dann hat deine Stimme mehr Halt«, erklärt er.

Fabelhaft. Er hat also die ganze Zeit in dem Raum gehockt und sich über meine Stimmlagenwechsel amüsiert.

»Atme doch selber in dein Schambein!«, rufe ich.

Schambein ist wirklich ein bescheuertes Wort. Zum

Glück versteht mich in dem Studio keiner, wenn ich Deutsch spreche.

Daniel lacht, legt seine Hände vor der Brust übereinander wie ein meditierender Mönch, schließt die Augen, und ich erahne, dass er meiner Empfehlung nachgeht und ein paar tiefe Atemzüge in sein Schambein genießt. Rachel kriegt sich vor Lachen nicht mehr ein, bis die rote Lampe über der Tür wieder leuchtet, das Zeichen, dass wir wieder auf Sendung sind. Rachel kündigt an, dass jetzt der entscheidende Teil des Interviews kommt, mein Aufruf an Jeffrey, sich zu melden, wenn er mich hört. Ich kreuze meine Finger und meine Zehen, schicke ein stummes Stoßgebet zum Himmel und beginne:

»Also Jeffrey, hier ist Helena. Vielleicht hast du ja den ganzen Beitrag schon gehört, oder du schaltest gerade erst ein. Oder es hört mich auch einer deiner Freunde, Verwandten oder Bekannten und erzählt dir von dem Mädchen aus dem Radio, das dich sucht. Falls du mich wiedersehen willst, melde dich so schnell wie möglich im Sender, ich bin nur noch den Rest der Woche in New York. Und ich würde gerne noch mal mit dir die Sterne sehen.«

Ich atme erleichtert aus. Ich hatte mir diesen Text auf Englisch vorher zurechtgebastelt, und Rachel hatte kontrolliert, dass alles richtig ist. Er klingt etwas kitschig, aber ich wollte unbedingt etwas erwähnen, das an unseren Besuch im Planetarium erinnert, und Rachel war der Meinung, dass es sich gut machen würde, ein bisschen Romantik reinzubringen. Ich verabschiede mich noch von den Hörern, bedanke mich, und Rachel spielt »Stars« von The Cranberries.

Ich bin erleichtert, ich hab alles gegeben. Jetzt ist es das Schicksal, das entscheiden wird. Und irgendwie habe ich das Gefühl, dass die ganze Aktion tatsächlich zum Erfolg führen könnte. Zumindest bin ich schon mal um eine Erfahrung reicher: Ich war im New Yorker Radio zu hören, und das kann nun wirklich nicht jeder von sich behaupten.

Oma Hedda würde wahrscheinlich dazu sagen: »Mensch Mädel, du bist ja ein Hans Dampf in allen Gassen!« Die meisten von Oma Heddas Sprüchen verstehe ich, ehrlich gesagt, gar nicht. Sie sagt zum Beispiel auch gerne: »Na, hoffen wir das Beste, lieber Leser!« Welcher Leser denn? Es gibt für jeden Anlass einen solchen Spruch. Wenn etwas teuer ist, sagt sie: »Die nehmen es von Lebendigen!« Wenn etwas billig ist, heißt es: »Na, das gab es ja für ’n Appel und ’n Ei!«

Wer denkt sich diese Floskeln aus? Oma Hedda?

»Und was machst du jetzt?«, fragt mich Rachel, nachdem wir unsere Kopfhörer abgenommen haben.

Irgendwie habe ich darüber noch gar nicht nachgedacht. Die letzten beiden Tage habe ich nur auf diesen Punkt, dieses Radiointerview hingefiebert, als würde danach die Welt gar nicht mehr existieren.

»Ich weiß nicht. Ich schätze, ich gehe ins Hotel und warte gespannt vor dem Telefon, ob du dich mit Nachricht von Jeff meldest.«

»Ok. Na ja, ich frage, weil ich hier noch Tickets habe für eine Bustour von einem Touristikunternehmen in New York. Die bieten jetzt neuerdings auch New-York-Touren bei Nacht an und wollen, dass wir im Radio über sie berichten. Ich krieg ständig solche Freikarten und Einladungen, ein richtiger Vorteil, wenn man hier arbeitet.«

»Cool«, sage ich, bin aber nicht sicher, ob ich da Lust drauf habe.

»Ich dachte, das wär vielleicht was für dich. Ich kann leider nicht mit, weil ich hier noch eingespannt bin. Morgen geht's ja schon weiter mit meiner Sendung. Aber frag doch mal Daniel, ob er mitkommt, dann ruf ich auf seinem Handy an, wenn's was Neues gibt. Außerdem kann er uns dann gleich Rückmeldung geben, ob der Kram einen Beitrag wert ist.«

Dass ich mit Daniel für Rachel jederzeit erreichbar bin, überzeugt mich. Wenn ich es mir recht überlege, wäre das vielleicht wirklich eine gute Möglichkeit, um die Warterei zu überbrücken. Besser als joggen oder Solitär spielen jedenfalls.

Daniel hat tatsächlich Lust mitzukommen. Auch ihm hat mein Interview gefallen, und als wir gemeinsam den Sender verlassen, lobt er mich für mein gutes Englisch und erzählt mir noch irgendetwas über die gestrige Sendung, in der dieser Paartherapeut zu Gast war. Doch ich kann ihm kaum zuhören, weil ich zu sehr damit beschäftigt bin, mich umzusehen, in der Hoffnung, dass Jeffrey vielleicht gleich nach dem Hören des Interviews in ein Taxi gesprungen und hierhergefahren ist. Doch er ist nicht da. Und so fahre ich mit Daniel in einem der gelben Autos zu diesem Touristikunternehmen, von dem aus die Tour startet.

»Und wie fühlst du dich nach dem Interview?«, fragt er, sobald wir uns auf die Rückbank gesetzt haben.

»Mh, erleichtert, aber ich hab auch Schiss, dass es einfach nichts gebracht hat.«

»Versteh ich.«

»Hörst du auch dein Handy, wenn es klingelt?«, frage ich sicherheitshalber nach.

»Ich hab es auf ganz laut gestellt.«

Ich wette, Daniel hat einen albernen Klingelton. Bestimmt den Ententanz oder einen Pavianschrei. Allein das Cap, das er heute trägt, lässt mich das vermuten. Darauf steht »I like Ikea«. Ich grinse zu ihm rüber.

»Ich rechne es dir hoch an, dass du mitkommst. Ich werde dich bestimmt alle fünf Minuten fragen, ob Rachel schon angerufen hat. Das kann anstrengend werden.«

»Schon okay. Meine Nachbarin hat gestern den ganzen Abend »Take a bow« von Rihanna gehört. In einer Lautstärke, dass selbst in meiner Wohnung der Bass vibriert hat. Ich bin froh, wenn ich heute Abend nicht zu Hause bin und mir das wieder antun muss.«

Wir steigen am Times Square aus dem Taxi aus, direkt an der gekennzeichneten Haltestelle, der Touri-Bus steht schon da. Unsere Tickets werden gescannt, und wir setzen uns in die obere Etage des blauen Doppeldeckers. Nach etwa dreißig Minuten, während denen ich mit Daniel »Schere, Stein, Papier« spiele, fährt der Bus endlich los. Wir fahren die gesamte Fifth Avenue runter, in der sich die Touristen tummeln und sich unendlich viele Geschäfte befinden, deren Lichter in der Dunkelheit grell leuchten. Ein Hingucker ist die Hollister-Filiale, in der am Eingang männliche Models in Unterwäsche stehen, auf die Daniel mich lachend hinweist. Als wir die Avenue verlassen, wird es ruhiger, die Umgebung grüner, Basketballplätze, Spielplätze und Supermärkte lassen darauf schließen, dass wir uns nun in Wohngegenden befinden. Wir überqueren die Brooklyn-Bridge, der Bus fährt in eine ruhige Straße ohne Geschäfte oder Menschen hinein und hält schließlich in einer Einbuchtung am rechten Straßenrand an, um uns die Gelegenheit zu geben, die Aussicht auf Manhattan zu genießen. Daniel und ich machen mit meiner Einwegkamera ein Selfie vor diesem atemberaubenden Hintergrund. Ich bin begeistert von dem Bild, das sich mir bietet: die Silhouette dieser berühmten Stadt, in der so viele Musiker, Maler und Schauspieler leben und einmal gelebt haben, die Hochhäuser, deren Lichter wie Tausende Augen aussehen, der Nachthimmel über uns in verschiedenen dunklen Blautönen, die glänzende Wasseroberfläche, ein Anblick wie auf einer Postkarte. Mein Leben in Berlin kommt mir unendlich weit weg vor. Auf einmal stellt sich mir die Frage, was ich vom Leben überhaupt will, deutlicher denn je. Wie sich das anhört! Kann man überhaupt etwas vom Leben wollen? Eigentlich würde ich gerne das machen, was mir Spaß macht. Malen und Kaffee trinken. Freunde treffen und shoppen, viel und lecker essen. Doch sofort hallen die Sätze meiner Oma in meinem Kopf: »Das ist nicht alles im Leben!« Oder: »Man kann nicht immer nur das machen, was man will« und: »Das Leben ist kein Wunschkonzert!«

Warum eigentlich nicht?

Als Kind habe ich oft die Quizshow »Eins, zwei oder drei« geguckt. Am Ende der Sendung haben die Kinder ihre in einer durchsichtigen Röhre gesammelten Punkte genommen und durften zum Tauschbasar rennen. Der Tauschbasar! Ein Kindertraum von mir. Sich einfach aussuchen zu können, was man haben will, und dafür diese dämlichen Bälle abgeben, die man mit seinem eigenen Wissen gewonnen hat. Ich bin Mitte zwanzig, und immer noch glaube ich, dass das Leben eine Art Tauschbasar ist. Man bringt den Einsatz in Form von Talent, von Mut, vielleicht auch richtigen oder falschen Entscheidungen, und dann darf man sich etwas dafür aussuchen. Zu oft höre ich unzufriedene Menschen den Satz sagen: »Ich will mehr vom Leben.« Aber diese Menschen wissen überhaupt nicht, was sie beim Leben überhaupt eintauschen können. Mit meinem New-York-Trip habe ich zumindest ziemlich viel Mumm in die Waagschale geworfen, und ich glaube fest daran, dass es sich auszahlen wird. Gerade bin ich seltsam zufrieden. Seltsam deshalb, weil ich von außen betrachtet, wenig Grund dazu habe. Keinen festen Job, keine Beziehung, kein Geld, keine langfristige Perspektive. Aber ich bin, na ja, *frei*! Habe meine Auslandsangst endlich überwunden.

»Denkst du gerade an Jeffrey?«, bricht Daniel die Schweigsamkeit.

Ich muss fast lachen, denn es ist einer der seltenen Momente, in denen Jeffrey gerade nicht in meinem Kopf herumspukt.

»Nein, ich habe darüber nachgedacht, was ich mit meinem Leben anstellen will. Ich bin in meinem Zweitstudium und habe das ungute Gefühl, dass es mich nicht glücklich machen wird. Eigentlich studiere ich es nur, weil ich meinen Vater damit glücklich mache und weil ich eh nicht weiß, was ich sonst machen soll.«

»Was studierst du denn?«

»Zahnmedizin.«

»Mh. Passt nicht zu dir.«

Daniel sagt das so trocken, als würde er gerade von einem unvorteilhaft geschnittenen Pullover sprechen und nicht von einem Studium, dem ich seit über einem Jahr nachgehe.

»Ich weiß, Herr Schlaumeier. Das ist ja mein Problem!«

»Mir ging es ähnlich. Ich habe in Deutschland Informatik studiert und erst viel später gemerkt, was mir wirklich Spaß macht. Ich bin nach New York gekommen, weil ich als DJ arbeiten wollte, einfach raus und neue Ufer finden. Dann habe ich ziemlich schnell festgestellt, dass auch das nicht alles für mich sein kann. Ich meine, ich kann das nicht ewig machen, irgendwann bin ich zu alt. Einen 65-jährigen DJ wird man bestimmt nicht mehr buchen, höchstens auf irgendwelchen beknackten Schlagerpartys. Deshalb versuch ich mir mit dem Audio Engineering ein zweites Standbein aufzubauen.«

Ich schaue nachdenklich gestimmt auf Manhattan. Ob ich mir vorstellen könnte, hier zu leben? Die Trennung von Rainer hat mich wahnsinnig durcheinandergebracht. Es fühlt sich so an, als wäre plötzlich wieder alles auf Anfang gesetzt.

»Weißt du, es hört sich vielleicht klischeehaft an, aber du solltest im Leben das tun, was dir Spaß macht und was dir guttut. Hast du ein Hobby, das du gerne machst?«, fragt Daniel, und ich muss lächeln.

»Ich male gerne. Aber ich male nicht gut, nur so zum Spaß. Aber wenn ich das tue, dann fühlt es sich so an, als würde gar kein Druck auf mir lasten. In der Uni ist alles so anstrengend, und es gibt viel Konkurrenz, dauernd mache ich irgendetwas falsch, weil alles so exakt sein muss. Aber beim Malen gibt es kein Falsch und kein Richtig, deshalb ist es so entspannend und macht mir solchen Spaß!«

Ich seufze. Ich will nicht mehr in einen Stundenplan gepresst werden, aber auf der anderen Seite will ich Sicherheit und auch Geld verdienen. Ach, ich weiß doch selbst nicht mehr, wie ich mich fühlen soll. Ich schwanke hin und her zwischen der Weisheit des Dalai-Lamas und der Ungeduld einer Zweijährigen. Meine Interessen bewegen sich zwischen der nächsten Folge *Gossip Girl* und dem Weltfrieden.

Der Bus setzt sich wieder in Bewegung, und wir beginnen die Rückfahrt. Doch von der kriege ich kaum etwas mit, weil meine Gedanken mich vollkommen in Beschlag nehmen. Mit jeder Minute, die vergeht, wird mir nun klarer, dass ein Anruf von Jeff im Sender immer unwahrscheinlicher wird. Wenn er den Beitrag gehört hätte, würde er doch sofort anrufen. Und wenn ein Freund ihn gehört hätte und ihm davon erzählen wollte, warum sollte der damit tagelang warten? Immerhin habe ich extra betont, dass ich nicht mehr lange in der Stadt bin.

»Dein Handy hat auch Empfang, ja?«, frage ich Daniel beunruhigt.

Der zieht sein iPhone aus der Tasche und nickt. Mir ist plötzlich zum Heulen zumute. Ich versuche mich krampfhaft abzulenken, ich war bisher sogar ganz stolz auf mich, dass ich es wenigstens für kurze Zeit geschafft habe, nicht an diesen Anruf zu denken, aber Geduld wird eben doch nicht belohnt. Dem bescheuerten Schicksal ist es einfach egal, dass ich hier sitze und das Gefühl habe, langsam nicht mehr warten *zu können*. Vielleicht ist alles völlig vergebens. Ich sollte mich langsam mit diesem Gedanken anfreunden, den Tatsachen ins Auge sehen. Ich versuche, den Kloß in meinem Hals runterzuschlucken, aber er bleibt hartnäckig in meiner Kehle stecken, als hätte er fiese Saugnäpfe.

»Alles o.k.?«, fragt Daniel besorgt. Eine Träne fällt auf meine Jeans. Scheiße.

»Nein. Ich fühl mich plötzlich total kacke«, gebe ich zu.

Der Bus hält an, und ich wische mir über meine nasse Wange. Wir steigen aus und stehen an der Station, von der aus wir gestartet sind. Unglaublich. Vor zwei Stunden habe ich hier mit Daniel noch fröhlich »Schere, Stein, Papier« gespielt. Ich war so hoffnungsvoll. Wenn ich ehrlich bin, auch so sicher, dass mein Radioaufruf klappt. Z100 New York ist immerhin ein echt großer Sender!

»Ok, also ich lass dich jetzt nicht alleine im Hotel rumsitzen. Mir ist gerade eingefallen, was dich vielleicht aufheitern könnte«, sagt Daniel, als wir an der Haltestelle stehen.

»Was denn?«, frage ich mit zittriger Stimme, wie ein kleines Mädchen, dass die Chance auf ein Duplo mit Aufkleber wittert.

»Sag ich dir nicht. Du musst dich überraschen lassen.«

»Kannst du es mir nicht zuerst verraten? Vielleicht mag ich es ja gar nicht. Ich hasse zum Beispiel Schwimmbäder.«

»Ich will nicht mit dir ins Schwimmbad. Komm einfach mit, es wird dir gefallen. Wir können sogar hinlaufen. Dauert aber ungefähr 'ne halbe Stunde.«

Dann fällt mir etwas Wichtiges ein. Bisher bin ich heute nur fahrend, in Taxis oder Bussen, unterwegs gewesen, deshalb tauchte das Problem nicht auf. Aber jetzt …

Ich räuspere mich und druckse herum.

»Daniel, ich kann in der Hose keine längeren Strecken laufen«, sage ich schließlich tapfer.

»Warum nicht?«

Daniel guckt skeptisch.

»Weil die Leute dann denken, dass ich pupse.«

27

Nachts in Manhattan

Die dämlichste Ursache für Stress sind Nicht-Ereignisse.

In irgendeinem Gesundheitsmagazin habe ich mal einen Artikel über Stress gelesen. Man kann gestresst sein durch Konflikte am Arbeitsplatz oder in der Partnerschaft, durch Krankheiten oder Überforderung. Aber bis dato war mir vollkommen unverständlich, dass man gestresst sein kann, weil nichts passiert. Weil das, was man sich wünscht, nicht eintritt. Genauso fühle ich mich gerade. In dem Artikel wurde als Beispiel ein unerfüllter Kinderwunsch oder langfristige Arbeitslosigkeit genannt, aber ich habe ein ganz anderes Problem: Dieses quälende Harren auf einen Anruf, der nicht kommt, macht mich wahnsinnig! Zuerst war es Rainer, der mich warten ließ, und jetzt ist es Jeffrey – falls er überhaupt Wind von meinem Radiointerview bekommen hat. Pirmin spürt meine Ungeduld und rennt die ganze Zeit auf dem Teppichboden des Hotelzimmers hin und her. Er ist sehr schnell, wenn er will. Jetzt versucht er plötzlich die Hotelwände zu verschieben, indem er mit seinem Panzer mit aller Kraft dagegendrückt. Seine Vorderbeine setzt er dabei strampelnd ein, und so steht er bald Spidermanmäßig senkrecht an der Wand – und fällt auf den Rücken.

Liebevoll drehe ich die Schildkröte wieder um. »Hochmut kommt vor dem Fall«, zitiere ich Oma Hedda, um ihn zu belehren. Aber er versucht es gleich noch einmal.

Ich nehme mir eine Packung Chips und eine Fanta aus der Minibar. Heute regnet es. Es ist ein richtiger Tag zum Rumgammeln, deshalb hab ich mein Hotelzimmer bisher nicht verlassen. Ich gucke fern, es läuft irgendeine Castingshow, aber ich höre nur mit halbem Ohr zu. Ich denke darüber nach, wie es weitergeht, wenn Jeff sich nicht meldet. Wann werde ich wohl wieder jemanden kennenlernen? Und vor allen Dingen, wie?

»Pirmin, sage mir, werde ich am Ende glücklich werden?«

In diesem Moment befindet sich Pirmin wieder in senkrechter Position an der Wand und hält plötzlich ganz still. Das heißt also, es wird so sein. Alles wird gut. Sofort beginne ich mir auszumalen, wie unglaublich schön es wäre, wenn Jeff tatsächlich noch anruft und wir uns wiedersehen. Romantische Kutschfahrten im Central Park, ein herzzerreißendes Wiedersehen in letzter Sekunde am Flughafen oder ein Date auf dem Empire State Building? Doch kein Klingeln des Telefons. Ein paarmal bilde ich mir sogar ein, dass ich es klingeln höre, aber es sind wahrscheinlich nur die ersten Anzeichen dafür, dass ich wirklich einsam bin. Ich ärgere mich über Rainer, der nicht mal versucht hat, um mich zu kämpfen. Es ist wirklich enttäuschend. Ich hätte gerne mal einen Mann, den nichts davon abhalten kann, sich um mich zu bemühen. Der mich verteidigt und aufmerksam ist für das, was ich brauche. Wahrscheinlich ist es nur eine Illusion, dass es so jemanden überhaupt gibt. Ich gähne. Wie extrem ich die Schnauze voll habe von all den Rätseln, die Männer einem aufgeben. Ich kann gar nicht mehr zählen, wie oft ich die Fragen: »Meinst du, er meldet sich an meinem Geburtstag?« und: »Denkst du, ich soll ihn zurückrufen?«, diskutiert habe. Es gibt so unberechenbar viele Reaktionen, die Männer an den Tag legen können, es ist vollkommen egal, welche Vorlage wir ihnen liefern. Sie machen sowieso immer etwas anderes. Es ist, als würdest du einem Regenwurm beibringen wollen zu apportieren: Du kannst dich darauf verlassen, dass er es nicht kapiert. Das Zeitalter der medialen Kommunikation macht es einem nicht unbedingt leichter. Ich erinnere mich an eine der ersten Auseinandersetzungen, die ich mit Rainer hatte. Zu meiner Verteidigung muss ich gestehen, dass ich an dem Abend schon ein paar Cocktails intus hatte. Ich schrieb ihm beschwipst über WhatsApp: »Sehen wir uns heute noch?« Und er antwortete: »Wieso?«

Wutentbrannt schrieb ich ihm, dass wir uns auch gar nicht mehr sehen müssten, wenn es für ihn so unerklärlich schien, dass ich ihn so etwas fragte. Es entwickelte sich eine hitzige Diskussion, die in der verbotenen Frage gipfelte: »Was ist denn jetzt schon wieder los?« Natürlich aus seinem Munde beziehungsweise aus seinem Touchscreen. Es erübrigt sich zu sagen, dass ich mein Handy für den Rest des Abends abschaltete, um Rainer spüren zu lassen, welch gravierenden Fehler er gemacht hatte. Als ich Friederike am nächsten Tag unsere Nachrichten vorlesen wollte, stellte sich allerdings heraus, dass Rainer überhaupt nicht »Wieso«, geschrieben hatte, sondern »Wieso nicht?«. Ich beschloss die Sache auf sich beruhen zu lassen.

Vielleicht sollte ich doch einen Fuß vor die Tür setzen, wenigstens für einen Spaziergang. Oma Hedda sagt, frische Luft belebt den Geist. Oma Hedda sagt allerdings auch, dass man im Schatten braun wird, und das ist ungefähr so wahr wie ihre Annahme, dass man Popcorn nicht in den Kinosaal mit reinnehmen darf, sondern im Vorraum bei der Kasse aufessen muss. So ist es mit Oma Hedda: Etwa fünfzig Prozent ihrer Überzeugungen sind vollkommener Blödsinn und die andere Hälfte absolut richtig. Ich habe also quasi eine Fifty-fifty-Chance, dass es mir nach meinem Spaziergang besser geht.

New York im Regen ist toll. So erfrischend, nachdem es die letzten Tage so unerträglich heiß war. Ich laufe ohne Regenschirm in Richtung Central Park und lasse die Tropfen über mein Gesicht fließen. Die Passanten sind sichtlich genervt vom Wetter und hetzen durch die Straßen. Ich fühle mich wie Jesus, der verständnisvoll und erhaben auf seine Mitmenschen blickt. Leben ist etwas ganz Komisches. Wenn man gerade mitten im Alltag steckt, merkt man es meistens nicht. Aber wenn man nichts zu tun hat und im Regen spazieren geht, dann wird einem so einiges klar. Zum Beispiel, dass ich durchaus langsam in das Alter komme, indem es angebracht wäre, mir ein Bügeleisen zu kaufen. Oder, dass ich anfangen könnte, Fencheltee zu trinken anstatt Cola, und dass die Menschen, die mit Freisprechanlagen telefonieren, so aussehen, als hätten sie nicht mehr alle beisammen. Der Regen wird plötzlich stärker, und nach einer Weile bin ich pitschnass. Bis zum Central Park bin ich zwar nicht gekommen, aber ein schönes heißes Bad wäre jetzt genau das Richtige, und so laufe ich langsam zurück.

Als ich tropfend auf meiner Etage aus dem Fahrstuhl steige, blicke ich den Flur entlang in Richtung meines Zimmers. Vor meiner Tür liegt ein Päckchen.

Wieder ein kleines Präsent von Carlos? Er ist mir seit dem Abend, an dem ich die Massage hatte, nicht mehr über den Weg gelaufen, und ich konnte mich noch gar nicht für den Champagner und die Schokolade bedanken. Was es wohl dieses Mal sein wird? Na ja, ich will mich lieber nicht zu früh freuen. Vielleicht ist das auch nur irgendein dämlicher unpersönlicher Scheiß vom Hotel, eine Tageszeitung oder so. Ich kenne das von meinen E-Mails, wenn ich denke, dass ich eine neue persönliche Nachricht bekommen habe, und dann steht da: »Exklusiv für Sie! Viagra zur Verbesserung ihres Stehvermögens!« Könnten die nicht wenigstens mal darauf achten, dass sie diese Mails nur an Männer schicken? Genauso ist es, wenn ich morgens meinen Briefkasten öffne. Jeden Tag hoffe ich auf einen Liebesbrief, eine Postkarte oder eine Einladung. Stattdessen ist es meistens nur ein Umschlag von Kabel Deutschland, der »an die Bewohner des Hauses« adressiert ist. Ich habe also beschlossen, mich nicht mehr zu früh zu freuen.

Als ich vor meiner Tür stehe, nehme ich das rechteckige Paket, das da liegt, genauer unter die Lupe und entdecke eine Karte:

»Das hab ich vorhin vor dem Regen gerettet. Als kleine Erinnerung an gestern Abend. Daniel.«

Darunter hat er einen kleinen Penis gemalt. Oh Mann, das ist so herrlich albern. Ist der Penis seit unserem Besuch der Statue of Liberty zu unserem »Geheimzeichen« geworden? So wie der Fisch im Christentum? Ich lächele in mich hinein und weiß genau, was sich unter dem Papier verbirgt. Aber warum macht sich Daniel extra die Mühe, mir das ins Hotel zu bringen?

Als ich ihm gestern von meinem Pupshosenproblem erzählt habe, reagierte er erst mal etwas irritiert. Der arme Kerl dachte wahrscheinlich, ich hätte ein Schließmuskelproblem, bis ich ihm die Lage genauer erklärte und er mir versicherte, dass er mir sofort Bescheid sage, wenn die merkwürdigen Geräusche zu hören seien. Und dann sind wir zu diesem geheimnisvollen Ort gelaufen, mit dem er mich überraschen wollte. Auf dem Weg dorthin habe ich ihn immer wieder gefragt: »Hörst du das echt nicht, dieses Knacken, das sich anhört wie pupsen?«

»Ich höre wirklich nichts.«

»Jetzt! Das musst du doch aber gehört haben!«, rief ich, als einmal ein richtig lautes, dumpfes Rattern zu hören war.

»Nein!« Daniel lachte sich kaputt. Lachte er mich aus? Es war mir egal. Ich bin eben ein aufmerksamer Mensch, dessen Sinne von der Reizüberflutung unserer Zeit noch nicht völlig abgestumpft sind.

»Kannst du mir jetzt sagen, wohin wir gehen?«, versuchte ich noch mehrere Male, etwas aus ihm herauszuquetschen, während wir den Touristendschungel langsam hinter uns ließen.

»Warte es ab.«

Ungeduldig versuchte ich mich mit Raten: »Ein Restaurant?«

Er schüttelte den Kopf.

»Ein Designer Sale?«, fragte ich hoffnungsvoll.

»Quatsch.«

Die Gegend war mittlerweile menschenleer, ein bisschen mulmig war mir zumute, schließlich ist New York nicht Berlin. Die Kriminalität ist hier viel höher, außerdem war es schon Nacht, und ich wusste nicht, wo ich war. Die Schleichwege, die Daniel mit mir gelaufen war, konnte ich mir nicht merken.

»Hast du Schiss?«, fragte Daniel, der bemerkte, dass ich mich häufiger umsah.

Dunkle Hauswände, geschlossene Imbissbuden, der Gestank von verschimmeltem Essen. Irgendwo in der Nähe brüllte eine Frau etwas Unverständliches. Wahrscheinlich eine verwirrte Obdachlose, die durch New York geisterte. Ja, ich hatte Angst.

»Ach, nö«, sagte ich.

Ich wollte nicht wie ein verwöhntes Berliner Mädchen wirken. Aber eines musste ich Daniel lassen, meine traurige Stimmung hatte er tatsächlich vertrieben.

»Und wenn es mir nun nicht gefällt, was du mir zeigen willst?«, fragte ich zaghaft. »Kann ich mir nicht vorstellen«, sagte er und bog in einen Hauseingang. Wir überquerten einen Hinterhof, auf dem ein kleiner Sportplatz war, und dann standen wir vor einer Garage. Die Wände und das Dach des quadratischen Gebäudes waren fast durchgehend aus Glas. Es erinnerte mich an ein Gewächshaus.

»Da wären wir«, sagte Daniel zufrieden, zog einen Schlüsselbund aus seiner Hosentasche, schloss auf und schob die Garagentür nach oben. Er drückte rechts auf einen Lichtschalter.

Das Erste, was ich dachte, als ich das Innere der Garage

sah, war: Farbe. Überall standen Leinwände herum, Sprühdosen, Farbeimer, Pinsel, Metallgegenstände, Tapezierrollen, der Boden war bedeckt mit Farbklecksen, und an einem Balken, der an der Glasdecke entlang verlief, baumelte an einem weiß bepinselten Stromkabel eine bunte Lampe, die dem Ganzen Licht spendete. Die stehende Hitze, die sich tagsüber in diesem kleinen Raum angestaut hatte, entwich langsam durch das offene Tor, und die Temperatur wurde angenehmer, die kühlere Luft der New Yorker Nacht strömte in den großen Glaskasten. Mich erinnerte dieser Ort an ein riesiges Terrarium, und ich versuchte nachzuvollziehen, wie Pirmin sich wohl in seiner Behausung in Berlin fühlt. Ist doch gar nicht so übel. Dann musste ich plötzlich lachen. Da standen Daniel und ich nachts in Manhattan vor dieser absolut absurden, verrückten Bude. Wieso bloß? Was zum Teufel sollte ich hier?

»Das ist das Atelier von einem Freund von mir. Hier, zieh den über!«, sagte Daniel und schmiss mir einen Blaumann zu. Dann übergab er mir noch eine Schutzbrille, als würden wir gleich Paintball spielen, und stellte eine weiße Leinwand auf eine Staffelei.

»Dann tob dich aus.«

»Wie jetzt?«, fragte ich unsicher.

»Du kannst hier drinnen tun und lassen, was du willst. Schmeiß von mir aus die Farbe auf die Leinwand, oder zeichne ganz in Ruhe, du hast doch gesagt, du malst gerne.« Ich guckte ihn mit großen Augen an und sagte: »Ja schon, aber dein Freund weiß doch gar nicht, dass wir hier sind. Ist das nicht ein wenig, äh, übergriffig?«

»Wenn du ihn kennen würdest, würdest du das nicht fragen. Vertrau mir. Mal einfach.«

Ich griff zu einer blauen Farbflasche und spritzte damit einmal quer über die Leinwand, woraufhin ich in hysterisches Gelächter ausbrach. Es tat so gut, mal etwas zu tun, was sonst nirgendwo erlaubt war: Farbkleckse zu hinterlassen, den Boden einzusauen, eine weiße Wand zu beschmieren. Wenn mein Vater das sehen könnte, würde er Zustände kriegen. Als Kind hatte ich gerne Apfelsaft auf das Parkett getropft, das Silikon zwischen den Badezimmerfliesen hervorgepopelt und mit Wachsmalkreiden auf die Raufasertapete meinen Namen geschrieben, was zu regelmäßigen Nervenzusammenbrüchen meines Erziehungsberechtigten geführt hatte. Wenn ich wütend auf meinen Vater war, habe ich ihm während meiner Pubertät regelmäßig damit gedroht, dass ich mein altes Tuschwasser in sein Bett kippen würde, wenn er mir nicht gefälligst zuhört – woraufhin er meistens sehr darauf bedacht war, unseren Streit schnell zu schlichten.

Es war also geradezu befreiend, nicht darauf achten zu müssen, was ich im künstlerischen Rausch einsaute und kaputt machte. Ich malte mit den Fingern mit gelber Farbe auf dem blauen Farbstrich herum und fuhr dann mit einer Tapezierrolle darüber. Daniel sah mir zunächst mit einem zufriedenen Gesichtsausdruck dabei zu und setzte sich dann irgendwann auf eine kniehohe, durchsichtige Plastikkiste, in der sich etwas befand, das aussah wie Sprühdosen, und begann mit seinem Handy rumzuspielen. Mir war es ganz recht, dass er mich nicht weiter beim Malen beobachtete, das machte mich ein bisschen nervös. Es erweckte in mir nämlich den Eindruck, als warte er darauf, dass ich Claude-Monet-mäßig ein paar Seerosen auf die Leinwand zauberte. Aber das kam mir nicht in den

Sinn. Inspiriert von unserem Nachtausflug nach Brooklyn, schnappte ich mir eine neue Leinwand und nahm mir die Tube mit der schwarzen Farbe. Ich versuchte die Silhouette von New York nachzuempfinden, setzte winzige gelbe Tupfer in die Dunkelheit, verwischte die Ränder zwischen Stadt und Himmel und spiegelte das Ganze ab der Mitte der Leinwand, um das Wasser anzudeuten. Ich bemalte eine Leinwand, zwei Leinwände, drei Leinwände, und mein Blaumann sah bald aus wie der einer richtigen Künstlerin. Wenn man etwas tut, was einem wirklich Spaß macht, dann wird man auf merkwürdige Weise eins mit dieser Tätigkeit. Man fragt sich gar nicht mehr: Warum mache ich das? Oder: Wozu soll das führen? Nein, ich malte einfach. Kurze Zeit befürchtete ich, ich könnte durchdrehen und mir wie Van Gogh ein Ohr abschneiden. In meinem Rausch habe ich Daniel das sogar verraten, aber der schien sich bei mir über nichts mehr zu wundern und reagierte so, als hätte ich ihm gerade erzählt, dass ich darüber nachdenke, mir einen Tintenstrahldrucker mit Bluetooth-Funktion zu kaufen. Vollkommen normal. Nach etwa zwei Stunden war ich fertig. Im wahrsten Sinne des Wortes. Daniel brachte meine Bilder zum Trocknen über eine Leiter auf das Dach der Garage, und als ich aus dem Atelier hinauskam, hatte ich das Gefühl, als wäre ich total bekifft. Die Dämpfe der Farben hatten wohl mein Gehirn benebelt, denn ich sagte zu Daniel: »Das war der tollste Abend, den ich seit langer Zeit hatte.«

Ein paar Nanosekunden später fiel mir jedoch der Abend mit Jeffrey wieder ein, und dass das ja eigentlich der tollste Abend gewesen war. Ich sagte jedoch nichts, um Daniel nicht zu kränken. Es wäre unpassend gewesen, immerhin hat er sich mit mir die Nacht um die Ohren geschlagen.

Daniel brachte mich noch zurück zum Hotel. Ich dankte ihm für seine Zeit, seine Idee und dafür, sein Handy den Abend lang zur Verfügung zu stellen, damit Rachel mich erreichen konnte. Leider war das ja gar nicht nötig gewesen. Doch mich traf dieser Gedanke nicht mehr so hart, denn ich trug noch ein richtiges Glücksgefühl vom Malen in mir. In meinem Hotelzimmer fiel ich völlig fertig ins Bett.

Mir ist also klar, was sich hinter dem Geschenkpapier verbergen wird. Ich zerreiße die Verpackung und staune nicht schlecht. Mein Manhattan-Bild wirkt tatsächlich wie echte Kunst. Als könnte man es hier in New York am Straßenrand verkaufen. Ob ich damit doch ein bisschen Geld verdienen und statt Zahnärztin Straßenkünstlerin in New York werden könnte?

Als ich das Hotelzimmer betrete, gehe ich sofort zum Telefon, rufe bei der Rezeption an und erfahre enttäuscht, dass niemand eine Nachricht für mich hinterlassen hat. Jeffrey hat sich also immer noch nicht beim Sender gemeldet.

Ich lasse heißes Wasser in die Badewanne laufen und ziehe mir die nassen Klamotten aus. Wenn ich in der Wanne liege, habe ich mir in letzter Zeit angewöhnt, zur Melodie von »Someone like you« von Adele die Namen der Produkte, die auf dem Badewannenrand stehen, zu singen. Das ist eine merkwürdige Angewohnheit – mit der Nebenwirkung, dass ich meistens schnell müde werde, weil ich mich sozusagen in den Schlaf singe. Äußerst unpassend, wenn man badet. Ich steige also schon nach zehn Minuten wieder aus der Wanne, damit ich nicht alleine im Hotelzimmer draufgehe. Nostalgisch erinnere ich mich daran, dass ich als Kind nach dem Baden immer *Das Traumschiff* geguckt habe. Ich ziehe mir meinen Jogginganzug an und beschließe, mir etwas Nettes im Fernsehprogramm zu suchen. Genauso wie damals. Ich lege mich ins Bett und beginne durchzuschalten. Ein dicker Mann steigt in weißer Baumwollunterhose vor Publikum auf eine Waage. Wahrscheinlich die amerikanische Version von *The Biggest Loser*. Ich schalte weiter. Die Niagarafälle. Langweilig. Erinnert mich an Oma Hedda, die sich allen Ernstes eine Videokassette mit Kaminfeuer gekauft hat. Bei *Big Bang Theory* bleibe ich schließlich hängen. Doch ich kenne die Folge schon.

Vielleicht sollte ich Daniel anrufen, um mich für das Bild zu bedanken. Er hatte mir nach unserem Liberty-Island-Ausflug seine Nummer gegeben, falls mal etwas sein sollte. »Was sollte denn sein?«, hatte ich dämlich gefragt.

»Na, wieder eine Schildkröte in Not oder so«, hatte er geantwortet und den Zettel mit seiner Nummer in meine Tasche gestopft. Ob er noch in der Nähe ist? Ob er arbeiten muss und wieder auf dem Weg dorthin an meinem Hotel vorbeigekommen ist? Eigentlich weiß ich gar nicht viel über ihn, außer, dass er Trainee ist, aber eigentlich Informatik studiert hat, in New York wohnt und in Rachel verschossen ist. Aber Rachel scheint es ja nichts auszumachen, dass ich so viel Zeit mit ihm verbringe, sonst hätte sie es nicht mehrere Male selbst vorgeschlagen. Ob zwischen den beiden inzwischen schon mehr gelaufen ist?

»Hallo?«, höre ich Daniels Stimme durch den Hörer.

»Hi, ich bin es, Helena. Sorry, ich war wohl gerade spazieren, als du bei mir im Hotel warst. Ich wollte mich für das Bild bedanken, echt lieb von dir.«

»Keine Ursache, ist ja deins«, entgegnet er. »Die anderen Bilder kannst du natürlich auch mitnehmen, wenn sie trocken sind.«

Stille.

»Und, was machst du heute noch so? Bist du noch in der Nähe vom Times Square?«, frage ich und zappe dabei weiter durch die Kanäle.

»Ja, ich bin quasi noch gegenüber von dir, in der Bank. Ist ja echt Scheißwetter draußen. Ich hatte vorhin überlegt, mit Rachel ins Kino zu gehen«, antwortet er. »Aber die hat mir gerade abgesagt, muss irgendwie noch mal in den Sender.«

»Ich war vorgestern auch im Kino«, sage ich.

»Ganz alleine?«

»Ja.«

»Was hast du angeschaut?«

»Ich war im Beekman Theatre beim Woody-Allen-Filmabend«, berichte ich stolz.

»Mh, Woody Allen find ich, ehrlich gesagt, ziemlich blöde. Ich wollte mir aber unbedingt noch *Kung-Fu-Panda 3* angucken. Den gibt's auch in 3D!«, erzählt Daniel begeistert.

Kurz überlege ich zu sagen, dass ich auch viel lieber in den Animationsfilm gegangen wäre, aber ich lasse es dann doch. Es ist mir irgendwie peinlich zuzugeben, dass ich nur im Beekman Theatre gelandet bin, um mich ein bisschen erwachsener zu fühlen.

»Also, wenn du sowieso noch in der Gegend bist, könnten wir auch hier im Hotel zusammen fernschauen«, schlage ich stattdessen vor.

»Klar. Hast du auch solchen Hunger? Dann würde ich uns was zu essen mitbringen«, antwortet Daniel.

»Ja!«, rufe ich enthusiastisch.

»O.k., na dann bis gleich.«

»Bis gleich.«

Als ich Daniel die Tür öffne, holt er eine Familienpackung Chicken Wings und eine Tragetasche der »Cheesecake Factory« hinter seinem Rücken hervor.

»Wow, das nenne ich ein Abendessen«, sage ich beeindruckt.

»Ja, ich dachte mir, du musst unbedingt den Lemon Raspberry Cream Cheesecake probieren, solange du in New York bist. Den magst du bestimmt.«

Ich lächele zufrieden und setze mich zurück aufs Bett.

»Wo ist denn Pirmin?«, fragt Daniel, kniet sich hin und guckt unters Bett.

Rainer fand Pirmin immer eklig, und ich durfte ihn nur in Ausnahmefällen mit zu ihm nach Hause nehmen. Dass sich jemand so für mein Haustier interessiert, ist ganz neu für mich.

»Der pennt gerade in seiner Schublade«, sage ich und deute auf den Nachttisch. »Hör mal«, sage ich und hebe meinen Zeigefinger, als Zeichen, dass er ruhig sein soll. Ein leises Pfeifen erfüllt den Raum.

»Kommt das von Pirmin?«, fragt Daniel verwundert.

»Ja, er hat so kleine Nasenlöcher, und wenn er schläft, dann atmet er ganz tief, sodass die Luft ein pfeifendes Geräusch macht. Niedlich oder?«

Daniel geht zu Pirmin rüber und beobachtet ihn.

»Gibt es eigentlich Neuigkeiten vom Radiointerview?«, fragt er dann und dreht sich wieder zu mir um.

Ich schüttele den Kopf.

»Nein. Mittlerweile stehen meine Hoffnungen darauf wirklich auf nahezu null.«

»Tut mir echt leid für dich«, sagt Daniel, und ich merke an seinem Tonfall, dass auch er mittlerweile nicht mehr daran glaubt, dass sich noch jemand meldet. Dann nimmt er die Fernbedienung, zappt sich durch die Sender und fragt: »Magst du Columbo?«

»Ich liebe Columbo.«

28

Das Wunder von New York

Im Dämmerlicht erkenne ich,
dass Daniel noch neben mir liegt.

Wir sind beide eingeschlafen, nachdem wir einen ganzen Columbo-Marathon hingelegt haben. Die Leuchtanzeige der Uhr neben meinem Nachttisch verrät mir, dass es jetzt schon sechs Uhr früh ist. Ich bin aufgewacht, weil mir in meinem Jogginganzug viel zu heiß ist. Ich ziehe meine langärmelige Jacke aus und lege mich im T-Shirt zurück in die Kissen. Daniel schläft neben mir in Jeans und Kapuzenpulli. Ob ihm auch warm ist? Ich überlege, ob ich ihn wecken soll, vielleicht muss er ja früh raus. Aber bevor ich weiter darüber nachdenken kann, nicke ich wieder ein.

Ich wache erst wieder auf als das Telefon klingelt und nehme verschlafen den Hörer ab.

»Ja?«.

»Er hat angerufen. Jeffrey hat sich im Sender gemeldet und ist auf dem Weg zu dir!« Rachels Stimme überschlägt sich fast vor Begeisterung.

Als ich nicht gleich reagiere, fragt sie verwirrt: »Freust du dich denn gar nicht?«

Ich muss erst mal kapieren, was sie da gerade gesagt hat. Hat sie tatsächlich …?

»Was? Wiiiiiieee? Wirklich? Aber … echt? Ich meine, Jeffrey, ganz sicher? Was heißt denn, dass er auf dem Weg zu mir ist?« Panisch setze ich mich im Bett auf und sehe den schlafenden Daniel an.

»Ich habe ihm gesagt, in welchem Hotel du bist, und er sagte, er würde gleich dorthin gehen, um dich zu sehen. Ist das nicht aufregend?«

Ich weiß überhaupt nicht, was ich sagen soll. Es ist ein Wunder! Ich bin überwältigt. Werde ich Jeffrey *wirklich* gleich gegenüberstehen?

»Rachel, du bist ein *Engel*! Ein, äh, ich weiß auch nicht, eine Wunscherfüllerin, meine persönliche Glücksfee! Ich muss mich jetzt beeilen und, hui, ich kann gar nicht richtig denken. Ich melde mich dann später! Danke, danke, danke!«

Wie in wohliger Trance lege ich den Hörer auf. Ich habe einmal eine Sendung auf RTL gesehen, in der Menschen von ihren Drogenerfahrungen mit MDMA berichteten. Das, was ich gerade erlebe, erinnert mich daran: Ich bin in einem Liebesrausch! Ich hatte ja gar nicht mehr damit gerechnet, dass Jeffrey sich noch meldet. Ich muss mich doch noch hübsch machen, und Daniel muss hier verschwinden und … Kann das überhaupt wirklich wahr sein? Werde ich Jeffrey tatsächlich wiedersehen? Ich kriege ein flaues Gefühl in der Magengegend. Ich habe es geschafft! Ich habe Jeffrey gefunden! Es hat sich alles gelohnt.

»Ist alles in Ordnung?« Daniel hebt seinen Kopf und gähnt.

»Ja, alles ist geradezu unglaublich, bestens! Daniel,

Rachel hat gerade angerufen, und Jeffrey hat sich im Sender gemeldet. Sie hat ihm gesagt, in welchem Hotel ich bin, und jetzt kommt er hierher!«, quietsche ich begeistert.

»Oh«, sagt Daniel und setzt sich auf die Bettkante. »Heißt das, du schmeißt mich jetzt raus?«

Ich weiß plötzlich nicht, was ich sagen soll.

»Nein. Ich meine, ja, es wäre natürlich besser, wenn du jetzt gehst«, beschließe ich und finde, das hört sich irgendwie gemein an. Aber warum fragt er auch so blöde? Das ist doch klar, oder?

Daniel nickt, steht auf und sagt knapp: »Okay.«

»Freust du dich gar nicht für mich?«, frage ich ein bisschen enttäuscht darüber, dass er so wenig euphorisch klingt, während ich mir schnell ein paar vorzeigbare Sachen schnappe und kurz im Bad verschwinde, um sie mir anzuziehen.

»Doch. Ich bin nur müde, bin ja gerade erst aufgewacht«, höre ich Daniel noch murmeln.

Nachdem ich fertig angezogen bin, wirble ich im Zimmer rum und stopfe hastig die herumliegenden Klamotten in den Kleiderschrank, den ich bisher gar nicht genutzt hatte.

»Ist das nicht krass? Ich hatte schon fast aufgegeben, ich hab so ein Glück!« Ich merke, dass ich ganz rot werde vor Aufregung. Gleich steht Jeff vor meiner Tür! Soll ich ihn sofort küssen? Oder lieber nicht? Wir sind schließlich nicht zusammen, aber Jeffrey empfindet anscheinend genauso für mich wie ich für ihn, sonst hätte er sich doch nicht gemeldet. Und dann macht er sich auch noch *sofort* auf den Weg…

»Räumst du jetzt auf?«, fragt Daniel verdutzt, während er sich seine Schuhe anzieht.

»Natürlich räum ich auf! Denkst du, dass ich will, dass Jeff sieht, in welchem Chaos ich wohne?«

»Meinst du, das wird ihn überhaupt interessieren, wenn er in dich verliebt ist?«, fragt Daniel und sieht mich an.

Ich denke kurz über seine Frage nach, merke dann aber, dass ich keine Zeit mehr habe, eine Diskussion darüber zu führen, ob Jeffreys Gefühle ihn tatsächlich so blind machen, dass er sogar den Berg schmutziger Socken neben meinem Bett übersehen würde. Und spätestens beim Versuch, das Bad zu betreten, würde er höchstwahrscheinlich auf die Fresse fliegen, wenn er auf meine Haarbürste tritt. Das will ich ihm nicht zumuten. Als das größte Chaos beseitigt ist, beginne ich in Höchstgeschwindigkeit, mich zu schminken.

»Ignorierst du mich jetzt?«

Daniel steht auf.

»Nein, ich hab jetzt einfach gerade keine Zeit für dich, sorry.«

Dann klopft es. Daniel öffnet die Tür und läuft schnurstracks Richtung Fahrstuhl, vorbei an einem völlig verwirrten Jeffrey. Was war das denn? Er hätte sich ja wenigstens noch verabschieden und mir viel Glück wünschen können. Idiot.

Und dann steht Jeffrey vor mir. Leibhaftig. So, wie ich es täglich, ja fast minütlich, herbeifantasiert habe.

»Du!«, sage ich glücklich und umarme ihn.

»Willkommen in New York, Baby!«

Jeffrey hebt mich hoch und wirbelt mich herum. Ich hätte mir seine Begrüßung nicht schöner vorstellen können. Soll ich ihn jetzt doch küssen? Oder mir den Moment für später aufbewahren?

»Was treibt dich hierher? Und wer zum Teufel war der Typ, der gerade aus deinem Zimmer gestürmt ist?«

Wir lösen unsere Umarmung.

»Ach, das war ein Freund von einer Freundin. Ich habe dich gesucht, weil mein Handy kaputtgegangen ist, und da bin ich nach New York geflogen. Eine Freundin arbeitet hier beim Radio, und sie ist auf die Idee gekommen, den Aufruf zu machen, aber ist ja jetzt auch vollkommen egal. Du bist ja hier! Ich kann es gar nicht glauben!«

Dieser Satz trifft es eigentlich genau. Ich kann es wirklich nicht glauben. Jeffrey steht tatsächlich vor mir! Mein Traum ist in Erfüllung gegangen.

»Du hast bestimmt vergeblich versucht, mich anzurufen. Mein Handy funktioniert nicht mehr, weil mein Schrank draufgefallen ist«, erkläre ich weiter und bin überrascht, als Jeffrey verlegen rumdruckst.

»Ja, also nein, weißt du, es war ziemlich viel zu tun hier in New York, die ersten Tage war ich echt beschäftigt mit der ganzen Organisation. Da konnte ich mich noch gar nicht melden. Aber ich freue mich, dass du hier bist. Leider muss ich gleich zur Arbeit, ich wollte dich vorher aber auf jeden Fall kurz sehen. Hast du Lust, mich nachher abzuholen? Wir könnten in den Central Park gehen oder …«

»Ja, unbedingt!«, rufe ich glücklich.

Jeffrey lächelt ebenso zufrieden wie ich. Dann kramt er in seiner Hosentasche und holt schließlich eine Visitenkarte hervor. *»Baker & Johnson«* steht darauf und darunter eine Adresse.

»Hier arbeite ich. Am besten wir treffen uns um siebzehn Uhr direkt davor. Ist das o.k.?«

»Ja, bestens. Perfekt.«

Ich kann gar nicht glauben, dass ich jetzt endlich weiß, wo Jeffrey arbeitet! So lange habe ich versucht, genau das herauszubekommen! Er küsst mich zum Abschied auf die Wange, und so schnell, wie er vor mir stand, ist er auch schon wieder weg. Aber ich werde ihn in ein paar Stunden wiedersehen.

Ich lasse mich zurück ins Bett plumpsen. Alle möglichen Fragen rauschen an mir vorbei: Soll ich jetzt gleich Friederike und Paul anrufen und ihnen die frohe Botschaft verkünden? Was soll ich heute Nachmittag anziehen? Was war mit Daniel vorhin los? Und hat Jeffrey mir tatsächlich gerade gesagt, dass er gar nicht versucht hat, mich anzurufen? Dann hatte Pirmin ja doch recht gehabt!

Aber was spielt das jetzt noch für eine Rolle? Jeffrey hat sich riesig gefreut, mich zu sehen, und alles andere … ist Geschichte.

29

Alles Banane

Die nächsten Stunden verbringe ich wie im Rausch.

Ich liege im Bett, bin wach, aber es ist fast, als würde ich träumen. Immer wieder kneife ich mich, lache unwillkürlich, und es machen sich Glücksgefühle in meiner Magengegend breit, von denen ich überhaupt nicht wusste, dass es sie geben kann.

»Pirmin, ist das heute früh wirklich passiert?«, frage ich zum wiederholten Male meine Schildkröte, die neben mir auf meiner Bettdecke sitzt. Pirmin denkt nicht daran, sich zu bewegen, und das bedeutet wohl, dass ich Jeffs Besuch nicht herbeifantasiert habe. Ich habe mich die letzten zwei Stunden nicht vom Fleck bewegt, denn nun weiß ich endlich, wovon so viele Menschen sprechen, wenn sie sagen: Glück kommt von innen. Seitdem Jeffrey hier war, habe ich das Gefühl, ich brauche nichts mehr. Ich schwelge in wunderbaren Tagträumen, habe weder Hunger noch Durst und muss auch mit niemandem mehr irgendwelche Probleme wälzen. Ich fühle mich einfach vollkommen.

»Verliebt sein ist großartig«, sage ich zu Pirmin, hebe ihn an mein Gesicht und küsse seine winzigen Nasenlöcher.

Erst gegen eins bewege ich mich aus dem Bett, hole meiner Schildkröte etwas Salat aus der Minibar, den ich dort deponiert habe, und starte dann ein komplettes Beauty-Programm. Ich gehe baden, mache eine Haarkur, zupfe mir die Augenbrauen, trage eine Gesichtsmaske auf und schminke mich anschließend. Bei der Kleiderfrage bin ich etwas unsicher. Ein Nachmittag im Central Park – das kann viel bedeuten. Ich will natürlich elegant aussehen, und trotzdem muss ich auf einer Wiese sitzen können, ohne dass man meine Unterwäsche sieht. Ein Kleid oder Rock kommt also nicht infrage, meine kakifarbene, knielange Hose wirkt vielleicht zu geländetauglich und unsexy. Ich verteile meinen Kofferinhalt auf dem Fußboden und setze Pirmin anschließend in die Mitte der Klamotten. Flaschendrehen der etwas anderen Art.

»Was soll ich anziehen?«, frage ich eindringlich, um Pirmin den Ernst der Lage zu verdeutlichen.

Die kleine Schildkröte krabbelt in Richtung schwarzer Leggings. Dort macht sie einen kurzen Stopp. Dann bewegt sie sich weiter und läuft bis zu meinem schulterfreien Jumpsuit mit Shorts im Dschungel-Print.

»Du bist ein Genie!«, lobe ich meine Schildkröte, denn mit dem Einteiler kann ich mich problemlos hinsetzen, ohne dass ich mir Sorgen machen muss, dass mein Po hinten rausguckt. Einfach ein paar Ballerinas dazu – et voilà!

Ich ziehe mich an, kontrolliere noch mehrere Male, dass ich meine Unterhose richtig herum trage, sprühe mir ein paar Spritzer Parfüm an Hals und Handgelenke und mache mich auf den Weg zu der Firma, in der Jeffrey arbeitet.

Als ich dort ankomme, steht er schon vor der Tür. Ich schlinge meine Arme um ihn und grinse über das ganze Gesicht. Ich bin so glücklich!

»Hey, hübsch siehst du aus«, sagt Jeff und lächelt. »Hast du Lust auf ein Picknick?«

Ein Picknick! Wie romantisch!

»Total gern.«

»Ich hab leider keinen Picknickkorb, den müssten wir uns erst noch zusammenstellen«, sagt er und deutet auf einen kleinen Supermarkt auf der anderen Straßenseite.

»Kein Problem.«

Ich strahle.

»Du siehst total happy aus – gefällt dir New York?«, fragt Jeffrey, als wir die Straße überqueren.

»Absolut. Und ich bin einfach so froh, dass wir uns wiedersehen«, gestehe ich.

»Ja, damit hätte ich so schnell nicht gerechnet«, antwortet er und nimmt meine Hand.

Während wir uns Obst, Brot, Käse und Saft kaufen, muss ich mich wieder und wieder vergewissern, dass ich tatsächlich mit diesem wundervollen Mann unterwegs bin. Ich kann es noch immer nicht glauben und muss mich mit ständigen Blicken davon überzeugen, dass mein Traum wahr geworden ist. Er ist es tatsächlich!

Jeffrey bezahlt unser Picknick, ich packe es in eine Plastiktüte vom Supermarkt, und es fühlt sich schon so an, als wären wir ein Paar. So alltäglich und trotzdem so besonders. Wenn ich mit Jeffrey hier leben würde, wäre ich der glücklichste Mensch auf dieser Welt, das steht fest.

»Wollen wir uns dort hinsetzen?«, fragt er, als wir im Central Park angekommen sind, und deutet auf eine der

Parkbänke. Plötzlich muss ich daran denken, wie Rachel total besoffen nach unserem Zoo-Einbruch auf einer dieser Bänke lag, und muss grinsen.

»Was ist los?«, fragt Jeff, als er meinen belustigten Gesichtsausdruck bemerkt.

»Ich, ähm, musste nur an etwas denken. Nicht so wichtig.«

Kurz überlege ich, ob ich ihm von dieser verrückten Nacht erzählen soll, aber irgendwie habe ich keine Lust, über Daniel und Rachel und unsere Aktion zu sprechen. Ob es daran liegt, dass ich mit Daniel im Streit auseinander gegangen bin? Ein Streit, von dem ich ja noch nicht einmal weiß, wie er zustande gekommen ist! Was war nur mit ihm los? Und was war mit mir los? Warum war ich ihm gegenüber so schroff?

»Helena?«

»Mh?«

»Ob du auch eine Banane willst?«

»Äh ja, klar.«

Jeff reicht mir unsere Obsttüte rüber, und ich reiße mich aus meinen Gedanken los.

»Hab ich dir schon gesagt, dass du wunderschön bist?«, fragt Jeffrey, und ich lächle geschmeichelt.

»Ich glaube, so oft wie du hat mir das in meinem Leben noch niemand gesagt.«

»Das kann ich mir nicht vorstellen.«

Und dann legt Jeff seinen Arm um mich, ich lasse meine Banane vor Schreck fallen und werde geküsst. Und küsse zurück. Und möchte nie wieder damit aufhören.

30

Herzstillstand

»Die Küsse zum Picknick sind ja nicht schlecht, aber was gibt es eigentlich zum Abendbrot?«

Jeffreys Mund hat sich das erste Mal seit einer Stunde von meinem gelöst und grinst mich schelmisch an.

»Ähm, noch mehr Küsse?«, fragt er etwas unsicher.

Irgendwie finde ich die Frage ja ganz süß, und es gibt sicher Frauen, die ganz schlagfertig und flirtend drauf antworten können. Aber zu denen gehöre ich leider nicht. Ich meine, was soll ich entgegnen? Heute gibt es Vaginal- und Oralverkehr?

»Hey, ist alles okay? Habe ich etwas Falsches gesagt?«, erkundigt sich Jeff.

»Nein, alles in Ordnung«, versichere ich ihm, und wir knutschen einfach weiter.

Doch nach einer weiteren Viertelstunde drängt sich auch mir die Frage auf: Was machen wir als Nächstes? Es ist ein trauriges menschliches Phänomen, dass eine Situation noch so schön sein kann und man trotzdem irgendwann satt ist. Vom Glücksgefühl. Von der Geborgenheit. Vom Küssen. Irgendwann will man aufstehen und einfach irgendetwas anderes tun. Jeff scheint es ebenso zu gehen, denn er fragt noch einmal: »Also was ich vorhin fragen wollte, ist eigentlich, ob ich vielleicht mit in dein Hotel kommen kann?«

»In mein Hotel?«, frage ich verwirrt.

Ich dachte, dass wir vielleicht noch etwas unternehmen oder dass Jeffrey mir seine Wohnung in New York zeigt. In meinem Hotelzimmer habe ich für meinen Geschmack schon viel zu viel Zeit verbracht.

»Ja, ich wohne bei meinem Onkel. Ab morgen früh ist er auf Geschäftsreise, aber ich würde natürlich gerne den Abend ganz ungestört mit dir verbringen. Wir könnten unser Picknick mitnehmen und bei dir weiteressen.«

Er schiebt seine Hand meinen Oberschenkel hoch, genauso wie er es in Berlin im Planetarium gemacht hat.

»Okay«, quietsche ich, als er bis unter mein Hosenbein vorgedrungen ist.

Dann küssen wir uns noch einmal leidenschaftlich und sammeln anschließend unser Zeug ein, von dem wir so gut wie nichts gegessen haben.

Den Weg zum Times Square gehen wir Hand in Hand, immer wieder werfen wir uns innige Blicke zu, aber keiner von uns sagt etwas. Es ist, als würden wir uns wortlos verstehen. Ich bin einfach so froh, bei Jeffrey zu sein, dass allein seine Anwesenheit ausreicht, um alle meine Fragen zu beantworten. Es ist fast so, als wären wir gar nicht in New York. Oder als wären wir jemals in Berlin gewesen. All das ist zumindest überhaupt nicht mehr wichtig. Ich bin vollkommen ausgefüllt von dem wundervollen Gefühl, bei Jeffrey zu sein, und finde es deshalb auch überhaupt nicht mehr schlimm, dass wir heute nicht mehr die Stadt zusammen erkunden. Das alles kann schließlich warten. Mein Herz möchte einfach stillstehen.

Als wir vor meiner Zimmertür angekommen sind, fällt mir plötzlich etwas ein.

»Hab ich dir eigentlich erzählt, dass ich eine Schildkröte habe?«

»Äh, nein, ich glaube nicht«, antwortet Jeffrey.

Ich denke kurz darüber nach, und es stimmt. Nie habe ich von Pirmin gesprochen, als ich mit Jeffrey in Berlin unterwegs war. Wie merkwürdig von mir. Pirmin ist doch quasi wie mein Sohn! Oder mein Therapeut, wie man's nimmt.

»Also, sie ist da drin. Ich habe sie mit nach New York genommen, ich wollte dich nur vorwarnen.«

»Echt? Na da bin ich gespannt.«

Ich öffne die Zimmertür, und prompt kommt die Schildkröte uns entgegengekrabbelt.

»Darf ich vorstellen: Jeffrey, das ist Pirmin, Pirmin, das ist Jeffrey.«

»Freut mich«, sagt Jeff höflich und grinst.

Und Pirmin – macht eine Kehrtwendung und zeigt ihm sein Hinterteil.

»Oh, der mag mich wohl nicht«, sagt Jeffrey, geht zum Bett und setzt sich darauf.

»Doch, doch! Klar mag er dich«, versichere ich ihm und werfe Pirmin einen strengen Blick zu. Doch der reckt demonstrativ seine Nasenspitze in die Höhe, als wäre er auch noch stolz darauf, meinem Besuch seinen Po gezeigt zu haben.

Jeffrey scheint Pirmins Abneigung jedoch nicht viel auszumachen. Nachdem ich mich zu ihm aufs Bett gesetzt habe, beginnt er den Reißverschluss meines Jumpsuits zu öffnen und meinen Hals zu küssen.

»Du riechst so gut«, murmelt er.

Ich drehe meinen Kopf zu ihm um, sodass unsere Lippen sich ganz nah sind.

»Du auch. Ich hab dich so vermisst«, sage ich, schlinge meine Arme um ihn und drücke ihn fest.

Jeffrey lässt sich rückwärts aufs Bett fallen, sodass ich auf ihm liege und mein inzwischen offener Jumpsuit von meinen Schultern fällt.

»Du hast ja Gänsehaut«, sagt Jeff und streicht über meine Arme. »Ist dir kalt?«

»Ich hab noch nicht rausgefunden, wie ich die Klimaanlage ausschalten kann«, gestehe ich.

»Du bist so süß.«

Jeffrey grinst, nimmt die Bettdecke, die neben ihm liegt, und wirft sie über uns.

»Ist sowieso nicht schildkrötenfrei, was ich mit dir vorhabe«, sagt er und legt seine Hände auf meine Hüften.

31

Amore mio

Ich habe mir immer ein ereignisreiches, abenteuerliches Leben gewünscht.

Wenn ich Actionfilme gesehen habe, war ich extrem neidisch auf Menschen, die aufgebracht Sätze sagen wie: »Kamera sechs ist ausgefallen! Was hat das zu bedeuten?« Oder: »Wir müssen sofort hier raus! Das Ding wird gleich explodieren!« Ich hatte fast jedes Wochenende das Gefühl, etwas zu verpassen. Woran liegt es eigentlich, dass man am Samstagabend die Verpflichtung verspürt, etwas zu unternehmen, obwohl man gar keine Lust hat? Meistens bleibt man dann sowieso irgendwann in trauter Runde verschämt vor dem Fernseher hängen. Warum nimmt man sich den Blödsinn also immer wieder vor?

Es ist genau das Gleiche wie mit der Sonne. Kaum scheint sie, nötigt sie einen gleich dazu, spazieren zu gehen, an den See zu fahren, in Strandbars rumzuhängen oder so schreckliche Dinge zu tun, wie walken zu gehen. Aber so etwas tut man irgendwie, als Mensch. Man macht Sport, geht tanzen – sonst hat man gleich den Eindruck, etwas zu verpassen. Das Leben muss aufregend sein, sonst hätte ich Angst, dass meine Enkel mich eines Tages fragen:

»Oma, wie war das damals, als du jung warst? Hast du viel erlebt?«

Und dann müsste ich antworten: »Ach weißt du, Schätzchen, Omi hatte meistens keinen Bock.«

Geht natürlich nicht. Ich möchte der nächsten Generation schon einigen Stoff liefern, aber dazu habe ich ja jetzt die Gelegenheit. Seitdem ich mich vor aufregenden Ereignissen kaum noch retten kann, könnte ich mich sogar mit ein wenig Langeweile und Alltag wieder anfreunden – vorausgesetzt natürlich es handelt sich um einen Alltag mit Jeffrey.

Wir hatten gestern so oft Sex, dass ich überhaupt nicht mehr weiß, was Sex ist. Ich meine, ist es der Akt an sich? Oder zählt jeder Orgasmus? Jeder Gedanke daran, dass man gerade Sex hat? Sozusagen das Bewusstwerden des Sexes? Oh Mann, wie sich das anhört, ich kann vor Glück immer noch nicht klar denken. Das musste ich seit Jeffreys Auftauchen allerdings auch nicht. Es lief alles wie von alleine, wir mussten nicht viele Worte verlieren. Aber jetzt ist es neun Uhr morgens, Jeff ist vor einer halben Stunde zur Arbeit gegangen, und kaum bin ich alleine, ist mein Kopf voller Fragen. Sind Jeffrey und ich jetzt zusammen? Weiß er, dass ich in ein paar Tagen wieder zurück nach Berlin fliege? Wie denkt er darüber? Will er, dass ich hierbleibe? Kommt er zurück nach Deutschland? Vielleicht werden wir ja die Einzelheiten heute Abend klären, denn wir sind um acht Uhr zum Essen verabredet.

Die nächsten elf Stunden verbringe ich damit, meinen Körper wieder auf Vordermann zu bringen: Ich gehe duschen, ausgiebig frühstücken, dann telefoniere ich mit Friederike, Paul und Rachel, um von meinem gestrigen Tag zu erzählen. Anschließend bin ich auf Rachels Empfehlung hin in einen günstigen Spa in Brooklyn gefahren und habe eine Gesichtsbehandlung, eine Pediküre und ein Haarstyling machen lassen – nur für die Maniküre hatten sie leider keinen Termin mehr frei. Mit dem Ergebnis bin ich sehr zufrieden. Meine Locken fühlen sich federleicht an, hüpfen auf meinen Schultern, als würden sie vor Begeisterung tanzen, und meine Zehennägel sind so perfekt in strahlendem Rot lackiert, als wäre ich ein Fußmodel aus einer L'Oréal-Paris-Werbung. Mein Teint ist nach einem Peeling, einer Maske und einer Tagescreme nicht mehr fettig, sondern laut der Kosmetikerin »sportlich vital«, und ich fühle mich rundum wohl. Nachdem ich die Beauty-Behandlungen bezahlt hatte, bin ich durch einige Shops in Brooklyn geschlendert, habe dabei leise »Visaaa, die Freiheit nehm ich mir« gesungen, und mir ein paar silbern glänzende Kreolen-Ohrringe gekauft. Danach bin ich zurück ins Hotel gelaufen, habe an der Rezeption nach Carlos gefragt, weil ich gehofft hatte, vielleicht das ein oder andere Kompliment für mein Aussehen von ihm zu erhaschen, wenn ich mich endlich für den Champagner bedanke, aber er hatte heute Frühschicht und ist nicht mehr im Haus. Schade.

Nachdem ich mich im Hotel geschminkt und mein Outfit herausgesucht habe, ist Rachel noch vorbeigekommen, um ein bisschen zu quatschen und mir viel Spaß für meinen zweiten Abend mit Jeffrey zu wünschen. Sie war ganz begeistert von meinem Äußeren, gab allerdings zu bedenken, dass ich wie eine explodierte Douglas-Filiale rieche, woraufhin ich mich sofort vor das offene Fenster stellte, um etwas auszulüften. Ich will zwar gut riechen, aber nicht, dass Jeff in Ohnmacht fällt. Rachel musste dann gegen halb acht los, um mit Daniel zu einer Street-Art-Ausstellung zu gehen. Als sie weg war, verzog ich mich wieder ins Badezimmer und übte vor dem Spiegel verführerische Augenaufschläge und Gesichtsausdrücke. Und nun ist er da: der Moment, auf den ich gewartet habe, seit Jeffrey heute früh zur Arbeit aufgebrochen ist. Es ist acht Uhr! Unglaublich, dass ich die ganze Zeit heute tatsächlich *gebraucht* habe, um wieder einigermaßen gestylt, geschminkt und gekleidet zu sein. Ich glaube, so gut wie heute sah ich noch nie aus. In meiner Kindheit hätte ich das nie für möglich gehalten, so lange an meinem Aussehen rumzufuhrwerken. Das liegt daran, dass ich damals von Sendungen wie der Mini Playbackshow total in die Irre geführt worden bin. Sätze wie: »Und ab durch die Zauberkugel!«, haben bei mir illusorische Fantasien geschürt. Ich dachte immer, dass es die Zauberkugel wirklich gibt und wenn man da reingeht, kommt man fünf Sekunden später vollkommen zurechtgemacht wieder raus. Erst TV-Formate wie »Shoppingqueen« rückten das Stylingproblem wieder ins rechte Licht – da haben fünf Frauen vier Stunden lang Zeit, kriegen fünfhundert Euro zum Einkaufen und sehen hinterher im Prinzip aus wie vorher. Oder sogar schlimmer. Mich hat das irgendwie beruhigt, weil ich es ja auch nicht schaffe, stylish auszusehen. Irgendwie schimmert meine modische Geschmacklosigkeit immer ein bisschen durch, egal wie viel Geld ich ausgebe.

Doch, ich glaube, heute habe ich es wirklich geschafft, gut gekleidet zu sein, und ich habe wieder fünfmal kontrolliert, dass ich meine Unterhose richtig herum trage. Ich gucke mir mein Outfit noch mal in dem Ganzkörperspiegel an, der sich auf der Innenseite der Schranktür befindet. Ich trage ein graues Seidenkleid mit Wasserfallausschnitt, dazu einen silberfarbenen Blazer und schwarze Schuhe. Meine neuen Kreolen blitzen zwischen meinen dunklen Locken hervor, und in den Händen halte ich eine schimmernde Clutch Bag, für die sich Pirmin nach langem Überlegen entschieden hatte. Eigentlich wollte ich mir noch einen pinken Gürtel um die Hüfte schnallen, aber meine Schildkröte war klar dagegen. Ich sehe auf die Uhr.

Fünf nach acht. In Ordnung. Kein Grund zur Panik. Ich laufe in meinem Hotelzimmer auf und ab, ziehe mir nervös noch einmal meine Lippen nach und setze mich aufs Bett. Dann stehe ich wieder auf, gehe auf die Toilette, sehe wieder auf die Uhr. Zehn nach acht. Wo bleibt der denn? Wie eine Löwin durchstreife ich mein Zimmer immer wieder. Ich will ihn jetzt endlich wiedersehen! Wieder küssen!

Um Viertel nach acht klopft es endlich an der Tür. Gott sei Dank. Er hat mich nicht versetzt. Jeffrey steht an den Türrahmen gelehnt da und macht große Augen: »Du siehst mal wieder atemberaubend hübsch aus«, sagt er, nachdem ich in einer einstudierten Bewegung die Tür geöffnet und gleichzeitig mein Haar nach hinten geworfen habe.

»Danke«, sage ich und lächele, genau so, wie ich es vor dem Spiegel geübt habe.

Dann machen wir uns auf den Weg.

»Wohin gehen wir denn?«, frage ich, als wir gerade den Broadway hinunterlaufen.

»Ich kenne hier einen guten Italiener«, antwortet Jeffrey, und ich finde, das hört sich sehr vielversprechend an. Eine ordentliche Portion Nudeln könnte ich definitiv vertragen.

Wenig später betreten wir das Restaurant mit dem vielversprechenden Namen La Passione, die Leidenschaft. Die Gäste sitzen auf urigen Holzmöbeln, riesige Käselaibe und luftgetrocknete Schinkenkeulen hängen von der Decke. Es riecht nach Steinofenpizza, Kerzenwachs und Rotwein. Ein Kellner begrüßt uns und führt uns zu einem Tisch am Fenster. Auf der rot-weiß karierten Tischdecke steht ein altmodischer Kerzenhalter, die Servietten sind zu Schwänen gefaltet.

Als wir sitzen, strahle ich Jeffrey an. Er hat ein sehr romantisches Lokal ausgesucht, das freut mich, denn es bedeutet, dass es auch für ihn ein besonderer Abend ist.

»Sag mal, wie kam es eigentlich dazu, dass du von meinem Radioaufruf erfahren hast?«, frage ich, denn bisher kam das vor lauter Knutschen und Geschlechtsverkehr noch gar nicht zur Sprache.

»Ein Arbeitskollege hat mir erzählt, dass er dich im Radio gehört hat. Ich hab gedacht, er verarscht mich, deshalb hab ich mich gar nicht weiter damit beschäftigt. Aber dann hat mir auch meine Schwester davon erzählt und deinen Namen erwähnt, das hat mich davon überzeugt, dass es wirklich stimmt. Dann hab ich bei Z100 angerufen.«

Jeffrey strahlt genauso wie ich. Sein Lächeln lässt die Schmetterlinge in meinem Bauch wild herumflattern, während der Kellner uns Olivenöl und Brot bringt.

»Wollen wir uns eine Vorspeise teilen?«, fragt Jeff und studiert die erste Seite der Speisekarte. Eigentlich teile ich grundsätzlich mit niemandem mein Essen und schon gar keine kleine Vorspeise. Aber ich will nicht gierig wirken, deshalb stimme ich zu, und Jeff bestellt einmal das Rindercarpaccio.

Während wir auf die Vorspeise warten, erzählt Jeffrey von seiner Arbeit, seinem Start in New York und seinen Plänen. Er will in der Firma seines Onkels nicht lange bleiben, weil er dort keine großen Aufstiegschancen hat. Die Hierarchien seien so flach, dass es vom Geld her wohl keinen großen Unterschied macht, ob er Praktikant, Projektassistent oder Projektmanager ist. Gespannt warte ich darauf, ob er irgendwann vielleicht auch erwähnt, wie es mit uns weitergehen könnte. Will er langfristig gesehen zurück nach Berlin kommen? Wäre er bereit, eine Fernbeziehung mit mir zu führen? Sind wir in seinen Augen so etwas wie ein Paar oder könnten es werden? Doch irgendwie traue ich mich nicht, eine einzige dieser Fragen zu stellen, denn ich will ihn nicht verschrecken. Stattdessen frage ich: »Und dein Onkel, wie lange wohnt er schon in New York?« Und: »Hast du eine günstige Wohnung gefunden?« Obwohl mich die Antworten darauf nur mäßig interessieren.

Als wir das Carpaccio essen, stelle ich fest, dass rohes Fleisch nicht so mein Ding ist. Ich bestelle beim Italiener gewöhnlich die Gemüsesuppe, aber ich finde es wundervoll, mit Jeff von einem Teller zu essen. Es ist doch eine liebevolle Geste, dass er das vorgeschlagen hat. Wie bei Susi und Strolch. Ein Hoch auf Walt Disney!

»Schmeckt richtig lecker, oder?«, fragt Jeff.

»Ja. Echt gut«, lüge ich, weil ich den Eindruck habe, dass es sich nicht so gut machen würde, wenn ich das Rind in die Schwanen-Serviette spucke.

Ich würge das wabbelige Fleisch, das nach Blut und Eisen schmeckt, also runter und freue mich insgeheim auf die Hauptspeise. Ich will Kohlenhydrate!

Als diese dann serviert werden, bin ich aber erneut enttäuscht. Traurig betrachte ich die dreieinhalb Gnocchi, die auf meinem Teller liegen. Ich verstehe einfach nicht, warum man in teuren Restaurants nur so wenig isst. Haben reiche Menschen denn nie Hunger? Wehmütig denke ich an die Familienpackung Chicken Wings und den göttlichen Lemon Raspberry Cream Cheesecake zurück, die Daniel zu unserem Columbo-Abend mitgebracht hat. Ich lasse mir meine Enttäuschung jedoch nicht anmerken, schließlich bin ich nicht wegen des Essens hier, sondern wegen Jeffrey. Der hat sich überbackenen Lammrücken bestellt. Hört sich irgendwie barbarisch an, finde ich.

»Was hast du denn da eigentlich an deinen Fingern?«, fragt Jeff, und sein Gesicht verzieht sich plötzlich, als würde er annehmen, dass ich mir seit drei Jahren nicht mehr die Hände gewaschen habe. Er unterbricht sogar das Essen und legt seine Gabel hin. Verdammt! Ich habe gedacht, das würde ihm überhaupt nicht auffallen. Gestern im Eifer des Gefechts hat es ja auch ganz gut geklappt, es zu vertuschen. Warum hatte dieser blöde Spa heute bloß keinen Termin mehr für eine Maniküre? Ich sehe hinunter auf die letzten Farbreste, die noch von der wilden Malerei in der Garage stammen und sich unschön an meinen Fingernägeln abgesetzt haben. Der Scheiß geht seit Tagen einfach nicht ab!

»Das ist nur Farbe«, sage ich und schäme mich ein bisschen. Ich komme mir vor, wie ein Kleinkind, das mit Filzstiften gespielt hat.

»Hast du gemalt?«, fragt Jeffrey verwundert und isst langsam weiter.

»Ja, ich war mit einem Freund in einem Atelier«, antworte ich und habe keine Lust, mehr über diesen Abend zu erzählen.

»Der Freund, der gestern bei dir im Hotelzimmer war?«

»Genau der«, sage ich und verschlinge Gnocchi Nummer drei.

Nachdem unser zweites Date zwischenzeitlich etwas holprig verlief, wechselt die Stimmung langsam, aber sicher mit zunehmendem Alkoholpegel. Wir lachen und quatschen ausgelassen, lassen unseren Abend in Berlin Revue passieren, erinnern uns an den Vorleser des Grauens im Planetarium und an unser außergewöhnliches Erlebnis im Wald. Das Wort »außergewöhnlich« stammt dabei aus seinem Mund, und ich fühle mich sehr geschmeichelt. Als Jeffrey kurz auf der Toilette verschwindet, frage ich mich trotz aller Wiedersehensfreude, warum er nicht versucht hat mich anzurufen. Irgendwie lässt mich dieser Gedanke nicht los. Ich will mich eigentlich gar nicht damit beschäftigen, denn es spielt ja absolut keine Rolle mehr. Aber es ist mir einfach unverständlich. Unser Date in Berlin hat ihm doch anscheinend wirklich sehr gefallen, hatte er tatsächlich so viel zu tun? Kann man so viel zu tun haben, dass man nicht einmal zwei Minuten zum Schreiben einer SMS hat? Es ist mir plötzlich irgendwie peinlich, dass ich ihm hinterhergereist bin, obwohl er mich anscheinend nicht allzu sehr vermisst hat. Zumindest nicht genug, um mich gleich zu kontaktieren. Soll ich ihn jetzt einfach fragen, wie er zu mir steht? Ob er mit mir zusammen sein will? Ich wünsche mir so sehr, dass er von selbst dieses Thema anspricht, dass ich beschließe, weiter darüber zu schweigen.

»Möchtest du noch einen Nachtisch?«, fragt er, als er zurück an unseren Tisch kommt.

»Klar. Tiramisu!«

»Ähm, na ja, Ich dachte eher, wir teilen uns den gemischten Früchteteller?«, fragt er vorsichtig. »Der ist hier richtig gut«, fügt er hinzu, als er mein erstauntes Gesicht sieht.

Ich seufze innerlich und nicke. Schon wieder Früchte. Er hatte gestern im Supermarkt schon auf eine Obsttüte bestanden. Essenstechnisch ist das hier alles nicht nach meinem Geschmack, und so trinke ich noch einen Schluck Rotwein.

Nachdem wir den Obstteller mithilfe zweier klitzekleiner Gabeln vernichtet haben, fangen die Kellner langsam an, die Stühle hochzustellen, und Jeffrey berührt unter dem Tisch meinen Schenkel. »Möchtest du heute sehen, wo ich hier in New York lebe?«, raunt er mir zu.

»Ich bestehe darauf«, sage ich bestimmt. Ich will diese Nacht unbedingt wieder mit Jeffrey verbringen, und spätestens morgen oder übermorgen müsste er dann ja auch langsam mal ansprechen, wie es von seiner Seite aus mit uns weitergeht. Denn danach bin ich wieder weg. Vielleicht schlägt er vor, dass ich zu ihm nach New York ziehe?

Wir verlassen das Restaurant, und Jeffrey winkt ein Taxi heran.

Ich bin sprachlos, als wir das Gebäude betreten. Der Boden und die Wände sind aus Marmor, der Fahrstuhl hat goldene Türen, und es gibt sogar jemanden unten an der Tür, der uns begrüßt. Einen so genannten »Doorman«, wie ich erfahre. So etwas kenne ich sonst nur aus Filmen.

»Du weißt ja, das Apartment gehört meinem Onkel«, erklärt Jeff, als er meinen erstaunten Blick sieht. »Aber der ist jetzt in Boston.« Er zwinkert mir zu.

Im Fahrstuhl fangen wir wieder an zu knutschen, als

wären wir zwei Vierzehnjährige, die sich auf ihrer ersten Klassenfahrt von der Gruppe davongestohlen haben.

Die Wohnung ist mindestens genauso umwerfend wie das Gebäude. Man hat einen tollen Ausblick auf die Stadt, alles ist so sparsam eingerichtet, wie ich es mir immer vornehme und doch nicht schaffe. Beim Einrichten meiner Wohnung habe ich nämlich durchaus versucht, nach dem Motto »Weniger ist mehr« vorzugehen, aber am Ende habe ich doch noch ein paar Lämpchen, Kerzen, Lichterketten und Bilder gekauft, bis alles vollgestellt war. Hier ist alles aufgeräumt und ordentlich, die Wohnung wirkt fast etwas steril. Die Möbel sind bestimmt teuer gewesen, ich kann zumindest keinen typischen Einrichtungsgegenstand von Ikea erkennen. Kein Poäng-Stuhl hat sich in dieses Apartment eingeschlichen, keine Klamotten liegen auf dem Boden, kein schmutziges Geschirr stapelt sich in der Spüle, ganz anders als in meiner Wohnung.

Dann nimmt Jeffrey meine Hand und führt mich ins Schlafzimmer. Ein zwei Meter breites graues Boxspringbett steht gegenüber einer Fensterfront, von der aus man das Empire State Building sehen kann.

I love New York.

32

Der zweite Morgen danach

Es ist früh.

So dermaßen früh, dass noch nicht einmal die Vögel singen. Und ich kann nicht mehr schlafen, liege neben dem schnarchenden Jeff, und nach Singen ist mir auch nicht zumute. Ich konfrontiere mich gerade mit einem Gedanken, der schlimmer nicht sein könnte und den ich weder kapiere noch richtig wahrhaben will: Die zweite Nacht mit Jeff war eine Enttäuschung. Lag es an ihm? Ich weiß es nicht. Lag es an mir? Irgendwie schon.

Jeffreys Boxspringbett war jedenfalls nicht das Problem. Es war göttlich weich, ich fühlte mich fast schwerelos in den Daunenkissen und dem seidigen Bettbezug. Kaum hatten wir uns in die Federn geschmissen, flüsterte Jeff mir ins Ohr, wie sexy ich aussehe und dass es ihn unglaublich anmachen würde, wenn ich ein wenig für ihn tanzen und mich dabei ausziehen würde. Ich kann nicht so gut beschreiben, was mich genau daran gestört hat, aber bei mir im Hotelzimmer hatte sich die Leidenschaft zwischen uns einfach so ergeben. Es war so locker, und ich konnte ganz ich selbst sein. Gestern hatte ich dann irgendwie das Gefühl, etwas leisten zu müssen, um Jeff bei der Stange zu halten. Ich meine, ich hatte ja eigentlich nichts dagegen zu tanzen. Für Rainer hatte ich auch schon ein, zwei Mal einen kleinen Strip eingelegt (einmal verfing ich mich dabei jedoch mit dem Fuß in meiner Strumpfhose und plumpste auf den Teppichboden), aber mit Rainer war ich schließlich zusammen. Jeff hielt sich mit Aussagen über uns beide ziemlich zurück. Vielleicht habe ich mich deshalb im Moment seiner Bitte ein wenig unsicher gefühlt. Ich habe einfach gedacht: Was wird als Nächstes kommen? Wird er mir Dollarnoten in den Slip stecken? Ich tanzte ein bisschen, fühlte mich aber kurz darauf so unwohl dabei, dass ich mich zu ihm ins Bett purzeln ließ.

»Warum hörst du auf?«, wollte er wissen.

»Ich mag das nicht so.«

Ich küsste ihn schnell, damit wir nicht weiter darüber redeten. Er zog mich langsam aus, liebkoste meinen ganzen Körper, und ich entspannte mich wieder.

Wie hoch dieses Empire State Building wohl ist, fragte ich mich plötzlich, weil ich es gerade aus dem Fenster sah, während Jeff mich liebevoll, aber bestimmt umdrehte, um auch meinen Rücken zu küssen. *Man könnte einen riesigen Penis an die Fassade sprühen*, überlegte ich weiter und fand das sehr witzig. Daniel würde das bestimmt für eine grandiose Idee halten.

»Helena?«, fragte Jeff ungeduldig.

»Ja?«

Es war mir unangenehm, dass Jeff mich dabei erwischte, wie ich mit meinen Gedanken ganz woanders war. Als wäre ich in der Schule unvermittelt drangenommen worden, obwohl ich mich gar nicht gemeldet habe. Was war nur los mit mir?

»Ich hab dich gefragt, ob du eigentlich die Pille nimmst. Dann müsste ich ja eigentlich kein Kondom nehmen.«

»Natürlich musst du ein Kondom nehmen!«, sagte ich bestimmt. Bei dieser Frage wurde ich ernsthaft sauer. So was mag ich gar nicht. Plötzlich fällt mir ein, dass ich bereits bei unserem ersten Sex die Sache mit dem Kondom ansprechen musste. Von allein hätte er vielleicht gar keins genommen. Und Vorgestern hat er auch keine Anstalten gemacht, sich darum zu kümmern, bis ich ihn darum gebeten habe. Was würde als Nächstes kommen? Ein Besuch im Swingerklub? Würde er Sätze sagen, wie »Alles kann, nichts muss«? Für wen hält der mich eigentlich?

Ich war irritiert. Was passierte hier gerade? Übertrieb ich vielleicht? Waren das nicht alles nur Kleinigkeiten? Warum konnte ich nicht aufhören, mir vor Augen zu halten, was schieflief? Wir schliefen miteinander, aber ich konzentrierte mich gar nicht darauf. Ich war in Jeffrey verliebt, ich war wegen ihm nach New York gekommen, aber das, was er sagte, und auch das, was er nicht sagte, verstörte mich. Ich hatte plötzlich ein ungutes Gefühl. In den letzten Wochen hatte ich so viel an Jeff gedacht, aber eigentlich hatte ich mir das meiste über ihn selbst zusammengesponnen. Wollte er überhaupt mit mir zusammen sein? Er hatte mich ja noch nicht mal gefragt, wie lange ich in der Stadt bleibe oder was ich am Wochenende mache. Ich hatte mir ein Date auf dem Empire State Building ausgemalt, aber er wollte Sex ohne Kondom mit Blick aufs Empire State Building. Das Luftschloss, in dem ich die letzten Wochen gelebt hatte, nahm reale Formen an, und sie gefielen mir nicht besonders. Erinnerten mich an einen Plattenbau in Mecklenburg-Vorpommern. Friederike hat mir mal erklärt, dass verliebt sein nur dadurch entsteht, dass man all seine eigenen Wünsche und Träume auf den anderen projiziert – konnte das wirklich wahr sein? War ich gar nicht in Jeffrey verliebt, sondern nur in die Vorstellung von ihm? Rannte ich etwa *wieder* von einem Arschloch zum Nächsten? Als ich Jeff in Berlin kennenlernte, hatte er mir so viele Fragen gestellt, aber jetzt, bei unserem Wiedersehen, war das irgendwie nicht mehr so. Außerdem hatte er ja noch nicht einmal versucht mich anzurufen! Als ich weiter darüber nachdachte, wurde mir klar, dass ich *schon wieder* mehr investierte als der Mann, den ich wollte. Ich schluckte schwer. War meine ganze New-York-Reise am Ende ein Reinfall? Muss ich nach Berlin zurückfliegen und allen erzählen, dass ich Jeff zwar gefunden habe, aber er doch nicht so toll war, wie ich dachte? Wie peinlich! Auf der anderen Seite: Ist es nicht normal, dass man, wenn man sich näher kennenlernt, manchmal feststellt, dass der andere doch nicht der Richtige ist? Aber der Sex bei mir im Hotelzimmer war doch so toll gewesen! Warum war es denn jetzt nicht mehr da, dieses super Glücksgefühl?

Mir wurde ganz schlecht bei diesem Gedanken, ich wollte das nicht. Konnte Jeff nicht einfach fragen, ob ich mit ihm zusammen sein will? Ob ich zu ihm nach New York ziehe? Sagen, dass er mich vermisst hat? Stattdessen gab er mir einen Klaps auf den Po, nachdem er gekommen war, und schlief ein. Ohne noch etwas zu sagen. Und ohne dass ich merkte, dass es eine wirkliche Nähe zwischen uns gab. Jeff lag auf der anderen Seite des Bettes und schnarchte. Ich lag wach. Grübelte. Fühlte mich unentschlossen, unbefriedigt, unwohl. Ich lag im falschen Bett, neben dem falschen Mann, und dieses Gefühl, zu merken, dass es nicht das richtige war, war schrecklich. Enttäuschend. Wie wenn du Sauerbraten isst, obwohl du eigentlich Lust auf Germknödel mit Vanillesoße hast. Wenn du schöne Schuhe trägst, die aber leider eine Nummer zu klein sind. Wenn du dich in jemanden verliebt hast und ein anderer dich küsst. Es passt nicht, und du fragst dich: Warum mache ich das eigentlich? Der Boden unter meinen Füßen schien plötzlich wegzubrechen. Jeff war das Fundament, auf dem ich diese ganze Reise aufgebaut hatte, und jetzt fühlte sich das alles so leer an.

Irgendwann schlief ich ein und hatte kurz vorher noch die Hoffnung, dass meine Jeffrey-Zweifel vielleicht am Alkohol liegen könnten.

Aber jetzt, am nächsten Morgen, fühle ich es noch viel deutlicher. Und dann passiert etwas, womit ich überhaupt nicht gerechnet hatte. Ich sehe Jeffrey an, betrachte sein hübsches Gesicht, seine glatte Haut, seinen schönen Mund – und frage mich plötzlich: Was Daniel wohl gerade macht? Ob es ihm gut geht? Ob er meine restlichen Bilder aufgehoben oder sie in den Mülleimer geworfen hat?

Ach du lieber Gott. Warum denke ich das denn jetzt? Und warum fühle ich mich so unverschämt wohl bei dem Gedanken an Daniel? Daniel ist so anders als Jeff. Ich fühle mich so sicher bei ihm. Er will, dass es mir gut geht und mit mir Zeit verbringen, mir helfen, er ist so ehrlich und verstellt sich nicht.

Kung-Fu-Panda, denke ich und kichere.

Und dann fällt es mir wie Schuppen von den Augen: Ich bin in Daniel verliebt.

Aber darf das überhaupt sein?

Ich bin doch nach New York gekommen, um Jeffrey zu finden. Aber die Dinge haben sich irgendwie geändert. Gefühle sind nicht planbar. Warum sollte ich weiterhin an etwas festhalten, was ich im Grunde genommen gar nicht mehr will? Das habe ich schließlich lange genug gemacht! Ich erinnere mich an die Situation unter meinem Kleiderschrank zurück, als ich geschworen habe, mein Leben nicht mehr zu verschwenden. Fast wäre ich wieder in mein altes Muster zurückgeplumpst, wie das Eulenküken in sein Nest. Aber damit ist jetzt Schluss! Doch da gibt es ja noch ein ganz anderes Problem: Daniel ist in Rachel verknallt. Ich habe schließlich schon am ersten Abend gesehen, wie bewundernd er sie angestarrt hat. Und sie hat dermaßen vom ihm geschwärmt, dass die Sache zwischen den beiden schon längst geritzt sein müsste. Warum war sie es nicht bereits? Ob sie einfach sehr schüchtern sind? Vielleicht sind sie nach ihrem Ausstellungsbesuch gestern ja im Bett gelandet, hatten wilden Sex, lagen verschwitzt nebeneinander und kuschelten. Ich bin plötzlich eifersüchtig, fühle mich gleichzeitig aber ganz schrecklich, weil ich Daniel und Rachel ihr Glück so gerne gönnen möchte. Kann ich aber nicht. Und warum hat Daniel überhaupt so sauer reagiert, als ich ihn wegen Jeff rausgeworfen habe? Ob er doch etwas für mich empfindet? Verdammt, ist das alles kompliziert!

Ich muss jetzt erst mal aus diesem Bett raus! Obwohl ich natürlich mal wieder keinen Plan habe, wie es dann weitergehen soll – wie zum Teufel tut man denn das Richtige? Pirmin wüsste sicher, was zu tun ist – aber der sitzt wahrscheinlich, zufrieden schnarchend, in seiner Schublade. Ob ich zuerst mit Rachel reden sollte? Oder mit Daniel? Oh

Mann, hoffentlich hat Daniel mich nicht schon total abgeschrieben, nachdem ich ihn rausgeworfen habe. Und was Rachel wohl denken wird? Schließlich hat sie extra ein Radiointerview für mich organisiert, und nun muss ich ihr gestehen, dass der Mann, in den ich eigentlich verliebt bin, die ganze Zeit vor ihrer und meiner Nase war. Noch dazu der Mann, den sie gedatet hat. Eigentlich kann die Sache kaum mehr gut gehen. Aber wenn alles in die Hose geht, fliege ich sowieso in zwei Tagen nach Berlin zurück.

Plötzlich wacht Jeffrey auf. Ich atme tief durch.

»Hey«, sagt er und guckt verschlafen zu mir rüber.

Verdammt, selbst am Morgen sieht dieser Mann gut aus.

»Na«, murmele ich und merke, wie sich ein Kloß in meinem Hals formt, den man meiner Stimme bereits anhört. »Ich muss mit dir reden«, beginne ich und kann es nicht fassen, dass ich innerhalb von ein paar Wochen plötzlich zweimal in der Situation bin, jemandem klarmachen zu müssen, dass ich ihn nicht mehr will.

Jeffrey runzelt die Stirn und setzt sich im Bett auf.

»Ach komm, sag mir jetzt nicht, dass du gleich heulst.«

Hä? Höre ich nicht richtig?

»Hör mal, ich mag dich wirklich ganz gern. Aber ich habe absolut keine Lust auf eine Frau, die sich so von mir abhängig macht.«

Jeffrey sieht mich an, als sei ich eine bemitleidenswerte Kreatur. Und so, als lägen dauernd heulende Frauen in seinem Bett, als sei ihm diese Situation total vertraut.

»Sag mal, spinnst du?«, frage ich verständnislos und setze mich kerzengerade hin. Mein Kloß im Hals verschwindet genauso schnell, wie er gekommen ist. Ich will diesem Idioten doch gerade klarmachen, dass ich ihn nicht mehr will, weil ich mich in jemand anderen verliebt habe.

»Wovon redest du überhaupt?«, rufe ich aufgebracht.

Jeffrey lacht auf, als fände er meine Reaktion total lächerlich.

»Wovon ich rede? Du fliegst nach New York, um mich zu finden, du startest sogar einen *Radioaufruf*, und jetzt liegst du hier und heulst, weil du wahrscheinlich denkst, dass du nicht mehr ohne mich leben kannst. Ich habe dir von Anfang an gesagt, dass ich keine Beziehung will.«

»So ein Quatsch! Du hast das Wort *Beziehung* doch noch nicht einmal erwähnt!«

Ich bin gekränkt. Wenn er mir das gesagt hätte, hätte ich doch nie mit ihm geschlafen! Und wäre ihm erst recht nicht nach New York gefolgt.

»Als wir uns kennengelernt haben, habe ich dir gesagt, dass ich in einem Alter bin, in dem ich mich noch austoben will. Ich will keine feste Freundin. Irgendwann vielleicht, aber bestimmt nicht jetzt. Ich bin nach New York gekommen, weil ich Spaß haben will! Und als du hier aufgekreuzt bist, dachte ich, na ja, dass du unseren Sex wohl ziemlich gut fandest. Und ich hatte nichts dagegen, noch mal mit dir zu schlafen. If you are up for it. Fertig. Mehr ist nicht.«

Er hatte nichts dagegen, noch mal mit mir zu schlafen? Ich bin kurz davor, ihm eine runterzuhauen. Aber da ihn das in seiner kranken Theorie wahrscheinlich noch bestätigen würde, lasse ich es.

»Das heißt, unser Abend in Berlin hat dir echt gar nichts bedeutet?«

Ich kann das nicht glauben. Obwohl ich mir spätestens jetzt sicher bin, dass Jeff nicht der Richtige ist, finde ich es einfach ungeheuer enttäuschend, dass man so skrupellos sein kann.

»Also ehrlich gesagt, hatte ich in der Nacht, in der wir uns kennengelernt haben, ein bisschen viel gekokst. Bin ja da auf dem Spielplatz rumgerannt wie ein durchgedrehter Irrer. Aber dir scheint es gefallen zu haben, und ich fand's witzig. Und welcher Mann würde zu so einer Nummer im Wald schon Nein sagen? Ja, war wirklich nett mit dir, der Sex war echt gut, aber wie gesagt: Ich will keine Beziehung!«

Ich bin fassungslos. Gekokst? Wie widerlich ist das denn? Schlagartig erinnere ich mich an unseren ersten Abend zurück. Sein Vorschlag, durch die Stadt zu laufen, seine Klimmzüge auf dem Spielplatz, das Rutschen, die ständigen Themenwechsel auf dem Weg zu mir, die ich für Interesse an meinem Leben gehalten hatte. War die ganze Aufregung und Nervosität, die ich als Zeichen für seine Verliebtheit interpretiert hatte, nur irgendwelchen Drogen geschuldet? Und wenn ich jetzt so drüber nachdenke, sind mir nicht auch seine großen Pupillen aufgefallen, in denen ich versinken wollte? Wie konnte ich nur so blind sein? Ich fühle mich extrem verarscht, als wäre ich in eine Falle getappt. Mir fällt Oma Hedda ein, die oft gesagt hat: »Drum prüfe, wer sich ewig bindet.« Von ewiger Bindung bin ich zwar weit entfernt, aber jetzt verstehe ich diesen Spruch vollkommen. Wie konnte ich nur so naiv sein? Hätte ich in diesem Punkt doch bloß auf Oma Hedda gehört! Ich konnte ich ja nicht ahnen, dass diese Weisheit zu ihren Fünfzig-Prozent-Wahrheiten gehört!

Jeffrey weiß absolut nicht, was Liebe ist. Und ich wusste es wahrscheinlich auch nicht. Aber jetzt ist mir alles klar:

Liebe ist, mit jemandem gemeinsam Penisse auf Wahrzeichen malen zu wollen. Liebe ist, eine Schildkröte aus dem Zoo zu klauen. Liebe ist ein Columbo-Marathon mit Chicken Wings. Liebe ist Farbe unter den Fingernägeln. Liebe ist ein Frühstück mit Strawberry Cheesecake. Liebe ist, so angenommen zu werden, wie man ist. Ich hatte mich einfach nur total verrannt in die Vorstellung, die ich mir von Jeffrey gemacht hatte. Ich stehe auf und ziehe mich an.

»Gehst du jetzt?«, fragt er und klingt dabei irgendwie belustigt, so als würde ich in seinen Augen total überreagieren.

»Das siehst du doch«, entgegne ich.

»Du kannst von mir aus auch noch bleiben. Willst du mir nicht noch einen Kaffee machen?«

»Du bist echt das Letzte. Ich kann nicht glauben, dass ich so bescheuert gewesen bin und nicht gecheckt hab, was du für ein Typ bist. Du kannst dir deinen Kaffee und dein dämliches Obst in den Arsch stecken, ich habe schon die letzten beiden Jahre mit einem Idioten wie dir verbracht, es wird langsam Zeit für einen richtigen Mann.«

Dann verlasse ich Jeffs Wohnung. Und damit auch sein Leben.

33

Pirmin, Pirmin in der Schublade

Ich fühle mich so schlecht, wie noch nie in meinem Leben.

Als ich mein Gesicht im Taxirückspiegel sehe, trifft mich der Schlag: Ich sehe auch so aus! Nachdem ich von Jeff abgehauen bin, habe ich mir ein Taxi geschnappt, um schleunigst ins Hotel zu fahren. Ich brauche ein Telefon. Ich muss Rachel anrufen. Ich brauche endlich Gewissheit. Will sie etwas von Daniel oder nicht? Was läuft zwischen den beiden?

Als ich im Crowne Plaza ankomme und das riesige Gebäude betrete, sehe ich, dass Carlos an der Rezeption steht. Nein! Warum denn jetzt? Wo ich so scheiße aussehe? Meine Schminke ist verschmiert, einen Ohrring muss ich im Taxi verloren haben, meine Strumpfhose hat eine Laufmasche, und meine Haare sehen aus wie die Blätter der Palme, die bei Oma Hedda in der Küche steht. Kraftlos. Brüchig. Bedauerlich.

»Hey Helena, guten Morgen!«, ruft Carlos mir fröhlich zu.

»Hi!«, sage ich, hebe steif meine Hand nach oben, um ihn zu begrüßen, und will schnell weiter, die Rolltreppe hoch, zu den Fahrstühlen.

»Warte mal, ist alles o.k. bei dir?«

Ich bleibe stehen.

»Ja, alles in Ordnung.«

Oh Gott! Jetzt verlässt Carlos seinen Rezeptionstisch und kommt auf mich zu. Ich scheine so hilfsbedürftig und verloren auszusehen, wie ich mich fühle, denn Carlos nimmt mich kurzerhand in den Arm. Ich spüre seine warmen Hände auf meinem Rücken, seinen Kopf an meinem Kopf. Ich kann mich nicht wehren und genieße es einfach, so tröstend gedrückt zu werden. Ich habe das so vermisst! Alle meine Freunde sind so verdammt weit weg!

»Hey, alles wird gut«, redet er beruhigend auf mich ein.

Meine Arme hingen bisher nur leblos an meinem Körper runter, aber jetzt schlinge ich sie um Carlos und drücke ihn ebenso.

»Danke«, flüstere ich.

Was wohl passiert, wenn wir unsere Umarmung lösen? Und was die anderen Leute denken? Irgendwie merkwürdig, so gut kennen wir uns ja überhaupt nicht.

»Magst du heute Abend zu uns zum Essen kommen?«, fragt er liebevoll, während er mich immer noch in seinen Armen hält.

»Uns?«, frage ich mit gepresster Stimme irritiert.

»Mein Mann macht heute Abend Rindereintopf.«

Nun löse ich mich von der Umarmung. Sein Mann? Carlos ist verheiratet? So ist das also. Ich sehe zu seiner Hand runter und entdecke einen schlichten goldenen Ring an seinem Finger.

»Das ist so lieb, dass du das fragst, aber ich muss heute unbedingt einige Sachen regeln«, erkläre ich.

Carlos nickt verständnisvoll und wirft einen Blick an die Rezeption, an der ein Hotelgast auf ihn wartet.

»One moment please, Sir!«, ruft er ihm zu. »Wann geht denn dein Flug übermorgen?«, fragt er mich noch schnell.

»Um acht Uhr morgens.«

»Dann lass ich mir für den Tag eine Frühschicht geben und helfe dir mit deinen Koffern, in Ordnung?«

»Ja«, sage ich dankbar.

Was für ein netter Mensch! Paul hat nicht zu viel versprochen.

»Ich weiß, wie grausam Männer seinen können«, wispert er mir noch zu, bevor er an seinen Arbeitsplatz zurückkehrt.

Irgendwie ringt mir dieser Satz das erste Schmunzeln des heutigen Tages ab.

»Danke! Auch für den Champagner!«, rufe ich ihm noch zu, als er sich schon auf halbem Weg zur Rezeption befindet.

»Was für Champagner?«, fragt er irritiert zurück und beginnt den Hotelgast zu bedienen.

»Pirmin, ich hab's verschissen«, sage ich, als ich ins Hotelzimmer komme.

Die Schildkröte sitzt in ihrer Nachttischschublade und blinzelt müde.

»Meinst du, ich habe bei Daniel eine Chance?«, frage ich ihn und setze mich neben mein Orakel aufs Bett.

Daraufhin schläft Pirmin wieder ein und bleibt bewegungslos.

»Also ja?«, frage ich und lächele hoffnungsvoll.

Er regt sich nicht. Und ich hoffe wirklich, wirklich, dass er recht hat.

Ich greife zum Telefon, um Rachel anzurufen. Da muss ich jetzt durch. Vielleicht wird unsere gerade erst geschlossene Freundschaft gleich zerbrechen, aber das muss ich in Kauf nehmen. Ich habe keine Ahnung, wie sie reagiert, wenn ich ihr erzähle, dass ich Gefühle für Daniel habe. Ich habe Schiss. Aber ich muss es tun.

»Hallo?«

Rachel klingt, als hätte ich sie geweckt. Sie gähnt, und ich höre das Rascheln der Bettdecke. Oh Mann, ich hoffe Daniel ist nicht bei ihr.

»Bist du alleine?«, frage ich deshalb.

»Ja. Natürlich«, antwortet sie verwirrt. »Ist alles o.k.? Wie war dein Date?«

»Äh, nicht so gut, ehrlich gesagt. Deshalb wollte ich mit dir reden. Mir ist da etwas klar geworden, als ich mit Jeff zusammen war, also, puh, ich weiß gar nicht, wo ich anfangen soll. Ich sage es jetzt einfach geradeheraus und hoffe, dass du das irgendwie verstehst: Wir sind in den gleichen Mann verliebt.«

»Wie bitte?«

Es hört sich an, als wäre Rachel gerade aus dem Bett gesprungen. »Wovon redest du?«

»Rachel, ich weiß, das kommt jetzt alles plötzlich und klingt bestimmt total bescheuert. Aber ich habe Gefühle für Daniel.«

»Helena, wir sollten uns treffen. Kannst du in einer Stunde bei dem Starbucks neben dem Sender sein?«

34

Tohuwabohu

»Das hat aber lange gedauert.«

Rachel guckt streng, als ich zu Starbucks reinkomme. Ich sehe auf die Uhr.

»Wieso? Ich bin doch pünktlich.«

Begeistert sieht Rachel wirklich nicht aus: gerunzelte Stirn, verschränkte Arme, übereinandergeschlagene Beine.

»Ich meine nicht die Uhrzeit. Aber erzähl mir erst mal von deinem Date. Was war denn da los?«

Ich berichte Rachel von meinem Abend mit Jeff, von meiner Enttäuschung, seiner Koks-Geschichte, meiner Reue und auch von meinen Gefühlen für Daniel.

»Rachel, kannst du jetzt endlich mal was sagen? Sei von mir aus sauer und schrei mich an, aber guck nicht nur so streng!«, flehe ich, nachdem ich ihr alles erzählt habe.

Rachel seufzt, und jetzt sehe ich etwas in ihrem Gesicht, das mich irgendwie durcheinanderbringt – ist das ein Lächeln?

»Also auf der einen Seite freue ich mich total. Nicht darüber, dass Jeff so idiotisch zu dir war natürlich, aber dass du deine Gefühle für Daniel entdeckt hast. Deshalb meinte ich, dass es aber lange gedauert hat, schließlich kennst du ihn ja genau genommen schon besser als Jeff. Auf der anderen Seite frage ich mich: Bist du dir bei Daniel jetzt wirklich vollkommen sicher? Ist das mit Jeff *ein für alle Mal* vorbei?«

Ich verstehe die Welt nicht mehr. Warum fragt sie mich das? Sie tut ja so, als müsse sie Daniel schützen.

»Ja. Ganz sicher. Aber was ist denn jetzt mit deinen Gefühlen? Kannst du mich endlich mal aufklären?«

Jetzt bricht Rachels breites Pipi-Langstrumpf-Grinsen hervor.

»Ich habe keine Gefühle. Zumindest nicht für Daniel. Und ich werde dir jetzt etwas erzählen, das du offiziell *nie* von mir gehört hast. Ist das klar?«

Ich nicke stumm. Diesen fordernden Ton kenne ich von ihr ja gar nicht.

»Daniel ist über beide Ohren in dich verliebt.«

Ich schweige, dann sage ich: »Ach so ein Käse. Er ist in *dich* verliebt. Das sieht doch ein Blinder!« Leicht verunsichert bin ich aber trotzdem. »Warum sagst du das denn?«

»Weil es so ist. Und zwar von Anfang an.«

»Und woher willst du das bitte schön wissen?«

»Weil er es mir erzählt hat. Ich verstehe mich wirklich gut mit ihm, aber getroffen haben wir uns in erster Linie, weil er mehr über dich erfahren wollte.«

Mir fehlen die Worte.

»Aber du hast doch total von ihm geschwärmt!«, rutscht dann endlich ein Satz aus meinem Mund.

»Ja, aber doch nur, damit du checkst, dass er ein richtig toller Mann ist. Ich meine, ich habe dir wirklich gegönnt, dass du Jeffrey findest, aber im Hinterkopf hatte ich immer den Gedanken, dass es wahrscheinlich nicht klappt.

Herrgott, New York ist eine riesige Metropole, das grenzt wirklich an ein Wunder, dass unser Interview funktioniert hat! Und Daniel ist so verrückt nach dir! Und abgesehen davon wirklich ein lieber Kerl. Da dachte ich, das könnte was werden.«

»Aber ich habe ihn doch dauernd darauf angesprochen, ob zwischen euch was läuft, warum hat er da nicht klargestellt, dass er nichts von dir will?«

Rachel lacht.

»Er fand's total süß, dass du eifersüchtig bist, deshalb hat er dich in dem Glauben gelassen.«

»Ich war nicht eifersüchtig!«, protestiere ich.

»Na ja, so kam es für ihn rüber.«

»Und warum war er nicht ehrlich zu mir und hat mir gesagt, dass er sich in mich verliebt hat?« Ich rutsche unruhig auf meinem Stuhl hin und her. Das ganze Thema macht mich auf positive Art und Weise nervös. Aber ich bin noch skeptisch.

»Ist das dein Ernst? Du hast ihm so oft gesagt, dass du einen anderen Mann suchst, der deine große Liebe ist. Da wollte er sich doch keine Abfuhr einholen. Aber er hat gehofft, dass vielleicht mehr draus wird, wenn ihr zusammen Zeit verbringt. Deshalb habe ich ihm ein bisschen geholfen und euch zusammen auf diese Tour bei Nacht geschickt und ihn für deinen Statue-of-Liberty-Ausflug vorgeschlagen.«

Jetzt wird mir einiges klar: Deswegen war er also auch so sauer, als ich ihn gebeten habe zu gehen, als Jeff kam. In dem Moment, als ich ihn rausgeschmissen habe, hat er gemerkt, dass sein Plan nicht aufgegangen ist, dass ich wirklich nichts von ihm will.

»Ich musste ihm hoch und heilig schwören, dass ich dir nichts sage! Das war echt schwer. Vor drei Tagen hat er *mir* übrigens abgesagt, nachdem du ihn angerufen und ihn in dein Hotelzimmer eingeladen hast. Nicht ich ihm. Er hat sich total gefreut, dass du ihn gefragt hast.«

Ich gucke Rachel an und schüttele den Kopf.

»Mann, das sind ja vielleicht Nachrichten«, sage ich grinsend.

»Er ist so verliebt in dich, dass er dir sogar Frühstück gebracht hat, nach unserer Zooaktion, ist dir da nicht aufgefallen, dass er dich etwas mehr mag?«, fragt Rachel.

»Nee, irgendwie nicht. Er hat immer einen auf Kumpel gemacht.«

»Und der Champagner und die Schokolade?«

»Die waren von *ihm*?« Ich gucke Rachel mit großen Augen an. Deshalb hatte Carlos also keinen blassen Schimmer, wovon ich spreche.

»Er wollte, dass es dir gut geht und du dich freust. Also hat er im Hotel angerufen und den kleinen Korb anonym in dein Zimmer stellen lassen. Es war richtig schwer für ihn, seine Gefühle geheim zu halten. Aber er hat vor zwei Jahren wohl eine ziemlich schlechte Erfahrung mit einer Frau gemacht, die ihn total beschissen behandelt hat, da hat er keinen Bock mehr drauf. Er wollte lieber abwarten. Deshalb wollte ich jetzt auch erst mal sichergehen, dass du es *wirklich* ernst meinst. Ich mag ihn mittlerweile sehr gerne und will nicht, dass er noch mal auf die Nase fällt.«

Ich kann ihn total verstehen.

»Und warum guckt er dich dann immer so bewundernd an?«, frage ich trotzig, denn so ganz überzeugt bin ich immer noch nicht. Das Ganze klingt zu schön, um wahr zu sein.

»Mann, Helena, er bewundert nicht *mich*, sondern meinen Beruf. Moderator-Sein findet er total spannend und quetscht mich dauernd drüber aus, das war ein weiterer Grund, warum wir uns getroffen haben. Außerdem kann ich so herrlich mit ihm über Bart Wucks lästern, und gerade in der Zeit, als der Scheißkerl mir meinen Programmplatz geklaut hat, hat mir das echt gutgetan. Daniel und ich sind nur befreundet, mehr nicht.«

»O.k.«, nun grinse ich vergnügt. »Und er ist wirklich in mich verliebt?«, frage ich noch einmal.

»Von den Haar- bis in die Zehenspitzen. Und jetzt musst du ihn schleunigst anrufen, dich für deine blöde Aktion im Hotelzimmer entschuldigen und sagen, dass du einen Riesenfehler gemacht hast. Hoffentlich ist es noch nicht zu spät. Nach allem, was er mir erzählt hat, warst du ja echt ziemlich fies zu ihm.«

Ich nicke wissend. Ja, ich weiß, was ich zu tun habe.

35

Freizeichen-Kummer

»Wie konnte ich nur so dumm sein?«,

frage ich Friederike, die ich Gott sei Dank über Skype erreicht habe. Gerade habe ich ihr die ganze Jeffrey-Daniel-Geschichte erzählt, und sie ist natürlich außer sich, wie wir uns so in Jeff täuschen konnten.

»Du bist nicht dumm, du bist vollkommen normal! Er ist einfach nur ein Depp.«

Ich seufze.

»Krass, oder? Das war bisher mein Fazit von jedem Mann, mit dem ich was hatte. Wie schaffe ich es denn immer, diese Idioten zu finden? Oder gibt es schlichtweg mehr Hohlköpfe auf der Welt als ganz normale Männer?«

Friederike brummt unbeholfen.

»Meinst du, Daniel wird jemals wieder mit mir sprechen?«, frage ich dann geknickt, denn bisher haben meine Bemühungen, ihn zu erreichen, keine Früchte getragen. Er geht einfach nicht ans Telefon.

»Ich weiß es nicht. Du hast ihn ziemlich gekränkt. Aber egal, übermorgen geht dein Flug, und wenn du wieder hier bist, werde ich dich so fest in den Arm nehmen, dass du dir wünschen wirst, in New York geblieben zu sein.«

Ich schmunzele.

»Friederike?«

»Ja?«

»Du bist die allerbeste Freundin, die es gibt. Und das meine ich ernst.«

»Ich weiß«, sagt sie. »Aber du bist auch nicht übel. Hast du deiner tollen besten Freundin denn wenigstens schon ein Mitbringsel gekauft?«

»Äh, das wollte ich heute noch erledigen«, sage ich schnell und bin froh, einen Grund zu haben, um noch ein letztes Mal shoppen zu gehen.

»Gut, aber kauf mir bloß nichts zum Anziehen. Dazu bist du ja Mode-unfallfrei nicht in der Lage. Und vergiss nicht, dir am Tag nach deiner Ankunft nichts vorzunehmen, du willst die Party doch nicht verpassen. Ich habe den Termin extra so gelegt, dass du kommen kannst«, sagt sie stolz. »Schließlich gibt es nicht alle Tage einen neuen Mann in meinem Leben.«

Ich sehe sie auf dem Bildschirm zwinkern. Da dabei das Bild kurz stehen bleibt, sieht sie für einen Moment aus wie Karl Dall.

»Nein, darauf kannst du dich verlassen. Ich bin dabei«, sage ich, froh darüber, dass mich Friederike zuvor ausführlich in ihr Geheimnis eingeweiht hat, das Paul schon vor mir wusste. Und noch glücklicher macht es mich, es mit ihr zusammen zu feiern, wenn ich wiederkomme.

Nach dem Telefonat mit Friederike habe ich gleich wieder versucht bei Daniel anzurufen. Und wieder. Und wieder. Irgendwann müssen es, meinem Zählen nach, an die neunzehn Mal gewesen sein. Ich liege auf meinem Hotelbett und weiß nicht, was ich machen soll. Inzwischen habe ich richtig Schiss, dass Daniel wirklich gar nicht mehr mit mir reden will, dass ich es schon so krass verkackt habe, dass er mir keine Chance mehr gibt. Was hatte Rachel gesagt? Er wurde von einer Frau sehr verletzt? Vielleicht will er dieses Risiko einfach nicht mehr eingehen, sich die Blöße nicht geben. Muss ich am Ende nach Hause fliegen, ohne mich wenigstens bei Daniel entschuldigen zu können? Dieser Gedanke ist schrecklich.

Rachel ist vorhin in den Sender gegangen, und ich treffe mich später wieder mit ihr, um die Mitbringsel für meine Lieben in Berlin zu kaufen. Da ich heute Nacht nicht viel geschlafen habe, nicke ich neben Pirmin auf dem Bett ein und wache erst wieder auf, als ich schon zu unserem Treffen losmuss. Ausgeschlafener fühle ich mich trotzdem nicht.

Wir sind in SoHo verabredet, Rachels Lieblingsgegend, denn sie will sich in irgendeiner bestimmten Boutique ein Kleid kaufen, das sie neulich gesehen hat. Doch bevor ich losgehe, probiere ich noch mal Daniel zu erreichen. Aber ich höre wieder nur ein deprimierendes Tuten. Der zwanzigste Versuch, ihn zu erreichen, ist also auch fehlgeschlagen.

Ich falle Rachel sofort um den Hals, als ich sie an unserem Treffpunkt stehen sehe. Ich bin so verzweifelt, weil ich Daniel nicht erreiche. Es ist, als würden mir mein Liebesgeständnis und meine Entschuldigung im Hals stecken bleiben. Jetzt wo endlich alles klar ist, schaffe ich es nicht, mein Leben geradezubiegen! Es ist zum Verzweifeln.

»Hey! Na, sag schon, hast du etwa immer noch nicht

mit ihm gesprochen?« Rachel klingt besorgt. Schließlich kennt sie Daniel auch noch nicht so lange und kann nicht wissen, ob es noch eine Chance für uns gibt oder ob er mich nicht mehr an sich ranlässt. Vielleicht hat er meine Anrufe auch noch gar nicht gesehen, aber mittlerweile ist es schon nachmittags. Er wird ja wohl im Laufe des Tages mal einen Blick auf sein Handy geworfen haben. Und bei zwanzig Anrufen in Abwesenheit könnte er sich ja denken, dass es dringend ist. Nein, ich bin ganz sicher: Er geht mit Absicht nicht ran. Aber kann ich es ihm verübeln? Würde ich einem Mann verzeihen, der sich gerade noch für eine andere entschieden und sich mit ihr vergnügt hat?

Während wir zwischen den Kleiderstangen der Modeläden herumwuseln, erzähle ich Rachel von meinen Sorgen, und in der Umkleidekabine des Ladens »Fashion Victim«, in der ich gerade Leggins anprobieren will, bei deren Anblick Rachel mich fragt, ob ich schon auf der Suche nach einem Halloweenoutfit bin, fange ich dann tatsächlich kurz an zu schluchzen. Ich bin heilfroh, dass die Anprobe groß genug ist, sodass ein Hocker reinpasst, auf den ich mich setzen kann. Kummer ist im Stehen noch schwerer zu ertragen. Mir ist außerdem richtig schwindelig, weil ich den ganzen Tag noch nichts Richtiges gegessen hab, und ich bin immer noch erschöpft und übermüdet. Als Rachel mitkriegt, was los ist, schnappt sie sich die Sitzgelegenheit aus der Nebenkabine, schlüpft zu mir rein und tröstet mich mit allen erdenklichen Sätzen, die man Menschen sagt, die Liebeskummer haben. Sie senkt dabei beruhigend ihre Stimme, als wären es Zaubersprüche: »Egal, wie du dich jetzt fühlst, dir wird es bald wieder besser gehen«, »Das wird bestimmt noch was mit euch beiden, ihr passt so gut zusammen«, »Lass alles raus«, »Er ruft dich bestimmt bald zurück«.

»Weißt du vielleicht, wo er wohnt?«, unterbreche ich ihr Gemurmel, als mir plötzlich diese Idee kommt.

»Nee, ich war noch nie bei ihm, ich kenne ihn ja auch nicht länger als du. Wir haben aber ein Mitarbeiterverzeichnis mit den ganzen Adressen, da guck ich mal für dich. Hab ihn vorhin leider nicht im Sender gesehen, sonst hätte ich ihm gleich gesagt, dass er an sein dämliches Telefon gehen soll. Vielleicht ist er ja morgen da.«

Meine Stimmung hellt sich etwas auf, aber ich mache mir lieber nicht allzu große Hoffnungen. Wenn Daniel nicht an sein Handy geht, wenn ich ihn anrufe, wird er wahrscheinlich auch nicht die Tür aufmachen, wenn ich bei ihm klingele. Ich atme einmal tief ein und aus. Dann gucke ich in den Spiegel, ob meine Schminke verschmiert ist.

»Man sieht dir nicht an, dass du geweint hast«, versichert mir Rachel.

Wir verlassen die therapeutische Umkleide, ernten böse Blicke von den wartenden Kundinnen und setzen unsere Shoppingtour fort.

Nachdem Rachel ihr Kleid gekauft hat – für mich waren die meisten Klamotten in SoHo einfach zu teuer –, landen wir bei Macy's, und ich werde wehmütig. Mein New-York-Urlaub ist bald vorbei. Wie soll ich es in Deutschland bloß ohne diese tollen Läden aushalten? Was haben wir in Berlin schon für Kaufhäuser? Ich gehöre nicht zu den Leuten, die Primark für die Inkarnation des Begriffs »Shoppingparadies« halten, und stürze mich auch nicht auf die neueste Kollektion Damen-Capri-Jeggings bei Woolworth wie eine neureiche Osteuropäerin auf die Sommertrüffel in der Feinkostabteilung bei Karstadt.

Klar, es gibt auch noch die Galerie Lafayette und das KaDeWe, aber das war's auch mit den großen Kaufhäusern. Die kleinen Boutiquen in Kreuzberg oder Friedrichshain kann ich nicht leiden, da wird mir ständig Hilfe angeboten, die ich gar nicht haben will. New York ist wirklich eine tolle Stadt. Ich liebe auch den Central Park, er ist wie eine Oase mitten im Trubel.

»Ich find das blöd, dass du übermorgen schon fliegst«, sagt Rachel und wühlt in einem Stapel Klamotten.

»Ich auch«, sage ich.

»Willst du nicht noch bleiben? Du kannst bei mir wohnen, wenn du willst«, bietet sie an.

»Danke, das ist echt lieb. Aber meine Mission hier ist beendet, und wenn Daniel nicht mit mir reden will, nützt es auch nichts, ewig darauf zu warten. Ich muss zurück nach Berlin.«

Ich denke an Daniel. Vielleicht werde ich ab jetzt ewig im Konjunktiv stecken bleiben. Werde in zehn Jahren noch Sätze beginnen mit: »Hätte ich doch« oder: »Könnte ich bloß«. Vielleicht werde ich auch eine dieser Frauen, die immer alleine bleiben. Ich kaufe mir dann den literarischen Gartenkalender, bringe akribisch jede Pfandflasche zurück, trage einen Stimmungsring, verwerte Geschenkpapier wieder und sage Sätze wie: »Ich brauche keinen Mann um glücklich zu sein!«

Ich fühle mich wie ein Pechvogel. Hab ich irgendeinen bescheuerten Kettenbrief nicht weitergeschickt?

Ich kaufe für Friederike einen Schlüsselanhänger mit

einem I-love-New-York-Schriftzug und für Paul einen Kugelschreiber in Baseballschläger-Form von den New York Yankees. Mir selbst kaufe ich eine kleine Handytasche, schließlich werde ich mir irgendwann in Berlin ein neues Telefon zulegen. Sollte ich jemals wieder Geld haben. Wenn ich übermorgen noch das Hotel bezahle, ist mein Kreditkartenlimit wirklich ausgeschöpft. Was ich die nächsten zwei Wochen in Berlin essen und wie ich die Rechnung überhaupt begleichen werde, ist mir allerdings ein Rätsel.

»Wollen wir heute Abend was unternehmen?«, fragt Rachel.

»Ach, ich weiß nicht«, sage ich unschlüssig. »Mir ist nicht wirklich danach zumute.«

»Dann fahre ich dich aber auf jeden Fall übermorgen zum Flughafen. Morgen muss ich leider den ganzen Tag im Sender arbeiten.«

»Danke, das ist lieb«, sage ich etwas traurig.

Es hängt eine dicke schwarze Wolke über diesem Tag in Manhattan. New York ist mir ans Herz gewachsen. Rachel ist mir ans Herz gewachsen, und hier wegzufliegen bedeutet, wirklich nichts mehr von Daniel zu hören, mich nicht mit ihm zu versöhnen.

Rachel und ich essen gemeinsam noch ein riesiges Stück Pizza, aber auch das erinnert mich an Daniel, an den Abend, an dem wir in den Zoo eingebrochen sind. Kann der nicht mal bitte einfach ans Telefon gehen?

Anschließend können Rachel und ich nicht widerstehen und kaufen uns noch ein Softeis. Mit Sahne. God bless America! Wäre ich noch mit Rainer zusammen, hätte ich mich gleich dafür entschuldigen müssen. Ich weiß noch, wie er mich immer dafür getadelt hat, wenn ich abends etwas Süßes gegessen habe. »Das ist nicht gut für die Zähne«, sagte er dann neunmalklug. Vollhorst. Als ob ich das nicht wüsste! Aber, wenn es danach ginge, dürfte ich doch überhaupt nichts mehr zu mir nehmen. Außerdem, wozu gibt es denn Zahnbürsten?

Rachel und ich schlendern über den Times Square. Asiatische Reisegruppen machen Fotos. Reisebusse halten und entlassen Horden von Touristen. Im MTV-Studio wird gerade gedreht, und man kann von draußen die Moderatoren und das Publikum beobachten. Der nackte Cowboy steht auf der Fußgängerinsel inmitten der Kreuzung und schwingt seine Gitarre. Kinder quietschen vor Freude über den M&M Store, und ich habe Probleme, mich durch die Menge zu kämpfen.

»Soll ich noch mit hochkommen?«, bietet Rachel mir an.

Ich nicke, und wir gehen zusammen in mein Hotelzimmer.

»Meinst du, ich werde jemals wieder etwas von Daniel hören?«, frage ich zum ungefähr zehnten Mal. Immer wieder läuft unsere letzte Begegnung vor meinem inneren Auge ab: Wir wachen vom Telefonklingeln auf, ich erfahre, dass Jeff gleich ins Hotel kommt, schmeiße Daniel raus, er fragt mich noch etwas, ich ignoriere ihn vollkommen, sage, dass ich keine Zeit mehr für ihn hätte, und er verlässt wortlos das Zimmer. Glanzleistung, Chouette. Da hast du dich ja wirklich richtig super verhalten.

»Ich kenne ihn ja nicht so gut. Aber auf mich hat er eigentlich nicht den Eindruck gemacht, als wäre er sehr nachtragend und kompliziert. Allerdings, wenn's um Liebe geht, keine Ahnung. Da kann ich ihn sogar verstehen, denn wer will schon die zweite Wahl sein?«

Ich nicke verständnisvoll.

»Aber es war so schwierig für mich. Manchmal muss man erst das Falsche tun, um zu merken, was das Richtige ist.«

Ich komme mir vor wie Tiger Woods, der zuerst mit hundertzwanzig Frauen ins Bett springt und anschließend reumütig verspricht, es das nächste Mal anders zu machen. Wer wird ihm das glauben? Manche Dinge muss man sich vorher überlegen.

»Willst du mal probieren ihn von meinem Handy anzurufen?«, fragt Rachel. »Er kann ja nicht ewig sämtliche Anrufe ignorieren.«

Ich strecke meine Hand nach Rachels Handy aus und wähle Daniels Nummer, die ich inzwischen auswendig kenne. Ich habe nicht viel Hoffnung, dass er rangeht. Oder vielleicht wird er sofort auflegen, wenn er hört, dass ich es bin.

Tuuuut.

Tuuuut.

Tuuuut.

»Hello?«, tönt es aus dem Lautsprecher.

Es ist die Stimme einer Frau.

36

Das Leben ist grausam

Panisch drücke ich den roten Knopf,
um den Anruf zu beenden.

»Was ist los?«, fragt Rachel irritiert.

»Da war eine Frau dran«, sage ich und bin geschockt.

Damit habe ich nicht gerechnet.

»Hä? Warum hast du aufgelegt? Du hättest sie doch fragen können, wo Daniel ist.« Rachel versteht die Welt nicht mehr.

»Um mich zu blamieren und dann zu hören, dass Daniel sich kurzerhand mit einer anderen getröstet hat, nachdem ich mich für Jeff entschieden habe?«, frage ich wütend.

»Ach, so ein Quatsch. Wahrscheinlich ist sie nur eine Freundin oder seine Schwester, ach komm Helena, das ist doch die klassische Verwechslung«, mutmaßt Rachel, aber ich höre ihrer Stimme an, dass auch sie sich nicht ganz sicher ist.

»Ich kann langsam nicht mehr«, stelle ich fest. »Ich hatte so viel Chaos in den letzten Wochen, ich ertrage nicht noch eine Enttäuschung. Kann schon sein, dass es nur eine Freundin war oder von mir aus auch seine Schwester, kann aber auch sein, dass er sich jetzt erst mal mit einer anderen ablenkt und ich raus aus dem Spiel bin. Männer sind so. Du sagst doch selber immer, dass du ihn nicht so gut kennst und ihn nicht einschätzen kannst!«

Rachel schweigt.

Ich fühle mich wie bei einer Achterbahnfahrt. Als wäre der Sicherheitsbügel bereits fest über meinem Körper verschlossen und ich muss die Fahrt bis zum bitteren Ende mitmachen. Ich will jetzt einfach alleine sein.

»Du holst mich dann übermorgen ab?«, frage ich Rachel, um mich zu versichern, dass ihr Angebot noch steht und wir uns noch einmal sehen.

»Natürlich. Wann?«

»So um sechs?« Mir graut jetzt schon davor, so früh aufzustehen.

»Soll ich jetzt noch bleiben? Kann ich irgendetwas für dich tun?«

Ich schüttele den Kopf.

»Nein, ich pack jetzt schon mal meine Sachen. Ich danke dir für deine Hilfe«, sage ich und öffne meinen Koffer.

Kaum ist Rachel aus der Tür raus, greife ich nach meinem Portemonnaie, ziehe den Glückskekszettel heraus und schmeiße ihn aus dem Fenster. Dieses scheiß Ding hat mich auch nicht weitergebracht.

Nach einer Stunde habe ich ungefähr die Hälfte meiner Klamotten gefaltet in den Koffer gelegt. Ja, *gefaltet*. Wenn ich mein inneres Chaos schon nicht lösen kann, dann wenigstens mein Äußeres. Nebenbei höre ich Musik. Ich habe mir bei iTunes ein uraltes Album der Prinzen runtergeladen und gröle meinen alten Lieblingssong »Gabi und Klaus« mit.

»Das Leben ist grausam und schrecklich gemein, das Leben ist grausam und Gabi ein Schwein!«

Ich jaule nun auch die Hintergrundchorgesänge mit. Pirmin zieht erschrocken seinen Kopf ein, meine Stimme muss sich also wirklich schrecklich anhören. Wahrscheinlich sind das ganz bedrohliche Frequenzen für ihn, ähnlich dem Schrei eines Raubadlers.

Ich liebe es, diese alten Schnulzen zu hören. Es sind die gleichen Lieder, die alle Mädchen meiner Generation bereits in der Grundschulzeit gehört haben, wenn man wider Erwarten beim Schneeballtanzen nicht vom angehimmelten Schwarm aufgefordert wurde. Wenn ich bei meiner Freundin Rita bin, legen wir oft den Klassiker schlechthin, die CD *Mädchen* von Lucilectric, auf und schmettern die Songs mit, deren Texte wir immer noch auswendig können. Es ist erschreckend, wie viele Anspielungen und sexuelle Inhalte man damals unschuldig trällerte. Heute kursieren ja ganz bedenkenlos Tipps wie »Sperma hilft sehr gut gegen Halsschmerzen« im Freundeskreis, aber wenigstens damals hätte man noch vor solchen sexuellen Selbstverständlichkeiten bewahrt werden sollen. Ich weiß noch, als meine Klassenkameradin Nadine mich fragte, ob ich schon einmal *Dirty Dancing* gesehen hätte. Als ich bejahte, erkundigte sie sich weiter, ob auch meine *Pullerline* sich ganz komisch anfühle, wenn es zu den Sexszenen kommt. Heute hätte ich mir gewünscht, ihr entgegenzuschmettern: »Verdammt Nadine! Wir sind erst neun Jahre alt und sollten Murmeln tauschen, anstatt geil zu werden, wenn wir Patrick Swayze sehen. Wir werden unser ganzes Leben noch Zeit haben, uns mit dem Thema Mann zu beschäftigen. Und hör gefälligst sofort auf, das Wort *Pullerline* zu sagen, nur weil deine Eltern unfähig sind, dir adäquate Namen für Geschlechtsorgane beizubringen!« Damals habe ich natürlich nur peinlich berührt aus der Wäsche geguckt, mir aus Verlegenheit noch einen Gummischlumpf von Haribo in die Schnute gestopft und zeitnah verlangt, dass meine Mutter mich abholt.

Der Binsenweisheit, dass damals alles besser war, würde ich deshalb nicht ohne Weiteres zustimmen. Damals war es genauso wie jetzt, nur habe ich es anders erlebt. In den Wolken am Himmel habe ich fantastische Tiere gesehen und nicht die Aussicht auf Regen, die Kratzer am Arm symbolisierten eine bestandene Mutprobe, und keine potenzielle Tetanusinfektion und der Konsum von Fleisch war nur der Genuss lustiger Gesichtswurst und nicht das Essen toter Tiere. Alles eine Frage der Ansicht. Vielleicht sollte ich versuchen, mein Leben etwas lockerer und positiver zu sehen.

Leider klappt das nicht, weil ich dauernd an Daniel denken muss und an unsere gemeinsamen Ausflüge. Er fehlt mir. Ich weiß jetzt, dass ich wirklich verliebt war, ohne es zu merken. Ich bin es so gewohnt, einem Mann hinterherzurennen, an der Liebe des anderen zu zweifeln und sie verdienen zu wollen, dass ich gar nicht begriffen habe, was es heißt, wenn einem jemand diese Gefühle einfach entgegenbringt. Daniel hat echtes Interesse an mir und Pirmin gezeigt, er hat mich verstanden, wenn es um meine Zukunftspläne ging, er hat mich unterstützt in meinem Traum zu malen, er hat mir geholfen, in den New Yorker Zoo einzubrechen – verdammt, er ist ein Mann zum Schildkrötenstehlen!

Ich muss ihm irgendwie sagen, wie viel mir das alles

bedeutet. Ich lasse das Packen sein, greife zu einem Stift, schnappe mir ein Blatt Papier aus meinem Malordner und beginne, ohne nachzudenken, zu schreiben:

Lieber Daniel,
ich weiß, dass du nicht mit mir reden willst, denn sonst würdest du mich zurückrufen. Ich weiß auch, dass ich mich dir gegenüber richtig beschissen benommen habe, und das bereue ich wirklich. Sehr.
Ich wollte dir auf diesem Weg sagen, dass ich die Zeit mit dir sehr genossen habe. Du bist der Mann, den ich mir immer gewünscht habe, nur habe ich es nicht gleich erkannt. Manchmal sieht man gerade das, was direkt vor den eigenen Augen liegt, am wenigsten. Ich hoffe, du kannst mir irgendwann verzeihen, dass ich damals im Hotelzimmer eine sehr dumme Entscheidung getroffen habe, die mir unendlich leidtut. Ich hätte dich so gerne näher kennengelernt und dir gezeigt, wie sehr ich dich mag. Ich hoffe, dass es dir gut geht und dass diese Zeilen dich erreichen. Ich fliege übermorgen nach Berlin zurück und werde dich vermissen. Wenn du irgendeinen Weg siehst, mir noch eine Chance zu geben, melde dich bitte bei mir!
Deine Helena

Kurz überlege ich noch, einen Penis darunter zu malen, aber es erscheint mir in diesem Zusammenhang dann irgendwie unpassend. Ich seufze und falte den Brief zusammen. Dann stecke ich ihn in den Umschlag, auf dem das Logo meines Hotels aufgedruckt ist, und schreibe Daniels Namen darauf. Ich werde Rachel, wenn sie morgen im

Sender ist, noch mal nach seiner Adresse fragen und den Brief dorthin bringen.

Den restlichen Abend verbringe ich damit, traurige Lieder zu hören, »Let her go« von Passenger, »Wenn Worte meine Sprache wären« von Tim Bendzko (kann den eigentlich nicht leiden, aber dieses Lied passt gerade zu meinem Gefühl) und »Video Games« von Lana Del Rey. Als beim Packen meines Kulturbeutels in der Playlist meines iPods plötzlich »New York State of Mind« von Billy Joel auftaucht, packt mich die absolute Melancholie.

Nachdem ich alles gepackt habe, gehe ich schlafen.

»Morgen sieht alles anders aus«, höre ich Oma Hedda in Gedanken sagen, und ich bete, dass sie recht hat.

37

Erleuchtungsfantasien

Könnte man meine Reise jetzt im Prinzip als Sextourismus bezeichnen?

Ich sitze am nächsten Tag im Central Park und überlege mir, was ich meiner Familie und meinen Freunden morgen von meiner New-York-Zeit erzählen werde. Ich höre schon Oma Hedda fragen: »Und, was nimmst du mit aus dieser Erfahrung?« Was werde ich dann antworten? Dass Sex mit Blick aufs Empire State Building nicht zwangsläufig romantisch ist? Dass ich die Liebe zwar gefunden habe, sie sich dann aber schleunigst wieder verpisst hat? Vielleicht sollte ich mich heute, an meinem letzten Tag, ganz auf mich konzentrieren, um morgen behaupten zu können, ich hätte mich selbst gefunden. Buddhistische Mönche sagen schließlich, dass man nicht die Abgeschiedenheit der Berge suchen muss, denn die Erleuchtung läge mitten in den alltäglichen Dingen. Ich esse einen Cream-Cheese-Bagel, trinke Cola und glotze die Leute an, die an mir vorbeilaufen. Ist es möglich, hier das Nirwana zu erleben? Mitten in New York City auf einer Sonnenliege im Park? Ich lehne mich zurück, und meine Liege kippt unsanft nach hinten. Meine Cola landet auf meinem hellblauen T-Shirt, und mein Bagel liegt jetzt im Gras. Natürlich auf der Cream-Cheese-Seite. Der Vorteil daran, dass man ganz unten ist, ist ja, dass man nicht tiefer fallen kann. Obwohl auch das nicht so ganz stimmt. Auf meiner ersten Klassenfahrt nach Schwanenwerder habe ich es nicht nur geschafft, vor versammelter Schülerschaft die Treppe runterzufallen, nein, meine Hose ist auch noch dabei gerissen, sodass man meinen Baumwollbody gesehen hat, auf dem kleine Bärchen aufgedruckt waren, die in Sprechblasen »Let's have a party!« riefen. Ein erniedrigender Moment im doppelten Sinn.

Trotzdem will ich mich in Zufriedenheit üben. Es nützt ja alles nichts. Seitdem ich heute Morgen meinen Brief zu Daniel gebracht habe, fühle ich mich erleichtert. Rachel hatte mir seine Adresse per Telefon mitgeteilt, und ich bin sofort dorthin gefahren. Ich hatte zwar Angst, dass ich eine böse Überraschung erlebe, dass eine andere Frau mit ihm das Gebäude verlässt oder ich ihn mit einer anderen lachend (oder schlimmer noch: kopulierend) am Fenster stehen sehe, aber dieses Risiko musste ich eingehen. Nachdem ich etwas länger darüber nachgedacht hatte, war ich außerdem zu dem Schluss gekommen, dass ich ja wohl nicht direkt in der Position war, mich darüber zu beschweren. Ich habe mein Geständnis also in seinen Briefkasten geworfen und ihm so wenigstens schriftlich mitgeteilt, wie ich fühle. Mehr kann ich nicht tun. Ich versuche jetzt an Dinge in meinem Leben zu denken, für die ich dankbar bin. Auf wundersame Weise habe ich beispielsweise gestern bei Macy' s einen Rock anprobiert, den selbst Rachel echt cool fand, eine Angestellte an der Rezeption meines Hotels hat heute mein Make-up lobend erwähnt, und beim Frühstücksbüfett habe ich das letzte Stück Ziegenkäse ergattert. Alltägliche Momente der Zufriedenheit.

Ein Hund schnappt sich gerade die Überreste meines Bagels und haut damit ab. Man kann das Leben also auch aus der Sicht des anderen sehen. Mein Pech ist sein Glück.

Ich beschließe, mein persönliches Glück an meinem letzten Tag in New York noch einmal ordentlich herauszufordern und das Empire State Building zu besichtigen. Nachdem ich es von Jeffs Wohnung nur aus der Ferne gesehen habe, will ich es nun von Nahem erleben. Die Angst vor einem Terroranschlag hat mich bisher davon abgehalten. Vor Kurzem habe ich noch überlegt, diese Unternehmung mit Daniel zu machen, aber das geht ja leider nicht mehr. Was denken sich diese Terroristen überhaupt dabei, mich daran zu hindern, das Empire State Building zu erklimmen? Ich werde mich von nichts und niemanden mehr einschränken lassen, so wahr ich Helena Carras heiße!

Oh Gott, oooh Gott! Ich muss hier raus. Ich muss ganz dringend Pipi. Ich stehe mit etwa fünfzehn anderen Touristen im engen Fahrstuhl, der zur Aussichtsplattform des Empire State Buildings hochfahren soll, doch seit geraumer Zeit fährt hier gar nichts. Ich sehe schon die Schlagzeile: »Deutsche pinkelt auf amerikanisches Wahrzeichen!«

Ich mache mir gleich in die Hose. Und damit meine ich nicht, dass vielleicht ein kleines Tröpfchen Urin meine Harnröhre verlässt. Ich meine, dass ich den Marmorboden dieses Fahrstuhls unter Wasser setzen werde. Verdammt, wie kann das sein? Mein Harndrang entwickelt sich schneller als die neuen Liebschaften von Lothar Matthäus. Zwei Stunden habe ich im Foyer vor den Fahrstühlen gewartet, in meinem

Reiseführer geblättert, eine spanische Familie belauscht, um meine eingerosteten Sprachkenntnisse aufzubessern und mir die Langeweile zu vertreiben. Ein prophylaktischer Toilettengang ist mir nicht in den Sinn gekommen.

Die Welt kann noch so fortschrittlich, digital, elektronisch, automatisch, drahtlos und praktisch sein, aber wenn du Pipi musst, hilft dir gar nichts. Beim Verspüren solch steinzeitlicher Bedürfnisse ist man aufgeschmissen. Ich weiß nicht, ob es irgendwann möglich sein wird per App zu urinieren, aber im Moment bin ich zurückgeworfen auf die altmodische Methode, die Schenkel so fest wie möglich aneinanderzupressen. Unauffällig öffne ich den Knopf meiner Hose und lockere den Reißverschluss, denn meine Blase braucht Platz. Ich fühle mich unschön an einen Aufenthalt mit meiner Kindergartengruppe auf dem Reiterhof »Pony-Paradies« erinnert, dort musste ich eines Nachts ähnlich dringend aufs Klo. Hab ich im Schlaf aber leider nicht gemerkt. Ich lag im Hochbett, unter mir schlief meine Freundin Miriam, und ich wachte mit prall gefüllter Blase auf. Bevor ich begriffen hatte, was passierte, war meine Matratze bereits pitschnass, und Miriam brüllte: »Frau Winkelmann, es regnet in meinem Bett!«

Endlich setzt sich der Aufzug in Bewegung. Es ruckelt. Ich beiße die Zähne zusammen. Wir müssen im achtzigsten Stockwerk noch mal in einen anderen Fahrstuhl steigen, der uns schließlich die letzten sechs Stockwerke zur Aussichtsplattform hochbringen soll. Aber ich halte es nicht mehr aus.

»Excuse me, I need to go to the restroom! Now!« Ich versuche den uniformierten Angestellten, der vor dem

Fahrstuhl steht und den Besuchern den Weg zum nächsten Lift weist, möglichst leidend anzusehen.

»Not on this floor, Miss. On the 86th floor«, sagt der Mann und deutet mir grinsend zwischen die Beine. Ist der verrückt? Er lacht jetzt richtig und macht eine merkwürdige Bewegung mit seinen Hüften, spielt an seinem Gürtel rum – will er mir anbieten, mit mir auf der Toilette eine kleine Nummer zu schieben?

Was erlaubt dieser Kerl sich?

»Excuse me?«, frage ich empört und fühle mich aufs Übelste belästigt. Purer Sexismus! Was denken sich Männer eigentlich dabei, Frauen auf ihre sexuellen Reize zu reduzieren? Wahrscheinlich hat die bloße Erwähnung des Urinierens ihn bereits erregt. Pfui Teufel! Vermutlich hat dieser schmierige Kerl youporn.com als Startseite auf seinem PC installiert und hält die Emanzipation für ein Mittel gegen chronische Angina: »Emanzipation – lindert den Schmerz in Hals und Rachen.«

Wäre mein Englisch auch nur minimal besser als das eines deutschen Nationalspielers, würde ich hier eine Sexismus-Debatte beginnen, die man noch bis Saudi-Arabien hören könnte. Stattdessen stampfe ich einmal mit dem Fuß auf, schreie: »Asshole!«, und renne zur offenen Fahrstuhltür, um noch mit der nächsten Touristengruppe nach oben zu gelangen.

Um mich von meinem Pinkelbedürfnis abzulenken, steigere ich mich in meinen Ärger hinein. Männer haben ja keine Vorstellung davon, was man sich als Frau alles anhören muss. Friederike hat mir erzählt, dass sie im Alter von zehn bis fünfzehn Jahren von sämtlichen Jungs ihrer Klasse »Pyramidentitte« genannt wurde, weil die Form ihrer Brüste im Wachstum noch keine Rundung aufwies. Es ist unglaublich, manche Jungs haben noch keine drei Haare am Sack, aber machen sich schon über Geschlechtsunterschiede lustig, als wäre die weibliche Anatomie der neue Trailer von *Ice Age*.

Auch in Amerika scheinen die Männer also sexistisch und ignorant zu sein, das werde ich mir merken. Vielleicht werde ich dem Auswärtigen Amt mal einen Tipp bezüglich des politisch inkorrekten Verhaltens des Personals am Empire State Building zukommen lassen, damit zukünftige Touristinnen vorgewarnt werden können.

Als ich endlich im sechsundachtzigsten Stockwerk den Fahrstuhl verlasse und den Hinweisschildern in Richtung Toilette folge, wie ein gläubiger Pilger den Wegmarkierungen auf dem Jakobsweg, bemerke ich, dass meine Hose sperrangelweit offen steht.

Ich beschließe, meine Reaktion gegenüber dem Angestellten im achtzigsten Stockwerk doch noch einmal zu überdenken. Oh Mann!

Ich habe gepinkelt. Und es war göttlich. Ich kann nur jedem wünschen, einmal das Gefühl dieser Erleichterung zu erleben. Zur Belohnung genieße ich nun den Ausblick über die Stadt. Mein Reiseführer behauptet, dass ich von hier oben achtzig Kilometer weit gucken kann. Ich sehe den Central Park und die Freiheitsstatue, ich erkenne Ground Zero, das Chrysler Building und den Trump World Tower. Windig ist es hier oben. Meine Locken wirbeln in der Luft herum, und ich höre von allen Seiten die Leute über die Aussicht staunen. Zufrieden strecke ich die Arme aus, als würde ich die ganze Welt umarmen können.

Auf dem Weg zurück zu meinem Hotel bin ich seltsam froh. Ich habe in meiner Zeit in New York vielleicht mehr in meinem Leben durcheinandergebracht als geordnet, aber es fühlt sich ganz nach mir an. Nach meinem Leben. Ich meine, was sollte ich denn jetzt schon mit der Erleuchtung? Was würde ich dann die nächsten Jahrzehnte mit meinem Leben machen? Milde lächeln?

Kurz bevor ich den Broadway in Richtung des Marriot Marquis Hotels überqueren will, sehe ich, dass jemand vor dem Eingang meines Hotels steht und wartet. Jemand, der verdammt aussieht wie – nein, aber das kann nicht sein. Ich hab schon Halluzinationen, ausgelöst durch schlechtes Karma, weil ich den Angestellten des Empire State Buildings als Arschloch bezeichnet habe, obwohl er mir nur zu verstehen geben wollte, dass mein Hosenstall offen ist. Ich überquere eine grüne Ampel. Ich schüttele meinen Kopf schnell hin und her (habe mal irgendwo gelesen, dass Trugbilder dadurch verschwinden können, vielleicht hab ich den Trick aber auch nur im Film *Casper – der freundliche Geist* gesehen), doch das Bild bleibt. Jetzt bin ich ganz sicher. Vor meinem Hotel steht Rainer.

38

Die Ex-Überraschung

Rainer guckt wie ein Dackel mit Durchfall.

Als wäre ihm irgendetwas wahnsinnig unangenehm, vielleicht auch peinlich, und er will, dass es möglichst schnell aufhört.

»Hi«, sagt er in einem ungewohnt sanften Tonfall.

»Äh? Hi?«, frage ich.

Was macht der denn hier?

»Ich bin wegen dir hier«, gesteht er unbeholfen, als hätte ich das nicht bereits vermutet, und holt eine Rose hinter seinem Rücken hervor, an der ein kleines rotes Kästchen mit einer weißen Schleife baumelt. Ach du lieber Himmel! Ein kleines Kästchen? *Ein kleines Kästchen*?

Unsicher greife ich nach der Rose, die Rainer mir entgegenstreckt.

»Für mich?«

»Ja, ich, ich bin hergekommen, also Friederike hat den Namen deines Hotels erwähnt, ich wär schon früher gekommen, aber ich hab nicht so schnell freigekriegt, weil auf der Arbeit, da …«

»Was willst du?«, unterbreche ich ihn schroff. Als würde mich jetzt seine blöde Arbeit interessieren!

»Also, die Sache ist die: Ich liebe dich.«

Ein Lächeln breitet sich über meinem Gesicht aus, ich sehe Rainer verliebt in die Augen, dann nehme ich seine Hand und sage: »Ich dich auch, mein Schatz. Und dass du so scheiße zu mir gewesen bist, macht mir auch gar nichts mehr aus.«

So hatte sich Rainer die Situation wahrscheinlich vorgestellt. Die kleine Chouette nimmt mich sowieso zurück, wenn ich in New York aufkreuze. Aber da hat er verdammt falsch gedacht.

»Rainer... ich... was soll ich sagen? Das kommt jetzt ein bisschen spät.«

»Ich weiß. Es tut mir leid. Aber ich schwöre dir, dass ich es jetzt begriffen hab, ich hab in den letzten drei Wochen gemerkt, wie sehr du mir fehlst und dass ich dich für selbstverständlich gehalten habe. Aber das ist endgültig vorbei. Ich weiß jetzt, was ich an dir hab, und dass ich dir nicht früher sagen konnte, dass ich dich liebe, lag daran, dass ich es noch nie zu einer Frau gesagt habe. Es ist nicht leicht für mich, aber jetzt kann ich es. Ich liebe dich. Ich will mit dir zusammen sein, ich bin mir einhundert Prozent sicher, es gibt keine Zweifel mehr.«

Rainers Ansprache hätte ja ganz schön sein können, wenn ich noch in gleicher Weise für ihn fühlen würde. Aber abgesehen davon, wüsste ich auch gar nicht, ob ich ihm glauben sollte, wenn ich ihn denn noch wollen würde. Wer sagt mir, dass es in zwei Wochen nicht wieder anders aussähe?

»Und weißt du, was für mich nicht leicht ist?«, frage ich und stelle überrascht fest, dass ich urplötzlich den Tränen nahe bin, als würde die ganze Enttäuschung und angestaute Wut auf diesen Mann sich noch einmal entladen wollen. »Für mich ist es nicht leicht, wochenlang auf deinen Anruf zu warten, als deine Freundin immer die zweite Geige hinter deiner Zwillingsschwester zu spielen und zwei Jahre lang das Gefühl zu haben, dass du dich im Grunde genommen gar nicht für mich interessierst.«

»Aber ich habe doch gerade gesagt, dass es mir leidtut.«

»Ja, aber damit ist es doch nicht getan! Das geht nicht so einfach, da ist zu viel kaputt.«

Die Leute schlängeln sich an uns vorbei und gucken uns vorwurfsvoll an, weil wir im Weg rumstehen. Ich schaffe es endlich, meine Tränen runterzuschlucken. Ich will nicht mehr wegen Rainer heulen. Das ist vorbei. Trotzdem kann ich nicht leugnen, dass ich nicht auch einen Funken Genugtuung aus seinem Besuch ziehe. Ich hatte also tatsächlich recht: Er liebt mich! Und gegen so ein bisschen Geliebtwerden hat man ja erst mal nichts einzuwenden. Eine ganz neue Erfahrung für mich. Normalerweise bin ich doch diejenige, die ihre Gefühle gesteht und abgewiesen wird.

»Also ich hatte gehofft, dass wir uns zumindest über alles in Ruhe unterhalten können. Vielleicht denkst du dann anders und gibst mir noch eine Chance«, lenkt Rainer ein und versucht meine Hand zu nehmen. »Gib mir eine Chance, dich so zu behandeln, wie du es verdient hast, bitte.«

Ich ziehe meinen Arm weg und gucke zur Seite.

»Ich bin den ganzen Weg nach New York gekommen. Für dich«, versucht Rainer weiter, mich für sich zu gewinnen.

Ich nicke und stoße ein Schnauben aus. Ich werde ihm jetzt bestimmt keinen Orden dafür verleihen. All das, was ich in den Jahren unserer Beziehung getan habe, hat er anscheinend übersehen.

»Und du siehst, ich hab dir auch was mitgebracht. Willst du es nicht aufmachen?«

Gute Güte, jetzt steht dieses kleine Päckchen im Raum, und ich kann es nicht länger ignorieren. Es ist mit Geschenkband am Stängel der Rose festgebunden. Vorsichtig fange ich an den Knoten zu lösen.

»Warte, ich helfe dir«, sagt Rainer und lächelt. Denkt der jetzt, ich will wieder mit ihm zusammen sein, nur weil ich sein dämliches Geschenk aufmache? Wenn da jetzt eine Brosche drin ist, hau ich ihm eine runter.

Er überreicht mir die rote Schachtel, und ich fühle mich wie im falschen Film. Das kann doch nicht wahr sein.

Ich löse das weiße Geschenkband und öffne den Deckel.

Es ist ein Schlüssel.

»Ich habe dir endlich einen Schlüssel für die Vordertür nachmachen lassen, jetzt bist du immer willkommen. Es ist mein Zeichen, dass ich es wirklich ernst meine. Chouette, bitte glaub mir.«

Daraufhin, packt er mich sanft an beiden Schultern und kommt näher. Ich weiß gar nicht, wie mir geschieht, in der einen Hand halte ich die Rose und meine Handtasche, in der anderen balanciere ich die offene Schachtel mit dem Schlüssel, ich kann Rainer nicht richtig abwehren.

»Hey!«, rufe ich noch hilflos, doch Rainer drückt mir schon einen Kuss auf die Lippen. Um ihn davon abzuhalten, mir auch seine Zunge in den Mund zu stecken, versuche ich mich in einer Art Bodycheck, wie ich ihn einmal nachts auf Eurosport beim Sumoringen gesehen habe. Es klappt. Rainer fliegt ein Stück nach hinten.

»Bist du verrückt geworden?«, schreie ich, als ich mir Luft verschafft habe.

»Ach komm, du wirst mich doch sowieso zurücknehmen, warum das Theater, Helena?«

Daraufhin sehe ich eine Faust fliegen. Und es ist überraschenderweise nicht meine.

39

Home, sweet home

Ich hasse es zu fliegen.

Wer hat sich das bloß ausgedacht? Jedes Luftloch, über das wir hinwegsegeln, ist eine Folter, und ich fürchte, nicht lebend wieder aus dieser Maschine herauszukommen. Spätestens seitdem ich im Englischunterricht den Film *Girl Against the Jungle* sehen musste, habe ich allerdings mindestens genauso viel Angst, einen Flugzeugabsturz zu überleben, wie dabei draufzugehen. Im kalten Ozean schwimmen und dann von einem Hai gefressen werden? Den Dschungel durchqueren und gegen Alligatoren kämpfen? Nein, danke! Wobei die letzten Wochen in meinem Leben wahrscheinlich ein gutes Training gewesen wären. Denn wie habe ich gekämpft für das, was ich will. Da wäre der Alligator inzwischen auch ein Klacks. Erleichtert atme ich aus, als der Pilot verkündet, dass wir nun den Landeanflug auf den Flughafen Tegel beginnen. Ich frage mich, ob der Pilot es den Passagieren überhaupt mitteilen würde, wenn er glaubt, dass die Maschine abstürzt. Und was würde auf der Anzeigetafel im Flughafen neben den Hinweisen »gelandet«, »verspätet« und »gestrichen« stehen? »Abgestürzt«?

»Pirmin, wir haben es fast geschafft«, flüstere ich begeistert meinem Haustier zu, das zufrieden in seinem Schuhkarton schläft.

Pirmin kann sich glücklich schätzen. Welche Berliner Schildkröte kann schon von sich behaupten, in New York gewesen zu sein? Gestern sind mir seine Artenschutzpapiere übrigens in die Hände gefallen. Sie waren an keinem entlegenen Ort, sind nicht nachts heimlich vom FBI konfisziert worden und haben sich nicht auf magische Art und Weise getarnt, um sich unauffindbar zu machen. Sie waren einfach in meinem Koffer, und zwar in der Reißverschlusstasche, in der man eigentlich einen Kleidersack verstauen kann. Kaum hatte ich sie gefunden, erinnerte ich mich auch wieder daran, wie ich sie da hineingelegt habe, damit sie nicht verloren gehen. Ich habe durch dieses Erlebnis ein ganz neues Verständnis für Menschen entwickelt, die ihre Brille suchen, obwohl sie sie auf der Nase tragen.

Kurze Zeit später stehe ich mit gemischten Gefühlen vor dem Gepäckband. Als ich vor zwei Wochen losgeflogen bin, war alles noch ganz anders. Es ist beängstigend, wie schnell das Leben sich drehen kann, und es ist gleichzeitig beruhigend, dass man sein Leben ändern kann. Mein Koffer kommt ziemlich schnell, und ich verlasse den Boarding Bereich.

»Chouette!« Friederike kommt mir mit weit ausgestreckten Armen entgegen. Paul steht hinter ihr, mit einem Blumenstrauß in der Hand. Ich drücke die beiden ganz fest und kann nicht widerstehen, ihnen an Ort und Stelle ihre Mitbringsel zu überreichen. Das ist das Dilemma, wenn ich jemandem ein Geschenk kaufe: Ich kann es einfach nicht aushalten, nicht zu verraten, was es ist, und muss es demjenigen sofort in die Hand drücken. Es ist mir deshalb auch unmöglich, Weihnachtsgeschenke früher als vierundzwanzig Stunden vor der Bescherung zu kaufen. Ich bin viel zu redselig.

»Ich freu mich so, dass ihr da seid!«, sage ich, als wir Richtung Ausgang laufen. Unter ständigem Gekicher und Gequatsche laden wir meine Sachen in Friederikes Auto.

»Wohin fahren wir denn jetzt?«, frage ich aufgekratzt.

»Lass uns doch irgendwo 'ne Kleinigkeit essen gehen«, schlägt Paul vor. »Die anderen Gäste kommen ja erst um fünf zu Friederike, und wir haben eh schon alles vorbereitet.«

»Oh ja, essen hört sich gut an. Gern auch etwas Gesundes«, sage ich.

Paul und Friederike schauen mich an, als hätte ich gerade verkündet, dass ich inzwischen ein lesbisches Verhältnis mit Hillary Clinton habe.

»Echt, ich hab zwei Wochen lang nur Fast Food gegessen, das Zeug hängt mir zu den Ohren raus.«

Wir gehen in ein kleines gemütliches Restaurant in Charlottenburg. Ich bestelle mir einen Salat mit Schafskäse, und die anderen beiden nehmen jeder ein Schnitzel mit Pommes.

»Jetzt erzähl mal, ist noch was passiert in New York?«, fragt Friederike neugierig.

»Das kann man wohl sagen«, antworte ich, nehme einen großen Schluck Apfelschorle und lasse die letzten Geschehnisse Revue passieren.

Es hatte ein Desaster am Times Square gegeben. Ich habe eine Weile gebraucht, um zu kapieren, was überhaupt los war. Und als ich es begriffen hatte, wusste ich nicht, ob ich der Schadenfreude, die ich empfand, Ausdruck verleihen durfte. Ich bin keineswegs eine Befürworterin körperlicher Gewalt (der Bodycheck war eine Ausnahme), aber für all die Gemeinheiten, die Rainer mir je an den Kopf geworfen hat, mal einen Schlag ins Gesicht zu bekommen entsprach meinem persönlichen Gerechtigkeitsempfinden.

»Daniel«, sagte ich glücklich.

Doch der schüttelte gerade mit schmerzverzerrtem Gesicht seine Hand aus. Die Passanten blieben stehen, um sich das Spektakel anzusehen. Rainer hielt sich die blutende Nase und schrie Daniel an: »Sag mal, tickst du noch ganz richtig?«

Ich war so überwältigt, dass ich Daniel erst mal nur anstarrte. Dann platzte es aus mir heraus: »Es tut mir so leid, ich war so blind. Ich hab es einfach nicht gecheckt, Jeffrey ist ein Arschloch. Ich war so fies zu dir, ich will aber nie wieder fies zu dir sein, und ich will mit dir einen Penis auf das Empire State Building malen, ich will mit dir zusammen sein, und ich werde dir nie, nie wieder das Gefühl geben, nur die zweite Wahl zu sein!«

Ich versuchte verzweifelt alles Wichtige auf einmal zu sagen, weil ich Angst hatte, Daniel würde womöglich genauso schnell wieder verschwinden, wie er aufgetaucht war.

»Ich weiß. Ich habe deinen Brief bekommen. Außerdem habe ich Rachel vorhin im Sender getroffen, und die hat mir erzählt, dass du die ganze Sache wohl ziemlich … bereust. Sie hat mir auch erzählt, dass du bei mir angerufen hast und eine Frau den Hörer abgenommen hat. Ich schätze, ich bin dir da eine Erklärung schuldig.«

»Wer ist dieser Kerl?«, fragte Rainer dazwischen und hielt sich die schmerzende Nase. Mit ein paar Taschentüchern, die er von einem Passanten bekommen hatte, versuchte er den Blutfluss zu stoppen. Ich ignorierte ihn vollkommen. Mir war bei Daniels Worten plötzlich kotzübel. Wollte er mir jetzt sagen, dass das seine neue Flamme am Telefon gewesen war? War er nur deshalb hergekommen? Um mir zu sagen, dass ich ihn gefälligst nicht mehr mit zwanzig Anrufen am Tag nerven soll?

»Das war meine Putzfrau«, sagte er trocken. »Ich hab ihr schon hundertmal gesagt, dass sie nicht an mein Telefon gehen soll. Aber sie kann es nicht lassen.«

Dann grinste er.

»Mann, du gemeiner Kerl! Jetzt erschreck mich doch nicht so!« Ich lachte erleichtert, und Daniels Gesichtsausdruck sagte mir, dass er es sehr witzig fand, mich so in Panik zu versetzen. Die kleine Revanche sei ihm gegönnt.

»Sieht sie gut aus?«, erkundigte ich mich dann noch vorsichtig.

»Nein, sie ist ziemlich hässlich. Aber wer zum Teufel ist der Idiot hier? Ist das dieser Jeffrey, der dich wie den letzten Dreck behandelt hat?« Er deutete auf Rainer, der gerade mit einer älteren Passantin sprach, die ihm mit einem weiteren Taschentuch aushalf und fragte, was passiert war.

»Das ist mein bescheuerter Ex-Freund aus Berlin!«, rief ich und wurde noch einmal sauer, dass Rainer überhaupt hier war, mich um Verständnis gebeten und mich ohne Erlaubnis geküsst hatte.

»Und was will der hier?«, fragte Daniel aufgebracht.

»Gar nichts. Ihr seid doch echt bescheuert. Wer immer du auch bist: Du kannst sie haben!«, schrie Rainer und schlug Daniel mit seiner blutverschmierten Hand auf die Schulter. Ich hatte das Gefühl, die umstehenden Leute vermuteten, dass wir hier einen Film drehten, denn einige Schaulustige begannen Fotos zu machen.

»Ich weiß nicht, was in mich gefahren ist, dass ich gedacht habe, du wärst die richtige Frau für mich«, sagte Rainer dann an mich gewandt und zeigte damit wieder sein wahres Gesicht. So viel also dazu, dass er sich fünf Minuten vorher noch hundertprozentig sicher mit mir war. Er war und blieb einfach ein egoistischer, stolzer und selbstverliebter Idiot. Dann hob Rainer die Hand, als würde er abdanken wollen, und lief den Times Square entlang, die blutigen Taschentücher ließ er einfach auf den Gehweg fallen. Hilflos sah er aus.

Daniel machte einen Schritt auf mich zu und legte seine Arme um mich. Schmetterlinge waren es nicht, das waren ganze Amseln in meinem Bauch. Eng umschlungen, stand ich mit ihm vor meinem Hotel.

»Es tut mir leid. Ich bin eigentlich nicht der Typ für Wutausbrüche, aber als ich von Weitem gesehen hab, wie der Kerl dich anpackt und du es nicht willst, da konnte ich nicht anders.«

»Du bist mein Held«, flüsterte ich in sein Ohr.

Und dann kam dieser Moment, dieser wunderschöne Augenblick, in dem du weißt, wenn du jetzt dein Gesicht in seine Richtung drehst, dann küsst er dich. Ich lehnte mich zurück, lächelte ihn an, er kam näher, und dann fühlte ich seine Lippen auf meinen. Die Amseln, die sich inzwischen wie Adler anfühlten, flatterten in meiner Magengegend was das Zeug hielt, und kurz darauf auch in meinem Unterleib. Ich fragte mich, ob mein Körper so viel Glück überhaupt aushalten konnte. Gab es ein begrenztes Maß an Endorphinen?

Als der Kuss vorbei war, lachte ich. Ich konnte es gar nicht steuern, es passierte einfach von selbst.

»Wie geht es denn Pirmin?«, fragte Daniel grinsend.

»Exzellent. Er hat die letzten Tage nur nach dir gefragt«, versicherte ich.

»Habe ich ihm schon gefehlt, ja?«

»Er konnte an nichts anderes mehr denken.«

Der letzte Abend in New York war genau so, wie ich ihn mir gewünscht habe: ein Abend mit einem Mann, für den es sich lohnt, nach New York zu fliegen.

»Daniel?«, fragte ich zögerlich, als wir in meinem Hotelzimmer angekommen waren.

»Ja?«

»Meinst du, wir können zusammen sein, auch wenn wir so weit auseinander wohnen?«

Ich schaute zu Boden. Ich hatte Angst, eine Abfuhr zu kassieren, die Erfahrung mit Jeffrey war nicht spurlos an mir vorübergegangen. Aber gerade deswegen musste ich diese Frage stellen.

»Helena, ich will mit dir zusammen sein, auch wenn du dir Britney-Spears-mäßig die Haare abrasierst. Ich will mit dir zusammen sein, auch wenn du beschließt, mit dem Volk der Pygmäen in Zentralafrika Waldrodungsfeldbau zu betreiben. Ich will mit dir zusammen sein, auch wenn ich dann mein erstes Kind Pirmin nennen muss und Strawberry Cheesecake mit dir essen muss, bis ich kotze.«

Für einen kurzen Moment glaubte ich, er wollte mich auf den Arm nehmen. Er sagte genau die Sätze, die ich mir immer erträumt, doch leider nie gehört hatte. Hat er da wirklich gerade das Wort *Kind* gesagt? Wenn ich es nicht besser wüsste, hätte ich ihm unterstellt, mein Tagebuch gelesen zu haben. Wenn ich ein Tagebuch gehabt hätte.

Dann küsste Daniel meinen Hals, ich spürte seine Hand an meinem Bauch, seinen Griff um meine Hüften. Er hob mich hoch (ja, er hat es tatsächlich geschafft! Unglaublich! Beeindruckend!) und trug mich zum Bett. Ich quietschte vor Freude. Ich zog ihm sein T-Shirt, auf dem »Who is Chuck Norris?« stand, aus und streichelte seinen Oberkörper, während er meine Brust ganz sanft berührte.

Wenig später lagen wir nackt auf meinem Hotelbett. Ich hörte Pirmin in seiner Schublade herumkrabbeln, ich nahm die Geräusche der Autos und der Menschenmassen auf dem Times Square unter uns wahr, ich sah in Daniels Gesicht über mir, und ich fühlte mich zu Hause. Mitten in der Fremde.

Daniel liebte mich genau so, wie ich es mochte. Er war weder einer von den ganz aktiven, die plötzlich mit unglaublicher Intensität anfangen, deinen Intimbereich zu rubbeln, als würden sie mit einem Topfkratzer ein Ceranfeld polieren, noch jemand, der nahezu regungslos dalag und unter gutem Sex eigentlich einen guten Blowjob verstand. Wir schliefen in dieser Nacht mehrere Male miteinander (wir waren beide der Meinung, dass man in Sachen Sex durchaus »vorarbeiten« konnte, schließlich musste es ja für eine Weile reichen), und in der Zeit dazwischen quatschten wir über mich. Über ihn. Über uns. Gegen ein Uhr morgens schliefen wir ein.

Um fünf klingelte der Wecker. Daniel grunzte unzufrieden: »Du sollst nicht zurück nach Berlin fliegen«, und ich flüsterte: »Ich muss leider. Ich hab ein paar Klausuren, die ich unbedingt mitschreiben muss.«

Er drückte mich fest an sich.

»Kommst du bald wieder?«

»Ganz bald.«

»Kann ich noch mit zum Flughafen kommen?«

»Na klar.«

Es fiel mir schwer, mich von meinem Bett loszureißen, aber Rachel würde um sechs mit ihrem Auto unten stehen. Carlos hatte sich, wie versprochen, eine Frühschicht geben lassen, damit er mich verabschieden konnte. Er kam um Viertel vor sechs in mein Hotelzimmer, half mir mit den Koffern, und ich bat ihn, die Sache mit dem Abendessen das nächste Mal unbedingt nachzuholen. Ich möchte seinen Mann so gerne kennenlernen. Daniel und Carlos verstanden sich auf Anhieb, ich glaube, Daniel war total erleichtert, einen Mann in meiner Nähe anzutreffen, bei dem er absolut nichts befürchten brauchte.

Rachel und Daniel brachten mich zum Flughafen, und ich erinnerte mich, wie ich vor zwei Wochen hier angekommen war. Wie ich das erste Mal die Silhouette von New York gesehen hatte, und ich rief mir meine Aufregung und Freude zurück ins Bewusstsein, aber auch meine Ängste. Mann, bin ich mutig gewesen! Aber manchmal musst du die Unsicherheit eben in Kauf nehmen, um die Liebe zu finden. Ich drückte Rachel fest an mich.

»Das ist übrigens ein wahnsinnig hübsches Kleid, das du anhast«, sagte Daniel noch, kurz bevor ich ihn zum Abschied küsste.

Es war das Blümchenkleid, das ich vor einigen Wochen im KLO getragen hatte. Ich lächelte geschmeichelt, küsste Daniel zum letzten Mal, versprach, ihn sofort nach der Landung anzurufen, und verschwand im Gate. Kurz bevor ich für die beiden außer Sichtweite geriet, drehte ich mich noch einmal um und warf ihnen eine Kusshand zu. Als Letztes sah ich aus der Ferne die weißen Buchstaben auf Daniels schwarzem Cap leuchten: *NY loves you.*

Als ich Friederike und Paul meine Geschichte fertig erzählt habe, starren sie mich mit offenen Mündern an.

»Ist das geil«, sagt Paul dann in die Stille hinein. »Wie im Film.«

»Wann lernen wir Daniel kennen?«, fragt Friederike.

»Er kommt nächsten Monat nach Berlin«, antworte ich und strahle wie ein Honigkuchenpferd.

40

Bruno

It's a boy!

Friederikes Wohnung ist mit sämtlicher Dekoration geschmückt, die man im Internet zum Thema Babyparty bestellen kann. Sven sitzt neben ihr auf dem Sofa und streichelt besitzergreifend ihren Bauch, der kaum erkennbar gewachsen ist.

»In welchem Monat bist du jetzt noch mal?«, fragt Ute, eine Arbeitskollegin von Sven, die sich gerade mit einem Stück Himbeertorte neben das Paar auf die Couch setzt.

»Im vierten«, sagt Friederike stolz.

Der neue Mann in Friederikes Leben soll Bruno heißen und ist noch nicht einmal zehn Zentimeter groß. Dass Paul mir diese Nachricht nicht über Friederikes Kopf hinweg überbringen wollte, kann ich im Nachhinein verstehen, obwohl ich in dem Moment ziemlich gekränkt war. Friederike hatte ursprünglich geplant, mir ihre Neuigkeiten erst zu erzählen, wenn ich zurück war, aber ich habe sie so lange am Telefon genervt, dass ich schon in New York davon erfahren habe. Seitdem ist allerdings so viel los gewesen, dass ich gar keine Gelegenheit hatte, genauer nachzuhaken.

»Und was ist jetzt eigentlich mit Svens Internetscheiße?«,

frage ich Friederike, als sich endlich ein geeigneter Moment ergibt und wir zu zweit in der Küche sind. Friederike nimmt gerade die zweite Torte aus dem Kühlschrank und schneidet sie an.

»Ich habe ihn direkt darauf angesprochen. Ich musste die Sache einfach vom Tisch haben.«

»Und?«, frage ich neugierig.

»Er hat da tatsächlich einer Frau geschrieben«, erklärt Friederike traurig. »Aber er hat mir versichert, dass die Sache längst beendet ist und es auch nie direkt um ein Treffen oder um irgendetwas Sexuelles ging.«

»Um was dann?«, frage ich skeptisch.

»Anscheinend haben die sich nur ein paar Mal geschrieben, ein bisschen geflirtet, aber Sven hat dann wohl ziemlich schnell gemerkt, dass er nur mich will und keine andere.«

Ich seufze. Auf der einen Seite habe ich Verständnis dafür, auf der anderen Seite bin ich doch etwas enttäuscht von Sven.

»Mir war einfach wichtig, dass er mir die Wahrheit gesagt hat, mich nicht betrogen hat und ich ihm immer noch vertrauen kann. Wenn ich ganz ehrlich bin, hätte ich mich ja auch fast mit einem anderen Mann getroffen. Hätte ich nicht an dem Tag dauernd gekotzt und festgestellt, dass Bruno auf dem Weg ist.«

»Woher weißt du überhaupt, dass es ein Junge ist? Der Arzt konnte beim Ultraschall doch noch nichts Genaues erkennen«, gebe ich zu bedenken.

Friederike lächelt verlegen.

»Ich glaube, wenn man sich etwas wirklich wünscht, geht es mit ein bisschen Glück auch in Erfüllung.«

Ich nicke wissend. Aus meiner Hosentasche erklingt ein lautes »Muuuuuuh«. Friederike und Paul hatten mir als Willkommen-zurück-Geschenk ein Handy gekauft, das ich sofort in Betrieb genommen habe, um Daniel zu schreiben und endlich wieder mobil zu sein. Es ist zwar kein iPhone, aber wie das »Muuuuuuh«-Signal zeigt, kann ich immerhin SMS empfangen. Ich gucke aufs Display, mein Hintergrundbild ist die Skyline von New York. Daniel hat geschrieben, dass er mich vermisst. Ein Lächeln breitet sich über meinem Gesicht aus.

Mein Herz tanzt.

Ich bin glücklich.

Und das alles wegen eines Kekses.

Epilog oder Status Jetzt-geht's-los!

Drei Monate später.

Ich habe mein Studium an den Nagel gehängt, meine Exmatrikulation gefeiert und beschlossen, nie mehr irgendetwas mit Mundhygiene und Oralanatomie zu tun zu haben. Nur die Zähne werde ich mir noch putzen. Ich war einfach nicht für dieses Studium geschaffen, und es hat mich nicht glücklich gemacht. Letztendlich hatte sogar mein Vater dafür Verständnis, auch wenn er schwer geschluckt hat und mich bat, noch einmal darüber nachzudenken. Doch ich habe ihm erklärt, dass ich nach dem zweiten wahrscheinlich noch ein drittes und viertes Studium hätte draufsetzen können, aber das wäre alles nur eine Flucht gewesen vor dem, was ich nicht kontrollieren kann: dem Danach. Jetzt bin ich planlos, aber glücklich. Ich erinnere mich an die Reaktion meiner Oma, als ich ihr von meinen Plänen erzählte, mich erst einmal in verschiedenen Bereichen auszuprobieren.

»Du spinnst ja wohl«, hatte sie gesagt. »Wir mussten damals nach dem Krieg die Kartoffelschalen von der Straße sammeln, damit wir etwas zu essen hatten, das war unsere Aufgabe!«

»Aber das heißt doch nicht, dass ich deshalb heute nicht meine Träume leben darf!«, protestierte ich.

»Du hast Glück, dass deine Eltern das mitmachen und dich unterstützen. Das hätte es bei uns damals nicht gegeben.«

»Ich weiß«, stimmte ich zu. Denn Oma Hedda hatte mal wieder recht. Ich habe verdammtes Glück, dass ich das Licht der Welt zu einer Zeit und an einem Ort erblicken durfte, die mir die Freiheit geben, das zu tun, was ich will. Vielleicht dauert es auch noch eine Weile, bis ich herausfinde, was das wirklich ist. Bis dahin kann ich nur eines tun: der Quarterlife Crisis mit einem Cheesecake in der einen und meiner Schildkröte in der anderen Hand begegnen.

Vor drei Wochen habe ich mich für ein Praktikum in einer Galerie in New York beworben, aber noch keine Antwort erhalten. Meine Chancen stehen wahrscheinlich nicht besonders gut, aber darum geht es auch nicht. Es geht darum, es zu versuchen, und vielleicht habe ich Glück, und es klappt. Schließlich hat mich mein Glück vor ein paar Monaten auch in einen Club in New York City geführt. Hätte ich den Zettel aus dem Keks damals nicht Rachel gezeigt, würde ich wahrscheinlich an meinem Verstand zweifeln. Ich weiß bis heute nicht, ob es sich bei der Adresse um ein Versehen, einen Druckfehler oder eine Werbestrategie des Clubs handelte. Vielleicht war der alte Mann in China Town auch tatsächlich ein weiser Prophet, der mir den Weg gewiesen hat. Ich weiß nur, dass der Keks mir Glück gebracht hat, und dazu sind Glückskekse schließlich da. Ich habe Daniel nie davon erzählt. Irgendwie finde ich es schön, so ein wundervolles Geheimnis zu haben. Nach seinem Besuch in Berlin bin ich vollkommen davon überzeugt, dass wir wirklich zusammengehören. Es ist unglaublich, wie gut wir uns verstehen. Ich habe nie gewusst, was Paare damit meinen, wenn sie sagen, in ihrem Partner auch einen »besten Freund« oder »die beste Freundin« zu haben. Jetzt weiß ich es.

Wer hätte gedacht, dass ich so etwas Tolles finde, als ich vor gar nicht allzu langer Zeit nachts aufgebrochen bin, um Friederike im KLO Gesellschaft zu leisten? Der Butterfly-Effekt besagt ja, dass der Flügelschlag eines Schmetterlings am einen Ende der Welt einen Wirbelsturm am anderen Ende der Welt auslösen kann, und in meinem Fall hat das Blinzeln meiner Schildkröte mir auf einigen Umwegen die große Liebe beschert. Das war wohl der Schildkröten-Effekt.

Ich werde im Januar wieder nach New York fliegen, weil zu dieser Zeit die Flüge besonders günstig sind. Daniel ist in eine größere Wohnung umgezogen, in der mehr Platz für uns beide ist, wenn ich ihn besuche, und er hat Pirmin eigenhändig ein Terrarium gebaut. Jetzt muss er nicht mehr in einer Schublade schlafen.

Friederike ist inzwischen im siebten Monat schwanger. Mit einem Mädchen. Als meine beste Freundin ist sie mächtig stolz auf mich, dass ich mich nun endlich in die Welt wage und mich in New York bewerbe.

»Na, siehst du, Chouette, jetzt kannst du endlich fliegen!«, hat sie vor ein paar Tagen zu mir gesagt.

»Hörst du dann gefälligst auf, mich Chouette zu nennen?«, fragte ich sie genervt. »Mh, wie soll ich dich denn dann nennen?« »Miss Liberty.«

Danksagung

Mein Dank gilt als Erstes Holger Kuntze, der sich für die Idee der Miss Liberty begeistert hat und sie auf den Weg brachte. Besonderen Dank an meine Agentin Katrin Kroll von der Agentur Eggers für die wundervolle Zusammenarbeit sowie an meine Lektorin Michelle Stöger für den großartigen Einsatz rund ums Buch. Ich danke vor allem auch Anna Mercedes Brough fürs erste Lesen und die hilfreiche Kritik (»Das find ich jetzt ja schon irgendwie unrealistisch, dass die die Schildkröte einfach im Zoo behalten!«) und meiner Schwester Sophie Seifried für den Last-Minute-Titel. Außerdem danke ich all den Menschen, die keine Ahnung hatten, was ich hier überhaupt schreibe, aber es trotzdem für grandios hielten: Farina, Birte, Katharina, Jacqueline (der Werwolfpenis wird nur für dich erwähnt!), Lea, Melanie, Sonja, Sarah, Michelle, Sherin, Milena, Anna und vor allem meiner ganzen Familie inklusive Bela und Jasmin fürs Mitfiebern und Mitfreuen! Ihr seid super!

Mein grenzenloser Dank gilt natürlich auch der Person, die dieses Buch gerade in den Händen hält. Ich freue mich tierisch, dass du Helena auf ihrer New-York-Suche begleitet hast.

Apropos tierisch: Falls du noch nicht genug von Pirmin

hast, dann besuch ihn doch bei Facebook. Er freut sich. Dort findest du auch Infos zum Pirmin-Projekt, seiner Initiative zum Schutz von Schildkröten. Bis bald!

www.facebook.com/pirminschildkroete

www.victorianisch.de

THEATERBIBLIOTHEK

Stücke aus dem halben Leben ist eine Sammlung von 31 Szenen, Monologen, Gesprächen im Stehcafé, Szenen vom Ehekrieg, Nachbarschaftsdialogen: szenische Miniaturen von der sanften Entlarvung der Alltagsphilosophie und rührend-komischen Strategien zur Lebensbewältigung. Szenen über Menschen von nebenan, die sich mit gespreizten Reden gegen ihre Sehnsüchte verbarrikadieren.
Auch »Furcht und Elend bundesdeutscher Kleinbürger« könnte diese Szenenfolge heißen, in der es dem Autor gelingt, die tragische Komik solcher Realität abzubilden. »Feinfühlige Einblicke in ein verhuschtes Innenleben, wo die Lächerlichkeit plötzlich wieder erhaben wird«, konstatierte die Kritik diesen Porträts von räsonierenden Einzelgängern, den Bildern vom beschädigten Leben. Wie etwa in dem Monolog *Tagesschau*, der »als ein wahrhaft herzergreifendes Solo einer alleinstehenden Frau ganz aufs zwischenmenschliche Verhältnis mit dem Phantom des Nachrichtensprechers ausgerichtet ist«.

»Kusz ist stets mit dem Notizbuch unterwegs, schreibt auf, ›was die Leute so reden‹, verarbeitet das Gehörte in Stücken und Gedichten, stellt es aus, aber stellt es nicht bloß. Er hält seinen Mitmenschen einen Spiegel vor, lädt ein zur bequemen Identifikation, indem er die herkömmlichen Sprachbarrieren schon mit dem ersten Wort durchbricht, und macht eine Komödie aus den Tragödien des Alltags.« *Siegfried Diehl, FAZ*

Fitzgerald Kusz
Stücke aus dem halben Leben

Verlag der Autoren

CIP-Kurztitelaufnahme der Deutschen Bibliothek

Kusz, Fitzgerald:
Stücke aus dem halben Leben / Fitzgerald Kusz. –
1. Aufl. – Frankfurt am Main: Verlag der Autoren, 1987.
(Theaterbibliothek)
ISBN 3-88661-081-0

Theaterbibliothek
Dritte Auflage 2002

Verlag der Autoren GmbH & Co CK
Schleusenstraße 15, 60327 Frankfurt am Main
Telefon 0 69/23 85 74-20. Telefax 0 69/24 27 76 44
e-mail: theater@verlag-der-autoren.de
Satz: SVG, Satz- und Verlagsgesellschaft mbH, Darmstadt
Druck: betz druck GmbH, Darmstadt

Inhalt

Stücke aus dem halben Leben

Stehcafé 1

A Was macht die Kunst?
B Immer s gleiche. Alles Scheiße.
A Ich hab dich schon lang nicht mehr gesehn.
B Ich dich auch nicht.
A Was treibste denn so?
B Frag mich nich! – Und du? Was machstn du?
A Immer s gleiche.

Die Zwerge

Ein Mann nimmt aus einem Regal mit vielen Zwergen einen heraus und sagt zu ihm:

MANN Unser Frauchen is abgehaun! *Pause.* Unser Frauchen is abgehaun. Was sagstn dazu, Fritz? *Pause.* Unser Frauchen ist abgehaun. *Pause.* Weißte, was das bedeutet? Die kommt nich mehr. Die ham wir gesehn. Gesagt hat sies ja dauernd, dass se abhaut, aber wer hätt denn gedacht, dass sies auch wirklich macht? *Pause.* Hättste das gedacht? *Pause.* Ich weiß nicht mal, wo se hin ist. Die hat doch kein, wo se hin kann. *Pause.* In letzter Zeit ham wir nur noch gestritten. An was andres kann ich mich nich mehr erinnern. Jeden Tag ham wir gestritten. Jeden Tag gings rund. *Pause.* Nicht ein gutes Haar ließ se mehr an mir. *Pause.* War die vielleicht sauer auf mich! *Pause.* Entweder die Zwerge oder ich, hat se gesagt. Entweder ihr oder sie! *Pause.* Was die nur wollte! *Pause.* Ich hatte doch nix gegen sie. Und ihr auch nich... *Pause:* Wenns nach der ihrem Kopf gegangen wär hätt ich euch alle wieder verkaufen müssen. Die hat mir gar nix gegönnt! *Pause.* Andre Männer sammeln Briefmarken oder Münzen oder was weiß ich... Es gibt nix, was nich gesammelt wird. Was isn schon dabei, wenn ich Zwerge sammel? *Pause.* Is doch egal, was de sammelst. Hauptsache, es macht Freude! *Pause.* Die hat mir gar nix gegönnt. *Pause.* Ich hätt ja auch nix gesagt, wenn sie was gesammelt hätt! Wegen mir hätt se ausgestopfte Viecher sammeln können oder Orangenpapierchen... Mir wär das egal gewesen. Hauptsache, sie hätt ihre Freude dran. *Pause.*

Aber die konnt ja nich mal sehn, wenn ich euch mit Öl eingerieben hab, damit ihr auch schön glänzt. *Pause.* Dabei isse selber schuld, dass ich euch sammel. *Pause.* Dich hat se mir schließlich vor drei Jahren aus Italien mitgebracht, wie se mit ihren Eltern in Rimini war. *Pause.* Ja, du bistn Italiener. *Pause.* Und weil de mir gleich so prima gefallen hast, hab ich dir gleich n paar Kumpels gekauft, dass de nich so allein bist. *Pause.* Und dann gings los. *Pause.* Dann hab ich angefangen zu sammeln. *Pause.* Zuerst hatt se nix gegen. Aber dann verging kein Tag, wo se nich gemeckert hat. *Pause.* Und jetzt isse abgehaun. *Pause.* Meinste, die kommt wieder? Ich glaubs nich. Die braucht sich auch nich mehr blikken lassen. Meinetwegen kann se bleiben, wo der Pfeffer wächst. Was hatt ich denn von dieser Ehe? *Pause.* Nix. *Pause.* Rein gar nix. *Pause.* Was ich auch gemacht hab, meine Frau wusst immer alles besser. *Pause.* Dabei hätt se froh sein können, dass se nich arbeiten musste. *Pause.* Andre Weiber müssen arbeiten. Die hatte bei mir doch das schönste Leben. Einmal im Jahr isse mit mir in Urlaub gefahren. Einmal mit ihren Eltern. *Pause.* Die hat sich nich beschweren können. *Pause.* Ich rauch nich. Ich trink nich. Ich hab auch sonst kein Laster. *Pause.* Ich bin nie fremdgegangen. Ich hab den ganzen Tag bloß gearbeitet. Das war alles. Dabei is meine Arbeit gar nich mal so leicht. Wer machtn heut noch n Vertreter für Staubsauger, wo jeder längst n Staubsauger hat? *Pause.* Ob die wieder son Arschloch findet, das bloß für sie arbeitet? *Pause.* Bestimmt nich! *Pause.* Die andre Männer sind bestimmt nich so blöd! *Pause.* Fritz, pass auf, die lässt sich jetzt auch noch scheiden. *Pause.* Ich hab nix dagegen.

Pause. Soll se sich scheiden lassen! *Pause.* Ich weiß genau, wie das ausgeht. *Pause.* Die braucht nur zu sagen, dass ich dich immer ins Bett mitgenommen hab, Fritz, dann heißts gleich, der hat se nich mehr alle, der spinnt mit sein Zwergen. *Pause.* Aber das kann uns ja egal sein. *Pause.* Manchmal war se richtig eifersüchtig auf euch. Die konnt euch überhaupt nich sehn! *Pause.* Aber jetzt habt ihr se erst mal los. Jetzt kann se euch nix mehr tun. *Pause.* Wenn ich überleg, wie gemein die zu euch war! Wenn ich nich gewesen wär, hätt se euch längst kaputtgemacht! Alle mitnander, ohne Ausnahme! *Pause.* Wenn man den ganzen Tag mit Menschen zu tun hat, will man seine Ruhe ham, dann will man kein mehr sehn. *Pause.* Dann isses die schönst Entspannung für mich, wenn ich mich hinsetz und euch anguck. Es gibt nix Schönres als euch anzugucken und mit euch zu reden! *Pause.* Die konnt nich mal sehn, wenn ich mit euch geredet hab! *Paue.* Was isn schon dabei? Andre Leute reden auch mit ihren Hunden. Aber da sagt keiner was! *Pause.* Was meinste, was ihr mal in zwanzig Jahren wert seid, wos fast keine Zwerge mehr gibt? *Pause.* Komisch, dass die meisten von euch aus der alten DDR stammen. Die hattn halt Verständnis für euch. *Pause.* Ja, wenn ich euch in Garten rausgestellt hätt, hätt se nix gesagt. *Pause.* Aber ich stell euch doch nich über Nacht in Garten raus. *Pause.* Was is, wenns regnet? *Pause.* Dann geht eure Farbe ab. *Pause.* Wär ja noch schöner, ich euch in Garten raus! *Pause.* N richtiger Briefmarkensammler hebt sich auch keine beschädigten Briefmarken auf! *Pause.* Die hatte doch keine Ahnung von Tuten und Blasen. *Pause.* Aber jetzt isse weg. *Pause.* Gott sei Dank! *Pause.* Fritz, weißte, was die größte Sauerei is? *Pause.* Die hat nich mal abgewartet, bis ich vom Geschäft heimgekommen bin. *Pause.* Ohne ein Wort zu sagen, isse abgehaun. *Pause.* Die war doch kein Schuss Pulver wert. *Pause.* Naja, ich komm schon drüber weg. *Pause.* Ich hab ja euch.

Frau Nachbar

Eine ältere Frau presst ihr Ohr an die Wand und lauscht.

Ältere Frau Was warn jetzt das schon wieder? *Pause.* Ich glaube, jetzt hat se ihrn Schrank zugemacht! *Pause.* Nee, das Fenster kanns nich gewesen sein! Das hört sich anders an. *Pause.* Aber, wie die die Tür zumacht! Man kann ja ne Schranktür auch leise zumachen. So zuhaun bräuchte sie sie ja nich. Davon wird der Schrank auch nich besser. *Pause.* Wenn die zu Haus is, macht se den Schrank andauernd auf und zu. *Pause.* Das macht die nur aus reiner Langeweile! *Pause.* Ich mach mein Schrank nich so oft auf, weil ich mir vorher überlege, was ich raustun will. *Pause.* Jetzt hat se Schuhe mit hohen Absätzen angezogen. *Pause.* Ein Geklapper ist das vielleicht! Mit solchen Schuhen läuft man doch nich in ner Wohnung rum! *Pause.* Ich hab ja schließlich auch meine Latschen an! *Pause.* Wenn man kein Teppichboden hat, muss man schon ein wenig auf die Leute Rücksicht nehmen. *Pause.* Die Leute, die unter ihr wohnen, die ham ganz schön was zum Aushalten! Da denkt man doch, es trampelt eim einer aufm Kopf rum. *Pause.* Ich würd mir das nich gefallen lassen, wenn ich unter ihr wohnen würde! *Pause.* Aber die Leute, die unter ihr wohnen, die scheinen nie zu Hause zu sein, sonst hätten sie sich längst beschwert! *Pause.* Nachts um zwölf, halb eins sollen die erst nach Hause kommen. Manchmal sogar noch später, sagt Frau Weidinger ausm zweiten Stock! *Pause.* Für was die überhaupt noch ne Wohnung ham, wenn sie nie nach Hause kommen?

Pause. Sie lauscht. Jetzt ist schon wieder ne Tür gegangen. *Pause.* Ob das schon wieder die Schranktür war? *Pause.* Na, zuzutrauen ist der alles. *Pause.* Die zieht sich bestimmt fünfmal am Tag um, wenn se zu Haue is. *Pause.* Das gibt vielleicht ne Menge Wäsche! Also, ich hab keine Lust, jeden Tag zu waschen. Ich zieh mich auch nich andauernd um. *Pause.* Was die alles zum Anziehn hat! *Pause.* Das geht ins Geld. *Pause.* So viel verdient se doch nich, wo se bloß ne Verkäuferin is! *Pause.* Vielleicht geniert se sich? Will vielleicht was Bessres sein? So sind se, die jungen Dinger heutzutage. Die wolln immer gleich hoch hinaus. *Pause.* Aber eigentlich wär ja nix dabei. Das hätt se uns ruhig sagen können, dass se ne Verkäuferin ist. *Pause.* Ihrer Kleidung nach zu schließen, hat man wunder was gedacht, was se is. Aber Frau Kurz vom vierten Stock hat se dann im Kaufhof gesehn. Verkäuferin in der Porzellanabteilung isse. Deswegen bräucht se ihrn Kopf nich so hochtragen. *Pause.* Neulich war ich mal da und hab se beobachtet. Die Gläser hat se unter sich. *Pause.* Wie die vielleicht mit den Leuten schöntut. Aber hier im Haus isse wie ausgewechselt. *Pause.* Da muss man ihr jedes Wort aus der Nase ziehn. *Pause.* Nich mal richtig grüßen kann die ein! *Pause.* Und im Aufzug guckt se immer auf die Seite, wenn man sie anguckt. Nur damit se nix sagen braucht. Die sagt nich mehr, als was se muss, wenn man se mal was fragt. *Pause.* Naja, die soll auch geschieden sein, sagen se. *Pause.* Drum kann die sich auch so ne teure Wohnung leisten. Mit dem, was se beim Kaufhof verdient, kann se keine großen Sprünge machen. Ich glaub, die kriegt ne gewaltige Abfindung von ihrm geschiedenen Mann. *Pause.* Aber mit nem

Mann hab ich se noch nie gesehen. *Pause.* Vielleicht lässt kein mehr zu sich in die Wohnung rein. *Pause.* Recht hat se. *Pause.* Ich würd das auch nich machen, wenn ich geschieden wär. *Pause.* Die Schranktür regt mich vielleicht auf! Jetzt isse schon wieder gegangen! Die wird nich wissen, was se anziehn soll. Ja, wenn man keine Sorgen hat, macht man sich welche. *Sie geht ein Stück weiter nach rechts.* Jetzt isse im Bad. *Pause.* Jetzt wäscht se sich die Hände. Das macht se auch den ganzen Tag. Die Hände waschen, und dann noch das Theater mitm Schrank! Was das allein für Wassergeld kostet, wenn man sich dauernd die Hände wäscht. Und wir müsse das Wasser auch noch mitzahlen, weils in der Miete inbegriffen is. *Pause. Klospülung.* Langt doch, wenn se sich nachm Klo die Hände wäscht! Vorm Klo, das is nich nötig! *Pause.* Was die nur heut vorhat!? *Pause.* Jetzt is schon wieder die Klotür gegangen. *Pause. Sie geht in ihre Ausgangsposition zurück.* Jetzt geht se wieder in ihr Schlafzimmer! *Pause.* Hoffentlich macht se nich wieder die Schranktür auf und zu. Das geht mir jetzt wirklich auf die Nerven! *Pause. Sie lauscht.* Einmal in der Woche geht se weg, aber das is immer wieder n andrer Tag. Ein festen Tag hat se nich. *Pause.* Ob se heut weggeht? *Pause. Schwaches Pfeifen von nebenan.* Jetzt pfeift se! *Pause.* Nee, das brauch ich mir nich gefallen zu lassen! Jetzt klopf ich an die Wand! *Pause. Sie hält in ihrer Bewegung inne.* Halt, is noch nich zehne. *Pause.* Bis zehn darf se so viel Krach machen, wie se will. Aber wenn se nach zehn noch pfeift, dann klopf ich aber! *Pause. Das Pfeifen hört auf.* Na, Gott sei Dank, ihr Glück! *Pause.* Jetzt is die Wohnungstür gegangen. *Sie geht zur Tür, die auf den Flur führt.* Am Ende kommt se heut Abend noch zu mir? Ach, wär das schön, wenn sie mal käm. Eingeladen hab ich se ja. *Pause. Sie lauscht.* Jetzt is der Aufzug gegangen. Nee, die kommt heut wieder nich. Was hab ich ihr denn nur getan, dass se nich kommt! *Pause.* Mehr wie einladen kann ich se nich.

STEHCAFÉ 2

A Entschuldigen Sie, wenn ich Sie anspreche. Warn Sie nich gestern auch schon hier?

B Ich komm jeden Tag hierher, sonst wird mir die Zeit zu lang.

A Ich wüsst auch nicht, was ich sonst tun sollte.

B Son Tag zieht sich ganz schön in die Länge, wenn man allein is.

A Nich nur, wenn man allein is. Ich kann auch nich den ganzen Tag zu Hause sitzen. Wissen Sie, mein Mann...

B Sie ham nochn Mann? Wenn ich nochn Mann hätt, wüsst ich, was ich zu tun hätt.

A Das sagt sich so leicht.

B Jeder Mann wär mir lieber als gar keiner.

A Das denk ich mir auch oft, aber dann...

B Wenn mein Mann noch leben würd, könnt ich jetzt ganz gemütlich mit ihm Kaffee trinken, ein Stück Kuchen essen, fernsehn...

A Mir gefällts hier besser. Was gäb ich drum, wenn ich endlich allein wär.

B Sowas darf man aber nich sagen.

A Hab nur laut gedacht. Manchmal bleibt mir nix andres übrig, als laut zu denken.

Zweikampf I

Mann Was hastn jetzt schon wieder?
Frau Nix.
Mann Das gibts doch nich dass de nix hast! Du hast doch was.
Frau Nee, wirklich nich, Ich hab nix.
Mann Das sieht man doch, dass de was hast!
Frau Ich glaub, dir machts Spaß, wenn ich was hätt?
Mann Nee, ich dachte nur, du hast was. *Pause.* Man wird doch noch fragen dürfen.
Frau Ich weiß schon: du willst mich los ham.
Mann Jetzt geht das schon wieder los!
Frau Sag doch mal selber, wer hat angefangen?
Mann Was du nur immer hast!

Stehcafé 3

A Ich dürfte eigentlich gar keinen Bohnenkaffe trinken, weil ich son hohen Blutdruck hab.
B Ich komm immer nur deswegen rein, weil ich mich nich hinsetzen darf.
A Aber was will man denn machen? Wenn ichn Kuchen ess, muss ich n Kaffe dazutrinken!
B Sitzen is Gift für mich. Entweder ich muss stehn oder gleich liegen.
A Wenn man alles macht, was die Ärzte sagen, kann man sich gleich einbalsamieren lassen!
B Heut früh hätt ich nich gedacht, dass ich ausm Bett komm. Alles an mir war steif.
A Man kann schließlich nicht auf alles verzichten!
B Ich brauchte ne Viertelstunde, bis ich ausm Bett gekommen bin. Meine Beine warn wie abgestorben!
A Sone Tasse Kaffe darf doch nix ausmachen! Mehr trink ich doch gar nich! Eine Tasse, und dann is Schluss!
B Aber nach ner Viertelstunde war das Ganze wie weggeflogen! Was das bloß wieder war? Jeden Tag hat man was andres!
A Das hab ich auch schon mal gehabt, aber dann hat mir mein Doktor was zum Einreiben verschrieben, und dann isses wieder vergangen.
B Was meinen Se, was mir mein Doktor schon alles verschrieben hat, aber das hilft doch nix, dieser ganze Mist! Erst hab ich was zum Einreiben bekommen und dann Tabletten zum Einnehmen! Und als die Tabletten auch nix geholfen ham, hat ers mit Spritzen probiert!

A Mit Spritzen ham sies immer eilig!
B Hier – *Sie entblößt ihren Arm.* Soll ich Ihnen mal mein Arm zeigen? Alles durchstochen von lauter Spritzen!
A Ich vertrag keine Spritzen! Da wirds mir immer nur schlecht drauf!
B Das gibts doch nich!
A Ich kann direkt drauf warten, dass es mir schlecht wird, wenn ich ne Spritze krieg.
B Sowas hör ich zum ersten Mal! *Pause.* Ich vertrag manche Tabletten nich! Warum müssen die auch so groß sein? Ich kann schlucken, bis ich schwarz werd, aber runterbringen tu ich se nich. Nich ums Verrecken!
A Aber wissen Se, was ich keim Menschen wünsch? Wenn ers mitm Darm hat!
B Was meinen Se, was ich schon alles mit mein Darm mitgemacht hab?
A Nich mal meim ärgsten Feind wünsch ich das.
B Was meinen Sie, wieviel Zeit ich allein schon im Krankenhaus verbracht hab – die letzten paar Jahre?
A Ich geh in kein Krankenhaus mehr! Ich bleib daheim!
B Was wollen Se denn machen, wenn man Se abholt?
A Was, abgeholt hat man Sie?
B Ja, sogar mit Blaulicht!
A Ob ich noch ne Tasse Kaffe trinke?
B Zwei Tage lang war ich bewusstlos! Erst hab ich ne Grippe gehabt, und dann kam noch ne Rippenfellentzündung dazu!
A Nee, Ich trink lieber doch kein Kaffe mehr! Wer weiß, wie er mir bekommt? Eine Tasse spür ich auch nich, aber zwei sind einfach zu viel.

B Ich würd heut nich mehr leben, wenn meine Tochter nich gekommen wär!

A Sehn Se, das kann mir nich passieren! Ich wohn im Altersheim!

B Kommen Sie hier immer rein zum Kaffetrinken?

A Ich darf eigentlich kein trinken, aber Sie verratens ja meim Doktor nich.

B Wie heißtn der?

A Dr. Wöhrlein.

B Meiner heißt Krause. Ich wüsst keinen bessern.

A Ich lass auf Dr. Wöhrlein auch nix kommen.

B Jetzt muss ich aber gehen. Ich soll nich so lang stehn.

A Vielleicht sehn wir uns morgen wieder?

B Wer weiß, was da is?

ZWEIKAMPF II

MANN Und?
FRAU Was, und?
MANN Ich mein, worüber reden wir jetzt?
FRAU Dir wird schon was einfallen.
MANN Du kannst auch mal was sagen.
FRAU Du redest doch die ganze Zeit.
MANN Was solln jetzt das schon wieder heißen?
FRAU Nix. Ich sag ja nur, wies is. So isses doch!
MANN Passt dir wohl nich, wenn ich mal was erzähle. Dann sag ich eben nix mehr.
FRAU Davon hab ich kein Wort gesagt. Ich hör dir immer gern zu.
MANN Ja, zuhören tuste, aber sagen tuste nix. *Pause.* Weils dir egal is, was ich sag. Hätt ich lieber nix gesagt!
FRAU Also sowas! Du drehst eim ja das Wort im Mund rum! Ich darf dich doch nicht unterbrechen, wenn du was erzählst, sonst heißts gleich wieder, ich lass dich nich zu Wort kommen. Was bleibt mir denn andres übrig wie zuhören?
MANN Jetzt weiß ich, was ich zu tun hab!
FRAU Mehr wie zuhörn kann ich nich!
MANN Ich erzähl dir in Zukunft überhaupt nix mehr! *Pause.* Lieber schweig ich!
FRAU Das möchte ich sehn, wo du nich schweigen kannst!
MANN Also gut, du hasts so gewollt, jetzt sag ich nix mehr! *Er schweigt krampfhaft.*
FRAU Jetzt isser eingeschnappt! *Pause.* Wegen soner Lappalie is der gleich eingeschnappt! *Pause.* Jetzt spielt er die beleidigte Leberwurst! *Pause.* Aber ich

weiß genau, was dir jetzt im Kopf rumgeht! *Pause.* Ich weiß genau, was du denkst! *Pause.* Ich weiß sogar, was du jetzt sagen willst! Aber sags lieber nich! *Pause.* Und außerdem lass ich mich nich beleidigen! *Pause.* Und von dir schon gar nich! Nur, damit du Bescheid weißt! *Pause.* Jetzt tut er wieder so, als ob er schweigen könnte! Ich weiß doch ganz genau, was in deim Kopf vorgeht! Du möchtest mir am liebsten eine Gemeinheit nach der andern an den Kopf werfen! *Pause.* Nicht wahr, das würde dir jetzt so passen? Ich merks doch, wie du jetzt innerlich vor lauter Wut kochst! *Pause.* Du musst doch jeden Augenblick platzen! *Pause.* Das dauert nicht mehr lange, und du explodierst. *Pause.* Da kann ich drauf warten, bis du platzt! *Lange Pause.* Was is? Platzte noch nich? *Lange Pause.* So, so, heute tut er wieder mal so, als ob er schweigen könnte, mein Herr Gatte! *Pause.* Schweig dich nur aus! *Pause.* Da kann ich nur lachen! *Sie lacht. Lange Pause.* Ach komm, sei doch nicht so! *Sie lächelt ihn an.* Lach dochn bisschen, wenn de schon schweigst. *Pause.* Komm, lach doch! *Pause.* Na, warte, gleich wirste lachen! *Pause. Sie zieht eine Grimasse. Der Mann verbeißt sich das Lachen. Sie reizt ihn weiter, gibt aber dann plötzlich auf, wird wütend.* Du meinst wohl, du kannst mir imponieren wenn de dastehst und nix sagst? *Pause.* Sowas Stures. *Pause.* Naja, du redest schon wieder! Du kommst schon wieder zu mir, wenn de was brauchst! *Pause.* Du hältst das nich lang durch! Du nich! *Pause.* Ich kann schweigen, aber du nich! *Pause.* Du hast jedes Mal wieder angefangen zu reden! *Pause.* Das letzte Mal hast dus nicht mal zwei Tage ausgehalten! *Pause.* Zwei Tage! Das dauert bei mir schon n bisschen länger, wenn ich mal nix sag! *Pause.* Gut, du hast es so gewollt! Wenn dus so ham willst, dann isses mir auch recht. Dann sag ich eben nix mehr zu dir! *Pause.* Aber dann komm nich gelaufen und sag was! *Pause.* Dann schweig ich nämlich auch! *Pause.* Dir muss mans ja so machen, wenn dus so ham willst! *Pause.* Ich halt jetzt auch mein Mund! Ich kann nämlich schweigen! Das weißt du! *Pause.* Du brauchst mich gar nich so blöd angucken! *Der Mann dreht sich demonstrativ zur Seite.* Lieber beiß ich mir doch die Zunge ab als dass ich noch was sag! *Sie dreht sich ebenfalls zur Seite.*

Die Bestellung

Ein Mann sitzt am Küchentisch und schreibt einen Brief.

MANN So wie heute hab ich mich schon lang nich mehr gefreut! Ich wüsst nich, wann ich mich überhaupt mal so gefreut hätt! Ob die sich über mein Brief auch so freuen?
Er schreibt. »An das Versandhaus.«
Nein, so kann ich nich anfangen. Viel zu unpersönlich. Ich kann doch denen nich so unpersönlich schreiben!
»Sehr geehrte Herren!«
Nein; das geht auch nich! Es könnten ja auch Frauen dabei sein, die den Brief lesen.
»Sehr geehrte Damen und Herren!«
Man vergibt sich ja nix, wenn man freundlich zu den Leuten is, dann sind die Leute auch freundlich zu eim selber. Wenn nur einer mal n freundliches Wort zu mir sagen würd! N bisschen Anerkennung braucht jeder. Wenn die Leute nur ein bisschen freundlicher zu mir wärn, dann könnten sie alles von mir ham, was se wolln!
»Ich möchte gerne eine Bestellung in Ihrem Versandhaus aufgeben.«
Jetzt wissen se, dass ich was bestellen will. Das is wichtig. Wenn ich ihnen nich schreibe, dass ich was bestellen will, lesen se mein Brief nich. An und für sich langt ja auch n Bestellschein! Da sind immer n paar im Katalog drin! Aber ich schreib ihnen n Brief. Wem soll ich denn sonst schreiben?

»Ich schreibe Ihnen lieber einen persönlichen Brief, da mir ein Bestellschein zu unpersönlich ist.«
Ob die son Brief überhaupt lesen?
»Und außerdem habe ich meine Bestellscheine verloren.«
Jetzt müssen se n lesen. Jetzt können se n nich mehr wegschmeißen. Hoffentlich kommt mein Brief nich in verkehrte Hände! Das wär nich auszudenken, was da passieren könnt.
Die brauchen sich nur mit meinem Chef in Verbindung setzen, und schon is alles aus! Nee, glaub ich nich, dass sie das machen! Da hätten sie was zu tun! Oft hört man ja, dass so Briefe gleich in den nächstbesten Papierkorb geschmissen werden. Nee, war schon richtig, dass ich gleich geschrieben hab, dass ich was bestellen will, dann wird er nich weggeschmissen. Es könnt ja was Wichtiges drinstehn! Und außerdem kann ich ihn auch per Einschreiben schicken, dann müssen se n lesen.
»Damit Sie wissen, mit wem Sie es zu tun haben:«
Die solln ruhig wissen, wer ihnen schreibt! Wenn einer an mich schreibt, möchte ich ja auch wissen, was das fürn Mensch is! Für die bin ich schließlich n wildfremder Mensch!
»Ich arbeite schon mehr als 20 Jahre als Geselle in einer Metzgerei hier am Ort. Ich verdiene nicht gerade viel. Ich bekomme 1000 Mark im Monat. Dafür habe ich aber Kost und Logis umsonst.«
Jetzt wissen se, dass ich Geld verdiene. Das war wichtig, dass ich das geschrieben hab, denn die schicken nix an Leute, die nix zahlen können. Wenn die wüssten, was das heißt, wenn man in ner Metzgerei arbeiten muss! Ich hätt viel lieber was andres gelernt, als ich aus der Schule kam. Aber was hätt

ich damals schon lernen können! In einer Metzgerei war man wenigstens versorgt, da hat man zu essen gekriegt! Wos damals nachm Krieg nix zu essen gab! Vierzehn war ich grade, als der Krieg aus war! Da war man noch jung und dumm! Da hat man jede Arbeit genommen, die man gekriegt hat. Hauptsache, man hat überhaupt eine gekriegt. Ich hätt gern was andres gelernt. Aber ich musste halt nehmen, was kam. Ich hätt sogar ne höhere Schule besucht, aber damals waren die Zeiten nich danach. Ich mein, heutzutage ham die Junge ja ne ganz andre Auswahl, wenn se was lernen wollen, aber die wollen nix mehr lernen. Die wolln gleich Geld verdienen. Die glauben, ihnen muss immer gleich alles in n Schoß fallen. Mir is nix in n Schoß gefallen. Ich hab mir alles erkämpfen müssen, aber wer weiß, für was das gut war. Das war ne harte Schule. Da wird man hart im Nehmen! Wie oft hab ich mir schon ausgemalt, was ich alles anders gemacht hätt, wenn ich nochmal von vorn anfangen könnt, aber dann hätts kein Krieg geben dürfen!
Und jetzt bleibt mir nichts andres übrig, als dass ich so lang weiterarbeit, bis ich meine Rente krieg! Warum solls ausgerechnet mir besser gehen wie die andern? Aber dann mach ich mirs schön! Dass ich überhaupt Metzger geworden bin, wo ich kein Blut sehen konnte! Als Lehrling bin ich immer wieder mal umgekippt, weils einfach zu viel für mich war! Aber mit der Zeit gewöhnt man sich an alles. Der Mensch is ein Gewohnheitstier. An was hab ich mich nich alles gewöhnen müssen, was mir nich gefallen hat. Hat man sich erst mal dran gewöhnt, machts eim nix mehr aus. Genauso wars mitm Schlachten. Zuerst hab ich mich nich getraut, aber

heut is alles Routine – wie alles im Leben! Bei so nem Versandhaus müsst man arbeiten. Wär wenigstens ne saubere Arbeit. Ich möchte auch mal was andres sehn wie tote Viecher! Das muss doch auf ein abfärben, wenn mans dauernd mitm Tod zu tun hat! Da kann man sich nich mehr freuen. Aber wenn ich die Arbeit nich mach, dann machts halt n andrer. Die Leute wolln schließlich was zu essen ham. Ich nich. Ich bin froh, wenn ich kein Fleisch und keine Wurst essen muss. Ich mein, ich ess es schon, aber ich könnt auch ohne auskommen. Was Süßes is mir tausendmal lieber! Ich könnt den ganzen Tag Pudding essen oder Torte oder Pralinen... Und dann noch das Fett! Da kannste dich noch so waschen, man bringts einfach nich weg! Das Fett is wie ne zweite Haut. Kein Wunder, dass die Frauen Metzger nich mögen! Die ekeln sich vor der Fettschicht. *Pause.* Wenn die wüssten, dass ich alle ihre Kataloge sammle! Hoffentlich stinkt der Brief nich nach Fett! Und abends, wenn ich ausm Schlachthaus komm, dann guck ich mir die schönsten Mädels im Katalog an. Sind die vielleicht schön! Viel zu schön für mich. Schön sind auch die wunderbaren Wohnungen, wo se drinstehn. Wenn ich die so anguck, weiß ich, dass es auch n andres Leben gibt. Das Leben besteht nich bloß aus Kuh- und Sauschlachten! Und wenn ich dann so in den Katalogen rumblättre, nehm ich mir n Bleistift – mitm Kugelschreiber mach ich s nich, wär schade um die schönen Kataloge – und dann mach ich bei den Sachen, die mir gefallen, n Kreuzchen. Aber wenn ich die Kataloge dann wieder zuklappe und mir das Loch so anguck, in dem ich hausen muss, möchte ich am liebsten auf und davon! Aber das würde auch nix

ändern! Wenn ich woanders wär, ging dasselbe wieder von vorn los. Es liegt an mir, dass alles so is, wie es is. Und außerdem kann ich nich alles aufgeben und abhauen! Ich hab ja keinen, wo ich hin kann.
»Ich würde gerne für Sie arbeiten, wenn es möglich wäre! Ich möchte gern Ihr Reklamedichter werden. Das wäre schon ein Traumberuf. Ich könnte Ihnen mit den schönsten Werbesprüchen behilflich sein.«
Es soll Leute geben, die ham nur ein einzigen Werbespruch gemacht! Ein einzigen Werbespruch! Und jetzt können se n ganzes Leben lang davon leben. Was mir oft für Werbesprüche im Kopf rumgehn, wenn ich im Schlachthaus am Wursten bin! Manchmal schreib ich mir n paar auf.
»Und hier haben Sie meine Werbesprüche, die ich persönlich gedichtet habe:
Norden, Süden, Osten, Westen! Unser Versandhaus ist am besten!
Ob's stürmt oder schneit, kauft beim Versandhaus, Leut!
Alle Leute, groß und klein, kaufen beim Versandhaus ein.
Das Versandhaus ist beliebt! Ach, wie gut, dass es das Versandhaus gibt!
Warum denn in Kaufhäuser laufen? Man kann doch auch im Versandhaus kaufen!
Hausfrauen, füllt den Bestellschein aus. Das Versandhaus liefert alles frei Haus!«
Mit Reklame kann man heutzutage alles machen. Ohne Reklame macht doch keiner mehr Umsatz. Für jeden Dreck muss Reklame gemacht werden! Ach, wenn ich nur fürs Versandhaus arbeiten könnt! Tag und Nacht würd ich mein Kopf anstrengen!

»Ich würde gerne etwas bei Ihnen bestellen, wenn ich es mir finanziell leisten könnte! Aber mir fehlt leider das dazu nötige Kleingeld!«
Nich mal bestellen kann ich was! Und dabei hätt ich so gern was bestellt! Aber was nich is, kann noch werden.
»Sie haben doch bestimmt Sachen, die Sie nicht mehr verkaufen können. Sachen zweiter Wahl. Können Sie mir davon nicht etwas schicken? Ich habe die Anzugsgröße 50, Schuhgröße 43, Unterwäsche Größe 5. Ich bin 1,76 groß. Meine Hutgröße ist 56. Ich würde mich vor allem über Unterwäsche oder einen kleinen Farbfernseher (tragbar) freuen. Sie können mir ja etwas für meine Werbesprüche zukommen lassen.«
Die ham bestimmt Sachen, wo n kleiner Fehler dran is. Wär schön, wenn ich davon was kriegen würd. Braucht ja nur zweite Wahl zu sein! Hoffentlich denken se nich, ich schreib ihnen n Bettelbrief, weil ich ihnen gleich meine Größen angegeben hab. Aber ich hab ihnen ja auch meine Werbesprüche geschickt! Nee, n Bettelbrief isses nich! Ich wär schon zufrieden, wenn se mir son schön Rollkragenpullover schicken würden, wo man kein Hemd drunter anziehen braucht!
»Ich kann ja auch Sammelbestellungen für Sie entgegennehmen und in meiner Bekanntschaft für Sie werben, so gut es geht.»
Wenn die wüssten, wieviel Reklame ich schon für sie gemacht hab! Ich kenn ja beinah alles auswendig, was im Katalog drin is.
»Mit meinem Verdienst kann ich mir leider nicht alle meine Wünsche erfüllen. Wenn man nur ein Arbeiter ist, muss man auf vieles verzichten!«

Ich bin ja nich mal n Arbeiter. Die lachen mich doch aus. Die tragen doch heutzutage 2000 Mark und mehr in ihrer Lohntüte nach Hause. Was sind da schon 1000 Mark? Und dann kriegen se noch ne tolle Weihnachtsgratifikation. Mir drückt der Chef nur zwei Blaue in die Hand. Das is nich grade die Welt, wenn man bedenkt, wie ich mich abrackern muss. Naja, für Essen und Miete brauch ich nix zahlen, aber trotzdem! Wenn man Geld im Portemonnaie hat, sieht das ganze Leben anders aus!
»Ich habe bisher nur eines vom Leben gelernt: Verzichten, verzichten und nochmals verzichten!«
Aber wer weiß, für was das gut war! Es kann doch nich jeder immer gleich alles ham. Man muss einfach verzichten lernen. Je früher, desto besser!
»Jetzt sind Sie sicher enttäuscht, dass ich nichts bestelle. Ich bin auch traurig, dass es mir diesmal nicht möglich ist, etwas zu bestellen. Ich habe leider keinen Menschen, mit dem ich reden kann. Es grüßt Sie hochachtungsvoll Ihr Friedrich Wittmann. Und hier noch die Bestellnummern der Sachen, die Sie mir für meine Werbesprüche schicken könnten: Ein Anzug Nummer 1981, dunkelblau wäre sehr schön und auch modisch, eine Hose, Bestellnummer 192, ich trage nur Hosen von Ihnen, ein Paar Schuhe, mittelbraun, Ihre Slipper sind auch immer so praktisch, Bestellnummer 1204. Wenn alles klappt, werde ich aber nächstes Jahr etwas bei Ihnen bestellen – rechtzeitig vor Weihnachten. Ich danke Ihnen für Ihr in mich erbrachtes Vertrauen. Ich weiß, Sie haben Verständnis für mich!«
Wer hatte denn schon mal mit mir Verständnis? Niemand. Andre ham ne Frau, wo zu ihnen hält! Ne Frau, die mit ihrem Mann durch Dick und

Dünn geht. Ich habs in meim Leben nich mal zu ner Frau gebracht! Und wenn ich mal eine kennengelernt hab, dann hats nich lange gedauert, und aus war. Wie gewonnen, so zerronnen! Frauen machen alles nur aus Berechnung! Es soll zwar auch andre geben, aber mir is noch keine von denen über den Weg gelaufen. Wenn ich Geld hätt, wären se mir hinten und vorn nachgelaufen. Ich bin immer an die Falschen geraten. Mich hat bis jetzt jede Frau nur ausgenutzt, weil ich zu gutmütig bin. Kommt davon, wenn man zu gutmütig ist. Mein Chef hat mich auch ausgenutzt. Wie oft bin ich schon nachts um zehne im Schlachthaus gestanden, damit die Lieferungen noch rechtzeitig fertig werden? Ich mein, ich will ja kein Dank für meine Arbeit. Mir langts, wenn die Leute mit meiner Arbeit zufrieden sind. Unseren Kunden muss se schmecken, meine Wurst. Das ist die Hauptsache. In puncto Arbeit lass ich mir nix nachsagen. Ich hab schließlich auch mein Stolz! Ein kleines bisschen Anerkennung wär trotzdem schön. Ein kleines bisschen Lob braucht doch jeder! Aber die denken sich, es muss so sein! Das muss nich so sein. Wer machtn meine Arbeit, wenn ich mal krank bin? Dann würden se dumm aus der Wäsche gucken, dann würden se sich umgucken, wenn se am Monatsende in ihre Kasse reingucken! *Pause.* Die denken sich wohl, ich hab das ewige Leben! In som Versandhaus müsst man arbeiten! Als Reklamedichter, das wär was. Da würd man wenigstens was von der Welt sehn.
»Ich weiß, ich hätte Ihnen diesen Brief nicht schreiben sollen! Aber ich schicke ihn trotzdem ab. Ich könnte Ihnen mit meinen Werbesprüchen wirklich behilflich sein. Ich kann Ihnen sogar Vorschläge

machen, wie Sie Ihren Umsatz noch erhöhen könnten! Ich gebe Ihrem Unternehmen eine große Zukunft! Sie werden sehen, in zwei, drei Jahren wird niemand mehr in einem Kaufhaus einkaufen, weil man einfach keinen Parkplatz mehr bekommen kann. Ich bin im Grunde ein herzensguter Mensch, der immer nur ausgenutzt wurde.«
Es könnt alles so einfach sein! Ich verlange nicht viel vom Leben. Ich will nur, was andre auch ham. Ich weiß nich, wies mit mir weitergehn soll! Wenn man nur für ein Augenblick in die Zukunft sehen könnt! Ob ich überhaupt eine Zukunft hab? Schlimmer wie meine Vergangenheit kann se auch nich sein. Was hab ich von meiner Kindheit gehabt? Nix! Am schönsten wars noch in der Schule. Ich bin gern in die Schule gegangen. Dort wars viel schöner als zu Hause bei meiner Mutter. Nein, meine Kindheit, das war kein Honigschlecken! Da machen se immer son Theater, dass das die schönste Zeit im Leben is. Ich hab nix davon gemerkt! Nich mal n Vater hab ich gehabt. Der ist irgendwo im Krieg vermisst. Wer weiß, ob das überhaupt mein richtiger war. Meine Muter hat sich mit jedem rumgetrieben. Wer das war, war ihr doch scheißegal. Hauptsache, sie hatte n Mann. Der wärs doch am liebsten gewesen, wenn sie mich nich gekriegt hätte, dann hätt se tun und lassen können, was se wollte. Die hats mich immer merken lassen, dass se mich nich gewollt hat. Sowas fühlt man als Kind. Andauernd lebte sie mitm andern Kerl zusammen. Hauptsache, er brachte ihr Geld nach Hause. Da soll man als Kind ne Ordnung ham, wenn man in solchen Verhältnissen aufwächst! Pfui Teufel kann ich nur sagen. Meine Mutter hatte nix andres wie Männer

im Kopf. Diese alte Nutte! Man soll ja über seine Mutter nix Böses sagen, aber ich wüsste nix Gutes, was ich über sie sagen könnt. Ich war ihr nur lästig. Wenn ich meine Oma nich gehabt hätt, wer weiß, ob dann n anständige Mensch aus mir geworden wär? Ja, meine Oma, das war die einzige, die sich um mich gekümmert hat!

»Ich schreibe Ihnen, wenn es soweit ist, dass ich verheiratet bin.«

Ich lese Samstag für Samstag die Heiratsanzeigen in der Zeitung. Und wenn mir ne Anzeige gefällt, schreib ich hin. Ich weiß: in Anzeigen kann man viel schreiben. Papier is bekanntlich geduldig. Aber manchmal merkt mans schon, was ernst gemeint is. Meistens steht ja noch drunter: Bitte nur ernstgemeinte Zuschriften! Da schreib ich dann hin, aber bis jetzt hab ich nur eine Antwort gekriegt. Ich mein, eine vernünftige Antwort. Monika heißt se, die mir geschrieben hat. Monika Lindner. N Foto hat se auch beigelegt. Ne Schönheit isse nich grade, aber ich kann in meinem Alter nich mehr wählerisch sein. Hauptsache, sie meints ehrlich mit mir. Alles andre kommt von selbst. Spätestens, wenn ich sie kennen lerne. Schreiben kann man viel.

»Unter den vielen Damen, die bei Ihnen im Versandhaus arbeiten, ist bestimmt eine für mich dabei! Können Sie mir Adressen schicken? Ganz ehrlich gesagt, ich komme bald um vor Liebeskummer.«

Muss ja nich son junges Mädel ausm Katalog sein. Son Mannequin, die die Kleider vorführn. Die Jungen stellen sowieso viel zu große Ansprüche. Nee, eine in meim Alter würd mir schon genügen. »Wissen Sie, was das bedeutet, wenn man in seinem Leben noch nie von einer Frau geliebt worden ist, wenn man in seinem Leben nichts anders gekannt hat als Einsamkeit? Das können Sie sich sicher nicht vorstellen. Sie haben bestimmt eine treusorgende Gattin zu Hause oder einen liebevollen Ehemann. Ich habe auch keine Angehörigen mehr. Ich kann niemandem mein Herz ausschütten.«

Bevor ich mit meiner Chefin sprechen würde, würd ich mir lieber die Zunge abbeißen! Die braucht nich wissen, was in mir vorgeht. Ich weiß, was in mir vorgeht! Aber meiner Chefin isses doch egal, wies mir geht. Für die bin ich doch nurn Arbeitstier!

Ich mein, ich arbeite gerne, aber man möchte wien anständiger Mensch behandelt werden, wenn man sich schon nix zuschulden hat kommen lassen in seim Leben. Aber die denkt nur ans Geld. Wenn die mal stirbt, müsste man ihr noch Fünfmarkstücke auf die Augen legen. Meim Chef isses auch egal, wies mir geht. Der sieht auch nur sein Umsatz, den er auf meine Kosten macht. Mit dem kann man sich nich mal unterhalten. Aber ich bin ja selber schuld, dass alles so gekommen is. Ich hätte mit der Faust aufn Tisch haun solln, aber das is auch nich jedermanns Sache. Ich war nich mal ein Tag krank in den letzten drei Jahren! Mein Urlaub hab ich auch nur genommen, wenn wir sowieso wegen Betriebsferien zu hatten.

»Ich könnte nicht sagen, dass ich in meinem Leben schon einmal glücklich gewesen bin. Ich habe zwar einen guten Charakter, aber deswegen hat man mich immer nur ausgenutzt.«

Ich weiß nich mal, was Glück überhaupt bedeutet. Aber ich weiß ganz genau, warum ich nich glücklich werden kann. Fünf Punkte sinds. Wie oft hab ich mir schon den Kopf zerbrochen. Ich bring immer wieder fünf Punkte zusammen: Erstens hab ich kein Geld. Ohne Geld bisten Arschloch. Zweitens hab ich keine Wohnung. Drittens war ich mein Leben lang allein, solang ich denken kann. Viertens bin ich Metzger, weil ich nix Bessres gelernt hab, und fünftens war der Krieg dran schuld, dass ich überhaupt auf die Welt gekommen bin!

»Ich möchte einmal in meinem Leben glücklich werden. Das war ein langer Brief. Sie müssen schon entschuldigen, meine sehr geehrten Damen und Herren. Es grüßt Sie nochmals hochachtungsvoll Ihr Friedrich Wittmann.«

Ob ich den Brief so wegschicken kann?

Zweikampf III

Ein Mann und eine Frau befinden sich im »Schweige-Krieg«.

FRAU Jetzt isses doch nich mal halb acht. Normalerweise holt er sich sein Bier immer erst nach der Tagesschau. Der kanns wohl nich mehr erwarten. Also so was!

MANN Wenn Blicke töten könnten! Guckt die mich böse an! Der passt das wohl nich, wenn ich mir schon vor der Tagessschau n Bier hol. Aber jetzt trink ichs erst recht.

FRAU Ich hab ja nix dagegen, wenn er abends n Bier trinkt. Er muss sichs nur einteilen. Aber wenn er sichs um halb acht holt, hat ers um acht schon getrunken!

MANN *trinkt genüsslich den ersten Schluck Bier* Pass auf, jetzt dauerts nicht mehr lang, und sie reißt ihr Maul auf. Die soll doch bloß nicht so tun, als ob se die Fernsehzeitung liest! Ich merks doch ganz genau, dasse mich beobachtet.

FRAU Wenn der denkt, dass ich jetzt was zu ihm sag, hat er sich getäuscht! Drei Tage sag ich schon nix mehr zu ihm. Drei ganze Tage! Ich werd doch nich wegen dem Bier zum Reden anfangen! Jetzt mag ich erst recht nich!

MANN Die weiß vor lauter Langeweile nich mehr, wasse tun soll. Jetzt beißt se wieder auf ihren Fingernägeln rum, obwohl se genau weiß, dass ich das nich ausstehn kann! Die soll halt mal zu nem Doktor gehen, wenn se so nervös is, und sich n paar Beruhigungspillen verschreiben lassen.

FRAU Ich mach ne Wette, der hat die Schublade in der Küche wieder nich zugemacht, wo der Flaschenöffner drin is. Jedesmal, wenn der ne Schublade aufmacht, lässt er se offen, damit ich sie wieder zumachen kann. *Sie steht auf.* Am liebsten würd ich rausgehn und nachgucken!

MANN Jetzt geht se bestimmt in die Küche raus und guckt nach, ob ich was aus der Schnapsflasche im Kühlschrank getrunken hab.

FRAU *überlegt es sich anders, holt sich einen Kugelschreiber* Aber den Gefallen tu ich dem nich! Ich sag nix zu dem. Nee, ich nich. Lieber rat ich doch das Kreuzworträtsel in der Fernsehzeitung, dann brauch ich wenigstens nix zu ihm sagen. *Sie setzt sich wieder und nimmt sich die Fernsehzeitung vor.*

MANN Sag bloß, die rät jetzt das Kreuzworträtsel! Das macht se mit Absicht. Die weiß doch ganz genau, dass das mein Kreuzworträtsel is.

FRAU Guckt der mich vielleicht giftig an! Wenn Blikke töten könnten!

MANN Die will mich heut Abend anscheinend in einer Tour ärgern! Die hat doch noch nie n Kreuzworträtsel fertiggebracht! Sechs, sieben Sachen kriegt se raus, dann is Sense. Dann gibt sies wieder auf, weil se keine Geduld hat. Die ist viel zu nervös zum Raten!

FRAU Jetzt wird er gleich was sagen, weil das sein Kreuzworträtsel is! Jetzt kann ich drauf warten...

MANN Wenn die denkt, dass ich ihr beim Raten helf, hat sie sich gebrannt. Die soll lieber meine Hose flicken! Vorgestern hab ich se aufn Hocker im Schlafzimmer gelegt, wo ich immer die Sachen hinleg, die se flicken muss, aber bis jetzt hat ses immer noch nich gemacht. Die Hose liegt genauso da, wie ich se hingelegt hab! Da könnt ich ne Wut kriegen! Vielleicht hätt ich ihrn Zettel hinlegen sollen, dass se den Reißverschluss flicken soll, aber immer wenn ich ihrn Zettel schreib, denkt se, ich red wieder mit ihr! *Pause.* Da drauf kann ich diesmal verzichten! Naja, ich hab auch noch ne andre Hose.

FRAU Ich möchte nich wissen, was dem grad im Kopf rumgeht. Ich glaube, der is fix und fertig! Das is ganz furchtbar für ihn, wenn ich nix zu ihm sag! Da läuft er ganz niedergeschlagen rum, aber Strafe muss sein. Hätt er am Samstag nich so gesoffen!

MANN Mensch, bin ich froh, dass ich mal n paar Tage meine Ruhe hab vor der! Das ist die reinste Wohltat! Die meckert sowieso nur an mir rum, sobald se n Mund aufmacht!

FRAU Mir macht das ja nich so viel aus, wenn er nix zu mir sagt, aber ihm. Wer weiß, wie er sich erst im Geschäft aufführt. Da wird er dann seine Wut an den andern auslassen. Dabei bräuchte er sich ja nur entschuldigen, dann wär alles wieder in Ordnung. Mehr verlang ich doch gar nich.

MANN Wenn die denkt, dass ich diesmal nachgebe, hat se sich getäuscht. Ich hab die ganzen Jahre über nix wie nachgegeben, aber diesmal geb ich nich nach! Und wenn ich vierzehn Tage nix zu ihr sag! Andre Männer würden sich so was nich gefallen lassen. Nur weil ich am Samstag n Bier mehr getrunken hab! *Pause.* An die Schnapsflasche im Kühlschrank hat se auch schon wieder so Striche hingemacht. Die kanns nich lassen. Andauernd muss die ein kontrollieren! Wenn die wüsst, dass ich ne Schnapsflasche im Keller versteckt hab. Aber das Versteck kriegt se diesmal nie im Leben raus. Da kann se suchen, bisse schwarz wird.

FRAU Ich glaub, der hat schon wieder ne Flasche Schnaps versteckt. Morgen, wenn er im Geschäft ist, such ich alles aus. Ich krieg das schon raus. Das hab ich noch jedes Mal rausgekriegt, wo der sein Schnaps versteckt hat. Das wär doch gelacht!

MANN Ich glaub, die is fix und fertig, weil ich nix mehr zu ihr sag! Den ganzen Tag telefoniert se in der Weltgeschichte herum und ruft Leute an, wo wir schon seit ewig und drei Tagen nich mehr gesehn ham, nur damit se mit jemand quatschen kann. Was sie denen bloß alles zu sagen hat? So viel kann man doch gar nich sagen! Da wer ich wieder ne gesalzne Telefonrechnung kriegen. Ich zahl ja alles...

FRAU Fünf Minuten geb ich ihm noch, dann macht er bestimmt den Mund auf! Wie der dasitzt – wien Häufchen Elend.

MANN Weit isse ja nich gekommen mit ihrm Kreuzworträtsel! Jetzt blättert se schon wieder in der Zeitung rum. Die musse doch jetzt schon auswendig können. Ja, ja, es hat halt alles im Leben seine zwei Seiten. Ich kann wirklich froh sein, dass ich mal meine Ruh hab. So ne Ruhe hab ich sonst nie. Diese Ruhe muss man genießen. Am liebsten würd ich mir noch n Schnäpschen genehmigen, weil das gar zu schön ist. *Pause.* Nee, lieber nich! An der Flasche sind ihre Striche dran! Und in Keller geh ich auch nich runter, sonst kommt se bloß drauf...

FRAU Der sieht aus wies Leiden Christi, aber auf dem seine Nerven brauch ich keine Rücksicht nehmen. Der nimmt auf mich auch keine. *Pause.* Jetzt hat er schon wieder sein Bier ausgesoffen! Aber wenn er denkt, dass er sich heut noch eins holen kann, dann... soll er sich doch eins holen! Mir is doch jetzt schon alles egal! Ich bin doch nich dem sein Kindermädchen! Der is doch alt genug. Das muss er doch langsam selber wissen, dass Alkohol für ihn Gift is. Sein Arzt hats ihm doch gesagt! *Pause.* Aber ich pfleg ihn nich mehr, wenn er wieder was hat. Dann kann er von mir aus gleich ins Krankenhaus gehn!

MANN Gleich kommt die Tagesschau, aber heut stell ich n Fernseher nich an. Sollse n doch selber anstellen. Mir is heut nich nach Fernsehn. Ich geh gleich ins Bett.

FRAU Wieviel Uhr is eigentlich? Was, schon fünf vor acht? Der stellt heut wohl nich maln Fernseher an? Der spinnt wohl. Sonst macht er doch immer fünf vor acht n Fernseher an. *Pause.* Der macht das heut mit Absicht. Der will nich, dass ich ne Ansprache hab! *Pause.* Der gönnt mir nich mal, dass ich n bisschen Fernseh gucke, damit ich auf andre Gedanken komm! Aber sein Bier muss er ham, der Egoist!

MANN Ärgert sich die vielleicht, dass ich n Fernseher nich anstelle! Wo die so fernsehsüchtig is! Jetzt wird se gleich was sagen, aber der muss mans ja so machen. Strafe muss sein.

FRAU Sowas Gemeines! Stellt der nich mal n Fernseher an! Was kann denn der Fernseher dafür, dass ich nix zu ihm sag! Das hat er sich wieder mal schlau ausgedacht, aber wenn der schlau is, bin ich noch viel schlauer! Ich sag nix zu ihm! Ich nich! Ich kanns erwarten, bis er was zu mir sagt! So, und jetzt geh ich ins Bett! *Sie steht auf, geht.* Aber die Tür kann ich schon mal n bisschen zuhaun! *Pause.* Der soll ruhig merken, dass mir das nicht passt, dass er n Fernseher nicht eingeschaltet hat! *Sie haut die Tür zu.*

Besser wie nix

Ein Mann mit einem Weihnachtspäckchen.

MANN So hab ich mich schon lang nich mehr gefreut. Wann hab ich mich eigentlich das letzte Mal richtig gefreut? *Längere Pause.* Neulich, als ich 100 Mark mehr bekam im Monat. Das konnt ich gut gebrauchen. Damit hatt ich nich gerechnet. *Pause.* Aber das stand mir auch zu. Ne Lohnerhöhung steht eim zu. Die ham alle andern auch gekriegt. Da kann man nich sagen, dass man da ne richtige Freude dran ham darf. Wenn man sich richtig freut, das is was ganz andres! *Pause.* N bisschen hab ich mich schon gefreut, aber so ne richtige Freude wars nich. Nee, kann man nich sagen, dass das ne richtige Freude war. Was is denn ne richtige Freude? *Pause.* Da wachste auf und freust dich auf dein Kaffe, weil de dich über die freust, die dir den Kaffe gekocht hat. Und dann machts dir gar nix aus, dass die wieder arbeiten gehen musst. Du weißt ja, für wen de arbeitest. Da gehste sogar gerne ins Geschäft, weil de gern wieder heimgehst. *Längere Pause. Er stellt das Päckchen vor sich auf den Tisch und setzt sich in einen Sessel.* Für wen arbeitn ich? Wozu mach ich das Ganze? Zu wem geh ich nach Haus? Zu der Luft! Wenn wir als Kinder Verstecken gespielt ham, sagten wir immer: »Enne, enne mei: Und wen holst du dir als aller-, allerbesten Freund herbei?« Und der Vorletzte sagte immer »die Luft«, dann musste uns der Letzte suchen. Ich bin immer der Vorletzte! Mir bleibt nur die Luft, die ich atme! *Pause.* Der Vorletzte is noch viel zu gut für mich! Nein, ich bin der Allerletzte, der allerletzte Dreck, aber jetzt muss alles anders werden! *Längere Pause.* So hab ich mich schon lange nich mehr gefreut. *Pause.* Wann hab ich mich zum letzten Mal gefreut? *Pause.* Ich mein, richtig gefreut? Das muss schon so lange her sein, dass ichs nich mehr weiß. *Längere Pause.* Ja, die Kinder, die freuen sich noch über jeden Dreck. *Pause.* Die Frauen auch. *Pause.* Wie oft hab ich die schon beobachtet, wenn ich in nem Kaufhaus war. Stundenlang können die Kleider anprobieren. Und dann stehn se vorm Spiegel und drehn sich hin und her oder zupfen am Kleid rum, bis es passt. *Er steh auf, versucht die Gesten, die Frauen beim Anprobieren machen, nachzuahmen.* Wenn ich das auch machen würd, würds gleich heißen: »Guckt euch den an, das is doch n Schwuler.« Ja, die Frauen, die können sich freuen. Wenn ich schon hör, über was die Lehrmädchen im Geschäft so reden: du, guck dir doch mal mein neuen Nagellack an! Wo hast denn den her? Den muss ich auch mal probieren. Meinste, mir steht die Farbe auch? Ja, du bist n dunkler Typ, das passt genau zu dein Haaren! *Pause.* Die reden nur, um was zu sagen, aber es macht ihnen Spaß. *Pause.* Aber bei uns geht das nich: N Mann darf keine Freude an Klamotten ham, sonst isser kein richtiger Mann! *Pause.* Die Ausländer bei uns im Geschäft, die freuen sich auch über jeden Dreck! *Er fuchtelt mit den Armen herum.* Die fuchteln mit ihren Armen rum, dass de meinst, die schnappen jeden Augenblick über. *Pause.* Ja, als ich klein war – *er setzt sich wieder hin* – da hab ich mich gefreut, wenn ich was gekriegt hab. *Pause.* Wenn ich in der Schule gelobt wurde, war ich ganz stolz. *Pause.* Ja, als ich klein war, war alles anders. *Pause.* Wie hab ich mich da auf Weihnachten gefreut! Ich habs nicht erwarten können, bis es endlich soweit war! Ich hab immer son Adventskalender gekriegt. Da durfte ich jeden Tag n Fensterchen aufmachen. Einmal bekam ich ein, da war in jedem Fensterchen n Stückchen Schokolade drin. Jeden Tag hab ich die Oma gelöchert, wann ich denn son Fensterchen aufmachen darf. *Pause.* Meine Mutter konnt ich nich fragen. Die hatte keine Zeit für mich. *Pause.* Wenn de bedenkst: son Adventskalender is nur n Stück Papier, nix weiter, und trotzdem hatte ich ne unheimliche Freude dran! *Pause.* Manchmal konnt ichs nich mehr erwarten, dann hab ich gleich vier, fünf Fensterchen auf einmal aufgemacht und heimlich reingespitzt. *Pause.* Eins ließ ich offen, und die andern hab ich schleunigst wieder zugemacht, aus Angst, die Oma schimpft, wenn ses sieht. *Pause.* Und dann hab ich mich auf Weihnachten gefreut! *Pause.* Und dann hab ich das gekriegt, was ich sowieso gebraucht hab: n neuen Pullover fürn Winter, selbstgestrickte Strümpfe von der Oma, Unterwäsche. Ja, neue Unterwäsche hab ich jedes Jahr zu Weihnachten gekriegt und zum Geburtstag auch. *Pause.* Das Beste war noch die Tafel Schokolade, die dabei war. *Pause.* Ich wüsste nich, dass ich mal sowas gekriegt hätt, was Kinder heutzutage so kriegen! Für Spielsachen ham meine Eltern kein Geld ausgegeben. Dafür war ihnen ihr Geld zu schade. Einmal hat mir ein Nachbar son Panzer geschenkt, wo Funken rauskamen. Ich hab so lang damit gespielt, bis es meim Vater zu dumm wurde: Dann hat er mirn einfach weggenommen. Das vergess ich ihm heut noch nich! *Pause.* Der konnt überhaupt nich sehn, wenn

ich gespielt hab. »Was brauchst du spielen?«, hat er gesagt, »ich hab auch nich gespielt. In deim Alter hab ich schon aufm Bauernhof von meim Vater mitgearbeitet. Wir hatten keine Zeit zum Spielen und sind auch groß geworden.« *Pause.* Nee, mein Vater konnts nich sehn, wenn ich mich mal n bisschen gefreut hab! *Pause.* Einmal fing ichn Frosch. Den hab ich in n Einmachglas rein. »Das scheußliche Viech kommt nich ins Haus!«, hat meine Mutter gesagt. »Na warte, wenn dein Vater heut Abend heimkommt!« Dann hab ich n im Garten versteckt und mit ihm gespielt. Ich hab mich so über mein Frosch gefreut, dass ich nich mal hörte, wie mich Mama zum Essen rief. *Pause.* Tiere hatte ich immer gern, auch heute noch, aber hier drin kann man ja kein Hund halten. *Pause.* Mein Vater kam in Garten raus und hat mich mit dem Frosch erwischt. Vor lauter Wut konnt er nix sagen, er nahms Glas und schmiss es an die Hauswand. Der Frosch konnte noch entkommen. Da isser ihm nach und hat ihn mit dem Stiefel zertreten. *Pause.* Ich hab Rotz und Wasser geheult. Und dann hat er mich erst mal geschlagen. *Pause.* Und weil ich so geheult hab, dass er mein Frosch kaputtgemacht hat, musste ich gleich ohne was zu essen ins Bett. *Pause.* Nee, ne Freude durfte unsereiner nich ham! Die ham se eim gleich wieder ausgetrieben. Und zwar ein für allemal! *Pause.* Aber sie hatten ja recht, sonst hätten wir nie im Leben das Arbeiten gelernt, aber so streng hätten se trotzdem nich sein brauchen! Alles, was recht is. *Pause.*
Wenn ich so seh, was die Kinder heut alles dürfen! *Pause.* Manches geht einfach zu weit. Man darf sich von seinen Kindern nich vorschreiben lassen, was

man tun soll! Kinder müssen Respekt vor eim ham, sonst taugt die ganze Erziehung nix, aber so, wie se mich erzogen ham, isses erst recht nix! *Pause.* Mein Vater hat mich immer grün und blau geschlagen. Mama brauchte nur zu sagen: »Heut hat er nich gehorcht!« Und schon hat er mir eine gescheuert! *Pause.* Ich musste ihm sogar sagen, wenn ich was angestellt hatte. Meistens hab ich schon geheult, wenn er zur Tür reinkam, da wurde er erst recht wütend! Und schon hat er mir eine gescheuert. Nur aufn Kopf durfte er mich nich schlagen, da ging Mama immer dazwischen. Je nachdem, was ich angestellt hatte, hab ich entweder ne Ohrfeige gekriegt oder n Arsch voll. Wenn ich mal gelogen hab, gabs immer gleich n Arsch voll. Ich musste die Hose runterziehen, dann kam er mitm spanischen Rohr, und hinterher musste ich sofort ins Bett. Aufm Stuhl konnt ich dann sowieso nich mehr sitzen. *Pause.* Mama war auch nich viel besser. Über Tote soll man zwar nix Böses sagen, aber ich wüsste nix Gutes, was ich über meine Eltern sagen könnte. *Pause.* Mama sperrte mich immer im Keller ein. »Na warte«, sagte sie immer, »jetzt kommen die Ratten!« Ich hab vielleicht ne Angst ausgestanden! Auch in meim späteren Leben hab ich mich noch lange vorm Dunkeln gefürchtet! Das hat lang gedauert, bis das vorbei war. *Pause.* Vor meim Fenster, wo mein Kinderbettchen stand, ham die Katzen nachts, wenn sie sich gepaart ham, immer so geschrien! Ich dacht immer, das wärn kleine Kinder, die sterben!

Ich möchte nur wissen, wo ich die Angst herhab, die in mir drinsteckt. Die vergeht und vergeht einfach nich. *Pause.* Auch heut wach ich noch manchmal klitschnass auf, und jedesmal isses derselbe Traum: ich sitz in der Badewanne mit lauter klein Kindern, und wenn ich genau hinseh, seh ich, dass se alle tot sind... Was das bedeutet, möcht ich auch mal wissen. *Pause.* Nee, ich hatte keine schöne Kindheit. Nur meine Großmutter war lieb zu mir. Auf die lass ich heut noch nix kommen! Die hat mir ständig Groschen zugesteckt. Und dafür hab ich mir dann son ekelhaften, gefärbten Kaugummi gekauft, da warn so Karl-May-Bildchen drin: Winnetou, Old Shatterhand oder wie sie alle hießen: Kara Ben Nemsi. Erst viel, viel später – als ich Lehrling war – hab ich dann alle Karl-May-Bücher gelesen. Die hatten alle Bände in der Werksbücherei. Das warn dann die schönsten Stunden meines Lebens. Ich vergaß alles um mich rum. Ich wollt, das ging mir heut auch noch so! Einfach n Buch lesen, ach was, lesen is viel zu wenig. Ich hab die Bücher verschlungen und dabei alles um mich rum vergessen. Alles um ein rum vergessen, das isn schönes Gefühl. Da kann man dann das Leben wieder aushalten! *Pause.* Ja, meine Großmutter, die war gut zu mir! *Pause.* Als ich älter wurde, fragte se mich immer: »Haste schon n Mädchen?« *Längere Pause.* Ich sitz hier und red und red. Dabei kann ichs nich erwarten, dich auszupacken, aber bevor ich dich auspack, muss ich mir noch n Namen für dich überlegen. *Pause.* Anna, so hieß meine Mutter, nee, das is kein Name für dich. Sie wie Mama darfste nich heißen! *Pause.* Wie gesagt, man soll ja über Tote... aber meine Mama hat mich ja nie leiden können. Die hat meine Geschwister eindeutig vorgezogen. Ich war der erste, drum musste sie heiraten. N halbes Jahr war ich sogar unehelich. Das hat sie mir nie verziehen. Nee, auf den Namen Anna tauf ich dich nich. *Pause.* Wie wärsn mit Erika? Das isn schöner Name. Ne Erika kannt ich mal vor zehn Jahren. Du musst schon entschuldigen, dass ich dir alles erzähl, aber du sollst ja auch wissen, mit wem dus zu tun hast! Die Erika war n nettes Ding. Die arbeitete bei uns im Geschäft. Als ich mal in der Kantine aß, saß se gegenüber. Und weil ich se die ganze Zeit nur angestarrt hab, hat se mich gefragt, warum ich se so anguck. Zuerst bracht ich kein Wort raus. Ich wurde ganz rot. Da hat se gesagt: »Angucken kostet ja nix. Deswegen brauchste doch nich rot werden.« Die hat gleich »du« gesagt. Die war immer gut aufgelegt. Und n ganz lustiges Gesicht hatte se. Die lachte in einer Tour. Das Schönste an ihr warn die Augen. Die waren immer in Bewegung, als wollten sie nix übersehen. Wie ne Puppe kam sie mir vor. So fein und zierlich war se. Wir hatten so ne Puppe aus Porzellan in unserm Wohnzimmerschrank, sone Tanzpuppe, die hatte Oma mal irgendwo gewonnen. *Pause.* Ja, lang hats nich gedauert, und wir haben uns verabredet. Wir gingen ins Kino. Das weiß ich noch wie heute, was se an dem Tag fürn Kleid anhatte. Das war n ganz heißer Julitag. Ich hab in meim Anzug Blut und Wasser geschwitzt! In der Sonne wars nich zum Aushalten, aber ihr hats nix ausgemacht. N weißes Kleid wars mit so roten Punken drauf. Sie war extra beim Frisör und hat sich für mich sone Hochfrisur machen lassen, wie se damals Mode war. Und in ihren Schuhen mit so hohen Pfennigabsätzen konnt se nich gut laufen. Vorm Kino musst se stehn bleiben und den Schuh ausziehen, weil n Steinchen drin war. Ihr Kleid war n wenig ausgeschnitten. Da konnt ich beim Bücken ihre Brüste sehn – die sahen aus wie zwei rosa Pfirsiche. Am liebsten hätt ich ihr in den Ausschnitt gelangt, aber das ging ja nich – mitten auf der Straße. *Pause.* In meiner Phantasie hab ich alles mit ihr gemacht, aber wenn se dann vor mir stand in Fleisch und Blut, hab ich mich nich getraut. *Pause.* Ich hab se nur angeguckt, sonst nix! *Pause.* Nachm Kino – ich weiß nich mal mehr, was das fürn Film war – sind wir dann ins Café gegangen. Und am Abend hab ich se wieder nach Hause gebracht. Da hat se mich dann so angeguckt, als wollte sie n Kuss, aber ich gab ihr nur die Hand und sagte ganz schnell: Tschüss. N paarmal ham wir uns noch getroffen. Einmal hat se gesagt, ich soll zu ihr kommen, ihre Eltern wärn nich zu Hause. Wie hab ich mich da gefreut! Ich hab ihr sogar n Blumenstrauß gekauft. Nelken warns. Aber vor ihrer Haustür bin ich umgekehrt. Ich habs einfach nich fertiggebracht. *Pause.* Immer, wenn mir n Mädchen gefallen hat, hatt ich solche Hemmungen, dass ich sofort n Rückzieher gemacht hab. Ich weiß auch nich, woher das kommt! *Pause.* Das is mir oft genug in meim Leben passiert! *Pause.* Ich bin n Versager, n Blindgänger! *Pause.* Als ich jünger war, hab ich noch dagegen angekämpft, aber mit der Zeit hab ich den Mut verloren. Die anständigen Mädchen in meinem Alter sind alle verheiratet, und ne Übriggebliebene mag ich nich. *Pause.* Nich mal in n Puff hab ich mich getraut, aber dann hab ich n par Schnäpse gekippt, und das Ganze war nur noch halb so schlimm. Mit der Zeit hab ich mich an n Puff gewöhnt. *Pause.* Mensch, wie oft bin ich durchn Puff gelaufen, bis ich das erste Mal... Ich konnt die Nutten nich angucken. Die hatten so große Augen. Das ging mir durch und durch, wenn sie zurückguckten. Wie nackt stand ich vor denen da! Für die war kein Geheimnis mehr an mir! Die ham sofort gesehen, was ich fürn Versager bin. *Pause.* Das muss man sich mal vorstellen: ich hatte nich nur Angst vor anständigen Frauen, sondern auch vor Nutten! *Pause.* Die Scheiß-Angst will einfach nich weg! Die bring ich nich mehr raus! *Pause.* Wenns nur Tabletten dagegen gäb! Einmal müssen se doch was erfinden, dass die Angst aufhört! *Pause.* Die Menschen können doch nich ewig nur Angst ham! *Pause.* Im besoffnen Zustand gings grade noch mit den Nutten, aber das sind ja auch keine Frauen, das sind Huren. Sobald ich wieder zu Haus war, war ich wieder allein mit mir und meim Elend. *Pause.* Jetzt weißte, wie froh ich bin, dass ich dich hab! *Pause.* Wie oft hab ich schon das heulende Elend gekriegt, wenn ich allein vorm Fernseher sitze und die schönen Mädchen sehe, dies auf der Welt gibt. Aber Heulen nutzt auch nix. Man muss was dagegen machen, aber dazu bin ich anscheinend zu blöd. *Pause.* Manchmal hab ich auch angefangen zu spinnen. Ich hab mir einfach Sachen ausgemalt. Ich dachte mir zum Beispiel: einmal geht die Tür auf, ein Mädchen steht davor, und alles ist gut. Alles kam mir vor wie in som Film, wo se nach zwanzig Jahren erst zusammenkommen und die wahre Liebe erleben! *Pause.* Aber, warum erzähl ich dir das alles? Vielleicht willst dus gar nich wissen? *Pause.* Ich rede und rede in einer Tour. Dabei haste noch nich mal n Namen. Wie wärs mit Margot? *Pause.* Nee, is auch nix. In der Zeitung stehn doch immer so Heiratsanzeigen drin. Die hab ich Samstag für Samstag gelesen. Einmal stand drin: »Junges Mädchen sucht einen Herrn, der es ehrlich mit mir meint. Zuschriften nur mit Bild.« Da hab ich hingeschrieben. Postwendend kam n Brief von ihr zurück, und da stellte sich raus, dass sie 23 is und Margot heißt. Außerdem schrieb se noch, dass sie querschnittsgelähmt is und in nem Rollstuhl sitzen muss. Da hab ich dann gar nich mehr zurückgeschrieben. Was soll ich denn mit nem Krüppel, wo ich mit mir selber nich fertig werde? *Längere Pause.* Manchmal sagen die Leute, wenn se Liebeskummer ham, dass in ihnen ne Welt zusammengebrochen is, aber in mir is gar nix drin, was zusammenbrechen könnte. Ich bin innerlich ganz leer, drum kann ich auch keim was geben. Ich bin so leer, wie son Eimer, der n Loch im Boden hat! *Pause.* Aber jetzt weiß ich n Namen für dich: Elfriede. Ich kenn keine Frau, die so heißt. Ich glaub, der Name passt gut zu dir, Elfriede! *Pause.* Weißt du, dass ich mir in Wirklichkeit gar nicht so viel aus Frauen mache? Es gehört halt so dazu. In Wirklichkeit is mir n guter Freund lieber. Mitm guten Freund kannste über alles reden. Das is bei Frauen ganz anders. Man kann doch ner Frau nich alles erzählen. Außerdem interessiert sich ne Frau nich immer für das, wofür wir Männer uns interessieren. Es gibt nix gegen n guten Freund. Das ist das Wichtigste im Leben. *Pause.* Wieviele ham son guten Freund und sind trotzdem verheiratet? Ich habs ja nich mal zu nem guten Freund gebracht! *Pause.* Ja, als ich achtzehn war, da hatt ich schon n Freund. Wir sind zusammen in Kneipen gegangen, tanzen oder ins Kino oder was man in dem Alter halt so macht. Aber lang hats nich gedauert, und er hat geheiratet. Seitdem schreiben wir uns nur noch einmal im Jahr, an Weihnachten. Aber heuer hab ich nich mal ne Karte von ihm gekriegt. Kannste dir das vorstellen? Heuer hab ich nich mal ne einzige richtige Weihnachtskarte gekriegt! Ich mag jetzt auch nich mehr schreiben. Wenn sich keiner um mich kümmern mag, mag ich auch nich mehr. Ich laufe doch keim hinterher! Ich hab auch mein Stolz! Ich brauch von keim was. Ich verdiene gut. Ich kann mir schon was leisten. Nee, ich lauf keim nach. Da hätt ich was zu tun! *Entferntes Geräusch einer Sirene.* Hörste, da fährt schon wieder einer ins Krankenhaus, und das am Heiligen Abend. *Pause.* Ich sag mir immer, es gibt genug Leute, denen gehts noch schlechter wie mir, da merk ich dann erst wieder, wie guts mir geht! *Pause.* Ich könnt ja auch in som Krankenwagen liegen! *Pause.* Manchmal denk ich mir, für wen arbeit ich überhaupt? Jeden Tag früh um sechse raus und um fünf heim, aber keiner wartet auf mich. Das ist doch kein Leben! Manchmal denk ich, obs nich das Beste wär, wenn ich mich einfach umbringen würde! *Pause.* Aufhängen wär nich in Frage gekommen. Da gehört schon n Mut zu. Die Pulsadern aufschneiden – das brächt ich auch nich fertig. Ich kann kein Blut sehn. Das einzige, was ich fertigbringen würde, is Schlaftabletten schlucken! Aber irgendwas hat mich immer zurückgehalten. Ich weiß nich, was das war. Vielleicht war das Leben doch stärker in mir? *Pause.* Nee, so schnell geb ich nich auf! Solang man noch ne Hoffnung hat, soll man nich aufgeben! *Pause.* Aber an Weihnachten soll man eigentlich über sowas nich reden! *Pause.* Ich mach mal n Radio an. Vielleicht kommt irgendwo Weihnachtsmusik. *Er steht auf, schaltet das Radio an: Glockenläuten etc., die Übertragung einer Andacht ist beendet.* So jetzt pack ich dich aus! Jetzt kann ichs nich mehr erwarten! Halt, erst muss ich noch die Flasche Sekt holen, damit ich dich richtig taufen kann! *Er verlässt das Zimmer unter den Klängen von Weihnachtsmusik, kommt nach kurzer Zeit wieder zurück mit einer Flasche Sekt und zwei Gläsern.* War nich gerade billig, der Sekt! Aber für dich kauf ich keine Sonderangebote! Für dich kauf ich nur das Beste vom Besten! *Er öffnet die Flasche.* Wann hab ich denn zum letzten Mal Sekt aufgemacht? Dass ich das noch kann? *Knall.* Das isn guter. Die Flasche is nich übergelaufen. *Er gießt ein.* So, und jetzt pack ich dich aus, mein Engel, mein Rauschgoldengel! Ich bin gespannt, ob du so aussiehst wie aufm Prospekt. Da stand drauf: Die diskrete Sexpuppe. *Er öffnet die Schachtel.* Dich ham se wirklich gut verpackt. Da ist dir bestimmt nix passiert beim Transport! *Es dauert alles sehr lange.* Ganz schön groß biste. Naja, stand ja im Prospekt: Volle Lebensgröße. Hoffentlich biste nich größer als ich. Das hab ich nich so gerne, wenn Frauen größer sind. *Er liest sich jetzt erst mal die Gebrauchsanweisung durch.* Da kommt man ins Schwitzen, und das an Heiligabend. *Pause.* So, jetzt muss ich dich nur noch aufblasen! Da is ja noch n Zettel. Hätt ich beinah übersehn! *Er liest vor.* »Mit ihr sind Sie nicht mehr allein!« Wollen wirs hoffen! *Er bläst die Puppe auf.* So, jetzt isses soweit. Jetzt haste deine volle Lebensgröße. Nee, größer biste nich. Ich würde sagen, 1,60. Reicht ja auch für ne Frau. So, jetzt setzte dich da in den Sessel! *Er drückt sie in den Sessel.* Jetzt muss ich nur noch ganz schnell die leere Schachtel raustragen, und dann können wirs uns gemütlich machen! *Er verlässt den Raum kurz, kommt zurück, nimmt sein Sektglas, träufelt etwa Sekt auf die Puppe.* Prost, Elfriede, ich taufe dich auf den Name Elfriede im Namen Gottes, des Vaters und des Sohnes und des Heiligen Geistes. *Pause; er setzt sich wieder in seinen Sessel.* So, und jetzt müssen wir ein drauf trinken! Prost! Ich hab dir ja noch kein Glas eingeschenkt. *Er gießt das Sektglas der Puppe voll, stößt mit seinem Glas an das der Puppe, trinkt schließlich beide aus.* Ach, ist das schön! So schön hab ichs mir gar nich vorgestellt. *Pause; er bietet ihr Weihnachtsgebäck aus einer Schale an.* Hier, magste n Weihnachtsplätzchen? Hab ich extra für dich gebacken! *Er steckt ihr eins in den Plastikmund, isst es dann aber selber.* Ich gieß uns gleich noch n Sekt ein, solang er so schön kalt is! *Pause; er tut es.* Is das schön! Is das schön, dass du jetzt bei mir bist! *Pause.* Elfriede! *Pause.* Weißte, was ich jetzt mache? Ich erzähl dir noch mehr aus meim Leben. Du sollst ja wissen, mit wem dus zu tun hast. *Längere Pause.* So hab ich mich schon lang nich mehr gefreut. Wann hab ich mich eigentlich das letzte Mal gefreut? Neulich, als ich 100 Mark mehr bekam im Monat. Das konnt ich gut gebrauchen. Damit hatt ich nich gerechnet. *Pause.* Aber das stand mir zu. Ne Lohnerhöhung steht eim zu. Die ham alle andern auch gekriegt. Da kann man nich sagen, dass man da ne richtige Freude dran ham darf. Wenn man sich richtig freut, das is ganz was andres! *Pause.* N bisschen hab ich mich schon gefreut, aber ne richtige Freude wars nich. Nee, kann man nich sagen, dass das ne richtige Freude war. Was is denn überhaupt ne richtige Freude? *Pause.* Da wachste auf und freust dich auf dein Kaffe, weil de dich über die freust, die dir den Kaffe gekocht hat. Und dann machts dir gar nix aus, dass de wieder arbeiten gehen musst! Du weißt ja, für wen de arbeitest. Da gehste sogar gerne ins Geschäft, weil de gern wieder heimgehst! *Längere Pause.* Für wen arbeit ich? Wozu mach ich das Ganze? Zu wem geh ich nach Haus? Zu der Luft! Wenn wir als Kinder Verstecken gespielt ham, sagten wir immer: »Enne, enne mei – und wen holst du dir als aller-, allerbesten Freund herbei?« Und der Vorletzte sagte immer »die Luft«. Naja, Luft. Besser wie nix! Prost, Elfriede. *Er stößt mir ihrem Glas an.*

STEHCAFÉ 4

A Es ist immer wieder schön, wenn ich heimkomm, dann kann ich wieder die Tür hinter mir zumachen.
C Hast du grade die Tür abgesperrt, als wir weggegangen sind?
A Ich geh kaum noch weg.
D Ich sperr immer ab.
A Ich will auch niemand sehn.
C Aber wie ich neulich mal heimgekommen bin, haste nich abgesperrt.
A Ich bleib am liebsten in meinen eigenen vier Wänden.
D Da hab ich halt vergessen, abzusperren.
B Und wenn Ihnen die Decke aufn Kopf fällt?
D Das kann man ja mal vergessen.
A Man darf nich immer gleich mit dem Schlimmsten rechnen.
C Sowas darf man einfach nich vergessen.
D Es is doch nix passiert.
C Es hätte aber was passieren können.

Zweikampf IV

Frau Du brauchst mich gar nich so angrinsen! *Pause.* Meinste, ich seh nich, wie du mich die ganze Zeit angrinst?

Mann Du redest wieder mit mir?

Frau Dir wird das Grinsen schon noch vergehn.

Mann Du redest wieder mit mir?

Frau Wart nur, bis ich dir gesagt hab, was ich dir zu sagen hab.

Mann Es sind nich mal zwei Tage rum, zwei jämmerliche Tage, und du redest schon wieder mit mir?

Frau Dir wird das Grinsen schon noch vergehn, das versprech ich dir.

Mann Das war aber diesmal ne ganz, ganz schwache Leistung.

Frau Mir doch egal, was das war.

Mann Du wolltest ne ganze Woche durchhalten. Ne ganze Woche nich mit mir reden, und nun machste schon nach zwei Tagen schlapp. Zwei Tage sind doch gar nix. Schwach, kann ich da bloß sagen.

Frau Was meinste, was ich alles sagen kann.

Mann Das letzte Mal hast dus wenigstens auf vier Tage gebracht.

Frau Wenn ich wollte, könnt ich schon noch drei Tage durchhalten, aber je eher ich dir sage, was ich dir zu sagen habe, desto besser.

Mann Meinste? Dass du dich man da nicht täuschst.

Frau Ich täusch mich nich.

Mann Zwei Tage is doch gar nix. Da fang ich gar nich erst mit an. *Pause.* Ich dachte, es wird Zeit, dass de endlich mal dein Rekord von vier Tagen n bisschen überbietest, aber nee, jetzt machste schon nach zwei Tagen schlapp. *Pause.* Weißte noch, kurz vor Weihnachten wars, da wolltste gleich ganze vierzehn Tage nix mehr zu mir sagen, und dann hast dus nach anderthalb Tagen nich mehr ausgehalten. *Er lacht.*

FRAU Das war ne Ausnahme. Ich kann doch an Weihnachten nich mit dir streiten.

MANN Du kannst doch immer streiten.

FRAU Das liegt nich an mir, wenn wir streiten, das liegt an dir.

MANN Meinste? *Pause.* Aber kaum war Weihnachten vorbei, gings wieder los.

FRAU Hättste die Flasche Cognac nich gesoffen!

MANN Die hat mir Rolf doch extra mitgebracht!

FRAU Dem hab ich auch anständig Bescheid gesagt! Bringt der n Cognac mit, wo deine Leberwerte zu der Zeit nachweislich noch nich in Ordnung waren.

MANN So weit kommts noch: Da bringt mir mein Junge ne Flasche Cognac mit, n besonders guten, n echt französischen mit drei Sternen gleich, und dann dürft ich n nich mal trinken!

FRAU Doch schon, aber nich so schnell.

MANN So schnell hab ich n auch wieder nich getrunken.

FRAU Am Heiligen Abend haste schon angefangen, und am zweiten Weihnachtsfeiertag war er leer.

MANN Was soll man denn an Weihnachten sonst groß machen, wenn man die ganze Zeit bloß rumsitzen muss und essen?

FRAU Hättste halt mal wieder Schach mit deinem Jungen gespielt.

MANN Der gewinnt doch immer.

FRAU Unterhalten hättste dich auch können mit ihm.

MANN Wie soll ich mich mit dem unterhalten, wenn er die ganze Zeit Fernsehen glotzt.

FRAU So viel hat er auch wieder nich geguckt.

MANN Wenns nach dem gegangen wär, hätt er den Kasten doch schon nachm Aufstehn angemacht, wenn was Interessantes drangekommen wär.

FRAU Ach was, lass ihn doch! Der Junge freut sich doch, wo er nur einmal im Jahr bei seinen Eltern is.

MANN Ich bin gespannt, wann der mal heiratet. Zeit wirds ja langsam.

FRAU Der hat noch Zeit mit sein zweiunddreißig.

MANN Ja, wenn er n Computer heiraten könnt, dann wär er längst verheiratet.

FRAU Du bist nur neidisch auf ihn, weil ers in seim Beruf zu was bringt.

MANN Das hättste jetzt nich sagen dürfen. Alles, was recht is! Jetzt isses aus! *Er schweigt. Stille.*

FRAU Gut, dann sagste halt nix mehr zu mir. *Pause.* Dann is halt Schluss. *Pause.* Wär sowieso das Beste. N Schlussstrich ziehen. Schluss machen, ein für allemal. *Pause.* Dann kannste sehn, wie du ohne mich zurechtkommst. *Pause.* Ich wart schon lange drauf, dass mal Schluss is. *Pause.* Denn so wie jetzt kanns nicht mehr weitergehn. *Sie weint.*

MANN *bricht sein Schweigen, lacht* Genau dasselbe haste s letzte Mal nach vier Tagen gesagt. Und nun sagst dus schon nach zwei. Geht ja immer schneller bei dir.

FRAU Ziehs nich wieder ins Lächerliche! Jedesmal, wenn ich zu dir was sag, ziehst dus ins Lächerliche.

MANN Du sagst ja auch immer dasselbe. Kann ich doch schon alles in- und auswendig!

FRAU Du machst ja auch immer dasselbe. Dir kann man doch sagen, was man will, immer musste saufen! Saufen, saufen, nix wie saufen!

MANN Was kann denn ich dafür? Das is die Hitze.

FRAU Ne dümmere Ausrede fällt dir wohl nich ein.

MANN Das is die Hitze. Die Hitze von der Gießerei. Wenn de dein ganzes Leben lang in dieser Hitze vor diesen Öfen gestanden bist, dann kannste einfach nich anders, dann musste was gegen diese Hitze machen. Und wenns bloß trinken is. *Pause.* Und außerdem kannste froh sein, dass ich hin und wieder mal zu meim Stammtisch geh, dann haste wenigstens mal deine Ruhe. Dann brauch ich nich mal n Abendessen...

FRAU Da soll ich mich wohl noch freun, wenn de jedesmal voll wie ne Haubitze nach Haus kommst?

MANN Jedesmal nich. Das stimmt nich.

FRAU Und vorgestern?

MANN Ach, das war doch nich so schlimm. Da hab ich nurn Bierchen zuviel erwischt.

FRAU Und deine Leberwerte?

MANN Dafür hab ich dann auch die ganze Woche kein Tropfen mehr angerührt.

FRAU Das soll ich dir glauben, wo du nix zu mir sagst?

MANN Dann glaubst dus eben nich!

FRAU *nähert sich ihm* Hauch mich mal an!

MANN *weicht zurück* Ich glaub, jetzt gehts los!

FRAU Hauch mich an!

MANN Ich glaub, du bist... nicht recht bei Trost!

FRAU Du sollst mich anhauchen!

MANN Du, wenn du jetzt nich bald mit dem Blödsinn aufhörst, dann könnts schon sein, dass mir mal die Hand ausrutscht! Capito?

FRAU *lässt von ihm ab* Hast du vielleicht n schlechtes Gewissen?

MANN Ich und n schlechts Gewissen? Ich hab mir nix vorzuwerfen!

FRAU Doch, du hast n schlechtes Gewissen, weil de nach Schnaps stinkst.

MANN Ich stink nich nach Schnaps.

FRAU Warum hauchste mich dann nich an? *Sie nähert sich ihm wieder.*

MANN Also sowas! Da hört sich doch alles auf. Aber auch schon alles! *Pause. Er weicht entschlossen zurück.* N Hustenbonbon hab ich grade geschnullt, weil ich dauernd so husten muss. Das is alles! N Hustenbonbon! *Pause.* Haste das denn nich gemerkt, dass ich n Husten hab. *Pause.* Da, bitte, du kannst ja mal riechen, wenn dich das beruhigt. *Er haucht sie an.* Merkst dus jetzt, dass es n Hustenbonbon war?

FRAU Das kannste deiner Oma erzählen, dass das n Hustenbonbon war, aber mir nich. Das is eindeutig Schnaps.

MANN Weißte, was das Beste is: Ich fang gleich wieder an zu schweigen. *Pause.* So kommen wir scheinbar am besten miteinander aus. *Er schweigt.*

FRAU Ja, mach nur. Aber erst sag ich dir, was ich dir zu sagen hab.

MANN *kann nicht länger schweigen, muss lachen* Was kannst du mir schon zu sagen haben?

FRAU Ziehs ja nich wieder ins Lächerliche. Dir wird das Lachen schon noch vergehn. *Sie fängt wieder an zu weinen.* Ich kann dich einfach nich mehr sehn.

MANN Das gibt sich schon wieder.

FRAU Das gibt sich eben nich mehr. Das wird von Mal zu Mal schlimmer. Von eim Streit zum andern. Ich kann dich einfach nich mehr sehn. *Pause.* Ich bin ja auch blöd, dass ich immer wieder auf dich reinfalle. Immer wieder denk ich mir, ach was, sei doch nich so, probiers nochmal mit ihm. *Pause.* Und dann geht dasselbe Theater wieder von vorn los. *Pause.* Aber jetzt is Schluss! Jetzt muss endlich alles anders werden!

MANN Siehste, das is eben dein Fehler. *Pause.* Weil de dauernd willst, dass alles anders wird, biste nur unzufrieden mit mir und hackst in einer Tour bloß auf mir rum.

FRAU Ich hack nich auf dir rum, ich warn dich nur, was das für Folgen haben könnte, wenn de so weitermachst wie jetzt.

MANN Ich hab kein Tropfen getrunken. Seit zwei Tagen kein einzigen Tropfen. Wenn de willst, kann ich dir die Tüte zeigen, wo die Hustenbonbons drin warn.

FRAU *geht nicht drauf ein* Das einzige, was de kannst, seit de deine Rente kriegst, is rumsitzen. Den ganzen Tag nur faul rumsitzen und blöd grinsen, wenn man was zu dir sagt. *Pause.* Was andres kannste nich! *Pause.* Merkste denn nich, dass du langsam innerlich verfaulst?

MANN Und du? *Er lacht.*

FRAU Dir wird das Lachen schon noch vergehn.

MANN Ich hab bis zu meim fünfundsechzigsten Lebensjahr gearbeitet, obwohl ich schon mit sechzig aufhörn hätt können. Ich bin jahrein, jahraus in dieser Hitze von der Gießerei gestanden. Du weißt ja nich, wie heiß es da drin war! *Pause.* Und jetzt weiß ich nur noch eins: So schnell bringt mich nix mehr aus meim Sessel raus. Nich mal du! Ich hab genug gearbeitet!

FRAU Ich gönns dir ja, wenn du dirs n bisschen schön machst! Ich gönn dirs. Aber andererseits weißte selbst am besten, dass das viele Sitzen Gift für dich is. Denk an dein Kreislauf! Bewegung is alles, hat der Doktor gesagt.

MANN Ich weiß, was gut für mich is.

FRAU Das weißte eben nich. Sonst würdste nich so viel saufen!

MANN Das is diese Hitze. Ich muss immer noch gegen diese Hitze ankämpfen.

FRAU Ach, was! Du kannst auch was andres trinken. Mineralwasser zum Beispiel.

MANN Das musste schon mir überlassen, was ich trinke!

FRAU Du trinkst nich, du säufst! Und wer säuft, der verfault von innen raus.

MANN Jetzt reichts mir aber! *Wütend.* Ab sofort sag ich nix mehr zu dir! So gehts nich! *Er schweigt.*

FRAU Meinste, das stört mich, wenn de nix mehr zu mir sagst? *Pause.* Das is mir sogar lieber, denn aus deim Mund, da kommt sowieso nie n nettes Wort raus. Du hast noch nie ein einziges nettes Wort zu mir gesagt. *Pause. Sie schluchzt kurz auf.* Ich könnts ja so schön haben. *Pause.* Ohne dich würd ich viel besser auskommen. *Pause.* Ich könnt wegfahren und mir die Welt angucken. *Pause.* Ich hab noch nich viel von der Welt gesehn. Bis jetzt. *Pause.* Du willst ja immer nich weg. *Pause.* Seit du bei mir zu Hause bist, hab ich nix mehr von meim Leben. *Pause.* Wie de noch arbeiten warst, konnt ich wenigstens hin und wieder mal in die Stadt gehen, aber das kann ich mir jetzt nich mehr erlauben. *Pause.* Das erste, was de machst, wenn ich ausm Haus bin, is, zum Supermarkt rübergehn und dir ne Falsche Cognac holen. *Pause.* Ich möchte bloß wissen, wo de immer das Geld dafür her hast? *Pause.* Weißte, warum Rolf nur noch an Weihnachten zu uns kommt? *Pause.* Weil er dich nich mehr sehn kann! *Pause.* Und ich kann dich langsam auch nich mehr sehn. *Pause.* Das beste wär, ich würd zu Rolf nach München runterziehn. *Pause.* Aber der hat ja kein Platz für seine Mutter in seiner Einzimmerwohnung. *Pause.* Ich bin eigentlich blöd, dass ich mich immer noch um dich kümmere. *Pause.* Das Vernünftigste wär, einfach abhaun.

MANN Du hast doch kein, wo de hingehn kannst. Mach dir doch nix vor. Rolf kann dich nich brauchen in München. Der hat seine Computer. *Er lacht.* Das einzige, wo de hingehn kannst, is das Obdachlosenasyl. Da kann nämlich jeder hin. *Er lacht.*

FRAU *fängt an zu weinen* Ich soll ins Obdachlosenasyl, dass du dich zu Tode saufen kannst? *Pause.* Bist du gemein! Sowas Gemeines hat noch keiner zu mir gesagt!

MANN Und du? Was hast denn du mir gerade alles an n Kopf geworfen?

FRAU Es könnte alles so schön sein. *Pause.* Warum müssen ausgerechnet wir uns das Leben so schwer machen?

MANN Du machst dirs schwer, weil du mich dauernd ändern willst. *Pause.* Ich bin so, wie ich bin, und so bleib ich. *Pause.* Wann geht das endlich mal in dein Schädel rein?

FRAU Aber so viel saufen brauchste nich. Denk doch auch mal an mich! Lang wirds nich mehr dauern, und ich steh allein da. Das kannste mir doch nich antun. Deine Sauferei is doch der reinste Egoismus. Du denkst nur an dich selber.

MANN Und du?

FRAU Was andres bringste wohl heut nich mehr raus: »Und du? Und du?«

MANN Was soll ich denn sonst sagen?

FRAU Und dann deine ewige Grinserei! Grinsen und rumsitzen, das kannste.

MANN Langsam darfste jetzt wieder aufhörn!

FRAU Ich denk gar nich dran! *Pause.* Du weißt genau, wie mich diese ewige Grinserei aufregt!

MANN Deine Schuld, wenn de dich aufregst. Wenn ich mich über alles aufregen würde, was du sagst und machst, käm ich ausm Aufregen gar nich mehr raus.

FRAU Jetzt grinste schon wieder! Kaum sagt man was, fängt er schon wieder an! *Pause.* Hörste jetzt endlich auf!

MANN Guck halt weg!

FRAU Du sollst endlich aufhörn zu grinsen! Ich kann das einfach nich mehr sehn. Du sitzt rum und grinst. Du grinst und sitzt rum. *Pause.* Und lang wirds nich mehr dauern und du verfaulst von innen raus.

MANN Ich hab dir eben gesagt, dass de langsam wieder aufhören kannst. *Pause.* Das mein ich jetzt ernst. *Pause.* Einmal sag ich dirs noch im Guten, aber dann is Schluss!

FRAU Da könnt ich sone Wut kriegen, wenn du rumsitzt und grinst, da möchte ich am liebsten...

MANN Was?

FRAU Nix.

MANN Was möchtste am liebsten?

FRAU Nix. Ich sags lieber nich.

MANN Tu dir keinen Zwang an. Du kannst alles sagen!

FRAU Ich weiß, was du mit deiner ewigen Grinserei bezwecken willst.

MANN Fängste schon wieder an! Was hab ich dir eben gesagt?

FRAU Du bezweckst was damit. Das isses, jawohl. Dass ich da noch nich früher draufgekommen bin. Ja, genau, das isses...

MANN Jetzt is Schluss, ja. Ich will mich nur n bisschen ausruhen, sonst nix. Ich bin mein Leben lang gestanden, und jetzt will ich mich ausruhen. So viele Sessel, wie ich zum Ausruhen bräuchte, gibts gar nich.

FRAU Nee, du willst dich nich ausruhnen. Du bezweckst was!

MANN Mir reichts jetzt!

FRAU Du willst mich fertigmachen. Ja, genau, das willste. *Pause.* Du brauchst dabei gar nich viel zu tun. Nur rumsitzen und grinsen.

MANN Dein Fehler is, dass de nie weißt, wann de aufhörn musst! Hörste jetzt auf!

FRAU Du sitzt rum und grinst und wartest, bis ich eines Tages nich mehr kann und tot umfalle.

MANN Also –

FRAU Eher gibste keine Ruhe!

MANN Sag mal, was ist denn mit dir los?

FRAU Siehste, jetzt bin ich dir draufgekommen, was du mit deiner Grinserei und deiner Rumsitzerei bezwecken willst!

MANN Ich verstehe dich nich mehr. Alles, was recht is.

FRAU Jetzt bin ich dir auf die Schliche gekommen.

MANN Tut mir leid, ich komm nich mehr mit.

FRAU Du willst mich mit deiner Rumsitzerei und deiner Grinserei langsam, aber sicher ermorden.

MANN Mensch, Erna, du weißt ja nich mehr, was du sagst.

FRAU Ich weiß genau, was ich sag. Ich habe dich durchschaut. *Pause.* Lange hab ich dazu gebraucht, aber jetzt hab ich dich endlich durchschaut. *Pause.* Du brauchst dir nich mal die Finger dreckig zu machen, nee, so einfach geht das, seine Frau umzubringen. *Pause.* Saufen, grinsen, rumsitzen. Mehr gehört nich dazu. *Pause.* So lang im Sessel sitzen und drauf warten, bis der andre... Naja, vielleicht hab ichs bald überstanden.

MANN Sag mal, was ist auf einmal in dich gefahren? *Pause.* Ich und dich umbringen, weil ich in meim Sessel sitze.

FRAU Du brauchst gar nich so tun, als ob das nich wahr wär. Du bist durchschaut.

MANN Nee, also, so gehts nich.

FRAU Du brauchst gar nix mehr zu mir sagen.

MANN *mehr zu sich selber* Ich und n Mörder? Nur weil ich in meim Sessel... Die spinnt doch im höchsten Grad... So geht's einfach nich mehr... Ich lass mir ja manches gefallen, aber was zu viel is, is zu viel... Ich sag jetzt nix mehr zu ihr, bevor se sich nich in aller Form bei mir entschuldigt... So gehts nich!

FRAU Ich und entschuldigen? Ich denk nich dran! Du bist durchschaut!

MANN Gut, dann fangen wir halt mal wieder an zu schweigen, wenn ses so will. *Pause. Er wendet sich noch einmal an sie.* Aber diesmal bist du dran schuld!

Schweigen.

STEHCAFÉ 5

A Jetzt wird bald der Dritte Weltkrieg kommen.

B Um Gotteswillen, mir reicht noch der letzt. Malen Sie nich n Teufel an die Wand.

A Wird ja auch langsam Zeit, dass es wieder ein gibt, denn 35 Jahre Frieden, das hatten wir noch nie.

B Sind Se froh!

A Ich bin ja auch froh, aber son Krieg, den kann man nich aufhalten. Der kommt einfach, wenn die Zeit dafür reif ist. Und außerdem kanns so nich mehr weitergehn.

B Na, da sorgen schon die Politiker dafür, dass keiner mehr kommt.

A Das sind doch alles Gauner. Denen is egal, obs n Krieg gibt oder nich. Die ham doch längst ihre Schäfchen im Trockenen.

B Aber den Leuten gehts doch gut.

A Zu gut! Und deswegen kommt was, weils so nich mehr weitergehn kann.

B Es is doch immer wieder weitergegangen. Da werden wir gar nich danach gefragt.

A Gucken Se sich doch mal die Leute an. Die wissen doch nich mehr, wohin mit dem Geld.

B Is doch schön, wenn man Geld hat. Sie kriegen bestimmt auch ne schöne Rente?

A Ich hab auch genug mitgemacht. Da dürfen se mir schon was zahlen. Nee. Glauben Se mir, der Dritte Weltkrieg kommt.

B Also, ich glaub nich, dass ich den noch erleb!

A Kann schneller gehen, als man denkt. Das war doch beim letzten genauso. Wer hätt denn gedacht, dass n Krieg gibt?

B Nee, gedacht hätt man das wirklich nich.

A Sehn Se! Und genauso wirds diesmal auch sein. Es gibt ja auch zu viel Menschen auf der Welt!

B Aber deswegen muss es doch kein Krieg geben. Die Menschen machen sich selber kaputt, wenn man die Zeitung so liest.

A Und dann will ich Ihnen noch was sagen: Der Russe, der gibt keine Ruhe, der will nach Westen. Das steckt denen einfach im Blut.

B Sie machen mir ja richtig Angst. Und außerdem muss ich jetzt gehen!

A Bleiben Se doch noch n Augenblick. Lassen Sie sich das doch mal erklären. *Pause.* Wir wissen ja langsam nich mehr, wohin mit den vielen Menschen. Wo man hinsieht, nix wie Ausländer. *Pause.* Ich mein, mir wärs auch lieber, wenns kein Krieg gäb, aber ich kann nix dagegen machen, das ist ein Naturgesetz! Wenn er kommt, dann kommt er.

B Also, wenn ich jetzt nich geh, dann sind die Läden wieder so voll.

A Die werden schon leer, wenns n Krieg gibt.

B Also, dann, auf Wiedersehn. Und nix für ungut!

A Warten Se, ich muss Ihnen noch was zeigen! *Er lüftet seinen Hut.* Sehn Se die Narbe da auf meim Kopf? Das isn Andenken vom Krieg! Kopfschuss! Was meinen Se, was ich da manchmal mitzumachen hab. Diese Schmerzen! Vor allem, wenn sich das Wetter ändert.

B Und da sagen Sie, es muss wieder n Krieg geben?

Fortsetzung folgt

Ein Mann, der einen ziemlich verwahrlosten Eindruck macht, nähert sich einem Kiosk, der einer älteren Frau gehört.

FRAU Ich hab schon gewartet.
MANN Heut hätt ich beinah nich kommen können.
FRAU Das können Se mir doch nich antun.
MANN Was kann ich nich?
FRAU Dass Se nich kommen! *Sie gibt ihm ein Fläschchen Magenbitter.* Da, damits besser geht.
MANN Man dankt! *Er trinkt es aus.* Besser gehts nich mehr, höchstens schlechter.
FRAU War irgendwas?
MANN Nee, nix. *Pause.* Außerdem hab ich Ihnen schon so oft gesagt –
FRAU Ja, ich weiß, Sie wollen mir partout nix über sich erzählen.
MANN Ich erzähl keim was über mich, weil das kein was angeht.
FRAU Aber probiern tu ichs immer wieder. Vielleicht erzählen Se ja doch mal was.
MANN Da können Se lang warten!
FRAU Dass Sie eim nix sagen wollen! Das versteh ich einfach nich! Ich kanns doch alles für mich behalten.
MANN Bei mir isses besser aufgehoben.
FRAU Wenn man öfter mit nem Menschen zusammenkommt, will man doch wissen, mit wem mans zu tun hat.
MANN Ich bin da. Das langt doch.
FRAU Ham Se denn kein Vertrauen zu mir?

MANN Vertrauen? *Pause.* Vertrauen hab ich nur zu dem da. *Er trinkt den letzten Tropfen genüsslich aus.* Und jetzt is Schluss, jetzt fangen wir an.

FRAU *gibt ihm eine Illustrierte* Da, ich hab se schon aufgeschlagen! *Pause.* Ihre Hände zittern schon wieder so.

MANN Das werden Ihre Augen sein. Die zittern! Drum können Se auch nix mehr lesen. *Die Frau ignoriert die Bosheit.* Kann ich heut ausnahmsweise noch n Schnäpschen vorher kriegen?

FRAU Nee, erst die Arbeit, dann das Vergnügen.

MANN Also gut, dann beeil ich mich halt, dass es schneller geht! *Pause. Er vertieft sich in die Illustrierte.* Die Jugendliebe! *Pause.* Hört denn der Roman nie auf?

FRAU Das is doch längst wieder n anderer. Da merkt man mal wieder, dass Sie überhaupt nich aufpassen, was Se vorlesen.

MANN Da ist doch einer wie der andere. Von diesen Romanen.

FRAU Lesen Se lieber! Um neune kommen die Arbeiter, die wolln ihr Bier zum Frühstück!

MANN *fängt an zu lesen* Ich war gerade dabei, das schmutzige Mittagsgeschirr abzuwaschen...

FRAU Fängt schon wieder gut an. Das wird vielleichtn Mist sein.

MANN ...und ärgerte mich, wie immer, dass Horst kein Geld für einen Geschirrspüler herausrücken wollte...

FRAU Was braucht die ne Spülmaschine? Die kann doch auch mal was tun, wenn se den ganzen Tag zu Hause is.

MANN ...und stattdessen lieber auf ein neues Auto sparte...

FRAU Brauchen Se doch nich, solang das alte noch fährt.

MANN ...so ein großes, schnelles und vor allem teures Modell, wie unsere Nachbarn es fuhren. Plötzlich klingelte es an der Haustür.

FRAU Um Gottes willen, um die Zeit? Wer kann denn das bloß sein?

MANN Horst ist, aber das werden Sie schon erraten haben, mein Mann, und ich liebe ihn sehr. *Pause.* Kann ich nich mal n Krimi vorlesen? Mir gehen diese Liebesromane langsam auf die Nerven!

FRAU Ich brauch sowas – *mit Nachdruck* – für meine Nerven!

MANN Er ist beileibe kein Traummann!

FRAU Das war meiner auch nich! Aber gut war er. Das ist die Hauptsache! Hab ich nich recht?

MANN *liest schneller* Und ich kann mir nicht vorstellen, dass die Mädchen auf der Straße stehen bleiben und sich nach ihm umdrehen, aber ist das in gewisser Hinsicht nicht auch tröstlich? Ich jedenfalls...

FRAU Nich so schnell! Ich komm nich mehr mit!

MANN *normal* Ich jedenfalls bin lieber mit meinem ganz und gar durchschnittlich aussehenden Horst verheiratet als mit so einem unwiderstehlich wirkenden Playboytyp, den man dauernd vor weiblicher Konkurrenz abschirmen muss.

FRAU Mein Mann hat nie im Traum dran gedacht, dass er mal ne andre anguckt!

MANN Für mich ist Horst der beste Ehemann der Welt und ein treusorgender Familienvater obendrein.

FRAU Genauso wars bei mir auch. So solls auch sein.

MANN Kein Kommentar! Ich les nur vor! *Pause.* Ja, seit vier Jahren sind wir eine Familie, eine sehr kleine allerdings, denn wir haben nur ein Kind.

FRAU Da kann se froh sein. Ich habe vier Kinder großziehn müssen, wenn ich das von meiner Schwester noch dazurechne. *Pause.* Und was hatte ich davon? Nix!

MANN Doch unser Thomas ist unser ganzer Stolz. Ein blonder Wuschelkopf, pausbäckig und kräftig, seinem Vater wie aus dem Gesicht geschnitten.

FRAU Die wird sich noch wundern! Ich war auch stolz auf meine drei Jungs, aber heut kümmert sich keiner mehr um mich! Wenn ich den Kiosk nich hätt, wüsst ich nich, wie ich mit meiner Rnte auskommen sollte! *Pause.* Ja, ja, aber so isses! Ich geh meiner Wege, die gehen ihrer Wege! Man soll sich gar nich so toll über seine Kinder freun! Aus den Augen, aus dem Sinn! *Pause.*

MANN Aus mir kriegen Sie nix raus, und wenn Se sich aufn Kopf stelln. *Pause.* Nach dem Mittagessen hatte seine kleine Freundin Tanja, die sechsjährige Tochter der Nachbarin...

FRAU Mit den Nachbarn würd ich nix anfangen, wenn ich die wär! Gibt bloß Ärger. Am besten is, wenn jeder für sich bleibt.

MANN Also, wenn Se mich dauernd unterbrechen, bin ich heut bis zum Frühstück noch nich fertig!

FRAU Da isses noch lang hin.

MANN ...ihn abgeholt, und vom Fenster aus hatte ich gesehen, dass die beiden in der Garageneinfahrt spielten!

FRAU Das is doch kein Spielplatz. Da hätt ich als Mutter keine Ruhe, wenn meine Kinder vor der Garage spielen würden!

MANN Als es nun klingelte...

FRAU Was, jetzt schellts schon wieder? Hat doch grade erst geschellt.

MANN Es hat nur einmal geschellt! Sie müssen eben aufpassen, wenn ich Ihnen was vorlese!

FRAU Entschuldigen Se.

MANN Als es nun klingelte, dachte ich, das ist sicher Thomas, denn ich war beim Weg in die Küche über seinen bunten Ball gestolpert...

FRAU Siehste, das kommt davon! Das hätts bei mir nich gegeben. Rudi musste immer gleich seine Spielsachen aufräumen! Spielsachen haben in der Küche nix zu suchen!

MANN ...den er vergessen hatte. Ich trocknete mir also schnell die Hände ab, ließ die Schürze umgebunden, hob den Ball auf und öffnete die Tür.

FRAU Jetzt bin ich aber schon gespannt, wer das is!

MANN Mein Erstaunen, als nicht Thomas dortstand, sondern eine sehr schöne, attraktive und vor allem sehr elegant gekleidete Dame, ist schwer zu beschreiben. Sie schien überhaupt nich in unsere Gegend zu passen, ein gutbürgerliches Wohnviertel im Norden Münchens. Sie machte vielmehr den Eindruck, als wäre eine dieser noblen und sündhaft teuren Villen am Starnberger See ihr Domizil...

FRAU Den hab ich auch noch nich gesehn! Was hab ich denn schon von der Welt gesehn? Nix! Mein Mann is auch nich weggekommen. *Pause.* Wenn man bedenkt, wo die Leute heutzutage überall hinfahrn!

MANN Ich starrte sie an, und der Ball fiel mir aus den Händen.

FRAU Warum hat se denn auch noch diesen Scheiß-Ball in der Hand!

MANN Sie war eine Fremde für mich, und doch war mir ihr Gesicht, das sorgsame kosmetische Pflege verriet und bezaubernd wirkte durch ein dezentes

Make-up, irgendwie vertraut. Woher kannte ich sie? Hatte ich sie schon einmal gesehen? »Sie sind Frau Breuer?«, fragte sie mit einem Lächeln, das fast zu schade war für einen dunklen Hausflur, das sich viel besser gemacht hätte auf dem Titelblatt einer Modezeitschrift.

FRAU Die soll nur halblang machen! So schön wird se auch wieder nich sein.

MANN Ich nickte stumm, war immer noch wie erstarrt, und meine Gedanken überschlugen sich. Es war nicht nur die Faszination ihrer eleganten Erscheinung, die mich verwirrte, sondern die Frage, woher ich sie kannte, warum mir ihr Anblick so seltsam vertraut war... »Ich bin Helga Dormann«, stellte sie sich vor. »Vielleicht hat Horst Ihnen schon einmal von mir erzählt?« Und auf einmal fiel es mir wie Schuppen von den Augen.

FRAU Hat die vielleicht lange gebraucht, bisse da drauf gekommen is! Ich würd son Weibsstück gleich wieder zur Tür rauswerfen.

MANN Ja, ich kannte sie, obwohl ich ihr niemals begegnet war! Ihr Bild war es, das ich gesehen hatte, Fotografien von ihr, die Horst trotz unserer sechsjährigen Ehe wie einen kostbaren Schatz hütete!

FRAU Dann is aber der ihre Ehe nix wert! Wer weiß, was da jetzt noch alles ans Tageslicht kommt!

MANN Helga Dormann war seine Jugendliebe gewesen, das erste Mädchen, mit dem er, kaum der Pubertät entwachsen, gegangen war, wie man damals so sagte. Sie muss einen ungeheuren Eindruck auf ihn gemacht haben, und er hatte sie nie vergessen; aber das ist oft so, dass man den Menschen, mit dem man zum ersten Mal die Liebe entdeckt, jahrelang, vielleicht sogar immer in der Erinnerung behält.

FRAU Die erste Liebe, dafür hatten wir früher keine Zeit! Aber an Fritz Zitzmann muss ich manchmal noch denken. Da war ich son junges Ding, mit 18, 19 Jahren, und da is mir Fritz Zitzmann immer nachgestiegen, aber ich hab ihn nur geärgert, den verrückten Kerl! Ich hab ihm zwar immer wieder Hoffnungen gemacht, aber dann hab ich ihn jedesmal wieder versetzt! Naja, war ja bloß Spaß! Sowas macht man, wenn man jung und übermütig is.

MANN Soll ich aufhörn?

FRAU Nee, lesen Se weiter! Ich wollt Ihnen nur sagen, dass ich sogar heut noch manchmal lachen muss, wenn ich an Fritz Zitzmann denke! Hab ich den angeschmiert!

MANN Am Anfang unserer Ehe war ich mitunter sogar eifersüchtig auf diese Helga Dormann gewesen, obwohl sie Horst nicht mehr gefährlich werden konnte.

FRAU Das weiß man nie! Da wär ich aber an der ihrer Stelle n bisschen vorsichtiger! Wie oft ham sich Leute nach 20 Jahren wiedergesehn und dann...

MANN Und nun stand sie plötzlich vor der Tür.

FRAU Wielange denn noch?

MANN Aber ich war zu überrascht, um in ihr die Rivalin zu sehen, die meine Ehe mit Horst gefährden konnte! »Darf ich hereinkommen?«, fragte sie. »Natürlich!«, erwiderte ich rasch...

FRAU Sei doch nich so blöd! Wirf se doch gleich raus, das Luder. Son hinterlistiges Luder, son hinterlistiges! Die hat doch was vor!

MANN Ich trat zur Seite, machte eine einladende Handbewegung, und als sie an mir vorüberging, spürte ich den Duft ihres kostbaren Parfums und wurde mir bewusst, dass ich höchstens nach Geschirrmittel und Essensresten roch!

FRAU Da brauchste dich doch nich zu schämen, Mädel! Du arbeitest wenigstens was!

MANN Ich errötete, als ich an mir herabblickte und meine Erscheinung mit ihrem maßgeschneiderten Kostüm verglich.

FRAU Bist du dumm! Wirf se doch raus, das Weibsstück!

MANN Ich band meine Schürze ab und war froh, dass...

FRAU Hörn Se auf! Ich hab genug gehört! Was jetzt noch kommt, will ich gar nich wissen! Das regt mich nur auf! Ich kann keine Aufregung vertragen! *Pause.* Wie kann man nur so dumm sein! Die will es ja so ham, dass ihr Mann wieder was mit ihr anfängt! Die wills so ham! Ach, ist die dumm! Nee, das nächste Mal fangen wirn andern Roman an. Aber so ein nich mehr. Solche Geschichten regen mich nur auf! Wissen Se, da will man helfen und kann nich! Geht Ihnen das nich auch so?

MANN Ich les nur vor.

FRAU Ich ärger mich ja nur, dass man so dumm sein kann! Son Weibsstück kann man doch nich ins Haus reinlassen!

MANN Soll ich weiterlesen?

FRAU Nee, ich will gar nix mehr wissen.

MANN Das is doch langsam bei jedem Roman dasselbe! Und wenn ich wiederkomm, fragen Se mich, wie er ausgegangen is.

FRAU Will ich bei dem nich wissen. Ich kann mir schon denken, wie das ausgeht.

MANN Das sagen Se jedes Mal.

FRAU *gibt ihm ein zweites Fläschchen Magenbitter* Hier, fürs Vorlesen! *Der Mann trinkt ihn gleich aus.* Was machen Se heute?

MANN Jetzt geht das wieder los!

FRAU Wenn ich nich mal fragen darf, was Se machen.

MANN Sie fragen jeden Tag.

FRAU Weil ich noch keine Antwort gekriegt hab.

MANN Sie werden von mir auch keine Antwort kriegen! *Pause.* Ich komm wieder um dieselbe Zeit! Wie immer. *Pause.* Aber was ich vorher und nachher mach, geht kein was an.

FRAU Und wenn ich nochn Jahr warte, Sie erzählen mir eines Tages schon noch, was mit Ihnen los is!

MANN Da können Sie ewig warten! *Pause.* Mein Leben ist einzig und allein mein Leben, und ich kann damit machen, was ich will! Das geht kein was an – außer mir! *Pause.* Danke fürn Schnaps! Tschüß. *Er geht, lässt sie allein zurück.*

A Nachts kann man jetzt wirklich nich mehr ausm Haus.
B Ich muss jeden Abend mit meiner Sissy Gassi gehen.
A Sie trauen sich was! Das würd ich nich machen.
B Meine Sissy braucht doch n wenig Auslauf.
A Ich würds nich machen.
B Wir gehen ja auch nich dorthin, wos finster is. Unsre Straße is hell.
A Das is denen doch egal. Die werden doch immer frecher. Jetzt überfalln se die Leute schon am helllichten Tag.
B Das sind doch Ausnahmen.
A Sie sind gut! Ausnahmen! Lesen Se denn keine Zeitung?
B Wir gucken uns immer die Tagesschau an, meine Sissy und ich, das langt.
A Aber da erfahren Se doch nich, was vor Ihrer Tür vorgeht.
B Will ich gar nich wissen.
A Sie sind vielleicht gut. Ohne Zeitung könnt ich nich sein.
B Was machen Se dann mit Ihren alten Zeitungen?
A Da kommt immer jemand vom Roten Kreuz vorbei und holt se ab.
B Zu uns kommt keiner. Ich kann nich soviel Altpapier in meiner Wohnung brauchen. Ich kanns nich mal verschüren, weil ich ne Dampfheizung hab.

Pause.

A Straßenbahnfahrn kann man auch nich mehr.

B Meine Sissy fährt so gern. Naja, die is auch noch so verspielt.

A Was denken Se, was mir gestern in der Straßenbahn passiert is? *Pause.* Die war voller Schulkinder. Die ham so laut geschrien, dass man sein eigenes Wort nich mehr verstand. Ich hab nur zu ihnen gesagt, sie solln nich so schrein. Da hätten Se mal sehn solln, wie die gleich frech geworden sind. Naja, ich bin dann auch sofort an der nächsten Haltestelle ausgestiegen.

B Also, meine Sissy mag Kinder sehr gerne. Die spielen immer n bisschen mit ihr.

A So frech warn wir nich. Das hätten wir uns mal erlauben sollen!

B Kinder sind halt Kinder!

A Nee, das sind keine Kinder mehr!

Tagesschau

Eine adrett gekleidete ältere Frau vor dem Fernseher. Es ist kurz vor Beginn der Tagesschau.

Ältere Frau Heut müsst er eigentlich wieder mal drankommen! Jetzt war er schon ne ganze Woche nich mehr dran! *Pause.* Wird ihm doch nix passiert sein? *Pause.* Nee, passiert ism nix! Da hätt man ja was gehört. Da wär bestimmt was in der Zeitung gestanden. *Pause.* Vielleicht hatte ern paar Tage Urlaub? *Pause.* Muss ja auch mal sein, wo er son anstrengenden Beruf hat! *Pause.* Jeden Tag diese Konzentration! *Pause.* So, jetzt isses so weit! *Pause.* Hoffentlich is nich wieder ne Störung drauf! Wenn er länger wie ne Stunde an is, fängt er manchmal an zu flimmern. *Pause.* Und dann is mit einemal das Bild weg. *Pause.* Was das bloß wieder is? Ob das vom Sender herkommt? Das hätten se aber gesagt, wenn das so wär. *Pause.* Das sagen se doch immer, wenn se ne Störung ham. *Pause.* Naja, vielleicht ham ses ja auch vergessen. *Gong der Tagesschau.* Jetzt werd ich gleich sehn, ob er drankommt. *Ansage der Tagesschau.* Guten Abend! Da isser ja wieder, mein Freund! *Pause.* Gut siehste aus. Aber n bisschen blass biste! *Pause.* Bist wohl nich an die Luft gekommen? Du solltest öfter spaziern gehn. *Pause.* Das is nämlich gar nich gut, wenn de dauernd vor der Kamera sitzen musst! Man weiß ja nich, was da für Strahlen rauskommen! *Pause.* Und dann noch diese Lampen! Die sind doch so hell! Da macht man sich doch die Augen kaputt! Ich hab mich schon oft gefragt, wie du das alles aushältst.

Nich mal blinzeln tuste! *Pause.* Du bist wirklich heut n bisschen blass. *Pause.* Ich würd ja nix sagen, wenns nich so wär. *Pause.* Hoffentlich haste nix? Du musst mir versprechen, dass de regelmäßig zum Arzt gehst. Man kann nie wissen, ob man was hat. Man steckt ja nich in eim drin! Und dann musste auch immer deine Milch mit Honig trinken! Wenn man sone schöne Stimme hat wie du, muss man auf sich achtgeben. N rauhen Hals kannste dir nich leisten. *Pause.* Ich weiß alles über dich! *Pause.* Weißte, woher ich das weiß? *Pause.* In meiner Fernsehzeitung steht alles über dich drin. *Pause.* Halt nur immer schön zu deiner Frau! Machs nich so wie diese Filmschauspieler, aber du bist ja auch n ganz andrer Mensch! Du sorgst schon für sie, ja? *Pause.* Aber von Kindern willste nix wissen? Naja, das muss jeder selbst wissen, aber schön wärs schon. *Pause.* Weißte, was mir an dir so gefällt? Vielleicht hams dir andre auch schon gesagt, dann sag ich dirs halt nochmal. Mir gefällt einfach, dass dir das nich in den Kopf gestiegen is, dass dir jeden Abend ganz Deutschland zuguckt. *Pause.* Du bist n ganz einfacher Mann! *Pause.* Bleib so, wie de bist! Diese Angeber mag ich sowieso nich! *Pause.* N schön Anzug haste heut wieder an! Pfeffer und Salz! Ich möchte dich mal in Farbe sehn, aber von meiner Rente kann ich mir nich auch noch n Farbfernseher kaufen! Langt schon der da! *Pause.* Sucht dir deine Krawatten immer deine Frau aus? Die hat vielleichtn guten Geschmack! Das merkt man! *Pause.* Deine Frisur is auch immer so schön! Lass dir ja keine langen Haare stehn wie diese andren Affen, die nich wissen, wie se sich vorm Fernseher benehmen sollen. *Pause.* Wenn so viele Leute zuschauen, muss man aufpassen, dass man was gleichsieht! Manche wissen ja nich mehr, was se anziehn solln! *Pause.* Die sind total übergeschnappt. Im offenen Hemd und ohne Krawatte trauen die sich vor die Leute! Dass die sich nich schämen! Das gehört doch verboten! Jeder müsste eine Krawatte tragen! Und die, die keine tragen, müssten von Rechts wegen eigentlich eine Strafe zahlen. Für was zahl ich denn meine Fernsehgebühren? Auf kein Fall für solche Affen! Man sollte einfach mal hinschreiben und sich beschweren, aber die Leute lassen sich ja alles gefallen! *Pause.* Was warn jetzt das? Was haste gesagt? *Pause.* Hätt ich nur aufgepasst! Das muss was Wichtiges gewesen sein... deim Gesicht nach zu urteilen! *Pause.* Jetzt guckt er auf einmal so. Warum guckste denn so? Da könnt man ja meinen, du kannst in meine Wohnung reingucken. *Pause.* Jetzt ham sem von der Seite n Blatt Papier reingeschoben. Das hätt denen aber auch früher einfallen können! *Pause.* Jetzt nur nich versprechen! *Pause.* Aber den Gefallen tuste ihnen schon nich! *Pause.* Schön hast dus gemacht! Bravo! *Sie klatscht Beifall.* Jetzt werden se dumm aus der Wäsche gucken! Die warten ja nur drauf, dass de dich versprichst, dann lachen se sich ins Fäustchen! *Pause.* Nich mal zittern tuste. Du bist immer die Ruhe selber! Du darfst dir nix anmerken lassen, was de denkst! Recht haste! Wies da drin aussieht, geht niemand was an! *Pause.* Immer musst du ein ernstes Gesicht machen. Nich mal das Gesicht darfste verziehen. Wenn das nich anstrengend is! Ich könnt das nich. Bei mir würd man sofort merken, was ich denke. *Pause.* Jetzt zeigen se schon wieder son Politiker! Ha der vielleicht n dikken Kopf! *Pause.* Warum lassen se die Politiker auch immer so lange quatschen? Die lügen sowieso nur die Leute an! Ich glaub denen nix mehr! Die können sagen, was se wollen, da dreh ich meine Hand nich rum, die lügen alle! *Pause.* Jetzt lacht er! Du hast schon lang nich mehr gelacht! Naja, immer kann man sichs Lachen auch nich verbeißen. Is n bisschen viel verlangt. *Pause.* Hoffentlich kriegste jetzt keine Schwierigkeiten, weil du gelacht hast? *Pause.* Das gibts doch nich! Ging das schnell! Wegen mir könntste ruhig ne Stund lang drankommen! Aber das wär ja unverschämt! Eine Stunde wär n bisschen viel. Das Leben besteht ja nich nur aus Arbeit. Einmal musste dich ja auch ausruhen! Jeder braucht sein Feierabend. *Pause.* Wenn n andrer dran is, schalt ich immer aus! Aber wenn du drankommst, is das für mich die schönste Viertelstunde vom ganzen Tag! *Pause.* Jetzt weißt dus! *Pause.* Hoffentlich kommste morgen wieder dran! *Pause.* Ich pass schon auf, dass ich dich nich verpasse!

Paris einfach

Ein Mann an einem Wirtshaustisch.

MANN Es gibt Leute, die können ihr Bier überall trinken. Schön, wenn man das kann. Ich kanns nich. Ich kann mein Bier bloß hier trinken. In der Bahnhofswirtschaft »dritter Klasse«. Die heißt zwar schon lang nich mehr so, weils keine dritte Klasse mehr gibt, aber für mich und alle andern, die hier reinkommen, isses und bleibt es die »dritte Klasse«. Und sonst nix. *Pause.* Ich kann machen, was ich will: Wenn ich mal woanders n Bier trink, dann schmeckts mir einfach nich, dann lass ich immer die Hälfte stehn. *Pause.* Seit zwanzig Jahren komm ich hier schon rein. Tag für Tag. Bis auf die paarmal, wo ich krank war. Das gab dann jedesmal ein Halli un Hallo, wenn ich wieder ausm Krankenhaus rauskam. So hat man mich hier vermisst. Und dabei weiß nich mal einer mein Nachnamen. Nich mal der Wirt. Hier drin bin ich nur der Erich, der Erich vom Bahnhof. *Pause.* Es gibt nix Schönres wien Bahnhof. Und im Bahnhof gibts nix Schönres wie die »dritte Klasse«. Wen ich dann so dasitz und mich umseh, hab ich das Gefühl, ich bin unter Menschen. Unter richtige Menschen. Daheim nich. Daheim komm ich mir eigentlich immer nur wien Fremder vor, der hin und wieder mal auf Besuch kommt. Da halt ichs einfach nich aus. Wenn ich in der Früh aufwach – meistens mit som Mordstrumm-Brummschädel – dann möcht ich am liebsten gleich wieder hierher, dass ich wieder n klaren Kopf krieg. Daheim bin ich nur n Schatten meiner selbst. *Pause.* Meine Frau seh ich so gut wie nie. Wenn ich aufsteh, isse schon weg. Die geht nämlich putzen. Und wenn ich heimkomm, isse schon im Bett und schläft. Aber so kommen wir am besten aus. *Pause.* Hier drin wird mir die Zeit nie zu lang. Da gibt's immer was zu sehn oder zu hören. Was ich hier schon alles gehört hab! Das glaubt einem keiner, wenn ich das jemand erzähl. Aber so isses. Die Wahrheit ist halt immer n bisschen hart. *Pause.* Einmal hat sich einer hier hingesetzt, und dann hat er gesagt, dass er heimgeht und sich umbringt. Ich hab gar nix drauf gesagt. Ich dacht mir, der is besoffen. Und Besoffne soll man ja nich widersprechen. Zwei Tage später is in der Zeitung gestanden, dass er sich aufgehängt hat. Nee, hier drin wird eim die Zeit wirklich nich lang. *Pause.* Das is übrigens mein Stammplatz. Die Stammgäste wissen, dass hier kein andrer sitzen darf. Und wenn sich mal n andrer hinsetzt, ders nich weiß, dann rühr ich mich schon. Dann gucken sie immer dumm aus der Wäsche, wenn ich ihnen sag, dass se auf meim Platz sitzen. Meistens fangen se dann gleich zu stänkern an und bleiben sitzen. Aber ich geb keine Ruhe, und wenn ichn Wirt holen muss, bisse sich woanders hinsetzen. Nee, mein Platz lass ich mir von keim wegnehmen. Da kann kommen, wer will. Von meim Platz aus hab ich nämlich n ganz schön Überblick. Ich kann zum Beispiel alle Leute sehn, wo zur Tür reinkommen. Ich brauch bloß jemand angucken, und sofort weiß ich, was mit ihm los is. Das is übrigens nich übertriebn. Mit der Zeit kriegt man halt einfach n Gespür für alles. Da kann eim dann keiner mehr was vormachen. Und wennse eim noch so die Hucke volllügen! Ich sags allen Leuten aufn Kopf zu, wenn se mich anlügen. Und dann sitzen se da wie n Häufchen Elend und fangen an zu heulen. Mich kann nix mehr erschüttern. Ich hab n dickes Fell. Und das braucht man auch hier drin, sonst ging man selber vor die Hunde. *Pause.* Ja, ja, wer hier reinkommt, der braucht se halt einfach, die»dritte Klasse«. So einfach ist das. Ich wüsst ja auch nich, was ich ohne die »dritte Klasse« machen sollte... Mein Leben war ja schon verpfuscht, als ich vor 47 Jahren geboren wurde. Ich kann ja nix dafür, dass ich geboren wurde, aber trotzdem bin ich ein Leben lang dafür bestraft worden! *Pause.* Nie is das geschehen, was ich wollte. Immer is das Gegenteil davon eingetreten. Ich konnt machen, was ich wollte. Und dabei war ich gar nich dumm. Ich hätt bestimmt studieren können, dann wär ich heut n Doktor. Aber damals hat man doch nur gelacht, wenn jemand auf die Idee kam: »Vatter, ich möchte studieren!« Da war doch gar nich dran zu denken. Mein Vatter hats doch kaum erwarten können, bis ich aus der Volksschule rauskam. Dann hat er mich sofort in die Lehre gesteckt. Der hat mich nich mal gefragt, ob ich das überhaupt lernen will. Ohne mit der Wimper zu zucken, hat der aus mir einfach n Werkzeugmacher gemacht. Da blieb mir nix andres übrig: Ich hab 31 Jahre als Werkzeugmacher gearbeitet. 31 Jahre lang hab ich Gewindebohrer hergestellt, immer dieselben Bohrer, tagein, tagaus, bloß der Durchmesser war manchmal n bisschen anders. 31 Jahre Bohrer, bis ich vor zwei Jahren wegen meim Magengeschwür Frührentner wurde. Und vor eim Jahr ham se mir zwei Drittel vom Magen raus. Mal sehen, wer länger durchhält, mein Magen oder ich. *Pause.*

Mein Vater war sein Leben lang aufm Rangierbahnhof als Rangierer. Das hat dem gelangt. Der wollte ja nie weg, aber ich schon. Seit ich denken kann, wollt ich weg. Erst wollt ich von meine Alten weg, dann von die Gewindebohrer, die mir sogar nachts im Traum nachgingen, und dann wollt ich auch noch von meiner Frau weg. Warum ich die geheiratet hab, bleibt mir ewig ein Rätsel. Genau vor 20 Jahren hab ich dann Ernst gemacht. Wie meine Frau im Geschäft war – damals war se noch Verkäuferin in nem Supermarkt, heut isse bloß noch Putzfrau – hab ich mein Koffer gepackt und bin zum Bahnhof, dann hab ich mich am Schalter angestellt und gewartet, bis ich drankomm. Ich hab bis zuletzt nich gewusst, wo ich hinwill. Aber als mich dann der Mann am Schalter gefragt hat, wo ich hinwill, isses einfach über mich gekommen. »Paris«, hab ich gesagt. Wie aus der Pistole geschossen: »Paris, einfach!« Denn zurück wollt ich ja nich mehr. Naja, und weil der Zug nach Stuttgart, wo ich den Anschluss an den Orientexpress nach Paris gekriegt hätte, erst in drei Stunden ging, hab ich mir gedacht, trinkste schnell noch n Bier oder zwei. Und da bin ich zum erstenmal hier reingegangen und hier hängen geblieben. Aus Paris wurde nix. Naja, nie is das geschehen, was ich wollte. *Pause.* Die Fahrkarte hab ich immer noch. Die heb ich mir schön auf, wenn man auch nicht mehr lesen kann, dass da »Nürnberg-Paris« draufsteht. *Pause.* Ne Zeitlang hab ichs jeden Tag probiert, ob ich nich doch noch nach Paris komm. Die Fahrkarte war ja n Vierteljahr lang gültig. Aber ich hab machen können was ich wollte: Ich bin jedesmal wieder hängen geblieben. *Pause.* Wer weiß, für was das gut war. Alles bleibt doch immer so wies ist. Da kann man gar nix dagegen machen. Schicksal is eben Schicksal. Es wird nich besser und nich schlechter. Und damit muss man sich halt abfinden. Mitm Wegfahren isses doch dasselbe. Wer wegfährt, kommt auch mal wieder zurück. Sogar von Paris. Und dann ist alles wieder so, wies schon mal war. Wenn das so is, dann isses vielleicht das Vernünftigste, wenn man gleich daheim bleibt. *Pause.* Manchmal fragen mich die Leute, wann ihr Zug geht. Da sag ich dann bloß immer: »Irgendeiner wird schon gehen. Wir ham schließlich 22 Bahnsteige. Da wird schon einer für Sie dabei sein!« Und dann sagen se: »Aber ich muss doch nach München!« Und dann sag ich: »Von München kann gar keine Rede sein. Sie müssen nich nach München.« Dann gucken se mich saudumm an mit ganz große Augen und gehen weiter. *Pause.* Ich mein, ich bin ja auch nich nach Paris gefahrn und leb noch. Aber meine Bahnhofswirtschaft, die brauch ich, weil ich hier drin alles hab, was ich zum Leben brauch. Mehr will ich gar nich. Ich mein, ich könnt auch jetzt noch wegfahren, wenn ich wollte, meinetwegen sogar nach Paris, aber das kann ich mir genausogut sparen: Wenn ich meine zehn bis zwölf Bier hab, dann hab ich das Gefühl, ich bin weg. Ganz weit weg. Wie ich da hingekommen bin, das weiß ich nich. Ich bin halt ganz einfach schon da. *Pause.* Und dann sitzt plötzlich n Neger neben mir oder n Indianer oder n Chinese. Und obwohl die alle in ihrer Sprache mit mir quatschen, versteh ich jedes Wort. *Pause.* Die Welt is so groß. *Pause.* Da kommts auf mich auch nich mehr drauf an. *Pause.* Das is doch der Welt egal, ob ich se mir anguck, oder?

Stehcafé 7

A Na, das war doch gestern Abend was für Sie, nich, Herr Mausner?

B Was?

A Na, sagen Se nur, Sie ham sich den Film nich angeguckt!

B Was fürn Film?

A Na, der im Zweiten drangekommen is.

B Ich hab gestern s Erste geguckt, aber das war son Mist, dass ich mittendrin ausgemacht hab, und dann bin ich schon um neune ins Bett.

A Hätten Se halt umgeschaltet.

B Ich war so müde.

A Na, da wären Se aber schnell wieder munter geworden.

B Was is denn drangekommen?

A Da hätten Se was gesehn für Ihr Geld! Andauernd hat sich jemand ausgezogen.

B Im Programm stand aber davon nix drin.

A Da wären Se wirklich auf Ihre Kosten gekommen, Herr Mausner. Und das waren sogar schöne Frauen. Jede kann ja nich zeigen, was se hat.

B Ach, es gibt doch nix Langweiligeres wie nackte Weiber!

A Das sagen Se nur, weil Se den Film nich gesehn ham.

B Alles kann man auch nich sehn.

A Jetzt sind Se aber schon enttäuscht?

B Ach, lassen Se mich doch mit Ihrn nackten Weibern in Ruh! Dafür bin ich zu alt.

Längere Pause.

A Neulich hat Sie jemand gesehn, wie Sie aus som bewussten Kino rausgekommen sind.

B Ich geh nich ins Kino.

A Sie wissen schon, was für n Kino ich mein. Streiten sies nich ab! Sie sind gsehen worden.

B Von wem denn?

A Kann ich nich sagen.

B Jetzt wird einem schon hinterherspioniert.

A Nein, das war Zufall, dass der Betreffende vorbeigekommen is.

B Der wird auch dringewesen sein. Ich hätt kein verraten, wenn ich ein gesehn hätt. Sowas hängt man nich an die große Glocke.

A Regen Se sich nich auf! Ich hab doch nix dagegen. Geht mich doch nix an, was Sie mit Ihrem Geld machen.

Bedenkzeit

Ein Mann steht vor dem überdimensionalen Klingelbrett eines Appartementhochhauses, schellt immer wieder und redet auf die Sprechanlage ein.

MANN Ich hab die ganze Nacht kein Auge zugedrückt. Mach auf, Sonja, ich bins. *Pause.* Du brauchst keine Angst ham. Ich bins nur. Ich bin die ganze Nacht in der Stadt rumgelaufen. Mach bitte auf, Sonja, mich frierts. *Pause.* Was meinste, wie kalt es heut Nacht war? Und ich Blödmann hab nich mal n Mantel an! Die Kälte geht eim durch und durch. *Pause.* Sonja, mach halt auf! *Pause.* Komm, sei doch nich so! Das kannste doch nich machen. Ich weiß genau, dass de zu Hause bist. Weißte, was ich heut Nacht gemacht hab? Ich hab mir alles nochmal durchn Kopf gehen lassen, was de gestern zu mir gesagt hast, wie wir miteinander telefoniert ham. *Pause.* Ich gebs ja zu, dass ich vielleicht was falsch gemacht hab, wenn ich auch bis jetzt noch nich weiß, was, aber du kannst doch nich einfach mir nix dir nix... Ich bin auch bloßn Mensch, Sonja. *Pause.* Ich versteh bloß nich, warum de dir das nich schon früher überlegt hast! Das will einfach nich in mein Kopf. Es war doch schon alles ausgemacht. Ich mach ne Wette, wenn de mir dabei in die Augen geguckt hättest, hättste das nich gesagt, was de am Telefon gesagt hast. *Pause.* Mach bitte endlich auf, Sonja. *Pause.* Du machst n großen Fehler, wenn de nich aufmachst. Den größten Fehler deines Lebens. *Pause.* Du kannst doch jetzt auf einmal nich so tun, als wär nix gewesen zwischen uns. Es war doch alles so gut wie ausgemacht. Ein Vierteljahr, und dann... Wenn was ausgemacht ist, muss man sich auch dran halten. *Pause.* Ich hab mich dran gehalten. Ich schon. *Pause.* Und jetzt steh ich auf einmal saublöd da, bloß weil du dirs gestern anders überlegt hast. *Pause.* Was mach ich n bloß mit der Scheiß-Wohnung? Haste dir das schon mal überlegt, Sonja? In sechs Wochen muss ich die Wohnung übernehmen. Das war so ausgemacht, weil se auf mein Namen geht. Die Wohnung is ja viel zu groß für mich. Was soll ich denn allein in so ner großen Wohnung? Wer wolltn die Wohnung ham? Ich nich. Du. Jetzt steh ich da. Der Makler verlangt zwei Monatsmieten. Das sind allein schon 1500 Mark. Ich kann mir doch nich 1500 Mark ausn Rippen schneiden. Schon allein wegen der Wohnung geht das nich, dass du mit mir Schluss machst. Und dann noch die ganzen Möbel, wo wir bestellt ham! *Pause.* In sieben Wochen werden sie geliefert. Du, die stehn noch immer im Schaufenster, unsre Möbel! Ich hab se mir gestern Nacht nochmal angeguckt, wie ich durch die Stadt gelaufen bin. *Pause.* Was meinste, wie schön die erst in unsrer neuen Wohnung aussehen. Da hättste deine Freude dran, wo de se selber ausgesucht hast. *Pause.* Und jetzt willste nix mehr davon wissen. *Pause.* Am besten is, ich hack die ganzen Möbel zu Brennholz und zünd se an. Das is ewig schade. *Pause.* Willstes nich nochmal mit mir probieren? Du kannst mir ja sagen, was ich falsch gemacht hab, und dann mach ichs nich mehr. *Pause.* Ich bin ja auch bloß n Mensch. *Pause.* Meinetwegen können wir ja noch so lang warten, bis wir die Wohnung kriegen. *Pause.* Is das nix? N Vierteljahr haste Bedenkzeit. Und dann ziehn wir einfach zusammen. *Pause.* Was meinste, wie das is, wenn wir erst mal zusammenleben? *Pause.* Kennste das Lied noch? *Er sing den Schlager »So bist du« von Peter Maffay.* »Wenn du gehst, dann geht nur ein Teil von dir...« *Usw. Pause.* Mach halt auf, Sonja. Wir müssen das noch besprechen mit der Bedenkzeit. *Pause.* Vergessen wir einfach, was de gestern gesagt hast. N Vierteljahr is ja nich lang. Und dann – *Pause.* Du wirst schon sehn, wie schön das wird, wenn wir... So ne Wohnung hat nich jeder. *Pause.* Ich find das nich gut, was du da machst. Nee, echt nich. *Pause.* Du kannst doch nich einfach so tun, als wenns mich nich gäb! *Pause.* Ich kann auch andre Saiten aufziehn, wenn de mich nich sofort reinlässt. *Pause.* Mach auf, bevor ich... Du sollst aufmachen. Ich verlange, dass du aufmachst. Du weißt genau, dass ich das verlangen kann. Ich hab das Recht dazu, wo wir so lang zusammen gehen. *Pause.* Sonja, ich geh jetzt, wenn de nich aufmachst, ich geh, jawohl, ich geh. Und dann komm ich bestimmt nich mehr. Da kannste dich drauf verlassen, dass ich dann nich mehr komm. *Pause.* Du machstn großen Fehler, Sonja, mehr mag ich gar nich mehr sagen. Den größten Fehler deines Lebens. *Pause.* Wie kann man bloß so dumm sein, Sonja. Das kannste nich mehr rückgängig machen, was de da machst. Nee. *Pause.* So, jetzt wird's mir aber langsam zu blöd! *Pause.* Ich red und red, und du... Weißte, was ich jetzt mach? Ich zieh jetzt andere Saiten auf. Aber du bist ja selber schuld dran! Soweit hätts erst gar nich kommen dürfen! Aber du zwingst mich dazu. Weißte, was ich jetzt mache? *Er nimmt ihr Foto aus seiner Brieftasche.* Ich zünde dein Foto an. *Er zündet es mit einem Feuerzeug an. Es brennt.* Jetzt wird bald nix mehr von deim Gesicht da sein. Deine Augen brennen auch schon. So, das wars. *Pause.* Schluss, aus, Ende. *Pause.* Aber das war erst der Anfang. *Pause.* Ich zünd alles an, alles, was mit dir zu tun hat, die neuen Möbel, das Haus von deinen Eltern, den Wald, wo wir zum ersten Mal... Ich zünd alles an. *Pause.* Und du bist schuld dran. *Pause.* Alles muss brennen, muss so lang brennen, bis du wieder zu mir zurückkommst. *Pause.* Mach halt auf, Sonja.

DIE SUPPE

Ein Einzimmerappartement in einem Hochhaus. Ein Junge und ein Mädchen liegen im Bett und schmusen.

MÄDCHEN Wieviel Uhr isn eigentlich schon?
JUNGE Dir wirds wohl langsam langweilig bei mir?
MÄDCHEN Ach, Quatsch. Ich möchte bloß wissen, wie späts is.
JUNGE Ich kann ja schnell aufstehn und nachgucken.
MÄDCHEN Ich lass dich aber nich raus.
JUNGE Dann kann ich dir auch nich sagen, wie späts is.
MÄDCHEN Dann will ichs eben nich wissen.
JUNGE Ich hätt schon geguckt.
MÄDCHEN Du darfst nich aufsehn. Du musst heut den ganzen Tag bei mir liegen bleiben.
JUNGE Und wenn ich aufs Klo muss?
MÄDCHEN Du warst doch schon.

Pause.

JUNGE Du, hör mal, was warn jetzt das?
MÄDCHEN Das war mein Magen.
JUNGE Ich hätt jetzt fast gedacht, es war meiner.
MÄDCHEN Einer von uns beiden muss es gewesen sein. Mehr sind nicht da.

Pause.

JUNGE Ich finds schön mit dir.
MÄDCHEN Und ich finds auch schön mit dir.
JUNGE Das ist unser erster gemeinsamer Sonntag.
MÄDCHEN Was machstn immer so, am Sonntag?

JUNGE Nich viel.

MÄDCHEN Ich schlaf immer bis halb zwölf, dann ess ich zu Mittag, und dann seh ich zu, dass ich aufm schnellsten Weg ausm Haus komm.

JUNGE Genauso mach ichs auch.

MÄDCHEN Ich spür dich echt gern. Ich mag das überhaupt unheimlich gern, wenn sich einer an mich rankuschelt.

JUNGE So, so, jetzt kommts raus! Und deswegen musste wohl ständig neue Typen aufreißen, was?

MÄDCHEN Bloß, wenn mir einer gefällt.

JUNGE Und ich gefall dir wohl?

MÄDCHEN Da brauchste noch fragen.

JUNGE Das is eigentlich n unheimlicher Zufall, dass wir uns kennen gelernt ham!

MÄDCHEN Is doch immer so.

JUNGE Naja, ich weiß nich. *Pause.* Du, ich möchte nur eins nich...

MÄDCHEN Was nich?

JUNGE Dass das mit uns beiden so abläuft, wies immer abläuft.

MÄDCHEN Da kann man doch jetzt echt noch nix sagen! Da heißt es abwarten. Sowas muss sich entwickeln.

JUNGE Du, soll ich nich doch schnell aufstehn und uns n schönes Frühstück machen?

MÄDCHEN Nee, du bleibst jetzt bei mir. Ich lass dich nich los. Komm, gib mirn Kuss!

JUNGE Aber n kleinen Happen frühstücken wär jetzt gar nich so schlecht.

MÄDCHEN Vergiss dein Hunger! Du hast doch mich.

JUNGE Ich wollt sowieso abnehmen.

Pause.

MÄDCHEN Wie biste eigentlich an das Einzimmerappartement rangekommen?

JUNGE Über n Makler. War echt nich billig. Zwei Monatsmieten hat der gleich kassiert.

MÄDCHEN Was zahlste denn Miete?

JUNGE 430 Mark.

MÄDCHEN 430 Mark für ein Zimmer?

JUNGE Naja. Küche und Bad sind praktisch mit dabei.

Es schellt.

MÄDCHEN Kriegste Besuch?

JUNGE Nee, nich, dass ich wüsste. Da hat wahrscheinlich wieder mal einer aus Versehen die falsche Klingel erwischt. Kommt öfter vor.

MÄDCHEN Man braucht ja auch ne Ewigkeit, bis man deine Klingel findet. Da stehn mindestens hundert Namen drauf.

JUNGE Wenns langt.

MÄDCHEN Dass es dir in som Appartementhaus gefällt?

JUNGE Du, hier werd ich wenigstens in Ruhe gelassen.

MÄDCHEN Und ne sturmfreie Bude haste auch noch.

JUNGE So ganz ohne Sturm gehts halt nich. Den braucht man schon hin und wieder, oder?

Es schellt zum zweiten Mal.

MÄDCHEN Ich glaub, du hast dich doch getäuscht.

JUNGE Wieso?

MÄDCHEN Da hat doch keiner deine Klingel verwechselt. Wer zweimal klingelt, der weiß, zu wem er will.

JUNGE Ach, vielleicht wars diesmal n Gastarbeiter.

Die klingeln jeden raus und fragen, ob ne Wohnung frei wird. Die sind nich so blöd wie wir und rennen zum Makler!

MÄDCHEN Das glaubste doch selber nich, dass das n Gastarbeiter war. Das wird deine Verflossene sein.

JUNGE Die kreuzt hier nich mehr auf. Das garantier ich dir, aber echt!

MÄDCHEN Seid ihr im Bösen oder im Guten auseinandergegangen?

JUNGE Neugierig biste nich grade?

MÄDCHEN Mensch, kannste mir doch sagen!

JUNGE Das kann dir doch egal sein.

MÄDCHEN Nee, das möchte ich ganz gerne wissen, weil ich bis jetzt mit allen meinen Freunden immer im Bösen auseinandergegangen bin.

JUNGE Na, logisch, sonst wärs nich auseinandergegangen.

MÄDCHEN Ich find das unheimlich beschissen. Man sollte immer im Guten auseinandergehn.

Es schellt wieder.

MÄDCHEN Die lässt nich locker. Vielleicht is es doch deine Verflossene.

JUNGE Weißte, wer das sein kann? *Pause.* N Freier. Hier im Haus wohnen ja n paar so Modelle.

MÄDCHEN Modelle? Was für Modelle?

JUNGE Naja, so Modelle halt, die immer in der Zeitung inserieren: Modell hat noch Termine frei... und so.

MÄDCHEN In som Haus wohnst du? Das is ja schlimmer wien Puff.

JUNGE Mir macht das nix aus.

MÄDCHEN Glaub ich. Wie oft warste denn schon bei som Modell?

JUNGE Noch nie.
MÄDCHEN Das soll ich dir glauben?
JUNGE Dafür hab ich doch kein Geld. *Pause.* Und außerdem nehm ich für die Liebe grundsätzlich kein Geld! *Er lacht.*
MÄDCHEN Vielleicht machen sies dir ja kostenlos. Man kann nie wissen.
JUNGE Hast du ne schmutzige Phantasie!
MÄDCHEN Was kann ich dafür, dass du in som Haus wohnst?

Es läutet Sturm.

JUNGE Das is ja der nackte Terror. Ich glaub, ich spinn.
MÄDCHEN Guck halt mal durchn Spion, wers is.
JUNGE Ich darf doch nich aufstehn. Ich muss doch bei dir im Bett bleiben.
MÄDCHEN Guck doch mal! Und dann kommste wieder rein!

Lange Pause. Der Junge geht zur Tür.

JUNGE Da steht wirklich jemand vor der Tür. Das gibts doch nich. Das is ja meine Mutter. Mensch, was will denn die? *Pause.* Am besten, ich zieh mir schnell was an! *Er schlüpft in seinen Bademantel.*
MÄDCHEN Deine Mutter? Was will denn deine Mutter am Sonntagmorgen bei dir?
JUNGE Weiß ich auch nich. Mensch, glaubste, das stinkt mir echt! Bleib schön im Bett liegen. Ausgerechnet jetzt muss die Alte antanzen. *Er öffnet.*
MUTTER Grüß dich, mein Junge!
JUNGE Morgen, Mama, was...

MUTTER Ich bring dir ne Suppe.

JUNGE Ne Suppe?

MUTTER Ne Rindssuppe! Ne wunderbare Suppe. Ne richtige Krankensuppe. Die weckt Tote auf, die Suppe. *Pause.* Ach, du hast Besuch?

MÄDCHEN Guten Tag.

MUTTER Guten Tag, Fräulein. Das is ne gute Suppe. Die wird Ihnen auch schmecken. Da is sogar n Markknochen drin. *Zum Jungen.* Die lutschst du doch immer so gern aus. *Pause; sie geht mit ihrem Topf ins Innere des Zimmers.* Warte, ich stell se aufn Elektroherd, dasse schnell heiß wird. Sie können sich schon hinsetzen, Fräulein... Junge, du auch. Setz dich.

JUNGE Aber, Mama!

MUTTER Setz dich. Ich weiß genau, wie das is, wenn man am Sonntag nix zu essen hat.

JUNGE Aber wir wollten doch nachher essen gehn.

MUTTER Ich dachte mir, kochste ihm was Gutes, und dann bin ich einfach...

JUNGE Woher weißte denn, dass ich Besuch hab?

MUTTER Sonst wärste doch nach Hause gekommen. *Zum Mädchen.* Ja, ja, Fräulein... der kommt jeden Sonntag zu seiner Mutter nach Hause, wenn er nix vorhat. Und heut isser nich nach Hause gekommen.

JUNGE *verlegen und gekränkt* Das is nich wahr, was meine Mutter da erzählt, echt nich.

MUTTER Und ob das wahr is! *Pause.* Du wirst dich vor deiner Mutter nich schämen. Deck lieber mal den Tisch!

STEHCAFÉ 8

A Heut schmeckt er wieder, der Kaffe.
B Heut? Das is doch derselbe wie gestern.
A Nee. Heut schmeckt er ganz anders.
B Ich merk nix.
A Du merkst ja nie was.
B Das is nich wahr. Ich hab ne feine Nase.
A Aber das musste doch merken, dass er heut besser schmeckt.
B Nee.
A Das sagste ja nur, weil de mich ärgern willst.
B Nee.
A Heut schmeckt er wirklich gut. Aber am Kaffe liegts nich, dass er heut so gut schmeckt.
B An was denn?
A Am Wasser.
B Am Wasser?
A Ja, heut isses Wasser besser. Und wenns Wasser besser is, is auch der Kaffe besser.
B Das versteh ich nich. Wasser is doch Wasser.
A Nee, eben nich. Manchmal isses ganz braun, wenns ausm Hahn rauskommt. Da brauchste dich dann nich zu wundern, wenn der Kaffe nach nix schmeckt.
B Aber das Wasser wird doch gekocht!
A Das nutzt doch nix. Man kocht das Gift mit.
B Dann dürfte man eigentlich nich mal mehr n Wasser trinken.
A Nee. Eigentlich nich.

Herr Nachbar

Ein älterer Mann sitzt bei strömendem Regen allein in einem Biergarten.

MANN Manchmal, wenn ich die Sterne so anseh, denk ich mir, wie unwichtig doch alles is. Aber auch schon alles.
Der Mensch is doch nur n klitzekleiner Fliegenschiss in dem Riesenweltall da droben. Mehr sind wir doch nich, oder?
Solche Gedanken gehen mir jedesmal im Kopf rum, wenn ich mir die Sterne so anseh. Machen Sie sich auch manchmal solche Gedanken, Herr Nachbar? Naja, ich kann ja von Ihnen nich verlangen, dass Se dasselbe denken wie ich. Wissen Se überhaupt, wo ich mir die Sterne anseh? Ich gehe mindestens einmal die Woche ins Planetarium, denn bei dem Himmel, den wir jetzt ham, da sieht man doch keine Sterne mehr. Ja, als ich klein war, hat man noch n Himmel gesehen, aber jetzt isses vorbei. Wissen Se, woher das kommt? Ich, ich weiß, woher das kommt. Die ganze Atmosphäre is total verseucht! Jawohl! Die ganze Atmosphäre is total verseucht! Wenn die so weitermachen, wird man die Sonne auch bald nich mehr sehn. Passen Se auf, die machen noch so lang rum! Dann können wir uns gleich in unsre eigenen vier Wände lebendig einmauern lassen! Dann brauchen wir nich mehr ausm Haus, wenn wir mal die Sonne nich mehr sehn. Das wollen se ja nur! Die Sterne ham se schon vertrieben. Jetzt is die Sonne dran! Wenn ich denke, was man früher für Sterne am Himmel sah! Da musste

man nich extra ins Planetarium gehn. Da ging man einfach raus an die frische Luft, und schon sah man so viele Sterne, wie man wollte. Kennen Se das Lied noch: »Weißt du, wieviel Sternlein stehen an dem blauen Himmelszelt?« Von wegen blau! Gucken Se doch mal rauf, ganz schwarz isser, der Himmel. Sehn Sie heut Abend dort droben n Stern, Herr Nachbar? *Er guckt nach oben.* Ich seh kein...
Ich kenn übrigens alle Sternbilder. Wenn ich früher mit meiner Lok so durch die Nacht fuhr, dann hab ich immer zu den Sternen hochgesehen. Keine Angst, passiert is nix. Ich hab meine Strecken in- und auswendig gekannt, wo ich se jeden Tag fuhr! Ja, ja, das war schon n schönes Gefühl! Ich ganz alleine mit meiner Lok, und über mir die Unendlichkeit der Sterne! Nich wahr, das hätten Se nich gedacht, dass ich mal Lokführer war? Naja, das sieht man mir auch nich an. Wem sieht man schon das an, was er ist. *Er lacht.* Man kann ja nich in die Leute reingucken. Vierzig Jahre war ich bei der Bahn! Aber ich bin noch mit richtigen Loks gefahren, mit Dampfloks. Ne Eisenbahn ohne Dampf is doch keine richtige Eisenbahn! Diese Dieselloks und die elektrischen mit ihrer Oberleitung, die taugen doch alle nix! Das is doch n Gelumpe. Ne richtige Lok muss einfach rauchen. Das is doch gleich was andres. Mit den modernen Loks möchte ich nich um alles in der Welt fahren. Nich mal, wenn ich ne Menge Geld dafür kriegen würd. Son Dampflokführer, der hat auch sein Stolz! Aber das versteht heut keiner mehr, was das bedeutet, wenn man mit ner Dampflok fährt. Die ham doch schon n ganz andre Rhythmus. Das is doch Musik, wenn man sone Dampflok hört! *Er ahmt das Geräusch einer*

Dampflok nach. Und dann mussten wir auch noch LP. Wissen Se, was das hieß? Das war die Abkürzung für »Läuten und Pfeifen«! *Er ahmt das Geräusch nach.*

Jetzt seh ich was. Das muss er sein, der Abendstern. Nee, nee, das isser noch nich. Das isn Flugzeug. Das bewegt sich ja... Hätt mich auch gewundert, wenn das n Stern gewesen wär... Heut ham doch die Lokomotivführer kein Stolz mehr. Die fahren alles. Und wie die fahren! Einmal im Jahr geh ich noch zum Hauptbahnhof und guck mir denen ihre Loks an! Da is ja nix dabei! Denen ihre Loks sind doch idiotensicher. Die kann jeder Blödmann fahren. Die brauchen sich heut überhaupt nich mehr anstrengen. Wir Dampflokführer, wir mussten noch aufpassen. Aber wenn Se glauben, dass ich Kohlen geschaufelt hab, dann sind Se aufm Holweg! Dafür hatten wir unsere Heizer. Die Kohlen, das war denen ihre Aufgabe. Wär ja noch schöner gewesen, wenn wir auch noch auf die Kohlen hätten achten müssen. Das wär nich gegangen, das isn Ding der Unmöglichkeit. Fürs Heizen, da waren die Heizer da! Deswegen hab ich auch meine Heizer immer gut behandelt. Da gabs nie n unrechtes Wort! Man muss die Menschen bloß gut behandeln, dann sind se auch zu eim selber gut. Aber wissen Se, was mich an den Lokführern heutzutage am meisten ärgert? Das is denen ihre ganze Einstellung. Wir sind noch voll und ganz in unserem Beruf aufgegangen, aber denen isses doch egal, ob se jetzt ne Lok fahren oder n Traktor. Und dann hab ich gleich noch was zum Aussetzen: Wir warn seinerzeit alle miteinander in der Eisenbahnergewerkschaft! Aber wir warn nich bloß zahlende Mitglieder. Nee, wir nich.

Wir warn aktiv! Heut interessiert sich doch keiner mehr für die Arbeiterbewegung, obwohl se alle miteinander immer noch Arbeiter sind! Aber das wollen se nich wahrham. Sagen Se mal m Arbeiter, dass er n Arbeiter is. Der wird Ihnen was erzählen! Der springt Ihnen doch gleich mitm nackten Arsch ins Gesicht! Aber wir, wir warn noch richtige Arbeiter! Naja, es war ja auch schön bei der Gewerkschaft. So interessante Vorträge hab ich mein Lebtag nich mehr gehört. Das können Se sich gar nich vorstellen, wie interessant schon denen ihre Vorträge warn! Und bei so nem Vortrag war es, dass ich zum ersten Mal in meim Lebens was von der Astronomie gehört hab. Wissen Se, was Astronomie bedeutet? Das is die Lehre von den Sternen. Und seit dem Vortrag interessier ich mich für die Sterne. Ich interessier mich für die Sterne und für die Gewerkschaft, abgesehn von meim Beruf als Lokführer. *Längere Pause.* Hörn Sie ne Musik, Herr Nachbar? *Er lauscht.* Ich hör nix! Das soll ne Kirchweih sein! Nich mal ne Musik hört man mehr. Das war früher alles anders. Zu ner richtigen Kirchweih gehörte ne richtige Musik. Hab ich nich recht, Herr Nachbar? Aber wo gibts denn heut noch was Schönes? So isses doch mit allem. Wir können froh sein, dass es überhaupt noch n Bier gibt! Aber jetzt wirds langsam Zeit, Herr Nachbar, dass wir anstoßen! *Der Mann schaut zum ersten Mal nach rechts, hebt seinen Maßkrug hoch.* Prost, Herr Nachbar! *Er merkt, dass niemand mehr da ist.* Sie hätten aber auch was sagen können, wie Se gegangen sind. *Pause.* Sagen Se bloß, Ihnen hat das bisschen Regen was ausgemacht?

Hilflos

Eine ältere Frau telefoniert in einem Pensionszimmer.

FRAU Von wegen »sie dürfte hilflos umherirren«, wie se heut Früh im Radio durchgegeben ham! Von »Umherirren« kann gar keine Rede sein. Im Gegenteil. Ich weiß genau, was ich will, und das mach ich auch. *Pause.* Ich und »hilflos«, da kann ich ja bloß lachen! Ich weiß mir schon zu helfen! Ich brauch kein, der auf mich aufpasst. *Pause.* Aber das Allerschönste war die sogenannte »Personenbeschreibung«, wo se durchgegeben ham: »Als sie zuletzt gesehen wurde, trug sie einen Regenmantel mit Leopardenmuster und ein dazu passendes Kopftuch.« *Sie lacht.* Weißte, wo der Mantel jetzt ist? *Pause.* Das errätst du nie im Leben. *Pause.* Den hab ich einfach im Zug hängen lassen. Naja, um den isses nich schade. War nur son Gelumpe von »Woolworth«. Und dann haben se auch noch was von »grauen Haaren« gesagt in dieser sogenannten »Personenbeschreibung«. Da können se lange suchen, bisse ne Grauhaarige finden, auf die diese Beschreibung zutrifft. *Pause.* Schade, dass du mich nich sehn kannst. Ich bin jetzt wieder brünett. *Pause.* Für was gibts denn Perücken? Ich hab fast meine alte Haarfarbe wieder. Die Perücke macht mich um zehn Jahre jünger, wenns langt. Und dann hab ich mich auch noch von oben bis unten neu ausstaffiert, wie ich in... *Sie zögert.* Halt, jetzt hätt ich mich beinah verraten, braucht ja keiner zu wissen, wo ich bin. Und dir sag ichs auch nich. *Pause.* Nee. Nich mal dir. Sicher is sicher. Was meinste, was das für n schönes Gefühl is, wenn man wieder was Schickes zum Anziehn hat? *Pause.* Kleider machen Leute. Da lebt man richtig wieder auf! *Pause.* Jahrelang bin ich wie ne graue Maus rumgelaufen. Ich hab praktisch nur braun und grau getragen, dazwischen mal n bisschen was Dunkelblaues, aber das war auch schon alles. *Pause.* Du solltest mal mein rotes Kostüm sehen. *Pause.* Das is so rot. Das gibts gar nich. *Pause.* Das is mir doch egal, was das gekostet hat. Ich bin doch nich dumm und dreh jeden Pfennig um. Das musst ich mein ganzes Leben lang machen. Aber wenn mir jetzt was gefällt, dann wird nich lang gefackelt, dann kauf ichs mir halt. *Pause.* Wo ich das Geld her hab, willste wissen? Du bist gut! *Pause.* Meinste, ich hab kein Geld? Neugierig biste gar nich. *Pause.* Keine Angst, ich hab keine Bank überfallen. Ich hab bloß alles abgehoben, was auf meim Sparbuch drauf war. Das warn immerhin 40.000 Mark. Mit 40.000 Mark kommt man ganz schön weit. *Pause.* Na, da guckste, das hättste dir nich gedacht, dass ich noch so viel Geld hab! *Pause.* Das wird jetzt alles aufn Kopf gehaun, aber nich auf einmal, wie du vielleicht denkst, nee, schön langsam, nach und nach. Wenn ichs mir nämlich schön einteile, hab ich lang was davon, aber sparen brauch ich wenigstens nich mehr. Für wen denn? *Pause.* Da müsst ich ja doof sein, wenn ich für den auch noch sparen würd! Jahrelang hab ich immer auf alles verzichtet, nur, dass ers mal schön hat im Leben, aber jetzt mach ich mirs selber schön. *Pause.* Weißte, was ich von meim Balkon aus sehen kann? *Pause.* Ich nehm doch kein Zimmer ohne Balkon, wenn ich den... hm... hm... hm... sehn kann. *Pause.* Nee, das sag ich dir nich, was das fürn See is, sonst kriegt ders fertig und fährt am Ende noch her, um mich zu suchen... So groß is der See auch wieder nich. *Pause.* Hat er eigentlich schon bei dir angerufen, mein Herr Sohn? *Pause.* Hätt ich mir denken können. Was hat er denn gesagt? *Pause.* So, Sorgen macht er sich um mich! Das hätt er sich auch früher überlegen können. *Pause.* Hat er auch gesagt, was vorgestern passiert is? *Pause.* Nein? *Pause.* Siehste, das is wieder mal typisch. Typisch Kurt. Dir traut er scheinbar nich über n Weg, weil er weiß, dass de meine beste Freundin bist! *Pause.* Weißte, was ich vorgestern gemacht hab, was passiert is? *Pause.* Ich dachte mir, jetzt reichts, jetzt is Schluss, und dann bin ich einfach zu ihm in die Schule gegangen. Erst hab ich im Sekretariat gefragt, in was fürm Klassenzimmer er grade unterrichtet, und dann bin ich einfach reingegangen. Hab nich mal vorher angeklopft. Das war mir piepegal. Was meinste, was der fürn Gesicht gemacht hat, als er plötzlich seine Mutter sah? Weiß wie Kreide wars. Damit hatt er nich gerechnet. Und dann hab ich ihn mitten vor seinen Schülern gefragt: »Warum hast du mich seit einem Vierteljahr nicht mehr besucht?« Mehr wollt ich gar nich wissen, nur das. *Pause.* Und dann fingen seine Schüler zu lachen an. Und ihm wars furchtbar peinlich, dass ich ihn vor ihnen blamiert hab. Aber mir wars egal. Hätte er mich besucht! *Pause.* Und dann isser mit mir aufn Gang rausgegangen. »Du spinnst ja, Mutter!« Das war das einzige, was er zu mir gesagt hat. »Du spinnst ja, Mutter!« Mehr hat er nich rausgebracht: »Du spinnst ja!« Aber ich hab ihm die Meinung gesagt: »Ich weiß genau, warum du deine Mutter nicht mehr besuchst«, hab ich zu ihm gesagt. »Du hast eine neue

Freundin!« Und dann isser frech geworden. So hab ichn noch nich gekannt. So frech war der noch nie zu mir, in seim ganzen Leben nich. *Pause.* Ich wär schuld dran, hat er gesagt, dass er noch keine Frau hat, hat er gesagt, weil ich an jeder neuen Freundin was auszusetzen gehabt hätte, und jetzt soll ichn gefälligst in Ruhe lassen. Es wär besser, wenn er mich ne Zeitlang nich mehr säh. Das musste dir mal vorstellen! Sagt der das zu seiner Mutter! *Pause.* Und dann ging er wieder in sein Klassenzimmer rein und hat seine Schüler zusammengebrüllt, weil se son Krach gemacht ham. *Pause.* Was meinste, wie mir da zumute war. Ich hätt heulen können. Aber dann hats gar nich lang gedauert, und ich hab ne Wut gekriegt, ne Mordstrumm-Wut. Und diese Wut hat mir richtig gut getan. Wenn er mir da in die Finger gekommen wär, ich weiß nich, was ich mit ihm gemacht hätt. *Pause.* Und wie die Wut wieder verraucht war, is mir schlagartig klar geworden, was ich bis jetzt für ne dumme Kuh war. Ich hab nämlich mein ganzes Leben lang nie mein eignes Leben gelebt. *Pause.* Erst hab ich das gemacht, was meine Eltern gemacht ham, und dann hab ich mich nur noch für mein Sohn aufgeopfert. Der hat sogar recht gehabt, dass er gesagt hat, ich spinne. *Pause.* Aber jetzt spinn ich nich mehr... Ich bin mein ganzes Leben lang nur am Leben vorbeigegangen, aber jetzt is Schluss! Jetzt möchte ich auch mal was vom Leben ham. Jetzt hau ich mein ganzes Geld aufn Kopf. Der kriegt von mir kein Pfennig mehr. Keinen Pfennig! Und wenn ich kein Geld mehr hab, dann isses mir auch egal. Lieber setz ich mich in die Fußgängerzone und bettel Leute an, als dass ich wieder ins Altersheim zurückgeh, wo mich mein

Herr Sohn ein ganzes Vierteljahr lang nich mehr besucht hat. *Pause.* Nee, jetzt denk ich nur noch an mich! *Pause.* Jetzt muss ich aber Schluss machen. Die Nachrichten kommen gleich, wenn meine Uhr stimmt. *Pause.* Vielleicht bringen se die »Suchmeldung« nochmal mit dieser sogenannten »Personenbeschreibung«. Ich möchte auch was zum Lachen ham. Von wegen »hilflos«! Das war einmal. Und is nich mehr. *Pause.* Tschüss, Betty, machs gut! *Pause.* Machs so wie ich...

STEHCAFÉ 9

A Schmeckt Ihr Kaffe auch so komisch?
B Nein, der schmeckt wie immer.
A Meiner hat son Nachgeschmack.
B Meiner nich.
A Naja, für 70 Pfennig kann man auch nich viel verlangen.
B Ich trinkn gern.
A Und man muss n auch noch im Stehn trinken.
B Das macht mir nix aus.
A Mir auch nich, aber ich will damit nur sagen, dass man hier keine Ansprüche stellen darf. *Pause.* Wenn man n guten Kaffe trinken will, darf man halt nich sparen.
B Da schmeckt doch der eine wie der andere.

Lange Pause.

A Ich weiß zwar nich, ob Sie das interessiert, aber darf ich Ihnen mal was zeigen? *Pause.* Sowas ham Se bestimmt noch nich gesehn. *A drückt B einen Zeitungsausschnitt in die Hand.*
B Das is ja ne Todesanzeige.
A Das is meine. Meine Todesanzeige.
B Ihre Todes... aber das gibts doch nich!
A Und obs das gibt!
B Aber die können doch nich ne Todesanzeige von jemand in die Zeitung reinsetzen, wo noch lebt.
A Das is doch denen von der Zeitung egal. Hauptsache, sie kriegen Geld dafür.

Pause.

B So lange kann das nich her sein, dass die Anzeige drin war.
A Vorige Woche war se drin.
B Drum is mir die gleich bekannt vorgekommen! Ich les nämlich jeden Tag als erstes immer gleich die Todesanzeigen, damit ich weiß, wer alles gestorben is.
A Ich auch. *Pause.* Was meinen Se, was das fürn Schock für mich war, als ich mein eigenen Namen sah…
B Aber wer machtn sowas? *Pause.* So schlecht is doch keiner, dass er ein sterben lässt, wo noch lebt.
A Ich weiß schon, wer dahinter steckt! *Pause.* Mein Schwiegersohn. Der wollt mir damit son Schrecken einjagen, dass ich auf der Stelle umkipp und sterb. *Pause.* Aber den Gefallen hab ich ihm nich getan. Nee, dem nich!
B Das kann ich gar nich glauben, dass das Ihr Schwiegersohn war. So schlecht is keiner, dass er...
A Der schon. *Pause.* Ich konnt den von Anfang an nich leiden. *Pause.* Und er mich auch nich! *Pause.* Ich hab ihn nur kurz angeguckt, als ihn meine Renate zum ersten Mal mit nach Hause brachte, und schon wusst ich, was fürn unsympathischer Kerl das is! *Pause.* Wissen Se, wenn man nur das einzige Kind hat, achtet man schon n bisschen drauf, dass es sich nich ins Unglück stürzt. *Pause.* Aber ich konnte sagen, was ich wollte, meine Renate war so vernarrt in ihn, dass ich vollkommen machtlos war. Liebe macht bekanntlich blind.
B Da kann man nix machen. So isses.
A Aber als Mutter kann man doch nich einfach zugucken! Da braucht man sich hinterher wenigstens keine Vorwürfe machen. Nee, ich hab se rechtzeitig vor ihm gewarnt. *Pause.* Naja, aber jetzt isses zu

spät. *Pause.* Jetzt muss se halt selber ausbaden, wasse sich da eingebrockt hat. *Pause.* Aber eines Tages sieht se bestimmt ein, dass se auf ihre Mutter hören hätt solln, aber das wird ihr dann auch nich mehr viel nutzen. Naja...

B Ja, ja, so isses halt. Kleine Kinder, kleine Sorgen, große Kinder, große Sorgen. Die Sorgen hören halt nie auf. Ich könnt Ihnen auch was erzählen. Ich...

A Es is ja nich so, dass ichs mir anmerken hab lassen, dass ich ne Abneigung gegen ihn hab. Im Gegenteil. Ich war immer ganz freundlich zu ihm. Viel zu freundlich. Sie wissen ja, wies oft im Leben so is. Man kann sich ja auch täuschen: Manchmal is einem einer auf Anhieb unsympathisch, der in Wirklichkeit gar nich so ohne is.

B In der Hinsicht hab ich mich noch nie getäuscht. Wenn mir jemand auf Anhieb unsympathisch war, issers auch geblieben.

A Naja, und ich hab mir halt eingeredet, dass mein erster Eindruck von ihm falsch war. *Pause.* Und dann hat se n halt geheiratet, und dann gings los. Dann sind se nämlich bei mir eingezogen, weil se noch keine Wohnung hatten. *Pause.* Das Vierteljahr, was die bei mir gewohnt ham, wer ich mein Lebtag nich vergessen! *Pause.* Wie der sich benommen hat! Als wär ich gar nich dagewesen! Wien Stück Dreck! Ich müsste lügen, wenn ich was andres sagen würd.

B Was hatn Ihre Tochter dazu gesagt?

A Gar nix. Die hat doch zu allem ja und amen gesagt, was er gesagt hat. Und wenn ich mal was zu ihr gesagt hab, hat se mich bloß ausgelacht. *Pause.* Ihr Vatter hätt sich das garantiert nich bieten lassen, wenn der noch gelebt hätt. Nee, der nich! Der hätt den Kerl schon nach zwei Tagen rausgeworfen.

B Und warum ham Sies nich gemacht?

A Weil ich meine Tochter nich verlieren wollte. Ich häng so an dem Mädchen. Wenn man nur die einzige hat... Vielleicht sieht sies ja mal ein, dass ihre Mutter doch recht hatte! *Pause.* Nee, das war wirklich das schlimmste Vierteljahr in meim ganzen Leben. *Pause.* Die Hölle auf Erden! *Pause.* Denken Sie, der hätt einmal n freundliches Wort zu mir gesagt? *Pause.* Nich mal gegrüßt hat er mich, wenn er morgens zum Kaffetrinken kam. Ich stand extra immer ne Stunde früher auf, dass ich ihnen das Frühstück machen konnte. Ja, und abends, als er ausm Geschäft kam, da hat er mich so böse angeguckt, als wollt er mich jeden Augenblick aus meiner eigenen Wohnung rauswerfen.

B Das ham Se sich vielleicht nur eingebildet.

A Ich eingebildet? *Pause.* Nee, das hab ich mir nich eingebildet. Das war Tatsache. *Pause.* Wie Luft hat er mich behandelt, aber ich bin auch bloß n Mensch. Ich hab auch bloß Nerven. *Pause.* Und wie se dann ne eigene Wohnung hatten, da ham se sich überhaupt nich mehr gemeldet. *Pause.* Ich konnt anrufen, wann ich wollte, die warn nie zu Haus. Und wenn se mal zu Haus warn, dann ging keiner ran. *Pause.* Ich wusst ja nich mal, wies meiner Renate geht! Was meinen Se, was ich mir für Sorgen um sie gemacht hab!

B Kann ich mir vorstellen. Ich hätt mir an ihrer Stelle...

A Acht Tage lang hab ich gewartet, dass se sich von selbst rührt. Acht Tage, dann hab ichs einfach nich mehr ausgehalten, da bin ich Sonntagabend einfach zu ihnen hin, aber meinen Se, der hätt mich in die Wohnung reingelassen? *Pause.* An der Tür hat er mich abgefertigt.

B Das is aber schon unverschämt.
A Das is noch gar nix. Das Schlimmste kommt noch: Wissen Se, was er gesagt hat, bevor er mir die Tür vor der Nase zugehaut hat: Nach dem Vierteljahr, wo se bei mir gewohnt ham, möchte er mich mal ein Jahr lang nich mehr sehn.
B Das ist doch...
A Ich möchte nur wissen, was ich dem getan hab! Ich bin mir keiner Schuld bewusst. So wahr ich hier steh. *Pause.* Nee, das hätt ich mir nich träumen lassen, dass es mal so weit kommt, dass ich nich mal mehr meine eigenen Tochter besuchen darf. *Pause.* Ihn will ich ja gar nich sehn. Bloß mein Mädel.
B Aber der kann Ihnen doch nich verbieten, dass...
A Hab ich mir auch gesagt. Und deswegen dacht ich mir: red doch einfach mal mit Renate, wenn er nich dabei ist, und dann hab ich se abgepasst, wie se abends von Dr. Wimmer gekommen is. *Pause.* Hab ich Ihnen schon gesagt, dass meine Tochter Arzthelferin ist?
B Nein.
A Ich hab ihr nur eine Frage gestellt. Eine einzige Frage. Was hat dein Mann gegen mich? Drauf hat se nur gesagt: Das musste doch selber wissen. Wenn de das nich weißt, dann tuste mir leid. *Pause.* Und dann isse einfach weitergegangen und hat mich mitten auf der Straße stehen lassen. *Pause.* Das tut weh! Das tut so weh! Was meinen Se, wie mir zumute war? *Pause.* Und acht Tage später war dann die Anzeige in der Zeitung drin! *Sie zitiert.* »Von Kranzspenden bitten wir abzusehen.« *Pause.* Jetzt hat ers geschafft! Das wollt er ja bloß – die ganze Zeit! Jetzt hat ers geschafft! Jetzt hab ich die längste Zeit ne Tochter gehabt, und Renate die längste Zeit ne Mutter.

B Aber sowas dürfen Se doch nich sagen.

A In vier Wochen hab ich Geburtstag. So lang wart ich noch. Wenn se sich bis dahin nich rührt, dann bring ich mich um.

B Um Gotteswillen, Sie werden doch nich so dumm sein und deswegen Ihr Leben wegwerfen?

A Ich weiß, was ich zu tun hab.

B Sein Leben darf man nich einfach wegwerfen. Egal, wie schlechts eim geht. Ich könnt Ihnen sagen, ich...

A Kann ich meine Todesanzeige wieder ham? *Sie bekommt ihre Anzeige wieder.* Die werden vielleicht Augen machen, wenn se die nochmal lesen...

Die Zeitungsmeldung

Mann *liest Zeitung* Leute gibts. Da hat n Mann seiner Frau n Strick um en Hals gebunden, son Kälberstrick, und dann hat er sie wien Kalb hinter sich hergezogen, in sein Auto rein, und isser mit ihr zu sich nach Hause gefahrn.

Frau Da sieht man wieder, wozu Männer alles fähig sind!

Mann Es wär ja nich passiert, wenn se nich so blöd gewesen wär und ihm die Tür aufgemacht hätt!

Frau Die Tür? Was für ne Tür?

Mann Na, die Tür von ihrer Wohnung. Nachdem se sich von ihm getrennt hat, hat se sich ne eigene Wohnung genommen. Und dann isser gekommen und hat se gefragt, ob se nicht seine Hose flicken kann. In dem Moment, als sie sich gebückt und seine Hose angeguckt hat, hat er ihr ne Schlinge um den Hals gelegt und hat zugezogen...

Frau Also, ich weiß nich, wenn ich mich mal von nem Mann trenne, dann flick ich ihm doch keine Hose mehr...

Mann Und dann hat er gedroht, er erdrosselt se, wenn se ihre Scheidungsklage nich zurückzieht.

Frau Also, wenn du mich mal verlassen würdest, dann könntste mich meinetwegen bitteln und betteln, aber deine Hose...

Mann Jetzt hör aber mal mit der Hose auf! *Pause.* Und dann hat er se mit nem fünfzig Zentimeter langen Buschmesser bedroht...

Frau Ich hättn nich mal zur Tür reingelassen. Das hat sie sich doch denken können, was der vorhatte. Von wegen Hose flicken...

MANN Hörste jetzt auf!
FRAU Ich flick deine Hose nich mehr, wenn wir...
MANN Aufhörn!
FRAU Da musst du dir schon ne andre suchen. Ich mach das nich mehr.
MANN Soll ich noch weiterlesen, was da steht, oder nich? *Pause.* Und dann hat er se gefesselt, wien Paket hat er se verschnürt, nur die rechte Hand hat er freigelassen.
FRAU Warum die rechte? Wegen dem Flicken?
MANN Du kapierst wieder mal gar nix! Dasse unterschreiben kann!
FRAU Unterschreiben? Was unterschreiben? Erst soll se flicken und dann... Jetzt komm ich aber nich mehr mit.
MANN Nee, dasse sich nich von ihm scheiden lässt.
FRAU Ach so.
MANN Und dann hat er se sechs Stunden lang festgehalten, und dann konnt se endlich türmen.
FRAU Dann war se aber nich richtig gefesselt.
MANN Da steht: Als der Mann sich für einige Zeit aus dem Zimmer entfernte, gelang der Frau die Flucht.
FRAU Das is wieder mal typisch. Das is nix Halbes und nix Ganzes. Ich brauch doch keine Zeitung, wenn sie immer nur die Hälfte von was reinschreiben! *Pause.* Das nächste Mal lieste mir son Mist aber nich mehr vor! Regt mich bloß auf.
MANN Das Einzige, was noch dasteh, is, dass der Mann Heringsbrater war...
FRAU Heringsbrater warn mir noch nie geheuer.

Das Familiengrab

Ein Grabstein. Eine Frau kommt mit einer Blumenschale.

FRAU Tag, Vatter, ich hätt mich heut fast nich hergetraut, aber was will ichn machen? Irgendwann musst dus mal erfahren. Heut bring ich dir keine gute Nachricht. Sei mir nich böse, ich kann nix dafür. Ich hab mein Möglichstes getan. Ich komm grad vom Gericht. Vielleicht wärs besser gewesen, wenn ich nich gekommen wär, aber du willst schließlich auch wissen, wie de dran bist. Es geht ja um dich. Drum kann ich dich einfach nich länger warten lassen. Das brächt ich nich übers Herz. *Pause.* Jetzt stell ich dir aber erst mal die Blumenschale da her. Ich weiß, das isn schwacher Trost, aber schön sind se trotzdem, die Blumen. Gottesaugen. Die machen sich gut auf deim Grabstein. *Pause.* Also, wie gesagt, ich komm grad vom Gericht. Also, Vatter, wenn ich gewusst hätt, wie der Prozess ausgeht, dann hätt ich mir das Geld gleich sparen können. Das sind 500 Mark zum Fenster rausgeworfen! Das is viel Geld. Die nehmens doch von den Lebendigen. Und dabei hamse nur ihre Paragraphen im Kopf. Da, wo andre n Herz ham, da ham die ihre Paragraphen drin. Was andres interessiert die doch nich. Das sind doch keine Menschen mehr, die solche Urteile fällen. Und noch dazu im Namen des Volkes! Dass ich nich lache! Wo bleibtn da die Gerechtigkeit!

Vatter, weißte, wie lang der noch zu dir reindarf? Zehn Jahre. Das kam bei dem Prozess raus. Zehn

Jahre. Das musste dir mal vorstellen. So lange, wie der Mietvertrag für dein Grab läuft! Das is doch kein Urteil, das is ne Gemeinheit. Jetzt sind wir genau so schlau wie vorher.
Und dabei war das ja von Anfang an mein Grab, das heißt, unser Grab, Vatter. Dem wars doch egal, was für eins er mal kriegt. Der wollt sich angeblich mal verbrennen lassen. Aber ich wollte immer was Besonderes ham. N Grab aufm Johannisfriedhof, das hat nich jeder, wo hier lauter berühmte Leute liegen. Nich wahr, Vatter, das hättste dir nich träumen lassn, dass du praktisch mal dort liegst, wo Albrecht Dürer liegt? Dem sein Bild von Ritter, Tod und Teufel hing lang genug in unserer Wohnung, bis wir ausgebombt wurden. Und außerdem hat der sich auch um nix gekümmert. Wer hatte denn die ganze Rennerei, bis wir das Grab gekriegt ham? Ich. Zwei Jahr lang bin ich alle vierzehn Tage in die Friedhofsverwaltung gegangen, bis ich das Grab endlich hatte. Wer hat denn dafür gesorgt, dass das Grab wieder renoviert wird? Ich. Denn wenn man schon sone Meng Geld fürn Grab ausgibt, dann muss es auch was gleich sehn. Wir brauchen uns mit unserm Grab nich schämen, Vatter. Nee, wir nich.
Und jetzt kommt er daher und behauptet steif und fest, dass ihm die Hälfte gehört, weil er alles bezahlt hat. Als ob man son Grab halbieren könnt. Da hört sich doch alles auf. Und dabei isses nich mal wahr, dass ers bezahlt hat! Ich hab ihm immerhin 5000 Mark dazugegeben. Das war alles, was ich noch auf meim Sparbuch hatte. Und außerdem war das noch n Geld von dir, Vatter, das war noch was von deim Erbe.
Die Renovierung kostete 4000 Mark und die Miete

fürs Grab kostete 8000 Mark. Das sind zusammen 12000 Mark, die wir für das Grab hinblättern mussten, Vatter, aber für dich war mir nix zu teuer. Ich verdank dir ja auch alles. Wenn man jetzt von den 12000 Mark meine – das heißt, eigentlich sinds ja deine 5000 Mark – abrechnet, dann hat er bloß 7000 Mark fürs Grab bezahlt. So billig kommt der nie wieder aufn Johannisfriedhof. Wenn der nur nich so stur wär! Ich würde wirklich alle Hebel in Bewegung setzen, bis ich 7000 Mark zusammenkratzen könnt! Aber nein, der is stur wien Panzer. Und dann hängt er eim auch noch n Prozess an. Und so eim geben die Richter auch noch Recht! Das musst du dir mal vorstellen, Vatter: Wenn der in den nächsten zehn Jahren stirbt, solange der Mietvertrag noch läuft, dann darf der automatisch bei dir beerdigt werden, obwohl er nich mal mit dir verwandt is. Mit mir isser ja auch nich mehr verwandt, wo wir seit nem halben Jahr geschieden sind. Jetzt isser für mich bloß nochn wildfremder Mensch. Nix weiter. Und son wildfremer Mensch darf zu dir ins Grab rein. Nein, das sind keine Richter, weil das eben keine Gerechtigkeit is, dass wildfremde Menschen die Ruhe von einem Toten stören dürfen. Die Ruhe eines Toten sollte auch einem Richter heilig sein.
Aber eins versprech ich dir heut schon, Vatter. Sollte der vor mir sterben, dann lass ich dich schleunigst umbetten. Das kommt überhaupt nich in Frage, dass der mal zu dir reinkommt. Nach allem, was er mir und dir angetan hat. Dann kauf ich dir lieber n neues Grab. Und wenn ichs mir vom Mund absparen muss...
Um Gotteswillen, das wär ja nich auszudenken, wenn das passiert, was mir jetzt grad eingefallen is:

Bis 1990 darf der unser Grab mitbenutzen, solange wie der Vertrag läuft. Wenn der jetzt zum Beispiel nochmal heiratet – und wie ich den kenn, macht er das auch – dann darf er – gesetzt den Fall, seine Frau stirbt – seine Frau jederzeit zu dir reinlegen lassen. Das sind doch Zustände! Und wenn er vor seiner Frau stirbt und die heiratet auch nochmal, und ihr Mann stirbt vor ihr innerhalb der nächsten zehn Jahre, dann kannse ihrn Mann auch zu dir reintun, dann liegen schon zwei Fremde in unserm Grab. Gott im Himmel, zwei Fremde, da kanns einem ja himmelangst werden, wer in dein Grab noch alles reinkommen kann.

STEHCAFÉ 10

A Was kommtn heut Abend dran?
B Weiß ich nich.
A Hoffentlich was Schönes. Was andres kann ich nich sehn.
B Ich schalte immer um.
C Bin ich froh, dass ich gestern nich in die Pirckheimerstraße gegangen bin. Da wurde ne Frau überfahren. Das hätt mir auch passieren können.
D Das war doch n Zufall.
C Nee, n Zufall war das nich. Wenn die Frau nich in die Pirckheimerstraße gegangen wär, würd sie heut noch leben.
D So wie du.
C Genau.

Zehn Pfennig für die Tiere

Ein älterer Mann, wendet sich in der Fußgängerzone mit einer Sammelbüchse an die Passanten.

MANN Zehn Pfennig, zehn Pfennig. Ham Se nich zehn Pfennig für die Tiere? *Pause.* Gar nich auszudenken, wo wir noch hinkommen, wenns so weitergeht. Da sieht man erst mal, wozu die Menschen alles fähig sind. *Pause.* Ich trau keim mehr übern Weg. Nee, jetzt isses aus. Die können noch so schön tun mit eim. Aber in Wirklichkeit wolln se ein bloß fix und fertig machen! Eher geben se keine Ruhe. Und das Allerschlimmste is: die meinen auch noch, sie sind normal. *Pause.* Zehn Pfennig, zehn Pfennig. Ham Se nich zehn Pfennig für die Tiere? Was, Sie wolln mir zuhören? *Pause.* Gehen Se lieber weiter! Es is besser, wenn Se nich stehnbleiben und mir zuhören. Sonst gehts Ihnen am Ende so wie mir. Ich bin nämlich n Geistesgestörter. Das hab ich sogar schriftlich. *Pause.* Gehen Se lieber weiter! Sonst könnts sein, dass das noch auf Sie abfärbt. *Pause.* Dann sind Se auch dran! Was, Sie lachen noch? Geben Se bloß Obacht! Ihnen wirds Lachen schon noch vergehn, wenns Ihnen so geht wie mir. Das kann schneller gehen, als Se denken. *Pause.* Vor nem Jahr hätt ich nich mal in meim allerschlimmsten Traum dran gedacht, dass ich mal für verrückt erklärt werde. Aber jetzt hab ichs schriftlich. *Er zieht ein Schriftstück aus der Jackentasche.* Da stehts schwarz auf weiß. *Er liest vor.* »Herr Johann Fruchtmann leidet an einem hirnorganischen Defektbild mit paranoiden Ideen und Gedächtnisstörungen.« *Pause.* Jetzt sind Se genau so schlau wie ich, wie ich das zum ersten Mal gelesen hab. *Pause.* Aber dann hab ich jedes Fremdwort in meim Lexikon nachgeschlagen, und dann hab ich gewusst, dass alles aufs Gleiche rausläuft: die meinen, ich bin reif für die Irrenanstalt! *Pause.* Zehn Pfennig, zehn Pfennig? Ham Se nich zehn Pfennig für die Tiere? *Pause.* Jetzt wolln Se wahrscheinlich wissen, wies dazu kam. Ganz einfach. Das warn meine Nachbarn. Aber was kann man dagegen machen? Nix. Gar nix. Das sind alles normale Leute. Und wenn so viele normale Leute auf einen Haufen behaupten, dass man nich normal is, dann is man halt nich normal. Und das bloß, weils mir voriges Jahr, als meine Frau gestorben is, die Petersilie verhagelt hat. *Pause.* Wir warn über 40 Jahre mitnander verheiratet, und auf einmal war ich ganz allein, Kinder ham wir ja keine. Ich wollts einfach nich glauben, dass se tot is. Ich dachte, die is bloß mal eben weggegangen – einkaufen oder zum Sammeln in die Fußgängerzone. Die hatte ja die Viecher zu gern, meine Anna. Wahrscheinlich, weil se keine Kinder gekriegt hat. Und bei Wind und Wetter, egal obs heiß war oder obs schneite, stand sie mit dieser Sammelbüchse einmal in der Woche hier an dieser Stelle, wo ich jetzt stehe, und hat für die Tiere gesammelt. *Pause.* Zehn Pfennig, zehn Pfennig. Ham Se nich zehn Pfennig für die Tiere. Das hat se immer gerufen. Genau dasselbe wie ich jetzt. Ich weiß gar nich mehr, wie lange ich meine Frau überall gesucht hab. Das können zwei Wochen, zwei Monate oder n Vierteljahr gewesen sein. Ich hab einfach das Gefühl für die Zeit verloren. Die Zeit war mir egal. Aber dann blieb mir nix andres übrig, ich musste mich einfach damit abfinden, dass se nich mehr kommt. Und wegen dem Vierteljahr, dem einzigen Vierteljahr in meim Leben, wo mir mal n bisschen die Nerven durchgegangen sind, soll ich jetzt geistesgestört sein? *Pause.* Da dürfte man nich mal mehr um einen Menschen trauern! Und wenn, dann heimlich in den eigenen vier Wänden, damits die Nachbarn nich mitkriegen, sonst könnts ja sein, dass se zur Polizei rennen. Und die Polizei rennt dann aufs Gesundheitsamt, und die rennen eim dann so lang die Bude ein, bis man für verrückt erklärt wird. Gut, wenn Sies genau wissen wollen, dann erzähl ichs Ihnen halt ganz genau. Ich hab in meim Leben immer meine fünf Sinne beieinander ham müssen. Ich war nämlich Lohnbuchhalter in ner Bleistiftfabrik, bis ich meine Rente gekriegt hab. Ich krieg übrigens ne schöne Rente, wenn Sie das interessiert, weil ich mein ganzes Leben lang gearbeitet hab. Sie können sich gar nich vorstellen, wie ich mich da drauf gefreut hab, dass ich mal mit meiner Frau nen schönen Lebensabend verbringen kann. Und dann muss se mir wegsterben – von einem Tag aufn andern. Da muss es doch den stärkesten Elefanten umhaun, wenn so was passiert. Es sei denn, man isn Holzklotz. Aber das bin ich nich. Das war ich noch nie in meim Leben. Kein Wunder, dass ich durchgedreht bin! *Pause.* Aber die Ausfallerscheinungen ham nach nem Vierteljahr wieder nachgelassen. Das dürfen Sie mir glauben. *Pause.* Ich war wieder n ganz normaler Mensch, als das Vierteljahr um war. Aber für meine Nachbarn war ich scheinbar immer noch nich normal! *Pause.* Die ham behauptet, ich hätt mich nachts im Treppenhaus rumgetrieben mit ner brennenden Kerze in der Hand und hätt nach meiner Frau geschrien. Und einmal soll ich sogar mitm Schlafanzug auf die Straße gegangen sein. Mit ner brennenden Kerze bin ich nie im Leben im Treppenhaus rumgelaufen, weil ich nie ne Kerze im Haus hab! *Pause.* Ich kann mir schon denken, wer das behauptet hat! Das war die Krause von nebenan. Die hat mal wieder Gespenster gesehn. *Pause.* Zehn Pfennig, zehn Pfennig, ham Se nich zehn Pfennig für die Tiere? *Pause.* Es geht nich mehr mit rechten Dingen zu. Die lassen se frei rumlaufen, obwohl se Gespenster sieht, und mich wolln se einsperren! Ham wir vielleicht n Staat! Leute, die nich normal sind, bestimmen, wer normal is und wer nich! Und dann das mitm Schlafanzug: Ich geh jeden Tag im Schlafanzug runter zum Briefkasten und hol meine Zeitung. Und einmal war se noch nich da, da hab ich halt die Haustür aufgemacht und bin n paar Schritte auf die Straße raus und hab geguckt, ob der Zeitungsmann noch kommt. Und schon is man n Irrer. So schnell geht das! *Pause.* Ja, und eines Tages hab ich n Brief vom Gesundheitsamt gekriegt, ich soll doch mal aufs Gesundheitsamt gehen und mich auf meinen Geisteszustand untersuchen lassen, aber das hab ich dann einfach nich gemacht, weil ich dachte, da hat mir einer n bösen Streich gespielt. *Pause.* Ne Woche später standen zwei Leute vor meiner Tür und ham wie verrückt geläutet, die hab ich dann gleich an der Tür abgefertigt! Ich hab übrigens immer ne Sicherheitskette an meiner Tür, wenn ich zu Haus bin. Man kann ja nie wissen. Ich lass doch kein in meine Wohnung rein, wo so viel in der Zeitung steht. Und die beiden, die vor meiner Tür standen, ham behauptet, sie kommen vom Gesundheitsamt. Zu denen hab ich bloß gesagt, nein, ihr denk wohl, ich bin dumm? Auf den Trick fall ich nich rein, das hab ich schon mal in »XY« gesehn. Sie brauchen mir Ihre Ausweise erst gar nich zeigen, weil die gefälscht sind. *Pause.* Einer von den beiden mussn Doktor gewesen sein. N Psychiater. Vierzehn Tage später hab ich das Schreiben hier gekriegt, was ich Ihnen grade vorgelesen hab. Und in vier Wochen wolln se mich in ein Heim einweisen. *Pause.* Zehn Pfennig, zehn Pfennig, ham Se nich zehn Pfennig für die Tiere? *Pause.* Aber das schaffen die nich. Das können se mit solche machen, die sich nich mehr wehren können, aber mit mir nich! *Pause.* Ich stell mich so lang in die Fußgängerzone, bis ich alle Leute überzeugt hab, dass ich normal bin. *Pause.* Zehn Pfennig, zehn Pfennig! Ham Se nich zehn Pfennig für einen völlig normalen Menschen, den man für geistesgestört erklärt hat, nachdem ihm seine Frau weggestorben is, mit der er über 40 Jahre verheiratet war. Zehn Pfennig, zehn Pfennig. Ham Se nich zehn Pfennig?

Der Hausfrieden

Eine ältere Frau an einer Mülltonne.

ÄLTERE FRAU Also, das geht jetzt schon seitn paar Wochen. Ach, Wochen, das reicht nich. N Vierteljahr mindestens. Eben wollt ich ne Plastiktüte in mein Mülleimer reintun, da war er schon wieder voll! Ich möchte wissen, was mein Mülleimer die Leute angeht! Da hat keiner was drin verloren! Da steht groß und deutlich mein Name drauf: Schmidt mit d-t. Als ob se nich lesen könnten, glaubste! Aber die machen das mit Absicht, dass se was reintun. Ich würd ja nix sagen, wenns nich so wär. Als ich zum ersten Mal gemerkt hab, dass ich n Zaungast hab, der bei mir was reintut, hab ich extra n Zettel draufgeklebt mit Klebstreifen: »Bitte leeren Sie Ihre Tüte woanders hin!« Aber da kannste schreiben, was de willst, das ham die nich mal gelesen. Und der Zettel war auch verschwunden. Wenn ich nur wüsst, wer sowas macht. Einer muss es gewesen sein. N Fremder wars bestimmt nich. Die Haustür is immer zu. Das muss einer ausm Haus gewesen sein. Aber wenn ich ihnen auf der Treppe begegne, dann sind se immer scheißfreundlich. Dann tun se so, als wär nix gewesen. Aber ich lass mir auch nix anmerken. Ich bin doch nich doof! Aber wenn ich einkaufen geh, gehn se schnell in Hof runter und tun ihre Plastiktüten in mein Mülleimer rein! Neulich hab ich mir mal sone Tüte angeguckt. Ich dachte mir, vielleicht kriegst dus raus, wenn de dir mal sone Tüte anguckst. Also, ich hab einfach sone Tüte mit rauf in meine Wohnung genommen, denn unten im Hof kann ich se ja nich ausleeren, sonst denken die Leute noch, ich bin verrückt. Aber die Freude mach ich ihnen noch. Naja, und dann hab ich n paar Zeitungen aufn Tisch in der Küche gelegt und hab den Müll untersucht. Ich hab gesucht und gesucht, aber nix gefunden, kein Briefumschlag mitm Namen drauf. Nix, rein gar nix! Die sind ganz schön gerissen, die ihr Zeug bei mir reintun. Keine Spuren, nix! Paar Zigarettenkippen warn drin und Asche. Joghurtbecher, son billiges ausm Supermarkt, paar Büchsen, Sauerkraut, und Mischgemüse, Karotten und Erbsen. Also, ich hab mir schon Gummihandschuhe angezogen, wie ich den Dreck untersucht hab. Ich fass doch das stinkende Zeug nich mit bloßen Händen an. Also, eins weiß ich jetzt, die machen jeden Tag Kartoffelsalat. Wo solln denn sonst so viele Kartoffelschalen herkommen? Ich ess ja kaum Kartoffeln, und wenn, dann mach ich mir Salzkartoffeln, aber die kennen wahrscheinlich nix andres wie Kartoffelsalat. Tagein, tagaus! Und dann hab ich noch was Verdächtiges gefunden: Fingernägel. Ganz lange warns und lackiert warn se auch. N klein Verdacht hab ich jetzt schon, aber ich darf noch nix sagen, sonst könnten se mich ja anzeigen. Und außerdem lackiern sich die Weiber hier im Haus ihre Fingernägel jeden Tag mit ner andren Farbe. Solang ich den Täter noch nich hab, kann ich nix unternehmen. Und bloß aufn Verdacht hin soll man auch nix machen. Und wie ich mit meiner Untersuchung von dem Inhalt von der Plastiktüte fertig war, da hab ich se wieder fein säuberlich in mein Mülleimer rein. Ich hab se genauso rein, wie se drin war, damit keiner Verdacht schöpfen kann. Gestern hab ich nochmal ne Tüte untersucht. Ich hab se wieder mit rauf in meine Wohnung genommen und ausgeleert. Und schon hab ich mich geschnitten. Da, da sieht mans noch! *Sie zeigt den Daumen ihrer rechten Hand.* In der Tüte warn nämlich lauter so Glasscherben drin, von so Saftflaschen. Die ham se absichtlich rein, weil se gemerkt ham, dass ich ihre Plastiktüten untersucht hab. Eine Schlechtigkeit gibts auf der Welt! Ich hätt mir die Pulsadern aufschneiden können, aber das is denen scheinbar egal. Wenn ich dran denk, wirds mir ganz anders. Wer weiß, was das nächste Mal in den Plastiktüten drin is. Aber ich mach keine mehr auf. *Pause.* Und jetzt, jetzt is der Mülleimer schon wieder voll! Also, das muss man sich mal vorstellen, wie böse die Menschen sind! Ich würd nix sagen, wenn se hin und wieder mal eine Tüte... aber jeden Tag, nee! *Sie ringt nach Luft.* Aber jetzt, jetzt krieg ichs raus, wer das is. Jetzt mach ich kurzen Prozess, das hab ich mir geschworen. Ich stell mich nämlich in den Schuppen rein, wo bei uns aufm Hof die Fahrräder drin sind. Und wenn jemand kommt undn Fahrrad holen will, tu ich halt so, wie wenn ich n Fahrrad putze. Ich hab zwar keins, aber das macht nix. Das merken die nich, dass ich keins hab. Ich lass mir doch nich alles bieten! Wenn man sich alles bieten lässt, machen die Leute mit eim, was se wolln! Genauso isses mit der Treppe. Jedesmal wenn ich mit der Treppe dran bin, isse am Abend schon wieder dreckig, bloß dass se sagen können, ich hätt se nich geputzt. Ich komm schon noch dahinter, wer in unserem Haus gegen mich is! Gestern war meine Zeitung nich im Briefkasten, obwohl ich genau weiß, dass se die Zeitungsfrau immer in den Briefkasten reinsteckt! Da hat doch einer meine Zeitung einfach rausgenommen und aufn Boden gelegt. Ich möchte wissen, wen meine Zeitung was angeht. Wenn jemand ne Zeitung will, soll er sich selber eine kaufen. Das gehört sich einfach so. Und wenn ses schon ausm Briefkasten rausnehmen, können ses auch wieder reintun! Ich glaub, das war derselbe, der immer seine Plastiktüten in mein Mülleimer reintut. N andrer macht doch sowas nich, oder? Und meine Treppe macht er auch dreckig, wenn ich dran bin. Wer denn sonst? In unserem Haus könnt alles so schön sein. Ich will ja mit den Leuten auskommen, aber derjenige, der immer seine Plastiktüten in mein Mülleimer reintut, der tut noch so lang rum, bis ich auszieh, aber den Gefallen tu ich ihm nich. Ein Haus ist das vielleicht! Ich bin heilfroh, wenn ich meine Tür hinter mir zumachen kann.

DAS FAMILIENFOTO

Drei Frauen und drei Männer in einem Garten.

1. MANN Kommt, schnell raus, solang die Sonne noch scheint.
3. FRAU Du hasts aber eilig.
1. MANN Jetzt machen wir ne Aufnahme, wo wir alle drauf sind.
2. MANN Haste überhauptn Film in deim Foto?
1. MANN Ich werd kein Film in meim Foto ham! Red doch kein Blödsinn!
1. FRAU Ob die Bilder überhaupt noch was werden? Der Film ist doch schon seitm halben Jahr im Apparat.
1. MANN Die werden schon was. Ich hab schon öfter fotografiert. Und so Filme halten sich n Jahr.
2. MANN Wenn man se nich in die Sonne legt.
1. MANN Du meinst wohl, ich leg mein Foto in die Sonne?
2. FRAU Muss das denn unbedingt sein, dass de uns fotografierst?
1. MANN Was sein muss, muss sein.
2. FRAU Ich hab so furchtbare Kopfschmerzen!
2. MANN Das sieht man doch auf dem Bild nich.
1. MANN So, jetzt stellt ihr euch mal alle hierher.
3. MANN Wohin?
1. MANN Na, da untern Baum.
2. MANN Du willst wohl n Baum auch noch mit draufbringen?
1. MANN Nee, nur euch.
3. MANN Unter den Baum würd ich kein drunterstellen, wenn ich euch fotografieren würd.

1. MANN Warum denn nich?
3. MANN Da haste doch kein vernünftigen Hintergrund auf deim Bild. Bloß dein Gartenzaun.
1. MANN Was hastn du gegen mein Gartenzaun?
2. MANN Gar nix. Aber das gibt kein schönes Bild.
1. MANN Ich mach immer schöne Bilder.
1. FRAU Na, so schön sind die letzten Bilder aber nich geworden, wo du von mir gemacht hast.
1. MANN Das liegt nich an mir.
2. FRAU Sollen wir jetzt unter dem Baum stehenbleiben?
1. MANN Was der bloß gegen den Baum hat?
3. MANN Ich hab nix gegen den Baum, aber der Hintergrund, verstehste?
1. MANN Ich hab bis jetzt alle Leute unter dem Baum fotografiert.
3. MANN Dann wirds ja mal langsam Zeit, dass du se mal woanders fotografierst.
1. MANN Dann stellt euch halt in Gottes Namen dort rüber vor die Buchsbaumhecke.
3. MANN Ja, dagegen hab ich nix. Das is wenigstens n vernünftiger Hintergrund.
1. MANN So, und jetzt stellt ihr euch nebeneinander auf, und dann mach ichn Bild.
1. FRAU Aber pass auf, dass unsere Köpfe drauf sind. Das letzte Mal haste mich ohne Kopf fotografiert.
1. MANN Dein Kopf is auch nich so wichtig. *Pause.* Nee, Erna, so wird das nix. Wenn du mit deim roten Kleid neben Waltraud in ihrm gelben Kostüm stehst, dann sieht das nix gleich.
2. FRAU Von wegen, das sieht nix gleich. Mein Kleid war nich gerade billig!
1. MANN Ich hab nix gegen dein Kleid gesagt, Erna. Das steht dir sogar.

2. FRAU Danke!

1. MANN Ich dachte nur, dass de dich nich neben Waltraud stellen sollst. Ich hab nämlich n Farbfilm drin, da machen sich Kontraste besonders gut. Also, das Einfachste is, wenn sich Rudi links außen hinstellt.

2. MANN Ich wollt immer schon Linksaußen werden. Schon als Junge.

1. MANN Und dann kommt die Erna, jawohl, so isses recht. Das sieht gut aus. Und dann kommt noch der Willi mit seim blauen Anzug. Das isn Kontrast. Und dort stellt sich die Evi hin. Haste gehört, Frau, du sollst dich dort hinstellen. So, das gibt jetzt n schönes Bild.

2. MANN Hoffentlich hast dus bald.

1. MANN Ihr müsst nur noch lächeln. So, wie ihr jetzt dasteht, fotografier ich euch nich. Da denkt man ja, man is auf ner Beerdigung. Komm, Erna, lach doch!

1. FRAU Mit den Kopfschmerzen?

2. MANN Ich lach immer, wenn ich Kopfschmerzen hab.

2. FRAU Du hast doch nie welche.

1. MANN Nee, Erna, n bisschen freundlicher musste schon sein. Da werden deine Kopfschmerzen gleich besser, wenn de n klein wenig lachst. So isses gut. Jetzt macht meine wieder son Gesicht! Menschenskind, die Erna lacht, und du machst n Gesicht.

1. FRAU Weils mir zu lange dauert, das ewige Hin und Her.

1. MANN Wenn de son Gesicht machst, dauerts noch länger. Die Bilder kosten ne Menge Geld, wenn ich se entwickeln lasse, da will ich kein mit som Gesicht drauf sehn.

3. MANN Bis das Foto fertig is! Da wird ja ne alte Kuh wieder jung.

2. MANN Der muss auch näher her, der Schorsch. Der is doch viel zu weit weg!
1. MANN Ich bin nich zu weit weg!
2. MANN Auf dem Bild sind wir bestimmt alle so klein. *Er zeigt es.*
1. MANN Was du alles weißt!
2. MANN Lass mich halt mal durch die Sucher gukken, dann sag ich dir, wie dus machen musst.
1. MANN Du bleibst jetzt stehn, wo de stehst. Ihr braucht bloß enger zusammenrücken, dann kann ich n Meter weiter nach vorn gehen.
2. FRAU Wir können nich enger zusammenrücken.
1. FRAU Das wirdn Bild werden. Schade um den Film!
1. MANN Halt die Klappe und lach lieber! Jetzt wirds ernst.
3. MANN Na hoffentlich.
1. MANN Du kannst jetzt auch die Klappe halten! *Pause.* Das hab ich jetzt davon, dass ichn Meter weiter nach vorn gegangen bin. Jetzt ist meine Frau nich mehr drauf.
1. FRAU Wär auchn Wunder, wenn ich mal ganz drauf wär auf som Foto.
1. MANN Und was is mit unserm Hochzeitsbild im Schlafzimmer?
1. FRAU Das hast du auch nich fotografiert.
1. MANN Was mach ichn jetzt bloß, dass ich se auch noch mit draufbring?
2. MANN Geh halt n halben Meter zurück!
1. MANN Bist du vielleicht schlau! Meinste, auf die Idee wär ich nich gekommen?
2. MANN Lang kann ich aber nich mehr lachen.
2. FRAU Ich auch nich. Meine Kopfschmerzen werden immer schlimmer.
1. MANN Jetzt habt ihrs doch gleich überstanden.

3. FRAU Wird auch Zeit.

1. MANN Achtung! Lachen! Jetzt drück ich ab. *Pause.* Was isn da los?

1. FRAU Ich habs ja gewusst, dass das nichts wird.

1. MANN Jetzt leuchtet auf einmal das rote Lämpchen auf.

3. MANN Weil die Sonne weg is.

1. MANN Warum habt ihr mir denn nicht gesagt, dass die Sonne weg is?

3. MANN Wir ham doch lachen müssen.

STEHCAFÉ 11

A Vor zehn Jahren gabs sone Sendung, da musste man immer alle Lichter anknipsen, und jetzt soll man in Frankfurt anrufen, wenn man glücklich is. Wer weiß, was denen noch alles einfällt!

B Mit uns können ses ja machen.

Stücke aus dem halben Leben im Rundfunk
Kurzhörspiele von Fitzgerald Kusz
Eine Bibliographie

Etliche Dialoge dieses Bandes wurden unter dem Sammeltitel *Sooch halt wos* 1980 im Münchner Theater am Sozialamt uraufgeführt, einige wurden zuvor von verschiedenen Anstalten der ARD als Kurzhörspiele produziert und gesendet, manche in verschiedenen Dialektfassungen. Hier aufgeführt sind, in chronologischer Reihenfolge, lediglich die Erstsendungen.

Die Bestellung
Produktion: Süddeutscher Rundfunk, Stuttgart
Erstsendung: 10. Juni 1979

Tagesschau
Produktion: Hessischer Rundfunk, Frankfurt
Erstsendung: 8. Juli 1980

Die Zwerge
Produktion: Hessischer Rundfunk, Frankfurt
Erstsendung: 22. Juli 1980

Besser wie nix
Produktion: Hessischer Rundfunk, Frankfurt
Erstsendung: 25. August 1981

Fortsetzung folgt
Produktion: Bayerischer Rundfunk, München
Erstsendung: 13. Mai 1981

War des scho alles? (Herr Nachbar)
Produktion: Hessischer Rundfunk, Frankfurt
Erstsendung: 1. September 1981

Der Hausfrieden
Produktion: Hessischer Rundfunk, Frankfurt
Erstsendung: 5. August 1982

Frau Nachbar
Produktion: Hessischer Rundfunk, Frankfurt
Erstsendung: 29. November 1982

Zweikampf (Zweikampf II)
Produktion: Hessischer Rundfunk, Frankfurt
Erstsendung: 20. Januar 1983

Jetzt erst recht (Zweikampf III)
Produktion: Hessischer Rundfunk, Frankfurt
Erstsendung: 21. Januar 1983

Die Suppe
Produktion: Hessischer Rundfunk, Frankfurt
Erstsendung: 19. April 1983

Familienfoto
Produktion: Bayerischer Rundfunk, München
Erstsendung: 3. August 1983

Das Familiengrab
Produktion: Bayerischer Rundfunk, München
Erstsendung: 23. November 1983

Ä Zehnerle für die Tiere
Produktion: Bayerischer Rundfunk, München
Erstsendung: 17. April 1985

Paris einfach
Produktion: Bayerischer Rundfunk, München
Erstsendung: 6. Juni 1985

Todesanzeige (Stehcafé 9)
Produktion: Hessischer Rundfunk, Frankfurt
Erstsendung: 6. März 1986

Zweikampf (Zweikampf IV)
Produktion: Westdeutscher Rundfunk, Köln
Erstsendung: 3. Januar 1987

Fitzgerald Kusz
1944 in Nürnberg geboren, aufgewachsen in Forth, Mittelfranken (heute: Eckental), Studium der Anglistik und Germanistik in Erlangen, zwischendurch ein Jahr als »assistant teacher« in Nuneaton, Warwickshire, England. Bis 1982 Lehrer in Nürnberg. Seither freier Schriftsteller. Verheiratet. Drei Kinder. Mitglied im PEN und im Verband Deutscher Schriftsteller in der IG Medien.

Preise und Auszeichnungen:
Förderpreis der Stadt Nürnberg für Literatur, 1974;
Hans-Sachs-Preis, 1975;
Gerhart-Hauptmann-Stipendium der Freien Volksbühne, Berlin 1977;
Wolfram von Eschenbach-Preis, 1983;
Staatlicher Förderpreis für Schriftsteller des Landes Bayern, 1984;
Kulturpreis der Stadt Nürnberg, 1988;
Bundesverdienstkreuz, 1992;
Verdienstmedaille »Pro Meritis«, München 1998;
Friedrich Baur-Preis der »Bayerischen Akademie der Schönen Künste«, 1998.

Buchpublikationen: *Beherzigungen,* Gedichte, München 1968; *Wunschkonzert, Texte,* Gersthofen 1971; *Morng sixtäs suwisu nimmä,* Rothenburg o. d. Tauber 1973; *Kehrichdhaffn, Mundartgedichte,* Berlin, Erlangen, 1975; *Liichdi nei und schlouf,* Rothenburg o. d. Tauber, 1976; *Ä Daumfedern affm Droddo,* Erlangen, München, 1979; *Wennsdn sixd dann saxdersn,* Erlangen, München 1981; *Mä macht hald su weidä,* Erlangen, München 1982; *Sooch halt wos,* Szenen, Frankfurt am Main 1981; *Derhamm is derhamm,*

Volksstück, Frankfurt 1982; *Derzähl mer nix!* Gschichtler aus Franken, München 1984; *Seid mei Uhr nachm Mond gäihd,* Gedichte, München 1984; *Schweig, Bub! Derhamm is derhamm. Unkraut.* Fränkische Trilogie, München 1985; *Stücke aus dem halben Leben,* Szenen, Frankfurt 1987; *Irrhain,* Gedichte, München 1987; *Bräisälä,* Gedichte und Haikus, München 1990; *Hobb*, Gedichte, Cadolzburg 1994; *Let it be.* Drei Stücke von der Liebe, Frankfurt 1994; *Schdernla,* 144 Haikus, Cadolzburg 1996; *Du, horch*, Szenen und Geschichten, Cadolzburg 1997; *Schweig, Bub! Letzter Wille*, Zwei Volksstücke, Frankfurt 1997; *Der fränkische Jedermann.* Nach Hugo von Hofmannsthal. Sück, Cadolzburg 2001; *Wouhii.* Ein Lesebuch, Cadolzburg 2002.

Theaterstücke: *Schweig, Bub!* Volksstück, U: Städtische Bühnen Nürnberg 1976; *Selber schuld.* Volksstück. U: Nürnberg 1977; *Stinkwut.* Volksstück. U: Nationaltheater Mannheim 1979; *Sooch halt wos.* Szenen. U: Theater am Sozialamt, München 1980; *Saupreissn.* Volksstück (Auftragsstück zum Preußenjahr) U: Schillertheater, Berlin 1981; *Derhamm is derhamm.* Volksstück. U: Nürnberg 1982; *Unkraut.* Volksstück. U: Esslingen 1983; *Burning Love.* U: Konstanz 1984; *Höchste Eisenbahn.* U: Esslingen 1985; *Die Nibelungen.* Eine deutsche Seifenoper. U: Theater links der Isar, München 1990; *Let it be!* Volksstück mit Gesang. U: Düsseldorf 1993; *Letzter Wille.* Ein Leichenschmaus in fünf Akten. U: Theater links der Isar, München Lustspielhaus, 1996; *Mama, Der Alleinunterhalter.* Zwei Einakter. U: Theater links der Isar, München 1997; *Alles Gute,* U: Torturmtheater Sommerhausen 1998. *Zwerge. Eine frän-*

kische Passion, U: Theater der Puppen, Nürnberg 2000. *Der fränkische Jedermann. Nach Hugo von Hofmannsthal;* U: Innenhof des Germanischen Nationalmuseums, Nürnberg 2001; *Hänsel und Gretel. Ein Familiendrama,* U: Theater der Puppen, Nürnberg 2002.

Filme: 'S *zweite Leb'n.* Fernsehspiel, ZDF 1980; *Die Schraiers* (zusammen mit Rainer Söhnlein), Serie 1982; *Marianne und Sofie* (mit Rainer Söhnlein), Kinofilm, 1983; *Stinkwut.* Bayerische Fernsehbearbeitung von Michael Verhoeven, ZDF 1986; *Himmelsheim.* Kinofilm, 1989; *Gudrun.* Kinofilm, 1992; *Florian III.* Fernsehserie, zusammen mit Franz-Xaver Wendleder, Produktion BR, Start ORF, 1994.

Hörspiele: *Die Bestellung,* 1979; *Die Vögel* (zusammen mit Friedrich Schirmer), Kinderhörspiel, 1980; *Da hab ich aber Angst gehabt* (zusammen mit Birgit Kusz), Kinderhörspiel, 1983. *Der Hauptgewinn,* Monolog, 1987; *Hermann,* 1989; *Ärwert,* Monolog, 1992, *Alles Gute,* BR 1995; *Mama,* SWF 1996; *Der Alleinunterhalter,* SWF 1996. Zahlreiche Kurzhörspiele: HR, Radio DRS-Bern und BR.